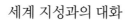

세계 지성과의 대화

이어령 전집

23

세계 지성과의 대화

한국문화론 컬렉션 3
대담_세계 지식인들과의 대화집

이어령 지음

21세기북스

상상력과 흥의 근원에 관한 깊은 탐구

박보균 | 문화체육관광부 장관

이어령 초대 문화부 장관이 작고하신 지 1년이 지났습니다. 그러나 그의 언어는 여전히 우리 곁에 남아 새로운 것을 볼 수 있는 창조적 통찰과 지혜를 주고 있습니다. 이 스물네 권의 전집은 그가 평생을 걸쳐 집대성한 언어의 힘을 보여줍니다. 특히 '한국문화론' 컬렉션에는 지금 전 세계가 갈채를 보내는 K컬처의 바탕인 한국인의 핏속에 흐르는 상상력과 흥의 근원에 관한 깊은 탐구가 담겨 있습니다.

선생은 우리 시대를 대표하는 지성이자 언어의 승부사셨습니다. 그는 "국가 간 경쟁에서 군사력, 정치력 그리고 문화력 중에서 언어의 힘, 언어력言力이 중요한 시대"라며 문화의 힘, 언어의 힘을 강조했습니다. 제가 기자 시절 리더십의 언어를 주목하고 추적하는 데도 선생의 말씀이 주효하게 작용했습니다. 문체부 장관 지명을 받고 처음 떠올린 것도 이어령 선생의 말씀이었습니다. 그 개념을 발전시키고 제 방식의 언어로 다듬어 새 정부의 문화정책 방향을 '문화매력국가'로 설정했습니다. 문화의 힘은 경제력이나 군사력같이 상대방을 압도하고 누르는 것이 아닙니다. 문화는 스며들고 상대방의 마음을 잡고 훔치는 것입니다. 그래야 문화의 힘이 오래갑니다. 선생께서 말씀하신 "매력으로 스며들어야만 상대방의 마음을 잡을 수 있다"라는 말에서도 힌트를 얻었습니다. 그 가치를 윤석열 정부의 문화정책에 주입해 펼쳐나가고 있습니다.

선생께서는 뛰어난 문인이자 논객이었고, 교육자, 행정가였습니다. 선생은 인식과 사고思考의 기성질서를 대담한 파격으로 재구성했습니다. 그는 "현실에서 눈뜨고 꾸는 꿈은 오직 문학적 상상력, 미지를 향한 호기심"뿐이었다고 말했습니다. 그는 마지막까지 왕성한 호기심으로 지知를 탐구하고 실천하는 삶을 사셨으며 진정한 학문적 통섭을 이룬 지식인이었습니다. 인문학 전반을 아우르는 방대한 지적 스펙트럼과 탁월한 필력은 그가 남긴 160여 권의 저작물로 남아 있습니다. 이 전집은 비교적 초기작인 1960~1980년대 글들을 많이 품고 있습니다. 선생께서 젊은 시절 걸어오신 왕성한 탐구와 언어의 발자취를 따라가다 보면 지적 풍요와 함께 삶에 대한 진지한 고찰을 마주할 것입니다. 이 전집이 독자들, 특히 대한민국 젊은 세대에게 문화 전반을 아우르는 교과서이자 삶의 지표가 되어줄 것으로 확신합니다.

100년 한국을 깨운 '이어령학'의 대전大全

이근배 | 시인, 대한민국예술원 회원

여기 빛의 붓 한 자루의 대역사大役事가 있습니다. 저 나라 잃고 말과 글도 빼앗기던 항일기抗日期 한복판에서 하늘이 내린 붓을 쥐고 태어난 한국의 아들이 있습니다. 어려서부터 책 읽기와 글쓰기로 한국은 어떤 나라이며 한국인은 누구인가에 대한 깊고 먼 천착穿鑿을 하였습니다. 「우상의 파괴」로 한국 문단 미망迷妄의 껍데기를 깨고 『흙 속에 저 바람 속에』로 이어령의 붓 길은 옛날과 오늘, 동양과 서양을 넘나들며 한국을 넘어 인류를 향한 거침없는 지성의 새 문법을 만들기 시작했습니다.

서울올림픽의 마당을 가로지르던 굴렁쇠는 아직도 세계인의 눈 속에 분단 한국의 자유, 평화의 글자로 새겨지고 있으며 디지로그, 지성에서 영성으로, 생명 자본주의…… 등은 세계의 지성들에 앞장서 한국의 미래, 인류의 미래를 위한 문명의 먹거리를 경작해냈습니다.

빛의 붓 한 자루가 수확한 '이어령학'을 집대성한 이 대전大全은 오늘과 내일을 사는 모든 이들이 한번은 기어코 넘어야 할 높은 산이며 건너야 할 깊은 강입니다. 옷깃을 여미며 추천의 글을 올립니다.

추천사

시대의 언어를 창조한 위대한 상상력

'이어령 전집' 발간에 부쳐

권영민 | 문학평론가, 서울대학교 명예교수

이어령 선생은 언제나 시대를 앞서가는 예지의 힘을 모두에게 보여주었다. 선생은 한국전쟁이 끝난 뒤 불모의 문단에 서서 이념적 잣대에 휘둘리던 문학을 위해 저항의 정신을 내세웠다. 어떤 경우에라도 문학의 언어는 자유가 되어야 한다는 신념으로 문단의 고정된 가치와 우상을 파괴하는 일에도 주저함 없이 앞장섰다.

선생은 한국의 역사와 한국인의 삶의 현장을 섬세하게 살피고 그 속에서 슬기로움과 아름다움을 찾아내어 문화의 이름으로 그 가치를 빛내는 일을 선도했다. '디지로그'와 '생명자본주의' 같은 새로운 말을 만들어 다가오는 시대의 변화를 내다보는 통찰력을 보여준 것도 선생이었다. 선생은 문화의 개념과 가치의 중요성을 일깨우고 그 새로운 방향을 제시하면서 삶의 현실을 따스하게 보살펴야 하는 지성의 역할을 가르쳤다.

이어령 선생이 자랑해온 우리 언어와 창조의 힘, 우리 문화와 자유의 가치 그리고 우리 모두의 상생과 생명의 의미는 이제 한국문화사의 빛나는 기록이 되었다. 새롭게 엮어낸 '이어령 전집'은 시대의 언어를 창조한 위대한 상상력의 보고다.

일러두기

- '이어령 전집'은 문학사상사에서 2002년부터 2006년 사이에 출간한 '이어령 라이브러리' 시리즈를 정본으로 삼았다.
- 『시 다시 읽기』는 문학사상사에서 1995년에 출간한 단행본을 정본으로 삼았다.
- 『공간의 기호학』은 민음사에서 2000년에 출간한 단행본을 정본으로 삼았다.
- 『문화 코드』는 문학사상사에서 2006년에 출간한 단행본을 정본으로 삼았다.
- '이어령 라이브러리' 및 단행본에서 한자로 표기했던 것은 가능한 한 한글로 옮겨 적었다.
- '이어령 라이브러리'에서 오자로 표기했던 것은 바로잡았고, 옛 말투는 현대 문법에 맞지 않더라도 가능한 한 그대로 살렸다.
- 원어 병기는 첨자로 달았다.
- 인물의 영문 풀네임은 가독성을 위해 되도록 생략했고, 의미가 통하지 않을 경우 선별적으로 달았다.
- 인용문은 크기만 줄이고 서체는 그대로 두었다.
- 전집을 통틀어 괄호와 따옴표의 사용은 아래와 같다.
  『 　』: 장편소설, 단행본, 단편소설이지만 같은 제목의 단편소설집이 출간된 경우
  「 　」: 단편소설, 단행본에 포함된 장, 논문
  《 　》: 신문, 잡지 등의 매체명
  〈 　〉: 신문 기사, 잡지 기사, 영화, 연극, 그림, 음악, 기타 글, 작품 등
  ' 　': 시리즈명, 강조
- 표제지 일러스트는 소설가 김승옥이 그린 이어령 캐리커처.

차례

Ⅲ 서구 지식인과의 대화

대화로 새로운 지적 초원에 이르는 길

글은 혼자 쓴다. 하지만 대화는 반드시 상대가 있어야 한다. 글이 말이 되고 혼자 있는 밀실 대화의 살롱이 되면, 생각도 달라진다. 말하는 것만이 아니라 듣는 기술도 있어야 대화가 성립되고 혼자서는 할 수 없었던 새로운 지적 초원으로 갈 수 있다.

입은 하나인데 귀는 둘이다. 그래서 말하기보다 듣기가 더 중요하다고 말하는 사람도 있다. 아이는 가끔 혼잣말을 잘한다. 인형이나 강아지나 아이들은 상대편에서 말을 들어주고 대꾸를 하지 않아도 침묵하는 것들을 향해서 말을 건다. 독백처럼 보이지만 아이들은 세계의 모든 것과 대화를 한다. 그렇게 해서 성장해가는 것이다.

키가 성장을 멈추면 사람들은 혼잣말을 하지 않게 된다. 하지만 겉으로는 대화를 하고 있는 것처럼 보여도 실은 독백을 하고 있는 경우가 많다. 아이들은 독백을 하면서 대화를 하는데 어른들은 대화를 하면서 독백을 한다. 이것이 어린아이와 어른의 차이이다.

대화가 독백이 되지 않기 위해서 나는 어렸을 때처럼 말 걸기를 한다. 더구나 그것이 유명인이거나 선배였을 경우 말 걸기는 더욱 신중해진다. 인터넷의 경우에는 익명으로 그것도 수평적으로 채팅이 가능하지만, 대면하여 대화를 하는 것은 인간관계에 의해 더 많은 영향을 받는다.

여기 대화의 상대들은 거의 모두가 서먹하고 나로서는 힘에 겨운 분들이 대부분이다. 그래서 대화의 내용이 평소의 내 페이스와는 아주 다른 것들도 있다. 어려운 상대와 이야기하다 보니 나의 주장보다는 상대의 이야기에 대한 메아리 노릇을 하는 경우도 생긴다.

벌써 수십 년 전에 나눈 대화도 있어, 지금 읽어보면 시대의 차이를 느끼게 하는 것이 많지만, 그 대화 정신만은 예나 지금이나 변한 것이 없다.

여기 이 책에서 함께 이야기를 나눈 분들 가운데는 이미 세상을 떠나신 분들이 많다. 다시 대화를 나누고 싶어도 나눌 수 없는 분들을 생각하면, 왜 생전에 이런 말을 묻지 않았는가, 이제야 아쉬운 생각이 드는 경우도 있다. 그런 점에서 대화란 혼자 글쓰기보다 훨씬 중요하고 유익한 것인지도 모른다.

2004년 5월
이어령

I
한국 지식인과의 대화

하늘의 것이냐 카이사르의 것이냐

대담자: 함석헌咸錫憲

이어령   함 선생님을 이렇게 가까이 모시기는 처음입니다. 흔히 자기 얼굴을 자기가 볼 수 없는 것처럼 우리 젊은 사람들은 자기가 처해 있는 자기 세대의 의미를 잘 모르고 있습니다. 오늘 함 선생님은 젊은 세대의 거울과 같은 입장에서 그것을 말씀해 주셨으면 좋겠습니다. 선생님이 걸어오신 그 길과 비교하시면서…….

함석헌   글쎄요. 저는 뭐 제가 다 지내온 것인데, 지내고 나면 사람이 모르는 법이니까……. 나는 젊은 사람들에게 요새 일반 사람들이 하는 것처럼 비난하고 싶지는 않아요. 우리가 지내온 것을 생각해 보면 그때보다는 더 갈피를 못 잡고 있는 것이 사실입니다. 우리가 역사를 보더라도 우리가 지내왔던 때는 각자가 사회적인 변동, 기타에 대해서 혼란이 있다고 하더라도 이러지는 않았어요. 우리나라에 광범한 서양식 문화 사상이 들어와서도 그네들의 사회 제도가 다르기 때문에 그 충돌이 많이 있었지요. 그러기는 했어도 생활해 나가는 데에 있어서 이처럼 동요된다든가 하는…… 그런 일은 없었거든. 요새 사람은 좀 일부 자기네 생활을 변경시켜 보려고 들질 않더군. 그러니까 어디 가서 묻는다거나 하는 일도 없지 않아요?

이어령 확실히 젊은 세대들은 지금 정신적인 고아나 다름이 없습니다. 모든 것을 상실해 버린 것은 사실이에요. 그래도 세기말의 데카당들은 허무라든가 불안이라든가 하는 것을 귀부인의 목걸이처럼 지니고 다녔지만, 우리들에겐 그럴 용기마저 없어요. 정신적인 뿌리를 잃어버렸지만 허무 그 속에 젖어 있을 수도 없지요.

은 30데나리온에 예수를 팔 수 있었던 유다가 우리보다는 행복했을지 모를 일입니다. 우리들은 지금 팔 수 있는 예수조차 가지고 있지 않기 때문이죠. 그렇기 때문에 베르나노스의 말대로 영零의 지점에서 다시 출발하든가, 그렇지 않으면 맹목적으로 무엇을 신봉하거나 해야 될 것 같습니다.

그러나 자신을 속인다는 것처럼 큰 비극은 없거든요. 선생님은 기독교 정신이라는 뚜렷한 근거를, 행동할 수 있는 그 근거를 가지고 있습니다. 그러나 불행하게도 대부분의 젊은이들은, 그리고 현대적인 지성은 신에게 자기 운명을 맡길 만큼 단순하지 않은 것 같아요. 안 믿는 것이 아니라 못 믿는 것이지요.

6·25 때만 해도 그래요. 옆에서는 죄 없는 우리들의 이웃이 죽어가고 있었어요. 이럴 때 우리들은 기도를 드리고 있을 수 없었지요. 사람들은 굶주리고 있었는데 그들에게 또 십자가를 줄 수만은 없었어요. 붕괴한 것은 도시가 아니라 바로 우리들의 마음이었습니다. 너무나도 조급한 우리들에게 어마어마한 이론이나 기성 모럴이라든가, 그리고 신은 너무나도 지루한 침묵만을 지키고 있었습니다. 어떻게 해요. 아카데미의 전당과 교회당의 종소리는 포성에 가려 들리지 않는데 함 선생님은 어떠한 종을 칠 수 있으세요?

나의 상실

함석헌 그것은 우리가 운명론적으로 얘기해서 서양 문명이 막다른 골목에 들었다고 하는 그것이지요. 역사에 흐르는 세대가 서구적이라고 하는 말이에요. 그러나 서구적이라고 하는 이런 것이 말로가 왔다고 하는데, 비판론자批判論者 편을 들어서 이 문명은 몰락하리라고 그렇게 단언을 못 내리는 것입니다. 반드시 나아가야 할 근본 태세에서 나는 의문을 가지는 사람이기 때문에 비낙관주의 非樂觀主義……, 즉 비관을 하지 말자는 것이고, 우리가 이때까지 모든 서양 문명을 받았고, 그것이 아직 몰락으로 가는지 몰라도 우리 앞의 제반 문제를 어떻게 해결할지 몰라서 그러는 것이 사실이니까 우리의 젊은 세대가 알고 있어야만 하는 동양적인 무엇이 있지 않아요?

지금 젊은 세대라는 사람들은 동양적인 것을 모르고, 그러니까 본질적인 것을 모르는 데에 당황하고 있는 것이 아니에요. 그렇게 되면 그것은 윤리 도덕적인, 혹은 철학적인 그런 견지에서 말한다면, 이것이 너무 서양 문명 거기에 붙잡혀서 그렇지 않은가 생각하고 있습니다. 젊은 사람들은 한마디로 말하면 '네 속에서 찾아라' 그것이지요. 역시 막연한 일인지 모르지만 그렇게 말할 수밖에 없어요. 이때까지 너무 밖에서 오는 역사적·사회적인 변동 그것이 서양 문명이겠는데 거기에 맞추어 나가야만 된다, 이렇게 따라왔거든요. 그런데 지금은 정도를 넘어서 맞출 수 없는 정도에까지 갔으니까 당황할 수밖에 없는 것인데, 인생은 그것이 아니거든요.

이는 한마디로 말하면 내 말이 자주 중간 연결이 안 됩니다만, 제2차 세계 대전 때만 해도 나는 제국은 망해도 인생은 길다, 생각했는데 요새는 '인생' 소리 하는 사람 거의 없지 않아요? 잘못이 있다면 그거예요. 무슨 내적 인생관이라고 할까, 그런 것은 도무지 생각을 하지 않고…… 원. 이제라도 그런 무엇을 찾아야 종교적인 문제를 생각하게 될 거 아니에요?

이어령 동양의 정신이 우리를 구제할 수 있는 비밀을 가지고 있을까요? 1870년대의 베른은 80일간의 세계 일주를 한 포그의 이야기로 센세이션을 일으킨 모양인데요? 지금은 비행기로 9일밖에 안 걸린답니다. 이것은 초음속 비행기로 날면 여덟 시간 이내에 날 수 있다는 거예요.

동서양이라는 말도 옛날의 말이지 지금은 동서양이라는 관념이 희박해졌어요. 동서양의 두 세계는 아주 밀접한 단계 위에 있단 말이지요. 정치적 문제라든지 경제적 문제라든지 밀접한 관계가 있는데, 고립된 동양주의만으로는 안 될 것 같아요. 또 동양 문화는 서구 문화 앞에서 패배하고 있지 않습니까? 지금 세계는 다이너마이트처럼 폭발하려고 합니다. 언제 우리의 머리 위에서 원자탄이 폭발할는지 모를 일입니다. 원자탄은 서양 사상을 가진 사람 앞에서나 동양 사상을 가진 사람 앞에서나 가리지 않고 터질 것입니다.

그리고 우리들의 자유를 노리고 있는 저 별개의 인간

들—코뮤니스트들은 쉬지 않고 우리들의 생명을 노리고 있잖아요? 우리가 다 착해진다 하더라도 철의 커튼 너머에서 그들이 칼을 갈고 있는 한 어떻게 정적주의靜寂主義인 동양 사상만을 가지고 막아낼 수 있겠어요.

함석헌 글쎄요. 우리가 자랄 때는 도덕적인 면에 서 있는 것은 유교, 불교, 이것이 그때 양식이었습니다. 거기에 의해서 자라났습니다. 서양 문명이 들어온다고 해서 윤리적 의미에서 말하면 동양이나 서양이나 차이가 없는 그런 태도로 다루었어요. 다소 충돌은 있었지만 어디까지나 윤리적인 태도를 취해야 된다, 이런 우리 살림의 본래의 문제에 들어가서는 동요가 없었거든요.

그때 젊은 사람들은, 나라는 망했을망정 이 인생이라는 문제를 생각하니까, '나는 인생을 어떻게 사느냐' 하는 그런 고민이 있었지, 현실적으로 일본한테 압박이 심했지만 우리 생활 면은 동요되지 않았으니까. 한마디로 말하면 내가 어떻게 현실을 개척하고 그 길을 잡아서 가느냐 하는 방향은 결정된 것이거든요.

그런데 지금은 달라지지 않았어요? 이제 동서양 말이 나왔지만 나는 동서양의 차별을 그렇게 보자는 것이 아니에요. 동서는 접근하면 동서가 거의 없어지지 않느냐고 하지만, 그것은 경제적·정치적인 면에서만 그렇지 사람의 생활 기본이 다르기 때문에 곧 이쪽에서 적응해 나가지 못해요. 여기에 무슨 인문적·정신적인 것이 들어오면 복잡해지기 때문에 좀처럼 변동이 안 되거든. 그러니까 문제가 하나 안 돼요.

그러니까 우리가 생각해 보는 것은 지금까지 받아들였지만 새 세대 문명이라고 하는 것은 경제적·정치적인 면에 치중한 말로서 분파주의, 민족주의, 계급주의가 서양에서 다 받은 것인데 여기에 세계적인 종교…… 종교 안에 있어서도 역시 정신의 세계가 하나로 되지요.

종교는 하나뿐이다

이어령 서구 문명의 정신 사조의 뒷받침을 이루고 있는 기독교가 혼란한 정신문명을 구제할 수 있을까요? 말하자면 르네상스로부터 오늘까지 내려오고 있는 그 기독교는 몰락해 가는 서구의 문명과 함께 운명을 같이하고 있지 않아요? 그래서 잘은 모릅니다마는 토인비는 서구의 하강하는 문명을 돌이키기 위하여 새로운 기독교 정신을 말하고 있는 것 같더군요.

싫든 좋든 우리 동양인의 현실은 서구 문명과 뗄 수 없는 입장에 있어요. 그렇다면 우리도 이 기독교 정신의 추이에 대해서 무관심할 수는 없어요. 종교라기보다 하나의 문명이라는 각도에서 말이죠. 기독교는 지금 어떠한 성격을 띠고 변모하고 있는지요? 기독교인이신 선생님께서 좀 가르쳐주세요.

함석헌 기독교인이라면 기독교인이지……. 그래도 내가 그 말을 할 자격이 없지만 기독의 정말 기독적이라고 할까? 내가 생각하는 것은 기독교 진리 그것을 그대로 정말 참되게 가진다고 하면 문제가 없어요. 그것이 뒷받침될 수 있거든. 기성, 이미 있는 기독교라고 하면 그것을 문제 삼지 않아요. 종교도 단지 종파적인 정신 그것을 없애버리는 것이 가장 급한 것이라고 생각해요. 사실은 종파적인 종교가 붙어 있으면 세계 평화는 어렵고 또 전쟁이 있으리라고 봐요. 배불排佛이다, 가톨릭 반대다, 전쟁을 반대한다고 하지만 역시 종파적인 종교가 존속하는 한 아무래도 싸움이 될 것입니다. 이것이 무엇인고 하니, 역사상 새 종교를 얘기하면 협잡꾼이 되거든. 감히 새 종교를 만들어낸다고 하지만 종교는 영원불변한 것으로서 종교는 하나 있지 둘 있는 것이 아니야. 종교적인 무슨 기구들, 기성 제도에 나타난 것들, 이것은 변해야 되지만, 기독교에 붙어 있어요. 건방진 소리 같지만 지금 이 기성 종교를 가지고는 통일의 문제를 해결하지 못할 것입니다.

내 것이냐 카이사르의 것이냐

이어령 옛날 사람들은 자연의 지배를 받아왔지만 현재는 인간
자신의 손…… 말하자면 역사적 조건에 좌우되고 있는
것 같아요. 예를 들면 벼락이나 벼락이나 홍수 때문에, 또
한 질병에 걸려서 죽는 사람보다도 전쟁이라든지 교통
사고라든지, 또는 강제 노동 수용소 같은 데 잡혀가서
죽는 사람이 더 많습니다. 그러니까 오늘의 현실은 자연
스러운 것이 아니라 역사적인 것이라 생각해요. 우리들
은 이 역사에 뛰어들지 않고는 오늘의 현실을 구제할 수
없을 것이라 생각합니다. 그러니까 우리들은 '사이언티
픽 휴머니즘'이나 '앙가주망'의 방법을 취해야 되겠다고
생각하는데요.

함석헌 그 점에 있어서는 과학의 공로가 크다고 생각해요. 보통
종교적이라고 하는 것이 과학적인 태도에 화합하지 않
아요. 나는 그렇게 생각하지 않아요. 과학하는 분은 과
학대로 공헌을 하거든. 하지만 불가항력 그것은 촛불을
앞으로 비추어서 저쪽에 사람이 있지만 사람이 보이지
않는 것처럼, 종교적 내성적內性的인 문제는 문명이 아무

리 발달된다 하더라도 인간이 상대적인 존재인 이상 신에 대해서, 말하자면 내가 어떻게 할 수 없는 힘에 대해서―이것은 가상적인 것이라도 좋고 인격신이라도 좋아요―거기에 대한 태도가 어떻게 되느냐에 따라서 인간은 구제될 수 있을 거예요.

이어령 그렇지만 종교란 것은 지상적인 것이 아니라 내세적인 것이 아니겠어요? 아무래도 그것은 '앙가주망(사회 참여)'이 아니라 '데상가주망(현실에서의 해방)'이 아니겠어요? 예수는 "카이사르의 것은 카이사르에게 주어라" 했는데, 이것은 단적으로 신의 세계가 데상가주망에 있다는 것을 암시한 것이 아닐까요? 정치와는 무관하다는…….

함석헌 그런 의미로 나는 그렇게 생각 안 하는데요. 글쎄, 이제 어떻게 대답하면 좋을까?

이어령 내세를 위한 행위란 현실 세계의 가치관을 부정한 것이 아닐까요?

함석헌 그렇게 말할 수는 없지. 딴 내세라고 하는 것을 생각한다면 현재를 부정하는 결과가 되니까, 그것은 일반적으로 일률적으로 얘기할 수 없을 거예요. 내세…… 나는 보통 내세에 대해서도 반대하는 사람이지만 그러나 기본적 의미에서 내세적인 것을 내놓고 그저 내세가 무엇이냐, 내용에 따라서 다르겠지만 내세적인 것은 현세 때문에 문제가 되는 거지요. 그러니까 현실을 긍정하기 위하여, 현실을 비평하기 위해서 내세적인 것이 필요한 거야…….

그것은 난 기독교인이면서도 현 기독교에서는 현실을 비평하기 위해서 내세적인 종교 그것을 싫어한다고 했는데, 글쎄 내가 예수의 말을 들면 예수님은 자기의 태도…… 생활 태도가 이 나라에 있지 않다고 그러했거든. 그러면 대단히 현실을 부정하는 것 같지 않소. 그러나 다른 곳에는…… 즉 주기도문을 보면 '나라에 임하옵시며 뜻이 하늘에서 이루어진 것같이 땅에서도 이루어 주옵소서' 하는 것이에요. 예수님이 보는 목표로 한다면 이 나라에 있지 않다, 저 세계에 있다 하지만, 그러나 우리의 입장에서 보면 문제는 지상의 바로 여기에 있는 것이지요.

저기에 가 있지 않다, 그것은 사실 요즘 이것이 종교 일부에 어떤 잘못이 많고 내가 보기에는 하늘나라 문제도 있지만, 하늘나라 목적이 여기 있는데…… 결국 종교의 윤리성 말인데 윤리는 그것이 곧 도덕적인, 말하자면 '휴머니티'를 포함하지요. 그러니까 종교가 휴머니티에 반대할 리가 없고 거기서 발달되어 가지고 나왔다, 그런 말을 할 수 있지만 종교 자체로 말하면 휴머니티에서만 멈추는 것은 아니거든요. 지금 사람들은 어떤고 하니 휴머니티까지는 역시 얘기하지만, 그 근본은 내 속에서 찾아야 합니다.

이어령 선생님, 정말 우리는 딜레마에 빠져 있는 것 같습니다. 우리는 인간이 불완전했을 때만이 인간을 사랑할 수 있습니다. 인간의 약점, 그러기에 우리는 인간 그것을 사랑할 수 있을 것 같아요. 성경에 보면 예수님은 꼭 세 번 우신 것 같은데 제 표준인지는 모르겠습니다. 난 울 수 있는 크라이스트가 좋아요. 닭이 울기 전에 세 번 주를 부정한 베드로를 쳐다보던 그 인간적인 예수의 눈이 좋아요. 예수에게서 인간적인 약점을 찾아볼 수 있을 때 정말 예수는 우리에게 절실할 수 있어요. 그러나 인간의 한계에서 그가 벗어날 때 이미 우리의 마음을 끌 수는 없어요.

인간이 인간의 약점을 넘어서려고 할 때 언제든지 더 큰 화를 가져왔다고 생각해요. 그러기에 히틀러는 얼마나 무서운 일을 저질렀어요? 인류의 약점이, 그 열등의식이 과학을 낳았습니다. 또는 종교를 말입니다. 그러나 이 과학, 이 종교 속에서 인간의 얼굴은 사라지고 말아요. 그러면 거기 인간과는 무관한 결국 메커니즘이라는 큰 재화가 탄생하고 말걸요.

함석헌　나도 역시 '휴머니티'라는 인간과 인간의 관계, 그런 입장에 서 있지만 인간의 약점을 잘했다, 그렇게 생각할 순 없어요. 그것은 잘못된 일이지요. 가령 예수의 실례를 든다면 예수님은 누구보다도 인간적인 휴머니티의 입장에서 보아서 유다에 대해서도 인간의 어쩔 수 없는 약한 것을 보아서 동정한 것이지 잘못한 것을 갖다가 좋다고 하는 그렇게 긍정하는 태도가 아니거든요…….

이어령　물론 많은 악을 저질러놓고 휴머니즘이라는 구실 앞에 염려해서는 안 될 것입니다. 제가 말씀드리고자 하는 것은 인간의 고독한 자유에 대해서입니다. 인간이 인간의 운명을 스스로 만들어갈 수 있다는 그 불안한, 그러면서도 사랑스러운 자유에 대해서입니다. 킬리로프의 자살 같은 것입니다. 메커니즘이란 이 자유에의 포기를 말한 것이지요. 인간의 약점을 감추기 위해서 수녀가 되는 편보다는 도리어 그 약점을 대담하게 표현할 수 있는 거리의 여인이 더욱 많은 가능성을 가지고 있다는 말입니다. 그러면서도 우리는 인간이 완전해지기를 바라고 있으니, 인간의 약점 그것을 혐오하고 있으니, 딜레마에 빠지고 있다는 이야깁니다.

함석헌　실존주의자들이 인간의 약점을 오히려 드러내는 것이 인간답다고 하는 점은 인정하나, 난 그것이 좋다고는 보지 않습니다. 제도화한 종교 밑에서 살고 있다는 것보다도 약점을 드러내는 것이 낫다, 그래서 종교가 있는 지금 새 종교가 제도화한 거기에 대한 일종의 반항으로서 나온 것이지, 그것은 이제 예수님이면 베드로에 대한 예수의 태도를 보면 아는데, 닭이 울기 전에 네가 세 번 부인할 것이라고, 사전에 그것을 알았으면 베드로의 인간적 약점을 관용해서 그런지 모르지만, 그것이 베드로가 옳다는 것은 아니에요. 인간이 인간의 약점을 드러내는 것이 낫지 않겠느냐, 그 점은 그렇지. 그리고 유다의 일도 유다를 꼭 동정하지만 그 사람을 죽이지 않았으면 좋겠다는 그런 것으로 동정을 하면서도 왜 그것을 인정해 주지 않았느냐 그것인데, 인간이 휴머니즘의 입장에 선다고 하더라도, 우리가 그 약점을 그대로 솔직히 드러낸다고 하더라도 그 점을 그대로 좋다고 해서야 오히려 자기의 양심은 한 번도 발휘할 수 없다고 봐요. 그러니까 이것을 제도화해서 교리화하고…… 굳어진 종교에 대한 반항이지…….

결국 '나'에서 출발

이어령 종교적 실존주의 말씀을 하셨는데 실존주의는 일시적인 것이 아니라 거꾸로 인간의 영원한 과제일 것 같습니다. 인간이 존재하는 한 인간에게 있어서 그 실존 의식은 언제나 어두운 그늘처럼 서려 있을 것입니다. 더구나 실존주의라 하면 인간의 실존에서 출발하여 그것을 처리하는 방법 여하에서 생겨나는 것이니까, 그 방법에 따라 앞으로도 여러 가지 다른 실존주의가 생겨나리라고 보는데요. 사르트르의 실존주의가 사라진다 해서, 힘을 잃었다 해서, 실존이라는 커다란 인간의 과제가 종식된 것은 아닐 겁니다. 말하자면 실존 그것이 우리들의 생존에서 떠난 것은 아닐 겁니다. 그렇지 않고 무슨 아 프리오리a priori한 인생론을 가지고서는 자기 존재의 심연을 자각하고 있는 현대인에게 어떠한 힘을 가질 수 없을 거예요. 이미 현대인은 그렇게 되어버렸어요. 막연한 이상주의는 병풍에 그린 떡이 아니겠습니까?

저는 현대 정신은 방법 정신이라고 믿고 싶습니다. 지금 불이 타오르고 있어요. 어떻게 끄느냐가 문제일 것 같아요. 화재 속에서 화인火因을 따져본들 무엇 합니까? 설령 화인이 드러났다고 해도 그게 무슨 흥미를 끌겠어요. 이러이러한 조건에서 인간은 어떻게 행동해야 되느냐 하는 그 '어떻게'가 문제지요. 이러한 물음 앞에서 신은 발언권을 상실한 것이 아니겠는가 해요……

함석헌　이제 방법론적으로 나가는 한은 아무래도 그것은 방법론 자체가 순환론에 빠지지 별수 없지 않아요? 현대인의 심리가 20세기에 옮겨오면서 이렇게 되었는데 우리가 그것을 정정해야 되겠지만 그것을 따라가면—나도 기독교적 입장에 있으니까 이렇게 보는지 모르지만—근본은 글쎄, 이것은 내 말을 모순이라고 하면 모순이지만, 인간을 그대로 긍정하지 못하는 면이 있겠어요. 자연 과학이 발달하면서 인간 그대로 긍정하지, 그러니 아무래도 한편 사람이니까 '나'에서 출발하지만 '나'는 인간 자체를 그대로 긍정할 수 없다, 그렇게 생각하는 사람이지…….

죽음에 무관심하다니

이어령　그러니까 야스퍼스나 마르셀 같은 실존주의가 탄생하지 않습니까. 요컨대, 믿음도 사랑도 꿈도 모두 상실해 버린 이 정신생활의 어둠을 어떻게 극복할 수 있느냐 하는 것을 선생님에게 여쭈어보고 싶어요. 무질서한 현대 정신의 카오스에서 어떠한 질서를 발견해야 되겠느냐 하는 것이지요. 다시 말하면 어떻게 사느냐의 문제 말입니다. 어떻게 사느냐 하는 것은, 즉 '어떻게 죽느냐' 하는 문제일 겁니다.

함석헌 사람에게는 두 가지 생각이 있지 않아요? 사람은 죽는다, 그런 운명적인 것을 가지면서도 왜 죽어야 하느냐하고 반발하는 이 두 가지 모순점이 있어요. 그것이 있는 것이 인간이지…… 죽음에 대해서 너무 관심도 안 둔다는 것은 말이 안 되거든.

이어령 사실 죽는다는 것은 아무것도 아니지요. 눈이 어두워지고 감각이 무디어지고 그러면 죽음은 막을 수 없는 것이되어버립니다. 옛날 사람들은 이러한 죽음들에 대해서많이들 생각해 왔지요. 그러나 현대인들은 죽음을 망각하고 있습니다. 죽음의 감정마저 마비돼 버렸습니다. 문학의 주인공들을 따져보면 알 수 있지요.

함석헌 아닙니다. 그것은 지금 문명이 모두 이 지경이 되니까글 쓰는 사람들이 자기의 무슨 의견을 곧 발표하고 그러는데, 이 작가라는 사람들이 자꾸 발표를 하고 그러니까그렇지…… 모든 사람들이 다 그렇게 생각하지는 않아요. 사람들이 자기 속에 있는 감정을 자기 마음속에 쌓아놓고 있어요. 그래서 작가라는 사람들의 책임이 중대하다는 거예요. 이런 사람들이 이런 것을 써놓고 그러니까 지금 현대 문명이라고 하는 것이 이렇게 되어 나가지, 그런 사람들이 아니고 새로운 사회의 일면으로 들어가 본다면 역시 인간은 인간이지 별수 없어요. 그래서 나는 어느 면으로 보면 그들이 너무 무책임하다고 봅니다. 그러나 역시 그것을 읽고 들을 사람이 있는 줄 알고 그 글을 발표하는 것이니까.

참 인간이 물질주의로 되어 있어. 이즈음 사람이 옛날 사람하고 달라졌다는 것은 아니지만 인생의 뜻은 무엇이냐, 경제가 발달하고 무기가 발달해서 투쟁하는 곳에 문제가 국한된다고 하는 그것만 가지고 들여다보지 않는 것이에요. 그런데 지금 사람들은 어떻게든지 먹고사는 데에 있어서는 죽여도 좋다, 또 사람이 죽는 것은 아무것도 아니다, 그런 의미에서 반동으로 나가는지 모르지만, 옛날 사람은 어떻게 해서 죽음을 옳게 하느냐 하는 것이 문제였거든.

나사로의 부활보다 지상을

이어령 제가 말하고 싶은 것은 바로 이런 것이에요. 불가능한 것을 논하기 위해서 가능한 것을 잊어버리던 것이 19세기적인 사고방식이었다는 것이지요. 불가능한 것인 줄 알면서도 죽음을 피하려고 하는 식의 사고방식이었는데, 요즘은 불가능한 것을 논하고 찾지 말라, 가능한 것

을 찾자, 이런 사고방식이에요. 그래서 자연적으로 죽는
다는 것은 얘기하지 말자, 어떻게 우리가 이 사회에서
죽어가느냐 하는 것을 논하는 것이에요.

어떤 사람은 강제 수용소에서 죽어가고, 어떤 사람은
전쟁에서 죽고, 또 헝가리의 죽음 같은 이렇게 여러 가
지 죽음이 있을 것 아니에요. 그러면 우리 인간이 이런
길을 선택하지 않고 저런 길을 선택했으면 이러한 죽음
을 맞지 않았을 것이 아니냐, 진시황제처럼 불사약을 구
하는 것이 아니라 우리는 어떻게 6·25 때나 헝가리의
사람들처럼 비참하게 죽지 말아야 하느냐 하는 것이죠.
그래서 인간이 종국에는 죽는다 하는 문제 같은 것은 또
다른 문제라고 보아요. 영원한 시간 그것보다는 현실,
이 시간이 더 절박한 문제라고 생각해요.

그런데 옛날 사람들은 그리 생각을 안 했거든요. 특히
우리 동양 사상이라는 것은 더구나 이런 경향이 심한 것
같아요. 그러니까 현대인의 희망은 나사로가 부활하는
것처럼 부활하는 것보다도 지상에서 할 수 있는, 눈앞에
있는 조그마한 문제의 해결이에요. 결국 지상의 이 하잘
것없는 것들을 사랑해야죠. 그러지 않으면 이런 것들을
누가 사랑해 주나요. 그것은 우리 자신이 책임져야죠.

함석헌 그런 얘기는 나 자신이 하고 싶은 얘기입니다. 내가 노

자·장자를 읽고 있는데 요새 와서 새삼스럽게 생각을 하지만, 노자·장자는 실제 운명주의자다, 그러니까 그런 소리를 하고 있다, 자꾸 그렇게 생각이 돼요. 그 사람들의 마음을 알 수 없거든. 그리고 내가 기독교인이지만 기독교에 부족한 것은, 현대 기독교는 사회악과 싸우자는 용기가 없다, 그것은 나 반대해요. 왜냐하면 예수님은 사회악과 싸우지 현실 도피를 하려고 한 것은 아니거든요. 그럼 사회를 무슨 투쟁하는 식으로 운동을 일으키라 그렇게는 말하고 싶지 않아요. 이것은 말하기는 대단히 어렵지만…… 역시 지금 나는 네 속에서 찾으라 이렇게밖에 말할 수 없어요.

이어령 동양적인 사상에 대해선 많은 반성을 해야 될 것 같아요. 특히 중용사상 말이죠. 인간에 있어서의 자연성을 말한 노자·장자의 도학 사상과 그 반대되는 묵자의 그것처럼 인위성을 중히 하는 두 사람의 경향, 그런데 그 한가운데 자리한 중용사상 말입니다. 그것 때문에 동양엔 테제와 안티테제의 리듬 속에 이루어지는 정신사가 없지 않았어요? 그래서 과학도 없었고…… 전 이 방면에 별로 아는 게 없으니 선생님께서…….

내적인 것 외적인 것

함석헌 우리가 볼 때는 중용사상이 이렇게 되었다고 보고 있어요. 중용의 태도, 그런 태도가 아니라 이런 것도 아니고 저런 것도 아니다. 이렇게 생각되지는 않아요. 사실은 '그 가운데'라고 하는 것이 옳을 것이에요. 그리고 중용 사상과 동양 사상을 결부해서 말을 했는데 중국 사람이 가장 노자·장자의 사상 속에 젖어서 살아왔을 텐데 중국 사람만큼 아주 실리적인 사람이 없지 않아요? 그리고 과학적이란 말이 나왔는데 과학의 발달로 해서 동서양을 분리할 수 없게 되었다, 그런데 이 동양적인 것은 아무래도 좋지 않다, 그랬는데 내적인 태도니 외적인 태도니 이런 것은 쉽게 이해할 수 없지 않아요? 안이 없는 바깥도 없고 밖이 없는 안도 없지만 사람이 나에서 출발하니까 내적이라고 할까, 그것은 역시 '나'라는 것에서 출발하니까…….

이어령 선생님께서 내적인 것을 많이 말씀하시는데, 저도 역시 거기에는 동감이에요. 역시 중요한 것은 내적 현실이겠지요. 수폭水爆 하나 터지는 데 전 서울 시민이 가만히 앉아서 이틀을 충분히 먹고살 수 있는 경비가 든다는 말을 들었는데, 만약 인간이 전쟁을 생각하지 않고 살 수만 있다면 우린 그런 낭비를 하지 않을 것이죠. 이것을 위해서 우리도 또한 비극의 전쟁을 생각하지 않을 수 없게 된 것이죠. 이 모순—정말 간단한 문제가 아니거든요— 기성적인 모럴을 가지고는 이 외적인 불안 하나 극복하기 어려울 거예요. 수단이 목적으로 변해 가는 것 아닙니까?

함석헌 그러니까 어떤 새로운 목적이 나오지 않으면 안 된다고 봐요……. 나는 일종의 그런 점에 관해서는 이제 그 말대로 믿는 사람이에요. 나는 그 사실을 부인하지 않아요. 그러나 지금 이러고 있지만 우리가 스스로 내적인 세계에 각성이 일어날 때가 올 것입니다. 수단이 목적이 되었다고 그랬지만 확실히 그렇게 되기는 되었는데 이제 언제 누가 들고 나올는지 몰라도 마음을 붙잡을 수 있는 그런 무엇이 나올 거예요.

이어령 그런 해결이 인간의 외적인 어느 존재로부터 자연히 나타날 수 있을까요? 가령 신이라든지…….

함석헌 신은 외적이라고 할는지 모르지만, 종교적인 의미라고 하면 역시 내적이지……. 종교에서는 초월적인 것으로 본다고 그러지만, 인간적인 본질에 비추어 보면 초월이요, 한 면은 내적인 것이지…….

　그런데 현대 사람들은 '우리하고는 관계가 없는 하나님이 무슨 상관이 있느냐' 이렇게 반항을 하고 있지 않아요? 종교라고 하면 믿음인데 믿음도 그러한 태도로, 가령 하나님을 자기가 만들어냈다, 이러한 태도로 나가서 인간은 인간이요, 역시 인간은 자기다, 하는 것은 좋아요. 그러나 나는 종교를 내적인 그런 면에서 보고 싶어요. 그런데 우리 인간은 한편으로는 내적이면서도 초월적인 것, 그것을 휴머니즘이라고 하든지 무슨 법칙이라고 해도 좋은데…… 글쎄요, 반드시 인격적인 신이라고나 할는지 모르지만 초월적인 대상으로 대하고 있는데 순전히 내재 관계 같으면 얘기가 안 되겠거든…… 그러니까, 모순이라면 모순이지만 두 태도가 다 있어야지 하나만 가지고는 안 돼요. 예수님은, 하늘나라는 네 안에 있다…… 그것을 오히려 확실히 초월적인 그것으로 대하지, 순전히 그런 면이라고는 안 보고 있어요.

신은 너무 따분하다

이어령 선생님은 신을 가지고 있지 않은 어떤 휴머니스트가 절망 가운데에서 스스로 인간으로 태어났다는 것을 후회하면서 죽어갔다면 그것을 어떻게 보시겠어요?

쫓기는 자와 쫓아가는 자란 말이 있죠. 쫓겨 가는 놈은 도무지 쫓기는 줄만 알고 얼굴을 돌리지 않기 때문에 신을 볼 수가 없다 말이지요. 그렇다고 해서 신은 앞에 가는 인간의 얼굴을, 나를 보아다오 하고 돌려주지는 않고 있다 말이죠. 이것이 소위 그레이엄 그린의 쫓기는 인간과 쫓아가는 신과의 관계인데, 이러한 소극적이고 암시적인 신은 오늘과 같이 가열苛烈한 세계에서는 너무나도 따분해서 선생님 말씀처럼 하나의 어떤 새로운 것을 기다리고 있다, 이런 것만으로는 너무 막연하고 기적 같아서 믿기가 어려울 것이에요.

디노 부자티는 『타르탄인의 사막』이라는 소설에서 조반의 도르고라는 주인공이 언제 나타날지 모르는 적을 감시하면서 사막 지대의 망루에서 평생을 살고 있다는 이야기를 했어요. 이것은 바로 현대인의 운명인 것입니다. 그 열사熱沙의 고갈한 비생명적 지역─자유를 위협하는 적의 환상, 침묵하는 지평선, 이 상징적인 지역은 바로 수십억이라는 인간들이 불안 속에서 살고 있는 바로 오늘의 세계입니다.

여기에 대해서 종교면 종교가 우리한테 얼마만 한 위안을 주겠느냐가 문제지요. 가령 그것이 어떠한 구제의 길이 된다고 하더라도 『카라마조프 형제』에 나오는 주인공의 말처럼 나 혼자만 구제를 받는다면 차라리 받지 않느니만 못합니다. 행복한 몇 사람은 종교 속에서 구제를 발견할지도 모르죠. 그러나 전 인류에 대한 문제를 어떻게 해결할 것인가를 얘기하면 너무 거창한 얘기 같습니다만, 그야말로 나만 구제가 아니라 전 인류에 대한 구제, 이것을 말하자면 오늘날 종교라든지 이런 것이 정확히 힘이 못 미치고 있다는 것은 사실이거든요.

함석헌 글쎄요. 그것은 나 자신이 하는 소리요, 오히려 내가 하고 싶은 얘깁니다. 그렇기 때문에 나 자신이 종교에 대한 태도가 달라졌다면 달라졌는데 그것은 나도 인정을 해요. 그렇다고 해서 무슨 방법으로 어떻게 하면 되느냐, 거기에는 아무도 대답하지 못할 것이요. 그저 기다리자, 기다리면…… 너무 막연한 얘기지마는 그 이상 말할 수 없지.

방금 사실 그레이엄 그린 얘기가 나왔습니다마는 대단히 적절한 얘기예요. 하나님은 뒤에 따라가고 있다…… 그러나 하나님은 원래 앞에 가는 우리의 얼굴을 돌이키는 태도가 아니에요. 그야말로 이것은 막연한 얘기가 될지 모르지만 우리 인간이 그 뒤를 완전히 돌아다볼 수 있는 것은 천만 명에 하난지 또 몇천 명에 하난지 모를 것이에요. 다만 나는 이렇게 생각해요. 앞으로, 그러니까 과학이라든지 이런 것도 종교와 대단히 접근이 되리라고 믿고 있습니다.

그러니까 지금 이러한 현대의 종교적 태도나 이런 것이 천하가 다 그렇게 된 것을 나 혼자만이 어떻게 합니까? 그래서 나는 이런 태도가 중요하다고 보고 있지요. 마음을 조급히 하지 말라, 세계가 혼란해질수록 조급하지 말라, 조급하면 조급할수록 어지러워진다고. 그렇게 말하면, 조급하지 않을 수 없지 않느냐 이렇게 되겠지만 그렇다고 지금 세상이 좋다, 이렇게 생각하자는 것은 아니에요. 이 세상을 바로 고치자든지 이렇게 아주 급하게 생각하지 말자, 이것입니다.

이어령　파스테르나크도 그런 얘기를 했지요. '초속도의 시대일수록 천천히 생각하는 것이 최상의 방법'이라고요. 역시 우리 젊은이들이 성급히 절망하고 성급하게 모든 것을 생각해 버리는 폐가 있습니다. 그런데 더 좀 욕심을 부리자면 조급해지는 것이 좋을 경우도 있습니다. 절박하면 통한다……. 즉 절박한 상황 의식을 통해서 우리의 운명을 자각하는 계기를 얻을 수 있지 않을까요? 이 자각이 필요한 것 같아요.

　모든 인간이, 특히 이것은 반자유 진영의 인간들에게 필요합니다. 독재자 앞에서 눈을 뜬다는 것…… 인간의 자유가 행사되려면 개개인의 자각이 필요하다는 거죠. 이 자각을 통해서 사람들은 행동을 발견하게 될 거예요.

그러면 인간 사회가 퍽 달라지지 않을까. 인간의 상황을 개개인이 느끼고 책임지는 것, 이것이 인간이 할 수 있는 제일 중요한 일 같아요. 가령 인간이 죽어서 어떻게 된다든가 하는 이런 것보다는 나는 지금 어떻게 살아야 하느냐, 이것이 문제라고 봅니다.

역시 혼의 세계

함석헌 그것은 나도 동의하는데 그러면 어떻게 하면 깨치겠는 가, 그 방법론을 내가 모른다면 어떻게 하겠어요?

이어령 예를 들면 나치가 프랑스를 짓밟을 때 레지스탕스 운동 을 하던 사람들이 존재하지 않았던들 그 당시의 인간들 에게 더 많은 비극을 가져왔을 것이 아닙니까? 선생님 은 신자의 입장에서 말씀하시고 저는 역시 문학하는 사 람의 입장에서 말하는 수밖에 없죠.

작가란 사르트르의 말대로 개개 사물에 대해서, 형상 에 대해서, 이름 짓는 사람이죠. 이 이름 짓는다는 말은 우리의 상황을 표현함으로써 그 상황 앞에 눈을 뜨게 하 는 방법이죠. 그래서 그 상황을 바꾸는 것이지요. 『엉클 톰스 캐빈』이란 작품이 흑인들의 노예 생활을 고발하고 그래서 그 노예 제도에 변화를 일으킨 것처럼 말이죠.

우리에게 남아 있는 최후의 희망은 우리 시대를 우리가
기억할 수 있다는 그것이라고요.

함석헌 거봐, 역시 마음에 호소하는 것이야. 아까 원자탄 한 번
터지는 데 서울 시민이 얼마 동안을 살아갈 수 있는 경
비가 난다 그랬는데, 이런 것으로 생각하면 이 현실이
너무도 엄청난 것이 있지만, 그래도 마지막에 우리가 새
로운 역사가 이루어질 교두보가 없다면 사람은 별수 없
거든요. 그때는 종교를 믿거나 말거나 별수 없지…….

그러나 현실적인 문제가 대단히 절박해서 그런 것을
가지고 되겠느냐 하는 조급한 생각이 나면 날수록 마음
에 의지할 수밖에 없겠는데, 지금 이 문명이 이렇게 발
달이 되어서 물질적인 면, 자연 과학적인 면, 사회 과학
적인 면, 이런 면에는 앞으로 더 발달이 될 줄로 압니다
마는, 그러나 사람의 혼魂 문제로 들어와서는 거의 방치
했다고 보고 있어요. 현재 과학적인, 물질적인 면에 있
어서는 사람이 샅샅이 뒤져서 하나도 남음이 없어……
세밀하게 조사를 하고…….

그런데 이 혼의 세계에 있어서는 그냥 내버려두는 상
태인데 앞으로 여기에 전력을 다하게 되면 이 속을 깨쳐
서 그 세계를 개척하게 되면 이 원자력의 핵 원리를 발
견해 가지고 그런 문제까지 들어갈 수 있으리라고 봅니

다. 그래서 결과적으로 생각하면 앞으로 과학과 종교가 접근할 것이다, 그렇게 생각해요. 그리고 과학에 대한 태도도 달라지고, 종교도 새로운 생각을 가지고 해서 접근이 돼서 지금까지 역시 등한했던 혼의 세계로 파고들어 간다면 놀라운 무엇이 알려지지 않겠나 생각하고 있어요.

이어령   중요한 말씀입니다. 우리 젊은 세대들이 인간의 혼을 탐구하려는 데에 소홀한 것은 사실입니다. 그런 의미에서 선생님의 사생활에 대한 얘기를 듣고 싶습니다. 선생님이 각박한 현실 속에서 살면서도 하루의 즐거움 같은 것을 좀 말씀해 주세요.

하루는 한 끼로

함석헌   뭐 특별한 즐거움이란 게 없지요. 그러나 나도 과거에는 그런 생각이 없었던 것은 아니에요. 나는 종교가라면 종교가인데 종교의 참지경에 달하면 모르지만……. 그것을 되도록이면 찾으려고 하는데 안 되는 것은 어떻게 할 수 없고, 그런 것을 그렇게까지 중요하게 생각하지 않았어요. 역시 이 종교라면 희열이 있어야 되거든요. 그런데 그것이 없는 데에는 어쩔 수 없고…….

이어령 　선생님이 하루 생활을 하시는 데에서 얻을 수 있는 즐거움이 있으실 게 아니에요?

함석헌 　심심하다든지 답답하다든지 그런 것은 나는 모르고 있어요. 일하면 일하는 그 자체가 좋지. 내적인, 생활 안의 생활이 공백하기에 심심하다, 그렇게 느끼지 나는 도무지 그것을 느끼는 일이 없어요. 또 싫증이 난다든지 그런 일은 없어요. 인생의 권태라든지 그런 것은 모르고 살아요.

이어령 　선생님 지금도 그림 그리시나요?

함석헌 　저는 그림을 좋아하지요.

이어령 　진지는 한 끼밖에 안 잡수시구요?

함석헌 　네.

이어령 　선생님이 가꾸는 꽃이라든지 그런 말씀을 해주세요.

함석헌 　그것은 무슨 도락 정도는 아니에요. 그런데 사람이 너무 무미건조해도 못쓰는 것이고 그래서 해보려고 그러지. 의식적으로 생각하고 한다든지 그런 것은 아니에요.

이어령 　선생님 음악 좋아하세요?

함석헌 　싫어하는 편은 아니에요. 그러나 그것이 뭐 취미라고 할 정도는 아니에요. 내 생활은 범위가 좁다면 좁아요. 사는 것이 다 그렇지만 뭐 특별한 것이 없어요.

　　젊어서는 취미가 비교적 다방면이었는데 음악이라면

음악을 전부 다는 모르지만, 악기라든지 이런 것을 한 가지만이라도 켤 줄 알았으면 좋겠다고 생각했어요. 심지어는 그림까지도 해보았으니까. 그런데 이제 다 그만 둬 버렸어요.

이어령 　사실 지금 저희들의 마음이란 들어설 자리가 없어요. 노래를 불러도 춤추지는 않는…….

함석헌 　그럴수록 나는 네 안의 세계를 찾아라, 이렇게 말하고 싶은데, 그렇다고 뚜렷한 무슨 기답은 못 하겠고, 나 자신이 찾는 사람이지만 오늘 하신 말씀은 내가 늘 생각하고 있는 말인데, 아닌 게 아니라 내가 지금 종교적 입장에 있는 것은 사실이지만 현재 있는 종교는 불결하단 말이에요. 그래 주제 없는 것 같지만 무슨 새 종교가 나올 것도 같은데…….

이어령 　우리나라 작품 같은 것은 읽으신 것 없으세요?

함석헌 　근래에는 통 읽지 않았어요. 내가 시골에 내려가면 그날부터 밭에 가서 일을 해야 되고, 그래서 서울에 올라오면 문화인이고 천안에 내려가면 자연인이지. 그런데 오히려 어느 편으로 보면 젊은이들이 일이나 했으면 좋겠어요. 어떤 황무지가 있다면 한번 농사를 내 하고 싶은 대로 마음껏 해보았으면 좋겠는데…….

이어령 　사실은 현대 지성인이 농부만 못합니다. 그래도 농부는

봄에 씨를 뿌려가지고 가을이면 씨를 거두는 신념 속에
서 피땀을 흘리며 묵묵히 행동하죠. 이 배웠다는 사람들
은 하나도 실천력이 없거든요. 차를 마시는 기술 정도
죠.

함석헌 나도 현대인이라면 현대인이라고 보는데, 요새 그림 같
은 것을 보면 도무지 무엇인지 모르겠어요. 이러한 것이
현대로 나가는 것인지 모르겠지만 내가 다소 지식을 가
지고 보아도 무엇이 무엇인지 모르겠어요. 그림을 하든
지 무엇으로든지 집중을 하면 혼이 구출되는 것인데, 내
혼을 구출 못하는 사람이 다른 사람의 혼을 구출시킬 수
는 없지요. 요새 보면 예배당에서 종을 치는 사람도 내
가 종교가다 생각하지만 현대 종교는 시인이요, 드라마
쓰는 사람, 소설을 쓰는 사람입니다. 이 글을 쓰는 사람
의 사명은 혼을 엮어주는 데에 있어요. 그렇게만 되면
좀 해결이 될 것 같은데…….

이어령 작가는 신자라 해도 좀 다른 데가 있더군요. 가끔 종교
인들과 충돌을 하죠. 파피니 같은 이탈리아의 현대 작가
도 자신이 가톨릭 신자이면서도 그의 소설로 인해서 파
문까지 당하고…….

함석헌 글쎄요. 파문이라는 게 뭐 이게 문제가 됩니까? 종교에
종파가 있다면 무엇이 되겠어요? 그러니 나는 천생 욕

만 먹게 생겼지.

이어령 선생님의 글을 읽어보면 어떤 현역 문인보다도 독특한
스타일인데요. 그래서 기독교인이 아니라도 선생님의
그 문체 때문에 선생님의 글을 재미있게 읽는다는 사람
이 많이 있습니다. 또 하나는 선생님이 글을 직업적인
문인들처럼 수사학이라든지 그런 것에 구애되지 않고
말씀하듯 쓴다는 것이 또 특색인데 그런 문체를 자신도
의식하시는지요?

말대로 쓰는 문체

함석헌 내가 역사 쓸 때만 해도 그렇지 않았는데 참 옛날 사람
들은 같은 사상이라도 다듬어서 문자화하려고 노력했
는데 내가 재치가 없어서 그런지 이제는 말대로 쓰자,
말하는 그대로예요. 그래 글을 쓰라면 어렵지만 말하는
대로 쓰라면 그대로 하면 되거든요. 그저 이제는 깎는
것이 대단히 어려워요. 하여간 나도 왜 그런지 몰라요.
달라진 것은 사실이에요.

이어령 시는 그 후에 통 안 쓰셨습니까?

함석헌 옛날이야기……

이어령 선생님, 참 기독교에는 왜 짐승들에 대해서 통 말이 없

지요? 역시 인간 중심인 것 같아요. 예수는 "저 나는 새를 보라" 했지만 참새가 먹을 것을 찾아다니는 것을 보면 안쓰러워 못 보겠어요. 하나를 먹고 주위를 살피는 그 꼴은 볼 수 없거든요. 그런데 이것이 신의 섭리라면 얼마나 잔인해요.

사트르트는 "존재에 얽매여 있는 이놈, 너를 그 얽매임 속에서 해방시켜 주마" 해가지고 파리를 죽이는데 이런 동물들도 인간의 원죄로 해서 인간의 잘못을 그것들도 함께 책임을 지고 있는지…… 불교에선 중생 전체가 문제 되지 않아요?

함석헌 그런데 역시 그것은 다른 의미로 말한 것이지……. 하나님은 하나님 자체를 말할 권리가 없고 우리가 하나님을 알아 들어가는 것뿐이지. 그러니까 인도 사람은 인도 사람대로의 발견 방법이 있고, 헤브라이 사람은 또 그 사람들대로의 발견 방법이 있지. 그것을 보는 방법은 다 다를 것이 아니에요? 그러니까 그것은 그때 그 사람들이 살던 생활 때문에 그렇지요.

이어령 그렇기는 해요. 남양에 가면 신이 자기들을 만들었다고 한대요. 그러나 그 신이 지금 어디에 있느냐고 물으면 모든 자연을 만들어 놓고는 죽었다고 그런대요(웃음).

함석헌 타이완에 원주민들이 있지 않아요? 일본 사람이 통치하고 있을 때 얘기인데, 그곳에서 군대가 철조망을 치고 주둔하고 있는데 하루 저녁에는 그 사람들이 무슨 제사를 지내는데 와서는 오늘 저녁만 철조망을 걷어 달라고 하더래요.

어째 그러느냐 하니까, 신이 산에서 내려와야 할 것이 아니냐, 그래서 신이면 철조망이 있다고 못 내려오느냐 하니까, 그렇지 않다 하더라는 것이에요. 그러니까 이 고대적 종교적인 면을 볼 때는 퍽 동정적인 면으로 보아야 돼요.

이어령 서양적인 사고에는 출발해 나갔다가 다시 출발점으로 되돌아오는 그 사상이 굉장히 많이 있지 않아요? 탕자 돌아오다 하는 식 말이에요. 이런 사고로 나가면 현대의 위기가 다시 탕자처럼 정상으로 돌아올지도 모르지 않겠어요?

함석헌 그것은 동양 사상에도 있어요. 불교에도 탕자로 나갔다 돌아오는 것이 있어요. 그러나 역시 기독교적인 인생관에서 나온 것이라고 보는 것이 좋을까……

이어령 이제 결론적인 말씀이라고나 할까, 그런 얘기를 해주셨으면 좋겠습니다.

함석헌 나한테는 무슨 결론이 없을 것 같아요. 자꾸 이렇게 얘기하는 것이 결론이지 별것 없어요. 나는 역사도 그렇

게 보아요. 자꾸 하나씩 해가면 역사가 되지. 또 사람이
라는 것을 어디 한번 결론을 맺어보자 그러지만, 사람은
사람이지 거기에서 그쳐요. 맺기는 무엇을 맺어요.

이어령　그러면 오늘은 이 정도로 해두지요. 장시간 좋은 말씀
많이 해주셔서 감사합니다.(《사상계》, 1958. 6.)

불타는 소돔의 성城 속에서

대담자: 박종홍朴鍾鴻

관념과 행동

이어령   존경하는 선생님과 이렇게 조용히 마주 앉고 보니 감회
가 새로워집니다. 재학 시절에 선생님 강의는 한 번도
거르지 않고 전부 들었지요. 사회에 나와서도 동기생들
이 모이면 선생님 이야기를 자주 합니다. 저로서는 특히
환도 직전의 부산 가교사에서의 마지막 강의는 아직도
잊혀지지 않습니다.

박종홍   길에서 잘 모르는 이가 인사하는 걸 많이 받아왔지만 워
낙 많은 학생이 거쳐 나가니까 모두 기억할 수 없어요.
이 군같이 모두가 기대하고 있는 제자를 만날 때가 무엇
보다 기쁘지요. 부산에서 마지막 강의를 할 때 천막 밖
에까지 학생들이 있었던 것이 나 자신도 잊혀지지 않는
군요. 그것이 지금의 『철학개설』이 되었지만…….

이어령   한국의 젊은 층을 대신해서 군이 어떤 결론을 얻으려는

것보다는 주변에 있는 것들을 가볍게 여쭈어보고자 합니다.

우선 흔히 하는 말로 요즘 젊은 20대들에게는 '무엇을 위해 행동하는가?'라는 명제의 답이 없는 것 같습니다. 가령 '학문이면 학문', '조국이면 조국' 하고 뚜렷한 지표가 정하여 있지 않습니다. 즉 뚜렷한 정신적 지주를 상실하여 방황하는 신세대를 어떻게 보는지요.

확대된 스케일

박종홍 별로 생각해 본 일이 없는데, 일반적으로 예전엔 청년들이 패기가 있었는데 지금은 그렇지 못하다, 이런 말들을 하는 것 같은데 나로서는 그렇지만도 않은 것 같군요. 환경의 차이랄까, 가령 '데모크라시', '민족자결주의'니 해서 민족만을 생각했기 때문에 간단했지만, 지금은 그래도 세계적으로 스케일이 확대되지 않았어요? 그러니 자연 받는 자극이 단순하지 않거든요. 간단히 패기가 있다 없다고 단정해 버릴 것이 아니라 형세가 그렇게 달라졌으니만치 그런 걸 고려해 줘야 할 것 같아요. 결국 여러 가지 요소가 들어 있으니 간단히 외곬으로 나가기가 힘들지 않은가 이렇게 생각도 들고, 하여튼 이것이 뭐 우리 한국에만 국한된 문제는 아니라고 말하고 싶습니다.

이어령   네, 사실 지금 우리 주변을 살펴보면 시야가 넓어지고 또 생활 범위가 넓어지게 된 것은 사실입니다. 그러나 도리어 우리들의 정신은 조그만 동굴 속에서 칩거蟄居하고 있습니다. 의식의 고도孤島에 표류된 로빈슨 크루소—이것이 오늘의 젊은 사람들의 초상인 것 같아요. 현실과 교통할 수 있는 길을 열긴 열어야 되겠는데 지금 자기 하나의 주거조차 변변하지 않거든요. 휴머니즘이란 것을 많이들 말하고 거기에서 어떤 타인과의 연결을 발견하려는 것 같은데, 그것은 무척 관념적입니다.

  『카라마조프 형제』에 나오는 구절처럼 추상적인 인간, 말하자면 휴머니티라는 것은 인정하지만 구체적인 인간—즉 Mankind가 아니라 Person은 사랑을 할 수 없다는 거죠. 휴일의 광장에 들끓는 그 많은 인간, 번잡한 시장이나 버스 안의 인간, 주정꾼, 환자, 음식물을 씹고 있는 사람의 입, 이러한 사람들을 실제적으로 대하면 단 일 분도 사랑할 수 없는…… 그래서 결국은 관념적인 세계와 구체적인 세계는 서로 균열을 일으키고 있습니다.

  그래서 오늘의 문명은 '소돔의 성'처럼 멸망을 기다리

고 있습니다. 나 혼자 구제되는 길이 있다 하더라도 우리는 이 성을 두고 도주할 수는 없겠죠. 뒤를 돌아다보고 소금 기둥이 될지언정 말입니다. 이 속에서 무엇인가 우리들의 길을 찾아야 될 것인데, 그게 실상 용이하지 않거든요. 그러기 위해선 구체적인 행동의 세계로 돌아와야 할 텐데……

박종홍 그런 점은 특히 철학하는 사람이 더 절실하게 느낄 가능성이 있다고 생각해요. 왜냐하면 그들은 구체적인 것과는 멀리 떨어져 있는 일을 하는 것 같거든요. 더 강하게 말한다면 관념적인 것만 생각하기 때문에 실제 생활에선 약화되기가 쉬우니 이런 점들을 주의해야 할 거예요.

그리고 추상적인 면이나 동떨어진 곳이라도 갈 곳까지 철저히 가보면 궁극에는 이성하고 결부되는 것이 나타나는 법입니다. 모든 면에서 철저만 하다면 보통인들에겐 우습게 보이는 일도 우습지 않게 되고, 또 동시에 우습지 않게 되어야만 하는 거예요. 철학자라서 유별난 생활을 하는 것도 아니고—거듭 말하지만 어설프게가 아니라 진지한 태도로 궁극까지 간다면 초월하든지 또는 되돌아오든지 구별이 생길 것이고, 그렇지 못하다면 이중생활밖에 못하다가 결국은 결렬되는 수밖에 없어요.

남은 무의미하게 보더라도 자기는 그렇지 않다고 느낄 수 있는 지점에 이르면 또 하나의 신념을 가진다든가 또 다른 태도가 가능하게 됩니다. 처음부터 너무 개별적인 일에 얽매이다간 나쁜 결과를 초래할 수가 있어요. 헤매는 것이 헛되고 불합리한 듯해도 철저하게 그러노라면 다시 규칙적인 데로 돌아올 수 있는 게 아니라, 그런 과정을 극복하고 넘어가면 더욱 세찬 것이 나올 수 있을 것인즉 서둘러 비판을 말고 모든 면에서 바싹 죄들어갔다가 돌아온다고, 생각을 구체적으로 가짐으로써만 우스운 것이 우습지 않은 것으로 된다, 요는 자기 속만 들여다보지 말고 일단 자기를 넓게 돌아보는 계제를 가져야 하지 않을까 해요.

이어령 병든 조개 속에서 진주가 생겨난다고 흔히들 말하지 않아요. 부패 속에서의 새로운 생성, 말하자면 재결정再結晶이지요. 문학 세계에서도 릴케의 『말테의 수기』에서 느낄 수 있는 것은 폭풍과 같은 절망과 부정의 세계죠. 그러나 이러한 요소가 그의 세계적인 내면 공간이라는 긍정의 세계를 열어준 것이 아니겠어요. 그러나 그 궁극에서 얻어진 긍정의 세계가 반드시 구체화된 행동의 세계와 연결을 짓느냐는 것은 의심스러운데요. 역시 현실과는 동떨어진 추상적인 세계죠.

과수원지기처럼 고독했던, 그러나 그 속에서 행복했던 릴케에 있어서 그의 존재에 대한 긍정적인 태도가 이미 하나의 도피요, 어떠한 실천 원리를 낳을 수는 없었어요. 즉 릴케의 시도 의식 속에서인 이상……

실천적인 것은 언어(思想)를 필요로 하지 않아도 좋을 것입니다. 신의 세계에는 문학이 없다는 지드의 말처럼 말입니다. 결국 언어와 행동은 영원히 평행할지언정 일치될 수 없는 숙명을 가지고 있어요. 『자유의 길』을 쓴 사르트르와 정치에 참여하는 사르트르는 별개의 인간입니다. 우리는 드골 내각에 들어간 말로의 정치적인 실적을 가지고 그의 작품 세계를 평가하려고 들지는 않을 것입니다. 행동은 별개의 것이죠. 행동한다는 것은 결국 언어 속에서의 행동입니다. 실제로 행동하는 것과는 아무래도 구거溝渠가 있게 마련입니다. 그렇다면 정말 행동은 언어를 필요로 하지 않는 것이지요.

박종홍 재미있고 힘든 문제인데……. 말이 불필요하게 된다는 건 곧 이론과 합리론을 부정하는 것이 되어 신비 속으로 들어가게 되어 아주 위험하게 됩니다. 특히 지금 우리가 살고 있는 이 데모크라시의 사회는 대중의 지적 수준을 높이는 것이 목적이고, 이 데모크라시라는 말이 없이는 될 수 없는 것이거든요. 말, 즉 의사의 표시가 불필요하

다고 한다면 개인마다 뿔뿔이 흩어질 가능성만 생겨나
고 이것을 다시 묶으려면 어떤 커다란 힘을 전제해야 하
는데, 이것이 매우 위험한 것입니다.

창조와 음악

이어령　그런데 젊은이들에게 필요한 모색 과정이라고 하는 것
　　　이 이제까진 로맨티시즘에 가까웠다고 봅니다. 지금에
　　　와서는 자기 위치라든가 지체 의식을 강조하여 자고로
　　　내려온 전통을 검토하는 그 어떤 싸늘한 지성이 요구되
　　　지 않을까, 즉 낭만적인 요소에서 지적 태도로 전환하는
　　　것이 한국 청년에게 필요치 않을까 생각됩니다.
　　　　문학에서 보더라도 고전주의는 오디세우스가 고향으
　　　로 돌아오듯이 고향을 찾아 돌아오는 것, 즉 알고 있는
　　　것에 흥미를 가지고 안정이나 분석에 치중하는가 하면
　　　낭만주의는 테니슨의 『율리시스』에서 나타난 것과 같
　　　이 바다 저쪽에 있는 어떤 알지 못하는 신비와 미지에의
　　　동경, 즉 창조나 모험인 것 같아요. 동양을 말하자면 '이
　　　백'과 '두보'가 그 좋은 예인데요. 두보가 평생을 두고
　　　고향을 노래한 사람인 데에 비해, 이태백은 늘 달 같은
　　　미지에 대한 동경 속에서 살았다고 봅니다. 전자의 그것

은 고전적—말하자면 지적인 태도일 것이고, 후자의 것은 낭만적, 즉 주정적인 것으로 보아야 될 것입니다. 그렇다면 우리는 생에 대한 이러한 두 태도 중에서 지금 어떠한 것을 선택해야 할 것이냐 하는 것이 문제일 것 같아요.

그런데 쥘리앵 방다Julien Benda는 모든 20세기의 문학, 그러니까 지드로부터 사르트르의 문학에 이르기까지 낭만적이라고 보지 않아요. 그래서 오늘과 같은 혼돈된 문화를 형성하게 되었다고 말이죠. 그러므로 이러한 무질서, 이러한 무형, 이러한 카오스에 사는 젊은이들에겐 싸늘한 지성—그 고전적인 정신생활로 상실한 생활의 구심력을 발견하는 일일 거예요. 분산적인 데서 집중적인 것으로……

박종홍 동감입니다. 돌연한 소리 같지만 내가 이 군의 글을 많이 읽지는 못했지만 이 군의 재학 시절부터 날카로운 센스를, 즉 파토스적인 면과 기반이 되는 공부를 많이 해 나가는, 말을 붙이자면 로고스적인 면도 있어 보여 적이 기뻐요……. 모든 청년들이나 학구를 하는 사람들에겐 그 점이 중요하다고 봐요. 또 이 군은 상상력에 관한 연구를 하는 것 같은데 난 퍽 좋은 연구를 한다고 생각해요. 상상력도 연구해 가면서 결국 로고스적이랄까 그런 것과 만나게 될 거고, 또 그런 태도가 평론에도 필요할 거예요. 센스도 있어야겠지만 로고스도 없어서는 안 되지요. 철학에서도 예로부터 파토스와 로고스가 떠날 수 없습니다. 새로운 것을 모색하는 데도 좀 더 지성이 부가되어야 하겠어요. 공연한 소리 같지만 우리나라 평론에는 지적인 면에 좀 더 관심을 가지고 공부해 나가는 태도를 길러야겠어요.

난 이 군의 논쟁 내용보다는 군이 평소 취한 태도에 호감을 느끼는데 학구도 센스가 없이는 안 되는 거요. 느낄 줄 알아야 하는 거지만 또 그것만으로도 안 되지 않아요? 그 뒤에 커다란 지知의 배경이 절대 필요합니다. 냉철히 느끼려는 태도, 이건 철학뿐 아니라 어디서나 소중한 것이에요. 헤겔 같은 사람도 역사를 움직이는 것이 파토스라고 갈파했지만, 사실 파토스 없인 행동이 있을 수 없어요. 현대의 실존주의는 파토스에만 너무 깊이 들어가 있는데 앞으로 로고스가 필요할 때는 반드시 오고 말 것입니다. 그리고 철저하지 못하다는 문제인데 한 사람이 얼마만큼 궁극을 모색하여 가면, 그 후계자가 이어받아 더욱 추궁하여 돌아오는 무엇이 있도록 해야겠어요. 지금의 현상은 갈 데까지 갔다가 다시 이쪽으로 돌아오는 단계에 있어요. 옛날부터 품어오던 막연한 생각이 구체적 생각으로 돌아와야 비로소 일반에게 영향이 가능하거든요.

이어령 그런데 저는 절충주의에 회의를 느낍니다. 가령 베르그송이나 프로이트나 앙드레 지드나 할 것 없이 모두 개인의 경험 내용을 향해 서서 들어가지 않았어요. 그런데 이러한 개인적 요소를 하나하나 살리면서 여럿이 '커뮤니케이트'할 수 있는 것, 다시 말하면 '하나하나가 살아 있는 커뮤니케이션'이란 절충주의를 요새 와서 많이 떠들고 있어요. 물론 주관과 객관, 로고스와 파토스가 모순 없이 이상적으로 결합될 수 있다면야 파라다이스의 세계가 되겠지요. 그런데 제 생각 같아서는 과연 그것이 실질적으로 가능하냐에 대해서 회의를 느낍니다. 즉 하나하나가 살면 전체적인 것이 죽고, 전체적인 것이 살면 하나하나는 죽고, 이상적이긴 하나 워낙 상극 같아서 합일될 것 같지가 않아요.

박종홍 내 생각에는 개인 개인이 독자적인 면에 깊이 들어가 독특한 세계를 철저하게 추궁할 수 있도록 타인과 통하는 면이 생겨난다고 봅니다. 예컨대 베토벤, 그가 자기 세계를 철저하게 묵묵히 파헤치고 있었기에 오늘날까지 모든 사람에게 통할 수 있지 않을까 생각돼요. 가령 적과 나와 대결했을 때 적은 적으로서 구실을 할 때만 공감을 느낄 수 있지, 적도 아니고 나도 아닌 얼치기여서는 우리와 통할 수 없습니다. 악착같이 달려드는 적을 접전 끝에 칼로 찌르고 총으로 쏘아 죽이면서도 안으로는 말할 수 없이 서로 통하는 점이 절실히 느껴질 것입니다.

우리나라 사람들이 흔히 한국에 너무 집착한다는 것은 세계에 대해 너무 시야가 좁지 않느냐는 회의를 갖는 것 같은데, 나로선 한국 사람은 한국 사람 노릇을 우선함으로써 비로소 전 세계에 통할 수 있다고 생각해요. 이처럼 개인 간의 커뮤니케이션 하나하나가 살아 있는 커뮤니케이션이 일방으로 불가능하게 느껴지겠지만 무언지 서로 깊이 안으로 통하는 점이 있습니다. 다시 강조하는 말이지만 우선 자기 안으로 철저히 들어가라는 것입니다. 반드시 서로 통할 수 있는 힘이 생겨날 것입니다.

이어령 저는 흔히 이런 생각을 해왔는데요. 그것이 무어냐 하면 산문은 있는 현상의 검토 내지는 발견이고, 시는 창조적인 것과 변혁적인 것으로 볼 수 있는데요, 꼭 같은 언어를 대상으로 하면서 내적imagination에 의한 훌륭한 산문가가 반드시 훌륭한 시를 쓸 수 없는 것처럼 하나의 일을 파고들면 모든 것이 통할 수 있다는 신비론에 다소

의문을 갖습니다. 창조적인 것과 분석적인 것과는 영원히 교합될 수 없는 국경을 갖고 있지 않을까요. 결국 새로운 것을 창조하는 그 창조력과 어떠한 현상에 새로운 질서를 가하는 조직력은 서로 다른…… 그러니까 창조력은 개인적인 것이고, 조직력은 전체적인 것으로 볼 때 절충주의의 가능성은 희박한 것 같아요.

박종홍 내가 철학을 하고 있지만 난 전부터 어떻게 하면 새로운 것이 창조되는가를 알고 싶었어요. 문학 작품도 그렇지만 어떻게 새로운 국가가 형성되느냐 하는 문제 같은 덴 이렇다 할 원리가 없거든요. 해답이 없으니까 소용이 없다, 이럴 수는 없거든요. 그러니 평론은 남의 약점을 꼬집기보다는 상상력에 관한 연구를 할 필요가 퍽 많다고 봐요. 내가 처음 쓴 책이 일반 윤리학인데 삼단 논법 같은 것을 제일 좋은 것으로 봐요. 귀납법이란 진리를 찾아내는 방법이라 하지만 그 진리란 것은 결국 거기에 주어진 것, 있는 것이 아니에요? 그래서 아무래도 뒤를 돌아다보는 것 같은 느낌을 줘요. 그보다는 새로 만드는 것을 찾고 싶어요.

이어령 창조력을 중시할 때 문학에서는 '음악적 상태'란 것을 동경하게 되는데 음악적 상태라는 것이 문제입니다. 가령 카프카의 『변신』에서 주인공 그레고르 잠자가 어느 누구와도 통할 수 없는 존재의 단절감 속에서 사는데 오직 자기 동생 바이올린 소리를 듣고 그러한 그 감금된 존재의 벽을 빠져 밖으로 기어 나가지 않아요? 존재 저편에서 흘러오는 음악 그것은 초월적인 힘입니다. 그 초월적인 음악의 힘이야말로 가장 순수한 창조력이라고 봅니다.

그런데 저는 이놈의 마력이 도리어 인간에 커다란 비극을 가져오는 요소라고 봅니다. 음악에 패배해서는 안 됩니다. 모든 것을 뒤엎고 이성을 초과한 노예처럼 만들어버리는 그 음악의 신비한 힘에 속지 말아야 합니다. '나치스'라는 걸 생각해 보시면 어떨까요? 나치스 저변에 흐르는 것은 게르만 민족의 그 낭만 정신—음악의 힘이라도 좋죠—그런 것이 흐르고 있다고 봐요. '패전 독일은 이렇게 싸웠다'를 보고 전 그런 것을 느꼈어요. 그런데 그 굴레 벗은 말과 같은 그 낭만적인—음악적인 힘이 얼마나 무서운 일을 저질렀던가요. 거기에는 오직 움직이는 힘만이 있을 뿐이죠. '소돔의 성' 속에 음악이 있었던 것처럼 말입니다. 눈먼 광인과 같은 그 무시무시한 힘 말입니다.

박종홍 재미있는 이야기예요. 음악을 듣는 것은 받아들이는 것이지요. 본다는 것이 그보다는 더 적극성을 띠지 않아요? 어린애들이 갓 나서 눈을 못 떠도 이미 소리를 듣는 다는 얘기가 있는데, 듣는다는 건 그만큼 비판이나 선택의 여지가 없이 그저 받아들이는 것일 뿐이니까요. 본다는 것과 듣는다는 것이 결부되어야 완전한 인식이 형성될 것 같아요. 원심력이 세면 구심력도 강해지고 이런 거라야만 정말 살아서 움직이는 것이 아녜요. 본다는 것과 관련된다는 것은 역시 과학이라 생각되는데!

이제는 그저 받아들인다는 때는 이미 지났다고 봐요. 맹목적 추종이 쉽긴 하지만 매우 위험한 짓이거든요. 우리는 어둠 속에 있다, 새 아침을 기다린다는 말이 유행되는데 그렇게 주어지는 것만을 기대하는 건 좀 이상하다는 생각이 들어요. 좀 더 능동적이 될 수는 없는가 하고 생각합니다.

듣는 사람은 별로 모르지만 음악을 만들 때는 연주를 듣는 것을 전제로 하고 만드는 것이고, 그래서 귀로 들어오는데, 즉시 느껴지니까 음악이 회화보다 더 신비스러운 느낌을 가졌다고 봐요.

이어령 　그러면 구체적인 것으로 들어가서 전통이라는 것을 생각해 보면 어떨까요? 프랑스에서는 지드와 발레스를 둘러싸고 '포플러의 논쟁'이라는 것이 있었지요. 즉 20세기 초의 문단에서 발레스 같은 이가 데 데라시네에서 프랑스 현대인은 모두 뿌리가 잘린 인간, 즉 실향민이라고 '사자死者–조국'으로서의 프랑스의 전통을 찾아야 한다고 외쳤습니다. 반면에 앙드레 지드 같은 이는 도대체 프랑스의 전통이란 무엇이냐? 나의 어머니는 남부 태생이고, 나의 아버지는 북부 태생이고, 나는 파리에서 태어났다. 도대체 나의 고향은 어디란 말이냐? 하는 식으로 반항하고 나섰지요. 그는 뿌리를 잘라야만 포플러는 오히려 뿌리가 돋아나고 번식을 잘하는 것처럼 프랑스의 '사자–조국'의 전통이라는 뿌리를 반드시 찾아야만 되는 것이 아니라고 갈파했지요. 이것이 우리 한국에서도 적용되는 것 같아요. 즉 전통이란 무엇이며 또 문제가 생기는 것 같은데요.

박종홍 전통이라면 고유란 말이 으레 붙게 마련인데 과연 전통이란 것이 처음부터 정해져 있느냐 하면 그런 것이 아니고 역사를 밟아 내려오는 중에 자연히 형성된 것이라고 봐요. 외래의 영향 밑에서 삶을 영위하여 가는 중에 전부터 쭉 내려오는 시대에 따라 다르긴 하면서도 같은 그 무엇이 형성되지요. 그리고 전통이라면 그저 옛것을 묵수하려고 한 것이 전통다운 것이 아니고, 역사적인 어떤 시기에서 당시 사람들이 어떻게 생활이라면 생활, 역사라면 역사를 새로 전개하고 곤란을 타개하려고 애썼느냐 하는 바로 그것을 캐치하는 것이 전통을 바로 찾는 것이라고 생각돼요.

통일 신라 시대만 보더라도 국민들은 새롭게 전해하기 위해 그 정신에서 한데 뭉쳤기 때문에 통일을 실현할 수 있었거든요. 그저 내려온 것만을 찾은 게 아니라 그네들이 어떻게 고난을 극복하고 어떻게 새 살길을 모색하려고 했느냐 하는 바로 그 정신이 본받을 만한 것이고 이것이 진정한 의미의 전통입니다.

우리에게도 고난 타개의 가능성은 있어요. 이것이야말로 시대상을 보지 않고서는 되풀이할 수 없는 거예요. 현상에 비추어 타개하려고 노력함이 필요해요. 극복이란 게 조건이 한결같을 수 없고 또 간단히 되어지지도 않는 것이거든요. 모든 면을 조건화시켜서 어떻게 타개하느냐 하는 것이 문제입니다. 한편 여기에는 살아 약동하는 전통이 필요하지만 그런 것이 우리가 역사를 들추어보면 그저 나올 줄로 생각하는 것은 잘못이 아닌가 생각해요.

이어령 네, 그것입니다. 그렇게 살아서 약동하는 전통이 우리에게 있는가? 있다면 그것이 무엇인가? 또 그것이 한국의 시대 실정에 어떻게 나타날 수 있는가, 이런 점이 문제일 것 같습니다.

박종홍 역사에 빛나는 것이 있다면 아까 말한 그것이겠지요. 우리가 이렇다고 내놓을 수 있는 것은 그런 요소를 가지고 있어요. 딴 얘기지만 나이를 먹으면서 '어떻게 새것이 만들어지나?'가 더 알고 싶어져요. 창조라고 해서 미술에 국한된 것이 아니라, 정치가가 하는 일도, 역사의 의의 있는 과정도 다 일종의 창조거든요. 요는 우리가 많이 하는 것도 좋지만 그보다도 자기 독자적으로 전개해 보려고 애쓰는 것 이것이 중요한 것입니다. 과거에 우리 민족들은 남에게 지지 않으려고 애썼고 오히려 남의 앞장을 서려고 노력해 왔고 또 그것이 가능했거든요. 그러니까 우리도 하면 할 수 있는 겁니다.

시대에 처해서 곤란을 극복하는 정신, 예를 들면 을지문덕이나 이순신 같은 분들의 고난 타개의 정신이 미술가의 창작 태도와 통하는 어떤 면이 있지 않은가? 이런 생각도 들어요.

이어령 그런데 문학에서 한국의 전통은 고난에서 나온 것 같아요. 우선 민요나 유행가를 보더라도 애상조를 띠지 않은 것이 없고, 고려가요나 〈정석가〉 같은 것을 보아도 '보리밭에 군밤 닷 되를 심어 싹이 틀 때까지 영원히……'라는 둥 또는 '무쇠옷을 입고 옷이 닳아 없어질 때까지 영원히……'라는 표현을 쓰고 있는데 생성이 아니라 멸망을 전제로 하고 있는 것 같아요.

이것은 오늘날 우리가 부르는 애국가에도 '동해물과 백두산이 마르고 닳도록' 식의 무엇이 마르고 닳아 없어지는 것에 영원성을 부여한 것을 보면 어떤 장소에 기반을 두는 게 아니고 다 없어져가는 것에 눈을 돌리는, 말하자면 오늘보다 내일의 고난 의식에서 살아온 것 같아요. 새 아침의 밝은 햇빛이 아닌 다가올 암흑을 늘 생각하고 있었다는 거지요. 그러니까 그 암흑 속에서도 '영원'이라는 것을 생각하려는 그 의지, 그것이 우리의 전통관이 되지 않을까 하고 생각하는데요.

박종홍 곤경에서 창작이 생겨난다는 건 어디서나 공통된 사고방식인 것 같아요. 우리나라 사람들이 쫓아 들어가는 데서 영원을 생각한 것도 본래부터 있던 것이 아니라 형성된 것이라고 봐요. 고구려 시대 부여족이 만주 평원에서 말을 달릴 때 그런 생각을 했겠어요? 고구려의 벽화에 그려진 청룡 백호에 그런 것이 나타나 있습니까? 또 석굴암의 불상에 비애의 눈물이 어디 나타나 있습니까? 화랑이 명산대천을 찾아다니며 놀 때 그런 생각을 했겠어요. 김춘추, 김유신의 화랑 때의 기개가 그렇지는 않았을 겁니다. 그리고 그때의 민중도 그런 생각은 결코 가지지 않았으리라고 생각돼요.

그러던 것이 외적의 침입은 잦아지고 벼슬아치들의 행패는 행패대로 심해지고, 제각기 권력 싸움과 양반의 구별로 기를 못 펴 백성들의 살림은 쪼들릴 대로 쪼들려서 그런 사고방식이 형성될 수밖에 없지요. 그리고 민요란 게 원래 쪼들리는 일반 대중 속에서 생겨나는 것이거든요.

　　이것이 우리 본래의 그 무엇이라거나 변통성이 없다거나 고정된 영원불변의 것이 있어서가 아닙니다. 괴로우니까 오히려 새로운 것이 생겨날 가능성이 더 커질 수도 있죠. 옛 사람이 가던 같은 곳으로만 가야 할 필요는 없잖아요. 급작히 웅대한 기상을 가지기는 힘이 들지만 그렇다고 마음씨까지 '우리는 언제나 쪼들리는 민족이다' 이렇게 먹고 들어갈 필요는 절대로 없어요.

이어령　그렇지만 우리는 지금 괴로움을 느끼고 있어요. 그러한 외적 조건에 대하여 우리 민족성은 어떤 반응을 일으켰느냐? 저항이었느냐? 우리 속담에 보면 '누울 자리를 보고 다리를 뻗으라'는 것이 있는데 이렇게 소극적으로 수천 년 살아온 것입니다. 왜 다리를 뻗기 위해 누울 자리를 만들라고 가르치지 않고 누울 자리가 있으면 다리를 뻗으라고 가르쳤는가? 이런 전통이라면 버려야 할 것입니다.

박종홍 내가 보기엔 그것도 우리나라 사람이니까 으레 그렇다고 간단히 단정해 버리지 말고 역사적으로 형성된 거라고 봐야 할 것 같아요. 좋은 것이든 나쁜 것이든 모두가 본래부터 있던 고정적인 게 아니라 아까 말한 외적 조건 같은 것에 의해 형성된 것이니까, 그 어떤 캠플 주사 비슷한 자극만 주어진다면 처음의 씩씩한 기상으로 돌아가는 것같이 비관할 것은 아니라고 봅니다.

이어령 그런데 그러한 전통의 확대에서 오는, 즉 이미 있었던 것에서 오는 위축감이라 할까요, 이런 것보다는 차라리 저는 인습보다 자기 자신이 스스로 처결해 나가는 것이 중요할 거라고 보는데요.

박종홍 그렇기 때문에 전통을 보는 눈을 가지라는 거예요. 극복하려는 애씀을 찾아야 해요. 위축된 면보다는 새로운 것을 만들어내고, 애쓰고 그래서 성과를 올린 것, 뜻이 있을, 제로가 아닌 이런 면을 들여다보는 방식을 찾자는 거예요.

사자 새끼가 사자끼리 살 때엔 자기가 어떤 것인지를 전혀 모르고 있다가 하루는 들에 나가서 한번 소리를 지르니 짐승이 다 도망하는 것을 보고 이상히 생각하여 굴에 들어와 어미에게 물어보고서야 비로소 자기는 모든 짐승의 왕이라는 사실을 깨달았다는 말과 같이 우리는 아직 '우리' 또는 '나'라는 것을 잘 모르고 있거든요.

'우리의 조상은 이런 고난을 잘 극복한 실례가 있다' 이런 스스로 달리 느껴지는 것을 찾아야겠어요. 자기의 자랑을 위해서가 아니라…… 우리는 옛날엔 잘살았다는 것을 자랑하는 사람이 많은데, 결국 지금은 우리가 잘살지 못한다는 말밖에 아무것도 아니거든요. 자기가 잘삶으로써 조상이 빛나고, 청년의 행동 여하로 그 국가의 역사가 빛을 발할 수 있다는 사실을 자각해야 하겠어요.

우리가 국내에서 생각할 때는 우리나라는 말할 수 없이 초라하고 외국은 엄청나게 화려한 것 같지만, 실제로 외국엘 가보면 외국에도 초라한 면이 있고 우리나라도 자연적 혜택을 많이 받았다는 것을 발견하게 되는데, 다시 말하면 소질이 없는 것이 아니고 노력에 달린 겁니다.

해외 문명의 도입

이어령 그러면 마지막으로 한 가지 더 묻겠습니다. 우리 젊은 층은 바다 건너의 외적인 것, 새로운 것에 매력을 느끼지 않을 수 없고 이런 것들을 무비판적으로 받아들이기 쉬운데요. 이것에 대해서 말씀해 주셨으면 합니다.

박종홍 젊은이들이 외국 것을 좋아하는 것은 당연한 일이에요.

그리고 받아들이는 것도 좋아요. 이건 다 어느 정도 시대의 경과에 따라서 나타나는 현상입니다. 어느 때건 흉내 내고 휩쓸리는 때가 있는 거예요. 일본에서도 전에 한참 댄스풍이 불고 심지어는 영어 전용을 내세우는 일이 있었지요. 이렇게 되어가는 현상이 그저 이상적으로는 잘 해결될 순 없어요. 어느 단계에 가면 그만두는 시기가 오는 법이지요.

외국 유학생들이 해외에 나가서 얼마 지나면 우리나라에 관한 것을 알고 싶어 하고 우리 것에 대한 향수를 특히 느끼게 되는데, 그것이 패배 의식에서 오는 결과라기보다는 '서양의 것이 그렇게 절대적이냐? 우리 것도 그에 못지않은 것이 있다'는 반발이라고 봅니다. 남의 흉내를 낸다고 너무 염려할 필요는 없어요. 오히려 그 흉내 내는 것이 좋을지도 몰라요. 그러나 진지하게 열심히 찾아가서 알아보는 것, 이것이 필요합니다. 알아볼 데까지 알아보면 반드시 우리 편으로 돌아올 것입니다.

그러니까 모방은 그것대로 또 의의가 있다고 봐요. 그래야만 우리의 바른 자세를 찾을 수 있을 테니까요. 남의 것에 부딪쳐보아야 우리에 대한 절실한 요구를 바르게 깨달을 수 있습니다. 그러지 않고 섣불리 '우리 것을 중심한다'고 해서는 안 됩니다.

우리가 특히 근대의 문명 문화에서 뒤떨어진 것은 사실인데, 그렇게 흉내에만 신경을 쓰고 소극적으로 나갈 필요는 없어요. 좀 더 적극적이고 근본적으로 살려는 태도를 가져야 해요. 그래야만 우리의 새로운 길을 개척할 수 있어요. 결국 좀 더 널리 알자니까 흉내도 내는 거니까, 기본적인 것만 뭐하지 않으면 오히려 좀 더 적극적으로 해보라고 권하고 싶어요.

이어령 선생님, 장시간 동안 좋은 말씀 많이 해주셨습니다. 앞으로도 조용히 만나뵈었으면 합니다.(《서울대학신문》, 1958.)

새로운 사상의 지평地平은

대담자: 지명관池明觀

현대인 조건

지명관 포크너가 세상을 떠나고 뒤이어 헤르만 헤세가 또 세상을 떠났는데 그 두 사람이 보는 인간—포크너와 헤세는 약 30년간의 연령 차이가 있는데—에는 어떤 차이가 있다고 봅니다. 헤세는 18세기, 19세기의 인간을 아름답게 그리던 시대의 잔재를 가지고 있는 데 비해 포크너는 오늘날의 우리들처럼 아름다운 것을 찾아보려야 찾아볼 수 없는 인간, 그렇지만 불가피하게 살아갈 수밖에 없는 인생을 그리지 않았나 생각합니다.

이어령 그러니까 헤세가 작품을 쓰기 시작할 무렵에 포크너는 탄생했습니다. 한 세대 차이라기보다, '사라지는 세기'와 '오는 세기'의 차이를 느끼게 합니다. 그러니까 헤세적인 관점에서 보는 인간과 포크너가 보는 관점의 인간도 현격한 차이가 있습니다. 헤세만 해도 아름다운 긍정적인 인물을 그릴 수 있었는데 포크너의 경우는 그렇지 않습니다. 그의 인간은 모든 문명적 인간을 리그레스(역행)시켰어요. 말하자면 문명을 역행시켜서 흑인들의 사회를 그렸고, 또 성인들을 역행시켜서 어린애를 그렸고, 또 지성을 역행시켜서 백치의 세계를 그렸어요. 이렇게 이 사람은 모든 것―문화, 인권, 종교 등을 원시화했어요. 그리고 이 속에서도 오히려 인간들의 고민이 있는 원시적인 악 같은 것을 그렸습니다.

헤세가 그리는 인간의 본질은 아름다운 것이었지만 포크너가 그리는 인간의 프리미티비즘이란 단순한 낙원이 아니었습니다. 인간의 출발점에서부터 이미 절망을 느낀 거죠. 그러니까 결과적으로 포크너나 헤세는 다 같이 영원적인 인간상을 그렸는데―시대적인 것보다 영원한 것으로 봤단 말이죠―그러나 헤세의 영원이라는 것은 무엇인가 구제될 수 있는, 마치 싯다르타의 편력처럼 현실은 괴로운 것이지만 그 속에서 어떤 가능성을 찾을 수 있다고 생각했는데, 포크너는 반대로 영원은 어디까지나 몰락해 갈 수밖에 없는 영원입니다. 그것은 남부의 몰락해 가는 지주들의 모습에서도 찾아볼 수 있어요. 그러니까 똑같이 고된 현실이지만 하나는 꽃피어 가는 영원을 그렸고, 하나는 끝없이 하락해 가는 영원을 그렸습니다. 여기에 차이가 있지 않은가 생각이 됩니다.

지명관   좀 더 올라가 루소에 의한다면 원시적인 인간이란 행복했고 소망을 가질 수 있었던 인간입니다. 그러나 포크너는 반대로 인간은 악한 것이라고 보고 있다면 퍽 대조적입니다. 그렇다면 루소에서 포크너까지 흘러간 흐름이라는 것은, 선한 원시적인 인간에서 악한 원시적인 인간으로 흘러왔다고 할 수 있으리라고 생각합니다. 그리고 그 가운데 위치한 사상가들 중에서 헤르만 헤세나 슈바이처 같은 사람은 합리주의적인 시대, 즉 인간의 소망을 지닐 수 있었던 시대를 이으면서 오늘의 각박한 현실을 부딪친 것이라고도 말하겠습니다. 말하자면 인간의 악한 면을 발견하고 절망하지만 어디까지나 지난 시대의 흔적을 지니고 있다는 점에서 무척 중요한 의미를 갖고 있다고 생각해요.

이어령   그러니까 지금 말씀하신 것처럼 부정을 통한 긍정이라는 것은 현대인의 어떤 패러독시컬한 면인데, 재미난 것은 오늘날에 있어선 선을 긍정하든 악을 긍정하든 일단 부정이 토대로 되어 있는 것입니다. 그러니까 인간의 자유의 문제라든가 하는 것이 부정적인 것을 통해서 나올 수밖에 없다는 것, 이런 부정의 의지를 기독교적인 문명관에서 봤을 때는 그것은 하나의 악의 의지입니다.

그런데 가만히 보면 대개 천사는 아름답게 그리고 악마는 흉하게 그렸는데 난 이거 반대입니다. 거꾸로 악마는 아름답고 천사는 추하기 짝이 없는 그런 존재라고 생각합니다. 왜냐하면 우리들이 미라고 하는 것은 대개 페리셔블한 것, 사라지기 쉬운 것이란 말예요. 그러니까 만약에 천사가 인간의 눈에 아름답게 보였다면 누구나 천사 편이 되었을 텐데 사실은 그 반대입니다. 모든 인간의 아름다운 면이 악마적이었단 말예요.

이런 면에서 우리가 생각하는 악이라는 것은 인간의 대명사처럼 되어버렸습니다. 그러니까 현실이라는 것은 이미 악이 대표하는 것이고 인간이라 하면 먼저 악의 인간상을 생각하게 됩니다. 그래서 마치 악의 발판 위에서만 어떤 선이나 천국의 이미지를 가질 수밖에 없다는 느낌이 듭니다. 그런 면에서 슈바이처 같은 사람이 악의 구렁텅이에서 선으로 기울어져 가는 정신 편력에 대해서 얘기해 주었으면 합니다.

지명관 우선 제가 얘기하기 전에 물어볼 것은 포크너에 있어서도 현대 인간의 해결이랄까 하는 것이 암시적으로 나타나 있습니까?

이어령 그렇지 않죠. 그 사람은 상징주의적인 입장을 취하고 있으니까—얼른 생각하기에는 그는 남부의 현실을 그렸다고 하지만 사실은 그가 그리는 '요크너패토퍼'라고 하는 도시는 지도상에 나타나 있는 도시가 아니라 인간의 모든 것을 리그레션시킨 지대입니다. 그러니까 현대에 있어서 가장 어리석은 자가 정의를 내리고 해결을 내리려고 합니다.

종교가 현대에 와서 보다 더 큰 고민을 갖는 것, 인간이 무엇인가 해결을 해주려고 했을 때 비극이 생기기 때문입니다. 그러니까 프랑스 속담처럼 '인간이란 그저 그런 것이다'라는 혼돈 그 자체를 형상화시킬 적에 거기에는 끝없는 과정과 현상만이 있을 뿐입니다. '카오스'는 '카오스'대로, '코스모스'는 '코스모스'대로 그냥 병행해 가면서도 그것이 상징적인 의미를 띠게 된단 말이에요.

20세기의 작가는 단정을 내리지 않아요. 이건 악의 인간이고 이건 선의 인간이다, 이렇게 단정을 내리지 않고 이런 인간도 있고 저런 인간도 있다고 얘기합니다. 그래서 프루스트의 말처럼 작가는 차라리 안경집 영감처럼 돋보기를 갖고 현실을 확대시키는 것뿐이지 규정을 하는 교사적인 입장에 서는 것이 아닙니다.

절망의 초극

지명관 그런데 슈바이처 같은 사람은 종교적인 모티브가 있고 현실적인 문제를 넘어서 어떤 방향을 제시해 주는 사명감을 느껴서인지 절망을 넘어서서 인간이 인간의 손으로 유토피아를 건설할 수 있다고 교시합니다. 헤세는 슈바이처의 책을 퍽 애독한 사람인데 이 두 사람을 비교해 보면 서로 비슷합니다.

헤세가 퍽 센티멘털리스틱한 작품을 써오다가 제1차 세계 대전을 중심으로 해서 인간악에 대한 각성을 하게 되고 그 후 그것이 작품의 중요한 요소가 되었다고 봅니다. 그러나 그래도 역시 헤세는 아름답게 인간을 보는 눈을 악의 문제를 뚫고서 새로운 방향으로 이끌고 나가려고 모색했다고 생각합니다. 슈바이처도 마찬가지로 현실의 악을 발견하고 비관론에 서게 됐지만 이것을 낙관론적으로 이끌어보자는 근본적인 모티브를 잃지 않았다고 보여집니다.

구체적으로는 자연에 대한 태도 같은 데서도 찾아볼 수가 있어요. 문학에 대해서는 잘 모릅니다만 현대 작가들은 자연에 대한 예찬이나 묘사를 상실했다고 생각해요. 그런데 헤세는 퍽 자연을 사랑했습니다. 슈바이처 역시 마찬가지입니다. 원체 그는 주위의 인간들이 너무나 선량한 전원에서 자라났기 때문에 자연에 대한 예찬, 인간에 대한 예찬, 주위 인물에 대한 감사, 이런 것들이 어린 시절에 사상을 형성하는 데에 퍽 중요한 발판이 되었지요. 그러다가 도시로 와서 인간의 악을 발견한 셈입니다. 여기서 절망하면서 다시 도시적인 것을 전원적인 걸로 바꾸려고 노력하는 것이라고 할 수 있지요. 그래서 슈바이처는 무척 흥미 있는 얘기를 하고 있습니다. '역사상에 도시에서 위대한 사상이 나와본 적이 있느냐'고요. 이렇게 보면 역시 슈바이처는 전원에다 중점을 두고 있습니다.

이어령   재미있는 얘긴데, 원시 시대부터 지금까지 내려온 언어를 살펴봐도 대개 숲이라고 하는 것은 선의 상징으로 되어 있고, 들판 야野 자가 붙은 것, 이것은 악의 상징으로 되어 있습니다. 예를 들어 '야생적', '야만적', '야욕' 등, 실상 따지고 보면 '숲'이라는 것도 치열한 생존 경쟁이 있고…….

지명관   참 바이블에도 카인이 아벨을 죽인 곳은 들판으로 되어 있습니다.

이어령   서양 속담에도 도시는 인간이 만들고 전원은 신이 만들었다는 말이 있는데, 여기서 전원을 신이 만들었다는 것은 어디까지나 '내추럴 비잉natural being'이고 도시는 '휴먼 비잉human being'이란 겁니다. 그래서 슈펭글러는 현대의 몰락 같은 것을 메갈로폴리스, 거대한 매머드 도시의 출현으로 예언한 것이 아닙니까? 이렇게 도시의 형식이 현대 문명의 황혼을 가져온다는 것은 말하자면 헤세가 얘기한 것처럼 오늘날의 인간은 인간이 속해 있는 우주에의 거대한 감각을 잃어버리고 인간계란 조그만 곳에 집착해 있기 때문에 본래적인 것을 잃어버렸다, 그렇기 때문에 자연을 되찾는 것이 현대인의 잃어버린 고향을 찾는 길이라고 한 그 사고방식과 같은 것입니다. 그래서 도시는 악의 상징이고 전원은 선의 상징인 것처럼 얘기하고 있습니다. 그러나 현대 인간의 고민에 대한 망각이 아니라 다시 전원으로 돌아갈 수 없다는 신념 속에 있다고 하였습니다.

이미 우리가 처해 있는 것은 도시입니다. 헤세가 아무리 전원을 그리워하여 도시에서 인간악을 발견하고 재차 그의 고향으로 돌아와서 자연을 재발견하는 그런 『페터 카멘진트Peter Camenzind』의 세계를 그렸다 할지라도 그가 다시 돌아온 전원도 미구엔 도시화되고 몰락해 가는 인간이 생길 것이고, 현실악이 뻗쳐올, 결국 그것은 멸망되어질 운명에 놓여진 유토피아에 불과한 것이에요.

그러니까 우리는 적어도 역사 안에서 역사의 행복을 구현해야지 역사 아닌 자연에서 행복을 구하려 할 때는 하나의 도피적인 인간상이 생겨나지 않을 수 없는 것입니다. 그렇기 때문에 도시의 운명을 좌우하는 것은 전원이 아니라 오히려 도시 속에 사는 도시인들의 문제, 여기에서 어떤 새로운 인간상이 나오는 것이지 옛날 아담과 이브가 살던 그런 전원에의 동경으로서 복고적인 인간상이 현대적인 인간상으로 된다는 것은 불가능할 것 같아요.

지명관 파스테르나크의 『닥터 지바고』에도 보면 19세기적인 자연에 대한 묘사가 많이 나타나 있습니다.

이어령 눈에 덮인 들판 같은 것……

지명관 네, 현대인의 문제는 도시에 있다고 했는데, 이에 대한 해결을 또 생각해 봐야겠습니다. 이런 점에서 슈바이처는 18~19세기에 문제된 그 세계가 현대적인 의미에서 재론되어야 한다고 했습니다. 여기에 현대의 구출 방도가 있다는 것이죠. 이제 합리주의를 말한다는 것은 18세기의 합리주의가 아니라 오늘의 이 절망의 세계를 넘어선 새로운 합리주의를 의미하는 것이지요. 이것을 그는 신비적인 합리주의라고 말합니다.

현대 인간의 출발점

이어령 통속적으로 말하자면 인간도 대지에서 피어나는 나무
나 꽃들처럼 기후에 의해서 피고 지고 하는 겁니다. 이
런 거대한 기후의 변화 속에 살아가는 인간이 슈바이처
처럼 18세기적인 합리주의에 만족할 수 있느냐 하는 것
이 문제 됩니다. 예를 들면 고래 같은 것은 몸집이 커서
도저히 땅에서 살 수 없었기 때문에 차라리 바다에 사는
포유류가 되었지요. 매머드 같은 것은 그나마 은둔처도
없어서 멸망하고 말았습니다.

    그러면 18세기나 19세기의 합리주의적인 인간상이
20세기라는 기후 속에서 꽃필 수 있느냐 하는 문제는 참
어려운 문제입니다. 설사 꽃핀다 해도 변한 기후 속에서
18~19세기의 그 '라블레Rabelais의 웃음'이나 '자이언트'
들의 그 명랑성은 변질되고 말 것입니다. 18세기의 인간
이 현대에 와서 재현된다면 어떠한 인물이 될까? 이런
문제를 한번…….

지명관 틸리히도 말했지만 지금까지 인간을 바라보는 데에 있
어서 악마적인 면이 퍽 도외시되고 망각되어 왔습니다.
인간이 가진 두 면, 이것을 니버는 '크리에이티브 사이
드creative side'와 '디스트럭티브 사이드destructive side'로
나누었는데, 현대 사상가들은 대개 디스트럭티브 사이

드를 더 높이 보고 있어요. 그런데 18세기나 19세기엔 크리에이티브 사이드를 더 높이 봤지요. 그러나 이 두 요소는 서로 얽혀 있을 뿐 애초 따로 분리되어 있는 것이 아니에요.

니버는 이 디스트럭티브 사이드를 더 높이 보고 있습니다. 그래서 제가 한번 왜 디스트럭티브 사이드를 높이 보느냐고 문의했더니 퍽 흥미 있는 대답을 해주었어요. 지금 현대인이 크리에이티브 사이드를 주장하면서 무슨 거대한 것을 이루려고 자신만만해하다가 허다한 죄악을 저지르고 있기 때문에 자기는 디스트럭티브 사이드를 높이 보지 않을 수 없다는 거예요. 크리에이티브하다고 해서 거대한 일을 꿈꾸다가 저지르는 죄악, 이것이 오늘날에서는 문제라는 것이지요.

이어령   네, 도스토옙스키 같은 이도 '인간이 무엇인가 하려고 할 때 죄악을 저지른다'고 했습니다.

지명관   니버도 그런 말을 합니다. 모든 형성의 뒤에는 죄악이 있다고 말입니다.

이어령   그러니까 무엇인가 하려고 하는 것이 죄악이 되는 것, 이런 것이 동양에도 있었습니다. 말하자면 노자와 묵자의 싸움이 그것인데—노자는 뭐라고 하느냐 하면 자연은 이미 완성된 것이기 때문에 인간이 인간대로 무얼 창조하려고 할 때는 당장에는 좋아질지 몰라도 결국엔 그것 때문에 해를 입는다는 겁니다. 그러나 묵자는 자연이란 것이 완성된 것이 아니고 완성을 향해서 가는 도중에 있는 것이다, 그렇기 때문에 자연에다가 인간성을 가해야 비로소 완전한 세계가 생기는 것이다, 그렇게 해서 '휴먼 비잉'에 기울어지는 것입니다. 그래서 묵자는 실제로 성을 방어하는 무기 같은 인위적인 창조에 관심을 가졌습니다.

그러니까 무엇인가 위대해지고자 할 때 인간의 죄악이 생긴다는 것은 이미 대전제가 인간은 합리적으로 만들어져 있지 않기 때문에 인간이 만든 것은 유토피아가 되지 않는다는 거예요. 그래서 흥미로운 것은 베르댜예프(러시아의 망명 철학자)가 얘기한 것처럼 우리의 문제는 우리가 어떻게 하면 유토피아를 건설할 수 있느냐 하는 것이 아니라 어떻게 하면 유토피아를 피하느냐 하는 것이라는 겁니다. 왜냐하면 유토피아를 만들려고 한 데서 얼마나 많은 비극이 벌어졌느냐.

다시 말하자면 오늘날의 미국 사회, 커뮤니즘의 사회, 헉슬리도 그런 말을 했지만 모든 것이 기계화되어서 사람도 기계에서 부화되어 대량 생산되고, 의식도 전기 장치에서 도약되고 있는 유토피아, 여기에서 인간이 자의

식에 눈을 떴을 때 비극이 생기는 겁니다. 그래서 그의
『브레이브 뉴 월드』의 한 주인공 존은 결국 자살을 하면
서 '나에게 필요한 것은 고민이요, 절망이요, 신이요, 종
교다'라고 외칩니다. 또 조지 오웰의 『1984년』을 보면
여기서도 유토피아가 범하는 죄악을 그렸어요. 텔레스
코프에 의해서 인간의 모든 비밀을 감시하고 당을 위해
서만 연애가 허락되고 하는 것, 즉 인간이 무엇을 이루
고자 할 때 생기는 그 조직악을 그렸어요.

그래서 이런 것에서 인간을 찾기 위해서는 먼 뒤를 돌
아다보는 재귀의 의지가 현대인에게 필요하지 않나 생
각합니다. 이것이 아까 얘기한 것처럼 18~19세기의 합
리주의적인 인간으로 돌아가려고 하는, 또는 하이데거
가 사색을 먼 옛날의 고향의 소리를 듣는 것이라고 한
것과 통합니다. 이것은 인간이 무엇을 잃어버렸다, 이
잃어버린 것을 찾아야 하지 않겠느냐 하는 회의 속에 현
대인의 출발점이 있지 않은가 싶습니다.

그러면 인간이 잃어버린 것이 무엇인가? 인간이 찾
을 수 있는 것은 무엇인가? 하는 것이 문제입니다. 문명
이라든가 종교라든가 모든 분야에 있어서 재생되는 인
간의 가능성은 무엇인가? 엄청난 문제이긴 하지만 종교
분야에서 또는 문학 분야에서 인간은 무엇을 잃어버렸

는가? 다음으로 무엇을 찾을 수 있는가? 그다음으론 어떤 인간이 형성될 수 있는가? 하는 문제를 따져보았으면 좋겠습니다. 이런 문제를 중심으로 얘기를 전개시켰으면 합니다.

우리가 상실한 것

지명관   18세기나 19세기의 인간이 유토피아를 건설하는 데에 있어서 지나친 자신을 갖고 가다가 그것이 유토피아로 가는 길이 아니라 몰락으로 가는 길이라는 것을 발견한 셈이죠. 나치라든가 전체주의가 어마어마한 사상을 내걸고 노력했지만 그것이 결국은 인간을 비극으로 몰아넣고 만 거죠.

이어령   유대인의 시체만 쌓은 거죠.

지명관   그렇죠. 4·19 이후 학생들이 이런 얘기를 해요. 이제 남북 협상을 해서 통일을 이루고 잘살아야 할 텐데, 지금 기성 교수들은 자기가 현재 차지한 세계로 너무 만족하고 있다는 거예요. 그러나 자기들은 그럴 수 없다는 거지요. 그래 저는 이런 답변을 했습니다. 당신들이 정치에 대해서 그렇게 관심과 소망을 갖는다는 게 우리로서는 좀 이해하기 힘들다. 왜냐하면 우리는 우리들의 감수성이 가장 강할 때에 일본 통치와 8·15 이후의 정치적인 여러 가지 정세, 이런 것을 겪어왔고, 또 민족을 위해 몸을 바친다는 사람들이 우리를 오히려 몰락으로 이끄는 것을 보았기 때문이다. 결국 우리는 인간이 무얼 창조한다는 데에 지쳐버렸다. 그렇기 때문에 우리는 무엇을 창조한다는 것보다 그 창조의 노력에서 오는 비극을 막고자 하는 겸허한 태도를 바란다. 이렇게 얘기했더니 그것도 그럴싸하다고 하더군요.

이어령 그래요. 인간은 어떤 큰 것만 생각하다 작은 것을 잃어버렸어요. 우리들이 가끔 어린아이나 부녀자들의 대화에서 경이를 느끼는 경우가 있어요. 우리는 너무 위대한 것만 찾다가 생활 감각이나 사소한 것을 잊어버려요. 비스마르크나 카이저가 조국을 일으키는 철혈鐵血을 얘기했을 때 빅토리아 여왕이 그들에게 충고한 것도 바로 그런 것입니다. 너희들에게는 조국을 일으키는 쇠나 피가 정말 필요할지도 모른다. 그러나 그것은 인간의 전부가 아니다. 우리들이 그런 걸 떠들고 있을 때 일면에 가정의 평화라든가, 사랑이라든가, 눈물이라든가 하는 것이 있다고 얘기했습니다. 독일인이 나치스 광장에 모여 조국의 내일을 얘기하고 있을 때 그 광장에 부재했던 것이 있었습니다. 친구끼리의 우정이라든가 하루 저녁의 디저트 타임을 위해서 여자가 에이프런을 매고 드나드는 것, 이런 소시민의 욕망이 짓밟힌 것입니다. 이런 것이 현대의 비극이 아닌가 생각합니다.

지명관   그러니까 결국은 인간이 거창한 목표를 위해서 행군을 시작했을 때 우리는 우리의 본래적인 것을 상실해 버린 겁니다. 그러니까 우리는 크리에이티브 사이드를 말하기보다는 디스트럭티브 사이드를 경고하지 않을 수 없다는 거죠.

이어령   그런데 신이라는 것에 대해서 생각해 보면 현대인은 신이라면 어마어마한 종교적인 것을 생각하게 돼요. 그러나 옛날엔 그러지 않았어요. 그들에게 신이라면 페치카 곁에 있는 걸로 생각했고 부엌이나 방 안에 있는, 그야말로 이웃에 계신 하나님이었어요. 그러나 오늘날의 신이라면 역사 저편에 자리 잡고 있는 어마어마하게 큰 것을 생각하게 되었습니다. 이건 무얼 뜻하는고 하니 옛날엔 종교나 철학이나 모든 문학이 생활화되어 있었습니다. 이런 말을 하면 어떻게 생각하실지 몰라도 옛날 노예 제도가 있던 비참한 시절에도 노예에게는 생활이 있었어요.

그러나 현대인은 생활을 잃어버렸습니다. 슈펭글러의 말대로 오늘날의 집이라는 것은 가정이 아니라 침식

소에 불과한 겁니다. 그들에겐 옛날과 같은 가족끼리의 사랑이라든가 하는 걸 볼 수가 없습니다. 사실 미국 케네디의 생활만 해도 프라이빗한 생활과 백악관에서의 생활은 구별되어 있을 거예요. 옛날에는 노예에게도 사생활이 있었고 권력자일지라도 생활 곁의 권력자였습니다.

그러나 오늘날에는 군중을 위해서 생활을 버려야 하고 정치를 위해서도 생활을 버려야 하는 겁니다. 그러니까 사생활과 역사가 유리되어 있고 생활과 문명이 유리되어 있어서 문명을 위해서는 생활을 버려야 하고 생활을 위해서는 문명을 버리고 그야말로 워즈워스처럼 호반으로 가는 수밖에 없단 말이에요.

그러니까 우리가 잃어버린 것은 우리의 사생활입니다. 그래서 옛날의 생활화되었던 신이 관념화되고 만 것입니다. 결국엔 개인은 사라지고 거대한 오거니제이션의 사회가 온 거죠.

지명관 　토인비는 그의 『역사의 연구』에서 퍽 흥미 있는 얘기를 하고 있는데요. 아시리아가 승전을 거듭하는데 본국은 망해 갔다, 그래서 전쟁에 이겨서 돌아가려고 하니까 돌아갈 조국이 없더라는 겁니다. 결국 우리는 가장 큰 것을 추구하다가 작은 것을 잃어버린 셈입니다.

그런데 칼바르트(독일의 현대 신학자)는 신과 인간의 단절을 얘기하고 있어요. 신과 인간은 자리를 가까이할 수 없다는 거죠. 이것이 현대 종교의 고민이기도 합니다. 그러나 요즘에는 이해된 신이라든가 하는 문제가 야기되고 있는 것 같습니다. 그러니까 앞으로의 신학이나 종교에 있어서도 문제가 될 것은 단절된 신을 어떻게 내재화시키느냐 하는 것입니다. 결국 우리가 잃어버렸던 신을 어떻게 되찾느냐 하는 것입니다.

그런 의미에서 한국에서 일어나고 있는 유사 종교를 좀 더 냉정하게 동정적으로 봐줄 필요가 있다고 생각합니다. 왜냐하면 그것은 우리와 동떨어졌던 신을 좀 더 가까이 느껴보자는 생각에서 나온 것이니까요. 그것은 좀 더 종교를 생활화해 보자는 의미이고 삶에서 어떤 보람을 느끼자는 것입니다. 그것이 좀 저급한 걸로 나타나기는 했습니다만 무시 못 할 현대의 사조가 아닌가 합니다.

새로운 인간형의 탄생

이어령   가령 성서 같은 델 봐도 고통을 받는 사람, 가난한 사람이 신과 가깝게 그려져 있습니다. 그래서 병자나 아이 같은 사람, 이런 못난 사람에게 오히려 구제의 가능성이 있습니다. 그렇기 때문에 현대에 있어서 인간의 복권 문제復權問題는 현대적 의미에 있어서 잘난 사람보다 못난 사람에게서 오히려 긍정적인 면을 발견할 수 있습니다.

톨스토이에 있어서의 바보 이반, 위고의 꼽추에게서 보통 사람보다도 오히려 진실한 사랑을 발견하게 됩니다. 비트 제너레이션의 것만 봐도 그들은 온갖 악을 범해도 퍽 순진하게 보여집니다. 말하자면 '어른 바보', '아이가 된 어른'들을 그렸어요. 주식 총회에 나가서 뻐기는 그런 스퀘어가 아니라 발가벗을 수도 있는 순진한 인간을 그들은 현대에 있어서 반드시 있어야 할 인간으로 생각한 겁니다. 그러니까 만일 새로운 인간이 형성된다면 그것은 아마 우리가 지금 생각하는 잘난 사람이 아니라 못난 사람일 거라는 겁니다. 콜린 윌슨이 들으면 또 패배한 인간이라고 할지 몰라도 그런 인간들이 인간을 아름답게 해줄 가능성을 지닌 인간이 아닌가 생각됩니다.

지명관   그러니까 현재까지 자기 자신이 크리에이티브하다고 생각하던 거만한 인간이 무너져가고 그 폐허 위에 새로운 겸허한 인간, 보다 더 프리미티브한 감정을 가진 인간이 이루어져야겠다는 얘기를 하시는 거라고 생각합니다. 이런 면에서 사도 바울이 아주 좋은 얘기를 했어요. 십자가는 현명한 사람을 미련하게 만들고 미련한 사람을 현명하게 만든다는 겁니다. 결국 가치의 전면적인 전환을 얘기한 거죠. 아까 이 선생님도 어린아이에 대한 얘기를 하셨는데, 야스퍼스도 우리는 많은 본래적인 것을 상실하고 있다고 했습니다. 신은 있느냐? 우리는 무엇 때문에 사느냐? 이런 당연한 물음에 대하여 현대인은 묻지 않게 되었고 모두 잊어버렸다는 거예요. 그런데 어린애들과 정신병자들은 이런 데에 대해서 민감해서 그러한 질문을 오늘도 되풀이하고 있다는 거예요. 그래서 오늘의 모든 것이 무너지는 난파에서 본래적인 마당으로 돌아가야 한다고 얘기하고 있어요. 결국 그는 지금까지의 모든 것을 부정해 버릴 때 본래적인 것을 찾을 수 있다는 거지요.

이어령 가제트의 말처럼 현대는 대중의 시대이기 때문에 사고思考, 재산 모든 것이 평균화되어 버립니다. 그래서 사색자, 그 고도한 엘리트들이 이미 현실을 움직일 수 없게 됩니다. 옛날 그리스의 경우만 해도 노예는 생산만 하고 귀족은 소비만 하고 예술에 대한 생각만 할 수 있었기 때문에 여러 가지로 정신적인 윤택을 가져왔습니다. 그러나 현대는 대중의 시대이기 때문에 몇몇 엘리트나 영웅에 의해서 현실을 움직이는 것은 불가능합니다. 대중

의 시대에 탄생되는 영웅은 그가 위대하든 위대하지 않
든 어쨌든 투표장 속에서 나왔습니다. 또 어떤 위대한
작가일지라도 베스트셀러의 서가 속에서 나온단 말이
에요. 결국 수가 지배하고 양이 지배하는 시대에는 질이
그리 문제 되지 않는 겁니다.

　이제 몇몇 사람이 반성하고 양심을 갖는다는 것은 역
사에 아무런 영향도 끼치지 못하는 겁니다. 옛날엔 어느
장군이나 군주에 의해서 역사가 바뀌었지만, 이젠 대중
이 역사를 지배합니다. 그래서 대중 전체가 변하지 않고
는 새로운 역사의 가능성도 없다는 겁니다. 그러니까 어
떻게 하면 대중이 아까 얘기한 것처럼 난파 의식을 갖게
되고 또 사르트르가 얘기하는 것처럼 엄격한 앙가주망
의식을 느끼며, 자기가 만인을 대표해서 행동하는 모럴
을 느끼느냐 하는 것이 문제입니다.

　그러나 사르트르의 맹점도 여기에 있습니다. 그의 소
론所論은 하나의 이상론에 불과하기 때문입니다. 파리
뒷골목의 창녀나 서울의 지게꾼들까지도 사르트르와
같은 고도의 교양과 실존 의식을 갖지 않고는 역사가 바
뀌지 않습니다. 옛날에는 몇몇 엘리트만 움직이면 역사
가 바뀔 수 있었는데, 이제는 그것이 불가능하니까 과
연 슈바이처 같은 사람이 황야에서 외치는 소리의 메아

리가 얼마만큼 있을 것인가, 이런 것이 우리가 비관하는 것입니다.

지명관 실상 슈바이처도 현실을 바라볼 때 자기는 솔직히 절망할 수밖에 없다고 말합니다. 사실 현대는 매스의 시대입니다. 그래서 심지어는 신문에다 큰 광고를 내고 전광뉴스로 선전을 해야 좋은 비누가 된다고 말합니다. 예술조차도 이렇게 해야만 좋은 예술이 되니 정신은 중세기 이상의 어떤 질곡 속에 빠지고 말았다는 겁니다. 그러면 여기서 어떻게 빠져나오느냐? 여기에 대해서 슈바이처도 거의 절망적이지만 역시 비극적인 노력을 할 수밖에 없다고 했습니다. 인간 정신이란 원래 거대하지 않느냐? 지금까지 우리는 거대한 정신문화를 건설해 오지 않았느냐? 그러니 다시 한 번 인간 정신을 신뢰해 보자는 것입니다. 그런데 토인비는 아직 엘리트에 대한 미련을 버리지 못하고 있습니다. 그는 말하기를 역시 엘리트가 리더십을 잡아가지고 가면 대중이 따라올 것이라는 겁니다.

그런데 우리나라에서는 엘리트적인 지도자가 너무 많아서 걱정인 것 같습니다. 그러면서도 지도 의식이라는 것은 우리에게는 4·19 같은 정치적인 격동이 거듭되었는데, 작가나 사상가는 정치가가 보는 문명과는 다른 방향에서 짓밟히는 인간성을 봐야 할 것입니다. 예를 들어 수력 댐을 만들어서 많은 발전을 하고 농토가 되살아난다고 할 때 작가는 역시 저수지 속에 들어가는 고향을 상실한 인간들의 애수를 그리는 데에 참여해야 할 것입니다. 이것은 반정치적인 것이 아니라 영원한 인간성을 다루어야 하는 문학이 지닌 사명 때문에 그래야 할 것입니다.

지성인의 시선

이어령 그러니까 우리나라의 경우로 좁혀서 얘기하자면 역사 속에서 우리가 처하기보다는 역사 밖에서 역사를 응시하는 그 눈이 필요하다고 생각합니다. 왜냐하면 옛날에는 폭군일지라도 늘 신의 눈초리를 느끼고 있었습니다. 그러나 신이 없는 현대에 있어서는 누가 인간이 하는 일을 감시하느냐 하는 겁니다. 보통 방관적인 인텔리를 욕하지만 그들은 항상 법조문을 만들고 교통정리를 하는 사람들을 바라보고 있는 것입니다. 그러니까 옛날 신이 하던 역할을 오늘날에는 인텔리가 대신하고 있다는 것입니다.

그러면 인텔리란 무엇이냐? 사색하는 사람입니다. 그

러면 사색이란 무엇이냐? 자기 자신을 되돌아보는 것입니다. 결국 우리가 사회에 참여한다는 것은 사회 밖에 있다는 겁니다. 앙가주망engagement에는 데가제dégagé가 선행되어야 하는 겁니다. 내가 무엇에 참여했다는 것은 내가 참여하기 전에는 무엇 바깥에 있었다는 뜻입니다. 그러니까 사회 참여에는 먼저 이탈되는 것이 중요합니다.

지명관 말하자면 현대 사회가 건전하려면 반대하는 부정의 것이 있어야 한다고 생각합니다. 그래서 사회에 대해서 부정의 입장에서는 인텔리의 사명이 크지요. 부정을 넘어서 어떤 긍정을 찾았을 때 사회가 건전하게 되지 않을까 생각합니다. 그렇기 때문에 인텔리는 앙가제engagé하지 않고 테오리아theoria의 세계에서 바라보면서 잃어버려져 가고 있는 인간을 재귀시켜 준다는 의미에서 영원한 고독자요, 영원한 반항자인 것 같습니다.

두 개의 질서

이어령 그러니까 제가 얘기하고 싶은 것은 디오게네스의 통을 깨뜨리지 말라는 것입니다. 현실적으로 디오게네스의 통은 불가능합니다. 무허가 주택으로 철거를 당할 테니까……

그러나 정신적인 거점은 거기에 두어야 할 겁니다. 다시 말하면 인간의 잃어버린 고향을 찾아주기 위해서 디오게네스의 통을 확보하지 않으면 안 된다는 겁니다. 얘기를 좀 더 전개시키면 알렉산드로스가 무척 현명한 사람인 것을 알게 돼요. 왜냐하면 그는 "나는 알렉산드로스가 아니었더라면 디오게네스가 되고 싶었다"라고 말했어요. 딴 사람은 디오게네스가 자기의 통치 아래에 있는 것으로 알았을 텐데 알렉산드로스는 이미 자기가 가는 길과 디오게네스가 가는 길이 다르다는 것을 알았습니다. 알렉산드로스가 지배하는 영토와 디오게네스가 지배하는 영토가 다르다는 것을 느낀 자가 바로 알렉산드로스였다는 겁니다. 그러니까 알렉산드로스는 세속적인 것의 지배자였고, 디오게네스는 정신적이고 영원적인 것의 지배자였습니다. 이 두 요소가 병행할 때 유복한 사회가 생겨나리라고 생각합니다. 만약 그것이 합치되어서 세속적인 진리가 절대적 진리를 병합해 버리거나 또는 절대적 자유가 세속적인 자유를 병합해 버리면, 다시 말해서 서로 반대의 여지가 없는 사회를 만들어버리면 사상의 자유가 없는 획일화된 사회가 이루어집니다. 우리가 자유세계가 좋다는 것은, 어떤 버라이어티를 갖고 세속적인 진리와 절대적인 진리가 서로 비판하면서 유동해가기 때문이고, 썩지 않는 인간의 정신이 용출해 나갈 무한한 가능성을 지니고 있기 때문입니다.

지명관   네, 얘기를 듣고 보니 알렉산드로스가 다시 한 번 위대하게 느껴집니다. 그는 확실히 아리스토텔레스의 좋은 제자인 것 같습니다. 그러니까 거대한 정신의 세계와 거대한 현실의 세계를 양립시킬 수 없게 하는 지도자는 예술가나 사상가를 모셔다가 다시 공부를 시작해야겠죠.

이어령   실례를 들면 나폴레옹 같은 사람은 예술을 이해했지만, 그는 세상엔 두 개의 질서가 있다는 것을 몰랐어요. 그는 자기가 인간의 모든 것을 지배한다고 생각했어요. 그러나 알렉산드로스는 인간의 일부를 지배한다고 생각했습니다. 나폴레옹은 한 신하가 "누구는 키가 크다"고 얘기하니까 화를 내며 "크다(위대하다)고 하지 말고 길다고 하라"고 소리쳤답니다. 그리고 카이저도 자기의 병을 약간의 작은 감기가 들렸다고 진단하자 화를 내면서 "대황제의 병인데 작은 감기가 뭐냐, 큰 감기가 들렸다고 하라"고 했답니다.

이것은 하나의 유머이지만 모든 독재자들이 비극을 저지른 것은 인생의 또 다른 면을 몰랐기 때문입니다. 결국 당나라 현종이 이태백과 술을 마시는 그런 하모니가 아까 말한 18~19세기의 합리주의적 사고방식이 아닌가 생각됩니다.

지명관   네, 이제 결론에 가까워 온 것 같은데 변증법에서도 그런 얘기를 하죠. 상반되는 것이 완전히 상반되어서 긴장을 이루고, 통일되어가고, 상호 교류할 때 이것이 건전한 발전의 도식이라고……. 그런 의미에서 알렉산드로스적인 것과 디오게네스적인 것이 서로 제구실을 하면서 서로 교섭해 갈 때 건전한 사회가 되는 것이겠지요.

  오늘날 지나치게 자신만만한 현실주의자들이 스스로를 부정하면서 그 반대의 영역에 힘을 줄 수 있는 아량을 가져야만 현실의 문제도 건전하게 발전되리라고 생각합니다. 따라서 현실이 발전하려면 부정적인 세력—문화인, 예술인이 좀 더 뚜렷해져야겠죠.

이어령   그 예를 우리는 초등학교 운동회에서 볼 수 있습니다. 눈을 가린 사람이 눈 뜬 사람을 업고 뛰는 경기 말입니다. 업은 사람은 보지를 못하고 업힌 사람은 뛰지를 못합니다. 이 두 사람이 잘 조화되어야 레이스에 이길 수 있습니다. 이처럼 세속적인 지도자는 정신의 방향을 모르고 있습니다. 그리고 인텔리는 방향은 알아도 뛸 줄은 모릅니다. 이 둘이 잘 조화가 되어야 합니다.

지명관   거기에서 생각나는 것은 슈바이처가 바흐를 말할 때 그는 한 사람의 선량한 아버지였고 남편이었다, 그러면서도 그는 예술 속에서 심히 죽음을 갈망하는 예술가였다고 한 것입니다. 그에게는 예술과 생활이 양립되어 있었고, 베토벤처럼 예술이 생활을 삼켜버리지 않았다는 거죠.

새로운 지평을 향하여

이어령 괴테도 말했지만 인간은 선만 가지고 될 수 없습니다. 메피스토펠레스적인 요소도 필요하다는 거죠. 그러니까 선과 악이 합쳐졌을 때 전인全人이 생겨나는 거죠. 그렇다면 오늘날 우리들이 얘기하는 전인이란 과연 어떤 것일까. 이런 것이 우리의 결론이 되겠습니다. 그리고 아까 역사를 보는 시선을 얘기할 때 앞을 본다고 했는데 앞을 보는 건 동시에 뒤를 보는 것도 됩니다. 그건 마치 로켓 가스를 뒤로 뿜으면서 앞으로 나가는 것과 같죠.

그런데 케루악의 『노상에서』를 보면 이런 얘기가 나와요. 방랑에서 되돌아와 보니까 자기 아주머니가 그날그날 찢기어 나간 폐물들로 융단을 하나 만들었어요. 그것은 결국 모든 어두운 단어로 불리는 현대 인간을 한 오락 한 오락 주워서 꾸준히 짜가면 화려한 무엇이 형성될 수 있다는 암시가 아닌가 생각해요.

지명관 그러니까 우리가 인간을 파악할 때 '크리에이티브 사이드'나 '디스트럭티브 사이드'로 단일적으로 파악하는 것이 아니라 역시 역설적인 인간 그 자체를 파악해 가지고 그 안에서 두 요소가 건실하게 교섭하면서 발전해야 된다는 얘기겠는데, 우리는 거창한 것보다는 사소한 생활 주변의 윤리부터 찾아야겠습니다.

이어령 문명이 생활과 멀어지는 건 체험 내용이 점핑하기 때문입니다. 옛날 사람들은 시골서 서울까지 걸어서 왔기 때문에 그 모든 여정이 체험화됩니다. 그러나 현대인은 출발점에서 목적지로 기차를 타고 그냥 점핑한 것이기 때문에 체험이 추상화되어 버립니다. 또 옛날의 전쟁이란 것은 일대일로 찔러 자기가 몇 명을 죽였다는 것을 구체적으로 체험하지만, 오늘날은 뒤에서 포탄을 쏘는, 즉 스위치만 눌렀지 몇십만 명이 죽었는지 모르기 때문입니다. 더군다나 고공에서 원폭을 투하하는 사람은 자기의 행위가 미친 하나의 인간에 대해선 파악할 수 없습니다. 살해의 체험 없이 수십만을 살해하는 것입니다.

저는 신자는 아닙니다만 예수를 구제의 한 상징으로 볼 때 나는 예수의 제자들에게서 인간의 여러 형태를 봅니다. 제멋대로 생각한 것이지만, 18세기의 그 행복한 인간은 베드로적인 인간상입니다. 왜냐하면 그는 합리주의적인 인간의 약점을 갖고 있으면서도 별로 고민하지도 않은 아주 착한 사람입니다.

그리고 도마는 19세기의 과학주의적인 인간상입니다. 도마는 확인주의입니다. 그는 손으로 예수의 못 자국을 만져보지 않고는 예수의 부활을 믿지 못하는 사람입니다. 그다음 유다는 19세기 말의 데카당이나 니체 같은 사람과 같습니다. 그는 부정을 통해서 긍정을 하려 했어요. 유다는 자기 자신이 항상 예수와 함께 있었기 때문에 자기를 한번 시험에 들게 해본 겁니다.

그리고 현대인은 사도 바울로와 같은 존재라고 생각합니다. 일단 부정했다가 다시 찾으러 다닙니다. 끝없이 노를 되풀이하다가 나중에 예스라고 말하는 그것—비록 그 '아니다'가 10 나누기 3처럼 끝없는 3.333······으로 계속될지라도 끝에 가서 예스라고 말하는 그것은 부정의 세계를 통해서 가는 패러독시컬한 현상입니다. 그래서 전 차라리 바울로적인 인간상이 현대에 있어서 예스라고 긍정의 세계를 찾을 수 있는 인간이라고 생각됩니다.

오늘 좋은 말씀 많이 들었습니다.(《동서춘추》, 1962. 12.)

순교자殉教者와 한국 문학

대담자: 김은국金恩國

명작의 조건

이어령 『순교자』는 한국의 작가와는 다른 조건에서 창작되었습니다. 우선 김 선생님이 세계 문단에 화려하게 데뷔한 데는 영어로 직접 써서 미국에 내놓았다는 그 객관적인 조건을 들 수 있겠습니다. 그런데 한국 작가가 영어로 작품을 쓴다는 것이 과연 유리하냐 불리하냐 하는 두 문제를 따져보아야겠습니다. 한국어는 비논리적이기 때문에 시작하는 데 있어 불리한 점이 많다고 생각하는 사람들이 있습니다. 마치 릴케가 말년에 모국어인 독일어를 버리고 프랑스어로 시작을 한 것처럼 말입니다. 그런 점에서 김 선생님은 영어로 썼기 때문에 도리어 자기 논리를 자연스럽게 작품화할 수 있다는 이점이 있었을 것이라 생각됩니다.

그러나 이와는 반대로 말이란 아무래도 세 살 때 배운

것이 진짜다, 아무리 영어에 능숙해도 역시 모국어로 써야 자기 감정을 살릴 수 있지 않았겠느냐고 볼 수도 있습니다. 이 점 『순교자』를 쓰는 데 있어 김 선생님은 어느 쪽이었다고 생각하십니까?

김은국   네, 좋은 말씀이십니다. 저도 많이 생각했어요. 처음엔 언어에 별 관심이 없이 작품을 쓸 생각을 했었습니다. 한국어든 영어든 언어 자체는 '내셔널' 또는 '난내셔널'이 없습니다마는 '어떻게 생각하느냐?' '하우 투 싱크' 그게 문제입니다. 문학 작품을 위한 언어로는 한국어가 좀 적합지 않다는 것을 저도 시인합니다. 감상적이고 일로지컬(비논리적)하고……. 그러나 외국어, 영어로 쓰니까 상당히 프리사이스(정교)해지고 논리적이에요. 남의 나라 말로 쓰니까 도리어 문장을 차근히 생각하게 되어 천천히 따지면서 치밀하게 쓰게 되더군요.

이어령   그러나 조국이 없는 망명 작가는 생각할 수 있어도 모국어를 잃은 작가란 생각하기 어렵습니다. 고민이 클 텐데요. 가령 토마스 만이나 생 종 페르스는 망명을 했어도 조국의 언어를 버리지 않고 훌륭한 창작 활동을 했습니다. 그러나 우리 한국의 작가는 망명을 안 해도 모국어를 버리고 외국어로 작품을 써야 할 형편입니다(하하……두 사람 웃음). 어때요. 영어로 성공적인 작품을 썼다는 것은 '고독한 영광'이라고 생각지 않으십니까?

김은국 제 이야기를 좀 하지요. 처음 미국에 가선 문학을 전공
할 생각은 전연 없었어요. 4년 동안 정치학과 역사학을
공부했지요. 문학을 시작하고 나서 나의 체험들을 루킹
백하려니까 참 이상한 것이 많아요. 한국어로 체험한 것
을 영어로 표현하게 된 상태입니다. 한국말로 그런 것을
쓴다는 가정을 하면, 가령 누구를 지칭할 때만 해도 우
리말로는 복잡하고 어렵지 않나요? '미스 김'이라 해야
할지 '그 여자'라 해야 할지……(웃음). 하지만 영어로는
'시She' 하거나 '히He' 하면 되거든요. 저는 게다가 한국
말로 쓰는 훈련을 못 했어요. 한국을 떠날 때는 문학을
하리라고는 생각지도 않았고, 작품도 못 읽었고…….

이어령 작가의 천분도 천분이지만 그것 못지않게 그가 작품을
쓰는 현장, 그 장소도 문제 아니겠어요? 예이츠는 중세
의 신비한 고성에 묻혀서 시를 썼으며, 루소도 로잔의
호반에서 저작물을 썼다거나……. 아니 제2차 세계 대
전 때 구미의 작가들이 전장의 참혹 속에서 또는 수용소
에서 쓴 작품들이 그 현장과 그들의 주제를 이루는 성격
이 일치하고 있지 않습니까?

김은국 네, 그렇습니다. 제임스 조이스가 파리엘 가지 않았던들
그는 작품을 쓸 수 없었을지도 모릅니다.

이어령 그런데 김은국 씨는 한국을 떠나서 미국에서 그 『순교
자』를 썼거든요. 그럼 그것, 한국을 떠났다는 것이 『순
교자』를 만든 것이 아닙니까? 『순교자』의 집필 장소가
한국이었다면 과연 그런 작품을 생산할 수 있었을까요?

김은국 심각한 문제입니다. 저도 비행기를 타고 태평양을 건너
오며 그런 생각을 해보았어요. 그 결론은 '노!'—한국에
제가 그냥 있었더라면 그런 작품을 쓸 엄두도 못 냈을
겁니다. 너무 생활에 바빠서 자아와 체험은 밀착되어 뒤
범벅이 되었을 거고……(하하…… 두 사람 웃음). 테크닉 많이
배웠습니다. 미국에서 말입니다. 한국을 떠났기 때문에
한국에서의 모든 경험을 객관적으로 루킹 백할 수 있는
눈이 생겼지요. 그럴 여유와 입장에 있었던 것입니다.
여기 한국서 쓴다면 참말 생각도 못 할 일이었죠(그는 담배
를 피워 물고 생각하는 표정……).

이어령 한국에 명작이 없다고들 하는데 그것도 결국 작가가 자
기 체험을 객관적으로 바라보고 분석하는 시력이, 아니
그 태도의 결여가 중대한 원인이 아니겠습니까? 자기가
머물고 있는 자리를 떠나지 못하고 한자리에서 제자리
걸음을 하는…….

김은국 그렇지요. 제자리에 머물러 있으면 객관적인 눈은 가질
수가 없지요. 그래서 사소한 경험도 커 보이고, 경험에

의 가치 부여와 그 객관화가 힘듭니다.

이어령　작가들은 작품을 쓸 때 구체적인 독자들을 염두에 두지 않는다고들 말합니다. 자기의 그림자만을 향해 말한다는 것이지요. 그러나 의식적이든 무의식적이든 자기의 친구나 이웃이나, 글을 읽어야 할 구체적 독자를 상상하게 됩니다. 김 선생의 경우에는 애초부터 영어로 작품을 썼으니까 미국의 독자, 영어권의 독자를 생각했을지도 모릅니다. 그렇지 않으면 한국의 독자를 생각하셨는지?

김은국　외국어로 작품을 쓰는 사람의 큰 템프테이션(유혹)이며, 그것은 또한 어쩔 수 없는 트랩(함정)이기도 합니다. 저는 미국 독자만을 생각하고 그 작품을 쓰지는 않았습니다. 그래서 미국의 어떤 비평가는 로컬 컬러가 없다고 실망의 빛을 보였습니다. 한국적인 로컬 컬러의 실정을 찾아볼 수 없다는 것이죠. 캐릭터에만 너무 열중하여 한국이라는 지방색을 소홀히 한 게 아니냐는…….

이어령　참 재미있는 얘기가 나왔습니다. 한국을 모르는 미국 독자를 지나치게 의식했다면 만일 평양이 어떻고 그 지형이 어떻다는 식으로, 말하자면 관광 포스터 같은 설명을 곁들였더라면 그것은 흥미 없는 얘기입니다. 사람들에겐 그것이 쉬웠을지 모르지만 『순교자』의 경우 그 지리적인 장소가 별로 중요치 않습니다. ‘인간의 장소’가 문제지 '지리적인 장소'를 문제로 한 소설이 아닙니다. 배경의 설명을 너무 했더라면 오히려……

김은국 그렇습니다. 하나의 가이드 북, 코리아 관광 선전책이 되고 말았을 것입니다.

순교자殉敎者의 세계

이어령 『순교자』의 주제를 한마디로 말하자면 신 없는 성자들의 이야기 또는 신이 없어도 순교자가 될 수 있는 휴머니즘의 모색이라고 보고 싶습니다. 말하자면 신이나 여자가 없어도 이루어지는 사랑의 이야기라고 보겠는데요…….

김은국 카뮈의 『페스트』에서도 그 얘긴 나오지요. 사람이란 신이 없어도 살 수 있지 않느냐고. 인생의 목적을 잃고 신이 없어도 살아갈 수 있다면…… 그렇다면 우리는 어디서 구원을 받아요? 앉아서 웁니까? 아니면 신을 불러요? 어떻게 해요? 어떻게 해야 가장 잘 사는 거냐. 저는 휴머니즘을 말하렵니다. 이제까지의 그 전통적 휴머니즘, 즉 네거티브(부정적)한 것만 모아놓은 휴머니즘 말고, 그러니까 가슴을 치며 사는 휴머니즘 말고, 포지티브(긍정적)한 것만 모아놓은 그 휴머니즘 말입니다.

이어령 　그러나 카뮈와 김은국 씨는 거리가 있습니다. 특히 신 목사의 태도가 그렇지요. 신 목사는 인간의 부조리를 드러내는 사람이 아니라 철저하게 덮어두려는 데서 삶을 긍정하려 합니다. 이것은 『페스트』의 류가 행하는 휴머니즘과는 정반대의 자리에 서 있습니다. 차라리 고통스럽고 절망적인 것이라 해도 '진상은 진상대로 밝혀야 한다'는 이 대위의 태도가 카뮈적인 것인데 김은국 씨는 그보다 신 목사 쪽을 더 강조하고 있습니다.

김은국 　미국 비평가들은 이 대위나 신 목사를 다 같은 유형으로 취급했는데 그것은 잘못 본 것입니다. 이 대위는 처음엔 신 목사를 이해 못 했어요. 중간쯤엔 이해하려고 노력했었고요. 나중엔 이해했지요. 피난민도 교회 안에 있는 그룹하고 교회 밖에 있는 무리하고 두 경우가 있습니다. 이것은 무슨 의미입니까? 하나는 네거티브한 군중이고 또 하나는 포지티브한 군중이 아니겠습니까?

　저는 마지막 패러그래프에 가서 고민을 무척 했어요. 한참 있다 보니 어쩌자고 이 대위가 교회 안에 들어가 있지 않겠어요? 교회를 이해하고 들어간 것일까? 그 히어로가 교회를 나오느냐? 그렇지 않느냐? 결국은 나왔거든요. 나오면 어딜 가느냐? 그가 혼자라면 뜻이 달라져요. 피난민들에게는 신도 없고 아무것도 없는 거죠.

이 대위는 그리로 가거든요. 이상하다! 왜 그리로 갔을까? 거기에 갔다는 자체가 하나의 임프루브먼트입니다. 지금 생각해 보면 목적은 같았지만 신 목사와 이 대위가 인간을 대하는 어프로치가 달랐기 때문입니다.

이어령   알겠어요. 도스토옙스키의 소설에는 악인이 없다고들 하지 않아요. 아무리 악한 사람도 그 입장을 이해하게 되면 미워할 수 없어요. 여기에서 긍정적인 인물이 등장하게 됩니다.

오늘날 새로운 한국의 작가들은 '부정적인 인물', '회의적인 인물'을 그리는 데에 어지간히 성공하고 있어요. 그런데 외부의 조건에만 지배받는 한란계 같은 인물이 아니라 현실을 바꾸어가는 능동적인 인물을 그리는 데는 실패하고 있습니다.

손창섭 씨는 인간의 절망을 그릴 때는 많은 독자를 감동시켰는데 인간을 긍정적으로 그리기 시작하면서부터 그의 예술은 핏기를 잃어가고 있습니다. 어떻게 현실감을 가진 채 긍정적인 인물을 그릴 수 있느냐? 김은국 씨가 바로 그 문제를 해결해 가고 있다는 데에 우리가 주목할 점이 있다고 봅니다. 같은 긍정적인 인물이라도 신 목사는 『흙』(이광수李光洙)의 주인공처럼 수신 교과적인 미담의 인물은 아니거든요.

김은국   자기 희생을 각오하고 환자를 끝내 돌보아주는 그 군의
       관만 해도 그전 같으면 순진하고 순박한 인물로만 그려
       졌을 것입니다. 한데 그 사람은 가만히 보면 환자를 버
       리고 다리까지 도망갔거든요. 그랬다가는 다시 돌아와
       요. 평양으로. 나는 이것 좀 이상하다고 느꼈어요. 센스
       오브 길티(죄의식) 그것 때문에 이 친구는 왔다 갔다 하는
       거예요. 처음 내 생각대로 했으면 갔지, 갔어요. 다리를
       건너 피난민과 함께 갔어요. 한데 획 돌아왔단 말이에
       요.

이어령   결국 『순교자』에 휴머니즘이 한길로 있는 것이 아니
       라 여러 갈래로 제시되어 있다고 봅니다. 절망하고 사
       는 사람들에게 신의 환상을 믿게 하는 신 목사의 휴머니
       즘……, 현실을 위해서는 수단 방법을 가리지 않는 냉혹
       한 리얼리스트이지만 부하를 위해 대신 죽어버린 장 대
       령, 복음만으로는 만족하지 않고 직접 피난민을 돌보는
       행동적인 고 목사, 그리고 지적이지만 인간의 고통을 이
       해하고 있는 이 대위나 박 대위……, 모두 신 목사와 다
       름없는 인간의 순교자들이지요. 다 각기 다른 입장에서
       인간을 위해 순교자가 되어가는 이야깁니다. 그렇다면
       순교자는 '단수'가 아니라 '복수'여야 할 텐데…….

김은국   영어로 'The Martyred'라고 했으니까 복수도 됩니다.

'순교자들'이지요. 따라서 단수이면서 복수의 뜻을 가지고 있는 말입니다. 우리나라에선 그냥 『순교자』이지만 『순교자들』일 수도 있는 거지요. 다른 나라에서도 그대로 직역을 했는데 프랑스에서만은 유독 달랐어요. 역시 전통 있는 문학 풍토라서……. 'The Martyred'라는 제목을 바꾸어서 'Dieu Se Refuse'라고 했거든요. '신은 거부한다'랄까요?

참, 저도 흥미 있었습니다. 독일에선 '리뷰'가 이 번역판과 함께 나왔어요. 여러 가지로……. 그런데 그곳(독일) 비평가들은 작품에 어프로치하는 방법이 진지해요. 보다 인텔렉추얼하고 사상의 심도가 보다 깊어요. 심중한 면도 있어요. 며칠 전에 들은 소식인데, 번역된(독어로) 소설은 '순교자론'과 함께 잘 팔린다는 거예요. 베스트셀러로.

이어령   『순교자』는 진상과 환상의 갈등 속에서 전개되는 드라마입니다. 그런데 김은국 씨는 결과적으로 환상 쪽에 판정승의 손을 들었습니다. 그러나 어떨까요? 환상이란 당장은 아름답고 당장은 위로를 주지만 언젠가는 깨지고 마는 것이 환상의 숙명이 아니겠어요? 진상과 환상은 영원히 마주칠 수 없는 두 척의 배지요. 우리는 후퇴하지 않는다고 선전하는 것은 평양 시민에게 위로를 주는 환상이지만, 그와 관계없이 다리를 폭파하고 떠난다는 것은 진상입니다. 그와 마찬가지로 신 목사는 그들이 순교자가 아니라는 진상을 알면서도 신에게 의지하려는 사람들에게 위로를 주기 위해 환상 쪽을 택합니다. 사르트르는 신 목사 같은 사람의 사상을 '자기 기만'이라 해서 철저하게 배격하고 있는데…….

김은국 사르트르는 너무 자신만만해요. 사르트르 같은 사람은 드물지 않아요? 누구나가 그렇게 자신만만하게 패기에 넘칠 수는 없지요. 그는 도무지 스트롱 맨만 강조합니다. 그렇지만 어디 그런가요. 인간에게 위크니스(위약성)를 부정할 순 없지요. 그것은 어쩔 수 없이 인정해야 됩니다. 사르트르는 사실 너무 합리적이라 사람을 속이기위한 일루전을 거부해요. 그러나 판타지는 필요하지요. 하도 살기가 힘드니까. 숨이 가쁘니까 그런 것이라도 있어야 한다는 것이지요. 이 대위는 그리고 보면 우리에게이런 것을 가르쳐줍니다. 인간성에는 꼭 한 가지만 있는것은 아니라는 것.

이어령 우리의 관심은 신 목사 자신에게 있습니다. 신이 없다는것을 안 신 목사의 절망은 어떻게 구제될 것인지요? 남을 위해 기도를 할 수는 있어도 자신을 위해서는 기도해 줄 사람이 없는 그 존재 말입니다. 가장 감동적인 장면은 신 목사가 무신론자인 이 대위를 보고 자기를 위해 기도해 달라고 애원하는 장면입니다. 물론 그것이 십자가의 의미겠지요. 남의 고통을 대신 걸머진다는…….

신을 인정하지 않고서 십자가를 걸머질 수 있을 만한 힘은 어디에서 오는가요? 소박한 성선설性善說입니까? 그리고 사실 이 작품은 지저스 크라이스트의 새로운 인터프리테이션으로도 봐집니다. 순교자가 열둘이라는 것은 사도를 암시한 것입니까? 그리고 신 목사가 죽고 난 후에도 여기저기서 그를 보았다는 사람이 있다는 말을 한 것은 예수의 부활과 같은 상황을 암시하려 한 것입니까? 한국의 비참한 상황을 그린 평양은 예루살렘의 현대판으로 잡고…….

김은국 우연히 나왔습니다. 열두 명의 순교자로 된 것은 말입니다. '심벌리즘'이라고 하시지만 그건 벌써 유럽에서 나온 것 아닙니까? 굳이 그러한 상징으로 말하고 싶지는 않았습니다.

이어령 『순교자』는 정통적인 추리 소설의 수법을 쓰고 있습니다. 루블랑은 범인을 찾지만 여기에서는 인간의 진상을 규명해 나가고 있지요. 형이상학적인 루블랑이 바로 내레이터인 이 대위라 할 수도 있을 것입니다. 그런 수법 때문에 극적인 스토리텔링의 효과를 얻고 있습니다. 주제는 철학적인 것이지만 재미있게 읽힌다는 것, 그런 수법이 베스트셀러가 되게 한 요인도 되겠지요.

김은국 처음엔 어떤 형식을 따라야 할지 몰라 이렇게 저렇게 수없이 시도해 보았습니다. 디텍티브 스토리(추리 소설) 같다고도 하지만, 그건 미스터리가 무척 단조롭지 않아요? 간단하거든요. 『순교자』도 디텍티브로 된 것은 저도 시인합니다. 우선 정보 장교들이 나오니까. 그들이 하는 일이란 진상의 탐지 아닙니까? 그래서 저는 진리의 함구와 진상의 탐지 그 중간 수준에서 소설을 전개했습니다. 그런 수법은 미국에 와서 배운 것이지요.

작자는 철학적 사고를 해야 한다느니 또는 심각한 아이디어를 문제로 삼아야 하느니 하지만 저는 그런 것에 별로 납득이 안 가요. 소설은 옛날부터 하우 투 텔, 즉 스토리텔링이 중요하다고 봅니다. 그것을 제대로 못하면서 무슨 심각한 사고를 할 수 있습니까? 인간은 태초부터 스토리로 시작했습니다. 소설의 고향은 이야기의 재미에 있다는 점을 나는 인정합니다.

한국 문학과 세계 무대

이어령 한국 작가가 세계 무대로 진출할 수 있는 비자를 얻으려면 어떤 것들이 필요한가? 수년 내 이러한 관심이 우리 문단에 대두하기 시작했습니다. 그러한 관심을 자극한 직접적인 이유의 하나가 김은국 씨의 『순교자』였다고 볼 수 있습니다. 그런데 내가 생각하기로는 한국의 작가가 국제적인 것이 되려면 적어도 한국 사회 그 자체가 국제적인 수준에 달해야 된다는 외부적인 조건을 먼저 들 수 있습니다. 간단한 예로 『순교자』와 국제작을 비교할 때 소설 속의 대화부터가 다르다는 것을 알 수 있습니다.

물론 작가에게 그 책임이 있지만, 그보다도 더 큰 원인은 그들의 대화가 불가능한 폐쇄적인 사회에서 살고 있다는 점입니다. 사르트르의 말마따나 산문 소설은 사회적인 대화 속에서 성장할 수 있다는 것인데, 우리 작가는 작가이기에 앞서 대화의 훈련을 받지 못했던 불행한 시민이었음을 인정해야 됩니다.

김은국 사실 한국 작품들은 커뮤니케이션(대화)의 공백이 너무 많은 것 같아요. 작품에 나오는 주인공들은 솔직하게 얘기를 못 하거든요. 독자로 하여금 인터프리테이션(설명)하게 만드는 기교가 잘돼 있지 못해요. 독자들에게 작가는 여유를 주어야 합니다. 그리고 문학을 모르는 사람도 작품을 읽을 수 있도록 씌어져야 합니다.

아이오와 대학에서 창작을 공부할 때 언젠가는 막 울어버렸어요. 글쎄 주임 교수였던 폴 앵글 씨가 사정없이 그냥 깎아버리지 않겠어요. 제가 쓴 작품 『순교자』를 말이에요. 사정도 없이! '저는 이렇게 생각합니다'도 안 통해요. 작품 속에 무슨 설교가 많으냐는 거지요. '독자에게 인터프리테이션할 여유를 주라!' 앵글 교수한테서 배웠어요.

이어령 우리는 역시 작가 자신의 역량 문제를 더 강조해야겠지요. 흔히들 한국 작가에겐 사상성, 즉 주제의 빈곤성으로 국제적인 수준에 뒤지고 있다고들 하지만 저는 그렇게 생각 안 합니다. 사람의 생각이란 별로 다를 게 없지요. 부족한 것은 작가의 기법, 어떻게 만드느냐? 그 창작법 훈련이 뒤떨어져 있다고 보는 것이지요. 아트란 말 자체가 기술이란 건데.

김은국 '언제 드라마타이즈를 하느냐?' 작가는 이것을 훈련받아야 합니다. 제가 미국에서 배운 것도 바로 그것이었어요. 가슴이 아프다고 할 때 작가는 어떻게 합니까? 어떻게 (그의 가슴을 치며) 가슴을 치십니까? 아! 아프다고 소리쳐요? 그렇게 하지 않는 테크닉을 저는 미국서 훈련받은 거지요. 돈트 프리치! 작가는 설교를 말라! 그래서 미국에서는 영문학을 너무 한 사람을 싫어해요. 문학을 알면 좋지 않다는 얘기지요.

선우휘鮮于煇 씨의 「테러리스트」를 읽어보았습니다. '베이식 아이디어'는 참 좋았어요. 그런데 흠이 있다면 작가의 사상을 직접 노출시킨 설교가 너무 많다는 것이 겠죠.

생각해 보세요. 우리는 경험하고 있지 않아요? 가령 감정(이모션)이 복받치면 말이 나옵니까? '기가 막혀 죽겠는데' 하는 것을 어떻게 무슨 말로 표현해요? 그런데 이런 때 작가가 불쑥 뛰어들거든요. 기가 막힌 사람의 입으로 말을 시킨단 말이에요. 그럴 땐 작가는 슬쩍 물러나서 아무 말 안 하는 거예요. 그래야 기가 막힌 것이 제대로 기가 막히게 되지 않겠어요? 작가와 캐릭터는 분명히 뚝 떨어져 있어야만 하는 것입니다.

『순교자』를 쓸 때만 해도 저는 문학에 참 무식했어요. 그래서 앞에서 말한 것이 가능했지요. 지금 제2작을 쓰면서는 그대로 수법을 좀 알고 나니까 자꾸 의식 속에 빠져 들어가 고민입니다. 그럴 때마다 펜을 놓고 며칠씩 쉽니다만…….

이어령 또 하나 우리가 관심을 가지는 것은 우리 작가들에겐 비교적 공간 감각이 없다는 것입니다. 옛날의 소설 미학은 '흐르는 소설', 말하자면 주인공과 시간이 결합되는 데서 생겨나는 것이지만, 현대의 독자는 오히려 '번지는 소설'―인물과 공간이 빚어내는 소설을 원하고 있습니다. 소설에 대한 인터레스트가 달라진 거지요.

김은국 토털 오브 유닛(개체의 전부)이 문제입니다. 말한 것, 그 타임, 장소 등이 설명을 일일이 안 해도 꼭 맞게끔 되어야 합니다. 제 작품 얘기를 또 꺼내서 안됐습니다만『순교자』를 보면 처음에 정보 장교들의 사무실이 나옵니다. 그 사무실은 높은 장소에 위치하고 있어요. 창문이 하나, 그런데 밖을 내다보려면 그 창문이 아니고서는 안 되거든요. 그런데 창밖으로 내다보이는 장면은 금시라도 허물어질 것 같은 교회의 종각 그것이 바람에 땡겅땡겅 울리고 그 아래선 피난민들이 무얼 자꾸 파고 있어요. 전란 때니까 무얼 파겠어요? 파괴된 더미 속에서 나올 건 시체밖에 더 있어요? 그런데 정보 장교니까 그런 것에 관심을 안 가질 수 없지요. 그래서 이 대위는 송장이 나오는 그 현장에 가보는 거지요.

가장 자연스러운 일들이 이렇게 자연스럽게 그러나 저마다 무슨 의미를 가지고 설정되고 또 진행됩니다. 구태여 꼭 심벌라이즈를 안 해도 자연스럽게 말입니다. 자연스러운 스타팅―이 대위의 캐릭터를 살펴보면 표면상으로 무척 자연스러운 생활을 진행시키고 있으며 그

내면에서도 자연스러운 상황이 벌어지고 있습니다. 이렇게 세팅을 하고 보니까 '아이 해브 스토리(무슨 얘기가 시작된다)' 뭐, 굳이 애를 써서 상징법을 쓰지 않아도 스토리가 전개되게끔 하는 것 그게 중요합니다.

어느 것 하나만 빠지거나 무너져도 모두 와르르 허물어지는 치밀한, 그러나 자연스러운 세팅 ─ 물론 저도 『순교자』를 쓸 때 그런 것을 의식적으로 시도하진 않았어요. 써놓고 보니까 그렇게 되긴 했지만……(웃음).

이어령   이거 말이 우습지만 작가가 폭넓은 국제 무대에 서려면 그 이미지네이션까지도 근대화되어야 한다고 느낍니다. 아직도 이미지가 전근대적입니다. 오늘날의 이미지는 관념이 사물을 묘사하는 데서 거꾸로 사물이 관념을 묘사한다는 데로 그 질이 달라졌지요. 그것을 극단화한 것이 앙티로망의 소설입니다. 새 사조니까 따라야 한다는 것이 아니라 적어도 그런 소설적인 이미지를 접하고 있을 현대 독자를 무시하고 글을 쓸 수는 없지요. 그런데 아직도 대부분은 주인공의 마음이 슬프면 으레 비가 내리고 살인을 하면 천둥 벽력이 치는 식인 원시적인 이미지예요.

김은국   저는 시적인 이미지네이션을 중요하게 봅니다. 가령 어떤 영화를 보면 이렇게 전개됩니다. 천둥이 치고, 비가 오고, 어딘지 불길한 예감을 관중에게 잔뜩 주어놓고 우편배달부가 대문을 흔듭니다. 그리고는 '전보요……' 뜯어보면 틀림없이 누가 죽은 거지요. 이런 수법은 우스워요.『순교자』에서는 그래서 처음부터 흐리게 만들었어요. 무슨 상황이 일어나도 괜찮게…….

캐릭터의 무드는 완전히 객관적인 것이어야 합니다. 카뮈의『이방인』을 보면 총을 쏴서 누군가를 죽이는데 햇볕이 쨍쨍 내려요. 아니 눈이 부셔서 총을 쏘았다고 하지 않아요? 하늘이 흐리지 않았거든요(웃음).

현대는 매스컴 시대입니다. 독자는 그것을 통해 경험하는 것이 굉장히 많아요. 제 생각 같아서는 소설이 점점 더 어려워지고 그 스케일도 커지는 것 같아요. 작가는 상상력을 더 크게, 그리고 보다 많이 동원해야 하니까 말입니다. 지금은 독자들도 상당히 소피스트케이티드(빈틈없다)해졌어요. 웬만한 묘사로는 평범하게밖에는 안 보여요. 제 친구 중에 필립 로스라는 작가가 있는데 그 사람과 이런 말을 나눈 적이 있어요.

신문엔 매일같이 굉장한 헤드라인(표제)이 꽝꽝 터져 나옵니다. 로켓이 오르고 또 뭐가 어떻게 되고……. 이런 어마어마하고 중한 헤드라인들 속에 사는 독자들은 웬만큼 건드려선 흔들리지 않아요. 그들을 감동시키는 건 정말 어려운 일입니다. 작가가 작품을 쓰기 힘들어졌다는 얘기가 바로 그것 때문이 아니겠어요? 그래서 소설은 점점 시가 되어가고, 시는 반대로 산문처럼 되어간다는 거예요. 현대 문학은 달라져가고 있으며 또 달라져야 합니다. 플라타너스가 어떻고, 나무 잎사귀가 흔들리고 하늘이 어떻고, 이런 처지가 못 됩니다.

이어령   다음엔 작품의 소재인데요. 외국의 독자들은 그 점에 있어 한국 작가에게 관심을 많이 가지고 있으리라고 봅니다. 외국 관광객들이 한국에 찾아왔을 때 어디를 가느냐, 크게 유형을 둘로 나누어보면 '불국사'와 '판문점'입니다. 같은 관심인데도 그것은 서로 다르지요. 불국사를 찾아간다는 것은 한국의 로컬리티, 민속적 관심이지요. 그런데 판문점은 한국의 현실이면서 동시에 세계의 현실입니다. 그렇다면 어느 쪽 관심에 대해서 호소하는 편이 우리 작품이 국제적으로 진출하는 데에 힘 있고 값어치 있는 것이냐?

　　나는 판문점적 현실을 소재로 하는 편을 택하겠어요. 색동옷을 입혀 민속적인 취미로 그들의 관심을 끌려고 한다면 그야말로 작가가 아니라 관광 안내자입니다. 나의 장소이자 인류의 장소, 여기에서 소재를 취할 때 보편적인 문학의 가치를 창조할 수 있다고 봅니다. 그런데

도 우리는 불행히도 불국사적 소재만 들고 국제행의 비
자를 얻으려고 하는 것 같습니다. 그리고 또 우리 작품
을 외국에 소개하는 방법은 어떤 길이 가장 합리적일는
지…….

김은국 그러믄요, 소재야 많죠.

우리나라에 노맨즈랜드(완충지대)가 있지 않아요? 그전
에 그런 생각을 한 일이 있어요. 정찰기를 타고 관측을
하다가 이 노맨즈랜드에 떨어졌다고 해요. 구원을 받으
려고 왔다 갔다 합니다. 야전 전화 줄이 여기저기 흩어
져 있고, 그러나 어느 줄에 연결을 해봐도 아무런 수신
이 없어요. 전시에 쓰던 거니 통할 리가 없지요. 어떤 방
법을 써도 그가 구원받을 길이 없다, 결국 포기하겠지
요. 이런 상황 같은 것……(하하).

아무튼 소재야 없지 않아요. 제 작품이 나오고 나서,
바로 그 출판사(뉴욕 브라질러)에 한국에서 10여 편의 원고
가 쏟아져 왔더랍니다. 절반은 번역된 원고들. 한데 소
개장에는 김은국의 작품과 비슷한 소재들이라는 설명
을 써 넣었더래요. 출판사 편집장은 "비슷하면 그걸 왜
보냈을까?" 하고 혼잣말을 하더군요. 다른 얘기가 되고
말았습니다만. 아무튼 미국 출판사와 직접 접촉하는 것
이 제일 유리합니다.

이어령 우리가 외국의 출판사와 직접 교섭하게 될 때 가장 암적인 요소는 우리가 국제 저작권 협회에 가입되지 않았다는 것을 들 수 있는데……. 그리고 둘째는 외국에서 한국 문학에 대하여 관심을 가지고 우리가 우리 작품을 번역하는 것이 아니라 그쪽에서 우리 것을 번역해야만 본격적인 문학 수출이 되겠는데…… 이 문학 무역의 L/C(신용장)를 열 길이 없다는 것입니다. 저쪽에 상사가 없는 것이지요.

김은국 제가 불평하고 싶은 것이 바로 '카피라이트(저작권)' 문제입니다. 미국의 출판업자들은 한국 작가와는 좀처럼 장사를 안 하려고 해요. 정부끼리의 그 협약이 체결되어 있지 않으니까 말이에요.

사실 저작권 협약을 체결한다 해도 국가적으로 손해 볼 것이 별로 없어요. 가령 『순교자』의 경우 외국(프랑스·독일)에서 미국에 번역판 발간을 승낙받을 때 어드밴스(전도금)조로 겨우 2백 달러밖엔 안 주었어요. 노르웨이에선 150달러를 주었고요.

나중에 책이 팔리면 인세를 주겠다고 얘기하는 거지요. 그러면 저작 문제가 법적으로 해결되었으니 저작자도 출판사도 기분이 좋아요. 미국과 저작권 협약을 체결한다면 반드시 이쪽에서만 손해 보는 것은 아닙니다. 한

국 책이 미국에서 베스트셀러가 한번 됐다 하면 이득을
보는 것은 한국도 마찬가지 아니겠어요. 당장 눈앞의 문
제보다 긴 눈으로…….

그리고 번역 문젠데……. 하버드 대학이라면 누구나
최고를 인정하지 않아요? 그런데 그 대학의 한국학과에
겨우 교수 한 분, 와그너라는 역사학 교수 한 분입니다.
그분은 한국말도 잘 못해요. 게다가 역사학 전공이니 문
학은 전혀 몰라요. 한국 문학을 하고 싶어도 누구한테
배울 사람이 없어요. 누가 배워줍니까? 언어마저 캄캄
이니…….

그러나 일본 사람들의 경우는 다르지요. 앨프레드 A.
느프라는 일서日書 영문 번역 전문 출판사까지 있어요.
도널드 킨이니 하는 쟁쟁한 번역가들이 세 명인가 네 명
이 꽉 짜여서 죽어라고 일본 작품을 번역해요. 스탠퍼드
대학에서도 일서 번역을 굉장히 많이 해요. 그리고 출판
사 편집국장도 직접 일본에 가서 좋은 책들을 다 보고,
그런 정보도 환히 수집해 가지고 갑니다. 그러니 미국
학생들이 일본 책들을 안 읽겠어요?

이런 판인데 우리는 한국말 하나 제대로 가르칠 사람
이 없으니, 미국에서 번역 출판된 한국 책이 10여 권 되
는데 표지들도 미국 출판사에서 손을 댄 것뿐입니다. 하

지만 다른 나라, 가령 일본 것만 해도 원서의 표지 그대로를 리프린트한 것이지요.

마지막으로 한마디 하고 싶은 얘기는 우선 작품만 잘 쓰면 작가는 초조해할 필요가 없습니다. 어떻게 쓰면 팔릴 것이냐는 문제보다 어떻게 하면 잘 쓸 것이냐가 중요하지 않겠어요?(《경향신문》, 1965. 6.)

일본을 알기 위한 대화

대담자: 김용운金容雲

감각적 배일排日은 무익

오늘의 그들을 너무 모른다

김용운 우선 먼저 우리의 입장에서 일본을 알아야 한다는 의미
와 당위성이 중요하다고 봅니다. 그런 연후에야 일본의
과거와 현재, 그리고 앞으로의 장래에 대한 현실 분석에
구체적인 방향을 제시할 수 있기 때문입니다.

이어령 동감입니다. 일본을 우리의 이웃이라고 합니다. 그러나
나라의 이웃은 동네의 이웃과는 본질적으로 다른 점이
있습니다. '나라의 이웃'은 선택할 수도, 바꿀 수도, 그
리고 싫다고 이사할 수도 없는 일입니다. 어쨌든 우리가
일본이란 이웃을, 그것도 극성스러운 이웃을 가졌다는
것은 '숙명'이나 다를 바 없지 않습니까?

김용운 최근 이 선생께서 일본인의 축소 지향적인 성향에 대해
일본인 자신도 놀랄 만큼 예리한 관찰을 하신 걸로 알고

있습니다. 우리나라도 제3국에서 보면 일본 못지않게 축소 지향적이라고 합니다. 그러나 내면적으로 보면 엄연히 본질적인 차이가 있고, 이 특수성을 상호 비교하면 일본인에 대한 보다 명확한 결론을 우리 입장에서 내릴 수 있을 것 같은데요.

이어령 '비교'란 것은 분명히 그 대상이 있기 마련입니다. 일본이나 우리나 서로 상대방을 비교해 보지 않는다면 자신의 특성을 인식할 수 없는 것이 당연하지요.

김용운 그런데 일본인들 가운데는 한국을 전문적으로 연구하는 사람이 꽤 있는데 이상하게도 우리에겐 평소 일본을 잘 안다고 하면서도 실상 전문가는 극히 드물지 않습니까?

이어령 그렇지요. 그런데 전문가로선 한국을 아는 일본인이 많고, 일반 대중으로서는 우리가 일본을 많이 알고 있는 셈입니다. 반면에 일본의 중간 계층 가운데는 한국을 아는 사람이 거의 없어요. 만국기가 꽂혀 있어도 유독 한국 깃발만 없더군요. 우리의 경우엔 모두가 전문가연하지요. 비디오나 관광객 등을 통해 일본의 상업 문화에 익숙해진 사람이 많아요. 그러나 막상 학자급에 이르면 일본 역사나 정치 등을 전문으로 연구한 사람이 거의 없지요.

김용운 그렇습니다.

이어령 　거기엔 이유가 있어요. 민족학이란 게 당초에는 식민지
　　　　지배, 전쟁, 상업을 위한 수단으로서 발전한 게 아닙니
　　　　까. 루스 베네딕트의 『국화와 칼』도 일본과 전쟁을 하던
　　　　제2차 세계 대전 때, 적을 알기 위한 것으로 연구된 것이
　　　　죠. 일본도 조선총독부가 효과적인 식민 통치를 위해 방
　　　　대한 민속·역사 자료를 수집, 발간했습니다. 이른바 '사
　　　　냥꾼의 학문'으로 시작되는 것이었지만, 지금은 어느 정
　　　　도 학문적 수준에까지 도달한 셈이지요.

　　　　　그런데 우리는 해방 이후 민족적 아이덴티티를 확립
　　　　하기 위해 '일본을 모르고' 배척하는 데만 열을 올렸고,
　　　　냉철한 일본 연구는 '편견' 때문에 극히 낙후된 수준을
　　　　벗어나지 못했어요.

김용운 　아이로니컬하게도 최근 들어 갑자기 일본어 강습 붐이
　　　　일고 있는데 이것이 진정한 의미에서 일본을 안다고 할
　　　　수 있을까요?

이어령 　물론 그렇지 않습니다. 문화 의식에 대한 이해가 결여된
　　　　채 일본인 관광객 유치, 무역, 기타 극히 실용적인 도구
　　　　로서의 관심에 불과합니다.

김용운 　이 선생님 말대로 해방 후에도 그랬지만 해방 전 36년
　　　　동안에도 실제로 일본 그 자체를 알려는 노력은 없었던
　　　　것 같아요. 대부분의 유학생들도 '일본이 무엇인가'에

대한 관심보다는 일본을 통해 서양 학문을 직수입한다는 목적의식을 가지고 공부했어요.

이어령 얘기가 나왔으니 말이지 우리가 그동안 일본을 안다고 자부한 것은 구호나 슬로건밖에 없어요. '일제 36년', '일제 잔재'니 하는 식으로 말입니다. 구호나 슬로건이 존재하는 한 창조적 지성은 발붙일 수 없습니다. 어떻게 보면 일본을 알아야 하고 그들의 움직임에 대한 관심을 갖고 지켜봐야 한다는 것은 운명적인 일이라 해도 과언이 아닙니다.

김용운 최근 신문지상에 보도된 내용을 보면 일부 접객업소에서 '일본인 출입 금지' 푯말을 붙여놓고 그것이 마치 애국심의 발로인 양 환심을 모으려 하는 것은 참으로 안타깝습니다. 혹시 대원군 시대의 고루固陋를 되풀이하는 것이 아닌가 걱정스럽습니다. 현실적인 힘의 논리가 수반되지 않은 채 '전통의 수호'를 외치다 결국은 먹혀버리지 않았습니까?

이어령 말하자면 이런 겁니다. 위가 나쁜 사람은 음식을 가려 먹지만 위가 튼튼한 사람은 아무거나 닥치는 대로 가리지 않고 먹을 수 있듯이, 일본에 대해 소상히 알면 일단 자신이 생기게 되고 그것들을 경시할 수도 있습니다. 배추벌레나 배추 먹고 파래지는 거지, 인간은 어떤 상황에서도 주체성을 가질 수 있습니다. '일본이 밉다'는 것과 '미우니 보지 말자'는 엄연히 다른 것입니다. 미운 놈이 언제 무엇을 할지 모르니 얼굴 한 번 다시 쳐다봐야 하지 않겠습니까? 이런 것이 참다운 주체성이 아닐까요?

김용운 물론입니다.

이어령 비유하자면 일본은 '어두운 골목'이나 다름없어요. 그래서 방범용 보안등이 필요한 것이지요. 대낮에는 초롱불이 필요 없지요. 다른 나라가 아니고 어두운 그림자 속에 있는 일본이니까 더욱 그것을 환하게 밝혀 볼 연구가 필요한 것입니다.

김용운 이젠 일본을 알아야겠다는 출발점은 명확해진 것 같습니다. 그러면 어떤 민족을 연구하는 데 가장 기본적인 과제인 문화적 측면부터 이야기를 진행시켜 나갈까요.

단무지와 화투의 유산

이어령 원래 일본 문화 자체가 타민족에 대해선 플러스적인 가치가 없는 것 같아요. 베트남을 지배했던 프랑스나, 인도의 영국 같은 경우 식민지적인 착취와 수탈도 있었지만, 일정한 문화적·정신적 가치를 남겨준 것도 부인할 수 없지요. 그러나 일본이 36년간의 정치·경제·군사적 침략 끝에 남겨준 문화가치는 별로 없어요. 섬나라이기 때

문인지 모르지만 남의 문화를 해면처럼 흡수할 줄만 알았지 확산시키는 선교적인 문화는 결코 되지 못했지요.

저 옛날 칭기즈칸이 지나간 후엔 먼지밖에 남지 않았다고 했지만 식민지 시대에 일본이 휩쓸고 지나간 그 자리에 무엇이 남았는가? 일본이 우리에게 전수해 준 것이라고는 단무지와 화투 정도지요. 그리고 못된 말도 전부 일본 말 아니에요? '쇼부(勝負)'니 '와이로(뇌물)'니…… 등등. 이런 말들은 모두 일본의 전통적인 역사 경험 속에서 유래된 것들입니다.

그러니 나쁜 것만 배워놓고 일본 알레르기에 신음할 것이 아니라 보다 많은 것을 일본으로부터 얻어내려고 노력해야겠지요. 독일과 프랑스가 서로를 구적시仇敵視했지만, 괴테가 볼테르에 관해 한 말마따나 서로의 문화 가치에 대한 이해는 깊었고 최후로 남는 것은 그것밖에 없다고 생각했지요.

김용운 그렇습니다.

이어령 그런데 일본인들과 한국인들의 기질상의 차이는 이런 데서도 발견할 수 있는 것 같습니다. 일본인은 곧잘 '벤쿄[勉强]', 즉 공부·연구라는 말을 많이 씁니다. 일본인은 가만히 염탐해서 남의 좋은 것만 배우는데 이것을 남에게 털어놓으려고는 하지 않아요. 반면 우리는 무엇이든

가르친다는 시혜적施惠的인 사고가 강해요. 그래서 잘 몰라도 다 아는 체하고 서로 털어놓아 공감을 나누려는 강한 욕구가 있습니다.

또 일본인은 요모조모 따져서 '연구'는 치밀하게 잘하지만 '생각'은 깊이 하지 않습니다. 그런데 우리는 실제로 공부하려고는 하지 않고 삶의 가치니, 배움의 목적이니 하는 이념적 문제를 복잡하게 생각합니다. 이것 또한 해방 후 37년간의 한일 관계에 있어 양국의 문화적 교류에 담을 쌓아온 배경이기도 합니다.

김용운 지금까지 해온 이야기를 정리하자면, 우선 우리나 일본이나 제각기 특수성이 있고, 남을 알고 나를 알아야 한다는 것과, 이 두 가지를 다 알자면 그 속성들을 서로 비교해야 한다는 것이었습니다. 이와 함께 예전에는 대원군 시대에 범했던 것처럼 우리 주장을 내세운다고 상대방이 알아주는 것이 아니라는 것을 명심해야 합니다. 그래서 이럴 때일수록 어둠 속에 가려져 있는 저들의 정체를 알기 위해 어둠을 밝혀줄 불빛이 필요하다는 것입니다.

이어령 생각난 김에 덧붙이지만 일본인들은 '안다'는 의미를 '와카루分ゐ'라고 표현합니다. 글자 그대로 잘게 쪼개듯이 치밀하게 나누어야 안다는 것이지요. 우리는 그저 대강대강 건성으로 알고 그것으로 다 안다고 생각하는 버

릇이 있어요. 일본에 대해 다 알고 있다는 의식을 하루 빨리 버려야 합니다. 미국이나 프랑스에 대해선 잘 모른다고 하면서 일본 하면 3천만 명 모두 다 전문가인 것처럼 착각하고 있거든요.

김용운 '와카루'란 말이 참 재미있군요. 서양 근대 철학의 아버지라고 일컬어지는 데카르트의 분석철학이 머리에 떠오르는군요.

이어령 한국을 전공하는 일본인 전체가 2만여 명이나 된다고 했는데, 임진왜란 이전에도 정사, 상인, 왜구 등 한국을 아는 사람이 많았고 제집 드나들듯이 한 사람도 3천여 명이나 됐다고 해요. 이에 비하면 우리는 너무도 일본을 몰랐어요.

재미있는 것은 당시 일본에서도 퇴계에 대한 조예가 깊은 주자학자 후지와라 세이카[藤原惺窩] 같은 이는 도요토미 히데요시[豊臣秀吉]를 비난하고 한국의 문화적 우월을 주장했었지요. 또 사에카[沙江可]란 사람도 우리 문화를 흠모해 임진왜란 때 왜병의 일원으로 왔다가 자기 조국을 등지고 우리나라에 귀화했지요.

아무튼 이상적인 이야기지만 한국이 일본을 더 잘 알고 일본에서도 후지와라 세이카 같은 지식인이 역사의 흐름을 주도해 갔다면 19세기 후반부터 20세기 전반에 걸친 한국 근대사의 비극은 일어나지 않았을 것입니다.

일본의 무력·경제력·금전만 두려워할 것이 아니라 그들의 저변에 깔린 문화 의식에 대한 충분한 이해를, 우리의 문화가치를 모든 시대 상황에 적응시킬 수 있는 보편적 방향성을 제시할 수 있어야 하겠습니다.

실력과 힘이 지배하는 사회

김용운   이와 관련하여 근대화에 대한 문제인데 저들이 급속한 근대화를 이룩한 것도 침략과 병합에 의한 자본 축적의 결과 가능해진 것이겠지만, 그 이전 이미 메이지 유신을 전후해서 대외 침략을 할 수 있을 만큼 국가 체제가 그토록 빨리 갖추어질 수 있었던 것은 어떤 이유에서일까 하는 점입니다.

근대화가 어떤 의미에서는 서구화라고도 표현될 수 있다면, 서구 자본주의는 막스 베버의 『프로테스탄티즘의 윤리와 자본주의 정신』에서 잘 알 수 있듯이, 근대화의 경제적·물질적 기반이 퓨리터니즘이란 정신적·사상적 측면과 밀접히 관련되고 있습니다.

그런데 우리는 이 점에 관해 지나치게 백안시해 오지 않았나 생각됩니다. 하다못해 지적 호기심에서라도 꼭 짚고 넘어가야 할 문제인 것 같습니다.

일본인이 오늘의 경제 대국으로 성장하기까지 전통적으로 역사·미술·사상·종교·윤리·근대화 과정에 이르기까지 보편적 이념과 지속적인 목적을 위한 문화 가치가 아니라, 상황에 따라 그때그때 마음대로 변하고 선택할 수 있고 당면한 상황을 해결하기 위한 기능·수단·방법에 우선적 가치를 두고 있다고 말할 수 있습니다.

종교에 있어 분업화한 잡신雜神이라든지 대세주의에 따른 역사 서술, 일종의 유미주의唯美主義에 입각한 문학과 예술, 사물과 시간에 대한 프랙티컬한 관념 등이 모두 우리와는 본질적으로 다른 것입니다.

이어령 일본 문화의 숙명적 특질이나 본질이라고 한다면 단적으로 말해 보편적 가치를 희구해 본 적이 한 번도 없었습니다. 일본이 봉건 사회가 해체되고 근대적인 중앙 집권적 국가 체제로 이행할 당시 기능적으로 짜여진 일본의 엄격한 '하이어라키(신분 서열)'는 이 같은 급속한 변화에 재빨리 적응할 수 있었지요.

우리의 경우처럼 '사·농·공·상士農工商'의 신분 질서가 있었긴 하지만 기본적으로 평등주의 이념이 지배했던 사회였어요. 신분적 제약이 절대적이지만은 않았고, 사회적인 신분 이동도 비교적 용이한 편이었습니다.

그러나 일본은 근본적으로 실력과 힘이 엄격히 지배

하는 사회였기 때문에 메이지 유신 전 각 '한[藩]'마다 서양 문화에 대해 제각기 다른 가치와 노선을 지향했음에도 불구하고, 일단 통일 국가를 형성하게 되자 대외적인 결속이 가능해지고 급기야는 침략의 손길을 뻗어 올 수 있었던 것이지요.

김용운   민족성, 민족 문화로 따지자면 우리나라는 일본과는 비교되지 않을 정도로 고도의 이념적 가치를 지니고 있습니다. 그러나 우리가 지금 여기서 논의하는 것은 어떤 민족성의 우열 여부를 가리자는 것이 아닙니다.

아무리 우수한 문화적 유산과 가치, 민족성을 가졌다고 해도 이를 얼마나 효과적으로 발휘할 수 있느냐 하는 것은 역사적·시대적 상황에 어떻게 적응, 대처할 수 있는가에 달린 문제입니다.

지금까지 일본은 별로 이렇다 할 자랑거리가 없는 문화적 유산을 가지고 있는 상황에 따라 그때그때 최대한으로 적응, 무시할 수 없는 강국으로 성장해 왔습니다.

그러나 우리는 아직도 그 같은 환경이 주어져 있지 않았을 뿐 아니라, 주체적으로 현상을 타개해 나가려는 노력이 부족했던 것도 사실입니다.

이어령   축소 지향의 일본 문화는 날이 갈수록 확대 지향성을 띠는 국제 사회에서 얼마나 버텨낼지 의문입니다. 이에 비하면 우리의 여유 있는 '자질'은 일본과 견주어보면 훨씬 유리한 입장에 있다고 해도 과언이 아닙니다.

문제는 이 자질을 현 상황에서 어떻게 개발시키느냐 하는 것이 일본을 뛰어넘기 위한 당면 과제라 할 수 있겠지요.

사관史觀보다 '칼'로 판단

역사의식 희박한 일본

김용운 근본적으로 역사에 대한 개념은 일본과 한국이 서로 다르지 않습니까? 형식적으로는 우리 역사는 중국식 사마천司馬遷의 역사관에 의해 서술되어 왔다고 봅니다. 임금도 사적史籍을 볼 수 없었으니까요.

그러나 실질적으로도 우리 민족은 외세의 침략 속에서도 민족의 아이덴티티를 확산시키기 위한 주체적인 역사관을 항상 의식해 왔는데, 이것은 하나의 생리적인 측면이라고 할 수 있습니다.

반면에 일본의 경우 역사관에 의해 역사를 체계화시키는 전통이 없었지요. 일본의 역사다운 역사란 것은 메이지 유신 때 만들어졌던 그것도 아마 독일인 리스에 의해서였지요. 아무튼 일본이야 역사를 기록하는 제도도 없었을뿐더러, 침략을 받는다고 해도 자기들끼리의 싸움이니 민족 생존을 걱정할 필요가 전혀 없었고, 자연히 역사란 마음대로 만들어낼 수 있다는 의식이 그들에겐 깊이 깔려 있습니다.

이어령　우리는 춘추사관이란 게 있었지요. 그래서 좋은 일이 있으면 청사에 길이 남고 나쁜 일이면 역사의 심판을 받는다는 의식이 강했어요. 그러나 일본은 '역사의 심판'이 아니라 언제나 '칼의 심판'이었죠. 즉 '상황'에 대한 사고는 있어도 '역사'에 대한 의식은 희박했던 것입니다.

　　역사란 것은 이른바 국체의 콘티뉴이티, 즉 어떤 가치에 의해 선택하고 선악을 가리는 국가의 지속성인데, 일본은 그때그때 상황에 따라 편의에 의해 행동해 온 것이지요.

　　가령 일본의 역사는 만세일계萬世一系라는 천황제였는데 그 실제 '상황'은 힘 있는 자가 나와 실질적인 통치자가 되는 바쿠후[幕府]제를 만들었다는 사실입니다. 현실을 움직인 것은 천황제가 아니라 바쿠후제예요.

　　그래서 야마모토 시치헤이[山本七平]는 '일본은 엄격한 의미에서 체계 있는 역사 서술이 불가능한 세계에서도 아주 희귀한 나라'라고 말했죠. 지금 역사 교과서를 함부로 왜곡할 수 있는 것도 그 때문이죠.

일본이 한국을 통해 율령 국가律令國家란 체제를 7세기에 도입했지만, 강력한 동아시아가 형성되는 것은 이 율령 체제를 확립함으로써 시작되는 것입니다. 그러나 일본에서는 야마모토 정권에서 그것을 겨우 흉내 냈을 뿐 그 뒤에는 어디까지나 겉뿐이지 실제적으로 한 번도 율령제가 토착화된 적이 없습니다. 힘센 놈이 빼앗으면 그만입니다. 그러니까 일본에는 우리처럼 한 인물을 평가하는 역사의 기준이나, 영웅이냐 역적이냐를 가리는 민족의 역사적 이념이라는 것이 없었기 때문에 '누가 그때그때 상황에서 지배의 힘을 가졌는가' 하는 능력·능률 위주로 역사를 움직여왔지요.

단적으로 알 수 있는 게 '긴카쿠지[金閣寺]'입니다.

김용운 미시마 유키오[三島由紀夫]의 소설에도 그것을 소재로 한 것이 있지요. 일본 최고의 아름다운 건축으로 칭송받고 있는 것이지만, 3층 사리전의 그 누각을 보면 1층은 후지와라[藤原] 시대의 침전조寢殿造 양식이고, 2층은 가마쿠라[鎌倉] 시대의 쇼인[書院] 양식입니다. 또 3층은 무로마치[室町] 때의 젠인[禪院] 양식으로 되어 있지요. 한 건물에 세 시대의 건축 양식이 공존해 있는 셈이지요.

일본은 과거의 것을 버리지 않아요. 그 위에 새것을 또 쌓아가는 거지요. 이게 중층적重層的 구조라고 해서 일본의 특이한 역사 구조를 이루는 것입니다. 신주쿠[新宿]에 가보면 잘 알지 않아요. 수십 층짜리 초현대식 빌딩 옆에 에도[江戸] 시대와 같이 '노렌[暖簾, 상점의 처마 끝에 치는 막]'을 단 옛 상점들이 그대로 버티고 있어요.

이념주의와 실리주의

이어령   일본의 역사란 것은 A와 B와 C가 강물처럼 흘러가는 것이 아니라 늪처럼 한 곳에 괴는 것이지요. 이런 중층적 사고 때문에 중국과 한국에 있었던 환관[宦官]과 과거 제도가 율령 국가를 본뜨면서도 일본에만 없었어요.

  그래서 능률과 단결심만을 요구했지 국가의 목적이 되는 이념을 요구하지 않아요. 그 집단이 무슨 집단이든 상관없어요. 그러므로 상속 제도도 우리와는 다릅니다. 자기 아들도 변변치 못하면 상속을 하지 않았어요. 결혼·상속 제도를 보아도 전연 능률 위주여서, 혈연과 무관한 사람도 데려다 양자로 삼거나 재산을 물려주었어요.

  이것이 이념 위주의 역사관과 능률이라든지 상황 위주의 역사관과의 차이가 아닌가 생각됩니다. 말하자면 '힘은 언제나 옳다'라는 힘의 역사입니다.

  그래서 일본은 강력한 율령 국가 체제의 국가 이념이나, 한 사람에 대해 역사의 방향을 이끌어가는 상고[尙古]

주의라든지 하는 것이 없고, 항상 변신變身할 수 있는 플렉시빌리티 속에서 역사를 편리한 쪽으로 발전시켜 왔다고 할 수 있습니다.

그런 의미에서 비유하자면 우리의 역사관은 콘크리트 집 같은 것이고 일본은 수수깡 집과 같아요. 우리는 한 번 그것을 바꾸려면 피와 눈물을 흘리고 무수한 사람이 희생되어야 하지만, 일본은 그것을 쉽게 부수어 새것을 만들 수 있는 것입니다.

김용운 지금 선생님 말씀을 들으니 생각납니다만, 일본 사람들은 스스로가 자기의 역사관을 다이세이[大勢] 사관이라 해서 역사는 흘러버리면 그만이라는 생각을 가지고 있습니다.

지금 말씀하신 것을 뒤집어 부연하면, 한국 사람들이 성을 바꾸지 못하는 것도 일종의 역사의식에 연유한다고 봅니다.

그러나 일본 사람들은 성을 마음대로 바꾸지 않아요. '기시'와 '사토' 전 총리는 형제간이면서 성이 다르지요. 그런 게 긍정적으로 작용한 예를 든다면 일본 출판사 가운데 '고단샤[講談社]'가 특히 번영한 것은 삼대에 걸쳐 아들이 없고 딸만 있었기 때문이라고 합니다. 사원 중에 가장 똑똑한 사람을 골라 데릴사위로 삼아 '노마'란 성을 주었지요. 우리와는 완전한 반대의 발상입니다.

이어령 한 개인을 보더라도 막된 사람이 오히려 무엇을 빨리 받아들일 수도 있고 그에 잘 적응할 수도 있는 것이지만, 전통 있는 점잖은 집안에서는 체면도 있고 해서 처신하기가 어려운 것과 같은 것이지요. 우리와는 정반대의 발상입니다.

김용운 그런데 재미있는 것은 우리가 역사를 지킨다고 해왔지만 의외로 정통성이 없어요. 거의 같은 시대에 만들어진 『만요슈[萬葉集]』와 향가鄕歌를 비교해 보면, 우리의 신라 향가는 전문가도 못 읽는데 『만요슈』는 일본 고등학생 정도면 읽을 줄 알아요.

　왜냐하면 우리는 일단 역사와 문화의 방향을 바꿔버리면 정통을 지키기 위해 과거가 완전히 무시될 수도 있는데, 일본의 경우 과거는 그대로 남겨두고 새로운 것을 지어 나가고 있으니 또 다른 의미에서 과거의 정통성이 그대로 유지될 수 있는 거지요.

이어령 일본은 이념 중심의 역사가 아니기 때문에 시대가 바뀌어도 옛날 것과 지금 것이 공존할 수 있지만 이념은 그렇지 못해요. 가령 고려가 조선 왕조로 바뀌게 되면 불교에서 유교로 바뀌게 되고, 그 이전의 불교문화는 전부 죄악시되어 파괴해 버리게 되는 것입니다.

그러나 이념은 하나지만 실리적인 것은 다다익선多多益善입니다. 일본은 버리지 않는 민족입니다. 특히 섬나라이기 때문에 모든 것이 '괴어 있는 문화'입니다. 그들은 생선 가시까지도 버리지 않고 먹는 민족이에요. '가마보코(생선묵)' 문화입니다.

오늘의 일본 스포츠를 보세요. 서양에서 받은 야구와 전통으로 내려온 '스모(씨름)'가 정답게 공존하면서 두 개의 국기國技를 이루고 있습니다. 우리는 반면에 프로레슬링이 들어오면 고유의 씨름은 쇠퇴해 버려요. 새것을 받아들이면 과거를 버리고, 과거가 있으면 새것을 안 받아들이는 풍토가 있어요. 대원군 때가 그렇지 않았어요? 이 같은 역사의식의 차이로 우리는 이념이 없으면 행동을 안 하고, 일본은 이익이 없으면 움직이지 않아요.

그러니까 결과적으로 우리가 이념적으로 생각한 것과 그들이 실리적으로 사고한 것의 장단점이 상호간의 역사의식 속에 잘 나타나고 있어요.

따라서 일본의 역사 서술 방식은 장부 기입식입니다. 일본에서는 조닌[町人] 계급이 발달하고 상업이 성행하면서 장부는 항상 꼭 기록해 둡니다. 역사도 마치 상인이 장부에 기록하듯이 모두 기록해 둡니다.

놀라운 것은 「주신구라[忠臣藏]」에 47인의 사무라이[武

土]에 대한 자료가 한 사람도 빠짐없이 모두 다 기록되어 있어요. 그것은 장사하는 사람들이 하루하루의 수지 계산을 기록해 가듯이 편지나 일기 등을 남겨두었기 때문이지요.

김용운 재미있는 일화가 있어요. 태평양 전쟁 때 미군 정보 장교는 아주 편리하게 지냈다고 해요. 일본군 장교들은 하나도 빠짐없이 일기와 편지를 매일매일 썼기 때문에 적의 정황을 소상히 알 수 있었다는 거예요.

이어령 우리는 청사에 길이 남는 굵직굵직한 이야기는 참 잘 서술했지만 그 밖에 자질구레한 것은 소인배들이나 하는 짓이라 해서 잘 기록해 두지 않았지요.

김용운 한국과 일본의 역사의식·역사관 차이를 버드나무와 소나무에 비유해 보고 싶어요. 버드나무는 바람에 이리저리 흔들거리면서도 자기의 아이덴티티가 그대로 남아 있어요.

그런데 우리는 주체성과 역사의식을 강조하며 살아왔음에도 불구하고, 일단 역사나 왕조가 바뀌기만 하면 옛날 것은 완전히 잊혀지고 맙니다.

이어령 우리는 이념적인 것을 기록하는 걸 중요하게 여기고 있었기 때문에 이념이 다른 내용의 기록은 불온한 것으로 생각해서 철저히 말살해 버리지요.

단적으로 말해 일본 사람들과는 달리 역사 기록을 정보 가치 이상으로 봤기 때문에 기록이 곧 사상이었어요. 그래서 신라가 백제를 쳤을 때 백제의 모든 문서를 없애 버렸지요.

일본 역사 중에 『니혼쇼키[日本書紀]』란 게 있잖아요. 이건 백제 사적을 거의 베끼다시피 해서 만든 거라고 합니다. 일본에 가면 한국에 없는 자료가 남아 있는 것이 많아요.

김용운 되풀이되지만 긴카쿠지와 우리 경주 박물관을 놓고 보면 매우 대조적입니다. 배불排佛 정책의 결과, 경주 박물관 앞마당에는 목이 없는 돌부처가 많지 않습니까?

정통 의식에 의한 역사관이란 게 숭고한 이념적 가치를 가지고 있는 반면 현실적으로 위험한 측면도 적지 않죠. 따라서 양자를 잘 조화시켜야 하겠습니다.

실리 추구가 낳은 잡신雜神 사회

일본의 분업화된 신

김용운 일본인 나름대로의 생활 철학이랄까. 이를테면 현실 우선, 능률 제일이란 뜻에서 기본적인 생활관은 이미 나와 버린 것 같은데, 이와 관련해서 종교 문제로 넘어가지요. 일본에는 신이 너무 많은 것 같지요.

재미있는 것은 일본에는 '결혼의 신'과 '연애의 신'이 각각 따로 있어요. 또 입시入試의 신, 아기를 잘 낳게 하는 신, 잘 키우는 신도 있고⋯⋯.

이어령 신이 완전히 분업화되어 있는 거지요.

우리에게도 샤머니즘 전통이 예전에도 있었습니다만, 그들의 잡신은 좀 다릅니다. 역시 축소 지향적이라는 기본 패턴이지요. 그들 잡신들이 공존하는 데는 그 나름대로의 신통보神統譜가 있지요. 에디슨도 신인데⋯⋯ 불신·번개신의 계보에 속해 있어요. 그 사람들은 신이라는 개념을 사람에게 씁니다.

임진왜란 때 도공으로 일본에 건너간 이삼평李參平도 일본에서는 '도신陶神'으로 받들고 있지요.

그런데 이 같은 현상은 신도神道에만 있는 것이 아니라 불교에도 있어요. 우리는 석가여래니 미륵불이니 하는 큰 불상만 있잖아요. 그런데 일본엔 생전 들어보지도 못한 여러 가지 부처들이 많이 있어요.

말하자면 하위신下位神인데 손이 천 개나 달렸다는 천수보살 같은 괴기불怪奇佛이 수없이 많습니다.

김용운 신과 불이 구별된 것도 아니지요. 다시 말한다면 일본인은 자기보다 권력이나 능력이 한 치라도 위에 있는 사람들은 모두 신으로 받들어버립니다. '신神=상上'인데 그들 말로는 '가미'입니다. 일본에 성리학을 전해 준 강항 姜沆 같은 이는 일본 사람이 무엇이든지 앞에다 '고[御]' 자를 붙이는 데 놀랐다는 게 아닙니까?

이어령 　그래서 옛날 조선조 통신사들은 일본의 여관에서 모두 '고[御]' 자가 붙어 임금이 쓰는 것인 줄 알고 먹지도 자지도 못했다는 우스개 같은 일화도 있습니다.

김용운 　그에 비하면 우리는 정반대입니다. '민심은 천심'이란 말도 있듯이 웬만한 것에는 초월적인 권능을 받아들이려 하지 않아요.

　　동학사상에 나오는 인내천人乃天, 사람이 곧 하늘이라는 의식은 극히 한국적인 것입니다. 모든 면에 대해 보편성을 희구해 간다는 점에서 일본과는 전적으로 다르지요. 오히려 그것을 넘어선 유일신, 즉 '하느님'의 생각이 나오지요.

이어령 　그런 속성 때문에 일본은 절대로 민주주의를 할 수 없는 민족이란 얘기도 있어요. 그에 비하면 우리는 서구식 민주주의가 가능한 민족입니다. 우리는 윗사람도 기본적으로는 평등 의식을 갖고 있습니다. 그러나 일본은 신사 神社의 가파른 계단의 턱처럼 무수한 엄격한 신분 서열이 있지요. 그래서 그들은 윗사람이라면 무조건 공경하고 '가미'로 받들고, 센 놈에게 복종하고 '이기면 관군官軍, 지면 반군叛軍'이란 식이죠.

이처럼 절대적으로 '힘이 지배하는 사회'이기 때문에 상하 관계에 의한 결속력이 강하다는 장점이 있지만, 그 대신 우리처럼 사람, 한울, 인내천이란 인간 전체에 대한 보편적인 가치가 결여되어 있습니다. 결국 추상적인 인간 관념이 전혀 없었기 때문에 이른바 '종신고용제'처럼 조직에 의해 대인 관계를 결속할 수 있다는 장점에도 불구하고 인도차이나 사람들 수십만이 바다 위에서 떠돌아다녀도 일본은 거기에 대한 아무런 애정도 갖지 않고 외면할 수 있는 겁니다.

김용운 그렇지요. 그러기에 일본에는 유일신이라고 하는 게 없어요. 최근 통계에서도 나타난 것처럼, 우리나라엔 크리스천이 27퍼센트나 차지하고 있는 데 비해, 일본은 아마 5퍼센트도 못 될걸요.

이어령 유명한 이야기인데 자비에르가 인도에선 1개월에 만여 명에게 세례를 주었는데 일본에서는 2년 반이란 긴 세월 동안 천 명도 포교를 못했다고 하는 절망적인 편지를 선교 본부에 보낸 적이 있습니다. 불교, 힌두교 세력이 강한 보수적인 인도에서도 그만한 성과를 거두었는데 일본에는 먹혀들지 않았어요. 기독교란 게 극히 이념적 종교이기 때문에 잡신을 숭배하는 일본인에게 별로 호소력을 갖지 못했던 것입니다.

김용운 역사적인 체험에서 나왔겠지만 저는 일본의 종교가 이렇게 된 과정을 생각하고 싶습니다. 한국은 소단위 지역이나 소계급이 조직체를 형성해서 윗사람의 도움을 받은 적이 없지 않습니까? 생업에 있어서나 외침外侵에 대해서도 스스로 방어해 왔습니다.

그런데 일본의 경우는 정반대로 작은 단위 지역 속에서 영주 중심의 생활을 오랫동안 해왔지요. 그리스와 매우 유사해요. 그리스에서 20여만 정도의 인구에 제각기 신을 가진 '폴리스'처럼, 일본에서도 한[藩]의 단위 지역마다 신이 있었는데 통일이 되면서 여러 가지 신의 서열이 매겨졌습니다.

이어령 헤브라이 신이 이념적인 데 비해 그리스는 심미적審美的이거든요. 일본도 이와 비슷하지요. 한 가지 다른 점은 그리스 문화는 그러면서도 일본 문화와는 달리 폐쇄적이진 않았어요.

그리스는 예전부터 통상·교역을 했을 뿐만 아니라 그리스 스스로가 한 것은 아니지만 '팬 헬레니즘'이라고 해서 자기 문화를 세계에 확산시키려 했지만, 일본은 폐쇄적이고 배타적이었습니다. 그리스의 경우 자기 문화를 받아들이고 사랑하면 동족이라는 보편성이 있었으나 일본은 그 보편성이란 게 없었어요.

그리스는 망해도 그리스 문화는 그대로 살아 있지만, 제 생각에는 일본이 망한다면 일본 문화도 살아남을 것 같지 않습니다. 중국 같은 나라도 원·청나라의 지배를 받았지만 중화사상과 중국 문화는 그대로 뿌리 깊게 남아 있지 않아요?

일본의 시간과 자연에 대한 관념

김용운 요컨대 한국 사람은 정통성, 일본인은 현실 위주의 사상, 또 종교에 있어서는 보편적인 하느님(한국)과 분업화된 신(일본)이란 개념으로 귀착되는 것 같습니다.

그런데 관심의 초점이 되는 것은 이 같은 현실주의적 측면이 일본의 근대화 과정에서 어떤 역할을 담당했느냐에 있는 것 같습니다. 일본인은 항상 분석하고 연구하는 버릇을 길러왔다고 하셨는데, 이러한 측면에서 일본인들에 있어 과학적 합리주의 사고에 대해서 얘기를 나누어 보지요.

이어령 근대화 같은 것도 이利를 추구하다 보니 된 거다, 대개 이런 식으로 얘기하는데, 나는 오히려 거꾸로 의식의 흐름과 지향성이란 것을 프랙티컬한 현상 면 같은 물질적인 측면만으로 설명할 수 없다고 생각해요.

저는 근대화 여건으로서 가장 중요한 것의 하나가 시간 의식이라고 봅니다.

시간의 신 크로노스 신화를 가진 그리스 사상의 전통에서 근대 과학이 생긴 것은 우연이 아닙니다. 이 시간 의식이 가장 없었던 나라가 동양에서 중국과 우리라고 생각해요. 중국에선 '만만디'이고 우린 '코리안 타임'이라고 하잖아요. 일각여삼추—刻如三秋라는 식으로, 그러나 우스운 얘기 같지만 유곽에서 시간제를 맨 먼저 도입한 것도 일본인들입니다. 센코[線香]를 피워놓고 그에 따라 돈을 받는 제도가 일본에는 일찍부터 있었습니다.

그러나 우리나라나 중국에서는 시간을 물리적 계산으로 하는 게 아니지요. 시계에 관심 있는 사람은 으레 과학에 관심을 가지고 있습니다. 세종대왕도 해시계, 물시계 같은 데에 관심을 가졌지만 그것이 결국 과학 진흥으로 발전되지요.

일본에는 시계 수집을 하던 영주(도노사마)들이 많았어요. 일본인이 동양 3국에서 물리적 시간의 정밀성을 가장 먼저 따지기 시작했습니다. 그들은 시간이 재산이라는 의식이 우리들과 달랐어요. 이 같은 시간 개념에 의한 합리주의가 일본 근대화에 큰 역할을 하지 않았나 생각됩니다.

또 하나는 일본은 자연을 자기가 원하는 자연으로 만들려 했어요. 그게 분재盆栽요, 에도 시대 때부터 우에키야[植木屋]란 직업이 있어서 나무를 마음대로 개종했지요. 그러나 우리는 신이 준 그대로의 것을 존중하려 했습니다.

그런 점에서 자연을 변형시킨 서양인과 닮은 데가 많지요. 물이란 게 높은 데서 낮은 곳으로 떨어지는 것인데, 그들은 거꾸로 뿜어 오르는 분수를 만들었어요. 일본인들은 자라나는 나무를 쳐서 난쟁이로 만들었구요.

일본은 자연을 아주 바꿔버리지는 않았지만 인공적인 것으로 길들인 것이지요. 분재처럼 자연을 자기 의지로 변혁시키려는 것은 근대의 과학 기술과 통하는 발상입니다.

시간과 자연에 대한 이러한 관념을 서양 문화와 접촉하기 훨씬 이전에 일본은 가지고 있었고, 이것이 서양적 사유 형태의 토대를 마련해 준 게 아닌가 생각됩니다.

한[藩]이라는 정치 제도와 함께 이러한 시간·자연 개념 등 세 가지 측면이 서양 문화 수용을 재빨리 할 수 있었던 이유라고 봅니다.

김용운 우리에겐 건전한 의미에서의 시민 사회나 상업 사회가

존재하지 않았던 것도 바로 시간 의식과 밀접한 관련이
있습니다.

농업만이 생산 수단인 곳에는 일단 모를 심어놓으면
서두르지 않고 그것이 자랄 때까지 참고 기다려야 합니
다. 우리의 시간관념은 기다리는 것이었지요.

과거에 합격해서 벼슬하고 출세하는 것이 이상인 사
회에서는 시간관념이 강한 것은 오히려 극성스럽다고
해서 악덕일 수도 있어요. 이 같은 멘털리티가 서양의
과학 기술을 받아들이는 데 커다란 장애 요소가 된 것
같습니다.

실리를 좇는 카멜레온

재빠른 일본의 변신 과정

김용운 지금까지 해왔던 이야기의 하이라이트가 될 것 같은데,
내면적으로나 정신적으론 어떨지 몰라도, 외면적으론
경제 대국으로 성장했다든지 과학의 업적이 많이 나왔
다든지 하는 일본이 근대화에 성공을 거둔 이유가 어디
엔가 있을 것입니다. 단순히 일본인의 근면성이나 모방
에 능하다는 따위의 이유 외에 그들의 정신적·문화적인
측면과 어떤 연관을 지어볼 수 있을 것 같습니다.

이어령 '근대화'란 것은 다른 말로 말하면 서양 문화의 접촉 과
정이고, 구체적으론 서양 문화를 어떻게 수용했는가 하
는 문제겠지요.

일본이 우리와 비슷한 시기에 개항을 했다고는 하지
만, 에도 시대 3백 년 동안의 쇄국 정책에도 불구하고 이
미 15세기 무렵에 왜구나 통상에 의해 외국과 교역을 했
었고, 일찍부터 '이웃 나라와의 통상을 통하여 언제나
재화를 벌어 올 수 있으니 이웃 나라가 곧 우리를 부강
케 하는 것'이란 주장이 나왔어요. 문호 개방 이전에도
일본은 민족 자본을 비롯해서 여러 가지 조건에서 우리
와 다른 점이 많았지요.

김용운 우리나라나 일본이나 서구 문물을 받아들일 때 '동도서
기東道西器'니 '화혼양재和魂洋才'니 하여 전통적인 사상의
기반 위에서 서구 문물을 도입한다는 매우 '편리한' 방
식을 채택했습니다.

그런데 겉으로 보면 분명히 우리는 실패했고 일본은 성
공했는데, 그 이유로서 일본은 자본이 축적됐고 과학 기
술 등이 발달됐다는 외적 조건 외에 우리 자신이 자각하
지 못했던 사상적·철학적인 문제가 있다고 생각합니다.

말하자면 한국인에게는 강한 '동도東道'의 영향이 있
었으나, 일본의 경우 '화혼和魂'은 일종의 무사상성, 그

러니까 다른 사상과 마찰이 없는 편리 위주의 것이었다는 점에서······.

이어령 아까 얘기한 정통성과 관련되는데, 우리나라는 중국의 명·청 교체明靑交替 이후에도 청나라보다 명에 더 연연했어요. 여진족의 청은 원과는 달리 한족을 무마하는 정책을 썼거든요.

우리가 서양의 합리적 사고를 왜 못 받아들였는가 하는 것은 기술 천시, 상업 천시 등 여러 가지 전통적 사고 때문이기도 했지만, 무엇보다도 중국에서 벗어나지 못한 것도 하나의 커다란 이유 중 하나겠지요.

이에 비해 일본은 한두 번 변신한 게 아닙니다. 『니혼쇼키[日本書記]』를 보면 이건 일본의 역사가 아니라 한국사나 다름없어요. 왜냐하면 한국 얘기 빼놓으면 별로 남는 얘기가 없기 때문이지요. 이 점이 뭘 의미하느냐 하면 일본 역사와 천황을 서술하면서도 항상 한반도와 대륙 쪽으로 눈을 돌리고 있었다는 거지요. 여기서 단정적으로 이야기할 순 없지만 이른바 '한일동조론韓日同祖論'의 관념을 일본인들은 가지고 있다는 겁니다. 즉 우리가 거기 가서 토착 남방인들을 정복하고 지배 계층이 됐다는 사실은 역사적으로도 거의 확실한 것 아닙니까? '하다[泰]'족 같은 게 대표적인 것이죠.

그런데 이러한 한국 사람의 일본에서의 변신 과정 없이 우리는 몇천 년을 중국의 영향권 내에서 살아왔습니다. 일본은 한국의 영향을 받다가 뒤돌아서서 중국의 영향을 받고, 중국의 영향을 받다가 또 화란의 강한 영향을 받았지 않습니까?

재미있는 예를 하나 들까요. 개화 이전 우와지마 등 난학자蘭學者들은 화란 해부도와 중국 해부도가 다른 것에 의문을 품고 어느 것이 맞는가를 알기 위해 사형장에서 죽은 노파의 배를 갈라 보니 화란 해부도와 똑같은 걸 알았어요. 처음엔 이 노파가 죄인이라 마음이 환장해서 그렇게 된 것인가 했지만, 몇 번 실험 끝에 중국 것이 틀리다는 것을 확인했지요. 그러자 곧 중국 것을 버리고 화란 것을 따라가게 되는 것이죠.

그래서 유명한 혼다 도시아키[本多利明]가 일찍이 중국은 이미 세력을 잃은 나라고 영국은 강한 해양국이니 영국을 모범으로 삼고 중국 이탈, 곧 '탈아시아' 해야 한다고 주장했습니다. 이같이 상황에 대처하는 프랙티컬한 전통이 아시아적 전통이 없는 일본으로 하여금 빨리 서양의 제도와 문물을 흡수케 한 것입니다.

근대화 과정을 촉구한 일본 지도층

이어령   또 하나 근대화를 일찍부터 했던 것은 모두 우와지마[宇和島]와 같은 작은 한[藩]들이었어요. 그래서 국가 전체가 근대화를 받아들이지 않았어도 몇몇 '한'에서 똑똑한 자가 있으면 부분적으로 받아들일 수 있었지요.

   우리는 강력한 중앙 집권제 국가였기 때문에 국가 전체의 변화가 있을 때까지 기다려야 했지만, 일본은 3백여 개 '한' 중에서 사쓰마[薩摩] 같은 데는 일찍부터 개화했습니다. 그래서 '도쿠가와 바쿠후[德川幕府]'가 서양에 사신을 보낼 때도 그와는 달리 독자적으로 이들은 자기네 '한'의 깃발을 앞세우고 보냈던 것이에요. 그래서 많은 '한'이 다양한 가치를 선택할 수 있었습니다.

김용운   아까 말씀하신 것을 조금 부연하면 '혼다'의 주장은 후쿠자와 유키치[福澤諭吉]의 '탈아론脫亞論'으로 이어지게 되는 것이죠.

   또 중앙 집권적이라고 말씀했듯이 우리 사회는 매우 균질적이고 획일적인 가치관으로 일종의 사상적 동맥경화증에 걸리기 쉬웠습니다. 일본은 메이지 유신 당시 286개 '한'이 독립 국가 행세를 한 것이나 다름없지요. 이를테면 지금 같은 자유 진영과 공산 진영 속에서 각 나라가 독자적으로 움직인 것처럼 말이에요. 그래서 어느 나라, 즉 '한'이 능력을 발휘하면 다른 '한'들도 경쟁적으로 본뜰 수 있었지요. 한국에선 자식을 낳으면 서울로 보내라는 말이 있었지만, 일본에서 정권을 잡은 것은 모두 '촌놈'이었지요. 지금까지 일본의 근대화 과정에서 긍정적으로 작용해 왔던 요소들을 대략 검토해 보았습니다.

되풀이되지만, 첫째 일본은 서양의 주지주의적主知主義的인 사조처럼 무용지용無用之用과 같은 그 자체의 목적과 의미를 가진 사상적 바탕이 있었고, 둘째는 무엇이든지 '와케루', 즉 분석하는 능력이 비록 종합의 정신이 결여되기는 했지만 근대 과학의 분석과 종합에 하나의 아날로지analogy를 부여할 수 있었습니다. 셋째는 특정 분야에서 어떤 하찮은 일이라도 천하제일이란 식의 전문화 경향이 현대 자본주의 사회에 있어 과학 기술의 발전과 밀접한 연관을 가진다는 것이고, 넷째는 시간 의식이 시민적·상업적 사회를 발전시킬 수 있는 하나의 계기가 되어왔다는 것입니다.

이어령 한 가지 더 정치적 지도자의 문제를 언급하고 싶습니다. 일본은 '한'을 없애고 '겐[縣]'을 만들었을 때 사무라이들이 무장 해제를 당하자 처음에는 새로운 체제 앞에서 내란을 일으키는 등 기를 쓰고 항거하려 했지요. 그러나 일단 지고 나면 승패를 확실히 합니다. 그래서 오랜 전쟁을 하고 나도 소모되지 않아요. 곧바로 새로운 나라를 만들면서 '하이한치켄[廢藩置縣](메이지 4년에 전국의 봉토를 폐지하고 겐을 설치한 행정 개혁)'이라 해서 중앙 집권화 됩니다.

이때 어느 지도자가 사무라이들에게 세상이 바뀌었으니 이제부터 칼을 버리고 상인이 되라고 한 유명한 말이 있지요. 또 개화기의 '사카모토 료마[坂本龍馬]'의 재미있는 일화가 있어요. 길에서 그의 친구 하나가 기다란 칼을 가지고 자랑하니까, 시대가 바뀌었으니 단도를 가져야 한다고 했어요. 왜냐하면 이젠 들판에서 싸움이 벌어지지 않고 방 안에서 서로 찌르고 죽이는 일이 많이 벌어지기 때문이라는 거지요. 그래서 그 사나이가 다시 단도를 가져오니 '벌써 늦었다'며 권총을 꺼내 왔어요. 그래서 다시 권총을 가져오자 이번엔 호주머니에서 『만국공법萬國公法』의 책을 꺼내 이젠 칼이나 권총 대신 법이 지배하는 사회라고 했다는 이야기가 있지요.

이 지도층들의 변신에 의해 민중을 이끌어간 것입니다. 일본에선 근대화 과정에서 지도층의 역할이 컸는데, 그것은 경쟁 승패의 원리에 의한 '칼의 문화' 속에서 패배하면 곧 그것을 기정사실로 받아들이기 때문에 쉽게 변신할 수 있는 것입니다.

그래서 사무라이들은 장사꾼으로 급작스럽게 변신하게 되었지요. 이때 지도층이 이제까지 적이었어도 한 방향으로의 컨센서스가 가능했던 것입니다.

그런데 그때 싸움에서 진 사람은 반체제 투사가 된 것이 아니라 모두 언론·교육계로 투신했어요. 여기서 반대를 해도 반대 기능을 살릴 수 있는 것을 택했다는 게 재미난 현상입니다.

우리의 경우에는 민중은 매우 우수한 것 같아요. 그 큰 땅덩어리 사이에 끼여서 조선 왕조 5백 년을 지켜갔습니다. 조선 왕조같이 그렇게 오래 지속된 왕조는 세계에 유례가 없어요. '도쿠가와 바쿠후'도 280년밖에 지속하지 못했습니다.

김용운 한국 민족은 새로운 상황에 쉽게 적응할 수 없는 점은 분명합니다. 조선조의 과거에 대한 지향성은 개화 이후에도 그대로였지요. 해방이 되었을 때 너무 많은 정치학 박사에 비해서 과학자가 없었어요. 그러나 오히려 균질적인 사회의 단점은 우리 왕조의 지속성에도 관계가 있습니다. 도요토미 히데요시는 한국을 침략해서 난장판을 만들어놓고도 자신은 망해 버렸거든요. 그러나 조선 왕조는 그 후에도 오래 지속됐습니다. 고려도 마찬가지로 원나라가 먼저 망해 버리지 않았습니까. 무엇인가 우리에게는 긍정적 의미에서의 생명력 같은 것도 분명히 있는 것 같습니다.

이어령 단적인 예로, 세계를 휩쓴 원元 세력이 밀려왔을 때도 삼별초같이 오랫동안 항거한 것은 놀랍지 않습니까?

김용운 결론적으로 말씀드리자면, 우리가 현실적인 극일克日 방안이 무엇인가를 생각할 때, 먼저 우리의 우월성을 인식한 후 그것의 불리한 측면을 저들의 장단점과 비교 분석하며 유리한 국면으로 이끌도록 노력해야 할 것 같습니다.

미는 '미', 실용은 '실용'

이미지와 인상을 중용하는 문학 세계

이어령 이미 역사의식을 이야기하면서 간접으로 일본 문학에 관한 해답이 나왔겠지만, 우리는 문학을 순수한 미의식이나 이미지 중심으로 사고하지 않았어요. 유럽 사람도 그랬고…….

우리 시조는 언제나 종장에 결론이 나와 있지만, 일본의 '하이쿠[俳句]'는 5·7·5조의 단 한 줄이에요. 논리고 뭐고 없이 이미지나 인상을 표현하는 것입니다. 한국 학생들에게 하이쿠를 가르쳐주면 웃습니다. 이를테면 '옛 연못에 개구리 뛰어드는 소리' 하는 식이니 여기에 무슨 의미가 있느냐는 거죠.

우리는 적어도 개구리 뛰어드는 소리라고 하면 그것을 죽음이나 자유 또는 당시 정치적 상황과 항상 결부시키지만, 일본은 그저 그것으로 아름다움만으로 끝나버립니다.

유럽에서도 중세에는 기독교 문학이 지배했기 때문에 20세기에 들어와서야 심미적인 이미지 중심의 문학이 생겨났으나, 일본은 일찍부터 미적 리얼리즘이 생겨났지요. 일본은 자연을 있는 그대로 묘사했지만, 우리는 자연에서 교훈을 얻고 그것을 이념화하려 했거든요. 이른바 플라톤적 유형의 시입니다.

일본은 자연을 축소해서 정원을 만들었지 않아요? 자연을 '창조'하는 게 아니라 '재현'한 것입니다. 우리는 소나무에서 충성심을 보고, 대나무에서 절개를 느꼈지요.

김용운 하이쿠나 다도茶道를 통틀어 이른바 다다미 4장 반의 예술이라 하는데, 좁은 공간 속에 여운과 여정餘情만을 즐기는, 미는 미로서만 끝나는 일종의 유미주의 사상이라 할 수 있겠지요. 그들이 말하는 '하이세이[俳聖]'니 '시세이[詩聖]'니 하는 사람들의 작품에도 거의 사상성이나 선善의 추구는 없습니다.

'무엇이 계시는 줄 알 수 없으나 고마워 눈물이 흐른

다' 또는 '고맙고 황송한 아름다운 신'이라는 구절이 그들이 명시라고 하는 것인데, 이 점은 한국인에게는 이해하기 어렵지요. 종교의 이야기에서도 나왔지만 '윗사람'이라든지 무슨 일을 가장 잘하는 사람이라든지 그 자체에 가치를 부여하는 것 아니겠어요? 문학에도 보편성의 추구는 생각도 않습니다. 오직 주어지는 상황을 미화하는 것이지요.

치밀성과 세밀성의 예술 세계

이어령　일본인은 원래 언어·문학적으로 사유를 하지 않는 민족이에요. 일본 한자 같은 것을 봐도 음독·훈독뿐 아니라, 고음·신음으로 읽고 있습니다. 국호 자체가 통일되지 않았어요. '니폰', '니혼' 등으로 말이에요. 일본은 자기 이름도 꼭 토를 달아주지 않으면 남이 읽을 수 없습니다. 한 글자를 놓고 여러 가지로 읽으니까 어떤 게 옳은 것인지 객관적인 기준이란 게 없지요.

김용운　일본 국학의 아버지라고 일컬어지는 모토오리 노리나가[本居宣長]는 일본 정신을 설명하기를 '신이 다스릴 때 신이고 불교가 다스릴 때 불교'라며 그때그때 편리한 대로 만드는 것이라고 했습니다.

　　　메이지 유신 때 이토 히로부미[伊藤博文]가 메이지 헌법을 만들면서 자기네 나라는 종교도 사상도 없으니 적당히 힘을 쓸 수 있는 것을 가지고 헌법의 근본으로 삼자고 해서 생각해낸 것이 '천황'이란 게 아닙니까? 무엇이나 그때 상황에 어울리기만 하면 된다는 것이지요.

언어도 마찬가지입니다. '우雨' 자만 해도 '아메', '우', '사메', '아마', '구례' 등 형편 따라 여러 가지로 읽습니다.

이어령 가령 일본의 치밀성에 관해 말하면 우리는 음악·예술·춤 할 것 없이 스케일이 크고 이유가 있는 게 특징이지만, 일본은 그렇지 못하고 바짝 죄어지는 문화가 아닙니까? 종소리만 들어봐도 우리는 길게 여운이 남는데 일본은 방울 소리에 불과하거든요.

예술적 모티프에 나타난 일본 예술의 공통점이라 한다면 작은 바늘귀에 실을 끼우는 치밀성·세밀성에 있습니다. 이를테면 꽃도 잡초나 다름없이 작고 하잘것없는 '가을의 일곱풀'입니다. 스스랑꽃 같은 작은 것을 좋아하는 민족은 일본밖에 없을 거예요.

단적으로 이런 노래가 있어요. '나방이가 흘리는 눈물의 바다 위에 배를 띄우고 삿대를 저어가는 팔이여' 이것이 오늘날 일본의 트랜지스터 정밀 산업과도 통하는 얘기입니다.

우리 『흥부전』 같은 걸 봐도 놀부가 아무리 나빠도 제

비 발목을 부러뜨리는 것으로 그치지만, 일본은 똑같은 줄거리의 『시다키리스즈메[舌切り雀]』란 게 있어 참새 발목이 아니라 혓바닥을 자르는 델리키트한 잔인성과 예민성을 보여주고 있어요. 이러한 성향이 모든 예술의 저변에 깔려 있지요. 그래서 17문자에 모든 것을 나타내는 '하이쿠' 같은 것이 생겨난 게 아니겠어요.

김용운 그들은 좁은 단위 지역에서 엄한 계급 사회를 고수해 왔습니다. 평생 동안 한 장소에서 한 가지 일밖에 못 했던 거지요. 일본 말에 '잇쇼켄메이[一生懸命·一所懸命]'라는 말이 있습니다만, '겐메이[懸命]', 즉 목숨을 걸고 평생 한 가지 일만 한다는 것이 가장 중요한 미덕이자 생활 철학이라는 것이지요.

이어령 그 같은 측면이 수학·과학과 근대화 얘기와도 통하는 것이지만 일본은 일찍부터 수치 개념이 발달해 왔어요. 우린 '한 두어 서너 개', '대여섯 개' 식으로 얘기하지만 분명하게 따지는 것을 싫어하지 않잖습니까?

질박質朴한 도예품은 일본 것과는 비교할 수 없을 정도로 우수해서 일본인들은 한국 사발 하나하고 일본의 땅과 맞바꿀 정도였지만 정밀한 솜씨에서는 우리가 뒤졌지요. 일본인들이 만든 서랍은 기막히게 잘 들어맞는 정밀성이 있습니다. 우리가 법륭사法隆寺를 지어주고 토목 기술을 그들에게 가르쳐줬지만, 그들은 그 치밀성 때문에 현대의 반도체, 일렉트로닉스 산업이 생기기 훨씬 이전부터 근대적 의미의 치수 개념을 발달시켰습니다.

　일본 문학에 있어서도 심리 묘사나 이미지 중심의 문학이 나온 것도 이 같은 특성과 밀접히 관련되고 있습니다.

김용운　일본 문화를 상인의 문화라 하면, 한국 문화는 어디까지나 농경문화이지요. 그 농업 방식도 거의 자연적인 형태의 것입니다. 농사는 하늘[天], 즉 '자연히' 하는 것이기 때문에 극성스럽게 서두르지 않고 살아왔습니다. 자연보다 자연스러웠던 것이 한국 문화였지요.

이성이 이념을 대신

이어령　한편 넉넉하고 여유 있다는 것이 인생을 살아가거나 농경 사회에선 매우 중요하지만, 공업화·상업화 또 국제화 시대에 마이너스적인 요소 또한 없지 않아요.

　매우 상징적인 것은 일본도日本刀에 '쓰바[鍔]'라고 칼자루에 쓰는 것이 있지요. 거기에 그려진 온갖 정교한 무늬는 날카로운 강철로 만든 일본도의 실용성과 좋은 대조가 됩니다. 철저하게 무용한 예술과 실용성이 한데 공존하고 있는 것이지요. 한마디로 그들의 예술은 고도한 형식주의로 흐릅니다.

이 때문에 차를 마셔도 차 마시는 것 자체보다 차를 마시는 수단으로서의 물物, 즉 도구에 관심이 큽니다. 이 같은 일본의 예술관이 근대화를 하면서 도구에 대한 집념으로 직결되는 것이 아닌가 생각됩니다.

김용운 저는 수학자의 입장에서 이야기해 보고 싶은데, 일본 수학은 물론 임진왜란 때 주자학과 함께 우리나라에서 건너간 것이지만, 일본 수학의 본질은 '무용지용無用之用'이라 하더군요.

수학이란 게 대개 써먹을 데가 있어서 써먹는 것인데 써먹을 데가 없어도 써먹는다는 이야기입니다.

무용지용이란 이를테면 주지주의적이라고 할 수 있는 철학과도 일맥상통하는 면이 있습니다. 예술을 위한 예술, 과학을 위한 과학 등 유용성을 염두에 두지 않고 그 자체에 존재 의미가 있다는데, 이런 경향이 예술론과도 관련이 있지 않은가 생각됩니다. 실제로 하이쿠를 대성시킨 마쓰오 바쇼[松尾芭蕉]도 하이쿠를 역시 '무용지용'이라고 말하고 있습니다.

이어령 그러면 실리적이 아니라는 오해를 불러일으킬 수도 있겠지만, 오히려 실리성이 강하니까 예술을 그 반동으로 이념을 대신한 것이라 하겠습니다.

김용운 바로 그겁니다. 명분과 실리라는 이원적인 가치 기준이 그들의 특징 중 하나입니다만, '무용지용'이라는 명분이 '유용지용'과 상통하는 것이 그 때문이지요. 극은 극으로 통하는 것은 전국 시대의 사무라이가 다도를 즐긴 것이 그 예라 할 수 있습니다.

이어령 이념이 없으니까 사물이 이념을 대신하고, 차를 마시는 목적이 없으니까 차를 마시는 법이나 달이는 법이 그것을 대신한 것입니다. 곧 감성이 이념을 대신했고 여기서 무용지용이 나오게 됐다고 봅니다. 이로 인해 일본의 프래그머티즘이 실용적인 것과 함께 순수 문화를 채찍질한 거죠. 그런데 우리는 이 두 가지가 분리되지 않았기 때문에 고민이 있었던 것입니다.

한민족과 '신바람'

앞장서 뛰려면 방향을 알아야

김용운 그러면 앞으로의 문제, 즉 이 같은 문화의 특성을 가진 한국과 일본은 어디로 가고 있는지, 또 현실적으로 일본이 가는 방향과 관련하여 우리의 좌표는 어떻게 설정되어야 하는가 하는 문제를 생각해 보지요.

이어령 앞에서도 이야기했듯이 빛이 있으면 그늘이 있다고 했는데, 일본이 단합을 잘한다든지 섬세하고 분석 능력이 뛰어나다고 했지만 바로 그 특징 속에 일본의 약점이 들어 있고 비극이 잉태되어 있는 것입니다.

김용운 민족성이란 오랜 역사 체험과 그 지역의 풍토 조건 속에서 다져진 것이지요. 심한 국제적 생존 경험 속에서 '민족'이라는 생명체를 유지시킨 생활의 지혜입니다. 그러나 새로운 상황과의 갈등도 있습니다. 그러니 때에 따라 약도 되고 독이 될 수도 있습니다. 문제는 항상 민족성을 긍정적인 방향으로 유도하는 것이지요.

이어령 일본은 이념이 없고 상황과 대세에 따라 움직였기 때문에 수단이나 방법에 대해선 강합니다.

지금 일본이 근대화에 성공했다면 그것은 삶의 수단과 방법을 추구한 것이라 할 수 있습니다. 즉 '왜 사느냐'보다 '어떻게 살아야 하느냐'에 성공했다는 이야기지요.

그러나 여기서 목적이 나오지 않을 수 없습니다. 예컨대 애써 돈을 벌어 자가용을 사놓긴 했는데 이것을 타고 어디로 가느냐의 고민에 빠지는 경우와 같습니다.

일본인들이 메이지 유신 이후 오늘에 이르기까지 '유럽 사람을 따라잡자'는 그들의 거족적인 구호가 일단 달성된 셈인데, 바로 여기에 위기가 있습니다. 철강, 자동차, 전자 산업에 있어서 앞설 뿐 아니라 일반 경제에 있어서도 선진국을 넘어섰어요. 그러나 이제 앞장서 뛰려면 방향을 알아야 합니다.

단적으로 일렉트로닉스, 자동차 기술, 컴퓨터, VTR 등 그들 스스로가 발명한 것은 하나도 없습니다. 일본인들은 서양인들이 '창조'한 것을 오로지 '개발'한 복사 문화라 할 수 있습니다.

다시 말하면 일본은 그동안 국가의 '안보'만 '무임승차'해 온 것이 아니라 기술도 무임승차해 온 것이나 다름없어요. 그런데 이제부터는 앞장서서 나가려면 그들 스스로가 번영의 목적, 문화, 기술 개발의 목적을 생각해야 할 때입니다.

그래서 저는 『축소지향의 일본인』에서 언급한 대로 '메이비maybe의 문화'와 '나루호도なるほど의 문화'를 비교하고 있습니다. 포크너의 말대로 서양인들은 자기 문화 중 가장 버릴 수 없는 아름다운 말이 '메이비'라고 생각하고 있습니다. 그런데 일본인들은 남이 하는 것을 보고 나서야 '그래', '옳거니' 하는 문화입니다. 그래서 스스로 탐구하는 '메이비'엔 약해요.

일본은 '진무[神武] 천황天皇' 이래 삶의 수단·방법에 있어선 요즘이 가장 성취된 시기입니다. 이제는 이렇게 번 돈을 어디에 쓸 것인가 하는 것이 문제가 됩니다. 유명한 EC 보고서에 일본인들은 죽어라고 벌어서 토끼장 같은 집에서 산다고 했지만, 이제는 더 이상의 무임승차가 불가능합니다. 뿐만 아니라 축소 지향 속에서 살아온 사람들이 확대 지향으로 퍼져 나가면 판단력을 상실하고 행동 규범을 잃게 됩니다.

신바람을 아는 한민족

그에 비하면 우린 국제 사회에 나가서는 예상외로 크게 성공하는 경우가 많습니다. 일본은 확대 지향으로 나아갈 경우 저해 요인이 한두 가지가 아닙니다. 그러나 우리에겐 플러스적 요인, 이를테면 '가르치는 문화'라든지 마음을 잘 터놓는 도량이라든지 국제 사회에서 큰 힘을 발휘할 수 있습니다. 중동 등지에서의 건설업에서 일본을 이긴 예를 생각해 보면 될 것입니다.

지금 일본은 세계 곳곳에서의 반일 감정으로 인해 국제적인 마찰을 빚고 있어요. 우리는 오히려 이때 그 반일 무드를 잘 이용해서 일본을 앞지르면 세계의 존경받는 민족으로 발돋움할 수 있습니다.

김용운 일본의 과거 습성, 다시 말해서 좁은 공간에서 3백 개에 가까운 영주국들이 서로 싸우고 경쟁하면서 '잇쇼켄메이'의 생활 방식으로 근대화를 촉진시켰어요. 그에게 보편 의식이 없고 무사상적인 것, 섬세하게 작은 것을 다

듣는 것, 경쟁의식과 단결력이 강한 것…… 등등은 국제적으로 가난하고 뒤졌을 때는 분명히 효율적이었습니다. 그러나 거기서 얻은 무상감, 허무감 같은 것은 민족단위로 봤을 때 극히 위험한 성질의 것입니다.

또 소국 때의 의식이 대국이 되었을 때 그대로 통할 리는 없습니다. 이제는 일본도 점잖아져야 할 때가 왔는데 옛날 습성 그대로 있는 것이 안타깝습니다.

새삼 역易의 철학을 내세우는 것은 아니지만 어디로든지 그냥 그대로 가는 법은 없는 것입니다. 한국 사람에겐 보편성에의 바람이 있고 평등 의식이 있습니다. 우린 이를 세련시키고 승화시켜서 세계 어디에 내놔도 부끄러울 것이 없는 바탕 위에 국제 사회에 진출한다면 많은 성공을 거둘 수 있을 것입니다.

이어령　그러니까 우리는 예로부터 외교술이 능란한 민족이었지요. 중국에 이소사대以小事人한 것을 사대주의로 규정하는 이도 있지만, 어떤 의미에선 대국을 우리가 조종했다고 할 수도 있습니다.

일본과 비교해 볼 때 외교술에 있어 우리는 훨씬 우수하다고 봅니다. 그리고 해외 유학생들만 보더라도 우리 쪽이 어학 실력이나 적응력이 뛰어납니다.

『내 조국 섬나라여』란 것을 쓴 미시마三島의 전기를

보면, 안에 있을 땐 강하고 아름다워 보이던 일본인들이 바깥에 나가면 왜 그렇게 초라해 보이는가 하고 의문을 품었어요. 중국, 타이에서 온 유학생들은 모두가 떳떳하고 당당한데 왜 자기네는 눈치나 보고 보잘것없게 보이느냐는 것이죠. 아기자기한 분재를 벌판에 심어놓은 것처럼 보인다는 겁니다.

일본은 지금까지 축소 지향적으로 상품을 만들었지만 파는 것은 확대 지향적이었습니다. 게다가 집중호우식 수출이나 단기적인 안목의 번영을 위한 것이어서 인심을 잃을 대로 잃었습니다. 그래서 1930년대 만주 침공 이래 일본이 요즘처럼 세계적으로 비난을 받아본 적이 없다는 거예요.

김용운　지금까지 우리가 얘기한 내용 중에 대체적인 공통점이라 한다면 민족성의 우열을 논하기에 앞서 그것이 어떤 특정한 역사적 상황에서 어떤 역할을 하며 적응할 수 있는가, 또 적응성이 없다면 거기서 나오는 갈등을 어떻게 해소시키는가 하는 점이 중요하다는 것입니다. 사실 지금까지 일본의 경우 그 적응성의 한도까지 치달아왔지만, 우리의 경우엔 그것을 발휘할 수 있는 국내·국제적 여건이나 환경이 마련되어 있지 못했습니다.

이어령　우리는 '신바람'을 아는 민족이에요. 동물에겐 그런 게 있을 수 없지요. 그렇게 가난하고 어려웠어도 인정 많고 여유 있는 생활을 영위해 왔습니다. 일본인들은 멍석을 펴놔야 뭔가 하는 민족인 데 비해, 우린 펴놓으면 안 하는 민족입니다. 우리는 멍석을 깔지 않아도 신바람만 나면 모든 것을 자율적으로 해나갈 수 있습니다.

보편성이 요구되는 인류 문화

김용운 요컨대 지금까지 일본 민족성이 전후의 국제 상황과 잘 어울려 경제 대국으로 성장했으나, 그 국민성을 그대로 가지고는 새로운 국면을 맞이한 국제 사회에 어울리는 일이 매우 어렵다는 것이지요.

한편 제3자가 본다면 보편성을 희구하는 균일적인 문화 의식이 바탕인 한국 민족성도 특수한 것이지요. 허다한 좌절을 거듭했으나 분명히 한국인이 강할 때가 있습니다. 가령 개화 직전 일본은 미국의 군함 외교 앞에 오들오들 떨었고, 가장 격렬했던 척화주의였던 가고시마[鹿兒島]와 조슈[長州] 사무라이 집단은 영국과 프랑스 해군의 단 한 번의 포격으로 하루아침에 국시를 바꾸고 말았지요.

이것과 대조적인 것이 대동강에서의 미국 군함 셔먼호를 불살라버리고 강화도에서 양제를 격퇴시킨 한국

민중의 태도입니다.

　당시의 한국 대중은 완전히 유교적 윤리 의식으로 무장되어 있었고, 정부 정책과 그것이 일치되어 그야말로 신바람 나게 싸운 것이지요. 그 후의 결말이 어떻게 되었든 간에 일본 사무라이 집단보다 훨씬 강했던 것이 한국 대중입니다. 이때의 전쟁 목적이 문화적인 것으로 의식되어 있었다는 점은 매우 주목할 만합니다. 신바람 난 한국인은 정말 강하지요.

이어령　'신바람'을 낼 수 있는 민족의 공감대만 형성되면 우리는 지금까지 잠재했던 민족의 창조력을 발휘할 수 있다고 봅니다. 절대로 『정감록』 같은 이야기가 아닙니다. 우린 언제나 '위험에 강한 민족'이었기 때문입니다.

김용운　재미있는 것은 일본의 '신바람', 즉 가미카제[神風]는 하늘이 내리는 것이지만, 한국민의 그것은 국민 각자의 가슴속에서 우러나오는 것입니다. 바로 한국민은 자기 스스로가 신이 될 수 있는 것이지요. 이러한 국민성이, 보편성이 요구되는 인류 문화에 공헌할 수 있는 것은 당연하지요. 짐승이건 살인마건 힘만 있으면 '신'이라는 일본 사상에 비하면 훨씬 합리적입니다.

　이제 세계의 미래는 필연적으로 보편 문화를 지향하게 됩니다. 앞서 이 교수가 말씀하신 공존 공생이란 단순히 이상을 말씀한 것이 아니라 당위성을 갖는 현실적인 명제입니다.

우리는 한국 민족성을 긍정적으로 적용시킬 수 있는 문화적 사회 분위기가 다가오고 있음을 피부로 느낍니다.

근세사에서 일본이 성공한 이유는 분명히 연구되어야 합니다만, 우리에게는 그들과는 전혀 다른 가치 의식이 있으며, 그것을 바탕으로 하는 발전을 도모해야 할 것입니다.(이어령, 『사색의 메아리』, 갑인출판사, 1985.)

한국·한국인, 일본·일본인

대담자: 이병주李炳注

새로 대두된 '황화론黃禍論'과 '신개국론新開國論'

이어령   1년 만에 (일본에 있다가) 한국에 돌아와보니 그새 변한 것
들이 참 많더군요. 지하철 공사로 길거리들만이 파헤쳐
진 것이 아니라, 거리에 떠돌아다니는 이야기들도 꽤
나 어수선하던데요. 그러나 지성인들은 단순한 가십만
을 쫓아다닐 수 없잖아요. 사회·문화의 심층까지 파헤
치고 또 그것을 퍼내는 '지적인 포클레인'이 있어야겠는
데……, 선생님께서 좀 그런 이야기를 들려주시지요.

이병주   변한 것도 많고 스캔들러스한 일도 많았지요. 그러나 그
런 것은 국내에 계속 있었던 사람보다 외국에 있다가 돌
아온 사람이 더욱 선명하게 파악할 수 있지 않겠소.

     오늘 우리에게 주어진 과제는 너무 크잖습니까? 얘기
가 너무 광범하면 알맹이가 없어질 터이니 되도록 집약
해서 한국과 일본의 상관관계를 말해 보도록 합시다. 그

러기 앞서, 이어령 씨가 일본에서 『축소지향의 일본인』
이란 저서와 강연 활동을 통해 센세이션을 일으킨 모양
인데, 본인의 입으로 그 얘기 좀 들어봅시다.

이어령 제 입으로 그것을 이야기한다는 건 좀 쑥스러운 것 같아
사양하고 싶습니다. 단지 이 선생님도 일본을 잘 아시고
저도 그것에 대해 서투른 책 한 권을 썼으니 일본을 화
제의 지렛대로 삼아 이야기를 전개해 가면 좋을 것 같군
요. 지금 일본 상품이 세계 시장을 휩쓸게 되자 구미에
서는 '저팬 애즈 넘버원'처럼 일본을 배우자는 목소리
와 동시에 새로운 '황화론'이 대두되기도 하고, 일본에
서는 '신개국론' 같은 것이 일고 있어요. 메이지 유신 이
래 줄곧 서양 문명의 뒤통수만 보고 달려오던 일본이 유
럽 여러 나라를 차례차례로 제치고 이젠 GNP에서 세계
제2의 나라가 되었고, 철강·자동차 공업, 그리고 반도체
분야 등의 일렉트로닉스에서 미국의 기술을 제치고 선
두로 나서고 있지요.

'교내 폭력'이라고 해서 일본의 중·고생들이 학교에
서 선생들을 때리는 폭력 사태가 일어나고 있어 사회 문
제가 되어 있지만, 문화적으로 봐도 일본은 그들의 스승
이었던 서양을 이제 발길로 걷어차는 현상이 벌어지고
있어요. EC나 미국에 대한 '무역 마찰'에서 보듯 오만해

진 그들의 태도가 바로 그렇지요.

태평양 전쟁이 일어나기 전의 1930년대와 유사한 상황도 벌어지고 있어요. 겉만 노랗지 속은 하얀 바나나처럼, 일본인은 황색인이면서도 탈脫아시아 정책을 펴오다가 구미의 백인 문화와 충돌하게 되면 갑작스레 복復아시아 정책으로 전환하지요. 지금도 바로 그런 경향을 보이고 있습니다.

『축소지향의 일본인』은 이러한 상황에 있어서 일본인과 일본 문화를 다시 한 번 검증해 보자는 시각에서 씌어진 것이라 할 수 있습니다. 한국은 말할 것도 없고, 일본인 자신이나 세계를 위해서도 아직 보자기에 싸둔 채로 있는 일본 문화의 정체를 풀어봐야겠다는 생각이었지요.

이병주 일본에 대한 비판서, 이른바 일본론은 굉장히 많습니다. 가령 19세기 말 케페르의 『일본론』이 있었고, 베네딕트 여사의 『국화菊花와 칼』이란 것도 있었고, 또 프랑스인 폴 크로베르의 『일본론』, 러시아인 콘자로프가 쓴 『일본론』 등 헤아릴 수 없이 많은 일본론이 있습니다.

최근에 이사야 벤다산의 『일본론』이 나왔지요. 나는 유명하다는 일본론은 거의 읽은 셈인데, 그 가운데서도 이어령 씨의 『축소지향의 일본인』엔 특히 흥미를 느꼈

습니다. 작은 부피의 책이긴 했는데 일본 문화의 핵심
을 찌르고 있더군요. 나 자신이 일본에서 교육을 받았고
일본에 대한 관심을 많이 갖고 있는데도 배울 게 많았어
요. 나뿐만 아니라 일본에서 일본 문화를 전문적으로 공
부하는 사람들도 계발받은 점이 많다고 들었는데……
한꺼번에 전부 말할 순 없을 테니까, 그 책을 쓰고 난 후
일본 사람의 반응이 어떠했는지 들어봅시다.

일본에겐 문화 게릴라 전법을……

이어령　내 입으로 그 반응을 직접 전하다가는 자화자찬을 하는
어리석은 사람이 될 우려가 있지요. 그보다는 언제나 한
국을 멸시하려 들고 긍정적인 것보다 부정적인 측면에
서만 뉴스거리를 다루던 일본 매스컴이나 지식인들이
『축소지향의 일본인』에 대해서는 어째서 내 눈과 귀를
의심할 만큼 그토록 긍정적인 평과 이례적인 화제를 삼
았는지에 대해 말하고 싶습니다. 왜냐하면 개인 이 아무
개가 어떤 평을 받고 책이 얼마나 나갔느냐 하는 것보다
는, 우리들 전체와 관련된 문화 전략적 측면에 많은 관
심을 가져야 되겠기 때문입니다. 그 좋은 모델로서 말입
니다.

정치 분야, 산업·기술, 경제 문제 등에 있어서 일본은 한국을 향해 현해탄의 파도보다도 훨씬 더 거칠고 높은 담장 너머에 있습니다. 그러나 일본인의 두꺼운 장벽을 뚫고 넘어갈 수 있는 뒤안길이 있는데 그것이 바로 '문화적 공략'입니다. 말하자면 우리의 상품이나 정치적 영향력이 일본을 뚫고 들어가는 것보다는 '대중가요', '바둑', '스포츠' 쪽이 훨씬 쉽고 또 가능성이 높다는 겁니다. 그들과 경쟁해서 이긴다거나 또는 그들을 설득시킬 수 있는 힘은 '칼(군사력)'이나 주판(경제력)이 아니라 바로 '붓'이라는 점이지요.

　조선조의 통신사가 일본에 갔을 때, 그들이 요구했던 것은 '서화'와 서적'이었지요. 군사력과 경제력은 우리보다 앞서 있었지만 '붓의 힘'에 대해서는 늘 콤플렉스를 지니고 있었고, 실제로 그 점에 있어서는 우리가 우위에 서 있었지요.

　박연암朴燕岩의 『우상전虞裳傳』을 보면 잘 알 수 있어요. 우상虞裳은 영조英祖 때 통신사의 통역관으로 일본에 건너갔었는데, 거기에서 시문을 짓고 글을 써줌으로써 일본인들을 놀라게 했다는 것이지요. 그들은 우상의 명성을 듣고 몰려와 연회를 열었고, 개중에는 그의 문재文才를 시기하는 사람이 있어 일부러 난제難題와 강운强韻을

주어 시를 짓게 했지만, 마치 미리 준비나 한 것처럼 즉
석에서 줄줄 글을 엮어내어, 한국이란 나라를 저들이 감
히 따르지 못할 것으로 알고 부끄러워 떨었다는 겁니다.

당시 통신사 일행은 호표虎豹나 초서貂鼠, 인삼 등의 금
수품을 가지고 가서 일본의 구슬·칼 같은 물건과 바꿔
왔다는 거지요. 그 품목만 봐도 알 수 있듯이, 일본 것은
가공품, 즉 '기술'의 산물인 '칼'과 '구슬' 아닙니까? 그
래서 일본은 그런 거래에서 이익이 생기니까 겉으로는
공손한 체했으나 그런 물건이나 가져오는 통신사에게
는 전혀 선비로서 대우하지 않았다는 거지요.

결국『우상전』을 쓴 연암이 말하고 싶었던 것은 우리
가 일본을 공략할 수 있는 무기는 군사나 무역·경제보
다는 붓(문화)이라는 점이었어요. 연암은 우상을 칭찬하
는 대목에서 '임진왜란 때 수많은 문무 재략文武才略을 겸
비한 인재들이 있었으나 겨우 일본놈들을 국경 바깥으
로 몰아냈을 뿐이나, 우상은 그 힘이 족히 그 부드러운
붓대 하나를 이기지 못하였으나 그는 실로 만 리 밖의
그들 서울로 하여금 초목과 산천을 고갈케 하였으니 필
발산하筆拔山河'라고 했지요. 수많은 장사의 칼로도 이기
지 못했던 일본을 붓 한 자루로 그 산하를 정복했다는
연암의 이 구절은 일본에 대한 한국의 전략을 암시하는

것이라 할 수 있어요.

왕인王仁·퇴계退溪·우상……. 문화적으로 볼 때 우리는 일본을 누를 수 있어요. 그것이 일본의 허점이기도 해요. 그런데 지금 우리는 이 문화 우위 정책을 잊고 있지요. 붓으로 한일 관계의 핵을 삼을 때 정치·경제 분야에서도 성공할 수 있을 겁니다. 문화는 집단이나 조직보다 개인의 힘으로 하는 것이잖습니까? 팀워크에 약한 한국인의 적성에도 맞고요. 집단성이 강한 일본과의 경쟁에서 이길 수 있는 방법은 이러한 문화적 게릴라 전법이 아닌가 싶습니다.

경제·정치·공업 기술에서는 콧대가 높은 그들도, 일단 생각하는 '붓대'의 세계로 들어가면 겸손해지지요. 재일 동포들이 한국인이면서도 어쩔 수 없이 일본식 이름으로 고치지 않고는 살아가기 힘든 그 텃세 심한 일본에서, 석 자로 된 한국인 이름 그대로 내걸고 쓴 책이 NHK TV의 정규 뉴스 시간에 수십 분 동안 보도되고, '마이니치[每日]' '아사히[朝日]', '요미우리[讀賣]' 등 3대 신문에 톱기사로 등장하게 된 것은 결코 제가 잘나서가 아닙니다.

'지지미[縮]'란 말이 이제는 학술어나 유행어로 쓰이고, 국제 사회에서의 일본의 고립화를 '세카이 하치부[世

界八分]'라고 표현한 그 말이 방송 해설 제목으로 쓰이고, '오니와 우치 후쿠와 소토[鬼は内 福は外](도깨비는 안으로, 복은 바깥으로)'의 패러디가 일본 참의원의 정견 발표의 슬로건 으로 이용되기도 했지요. 작은 바늘귀만 한 구멍이지만, 그것이 점점 커지면, 한국을 보는 일본인의 의식에도 큰 변화가 올 수 있다는 확신을 얻었지요.

일본의 집단주의와 한국의 개인주의

이병주   대단히 신나는 얘기군요. 나는 이어령 씨가 금번 일본에 서의 활동이 우상의 행적을 능가하고 있다고 생각하는 데요. 그런데 이어령 씨의 게릴라 전법이란 덴 약간 이 견異見이 있습니다. 게릴라 전법이란 것, 문화 면에 있어 서의 게릴라주의는 일종의 천재주의라고 말할 수 있겠 는데, 천재가 없으면 게릴라 전법도 불가능한 것이 아니 겠습니까? 사실 백만 명의 군중이 '와아 와아' 떠들고 시 위하는 것보다 조치훈의 바둑이 위력을 가질 것이고, 장 훈 선수의 필발안타必發安打가 더욱 효과적일 것이고, 이 어령 씨의 한 권의 책이 결정적인 작용력을 행할 것은 물론이지만, 천재를 육성하는 건 필요할지 모르되 천재 주의에 기대하는 건 곤란할 것 같은데요. 그런 방향으로 일본에 대처하는 건 아무래도 우리의 콤플렉스만 드러 내는 결과가 되지 않을까 해요.

문화에 있어서 가장 금기할 것은 요행을 바라는 마음 이 아니겠습니까? 문화 면에 있어서의 게릴라 전법이 성공했다고 해도 그 개인에 대한 평가가 달라진다는 것 뿐이지 그로 인해 민족 전체에 대한 인식의 변화는 없을 테니까요.

유럽에서 내가 경험한 일입니다만, 아인슈타인의 존 재가 아인슈타인 개인에 대한 존경으로서 끝날 뿐, 유대 인 전체에 대한 존경으론 번지지 않습니다. 문화 문제가 민족 전체의 규모로 확산될 땐 결국 비교론으로 되는 것 이 아닙니까? 가령 이런 비교는 어떨지 모르겠습니다. 일반적 개인, 즉 개개인을 놓고 볼 때, 내 자신의 편견인 지는 모르겠습니다만, 미국인·영국인·프랑스인·일본인 등과 비교해서 우리의 자질이 뒤떨어져 있는 것 같진 않 아요. 되레 우수하다고 할 수 있는 부면도 있고요.

그런데 한국인을 집단적으로 타민족과 비교하면 뭔가 낙후성이 나타난다, 이 말입니다. 가까운 예가 일본인과 의 대비에서 나타나는 감상입니다. 아무리 우리가 자존 심을 내세운다 하더라도 총체적으론 일본인, 한국인 할 땐 왠지 우리 편이 모자란다는 생각이 들거든요. 소질적으로 나쁘다고 할 수 없는데, 어떤 우연으로서 이러한 토양, 이러한 기상, 이러한 역사적 조건 속에서 살다가 보니 이런 한국인이 되어버렸다고 할 수밖에 없잖습니까? 항상 모두를 두고 쓰는 표현이지만, 지정학적인 영향 속에서 살았기 때문에 시초엔 무한한 가능성이 있었던 우리 민족이, 몇 대로 이 땅에 살다가 보니 불가불 이러한 한국인이 되었다, 이런 결론이 나온단 말입니다.

아무튼 게릴라 전법으로 상대방을 아연케 하는 것은 나쁠 것이 없지요. 줄잡아 인식을 얼마간 바꿔놓는 데는 효과가 있을 테니까요.

이어령　우리가 정규군으로 싸우면 큰 성과를 못 거두고 게릴라로 싸울 땐 성과를 거둔다, 여기에 어떤 민족성이 나타난다고 보는데요. 예를 들면 말이죠. 임진왜란 때도 정규군은 약했는데 의병들은 강했단 말입니다. 또 그 당시 이순신 장군이나 동래 부사 등 개인 하나하나를 놓고 따졌을 때는 일본의 장군이나 일본의 전략에 조금도 뒤질 바가 없었어요. 그런데 뭉쳐지면 이상하게 아주 약하다고요.

일본에서 강연할 때도 한 이야기지만, 세계에는 2대 불가사의가 있어요. 일본에 가서 일본인 한 사람 한 사람을 뜯어보면 어딘가 모자라 보이고 생김새도 그저 그래요. 결국 그 인상은 어떻게 이런 사람들이 모여 이런 세계적인 경제 대국을 만들었을까, 그것이 불가사의한 일이지요. 거꾸로 정반대의 불가사의가 또 하나 있어요. 한 사람 한 사람 뜯어보면 한국인은 절대로 일본 사람에게 뒤지지 않고 오히려 앞서는 사람들입니다. 그런 훌륭한 사람들이 모여 이룬 사회는 과거에 일본에게 지배를 당할 만큼 약한 나라였던가, 이것 또한 불가사의한 일이에요. 결국 일본의 집단주의와 한국의 개인주의의 차가 오늘의 국력의 차가 된 것이라 할 수 있어요.

예를 들자면, 일본 사람은 시도 혼자 짓지 못하고 집단으로 짓지요. 시라는 게 가장 독창적이고 개성적인 것 아닙니까? 그래서 보들레르는 "신이여 내가 저 어리석은 자들과 같은 인간이 아니라는 하나의 증거를 위해 아름다운 시 한 줄을 쓰게 하소서"라고 말했습니다. 그런데 일본의 대표적 시 형식인 렌가[連歌]라는 게 있지요. 그것은 한 사람이 홋쿠[發句]를 내놓으면, 거기다 히키쿠[引句], 와케쿠[分句]를 붙여가지고 죽 돌려가며 시 한 편을 짓는 것이죠. 그래서 제아무리 천재적인 시인이라 할지라도 다음에 시구를 받아서 짓는 사람이 시원치 않으면 그 시 전체가 망쳐져요. 나는 저 사람한테 뒤지지 않는 시를 써야지, 그래서 앞에서 짓는 사람 못지않은 시구를 쓰게 되지요. 그렇다고 단순한 경쟁도 아니에요. 앞사람이 읊어줘야 그것을 보고 시상이 떠오르는 거예요. 혼자의 발상은 잘 못해요. 그러니까 아주 유명한 사람이 첫 구를 잘 터주어야 그것을 보고 여태까지 자기도 미처 생각 못 했던 기가 막힌 시구가 튀어나온다 이거지요. 집단 속에 들어가면 개인의 능력이 열 배 이상 발휘될 수 있는 것이죠. 시를 쓰는 그 집단을 렌슈[連衆]라 그럽니다.

　일본의 문명이란 게 말이죠. 시뿐만 아니라 모든 것이 다 그런 식입니다. 일본의 과학 기술이 전부 구미에서 가져온 거 아닙니까? 말하자면 서양인이 홋쿠를 해줘야 그걸 보고 발상을 하는 것이죠. 일본 상품의 상징이라 할 수 있는 테이프 리코더, VTR, 컨베이어벨트 시스템, 컴퓨터, QC 운동, 이런 거 전부가 서양인이 홋쿠를 떼주고 그 위에서 일본인들이 열 배의 능력을 발휘한 것들 아니겠어요? 발명invention은 서양인들이 하고 개발innovation은 일본인들이 한다는 얘기지요. 일본의 집단 주의적 체질은 자연 과학 분야뿐 아니라 인문 사회 과학에서도 발휘됩니다. 우리도 배워가지고 현재 많이 하고 있지만, 일본은 전부 세미나 시스템입니다. 일본의 연구실과 미국의 연구실이 다른 것이, 미국의 연구실은 혼자 들어앉아 연구하는 데 반해, 일본의 연구실은 서로 이야길 주고받는 팀워크로 되어 있다는 거지요. 한국인은 절대 렌가를 못 할 겁니다. 일본인은 한 홋쿠를 가지고 여러 구를 붙여 하나의 렌가를 만드는 데 비해, 한국인은 전부 제가 홋쿠를 하고, 혹시 남이 거기다 조금 붙이면 '저 자식 표절했다'고 병신 바보 취급을 하지요. 우리는 독창적인 면이, 그리고 개성이 강하기 때문입니다.

그래서 일본의 '마쓰시타 덴키[松下電機]'를 일명 '마네시타(흉내 낸) 덴키'라고 하지요. 마쓰시타 제품 중에는 자체 발명품이 하나도 없어요. 딴 나라에서 먼저 발명한 상품에 렌가를 하듯이 조금 붙여서 더 좋고 새로운 상품을 만들어 내놓습니다. 이렇게 보면, 결국 왜 그렇게 됐는지는 모르나, 렌가의 전통이 있는 일본과 개성을 존중하고 독보적인 경지를 숭상하는 우리나라 민족성은 각기 다른 문화를 만들어냈지요.

항심恒心을 가질 수 없었던 풍토

이병주　이어령 씨가 렌가를 일본인의 전통적 풍속으로 보고 거기서 일본인의 특성을 찾아내려는 아이디어엔 흥미가 있습니다. 그러나 이어령 씨도 물론 잘 알고 있겠지만, 일본의 시가詩歌 가운덴 『만엽집萬葉集』을 비롯해서 『고

금집古今集』,『신고금집新古今集』을 거쳐 고전적인 명작이 풍부합니다. 그런 것은 렌가가 아니죠. 렌가는 관례적인 행사의 산물이지, 예술적인 장르로서 취급하는 것은 아닐 줄 압니다만, 일본인의 협동 방식을 설명하는 데 있어선 썩 좋은 예가 되겠습니다. 요컨대 일본인에겐 있는, 아니 왕성하기조차 한 협동의 매너 또는 정신이 어떻게 해서, 왜 우리에겐 없느냐 하는 것은 참으로 불가사의한 일입니다만, 이 불가사의한 문제를 가능한 데까지 추궁해 보는 것도 중요하다고 생각해요.

나는 막연합니다만 항심이란 문제를 제기해 보고 싶습니다. 결론부터 말하면, 우리 민족은 항심을 갖지 않은 민족, 항심을 가질 수가 없는 상황 속에 살고 있는 민족이라고 나는 봅니다.

첫째, 지형적인 조건이 있습니다. 우리나라는 쉴 새 없이 대륙으로부터 침략을 받아오지 않았습니까? 침략을 해온 적을 우리의 협동으로 막아낼 수 있는 정도였으면 또 모르죠. 조선조 시대만 해도 인구가 5백만에 불과했는데, 그 전 시대는 더욱 적었을 것 아닙니까? 그런데 대륙엔 무한정한 인간이 있다고 볼 수 있었지요. 침략에 항거하기에 앞서 우선 제 살길을 찾아야 하게 돼 있었던 겁니다. 나라의 지배력과 비례해서 나라의 보호력이 강한 것도 아니었을 터이니 무슨 일이 나면 백성들은 제 살길 제가 찾아야 하는 거죠. 그런 판국인데 어떻게 협동할 정신적 바탕이 있었겠습니까. 그런 바탕이 없다는 것, 그것이 백성으로 하여금 항심을 갖지 못하게 한 원인이 아닐까 싶어요.

이에 비해 일본인들은 도망갈 데가 없어요. 불안해도 할 수 없고 싫어도 할 수 없는 거죠. 어떤 지배 체제에 복종하고 살 수밖에 없었던 거죠. 죄짓지 않으면 그 체제 속에서 살 수 있는 거고, 죄를 짓거나 지배자의 눈에 나면 죽는 겁니다. 도망갈 수가 없어요. 이건 나의 억측일지 모르지만, 일본인들의 관습 가운데 셋부쿠[切腹], 즉 스스로 배를 쪼개 죽는 방식이 있지 않습니까? 이것이 사무라이[武士]의 매너로서 미적美的 형식까지 갖추게 되는 것입니다만, 그 발생의 시초는 지배자의 눈에 났을 땐 절체절명, 죽을 수밖에 없다는 데서 나온 자연 발생적인 필요의 소산으로 봅니다. 아무 데도 도망갈 곳이 없으니 단념할 수밖에 없는 거죠. 생과 사만 있고 도피라고 하는 중간로가 없는 데서 생겨난 불가피한 풍습, 그것이 셋부쿠가 아닌가 합니다. 물론 소수의 예외자는 있었겠죠만.

우리나라의 경우는 도망갈 수가 있었지요. 대륙과 이

어져 있다는 것은 침략을 유발하는 약점이기도 했지만 도피구라고 하는 이점도 되었던 것입니다. 일본인은 싫으나 좋으나 어떤 지배 체제, 나아가 가치 체계 속에 자기를 몰입시키지 않으면 살길이 단절되는데, 우리나라엔 비참할망정 일루의 살길은 서두르면 트일 수 있었다 이겁니다. 지배 체제가 싫다고 생각한 사람에게 용기가 있으면 도피처는 언제나 열릴 수 있었던 겁니다. 옛날의 일본엔 좀도둑 정도밖에 없었는데, 우리나라에선 꽤 큰 집단의 화적들이 많았다는 건, 그 근본의 원인엔 민생고가 깔려 있는 것이지만, 살길에 이르는 돌파구가 있었기 때문이죠. 우리가 항심을 가질 수 없었다는 것은 역사적으로도 그 근거를 찾아볼 수가 있습니다.

우리나라의 역사는 극단적으로 말해 동족상잔의 역사였습니다. 삼한 시대가 그랬고, 삼국 시대가 그랬고, 조선조에 있어서의 당쟁黨爭은 법치의 테두리를 넘은 것이니 동족상쟁으로 쳐야 합니다. 언제나 불안한 정정政情이었죠. 어느 누가 투서 한 장 던지면 신세 망치는 겁니다. 어디서 누가 모함의 칼을 갈고 있을지 모르니 베개를 높이 하고 잠들 수도 없는 겁니다.

고침단명高枕短命이란 말을 나는 위생적인 말로만 알고 있었는데, 『이조실록李朝實錄』을 띄엄띄엄 읽고 난 후 그것이 정치적인 계고란 사실을 알았습니다. 베개를 높이 하고 편하게 자고 있다간 어느 귀신이 잡아가는지 모르게 죽는다는 뜻이었습니다. 게다가 좁은 나라에 양반·상놈이 갈라져 대립하고 있었지요. 일본 사회에서도 상하의 계급이 있었지만 그들은 하인을 쓰기에 앞서 하인들의 생활을 최저 정도일지라도 보장해 주었습니다. 그런데 우리나라에선, 특히 조선조 시대엔 양반이 상민들의 생활을 보장해 주기는커녕 등쳐먹었습니다. 임진왜란 땐 엄청난 수의 부왜반도附倭叛徒가 있었더군요. 임금이 피난 가기가 바쁘게 반도가 왕성에 불을 지르고, 심지어는 왕자를 잡아다 왜장에게 바치고, 지방관을 묶어다 적진에 끌고 가고 한 예가 비일비재했습니다. 이런 상황인데 어찌 항심을 기대할 수 있었겠습니까.

해방 이후의 사정도 항심을 가질 수 없게 되어 있는 것 아닙니까? 삼팔선 또는 휴전선으로 갈라져 있는 상황이 말입니다. 강요하지 않으면 서로 협동할 엄두도 내지 않는 것이 오늘의 현실이 아닙니까. 머리 좋은 사람은 머리가 좋은 대로, 미련한 사람은 미련한 사람대로 각기 꿍꿍이속을 가지고 개인 플레이를 하려고 하지 않습니까? 우리나라에 미국이나 영국, 일본 스타일의 합자회사나 주식회사가 번창할 수 없는 이유가 바로 여기에 있습니다.

지금은 달라져 있으리라고 믿습니다만, 자유당 때나 민주당 때, 그리고 5·16 후에도 정부의 고관들이 나라를 위해 잘하려는 생각에 앞서, 그 지위를 이용해서 우선 이 기회에 한밑천 잡아놔야겠다는 사고방식으로 움직였다고밖엔 볼 수 없는 사례가 너무나 많습니다. 그렇다고 해서 그들을 지나치게 탓할 수 없는 것은 항심을 가질 수 없는 풍토를 반영한 현상이라고 보고, 국민 대다수가 그런 태도를 암묵리에 수긍하고 있기 때문이죠. 일본에도 공무원 부정 사건이 있다고 들었습니다만 그야말로 구우일모九牛一毛격이라고 할 수 있습니다. 그들에겐 항심이 있기 때문이죠. 쩨쩨하게 꾀를 부려 개인 플레이를 하느니보다 그들이 믿는 가치 체계 속에서 안주하는 것이 행복에의 대도大道라고 생각하고 있기 때문입니다.

하지만 나는 이렇게도 생각합니다. 그 숱한 역사적 위기를 겪으면서 항심을 가질 수 없는 상황 속에 살면서도 이 정도로라도 문화를 발전시키고 경제를 번영시킨 것을 보면 그야말로 우리 민족은 훌륭한 민족이라고요. 그리고 이런 생각도 해봅니다. 국민은 훌륭한데 지도력은 이와 대비해서 덜 훌륭한 것이 아닐까, 이승만李承晩, 장면張勉 등의 인물을 회고하면서 생각하는 겁니다. 국민이 지닌 최량의 힘을 집약하고 그것을 활성화하는 지도력의 강화, 즉 정치력의 강화·확립이 시급한 과제가 아닐까 해요.

결핍의 문화와 푸짐한 문화

이어령   같은 이야기지만, 우리는 자기 재능이 말[斗]이라면 되[升]로 썼고, 일본 사람들은 되의 재능을 말로 썼지요.

일본인들의 체질은 마치 디지털 시계의 액정 같다고 할 수 있어요. 디지털 시계의 문자판을 이루는 액정은, 첫째로 일정한 방향성을 가지고 있다는 것, 둘째로 하나하나 독립된 물질이면서도 액체처럼 뭉쳐져 있다는 것, 셋째는 작은 에너지로도 움직인다는 것입니다. 일본인들은 단합이 되면 마치 액정과 같이 개개인이 방향성을 가지면서도 액체처럼 한 덩어리가 되어버린다고요. 그리고 액정은 아주 섬세한 것이라 작은 에너지로도 움직여요. 일본인들의 체질과 아주 똑같아요.

그러기 때문에 그 집단주의를 끌고 나가는 것은 컨센서스, 즉 합의의 존중이지요. 의견을 통일하다 보니 개성이나 독창성 같은 것이 무시되기도 하고 때로는 무비판적 문화가 되어 이른바 대동아 전쟁 때처럼, 멀리는 임진왜란처럼 뻔히 질 줄 알면서도 모두 남의 뒤를 따라가다가 한꺼번에 멸망하는 이른바 '일본 열도 침몰'의 문화로 나타나기도 합니다.

또 한 가지 우리가 일본에 경제적으로 낙후한 이유는 그들은 절약을 위주로 한 '결핍 문화형'이요, 우리는 낭비성이 있는 '푸짐한 문화형'이라는 점입니다. 우리는 쩨쩨한 것보다 넉넉하고 푸짐한 것, '덤'을 찾는 문화지요. 옷고름은 일본에도 중국에도 없는 한국 고유의 것인데, 그것을 다 매고도 길게 늘어뜨리는 여분의 길이를 가지고 있어요. 필요 없는 것, 무용한 것, 그러나 그것을 입음으로 해서 넉넉한 느낌이 드는 옷고름 문화에서는 밥도 일본처럼 공깃밥이 아닙니다. 닥닥 긁어서 밑바닥을 다 드러내는 방정맞은 공깃밥 문화가 아니라, 두툼한 큰 그릇에 고봉으로 듬직하게 퍼놓은 것이고, 또 그것을 먹을 때는 몇 숟갈을 남기는 덕성스러운 사발 문화지요. 그러나 이 푸짐한 문화가 경제 제일주의인 현대에 이르면 낭비 문화의 약점으로 나타나기도 하거든요. 감정·시간·돈의 낭비가 그것인데, 일본 생활을 끝내고 한국에 들어오면서 '야, 이거 우리가 얼마나 많은 손해를 보고 있는가' 하는 생각이 들더군요.

우선, 감정의 낭비를 들 수 있어요. 일본 사람들은 친절한 민족이라고 세계에 소문이 나 있지요. 왜 친절하냐 하면 한마디로 말해 되도록 남과 충돌을 피하려는 성격 때문이에요. 그 사람들은 남에게 절대 자기 마음을 주질 않고 속에 딱 움켜쥐고 있지요.

예를 들면 일본인들은 초상이 나도 우리처럼 '아이고, 아이고' 하고 곡哭을 하지 않지요. 전번에 뉴저팬 호텔에 화재가 났을 때 우리나라 유가족이 우는 걸 TV 뉴스에서 보고는 어느 일본 지식인이 이런 말을 합디다. "참 우리와는 문화가 다르다"고, 그래 "뭐가 다르냐"고 물었더니, "한국인들은 마음껏 울어제끼는데 우리 일본인들은 아무리 슬퍼도 소리 내어 우는 법이 없다. 한국은 우리보다 유교적 규범이 몇 배나 더 강하다고 들었는데 어째서 우리보다 감정을 더 노출시키는가"라고 대답하더군요. 일본인과 대비해 볼 때 우리는 화를 잘 내고 욕도 잘하고 또 신바람도 잘 냅니다. 그만큼 인간적이고 개방적이지만 감정의 낭비는 크지요.

둘째가 시간의 낭비입니다. 일본인이 서양 문물 중에서 제일 먼저 받아들인 게 시계입니다. 시계 박물관에 가보면 초기에 서양에서 수입한 것을 비롯, 자기네들이 모방해서 만든 시계들이 그렇게 정교할 수가 없어요. 일본의 '도노사마' 중에는 시계 수집가들이 많았지요.

이병주 선생도 잘 아시지만 일본 사람들은 옛날에 기생들하고 술을 먹을 때도 시간제로 놀았지 않았습니까? 센코[線香]를 피워놓고 그 불타는 시간에 의해 화대를 계산했는데 그것을 '하나(花)'라 했지요. '하나오 오시미 도리오 니쿠무(꽃을 애석히 여기고 닭을 미워한다)' 이게 무슨 말이냐 하면, 애인하고 시간을 더 보내고 싶은데 센코는 자꾸 타들어가니 그걸 아쉽게 여기고 새벽닭 우는 소리를 증오한다는 이야기지요. 시간 개념이 우리의 코리안 타임하고는 완전 정반대예요.

세 번째가 돈의 낭비인데, 일본 사람들은 이른바 게치케치(인색함)한 건 말도 못해요. 예를 하나 들면, 이번에 내 책을 출판한 학생사에 한 독자 편지가 날아들었는데, 독자 카드에 붙인 우표값 40엔을 돌려 달라는 거였어요. 학생사에서 독자 카드의 우표값은 수취인 부담이라고 표시했는데 그 사람은 그걸 못 보고 40엔 우표를 붙인 겁니다. 나중에야 그걸 알고 자기가 안 붙여도 될 것을 붙였으니 40엔 돌려주시오 하고 편질 한 거예요. 이런 건 개인의 작은 예에 불과하지만, 한국에서는 상상할 수 없는 쩨쩨한 일들이 참 많이 일어나고 있어요.

조금 전에 이병주 선생이 이야기한 대로 어떤 역사적

배경의 영향을 받아 그렇게 됐는지는 잘 모르겠지만, 이런 작은 차이가 오늘날 한국과 일본 사이에 큰 격차를 만든 것 같아요.

광산이 안 돼야 술집이 잘되는 상황

이병주 그 얘기에 이견이 있습니다. 그 세 가지 낭비에 대해선 한국 사람치고 모르는 자가 없을 겁니다. 알고 있으면서도 그런 낭비가 있게 된다는 건, 또 되풀이합니다만 항심의 부재 탓이라고 안 할 수 없습니다. 이만큼 노력하면 결과가 어느 만큼 될 거라는 자신이 없는 겁니다. 아주 델리케이트한 예를 들어보겠습니다. 자칫하면 오해를 살 우려도 있는 이야기니 이면에 담긴 의미를 잘 파악해 가며 들어주십시오.

해방되고 보니 민족 반역자, 친일파 문제가 대두했습니다. 물론 친일파, 민족 반역자들은 민족의 정신에 비춰 용서할 수 없는 자들입니다. 그들의 처단을 철저하게 안 했기 때문에 민족정기를 살리지 못했다는 한탄을 지금도 듣습니다. 나도 동감입니다. 그런데 한일 합방의 사정을 살펴볼 때, 합방을 당연히 악이라고 치고 그 반의 책임은 우리 스스로가 져야 할 처지에 있습니다. 그런 까닭에 대세를 파악하는 능력이 없고 민족정신이 흐릿한 사람들은 그런 체제 속에서도 잘 살아보겠다고 발버둥쳤습니다. 그런 사람들이 고스란히 민족 반역자, 친일파가 된 것입니다.

이승만 시대의 자유당 인사들 가운데 물론 악질도 있었을 것입니다만, 이승만에 대한 충성을 민족과 국가에 대한 충성이라고 믿고 최선을 다한 사람들도 있습니다. 그런데 민주당 정권이 되자 이들은 반민주 행위자로 몰렸습니다. 이어 민주당 정권에 참여한 자들을 5·16 후 부패 정치인이란 낙인을 찍어 감옥으로 보내고 정정법政淨法에 묶어버렸습니다. 이러한 처사를 하기 위해 소급법遡及法이 필요하게 되었습니다. 아시다시피 일사부재리와 법률불소급 원칙은 법률사法律史 5천 년의 과정에서 획득할 수 있었던 법의 정신의 정화精華라고 할 수 있는 것이어서, 이를 무시하면 법치주의를 근본에서부터 파괴하는 것으로 된다는 것은 이미 상식에 속하는 일입니다.

우리의 최근 역사는 법치주의의 근본을 파괴해 놓고 법치주의를 하려는 모순을 범하고 있는 겁니다. 제5공화국이 이따위 소급법을 만들지 않았다는 것은 역대 정권 가운데 그 점만으로 빛나는 공적을 세운 것으로 될 것입니다. 여하간에 이러한 역사, 이러한 정세 가운데서 항심을 어떻게 가질 수 있겠느냐 이 말입니다. 법치 국가에 있어서 항심의 제1의 조건은 법에 대한 신뢰입니다.

나는 상기합니다. 케네디 정권 때, 마피아단의 일소를 공약으로 내걸고, 동생 로버트 케네디를 법무 장관에 앉혀, 마피아 단죄의 증거를 철저하게 수집했습니다. 그런데 미국의 연방 재판소는 수집된 증거가 불법 수단에 의해 수집된 증거라고 하여 고발을 각하한 것입니다. 마피아의 소탕은 물론 중요하지만, 법의 존엄과 법에의 신뢰가 보다 중요하다고 봤기 때문입니다.

국민이 항심을 갖게 하기 위해선 법에 대한 신뢰가 중요합니다. 법률에 충실하기만 하면 어떤 때가 와도 뒤탈이 절대로 없다는 안심을 주어야 한다 이거죠. 물론 국민의 감정이 소급법을 만들게 하고 도의가 법에 우선한다는 해석은 있을 수 있지만, 그렇게 나가다간 국기國基가 흔들릴 위험마저 있는 겁니다.

항심을 가질 수 없으니 감정의 낭비도 거기에 따라 있게 마련이고, 필요 없는 짓도 안 할 수 없게 되는 거죠. 물론 이렇게 한 가지 원인으로 모든 현상을 처리해 버린다는 건 위험한 일이지만, 항심이 없어서 그렇다는 건 부정할 수 없는 사실이고, 항심이 없다는 게 제일 큰 이

유라 할 수 있어요. 예를 들어 젊은이가 고시考試를 패스해서 판·검사가 되겠다, 또는 사업가가 되겠다 해서 열심히 공부하다가도 문득 휴전선이 생각나는 거라. 언제 터질지도 모르고, '에이, 다 집어 치우고 실컷 놀기나 하자' 해버릴 수 있단 말이에요. 나는 일본하고 비교할 때 그 점이 제일 부러워요. 자신이 병적인 성격을 가지고 있지 않는 한 일본인은 외부에서 자기를 뒤흔들 것이 아무것도 없어요.

또 한 가지, 아까 이어령 씨가 마쓰시타 덴키를 마네시타 덴키라고 했는데, 서양 사람들이 뭘 하나 발명하면 일본인들이 그걸 개발해서 더 좋은 것을 만들어낸다는 것은 일본인들의 생래적生來的인 겸허, 겸손의 결과라고 봅니다. 오랫동안 쇄국하며 살다가 외국에서 새로운 게 하나 들어왔다고 합시다. 가만히 보니 기가 막히거든. 그러니 자기 자신의 쩨쩨한 꾀를 낼 필요 없이 우선 좋은 것부터 먼저 배우자, 이렇게 되는 거죠. 일본 사람들은 이런 면에 아주 익숙해요. 자기들이 지금부터 새로 연구해 봤자 표도 안 난다는 걸 너무나 잘 압니다. 우선 먼저 배우자는 게 하나의 문화적 기풍이 되어 있다 이겁니다. '배우자, 배우자' 하는 겸허성 때문에 거꾸로 '내가 뭐 하나 기발한 걸 해봐야겠다' 하면 그 사회에선 건

방진 놈으로 취급받지요. 설사 기발한 걸 생각해냈다 하더라도 즉시 발표하지 않습니다. 10년, 20년 걸려 이쪽저쪽 눈치 다 보며 남이 인정해 줄 때까지 숨겨놓고 있습니다. 이러한 일본인들의 성격이 오늘날 일본 문화의 융성을 가져왔다고 봅니다.

우리 한국 사람들도 모방은 하지만 일본인들과는 또 달라요. 필요에 따라 졸렬하게 모방을 하되 일본 사람같이 겸허하게 모방하지는 않지요. 우리는 우선 빨리 이용하려고 수를 써보다가 핵심을 지나쳐버리고 말아요. 이것도 원인을 따져보면 항심이 없는 데서 오는 게 아닌가 생각합니다.

내 친척 동생 중에 광산촌에서 양조장을 하는 사람이 있습니다. 언젠가 한번 다니러 가보니 광산이 아주 호경기를 맞고 있어요. "광산이 잘되는 거 보니 양조장도 잘되겠구나" 했더니, "아, 형님 그거 택도 안 되는 말입니다. 광산이 안 돼야 술집이 잘된다"는 겁니다. 광산이 잘돼서 임금을 많이 받으면 집을 산다거나 땅을 산다거나 하는…… 계산이 선다는 이야깁니다. 그래서 좋아하는 술이지만 한 잔 덜 먹고 일찍 집에 들어간다는 겁니다. 그런데 광산이 불경기를 맞으면 술집이 아주 잘된다는 겁니다. 아무리 해봐도 안 되니까 자포자기, 먹고나 보자는 게죠. 그런 걸 볼 때 안정만 되면 우리나라도 일본 못지않게 해나갈 수 있다고 봐요. 이런 생각을 하면 참 우리의 현실이 불쌍하기도 합니다.

외국에 나가 한국 식당과 일본 식당에 가봐도 우리나라 사람들이 항심 없는 걸 대번에 알 수 있어요. 한국 식당에 가보면 '어떻게 해서든 돈을 벌어야겠다. 수단 방법 가리지 않고 벌어야겠다' 하는 걸 느낄 수 있습니다. 하지만 일본 식당에 가보면, '돈을 벌되 정성을 다해서 벌어야겠다'는 것을 느낄 수 있어요. 서양 사람들이 와보고 깜짝 놀랄 만큼 청결하게 해놓고 손님을 맞지요. 그리고 메뉴도 자신 있는 것 몇 개만 준비해 놓고 있고, 재료가 좋은 게 없으면 떨어졌다고 돌려보냅니다. 한국 식당엔 백화점식으로 무슨 음식이든 다 있어요. 시키기만 하면 다 갖다 줘요.

그러나 내가 한국인이라 그런지 몰라도 그래도 나는 한국인이 체질적으로 좋습니다. 일본인들은 친절하고 부드럽긴 해도 진짜 마음이 좋아 그런 게 아니에요. 한국 사람들은 무뚝뚝하고 돼먹지 않게 보여도 뭔가 정이 있다 이겁니다.

임진왜란 때 나라를 배신하고 일본에 아첨한 한국 사람이 많았다는 이야기를 좀 전에 했습니다만, 일본 사람들을 한국 땅에 데려다 우리의 처지로 만들어놓으면 아마 그 정도가 더 심할 겁니다. 제2차 세계 대전 종전 후에 일본인들이 미국인들에게 대했던 태도를 보면 짐작할 수 있어요. 길거리에 미군이 지나가면 일본인들은 전부 90도 이상 허리를 꺾어 절을 했다고 그래요. 물론 우리 국민들도 미군을 해방군으로 환영했지만 일본 사람들같이 비굴하지는 않았어요. 뻣뻣하게 쳐다보고, '야, 그 자식 코 되게 크네' 매사에 이런 식이었지요. 그러나 그러다가도 어쩌다 미국인이 '좋다 좋다' 해주면, 되는 소리 안 되는 소리 막 지껄여대며 감정과 시간을 마구 낭비하는 폐단 또한 있었지요. 청량리를 어디로 가느냐고 물으면 아예 청량리까지 데려다줄 정도지요.

결론적으로, 한국 사람과 일본 사람을 비교할 때 주위 환경을 따져봐야 합니다. 안정된 환경과 어느 정도 가치가 확립된 사회에서 사는 사람들과, 항상 불안하고 가치가 문란한 사회에서 사는 사람들과 대등하게 비교할 수는 없지요. 같은 귤나무도 강남에 심으면 귤이 되고 강북에 심으면 탱자가 된다는 말도 있잖습니까?

장군은 많아도 졸병은 없어

이어령 항심! 항심! 이라고 하시는데 그걸 시쳇말로 바꿔보면 '지속성'이 되겠지요. 일본 학자로 이름난 이탈리아의 마라이니는 일본 문화를 '콘티뉴어티continuity'로 포착하고 있지요. 일본은 새것을 왕성하게 받아들이면서도 옛것을 버리지 않아요. '주니히도에[十二單]'라는 일본 여인의 옷은 옛 패션이 새 패션으로 바뀌는 것이 아니라 옛것 위에 새것을 포개어 입는 습관에서 생겨난 의상 양식이지요. 마치 지층地層처럼 옷이 시대순으로 수십 겹으로 된 것입니다. 생선 가시도 버리지 않고 '가마보코'로 만들어 먹는 민족이니까! 이 같은 경제적 문화 구조는 섬나라, 즉 대륙에서 떨어져 있었기 때문이라는 설명이 가능한 거지요.

그러나 어떤 문화든 빛이 있으면 반드시 그늘이 있기 마련이지요. 일본의 이 지속성은 곧 폐쇄성의 문화를 낳기도 한 것이지요. 밖에 있는 것을 안으로 받아들일 줄만 알았지, 자기 것을 밖으로 내놓으려는 심성은 거의 없습니다. 가령 문학을 보더라도 일본인들은 하늘에 있는 별을 노래 부른 것이 드물어요. 그리스 신화는 별로 가득 차 있고, 우리는 이미 신라 시대에 첨성대를 만들어 별의 문화를 이룩했지요. 하지만 일본의 고문헌에는 별이 별로 나오지 않을 뿐만 아니라 신화에도 한두 개 정도지요. 별이 움직인다는 것과 북극성의 존재를 알아 낸 것은 에도 중기에 들어서고부터입니다. 사면이 바다에 둘러싸여 있는 해양 민족이면서도 그들이 밤의 항해에 가장 중요한 별에 무관심했다는 것은 그들의 마음이 얼마나 좁고 또 폐쇄적이었나를 입증하는 예입니다. 은하수를 노래한 하이쿠를 봐도 '아름다워라 찢어진 창구멍 틈으로 내다보는 은하수여……'처럼 방 안의 창구멍으로 바라볼 때 관심을 갖는 것이지요.

자기네들끼리는 서로 '화和'를 존중하면서도 밖에 있는 이민족에 대해서는 냉담하기 짝이 없어요. 인지印支 피난민들(보트피플)이 바다 위에서 떠돌아다닐 때 세계 여러 나라에서는 인도주의적 입장에서 모두 구호의 손길을 보내줬지만, 일본은 인지 반도에서 돈을 제일 많이 번 나라이면서도—그게 아니라도 경제 대국이라고 하면서 단 '세 명'밖에 받아들이지 않았습니다. 결국 세계에서 비난을 받자 그 압력에 못 이겨 겨우 얼마를 더 받아들였지만…….

거기에 비해서 자기네들이 당한 히로시마의 원폭原爆을 내세운 핵 반대 운동 때는 세계적인 이니셔티브를 독점하고 앞장선단 말이지요. 일본인이 '확대 지향'으로

갈 때 왜 과실을 범하게 되는가 하는 이유를 밝힌 것이
『축소지향의 일본인』의 결론 부분입니다마는, 일본인
이 밖으로 나가면 '화'의 세계, '항심'의 세계가 깨지게
되고, '오니(도깨비)'가 되고 마는 것이지요.

　일본의 '안'에서의 '화'가 곧 바깥 세계에서는 '불화'
의 씨앗이 되는 것이라는 이야기입니다. 일본인이 화로
뭉쳐 집중 호우식 수출을 하면 세계 여러 나라에서는 실
직자가 넘쳐나는, 이른바 실업자 수출이 그 좋은 본보
기이지요. 우리는 거꾸로인 것 같아요. 힘이 없었다고는
하나 한국인은 외국에 대해 결코 침략적인 민족은 아니
었어요. 거꾸로 외국인에게는 '화'로써 대하나 '안'에는
'불화'가 많았지요. 장군은 많은데 졸병은 없어요. 누구
나 다 장군이 되려고 하면 전쟁놀이가 안 되지요. 배구
에서 토스를 잘해줘야 멋진 스파이크가 나옵니다. 그런
데 모두들 자기가 스파이크를 하려고 들고 뒤에 숨어 토
스를 해주지 않으려고 하면 그 플레이는 엉망이 될 것입
니다. 오늘의 한국 사회, 토스가 없는 배구 경기를 보고
있는 느낌이지요. 우리들의 지금 대화도 그렇지 않습니
까? 독백은 잘해도 대화는 잘 안 되는 기질.

이병주　그 이야기는 나도 전적으로 동감입니다. 한국에선 민주주
의가 정착하기 힘들다는 게 바로 그 이유 때문입니다. 대

화가 안 되는 곳에서 어떻게 민주주의가 가능하겠어요.

일본과 우리를 비교할 때 또 한 가지 생각나는 것이 있어요. 제2차 세계 대전 말기에 일본군은 극심한 물자 부족 상태를 겪었지요. 진지를 구축하라는 명령을 받았는데 철근도 없고 시멘트도 부족한 상태였다고 그래요. 철근 대신 대나무를 베어 쓰고 시멘트는 조금만 섞어 쓰라는 지시가 내려왔답니다. 일본인들은 '비 한 번 오면 그만인데 이런 걸 만들라고 한다'고 불평을 하면서도 최선을 다해 만들었다고 합니다. 일본 사람들은 비 한 번 오면 싹 없어질 걸 알면서도 명령을 받으면 그 명령을 따르는 그런 성격을 가지고 있어요. 없어지면 또 만들지요.

한국 사람들은 그런 경우를 당하면 절대 그 명령에 따르지 않을 겁니다. 사실 안 되는 걸 알면서 하는 일본인들이 바보들이지요.

죄는 문화와 푸는 문화

이어령 나는 말이지요, 일본이 그런 식으로 해서 성공했으니까 우리도 따라서 하자는 데는 찬성하기 힘듭니다. 종신 고용제 하나를 보더라도 일본 사람들은 '내가 죽을 때까지 이 회사에 있게 됐으니 온 힘을 전부 이 회사에 바치겠다'는 긍정적 사고를 하지만, 다른 나라의 경우에서는 만약 종신 고용제를 실시하면 '나는 모가지가 안 잘리게 됐으니 좀 놀아도 된다'는 생각을 할지도 모릅니다.

물가에서 사슴이 물을 먹을 땐 사슴의 뿔이 아름답게 보이고 발은 밉게 보이지만, 포수가 총을 들고 따라올 때는 뿔이 오히려 거추장스러운 존재가 되고 발이 생명의 은인이 되지요. 원래 한 민족성은 좋고 나쁜 점이 객관적으로 존재하는 게 아닙니다. 상황에 따라 플러스 면이 되기도 하고 마이너스 면으로도 되는 것이지요. 그런데 우리는 일제 시대 때 배운 일본식을 우리에게 그대로 적용시키려 한단 말이에요.

예를 들어, 우리 민족에게 집단주의를 적용해서 '앞으로 가, 뒤로 돌아가' 하는 식의 명령을 해서는 안 통한다고요. 일본식으로 죄고, '이거 해라 저거 해라' 하는데, 개성이 강하고 자기주장이 센 한국 사람들이 그런 말 듣습니까. 안 한다고요. 집단주의가 몸에 안 맞는 한국인을 집단주의로 몰아가니까 신바람이 다 죽어버리는 것이지요.

일본 문화는 한마디로 죄는 문화입니다. 하치마키(머리띠)·다스키(어깨띠)·훈도시, 이거 다 죄는 거지요. 일본 사람의 성품은 분수처럼 죄는 데서 뻗치는 힘이 솟아나고,

한국 사람은 폭포수처럼 탁 풀어줄 때 줄기찬 힘이 쏟아져 내리는 것이지요. 일제 식민지 이후 우린 풀어줘야 일이 되는데 죄어버렸단 말이에요. 신바람을 다 죽여놨습니다. 사훈社訓을 걸어놓고 사가社歌를 부르고 하는 게 모두 일본식 그대로 받아들인 겁니다. 위정자들도 마찬가집니다. 풀어줘야 할 걸 바짝 죄어놓고는 '나를 따르라' 하니, 하던 짓도 멍석 펴놓으면 안 한다는 한국인이 잘할 일이 없지요.

일본 사람들은 죄어야만 일이 되는 자기들 민족성을 알고 그걸 잘 살려서 성공했는데, 우리는 풀어줘야 하는 민족성을 갖고 있으면서도 풀어주질 않고 자꾸 죄어서 민족의 역량을 반도 발휘 못 했던 것 같아요. 신바람이 나면 아무런 실리實利가 없어도 땅까지 팔아 갖다 바치는 게 한국인입니다. 이래서 사교邪教가 번창하고 계룡산이 아직까지 명맥을 유지할 수 있었다고 봅니다. 사교나 일부 종교 집단에서는 한국인의 성향을 나쁜 데로 이용해서 성공한 예이지만, 이젠 창조적인 면으로 신명의 문화를 살려가야지요. '좌로 가, 우로 가'의 일본식 집단주의가 아니라, 어깨춤이 나면 우리 민족은 단합도 잘하고 일도 잘합니다.

푸는 문화를 제대로 이해 못 하고 풀어주질 못하니까

부정적인 방향으로 나타나는 수가 많아요. 길바닥이나 버스에서 술 먹고 신나게 춤추고 노는 광경은 우리나라에서밖에 볼 수가 없어요. 또 죽일 놈 살릴 놈 하고 욕하며 감정을 발산하는 행위, 또 격렬한 정치적 저항의 전통, 이런 게 모두 제대로 풀어주지 않아서 그런 겁니다. 정치·사회·문화에 창조적으로 풀지 못하고 감정만 낭비하고 있지요. 신바람을 죽여놓으면 다스리기 힘든 민족이지만, 신바람만 살려놓으면 우리 민족만큼 다스리기 쉬운 민족도 없어요. 우리는 근대화 과정에서 일본을 너무 많이 본받았어요.

민족성이 완전히 다른 일본 방식을 따르니 저항이 오는 거지요. 신바람이 안 나니까 '이게 네 회사지 내 회사냐' 하고 일 안 합니다.

나라가 잘돼야 내가 잘될 텐데 돌아오는 게 없으니 안 따라갑니다. 일본 사람들은 돌아오는 게 없어도 특공대 조직해서 '너 나가서 죽어라' 하면 죽는다고요. 어떻게 보면 모자라는 사람들이지요. 민족성에 알맞은 제도와 문화적 환경을 마련해야만 그 민족의 잠재적인 창조성이 발휘될 겁니다.

일본은 산업체에서 품질 관리(QC)가 아주 성공한 나라입니다. 일본산 자동차의 고장률이 미국산 자동차의

3분의 1밖에 안 된다고 합니다. 사람들은 품질 관리도 집단적인 운동으로 합니다. 아침저녁으로 사훈을 외게 하고 만세를 부르고 사가를 부르지요. 하다못해 결혼식에서도 만세를 불러요. 우리는 만약 사훈을 외게 하면, 속으로 '웃기네' 할 겁니다. 사가를 부르라면 멋쩍어서도 부르지 못할 거고요. 그거 유치원 아이들이나 부르는 거지 다 큰 사람들이 왜 불러요.

우리는 모두가 비평가들입니다. 그래서 품질 관리도 미국인은 머리(논리)로, 일본인은 손으로, 한국인은 입으로 한다는 말이 있지요. 한국인은 쩨쩨한 거 싫어하고 숫자 따지기 싫어하는 데 반해, 일본인은 자잘하게 0.01까지도 따져요. 그러니까 일본식 친절을 그대로 한국 백화점에 갖다놓으면 너무 간사하고 형식적이라 해서 고객의 반응이 반드시 좋은 것만은 아닐 겁니다.

일본 TV 연속극에 〈미토고몽[水戶黃門]〉이란 프로가 있습니다. 도쿠가와 집안의 미토고몽이라는 사람이 일본 각지를 돌아다니며 약한 사람들을 도와주는 무용담인데요. 이 연속극의 끝 장면이 매일 똑같아요. 즉 미토[水戶]가의 문장이 새겨진 인로印籠(주머니)를 꺼내 들고 "이 사람이 누군지 아느냐" 하고 큰소리치면, 전부들 "하 몰라뵀습니다" 하고 무릎을 꿇는 장면으로 끝이 납니다.

이 연속극이 시작된 지 10년 가까이 되고 몇천 회를 거듭했는데도 대단한 인기를 끌고 있어요. 나 같은 한국 사람의 상식으로는 도저히 이해가 안 가는 일이죠. 그래서 일본 친구들에게 '저런 연속극이 한국에서 방영된다면 절대 1년 이상 계속 못 할 것이다' 하는 얘기도 해줬죠. 우리나라 TV나 라디오로 우리에게 맞는 프로그램을 개발해야지, 일본식이 너무 많은 것 같아요. 한국 사람들은 똑같은 소리 하면 아주 싫어해요. 그런데 일본 사람들은 인로가 언제나 나오나 기다리고, 그걸 확인하기 위해 그 연속극을 본다는 겁니다.

왜 또 소로분[候文](候라는 말을 사용하는 文語文의 일종)이란 것도 있죠. 말끝에 계속 되풀이해서 '소로[候]'라는 어미語尾를 붙여 만드는 문장이지요. 잘 알고 있는 사실도 확인하고 되풀이해야 안심을 하는 그런 민족이지요. 일본인들은 천 원 주면 "천 원 받았습니다" 하고 반드시 복창합니다. 우리나라에서 이러면 아마 '천 원 받은 걸 말 안 하면 몰라?' 하며 미친놈이라고 할 겁니다.

이병주 요즘엔 우리나라 백화점에서도 그런 식으로 복창을 합니다. 점원들 교육을 일본식으로 시키는 모양이지요?

꾀꼬리는 울고 공작새는 날개 펴는 정치

이어령 　한국 사람들은 복창을 시키면 싫어해요. 우리뿐 아니라
일본 이외의 세계 어느 나라에도 이런 거 없어요. 오히
려 처음엔 불쾌하더라고요. 내가 천 원 주고 3천 원 줬
다고 우길 사람이냐, 이런 거죠. 6백 원까지 물건을 사
고 천 원 내면 거스름돈 주면서 "4백 원 돌려드립니다"
하고 복창을 합니다. 그래서 한번은 어떻게 하나 보려고
450원 짜리 물건을 하나 사고 450원을 꼭 맞게 계산해
서 돈을 내니까 "조도 모라이마시타(꼭 맞게 받았습니다)"하
는 거예요. 일본에서 지하철이나 기차를 타면 귀찮을 정
도로 차내 아나운스가 많습니다. '다음 역은 어딥니다.
왼쪽 문이 열립니다. 윗시렁에 올려놓은 물건 잃어버리
지 마십시오. 손을 내놓지 마십시오. 여기부터 폼이 좁
아집니다. 어두워집니다. 밝아집니다······ 등등' 내가 세
어보니 전부 3백여 종류나 돼요. 하여튼 별별 소리 다 합
니다. 한국에서 그런 식으로 하면 친절은커녕 시끄럽다
고 짜증을 낼 것입니다. 우리 문화는 그렇게 멍석을 펴
놓는 문화가 아니에요. 우리나라 사람들은 멍석 펴놓으
면 하던 짓도 안 합니다. 일본인들은 안 하던 짓도 멍석
펴놓으면 한다고요.

　　일본에선 아주 조그만 부품 하나만 개선해도 신개발

품이라고 해서 아주 잘 팔립니다. 예를 들어 밥풀 안 묻는 주걱을 개발해 파니까 무지무지하게 잘 팔립니다. 신개발품이 나오면 무조건 사는(그런 사람을 '옷초코초이'라고 합니다마는) 사람이 40만 명쯤 있다는 거죠. 우리나라 사람들은 이런 상품 개발해도 사지 않을 겁니다. 신개발품에 대한 신기성이 없어요. 주걱에 밥풀 묻으면 쓱 한번 씻으면 그만이지 뭘 그거 돈 주고 사느냐 하는 식이지요. 일본 사람들은 사주니까 그런 걸 개발하지요. 신개발품이라면 사족을 못 써요. 그렇게 '신개발, 신개발' 떠드니까 경제가 발전되는지도 모르지요. 특허품에 대한 통계를 조사해 보면 이런 사실이 금방 드러날 겁니다. 한국의 특허품 가짓수가 적은 게 아닙니다. 다만 특허 상품이 상품화되는 건 10퍼센트도 안 된다는 거지요. 설혹 상품화해도 성공을 못합니다. 편리한 거 만들어줘도 안 사는 게 한국인들이에요.

한국인들은 치밀한 것, 섬세한 것보다, 수더분한 것, 소박하고 거친 것, 작은 힘으로 움직이는 조그만 것보다 큰 힘으로 움직이는 거대한 것, 작은 공간보다는 큰 공간을 좋아합니다. 그래서 정밀공업보다는 좀 거칠어도 되는 장치 산업에 더 적성이 맞는다는 거지요.

우리 위정자들이나 기업인들이 이런 한국인의 민족

성을 잘 알아야 할 것입니다. 꾀꼬리에게는 울 수 있게, 공작새에겐 날개를 펼 수 있게 만드는 것이 정치 아닙니까? 정반대로 엉뚱한 걸 시키니 신바람이 다 죽어버릴 수밖에 없지요.

『일본론』을 쓴 클라크 교수는 일본 생활에 숨이 막히면 한국에 간다는 이야기를 한 적이 있어요. 그러면 가슴이 탁 트이고 후련한 것이 꼭 자기 고국에 간 것 같다는 거지요. 일본인보다 한국인이 서양 사람의 체질에 더 잘 맞는다는 겁니다.

이런 걸 보면 서양식 민주주의가 한국에 맞지 않는다는 이야기가 틀렸다는 걸 알 수 있습니다. 한국의 문화는 개인을 존중하고 개인의 창의성을 북돋아주는 그런 문화 아닙니까? 개인의 신바람만 잘 살려주고 어깨춤만 잘 추게 해주면 됩니다. 그런 연후에 집단 문화를 형성해야 하지요. 개인을 다 죽여놓고 집단 문화만 강요하면 성공하기 힘들지요.

이병주 결국 우리가 이런 한국이란 것을 위정자들이 인정을 해야지요. 결핍된 상황도 풍요한 것처럼 여기는, 모방하지 않고 배우려 하지 않는, 그러한 성격을 그 딜레마에 있어서 파악을 해야 합니다. 우리 문화가 신바람의 문화란 건 한恨이 많아서 그런 것 아닙니까? 한이 많으니 신바람을 내서 막혔던 한을 풀어줘야지요. 어떻게 풀어줘야 하는 델리커시[機微]도 잘 파악을 해야겠는데, 성실히 그것을 풀려는 노력이 더욱 중요하겠죠.

이어령 국민은 훌륭했는데 지도자가 약했다. 그게 사실은 양자가 필연적인 인과관계를 가진 겁니다. 민중이 훌륭하면 그 민중은 다스리기가 힘들어요.

이병주 우리 국민이 훌륭하니까 현재 우리나라가 이만큼이라도 발전한 거죠.

이어령 맞습니다. 하여튼 어수룩하고 바보 같으면 다스리기가 쉬운데, 전부 똑똑한 사람뿐이란 말이에요. 그러다 보니 정치적 저항도 많았던 거죠. 우리 민족의 틀은 분명히 있는데 지금까지 그걸 잘 이용을 못했다고 봐요.

세상에는 장미꽃은 보지 않고 그 가시만을 보는 사람이 있는가 하면, 거꾸로 그 가시는 보지 않고 아름다운 장미꽃만 보는 사람도 있어요. 우리는 지금까지 꽃은 안 보고 가시 쪽만 많이 보아왔지요.

가령 '이번에 이병주 선생이 새로 소설 하나 썼는데 너 봤냐?' 이런 질문을 했을 때 '아니! 안 봤어' 이렇게 대답하면 이건 읽지도 않고 시원찮다는 평을 하는 거와 다름없습니다. 만약 '아, 그래! 난 아직 못 읽었는데'라고 하면 그 소설을 기대한다는 긍정적인 말이 됩니다.

같은 사실을 놓고 말할 때 같은 말이라도 그 톤에 따라 의미 전체가 달라지지요. 또 읽고 나서도 그래요. '그거 별거 아냐.' 기껏 열심히 써놓아도 '그거 별거 아냐'라는 소리를 들으면 신바람이 안 나요.

그래서 '에라, 이놈의 것 때려치우자.' 여기 있는 기자도 마찬가집니다. 매일 열심히 써대는데 '별거 아냐' 하면 기가 죽을 수밖에 없지요. 결국 '별거 아냐' 하는 말하고 '때려칠래' 하는 말하고는 함수 관계가 있다 이겁니다. '에이, 내가 언제까지 이거 해먹을 것도 아니고 이짓 집어치워도 먹고살 수 있어. 오늘이라도 그만둘 수 있어.' 이런 풍조가 사회에 만연하면 민족의 신명이, 가락이 없어지고 말지요.

우리가 일본을 이기는 길

이병주 국민이 신바람을 내도록 정치가 이루어졌으면 좋겠다는 말 아닙니까? 국민들을 신바람 나게 하면 그 결과가 또한 신바람이 나게 되는 거죠. 마땅히 그렇게 되어야 하는 건데 그게 어디 그렇게 되기가 쉽습니까. 그렇게 되기가 힘들다는 덴 갖가지의 이유가 있겠지만, 우선 지식인들의 각성부터 있어야 할 것 같아요. 서로 헐뜯는 바람에 지식인이 스스로의 격하 운동을 하고 있는 셈이거든요. 사회라는 것은 자기가 자기를 어떻게 대접해 주느냐에 따라 그 사람을 대접해 주는 겁니다. 갑이 을을 헐뜯으면 갑은 온전하고 을만 나쁘게 보일 것 같지만 천만의 말씀이죠. 그나마도 부족한 지식인들이 서로를 소중하게 안 여기면 어떻게 합니까.

지식인 얘기가 나왔으니 하는 말입니다만, 일본 지식인의 양과 질은 엄청나요. 무슨 문제가 제기되기만 하면 그것에 해답할 전문적 지식인이 수두룩하니까요. 일례를 들면 아프가니스탄의 어떤 계곡에 사는 동물을 알고 싶다 하면, 거기에 관한 전문적 지식인이 몇 사람인가 대기하고 있다는 얘기지요. 어떤 일이 있어 아르튀르 랭보에 관한 문헌을 챙겨보았더니 열다섯 살에 시작詩作을 시작해서 스무 살에 문필 활동을 포기한 채 서른일곱 살에 죽은 이 19세기 말의 시인에 관한 일본 측의 문헌이 3백여 종에 달하고 있습니다. 랭보의 경우가 이러하니, 다른 영역에 관해서도 능히 알 수 있지 않습니까?

나는 일본의 경제적 능력에 대해선 그다지 부럽다고 생각하지 않습니다만, 일본이 가지고 있는 지식의 총량總量과 그 지적知的 에너지는 정말 부럽습니다. 세계 최저의 문맹률, 세계 최대의 출판량, 서점마다 붐비고 있는 일본인들, 간다[神田] 고서점가古書店街의 장관, 이에 비하면 우리는 너무나 빈약해요. 지식에 대한 욕구가 현재와 같은 상태로 지속된다면 천년만년이 지나도 일본을 능가할 날이 있을 것 같지 않아요. 참으로 슬픈 일입니다. 지식의 양은 고사하고라도 지식 탐구의 욕심에서만이라도 일본을 이겼으면 하는데, 어린애 같은 소리지만 이건 절실한 나의 소망입니다. 그 밖의 일 갖곤 나는 별로 일본에 관심을 쓰지도 않습니다.

이어령 지금 이 선생께서 '일본을 이겨야 할 텐데……'라는 말씀을 하셨는데, 아마 이 점에 있어서는 다 똑같은 생각을 하고 있을 겁니다. 반드시 일본을 이긴다는 말이 무슨 스포츠나 전쟁의 승부 같은 것을 의미하는 것이 아니라 할지라도 우리는 무의식 속에 일본에 대한 강한 경쟁심이 있고, 또 그 라이벌 의식 속에서 창조적인 힘이 솟구쳐 나오기도 합니다. 인종도 언어도 종교 문화도 엇비슷하기 때문에, 거리도 바로 가까운 이웃에 있기 때문에, 더욱 라이벌 의식이 큰 것도 사실이지요.

그런데 우리는 그동안 밖에 있는 대적大敵보다는 안에 있는 소적小敵에 더 관심을 팔았던 것 같습니다. 거꾸로 되어야지요. 심지어 외적을 불러들여 내적을 치고, 대적을 불러다가 소적을 치는 어리석은 일도 있었어요. 이제 눈을 좀 현해탄 바깥으로 돌려 바깥 이민족의 굵직한 경쟁 상대와 승부를 하도록 한다면 신도 나고 단결도 잘 될 것입니다. 마침 이 대담이 8월에 나갈 것으로 압니다마는, 이제부터는 '우리가 일본에 어떻게 당했는가?'의 고발적인 반일보다는 '우리가 일본에 왜 당해야만 했는가?'의 자성적 방일론自省的防日論으로, 그러고는 우리가 일본을 이기는 길이 무엇인가를 따지는 적극적인 지일론知日論으로 방향을 틀어야 할 것으로 압니다.

우리에게는 불행하게도 전문적인 일본 연구가가 없어요. 일본사나 일본 사회, 일본 문학을 학문적으로 깊이 연구할 수 있는 기관도 국내에는 없습니다. 나는 일본 문화론을 쓰면서 내가 그동안 얼마나 일본을 모르고 있었는가에 대해서 마치 항복 조인서를 쓰고 있는 느낌이 들어 괴로웠습니다. 일본을 위해서가 아니라 우리를 위해서 일본을 알자는 겁니다. 원점으로 돌아갔습니다마는, 우상虞裳의 경우처럼 칼이나 주판으로 싸우기보다 '붓'을 가지고 싸울 때 우리는 일본보다 강할 수 있습니다. 이 유리한 문화의 고지高地를 확보해야 될 것입니다.

한일 관계는 정치인·경영인보다 지식인에 의해 새 국면을 펼 수 있다고 나는 믿고 있습니다. 만약 이병주 선생이 일본에 소설 독자 백만 명을 갖게 되는 날을 상상해 봅시다. 한국의 판소리를 브람스의 음악처럼 듣고 『춘향전』을 『주신구라[忠臣藏]』처럼 사랑하게 될 일본인들을 생각해 봅시다. '필발산하筆拔山河'라는 연암의 표현이 거짓말이 아니라는 사실과, '고백은 할 줄 알아도 참회할 줄은 모른다'는 일본인이 지난날 한국을 침략하고 멸시했던 그 반달리즘의 역사에 대해서 부끄러움을 갖게 될 것입니다. 일본 안에서는 80만에 육박하는 재일 한국인의 지위가 달라질 것입니다. 그것은 일본의 변화가 아니라 바로 한국 자체의 변화를 의미하는 것이기도 할 것입니다.

이병주 이어령 씨의 『축소지향의 일본인』론은 정말 수발秀拔한 탁견이었습니다. 거듭 경의를 표합니다. 그런데 내가 노파심으로 말씀드리고 싶은 것은, 어떤 문화론이건 바늘한 개로써 기운 자수刺繡처럼은 될 수 없다는 얘깁니다. 일본 문화도 예외가 아니어서 정제된 기승전결起承轉結로 쓸어 담을 수 없는 부분이 많다는 것을 염두에 두어야 할 것입니다. 그리고 그 쓸어 담을 수 없는 부분에 뜻밖에도 소중한 것이 있을 수가 있습니다.

예컨대 오카쿠라 덴신[岡倉天心], 세이슈[西周], 미나카타 구마쿠스[南方熊楠], 스즈키 다이세쓰[鈴木人拙] 같은 사람에 의해 대표되는 일본인의 확대 지향의 사상입니다. 그들이 대표하는 확대 지향이 결코 축소 지향에 맞먹는 양과 질을 가지고 있는 것은 아니지만, 그 부분을 결락缺落하면 모처럼의 대논문大論文이 설득력을 가진 재치 있는 독단론처럼 되어 위신을 잃을 염려가 있는 것입니다.

그리고 이어령 씨께선 일본의 경제적·군사적 확대 지향에만 중점을 두어 그 문맥으로선 적절한 충고를 하고 있습디다만, 내 욕심으로 말하면 일본인의 의식이 언제나 세계적인 규모로 확대되길 바라는 말이 있었으면 합니다.

오늘날 한국과 일본이 공존공영할 수 있는 하나의 길은 일본의 정치인, 실업인, 문화인이 세계적인 규모로 그들의 의식 구조를 확대하는 진지한 노력에 있다고 생각합니다.

그렇게 되었을 때 그들은 비로소 세계 평화를 논할 수 있게 되는 것이며, 목전의 타산에 급급하여 경제 협력을 주저하는 등 쩨쩨한 태도를 버리게 될 것이며, 비록 수백억의 손실을 보더라도 그것으로써 인국隣國에 평화를 이룩할 수 있으면 필경엔 일본의 국익에 결정적인 행운이 될 것이라는 인식에 그들이 도달할 수 있을 것 아니겠습니까.(이어령, 『한국과 일본과의 거리』, 삼성출판사, 1986.)

우리의 힘 길러야 극일克日 가능

대담자: 조규하曺圭河

과거 청산이 시급한 문제

조규하 한일 간에 국교 정상화가 이루어진 지 올해로 만 20년이
됩니다. 그러나 이 시점에서 한국과 일본이 진정한 의미
의 관계 정상화를 이룩했다고 보기에는 많은 어려움이
있습니다.

　　　양국 정부 간의 국제법상 관계는 정상화됐지만 보다
더 근본적인 국민의 마음과 마음끼리의 관계 정상화는
없었다고 볼 수 있습니다.

이어령 국교 정상화는 처음에는 외교·정치·경제 등 공식적 부
문을 중심으로 추진되다 궁극적으로 국민의 마음과 마
음 사이의 선린 관계를 이룩하는 경로를 밟는 것입니다.

　　　그런데 한일 간에는 정부 간의 이해관계를 전제로 한
외교가 있을 뿐입니다. 서로 필요에 의한 거래를 하고
있지만 정신적인 태도, 감정은 20년 전이나 지금이나 마

찬가지로 응어리가 풀리지 못한 상태이지요. 따라서 이 해관계만 달라지면 양국 관계는 얼마든지 악화될 소지도 많다고 봅니다.

조규하 일각에서는 이를 기성세대의 편견으로 돌리고 젊은 세대는 이에서 벗어나야 한다고 주장하지만, 한일의 과거는 아직 청산이 되지 않았고 일본인들의 진정한 뉘우침도 없었던 것 같습니다

이어령 일본인들은 매사에 정리를 잘하고 선을 잘 분간해서 긋는 민족인데도 한일의 과거만 청산되지 않는 이유는 무엇인가 알아볼 필요가 있습니다. 일본인들은 한국 사람들이 청산을 않고 있다고 주장합니다. 전진적 태도를 가진 일본인에 비해 과거 지향적인 한국인들이 과거에만 여전히 집착하고 있다는 것이지요. 그러나 현실적으로 일본인들은 전혀 달라지지 않았어요.

양국 간의 과거에 책임이 있는 구세대들이 여전히 경제를 비롯한 각 분야를 장악하고 있고, 군국주의 슬로건이 오늘날 경제 대국주의로 바뀌었을 뿐입니다. 한일의 과거 군사적 관계는 경제적 관계로 바뀌었을 따름이며, 일본인들은 대동아 공영권人東亞共榮圈이라는 아시아관을 아직도 버리지 않고 있습니다. 태평양 전쟁은 아직 끝나지 않은 것이라고 이해할 수도 있어요.

과거 아시아라는 초원을 뜯어먹던 일본이라는 양¥을 미국이라는 목동이 다시 수탈하던 힘의 관계는 일본이 커져 아시아뿐 아니라 이제 미국마저 초원화하려는 경제 전쟁으로 양상이 달라졌습니다. 일본은 경제적 측면에서 아시아에 대한 지배 관계를 갈수록 강화하고 있습니다. 급속한 경제 성장을 해온 신흥 공업국 중 싱가포르는 이미 오래전에, 그리고 타이완도 점차 대일 의존도가 심화되고 있습니다. 다만 한국만은 미일로 의존도가 나눠져 있지요.

이러한 상황에서 한일 간의 진정한 국교 정상화는 요원하고 또 일각에서 주변 중심 관계라든지 신식민주의라고까지 얘기되는 현상이 개선되지 않을 경우 양국은 큰 불행을 겪게 될 가능성도 있다고 보아야 할 것입니다.

조규하 한일 관계에 대한 양 국민의 시각이 서로 열려 있지 않아요. 일본인들은 우리가 과거를 청산하려 않는다고 하지만, 그들은 분명 있었던 과거 사실에 대한 청산 노력을 하지 않았고 책임감도 느끼지 않고 있습니다.

물론 지난해 전두환全斗煥 대통령의 방일 때 일본 천황의 유감 표명이 있었고, 일본 역사에 있어서 한국인의 역할을 평가했다는 사실은 주목돼야겠지만, 양국 정부는 과거 청산 작업을 더욱 강화해야 할 것입니다.

체계적인 일본 연구 기관이 필요

이어령　양국 간의 전진적 자세는 분명 필요하며 정이나 도리
에 집착하는 것도 문제가 있는 것 같습니다. 일본인들은
'분하면 위대해져라'는 그들 속담처럼 치열한 승부 세계
에 살고 있습니다. 도움이 안 되면 제 자식도 버리는 그
들이 한국에 대해서도 다를 바가 없을 것입니다. 특히 치
열한 일본 기업들 간의 경쟁상을 살펴볼 때 그들의 미온
적 경협經協 태도를 탓하고만 있을 수도 없는 것입니다.

그러나 한일 간의 정상적 관계를 위해서는 일본 천황
의 유감 표명 이상의 현실적인 전환점이 있어야 합니다.
교포 지문 날인이나 교과서 왜곡 같은 현실 문제에 대한
반성과 전진이 있어야지, 허공을 향한 전진은 소용없는
것입니다.

그럼에도 그들의 태도는 바뀔 않고 있어요. 지난해
그들의 만 엔 지폐에서 이토 히로부미를 빼고 집어넣은
인물은 한국을 지옥의 나라라고 지칭하고 탈脫아시아를
부르짖으며 아시아는 안중에도 없었던 자입니다.

결국 청산의 길은 일본인들이 청산 노력을 하지 않을

수 없도록 만드는 우리의 능력을 기르는 것뿐입니다. 이를 위해서는 국민 개개인의 존엄성과 가능성을 높여야 할 것입니다.

조그만 이익 때문에 일본인들에게 향락의 대상을 제공하고 정보를 파는 등 우리 자신을 비하시켜 온 사실에 대해 이 시대의 정치인과 경제인들은 반성해야 합니다.

조규하 일본인들은 패자가 승자의 권리를 무조건 인정합니다. 그들은 한국에 대해서도 마찬가지로 생각하지만, 우리 국민은 사람이 어떻게 그럴 수 있느냐고 생각하는 등 사고의 기준이 다릅니다. 따라서 우리가 극일克日의 힘을 기르지 않고는 진정한 국교 정상화는 기약할 수 없다고 봅니다. 특히 일본이 이룩한 경제 성장과 이를 뒷받침한 국제 경쟁력, 기술 혁신 그리고 성공적인 소득 분배는 우리가 따라잡아야 할 과제이지요.

이어령 우리 국민 개개인의 우수성은 일본인들이 잘 알고 있습니다. 어릴 때부터 한국인한테만 늘 뒤졌었다는 콤플렉스를 토로한 일본 지식인들도 있어요. 그러나 일본에 비할 때 이 같은 개개인의 우수성을 집약해 국가 발전으로 동인화動因化시키는 핵이 우리에겐 뚜렷하지 않은 것 같습니다.

일본 교과서의 한국 관계 왜곡 사건이 터졌을 때 한국

에서 온 국민의 분노가 들끓는 것을 본 일본 사람들은
한국이 일본을 누르기 위해 본격적인 작업을 시작할 것
으로 믿고 있었어요. 그러나 그 후 체계적인 일본 연구
소 하나 세워지지 않고 전시적인 독립기념관만 계획하
더라는 말을 하더군요.

유용한 경쟁자로서의 활용 방안

조규하   일본인들은 '내가 만난 한국인들을 미뤄볼 때 세계에서
가장 무서운 존재가 한국이며 세계 발전의 핵이 될 것'
이라고들 합니다. 우리의 발전은 과연 일본을 유용한 경
쟁자로서 어떻게 활용하느냐에도 달려 있다고 봅니다.
우리는 아직 일본을 어떻게 생각해야 하느냐 하는 대일
對日 논리가 정립돼 있지 못한 것도 문제라고 봅니다.

이어령   일본은 지금 한국의 존재가 없이도 국가를 유지해 나갈
수 있지만 우리는 대일 관계가 절대적으로 긴요한 실정
입니다. 우리의 발전에 일본을 활용하기 위해 감정적 태
도를 버리고 일본을 초원이나 양 떼로 만들 수 있는 길
을 찾아야 합니다. 일본이 발전의 지표로 삼던 미국을
따라잡게 되자 한국의 추적을 채찍 삼고 있다는 점은 시
사적입니다.

또 그들은 21세기 전략에 있어 첨단 기술 개발을 통한 기술 입국技術立國과 방위력 강화를 강조하는 한편, 한국을 동반자로 삼아 21세기의 영도자가 되겠다고 주장합니다. 이 같은 생각의 이면에는 2억 인구는 돼야 세계사를 주도할 수 있으며, 따라서 한국을 보완 수단으로 삼겠다는 발상도 깔려 있다고 봅니다. 그렇다면 일본은 부메랑 효과 운운하며 한국이 쫓아온다고만 떠들지 말고 비교 우위가 낮은 산업이나 기술은 과감히 한국에 이전, 자신의 신기술 개발의 촉매로 삼아야 할 것입니다. 약육강식 과정에서 우생 종자만 남듯이, 섬유·제철 등 자신에게 한물간 산업에 집착하지 말고 과감히 기술의 우생학을 채택하는 것이 일본을 위해 유익한 길인 것입니다.

그러나 우리 자신도 일본에 대한 태도와 인식을 바꿔야 합니다. '사돈의 팔촌'을 따지고 법통과 예의를 주장하는 논리는 힘과 실력 위주의 일본인들에게 통하지 않습니다. 일본인들은 한국의 대일 논리를 '엄살의 논리'로 말합니다. 엄살만 부리면 그들은 얼마든지 다시 밟으려 들 것입니다.

예로부터 일본인들은 구혼을 하러 갈 때는 옷 속에 칼을 품고 가 3분의 1쯤 바깥으로 드러내 보인다고 합니다. 이것은 그들의 전래의 관습이며 정중한 구혼의 이면에 결연한 각오가 숨어 있다는 것을 표시하는 것이지요. 우리는 일본인들의 친절성과 독한 면의 두 가지 상충된 성격이 어떻게 접목되는가를 깨달아야 합니다.

조규하 우리 사회에 일본을 아는 사람이 많지 않습니다. 겉모습 등 여러 가지가 비슷한 것 같지만, 한국인이 선비적인 반면 일본인은 사무라이적인 면이 있는 등 깊이 보면 크게 대조적입니다. 이러한 일본인들에게도 이해시킬 수 있는 우리의 대일 논리 정립이 긴요하지요. 또 경제적인 면에서는 복교復交 후 엄청난 대일 무역 적자를 보며 일본에 이득을 주어왔는데, 이 같은 현상을 시정하는 것이 무엇보다 긴요합니다.

이어령 국가의 경제가 타국에 예속되면 정치를 비롯해 모든 것이 예속되기 마련입니다. 자칫 잘못하면 최근 학생들 주장처럼 신식민주의의 우려가 단순히 우려로 끝나지 않을 가능성도 있습니다. 무역 역조 등에 대한 일본의 태도를 개선만 하라고 해서 개선될 일이 아닙니다. 미국과 일본 사이의 문제를 보면 이 같은 사실이 더욱 분명해집니다. 더욱이 미국은 일본에 대해 압력을 가할 수 있는 여러 가지 방법이 있지만 우리에게는 숨겨놓은 카드도 없어요.

이 같은 측면에서 경제 전문가는 아니지만 우리는 기

술 도입 등의 대상을 미국과 유럽 쪽으로 대폭 다변화시켜 되도록 일본에 대한 경제 의존을 줄이는 것이 바람직하다고 생각합니다. 나아가 구미의 자본·기술과 우리의 우수한 인력을 합해 일본 시장을 장악할 수도 있지 않겠는가 생각됩니다. 일본이 경제적으로 우리를 압도하기 시작하면 미국 등과는 달리 거리가 가깝고 문화가 비슷한 그들이 우리를 다시 넘보지 않는다고 장담할 수 없어요.

조규하 최근 세계 각국이 한국을 '제2의 일본'이라고 경계하는 움직임도 있지만, 일본의 무역 독주를 막기 위한 협조자로서 인식되는 분위기도 강한 것입니다. 국내 각 자동차 업체들이 미국 유명 업체들과의 합작 투자를 모색하는 것은 좋은 실례이며 고무적인 일이라 볼 수 있습니다.

우리의 궁극적 경쟁자인 일본과 경쟁해 나가기 위해 철저한 대처 방안이 필요합니다. 예를 들어 환율 같은 경우, 우리의 대외 교역에 있어 일본이 차지하는 비중에 맞게 환율 바스켓에서 일본 엔화의 가중치를 높여야 할 것이며, 이 같은 여러 가지 문제를 연구하는 일본 연구소가 생겨나야 합니다.

자본주의 철학의 정립

이어령 우리가 실력으로 일본의 과거 청산 노력을 유도하기 위해서는 우리 사회의 경제 활동에 대한 인식이나 태도도 바뀌어야 합니다.

우리 역사를 살펴보면 한 번도 중상주의적 국시重商主義的國是를 내걸었던 적이 없어요. 또 우리 사회는 경제 종사자들을 '장사꾼'이라며 편견을 갖고 보고 있습니다. 그러나 이제 우리가 일본에 경쟁해 나가기 위해서는 이들 '장사꾼'의 역할에 전적으로 기대를 걸어야 합니다.

일본은 과거 무인武人 계급들이 실패한 세계 제패를, 오늘날은 '장사꾼'들이 거뜬히 해내고 있습니다. 또 우리로서는 '패전국인 일본이 승전국인 미국을 제압하고 나서는 상황에서 식민 지배를 받았던 우리가 침략국인 일본을 압도하지 말라는 법이 있겠는가'라는 각오로 일본을 철저히 알기 위한 노력에 매진해야 할 것입니다. 일본과의 문제는 우리의 생존 문제와도 직결됩니다.

한일 복교 후 지난 20년간은 우리가 뒤졌지만, 앞으로의 20년은 역전의 기간이 돼야 하며, 이때야 비로소 진정한 의미의 한일 간 국교 정상화가 이루어질 것입니다. 이쑤시개 하나, 양말 한 짝을 그들의 눈치를 보며 만들어야 하는 상황에서 국교 정상화는 의미가 없다고 봅니다.

조규하 긍정적으로 보면 우리가 일본 같은 경쟁자를 둔 것은 다행한 일입니다. 기술을 비롯해 일본의 앞선 면을 배우기 위해 '만 명 유학생 보내기 운동'이라도 전개해 보았으면 하는 생각도 듭니다. 또 한일 관계 정상화의 밑거름은 우리의 경제력 증대에 있으며, 따라서 한국의 자본주의 정신을 제대로 정립하는 것이 시급한 과제입니다.

이어령 아기가 태어날 때 자궁을 상하게 하지 않기 위해 주먹을 쥐고 나옵니다. 오늘날 우리의 발전의 자궁인 자본주의 체제는 결코 다쳐서는 안 될 것입니다. 일본과의 진정한 국교 정상화의 길은 올바른 자본주의 철학의 정립을 통해 우리 국민 개개인의 탁월한 재능을 국가 발전으로 응집시킴으로써 일본 스스로가 과거 청산의 노력을 하도록 만드는 데 있다는 점을 경제인·정치인·지식인을 비롯, 모든 사회 구성원들이 명심해야 할 것입니다.(이어령, 『한국과 일본과의 거리』, 삼성출판사, 1986.)

현대 문명과 그 예술의 출구

대담자: 윤이상尹伊桑

이탈離脫의 접근

"숲속에 있을 때는 그 숲을 모릅니다. 밖에 나와야 그 숲을 볼 수가 있지요. 마찬가지입니다. 태내에 있는 아기는 어머니의 사랑을 알지 못합니다. 그리고 그 모습도 탯줄을 끊고 모체와 단절되는 순간 도리어 어머니를 보고 느낄 수가 있습니다. 사람은 떠나면서 가까워지는 모순 속에서 살고 있는가 봅니다. 내가 한국에서 살고 있을 때는 한국의 본질이나 그 귀중한 값어치를 잘 몰랐어요. 이렇게 고국을 떠나 먼 땅 유럽에서 생활하면서부터 비로소 나는 한국의 모태로 접근할 수가 있었습니다."

윤이상 씨는 가족과 함께 프랑스의 로양에서 열리는 제10차 현대 국제 예술제에 참석하려고 잠시 파리를 지나는 길이었다.

4월 12일, 봄인데도 파리는 한국의 꽃샘추위를 떠올리게 하는 싸늘한 날씨였다. 카르티에 라탱의 작은 카페에서 내가 윤이상 씨와 마주 보고 앉았을 때, 그는 맥주 한 잔을 시키면서 이렇게 이야기의 실마리를 풀어놓았다.

자신의 설명을 듣지 않더라도 육십 대로 접어들고 있는 초로의 이 음악가에게서 풍기는 체취는 그의 국제적인 명성과는 상관없이 한국의 시골 농부를 느끼게 했다. 얼굴이 까만 편이라서만 그런 것이 아니다. 거센 경상도 사투리가 그대로 남아 있거나 가끔 웃는 미소 때문만도 아니다.

분명히 그는 끝없이 떠나면서 끝없이 한국으로 돌아오고 있는 역설의 여행자였던 것이다. 그의 음악적인 비법 역시 바로 '이탈의 접근법'에 있는지도 모른다.

"유럽에서 발표된 내 음악은 지금까지 30여 점이 됩니다마는 그것이 표면에 나와 있든 안으로 숨어 있든 내 예술의 아키타이프(원형)를 이루고 있는 것은 동양 철학, 그중에서도 노장 철학과 한국의 풍토에서 자라난 생활 체험입니다. 물론 서양은 나에게 그러한 동양의 정신을 음악적으로 표현할 수 있는 기술을 주었지요. 그러나 마지막에 남는 것은 그런 기술의 문제가 아닙니다. 강을 건너는 데 돛단배를 타고 가느냐 기선을 타고 가느냐의 차이에 지나지 않아요."

자신의 음악을 키운 것은 서양이 아니라 어디까지나 동양이었다는 것을 강조하기 위해서 어렸을 때의 경험으로 화제를 옮겼다.

무당굿, 한국의 오페라

윤이상   어렸을 때 내 주변을 스쳐 간 소리들, 한국에 태어나지 않았던들 결코 듣지 못했을 그 많은 소리들, 그런 것들이야말로 내 영원한 음악의 스승이며 내 영혼의 악기였다고 생각됩니다. 마을에서 마을로 떠돌아다니던 남사당패의 노래, 잔치 때만 되면 풍악을 울리던 기생들, 창극, 무당들의 굿, 어머니를 따라 절간에 가서 듣던 신비한 인경 소리와 목탁 소리. 우연히 들었던 한국의 이 독특한 음조들이 하나의 호흡처럼 계속해서 내 몸을 드나들고 있습니다. 서양 음악을 알기 전에 나는 한국의 음 속에서 눈을 뜬 것입니다. 처음 초등학교에 들어가 서양의 음계를 들었을 때 오히려 나에게는 그것이 생소하게 느껴졌으니까요.

이어령   뉘른베르크에서 윤 선생님의 오페라 〈요녀妖女의 사랑 Geiste Liebe〉을 처음 들었을 때 무당이 '굿하는 것 같은 인상'이 들더군요. 특히 서양의 전통적인 오케스트라에서는 찾아볼 수 없는 소리들, 그러니까 오페라 극장이 아니라 절간에나 가야 들을 수 있는 목탁 소리, 무당집에서나 들을 수 있는 방울 소리, 그리고 시골 두레꾼들이 치는 징 소리 같은 것들, 그런 음향들이 많이 섞여 있었다고 기억됩니다.

윤이상 그렇습니다. 그것들은 내가 즐겨 쓰는 타악기들입니다. 그때 사용한 북은 실제로 한국에서 가져온 것입니다. 서양 악기들이 지닌 한계를 뛰어넘기 위해서 나는 그러한 타악기에서 새로운 가능성을 찾은 것이지요. 그리고 무당굿이라고 하니까 연상이 됩니다마는 어렸을 때 나는 유난히 무당의 푸닥거리 구경을 좋아했습니다.

사실 미신이라는 면을 떠나서 하나의 예술적인 관점에서 볼 때 무당굿은 '한국의 오페라'라고 부를 수 있지요. 우선 무대가 있지요. 관객이 있습니다. 배경도 있습니다. 그것을 보고 빨갛고 노란 현란한 색채들의 포목들을 둘러친 것은 일종의 무대 세트입니다. 촛불은 움직이는 조명 장치입니다. 그리고 거기에는 애절한 극이 있습니다. 억울하게 죽은 처녀, 한을 그대로 지니고 죽은 촌부들의 영혼을 부르고 그것을 풀어주는 사연이 있지 않습니까? 물론 징을 치고 방울을 흔드는 악사들과 무가라는 독특한 음악, 또 신이 들려 춤을 추는 황홀한 율동의 춤이 있습니다.

나만이 아닐 거예요. 많은 무당 중에서도 젊고 예쁘고 노래 잘 부르는 상무당이 나오면 동네 사람들의 인기를 독점합니다. 서양식으로 말하면 이 상무당은 '프리마돈나'라고 할 수 있지요. 한마디로 표현한다면 무당굿거리는 한국 무대 음악의 '알'이라고 할 수 있습니다. 40년 전 시골 마당에서, 지금 수천 명의 서구 관객들이 모인 뉘른베르크의 오페라 극장에서 〈요녀의 사랑〉을 작곡한 나 자신의 음악을 듣고 있는 '나', 이 두 개의 나는 서로 떼어낼 수 없는 존재라고 생각합니다.

이어령 세 살 때 배운 말 그것이 시인의 언어가 된다는 말이 있지요. 윤 선생님은 어렸을 때 듣던 한국의 음조 속에서 이미 오늘의 음악을 잉태한 것이라고 말할 수 있겠습니다.

윤이상 비단 구체적인 음악만이 아닙니다. 나는 어렸을 때 이상스러운 경험을 한 적이 있어요. 우리 집 뒤편에는 나직한 야산이 하나 있었는데 밤에 자려고 하면 이상한 환청같은 처량한 노랫소리가 들리곤 했습니다. 몇 해 동안을요. 분명히 그것은 남자의 목소리 테너였고 그 노랫소리는 무한 선율이었다고 기억됩니다. 그 산에는 인가라고는 없었지요. 그리고 보면 내가 들었던 그 노랫소리는 실제의 노래가 아니라 내 마음속에 잠재해 있던 무의식의 노래였는지도 모릅니다.

강에는 수원이 있기 마련이다. 그러나 으레 수원은 어렴풋한 어느 골짜기, 식별하기조차 애매한 안개 속에 잠재해 있는 법이다. 윤이상 씨의 음악적인 근원은 이렇게 무당의 노랫소리를 지나 잠결에 듣던 인경 소리, 그리고 실재하지 않는 무의식의 환청 속으로까지 파고든다. 그 자신이 고백하고 있듯이 자신의 음악적 특징의 하나인 세레모니얼[儀禮的]한 신비적인 분위기는 그가 어렸을 때 들은 징 소리나 인경 소리와 같은 타악기를 재현시킨 데서 오는 것이다.

그러한 동양적 타악기가 갖는 음색의 특징은 '즉흥적인 하소연'이라는 것이다. 그는 어렸을 때 수동적으로만 한국의 음악적 색조를 받아들였는가? 그때부터 그는 적극적으로 음악을 창조해 보려는 어떤 반응을 보였던가? 그때 작곡 같은 것을 생각해 보았느냐는 질문에 대해 흥얼거림이 최초의 작곡이라고 했다.

흥얼거림과 어깨춤

윤이상 이따금 혼자서 무슨 가락인지도 모르는 노래를 멋대로 흥얼거렸습니다. 이것이 내 최초의 이름 없는 작곡입니다. 심심할 때, 슬플 때, 즐거울 때, 혼자서 흥얼거린다는 것, 이것은 나만의 체험이 아닙니다. 서양 아이들은 그러지 않습니다만, 한국의 애들은 곧잘 제멋대로 가락을 꾸며 노래인지 푸념인지 흥얼거리는 전통을 갖고 있어요. 특히 아녀자들이 그렇습니다. 기생된 음악을 본떠서 부르기보다 옛날 시집살이를 하던 아낙네나 아기 보는 아이들은 양지바른 툇마루, 또는 부엌 아궁이 앞에서 넋두리처럼 자기 신세타령을 즉흥적인 노래로 지어서 흥얼거리는 습관이 있습니다. 서양에서는 대개 그럴 때 민요를 부르지요. 그런데 민요 하나만 보아도 이미 서양 것은 구성적이며 전문 의식적입니다. 뚜렷한 틀이 있다는 겁니다.

그러나 한국인(동양)들은 물질적으로 분석적인 것을 싫어하고 융통성이 있는 즉흥적인 요소를 좋아하기 때문에 미리 짜여진 것보다는 그 기분(음악적 동기動機)을 모방합니다. 이것 역시 한국인이 지닌 음악의 한 특성이며 재산이라고 생각합니다. 멜로디 하나하나가 문제 되는 것이 아니라 그것의 종합적인 모티프, 한국인은 직접 그것을 전적으로 파악하는 재능이 앞서 있습니다.

이어령 음악만이 아닙니다. 춤의 율동 감각도 그런 것 같습니다. 시골 아이들은 곧잘 혼자서 어깨춤을 으쓱으쓱 잘 춥니다. 일정한 양식은 없어도 리듬의 전체적인 분위기를 포착하고 그것을 제 나름으로 즐기지요. 한국인의 '흥얼거림'과 '어깨춤', 분명히 이것은 한국인의 예술적 표현의 원초적인 바탕이라고 볼 수 있을 것입니다. 그러나 예술은 그것만으로는 되지 않는 것이지요. 우리가 휴식이라고 할 때, 보통의 경우는 그냥 잠을 자든지 누워서 뒹구는 것입니다. 그러나 휴식이 어떤 문화 형태를 가지려면 액티비티(적극적인 활동)의 단계로 들어가야 합니다. 낚시질이나 사냥이나 바둑은 하나의 휴식을 위한 행동이지만 누워서 뒹구는 것과는 달라요.

흥얼거림이나 어깨춤이 적극적인 형태를 띠고 나타날 때 예술의 차원으로 그것이 발전되어 갈 텐데 우리는 그 상태에서 머무르고 있지 않았나 하는 비판도 있을 수 있어요.

윤이상 그렇습니다. 나를 키운 것은 막연하고 무의식적인 한국의 그 유년 시절에서 겪은 일상 체험만은 아니었습니다. 다행히도 우리 집은 한학자의 집안이었기 때문에 어려서부터 한문을 배웠습니다. 책을 통해서 본 동양 사상, 그것이 함께 섞여짐으로써 '동양인의 소리'가 서서히 나의 내부에서 성장해 갔다고 볼 수 있습니다. 음양의 원리, 무한과 융합의 세계, 한문을 읽었던 서당 아이는 작은 호흡으로나마 이미 이러한 동양 사상의 냄새를 맡게 된 것이죠.

윤이상 씨는 철학자가 아니다. 언어로 생각하고 표현하는 사람이 아니라 어디까지나 '음音'을 통해서 그는 동양을 사색하고 동양을 나타낸다. 대체 음양 사상이 '음音'의 세계 속에서는 어떻게 번역되어 나타나는 것일까? 구체적으로 동양 철학에서 생겨났다는 그의 음악은 서양 문화를 배경으로 한 서구 음악의 형태와는 어느 점에서 다른가? 이 궁금한 문제를 알아보기 위해서 나는 옆자리에서 떠들어대는 파리의 젊은이들보다 한 옥타브 높은 말로 그에게 다시 질문을 던졌다.

음악가의 밭

윤이상 씨는 그것을 설명하기 위해서 지극히 일상적인 예를 들었다. 음악가가 하나의 작품을 창조하는 데는 세 가지 요소가 필요하다는 것이었다. 첫째는 토양이고, 둘째는 기술, 셋째는 자료라는 것이다. 농부가 곡식을 얻는 것과 비슷하다. 그는 밭에다 농작물을 심는다. 그리고 그것을 가꾼다. 밭은 토양이고 그것을 갈고 도구로써 거두는 것은 기술이요, 거기서 자라는 배추나 무는 자료인 셈이다.

창조의 가장 근원에 있는 것은 첫 번째의 것, 바로 그 토양이 되는 밭인 것이다. 밭은 무한한 가능성을 가질 수 있다. 그것은 무를 키울 수 있고 배추를 자라게 할 수도 있으며 다른 초목을 움트게 할 수 있다. 기술이나 자료는 일시적인 것이지만 밭은, 침묵하는 그 토양은 영원불멸의 것이다. 서양 음악가들은 '서양의 밭'

에서 여러 가지 음악의 열매를 땄다. 마찬가지로 동양의 음악가에게는 '동양의 밭'이 있다. 제각기 다른 토양의 성질, 그것이 바로 한 문화권이 갖는 정신이요, 전통이라는 것이다. 기술이나 자료는 시대에 따라서, 필요에 따라서 바꿀 수가 있다. 호미로 매던 밭을 트랙터로 갈 수도 있다. 그러나 밭 그것만은 바꿀 수가 없다는 것이다.

그렇기 때문에 위대한 예술은 토양의 산물이 아니라 토양 자체로 화해 버린다. 이미 한 시대가 가도 그것은 영원한 창조력을 가지고 영속한다. 이를테면 '바흐Bach'가 그런 것이다. 바흐의 음악은 기술과 재료를 뛰어넘은 토양 자체이므로 더 보탤 수도 뺄 수도 없는 완벽성을 지니고 있다. 서구의 음악가들은 막다른 골목에 이르면 으레 "바흐로 돌아가라"고 외친다. 왜냐하면 그 음악은 창조의 근원인 토양이요, 풍토로 화해 버린 까닭이다. 이것이 윤이상 씨의 음악 토양론의 골자이다.

윤이상　결국 동양 사상에 내 음악의 뿌리를 박았다는 것은 바로 서양 음악가들이 자기네들의 토양 속에서 음악을 창조하고 있다는 말과 똑같은 이치입니다. 예술가가 이 토양을 갖지 않을 때, 그것은 자라지 못하고 시듭니다. 기술이나 자료는 모방할 수 있어도 토양은 꿔올 수 없는 것입니다. 그래서 흔히 나는 한국적이라 해서 흥타령이나 새타령 같은 것을 서양화해서 작곡하는 것에 대해 반대를 하는 사람입니다. 왜냐하면 새타령이나 흥타령은 하나의 '토양'이 아니라 그 토양에서 어느 한 시대에 자라난 생장물이기 때문입니다. 그것은 한국적 토양이 아니라 한국의 한 기술이며 재료라고 표현하는 것이 옳습니다. 참으로 동양적인 것과 한국적인 것의 의미는 바로 새타령이나 흥타령이 아니라 그것을 낳게 한 토양에 있는 것입니다.

그래서 그런지 윤이상 씨의 〈심청전〉 오페라에는 한국의 전래적인 민요를 거의 도입시키지 않고 있다. 뱃사공들의 노래에만 약간 그런 색채가 들어 있을 뿐이다.

정靜·동動 그 무한 선율

그 토양은 어떻게 다른가? 동양과 서양의 모든 차이를 낳게 하는 그 창조의 밭은 어떻게 다른가? 윤이상 씨는 거문고를 예로 그것을 설명해 주고 있다.

윤이상   거문고를 짚고 한 번 퉁깁니다. 소리가 뚱 하고 납니다. 그러나 귀를 기울여보면 아직도 거기에 소리가 남아 끝없이 여운이 울리고 있습니다. 서양인들은 이것을 지속음이라고 합니다. 그런데 이 지속음을 가지고 동양인들은 여러 가지 형태로 변형시킵니다. 같은 뚱 하는 소리지만 그 지속음을 손으로 눌러서 여러 가지 다른 효과를 냅니다. 그것을 우리는 '농현弄絃'이라고 불렀는데 그 방법이 수십 종이 넘습니다.

서양에서는 한 번 퉁기면 그 음에서 그냥 끝나고 말아요. 물론 바이브레이션이란 게 있지만 그것도 일정한 지속의 시간이 제한되어 있습니다. 우리의 지속음이 우연적이라면 그쪽은 필연적이죠. 이 차이가 바로 서양에는 없는 음양[動靜] 사상에서 비롯된 것입니다.

거문고를 퉁겼을 때 뚱 하고 나오는 소리와 그 여운(지속음)을 억제하기도 하고 풀어주기도 하는 그 소리는 동과 정이지요. 서양은 동이면 동, 정이면 정입니다. 서로 그것은 별개의 것으로 구성되어 있습니다. 그런데 동양은, 한국은 동과 정이 표리를 이루며 그것이 대립·융화를 일으키면서 하나로 이어져 갑니다.

거문고에서 여운이라는 지속음의 변화를 빼내면 서양의 만돌린이나 기타 같은 것이 되어버리는데 거기에는 생명력이란 것이 없습니다. 소리는 하나의 파문을 일으키며 꿈틀대는 지속음을 동반할 때 비로소 살아 있는 소리를 내며 생명력을 갖게 되는 것입니다.

서양의 종소리와 한국의 인경 소리를 생각해 봐도 알 만한 일이다. 지속음, 소리의 양면성. 윤이상 씨는 이것을 음양, 음악적으로는 동과 정으로 표현하고 있는 것이다. 비단 음악만이 아니라고 했다. 붓글씨를 보면 금시 알 수 있다는 것이다. 같은 한일자[一字]를 쓸 때, 서도書道에선 그냥 죽 자로 대고 긋듯이 긋지 않는다. 시작할 때 힘을 주고 빼면서 몇 번이고 머뭇거리다가 죽 힘을 빼면서 긋는다. 그러다가 마지막에 와서 또 힘을 모아 정지시킨다. 같은 외줄이지만 붓으로 써놓은 한일 자에는 무한한 변화가 있다. 한국의 거문고 소리나 창唱을 선으로 그린다면 바로 서도의 운필運筆과 같은 것이 된다는 이야기였다. 창을 할 때 "어!"하고 길게 소리를 내뿜으면서 몇 번이나 그 지속하는 음에 변화를 준다. 그래야만 멋이 있다고 한다.

서양 사람들의 음악은 자로 대고 그은 한일 자, 이를테면 죽은 선이나 움직이지 않는 선이다. 그 대신 그들은 그런 선과 선을 여러 가지로 구성시켜서 하나의 조화를 이루는 물리적인 방법을 써왔다.

춤도 그렇다. 한국의 춤은 동작은 하나지만 발걸음 한 번 옮기는 데 멈칫했다가 사뿐히 다리를 옮기고는 다시 정지할 때 힘을 모은다. 한 동작이지만 복잡한 호흡으로 여운을 살리는 기법이다. 그것이 순간이요 전체이다. 여러 개이며 하나다. 정靜 속의 동動이며 동 속의 정이다. 요즘 슈트라우스가 주장하고 있는 '모멘트포름'이란 것이 바로 우리의 전통과 같은 형식인데 우리는 벌써 수천 년 전부터 익혀온 방법이라는 것이다.

윤이상 　노장 철학을 귀로 들을 수 있다면 바로 이런 것이 아닐까 생각해요. 그러므로 서양 음악은 노출적이지만 동양의 그것은 신비적입니다. 그들의 음악은 분석적이지만 우리 것은 전일적인 것입니다. 그것이 물질적인 데 비해서 한국의 음조는, 동양의 소리는 생명적인 것이라고 할 수 있습니다.

이어령 　그와는 좀 다른 이야기입니다만 악기 자체에서도 그런 차이를 느낄 수 있습니다. 서양의 주음을 구성하고 있는 악기들 중 바이올린이든 피아노든 쇠줄에서 울려 나오는 소리입니다. 그것은 무기물, 광물질의 음향입니다.
　　　　그런데 한국의 거문고나 타악기는 나무의 소리, 유기물의 소리입니다. 잘 아시다시피 거문고 줄은 강철이 아니라 명주실을 꼰 것이 아닙니까? 짐승의 가죽이 아니면 힘줄로 된 악기들이 많지 않습니까? 그래서 서양에서는, 가장 우수한 무기를 만들어내는 나라에서는 가장 우수한 악기(바이올린이나 피아노)를 생산할 수 있습니다.

다 같이 강철의 야금술에 의존되어 있으니까요. 옛날 체코는 기관총과 함께 바이올린의 생산국으로 유명했습니다. 악기와 무기가 서로 불가분의 관계를 이루고 있었지요. 얼마나 아이로니컬한 일입니까?

무한 선율의 세계

윤이상 그런데 남도창을 들어보면 무한한 반복으로 이루어져 있다는 것을 느낍니다. 그러나 그것은 그냥 반복이 아니라 마디마디가 새롭게 가슴을 찌릅니다. 겉으로 보면 변화가 없이 단조한 것 같지만 그 속에는 정과 동이 소우주와 대우주로 유기적인 관련을 맺고 흐르는 무한 선율의 세계가 깃들어 있습니다. 그래서 남도창은 40초 만에 다 부를 수도 있고 또 온종일, 아니 수년 동안 끊임없이 부를 수도 있게 돼 있습니다.

가령 징을 쳐놓고 귀를 기울여보십시오. 끝없는 소리의 파문이 무한한 선율로 울려옵니다. 만약 인공적으로 이 파문을 그냥 재생시켜 간다면 그 선율은 무한한 것이 됩니다. 내 음악의 본질은 바로 이 반복을 통한 무한 선율의 재현에 있는 것입니다. 서양 사람들이 버려두었던 저 여운, 단순한 음의 그림자로밖에 보지 않았던 지속음과 단조롭게만 생각했던 반복, 내가 이 속으로 뛰어들어 서양 음악의 한계를 뚫고 나갈 수 있었던 것은 나의 재능이 아니라 정·동의 반복과 무한이라는 동양의 토양 속에서 생겨난 것이지요.

접근하면서 멀어가고 이탈해서는 돌아오는 것, 그러나 전체적으로 보면 그것이 다 같은 하나의 것이라는 것. 그러나 우리의 화제는 무한 선율처럼 지속될 수는 없었다. 그가 말하는 서양 음의 필연성, 분석하고 대립시키며 구성해 가는 물리적인 시간 속에서 현대인은 살아간다. 말하자면 스케줄이라는 것이 짜여져 있다. 벌써 대화를 나눈 지 세 시간이 넘었다. 그래도 나는 그와의 지속음의 비브라토를 갖고 싶었다. 그래서 마지막으로 나는 이렇게 말했던 것이다.

이어령 그러나 남들은 선생님의 음악을 현대 서양 음악의 한 경향인 무조 음악無調音樂으로 보고 있는데……. 그것과 동양의 토양은 어떻게 관계되는 것입니까?

윤이상 서양에서는 1950년대에 무조 음악의 경향이 싹텄지요. 내가 특정한 누구에게 영향을 받은 것이라고 하기보다는 무조 음악은 한 공동의 언어라고 보고 싶습니다. 그리고 무조 음악이라는 것은 한 시대의 기술이나 자료에 지나지 않는 것입니다. 내가 백 년 전에 태어났더라면 무조 음악으로 동양의 토양을 표현하지는 않았을 것이고 거꾸로 바흐가 백 년 후인 오늘에 태어났더라면 무조 음악으로 서양의 토양을 나타내려 했을 것입니다.

그러나 생각해 보십시오. 서양의 밭은 메말랐어요. 하도 갈아서 토양이 야위어버렸습니다. 서양은 천 년 만에 음악의 스타일이 변할 정도였는 데 비해 동양은 30년에 한 번씩 스타일이 바뀌어갑니다. 아직 제대로 갈지 않은 동양의 밭은 처녀지처럼 무한한 가능성을 지니고 있습니다. 한국의 자원은 풍부합니다.

음악을 언어로 이야기한다는 것은 어려운 일이다. 더욱이 짧은 시간에 그것을 다 이야기한다는 것은 더욱 어려운 일이다. 우리는 좀 더 인내심 있게 기다려야 할 것 같다. 그의 오페라가 서울에서 곧 상연될 예정이라니까……. 그가 동양의, 그리고 한국의 처녀지 같은 밭에서 무슨 열매를 땄는지 알게 될 것이다.(이어령, 『서양에서 본 동양의 아침』, 범서출판사, 1975.)

순례자와의 대화

대담자: 강원용姜元龍

강원용 요즘 굉장히 바쁘실 텐데 이렇게 시간을 내주셔서 감사합니다.

내가 이 선생을 보면 여러 가지 생각나는 것이 많은데 이 선생께서는 생각이 안 날지도 모르죠. 오래전의 얘기입니다만 이 선생께서 장이욱 박사가 했던 《새벽》이란 잡지에 「저항의 문학」이라는 글을 쓰신 적이 있었지요. 장이욱 박사 아드님이 의사였는데, 그분에게 "그 글을 쓴 사람이 내 조카사위요" 했더니 "글을 참 잘 쓰는데 그 사람 보니까 예수는 안 믿겠던데요"라고 대답했어요. 그래서 내가 그 사람 보고 나는 "예수 믿으라는 소리 하지도 않는다" 하면서 함께 웃었습니다. 그리고 또 하나는 아마 그때 청파동에 사셨다고 기억되는데 내가 한번 찾아갔더니 애기 기저귀가 주렁주렁 달려 있는 방 모서리에서 열심히 글을 쓰고 있었던 모습이 생생합니다.

이 선생께서는 그동안 많은 일을 해오셨는데 요사이는 어떻게 지내세요?

이어령 강 박사님의 얘기를 듣고 보니 잠시 옛 생각이 나는군요. 내가 문학 평론을 하면서 강 박사님을 뵈었을 때 신학적·종교적인 충격보다 문학적인 자극을 더 많이 받았다고 생각해요. 이번에는 강 박사님께서 기억하실지 모르겠지만 〈고도를 기다리며〉라는 연극이 세계적으로 떠들썩할 때 미국에서 직접 보고 오셔서 그 얘기를 해주신 적이 있습니다. 당시 저는 절망감 비슷한 것을 느꼈어요. 저분은 외국에 다니면서 세계적으로 유명한 연극을 보시는데 문학을 한다는 내가 저 양반의 연극 얘기나 멍하니 듣고 있어야 했으니 말이죠. 국내에 있었던 사람들은 그저 말만 들었지 보고 싶어도 볼 수 없었거든요. 아니 이름조차 듣지 못했다고 하는 것이 더 옳을 겁니다. 강 박사님께서 현장 체험으로써 문화를 전달했을 때 경이로움과 묘한 좌절감이 동시에 느껴진 것이에요.

강원용 브로드웨이에서 그 연극을 봤는데 지금도 장면 장면이 생생히 기억납니다. 위대한 작품이었어요.

나는 열여섯 살 때부터 광신적인 기독교인이었어요. 그러나 마음속으로는 사회적으로 농촌 운동도 하고 싶었고 문화적으로 연극이나 영화도 해보고 싶었어요. 개인적인 입장에서 문화·예술 활동에 관심이 많았지만 기독교인의 입장으로서도 목사가 되어 설교를 하고 성례 집행하는 것보다 문화나 예술을 통해서 더욱더 자기의 신앙을 잘 표현하고, 전달할 수 있다고 생각했었어요. 그러나 생각만 가지고 있었지 실제로는 그렇질 못했습니다. 체계적인 공부는 하지 못했지만 그래도 문화·예술에 관심은 늘 가지며 살아왔어요. 그런데 이 선생의 경우는 서울대학교 다니실 때부터 마치 그것을 위해 태어난 사람처럼 평생을 살아왔으니까 문화·예술에 있어서 그야말로 인사이더insider이고 나는 아웃사이더outsider에 불과하죠.

이어령 바로 그 점입니다. 객관적인 연극을 봤다는 것이 중요한 것이 아니라 내가 충격을 받은 것은 뭐라고 할까요, 순례자에게서 맡을 수 있는 묘한 냄새였다고 할 수 있습니다. 순례자가 어찌 먼지를 묻히지 않고 순례를 합니까? 먼 고장을 두루 돌아보고 왔기 때문에 가지각색의 바람이 묻어 있고 마음에까지 그런 먼지가 묻어 있는데 강 박사님의 체취가 이러한 순례자의 먼지와 바람 같은 것을 느끼게 해준다 그런 얘기입니다. 〈고도를 기다리며〉도 그러한 먼지 중 하나이고 바람 중 하나였다는 것이죠. 강 박사님께서는 그러니까 쭉 생활해 오시면서 기독교 교회라는 울타리의 인사이더로 지내셨던 것이 아니라 끝없는 순례자로서의 모습을 보이셨다고 할 수 있어요.

노매드nomad적(유목민적) 문화에서는 끝없이 찾아 나서는 것이 특징이거든요. 사실 〈고도를 기다리며〉의 기다림waiting의 의미에는 찾아 나선다는 뜻이 강합니다. 그래서 빈 장화를 들여다보고 하지 않습니까? 좌절과 무의미가 공존하는 것을 기다림이라고 한 것이지 가만히 앉아 있는 것은 아니죠. 이러한 측면에서 저는 문화의 편력성을 중요하다고 보는데 기독교의 순례의 의미도 단순히 성지를 방문한다는 것을 뜻하는 것은 아니라고 생각합니다. 기독교가 노매드적인 것을 상실하여 인사이더로서의 종교가 될 때 교회 속에서 교리만 따지는, 다시 말해 생명력을 잃게 되는 결과를 초래하는데 이 점에서 저는 '강 박사님은 특이한 목사이다'라고 생각했던 겁니다. 특이하다고 했을 때 그것은 뭐 파계승이라는 의미가 아니라 끝없이 부딪치면서 무언가를 추구한다는 의미입니다. 그러면서 저는 이런 생각을 해봐요. 반석 위에 베드로를 세웠다고 하지만 잘 아시다시피 중세 초기 교회의 상징은 배였는데 이것은 메시지를 한 곳에 고정시키는 게 아니라 배 위에 싣고 다닌다는 의미 아니겠어요? 배는 끊임없이 돌아다니는 것이고 배가 정착할 때 그것은 배의 의미를 잃어버리고 집이 되어버리는 것입니다. 그리고 과거에는 뱃사람이나 배에 크리스토퍼라는 이름을 많이 붙였는데 그 뜻을 가만히 살펴보면 크리스트christ를 운반한다transfer는 거예요. 기독교의 메시지와 배는 워낙 밀접한 관계에 있었기 때문에 옛날에는 크리스토퍼 하면 기독교를 전달한다는 의미로 받아들였어요. 그래서 이 사람들이 동양에도 오고 아프리카의 오지에도 가고 했는데 결국 이것은 기독교가 원래 순례자적인 메시지라는 것을 증명하는 것 아니겠어요? 그래서 저는 오늘 강 박사님과 대담하면서 의례적인 것보다는 바로 노매드적 문화의 본질에 대해 의견을 나누고 싶습니다. 그동안 우리 사회를 보면 각계각층에서 문화의 편력자들을 터부시하는 경향이 있었던 것 같아요. 가령, 체육하는 사람이 음악을 한다고 하면 우습게 보고, 목사가 오페라를 좋아한다고 하면 뭐 저런 목사가 있느냐 하고 비아냥거렸지요. 저는 바로 이런 벽을 깨는 것이 진정한 문화가 아니겠느냐 하고 생각합니다. 문화란 뜻의 culture라는 것은 개간한다는 뜻의 cultivate에서 파생된 것으로, cultivate는 어디까지나 여태껏 농지가 아니었던 것을 개척해서 농지를 만드는 것을 뜻하므로 문화라는 것도 끝없이 번져가고 개척하는 것을 뜻하지 않겠습니까? 이러한 의미에서 제가 강 박사님을 뵙고 〈고도를 기다리며〉에 대한 얘기를 들었을 때 한 목사로서의 성격보다는 목사로서 추구하는 문화적 연계성, 확산성이라는 관점에서 신선한 인상을 받았다는 거예요.

따라서 오늘의 얘기를 문화와 신학, 문화와 문학이라는 측면에서 신학과 문학의 접합점을 찾아보면 재미있지 않나 생각합니다.

강원용 이 선생님께서 문제의 핵심을 지적하셨다는 생각이 드는군요. 나는 지난 한 주일 동안 그런 비슷한 얘기를 접했었어요. 그때도 '반석'이란 말을 썼는데 이 반석이란 말이 때때로 잘못 해석되고 있다는 데 문제가 있습니다. 예수는 반석이란 말을 두 번 썼어요. 한 번은 시몬 베드로가 "주는 그리스도시요, 살아 계시는 하나님의 아들입니다"라고 신앙 고백을 했을 때 그것을 반석이라고 했습니다. 사람들의 머릿속에는 대체로 신神 하게 되면 어느 곳에 가만히 앉아 있는 부동체로 인식되는데, 그러나 예수는 살아 있는 하나님의 아들로서 우리에게 오셔서 존재하는 분입니다. 반석이란 말은 또 마태복음 7장에서 보입니다. "내 말을 듣고 그 말대로 행하는 자는 반석 위에 세운 집이다"라는 말의 의미는 살아 있는 말이 생활로 움직여 나가는 것을 뜻합니다.

　이번에 초기 선교사들의 묘지터에 기독교 100주년 기념관을 세우는 자리에서 내가 설교할 기회가 있었는데 그때 설교 제목이 '산 돌로 세운 성'이었어요. 예수 자신이 스스로를 '산 돌'이라고 했으며, 이것은 역시 '살아 있는 돌'을 의미하는 것이고, 교회도 살아 있는 돌로써 지은 집을 의미하는 거예요. 집이란 말을 어원적으로 살펴보면 '오이코스oikos'란 그리스어에서 유래하는데 오이코스는 공동체, 즉 한식구가 모여 함께 사는 공간적 분위기를 뜻합니다.

이어령　이코노미economy가 바로 거기서 나온 말 아닙니까?

강원용　그렇습니다. 이렇게 볼 때 교회라는 것은 일정한 공간에 묶여 있는 것이 아니라 부단히 움직여 나가는 모습이어야 합니다. 구약 성서에 보더라도 아브라함 때부터 이리저리 떠돌다가 애굽으로 가서 노예 상태에 이르게 되고 결국 모세가 이스라엘 백성을 인도하여 출애굽을 하게 되는데 재미나는 것은 아론의 누이동생이자 예언자였던 미리암이란 사람을 중심으로 노래를 부르고 춤을 추는 장면 묘사입니다. 홍해를 건너고 광야로 나오는 것은 해방을 의미하는 것이며 노래와 춤은 해방을 주신 하나님을 찬양하는 의식이에요. 이게 부단히 움직이면서 한

자리에 머물러 있지 않거든요. 그때 교회라는 것은 장막이었어요. 구약에서는 하나님의 집이라는 것은 일정한 처소가 아니었고 당시의 유목 생활대로 양이 가는 곳으로 따라가므로 장막도 옮아가고 예배의 처소도 옮겨지는 거죠. 그러다가 가나안으로 들어오면서 이들 유목민족은 가나안의 농경민족과 합류하게 되었는데 이 과정에서 생겨진 갈등의 결과가 곧 카인과 아벨의 얘기입니다. 카인은 농경문화를 대표했고 아벨은 유목문화를 상징한 거예요. 쭉 그렇게 나가다가 이제 정착 생활을 하니까 다윗 왕이 와서 성전을 지으려고 했어요. 그런데 하나님이 나단을 시켜 못 하게 했습니다. 사실 성전은 그의 아들인 솔로몬이 지었습니다. 이 솔로몬이란 사람은 본처가 3백 명이고 첩이 7백 명인 매우 화려한 것을 좋아한 한량이었어요. 재미있는 것은 성전을 짓고 나서 그 성전을 봉헌하는 자리에서 "하나님이 어떻게 사람이 세운 집 속에 갇혀 있을 수 있습니까?" 했다는 겁니다. 그럼에도 그 성전을 하나님의 집이라고 고정화시켜 버렸어요. 고정화를 시켜놓으니까 고정적인 율법을 만들 수밖에 없고, 율법 체계가 생기니 교회 제도도 생겨날 수밖에 없게 된 거예요. 그때부터 성전이 예언자를 죽이는 장소가 되어버렸습니다. 예수도 스데반도 거기서 죽지 않았습니까? 스데반이 돌에 맞아 죽기 전에 행한 긴 연설에서 "성전을 짓고 율법을 만드는 것은 종교 자체를 우상 숭배하는 것이고 나아가 그것은 하나님에 대한 반역이다"라고 했지요.

신약의 역사도 마찬가지 같아요. 맨 처음 기독교가 박해를 받을 때 지하 카타콤 시절 언어가 아니라 상징에 의해 메시지가 전달되었던 것이 '산' 교회의 모습이었는데 콘스탄틴 대제 이후 기독교가 국교가 된 때부터 하늘과 비슷한 도식 건물이 생기고 교황청을 중심으로 한 종교 제도, 교리화가 형성되었습니다.

신·구약을 통해서 볼 때 결국 유목문화적인 성격이 사라지고 농경문화적인 것이 나타나면서 교회도 점차 제도화되고 고정화되어 버렸다고 할 수 있어요.

이어령 지금 말씀하신 것을 들어보니까 문제의 핵심이 더욱 확실해졌다고 생각합니다. 끊임없이 찾아 나선다는 것은 한 길로 나아가는 것이 아니라 여러 방면으로 나아가는 '도주하는' 문화, 다시 말해 확산적인 문화를 뜻합니다. 이런 문화는 절대로 로고스 중심logos centric이지 않거든요. 하나의 논리, 중심 논리, 율법이란 것을 갖지 않는다는 것이죠. 도주하는 문화는 반규칙적이고 다양성을 띠는 반면에, 교리적이고 교조적인 문화는 모든 길을 차단하고 오직 한 길로만 가라는 획일성을 띱니다. 그래서 뚜르스 같은 사람은 영국에는 도주의 문화가 없기 때문에 희망이 없다고 해요. 그런데 프랑스나 미국 등은 도주의 문화가 있거든요. 『레 미제라블』은 도망 다니는 얘기 아닙니까? 감옥은 도주할 곳이 없으니까 탈옥을 하여 평생을 쫓겨 다니는 것인데 이러한 도주의 공간이야말로 신과 만나는 공간이죠. 출애굽도 마찬가지로 애굽으로부터 도망치는 것을 뜻하지 않습니까?

강원용 그런데 신·구약 성서를 볼 때 유목 민족은 꼭 도주의 문화를 지녔다고는 볼 수 없을 것 같아요. 사막에 들어서게 되면 오아시스를 찾느냐 못 찾느냐 하는 것이 죽고 사는 문제고 다른 곁길은 있을 수 없습니다. 이런 점이 아마 유대교의 전통을 이어받은 비극일 거예요. 하나만 알고 다른 것은 모르는 것, 즉 배타성이죠. 융통성도 다양성도 포용성도 모두 없는 겁니다.

에밀 브루너E. Brunner는 십계명도 광야 시대에 나라와 제도가 없는 곳에서 별별 기이한 일이 다 생기니까 임시로 만들어놓은 규율이라고 하면서 오늘날 우리가 혈액형이 서로 다른 것과 같다고 얘기했습니다. 그것은 차치하더라도 가령 "나 이외에 다른 신은 두지 말라", "우상을 숭배하지 말라" 등의 계명은 특히 기독교에서 조각이나 그림을 그릴 때 상당히 문제가 된 일도 있습니다. '나 이외'라는 말에서 도대체 '나'는 누구를 지칭하느냐 하는 것입니다. 성서에서 말하는 '나'는 우주만물을 창조한 분이란 말이에요. 그러니까 모든 것을 다 포괄한 존재이지 우주 안에 존재하는 것, 많은 신들 중 하나로 상대화시킬 수 있는 존재는 아니에요. 즉 그분이 제2계명에서 "무엇이든지 절대화하지 말라"고 했듯이 전체를 포괄하고 전체를 넘어선 존재입니다. 어떤 고정관념에 사로잡히지 말고 무엇이든 너희가 만들되 이를테면 조각이나 그림을 그리되 그것을 절대화하지 말라는 뜻이에요.

이것을 절대화시켜 버린 데 인간의 반역이 있는데 유목 생활에서는 이러한 배타성, 편협성이 그다지 뚜렷하지 않았어요. 다른 민족과 섞여 살다 보니까 독선과 폐단이 많이 증가했습니다. 형이상학적으로 교리화를 시킴으로써 종교 재판, 종교 전쟁이 일어나고 여러 교파로 분열되는 현상을 초래했다고 볼 수 있어요. 나는 성서는 기본적으로 어떤 철학이 아니고 상징적인 언어, 즉 이미지와 심벌로서 계시된 언어라고 생각해요. 따라서 인간의 언어 한계성 안에서는 설명될 수 없고 언어의 한계성을 넘어선 이미지나 심벌로서밖에는 표현이 안 되는 것이에요. 이미지나 심벌이기 때문에 그림 그리는 사람들이 똑같은 형태로 그릴 수 없고 자기가 느낀 것을 여러 가지 형태로 형상화시킬 수 있습니다. 그래서 넓은 의미의 예술적·문화적 방법을 빌리지 않으면 성서의 심벌을 올바로 전달하거나 설명하기 어렵다고 봅니다. 그 점에서 나는 신학을 공부하고 설교를 하고 강의하는 목사로서의 한계 상황, 다시 말해 내가 무식해서라기보다 언어가 지니는 벽에 부딪치게 됩니다. 그 벽을 허물어뜨리는 길이 바로 문화적인 표현이 아닌가 생각해요. 왜냐하면 나는 위대한 신학자의 한 사람인 카를 바르트K. Barth의 체계적인 신학에서보다 도스토옙스키의 문학에서 성서의 진리를 더 많이 깨달았고, 수많은 십자가의 신학보다 그뤼네발트의 십자가에 달린 예수의 그림 속에서 십자가의 진리를 더 많이 깨달았다고 여기기 때문입니다. 그리하여 문화나 예술 활동은 성서 없이도 표현될 수 있지만 성서의 표현은 문화나 예술을 통하지 않고는 제대로 나타낼 수 없다는 생각입니다.

이어령 저는 예술을 언어와 몸의 표현이라고 봅니다. 몸이 살아지는 것이 예술인데 언어가 이중의 작용을 하는 것이죠. 그러나 예술이 언어에 가장 많이 의존하면서도 또한 언어를 파괴하지 않는 예술가는 없습니다. 지금 도스토옙스키 말씀을 하셨는데 그는 유럽적 의미에서 소설을 파괴한 사람이었거든요. 보들레르도 언어를 파괴한 사람이에요.

그래서 저는 '이름을 짓는 자'로서의 아담은 동시에 이름을 짓기 전에도 있었을 것이라고 봅니다. 자기 갈비뼈에서 여자를 만들기 이전에 양성으로서의 아담이 있었다는 겁니다. 즉 이름 짓기 전의 아담과 이름 지어진 아담, 남자로서의 아담과 이브의 상대자로 불려지기 이전의 아담, 이렇게 해서 아담은 두 사람이란 거예요. 따라서 남자·여자의 불평등성을 자꾸 남자가 먼저 생기고 그런 다음에 그 옆구리에서 여자가 나왔다는 데서 찾는 것은 거짓말이에요. 원래 아담은 여자도 남자도 아니었으니까 그 옆구리는 남자 옆구리가 아닙니다. 옆구리에서 여자가 생기는 순간 아담은 남자가 되고, 그래서 남자·여자라는 상대적 개념이 생긴다 이겁니다.

그래서 문화의 기호론에서는 신의 창조의 불완전성을 설명하는데 신은 원래 절대자였지만 인간을 만드는 순간, 즉 인간의 조물주가 되는 순간 의미론적으로 만든 자와 만들어진 자로 분화된다고 얘기합니다. 절대자에게는 이항 대립이 없고 그 자체 아닙니까? 이와 같이 모든 문화 체계가 이항 대립으로 되어 있는데 예술은 이것을 부수려고 하는 겁니다.

따라서 저는 종교적인 율법이 생겨 종교가 고정화될 때, 노매드적인 문화가 정착하고자 할 때 이에 대한 반명제antithese로서 문화와 예술이 역할을 한다고 봐요. 이렇게 볼 때 문화라는 것은 편하게 하는 것이라기보다 불편하게 만드는 것입니다. 제가 지금 안경을 쓰고 있는데 안경은 자동화되어 있으니까 평상시에는 안경을 썼다는 것을 느끼지 못하다가 안경에 서리가 끼게 되면 비로소 느끼거든요. 마찬가지로 문화·예술에서도 우리는 언어를 횡단해 버리곤 하는데, 예를 들면 시인들이 그 언어에 서리를 끼게 하고, 불편하게 만들고, 주저하게 만들며, 돌부리에 차이게 하는 등의 작용을 통해서 언어를 건너뛰게 하는 것입니다.

역사적으로 보면 특히 기독교의 세계였던 중세와 그 이후 신학에서는 문학을 아주 이단시하여 문학 서적을 못 읽게 하는 등 종교성과 문화·예술성은 계속해서 사이가 나빴습니다. 종교성과 문화성이 가장 가까우면서도 대치가 되었던 것은 종교의 언어가 굳으려고 하는 순간에 문화의 언어가 그것을 끝없이 파괴하려고 했기 때문이에요. 결국 교리, 즉 언어의 담쟁이로 싸놓은 것을 흔들어버린다 이거죠. 언어를 하나의 의미로 쓰려고 그러는데 시인이나 예술가는 열, 스무 개의 의미로 언어를 사용하니까 혼란이 생기게 됩니다. 우스운 얘기지만 종교가 문화를 박해할 때 그 종교는 이미 죽은 것이고 또 문화가 종교의 시녀가 되었을 때 그 문화는 이미 죽은 겁니다. 이런 의미에서 정치도 마찬가지지만 문화·예술을 통해 역사적으로 종교의 건강 상태를 진단할 수 있지 않나 생각합니다.

강원용 구약에서 사람을 하나님의 형상으로 지었다고 했는데 갈비뼈 얘기는 2장에 나오는 창조 설화입니다. 1장에서는 하나님의 형상대로 지었는데 남자와 여자로 만들었고 그들로 하여금 모든 것을 다스리도록 맡겼다는 거예요. 그리고 2장에서 보면 아담과 이브가 만들어지기까지 밭 갈 사람이 없었기 때문에 하늘에서 비가 내리지 않았어요. 그러면서 이름을 짓는 얘기가 나오는데 결국 그 말을 나는 이렇게 해석해 봐요. 성서의 얘기는 하나님께서 엿새 동안 모든 만물을 창조하시고 창조를 끝내신 게 아니라 창조의 소재를 사람에게 제공하여 "나머지를 창조하는 것은 이제 너희가 하는 거다" 하고 맡겼다고 할 수 있습니다. 음악도 자연 속의 리듬을 표현하고 미술도 색깔을 표현하고 문학도 언어를 표현하는 것이에요. 요한계시록의 하늘나라도 예술로 표현되듯이 성서의 말씀도 역시 심벌과 이미지가 예술을 통해서 나타날 수밖에 없습니다.

여기서 한 가지 생각나는 것은 1920년까지만 해도 한국 개신 교회에서는 교회 안에다 십자가 심벌을 놓은 곳이 없었어요. 우리가 처음이었습니다. 교회 안에 예술 그림을 걸어놓는 것도 우상 숭배라고 금지되었습니다. 그러나 문화·예술의 형태를 빌리지 않고는 성서의 얘기가 표현될 수 없고, 아무리 굳어진 교회라도 예술 없이는 예배가 이루어질 수 없습니다. 찬송가 없는 예배는 없지 않습니까? 음악이란 것은 초대 교회 때부터 신의 찬양 수단이었고 무용도 마찬가지입니다. 구약 시대는 말할 것도 없고 원래 종교사를 보면 신의 제단을 만들 때 모두가 춤판이었거든요. 굳어진 유대교에서도 축제적인 분위기가 얼마나 강했는가 하는 것은 구약에서 쉽게 찾아볼 수 있고, 특히 시편 149편과 150편에 보면 자바라를 치며 주를 찬양하라, 비파를 치며 주를 찬양하라는 등 별의별 악기 이름이 다 나오고 춤을 추며 주를 찬양하라는 얘기가 나옵니다.

그런데 이것이 그리스 문화권에 수용되면서 인간의 정신과 육체를 이원적으로 보는 이원론과 결부됩니다. 인간의 육체, 특히 섹스를 비도덕적인 것으로 보게 됩니다. 구약에서는 원래 섹스를 비도덕적이거나 육체를 비도덕적으로 여기지 않거든요. 그런데 그리스에 들어와서는 합창을 할 때 남자가 여자를 보면서 노래를 하면 딴생각을 품는다고 해서 남자만의 성가대가 생겼고, 무용도 4세기경 바실리우스 주교가 성욕을 일으킨다고 하여 종교 회의에서 못 하게 하는 등 이런 식으로 예술을 박해하여 차츰 하나씩 밀려난 것이죠. 그런 중에도 그림이나 조각은 교회당을 치장하고 성전화하는 데 큰 역할을 했습니다. 물론 어용의 문제도 나타납니다. 미켈란젤로도 자발적인 신앙의 표현이라기보다 교회의 권력에 짓눌려 〈최후의 심판〉을 그렸어요. 어용적이라는 것이 문제이긴 하지만 문화나 예술의 측면에서 볼 때 세계적으로 유명한 것은 대체로 어용적 작품이에요. 가령 인도의 타지마할 같은 것은 어용 중의 어용이고 심지어 악의 꽃이라고까지 할 수 있는데, 그것을 아름답다고 느끼는 것은 작품의 동기와 관계없이 그것을 뛰어넘어 우리에게 감동을 주기 때문입니다. 문학 작품이 지니는 아름다움이란 것도 그것이 품고 있는 추악한 모습을 뛰어넘어서 어떤 절대자의 세계에서 보여주는 아름다움을 우리에게 보여주는 게 아닌가 합니다.

이어령 지금 말씀하신 어용과 예술의 관계는 돈이나 권력을 가진 사람과 예술하는 사람들이 서로 이용한 것이라고 봅니다. 그런데 기독교적인 문화와 우리가 얘기하는 어용이라는 문화의 관계는 복잡한 의미를 지닙니다. 가령 프로이트 같은 사람은 기독교 문화를 종교적인 영역으로 보지 않고 20세기를 지배하는 전체 문화, 즉 로고스 중심인 것으로 보죠. 기독교 문화가 생기면서 음악 등을 포함한 모든 인류의 가치 숭배가 세 가지 측면에서 공헌하면서 또 문제점을 유발시켰다는 겁니다. 우상 숭배를 하지 말라 하면서 감각적 가치보다는 보이지 않는 추상적 세계가 월등하게 좋다는 것이 첫째이고, 그다음 그 추상성이 언어로 나타난 거죠. 실질보다 실질을 나타낸 언어가 더 좋은 것이며, 마지막으로는 어머니보다 아버지가 더 좋다는 의식이에요. 그러다 보니까 이상한 일이 벌어졌다 이거죠. 실제 눈에 보이는 것보다 보이지 않는 것, 실제로 낳아준 어머니보다 아버지를 더 좋아하게 된 겁니다. 이것이 예술에 영향을 미치게 되었는데 예술에 있어서는 두 가지 메타포metaphor가 있어요. 하나는 환의 관계인데 우산과 비라는 것은 밀접한 관계에 있으니까 환의 관계이고 우산과 집이라는 것은 또 다른 하나의 의미 관계입니다.

이처럼 "내 앞에 우상을 섬기지 말라"라고 하면서 추

상화되고, 직접 낳아준 어머니보다 아버지를 더 중요시하며, 그리고 실질보다는 언어를 숭배하는 이 세 가지 가치관을 통해 환의 관계가 깨지고 인류 문화 전체가 허구, 다시 말해 추상 체계로 되어버렸다는 겁니다. 이것이 로고스적인 문화예요. 우리가 지금 좋다고 생각하는 모든 문화는 가부장적·추상적·언어적인 문화이고 따라서 실질적인 세계를 무시하는 문화입니다.

그런데 동양 문화는 좀 다릅니다. 동양 문화도 가부장적인 문화 같으면서도 지모신地母神의 문화, 즉 어머니 숭배 문화가 부단히 흘러왔거든요. 가부장제가 유교 속에서 철저히 주장되었지만 서양처럼 절대화되지는 않았어요. 지모라는 말에서 보여지는 것처럼 땅을 통한 범신론적인 문화가 형성된 동양에서는 도주적인 문화가 발달하여 서구처럼 로고스 중심의 문화가 발붙이지 못했습니다.

여기서 기독교의 일신론적인 문화가 현재 유럽에서 굉장한 문제를 일으키는 반면, 동양의 범신론적인 문화는 별로 문제가 되지 않는 근본적인 원인을 찾아볼 수 있습니다.

가령 미술보다 시대정신을 더 잘 나타내는 것은 없어요. 언어보다 더 잘 나타냅니다. 그런데 서양 미술의 근본 기법은 원근법이에요. 한 사람이 중심이 되어 사물을 보니까 원근이 생기는 것입니다. 하지만 동양화에서는 원근법을 볼 수 없어요. 소나무를 그리면 소나무 옆에서 그리고 산을 그리면 산에 가서 그리니까, 말하자면 시점이 여럿이니까 원근법이 생겨날 수 없지 않습니까? 즉 신의 입장에서, 인간의 입장에서, 물질의 입장에서, 마르크스의 입장에서 하는, 하나의 시점에서 바라보니까 원근법이 생겨나는 겁니다. 그렇게 보면 오늘날 서양에서 파괴의 문화 개념이 많이 나타나고 동양에서의 자아 문제 이런 것들이 나타나는 것은 깊이 들여다볼 때 서양의 일신교적인 가치관과 동양의 다신교적인 가치관에서 비롯된다고 생각해요.

얘기가 좀 길어졌습니다만 한 가지만 더 말하면 서양은 벽 중심의 문화거든요. 서양의 문학은 지하실에서 생기는 것이 압도적입니다. 지하실은 아주 튼튼한 벽을 의미하며 그 속에서는 완전히 폐쇄된 자아가 확립됩니다. 반면에 동양에서는 벽의 문화가 없어요. 우리나라의 장지문이나 일본의 장지문은 걷어차면 부서질 정도이고 특히 병풍이라는 것은 걷으면 벽이 아니고 치면 벽이 되지 않습니까? 즉 가장 유동적이고 가동적인 벽을 만들었단 말이에요. 여기에 그치는 것이 아니라 서양의 침대라는 것은 사람이 자지 않아도 존재합니다. 그런데 우리는 잘 때는 요를 깔고 자고 나면 이불을 개지 않습니까? 서양의 경우는 인간과 관계없이 침대는 침대대로 독립적으로 존재한단 말이에요.

이처럼 로고스 중심적인 서양 문화와 원리가 없는 다시점적多視點的인 동양 문화는 종교적 측면뿐만 아니라 미술, 무용 등 모든 문화가치의 측면에서 많은 차이를 보여줍니다. 가령 무용만 보더라도 서양에서는 승천하는 것을 상징하는 것이 주류를 이루어요. 중력을 가진 인간이 중력에서 벗어나 하늘을 향한다는 것은 추상성의 표현입니다. 이에 반해 아프리카의 춤이라든지 우리의 지신밟기 등은 끝없이 대지를 밟으면서 중력에 귀의하는 구체성의 표현이지요. 그리고 놀이 문화를 가만히 보세요. 가이요와는 놀이를 경기하는 놀이, 모방하는 놀이, 운수적인 도박놀이, 도취하는 놀이로 나눕니다. 한국의 놀이는 뺑뺑이를 돈다든지 팽이를 친다든지 하는 도취적인 놀이와 운수적인 도박놀이가 대부분입니다. 무의지적인 성격을 띤다고 할 수 있지요. 반면에 기독교 중심의 서양 놀이는 격투기에서 보이는 것처럼 경기하는 놀이와 신을 모방한다든지, 가면을 쓰고 다른 무엇이 된다든지 하는 모방하는 놀이가 주류를 이루며 이는 의지적인 성격을 띠고 있어요. 크게 보면 탈자아적인 놀이와 자아적인 놀이로 나눌 수 있는데, 기독교에서는 카니발 문화가 없어지면서 혼돈의 상태가 되고 있다고 볼 수 있습니다. 원래 축제의 문화라는 것은 도취적이며 탈의지적인 성격을 띠고 있었는데 로마의 문화에 흡수되면서 검투기 같은 그런 쪽 유형의 축제 문화가 많아졌단 말이죠. 이런 점이 문화와 종교, 문화와 축제라는 차원에서 큰 쟁점으로 부각하고 있습니다. 또 기독교라는 것을 한 종교의 차원이 아니라 큰 문화의 흐름으로 봤을 때 기독교 문화에 대한 도전, 기독교 문화에 대한 새로운 해석이 문제가 된다고 생각해요.

강원용 이 선생 얘기와 직접적으로 연결은 안 되지만, 언젠가 독일 대사관에 문화참사관으로 와 있던 사람이 동양 문화와 서양 문화를 비교하면서 했던 얘기가 기억납니다. 그 사람의 얘기 중에 미술에 관한 것이 있는데, 그에 따르면 서양의 미술은 얼굴이면 얼굴 등 신체의 일부분만을 가지고 캔버스에 꽉 채워 넣는 그림인데, 동양화를 보면 소, 집, 개, 사람, 개울, 산 그 위에 구름까지 그리면서 여백까지 남겨놓는다고 하면서, 서양 사람의 눈으로 볼 때 참 위대하다는 것입니다.

얘기가 좀 달라집니다만 우리 문화는 원래 유목 민

족 계통의 샤머니즘적인 모성 문화예요. 모성 문화는 비이성적이고 감상적일지는 모르지만 반대로 굉장히 포용적인 문화인데, 이것이 유교에 의한 부성 문화에 의해 억눌려왔다고 할 수 있어요. 그렇지만 이와 같은 모성 문화는 유교의 억압을 받기 훨씬 이전부터 내려왔기 때문에 쉽사리 없어질 것은 아니라고 봅니다. 기독교의 입장에서 볼 때도 1970년대 이전 이른바 보수파는 매우 엄격하고 율법적이고 가부장적이었던 데 반해 1970년대 이후 이른바 성령파는 완전히 모성적인 것에 호소하고 있어요. 따라서 부흥회에 참여하는 숫자도 엄청나게 불어났어요. 물론 한국의 교회가 모성적인 것과 부성적인 것 사이에서 모성적인 것을 물리치고 부성적인 것만 주장해서도 안 되고, 또 그렇다고 비합리적이고 주술적인 모성 쪽으로 나아가도 안 된다고 봅니다. 그리고 사회적으로 볼 때도 요사이 민중 문화, 민중 신학 하면서 민중을 앞세우는 사람들도 어쩌면 반민중적인 모습을 보여준다고 할 수 있어요. 왜냐하면 민중을 이데올로기뿐만 아니라 신학의 차원에서 이성적이라기보다 모성적으로 몰아가고 있기 때문입니다.

이처럼 부성적이니 모성적이니 하는 것은 미술·음악 등의 예술에서만 아니라 종교 현상, 정치·사회 현상으로까지 포괄하고 있기 때문에 넓은 의미에 있어서 문화 의식이라고 할 만한데, 앞으로의 문제는 파괴적이지 않으면서 창조적이고 발전적인 해결책이 무엇이겠느냐 하는 거라고 봅니다.

이어령 요즘 저는 기호론에 관한 논문을 쓰고 있는데 이와 관련해서 말씀드릴 수 있는 것은 여태까지 인류가 역사 과정 속에서 대처해 온 전략이라 함은 자연과학적 대처, 경제적·실질적 대처 그리고 심리적 가치 문화적 대처 등 크게 세 가지로 분류할 수 있습니다. 종교라는 것도 넓은 의미에 있어서 가치 문화적인 대처에 속한다고 볼 수 있어요. 그런데 기호론이란 것은 이와 전혀 달라요. 그것은 자연과학적인 것도 형이상학적인 것도 심리학적인 것도 아닌 인류가 처음으로 시도해 보는 접근법이에요. 한데 동양 사상의 음양론을 볼 것 같으면 이미 오래전부터 기호론적인 접근법을 개척해 왔다는 사실을 알 수 있습니다. 기호론적인 접근법이 뭐냐 하는 것을 여기서 간단히 설명해 보면 의미라는 것은 실질을 가리키는 게 아니라 관계의 차이일 뿐이라는 것입니다. 차이라는 것은 하나로는 절대 생길 수 없고 두 개가 있어야 생기지 않습니까? 따라서 적어도 의미라는 말은 두 개 이상의 관계가 있을 때만 생깁니다. 우리는 인간, 즉 사람 사이라고 하지만 서양 사람은 man이라고 하고, 또 개를 부를 때도 암캐, 수캐 하는데 서양에서는 dog 하면 일반적인 총칭이면서도 수캐를 의미합니다. 구태여 암캐를 따로 의미할 때는 bitch라고 하고, day는 전체 하루[日]를 의미하면서도 낮[晝]을 의미하지만 'night'는 밤만 의미합니다. 이런 예는 수없이 많습니다. 이런 측면에서 볼 때 동양화의 여백의 의미도 명백해집니다. 그림이 그려졌을 때 그것이 그림이 되려면 그려지지 않은 것, 즉 차이에 의해 가능하다는 얘기지요. 양이 없으면 음이 존재하지 않고 그 반대도 마찬가지입니다. 이것을 Gestalt에서는 figure와 ground라는 말로 표현해요.

그런데 서양에서는 이런 차이를 나타내는 음양이 없었는가 하면 그렇지 않아요. 로고스 중심적이 되면서 이항 대립 관계가 생겼는데 이것은 하나를 남기면서 하나를 죽이는 작용을 해왔습니다. 즉 그림을 그린다면 그린 것만 남기고 그려지지 않은 여백은 모두 죽여버린다는 것이에요. 남녀를 묘사하더라도 남자만 남겨놓고 여자는 삭제해 버리는 등 유표만 남기고 무표는 싹 없애버리는 겁니다. 한 시대의 언어도 부성형 언어가 되어버립니다. 기호론을 통해 참 재미나는 것을 볼 수 있습니다. 종교도 기호론에 의해 설명하면 아주 간단해요.

우리가 언제부터 언어를 배우냐 하면 아버지 의식과
더불어 언어를 함께 배우거든요. 어머니의 육체로부터
아버지의 의식으로 넘어가는 것을 상징 질서라고 하는
데, 현실계·상상계·상징계 중에서 언어는 상징계에 속
합니다. 우리가 언어를 쓴다는 것은 전부 아버지의 이름
이다, 즉 '질서의 세계이다'라고 할 수 있습니다. 질서라
는 것은 이것과 저것을 나누고 중심과 주변을 나누고 하
는 등 끊임없이 유표화하면서 결국 기호 체계를 만들어
낸다는 것입니다.

　　얘기가 길어졌습니다만 조금 전 말씀하신 해결책의
문제와 연결해 보면 이렇습니다. 이데올로기 사고라는
것은 바로 유표 공간을 만들어내는 것이거든요. 그런데
동양에서는 옛날부터 남자는 뭐냐 여자는 뭐냐 하는 식
이 아니라 남녀의 차이가 뭐냐 하는 식으로 얘기했습니
다. 이처럼 상보적인 음양 이론으로써 세상을 이해했어
요. 음양은 생성 이론이지 가치 이론이 아니지 않습니
까? 그래서 기호론에서는 우열, 좋고 나쁜 것이 아니라
유효성을 강조합니다. 문학 이론에서부터 정치 이론 등
모든 사회 이론을 기호론의 입장에서 보면, 이것을 버리
고 저것을 택하는 식의 가치 판단이 아니라 구조화한다
든지 생성으로 본다든지 체계로 본다든지, 이렇게 하니

까 모든 차원이 새롭게 해석될 수 있어요. 이와 같은 기호론적 접근은 모든 문화 체계를 헤겔식의 선형적linear으로 다루는 것을 지양하고 공시적·구조적·생성·변화적으로 다루고 있다는 데 특징이 있습니다.

다른 측면을 얘기하면 농경문화는 씨앗의 문화이고 생성의 문화입니다. 탕자가 돌아오는 얘기 등 양과 양의 피밖에 모르던 사람들에게 예수님께서 농경문화를 이해하여 씨앗을 뿌리는 얘기를 들려주는 것은 참 눈물겨울 정도로 감동적이에요. 그러면서 저는 엘리아데의 글을 읽다 눈물이 핑 도는 느낌을 많이 받습니다. 농업은 처음부터 여자의 것입니다. 풀들이 소멸하면서 또 재생하는 씨앗의 의미를 발견한 것은 여자였어요. 끝없이 죽어가면서 번져 나가는 재생의 의미가 부활의 의미 아니겠어요? 이처럼 죽음→씨앗→생명의 잉태로 윤회되는 과정은 예·아니오가 분명하지 않은 양의적인 공간입니다. 이런 것은 로고스 중심적인 문화에서 보면 모순적이고 이율배반적인 것으로 인식됩니다. 그러나 적극적 의미에서의 양의성, 긴장성 이것이 바로 예술이다 그겁니다. 그래서 저는 이데올로기적 예술이 왜 잘못되었느냐고 물어보면 애써서 다의성을 주었는데, 다시 말해 악마와 천사를 공존시킴으로써 예술성을 주었는데, 악마는 싹 죽여버리고 천사만 드러내 보이니 이것은 곧 예술의 죽음을 의미한다고 대답합니다. 메시지가 강한 예술은 예술이 아니고 도그마입니다. 왜냐하면 예술은 원래 옳고 그른 가치 판단을 하는 것이 아니라 차이를 드러내는 것이기 때문이에요. 아까 말씀하신 대로 교조적이고 율법적인 곳에서 예술이 발붙일 수 없듯이 로고스, 이데올로기 중심의 단일적 기호가 지배하는 곳에서는 다의적이고 다음향적인 공간이 완전히 폐쇄된다고 말할 수 있습니다. 그러나 동양 문화는 그렇지 않았다는 것입니다.

강원용 서양 중에서도 독일 같은 경우는 연역법적인 방법론이 주를 이루어 위대한 사상가, 철학가도 많이 나왔지만 히틀러 같은 인물도 나왔습니다. 그러나 미국 같은 곳은 무엇이 필요한 것인가에서부터 출발하여 귀납법적 방법론이 대종을 이루어 독일처럼 파괴적인 현상은 나오지 않았습니다. 그러나 그러다 보니 어떤 규범이 없어졌다고 볼 수 있을 것 같아요. 이처럼 서양의 문화는 이원론적인 구조에서 형성되었기 때문에, 말하자면 동양의 음양 사상처럼 일원론이 배제되었기 때문에, 그와 같은 문제점이 발생하지 않았나 하고 생각해요. 이 정도 하고 지금부터는 오늘의 문화와 그 양상 및 한국적 문화 상황에 대해 얘기 좀 하죠.

토플러 같은 사람은 20세기 후반부를 탈이데올로기의 시대라고 보고 있어요. 1960년대까지는 이데올로기가 혁명 세력과 연결되어 경직되면서 사회에 팽배했는데 1970년대 들어서면서부터는 이데올로기라는 것이 맥을 못 추기 시작했습니다. 중국의 덩샤오핑[鄧小平]도 소련의 고르바초프도 이제는 순수한 의미에서 마르크스 이데올로기에서 벗어나고 있지 않아요? 이와 같이 탈이데올로기화되면서 사회 모든 체제가 피라미드 형식에서 다양성에 기초한 평등적인 네트워크 형식으로 바뀌어지고 있다고 할 수 있어요. 그러나 우리의 경우는 1980년대에 들어서면서 종교뿐만 아니라 사회·정치·문화 전반에 걸쳐 오히려 더 이데올로기적으로 경직되는 현상을 보여주고 있습니다. 이미 서구에서는 지나간 현상이 지금 우리에게는 일어나거든요. 이러한 현상을 문화 의식적인 측면에서는 어떻게 설명할 수 있고 또 그 타결책은 무엇이라고 생각하세요?

이어령 우리의 비극은 자본주의가 아니라 자본주의 철학이라고 봐요. 말하자면 이데올로기적인 것을 내세우는 것은 시대착오적이고 대륙적이라고 할 수 있습니다. 넓은 지역을 통치한다든가 다민족 국가가 사는 지역을 통치하기 위해서는 정, 혈연 등의 수단으로는 불가능하기 때문에 자연히 이념이 통치 수단으로 등장하는 거예요.

그렇지만 한국과 같은 모성 문화 사회에서는 탈가부장적인 것과 탈이데올로기적인 것이 원래 강하단 말이에요. 문화라는 것은 항상 반대되는 것의 결여 부분이 유난스레 특징적으로 나타나기 마련인데 우리가 조선 시대 5백 년 동안의 이데올로기 싸움, 일제 시대의 이데올로기 싸움, 해방 후의 이데올로기 싸움을 겪은 것은 사실상 이데올로기의 과잉 때문이 아니라 이데올로기의 부재 현상 때문이라고 할 수 있습니다. "이데올로기는 생산하지 않고 다만 그 자체를 확인할 뿐이다"라는 말이 있듯이 이데올로기적 언어라는 것은 새 언어를 만드는 것이 아니라 이미 있는 말을 권위화하고 절대화하고 그것을 지키자는 것입니다. 즉 이데올로기적 텍스트는 생명이 없는 텍스트란 겁니다. 그래서 찾는 문화, 모색하는 문화는 이데올로기가 될 수 없습니다. 아까 우리가 얘기했던 나쁜 의미의 '반석'이라는 것은 이데올로기를 굳히려고 하는 것, 어떤 중심을 만들려고 하는 것, 다시 말해 반노매드적인 것이라고 할 수 있어요. 이런 것이 거대주의를 표방하는 대륙성과 합해질 때 제국이 형성되고 또 그 반명제로서 혁명 세력이 형성된다고 봐요.

이런 점을 전제로 하고 강 박사님께서 질문하신 것,

즉 모성 문화로서의 우리 문화가 어떻게 창조적으로 생성될 수 있는가 하는 것에 대한 해답을 찾기 위해서는 "유교·불교문화가 우리 문화의 핵심이냐" 하는 반명제를 던져야 한다고 봅니다. 불교와 유교가 우리 역사의 5백 년, 천 년을 지배해 왔지만 우리는 이 땅에서 몇만 년을 살아오지 않았습니까? 툰드라, 시베리아, 몽고 벌판을 거쳐 한반도에 정착한 우리의 역사 줄기는 글로 씌어진 문화 훨씬 이전까지 소급됩니다. 그래서 저는 반은 농담 삼아 얘기합니다만 기마 민족으로서 한국인의 모습은 무엇이냐 하는 겁니다. 『삼국유사』만 보더라도 여자들이 말을 타고 다니는 얘기가 나와요. 문학에서 말이 없어진 게 신라 때부터입니다. 그런데 고분을 파면 말안장이 나오지 않습니까? 벌판에서 뛰놀던 사람들을 산골짜기에 가둬놓고 유교·불교로 채색을 해놓았으니 이 모양입니다. 사우디아라비아나 미국 같은 넓은 대륙에서 한국 사람들이 제 물 만난 듯이 사는 걸 보면 역시 한국 사람은 넓은 땅에서 살아온 민족이라는 것을 알 수 있어요. 그리고 내가 『신한국인』에서도 말했지만 한국에서는 뼈를 안 먹어도 갈비를 뼈에다 붙여야 팔리지, 고기만 줘가지고는 직성이 안 풀립니다. 그러니까 뼈를 아득아득 깨 먹는 이빨의 문화, 아주 원초적인 생명력이 있는 문화가 원래 우리 문화예요. 그런데 이것을 유교로 불교로 기독교로 이데올로기로 왜곡시켜 오늘날 한국인의 모습이 이렇지, 진짜 문화의 원광처럼 심층에 깔려 있는 한국인이라고 하는 것은 그렇지 않습니다. 이런 한국인의 모습이 요즘은 보이기 시작합니다. 왜냐하면 종교로부터 자유롭고 이민족으로부터 어느 정도 자유롭기 때문입니다. 또 다른 각도에서 보면 인간의 마음에는 피 흘리고 뼈가 툭 불거져 나온 것을 보면 싫어하는 속성이 있듯이 우리 속의 오랑캐적인 정신이라든가 원초적인 한국인의 모습이 드러났을 때 참 추악하다는 것을 느끼게 됩니다. 지금 우리 사회에서 규탄받는 한국인들, 치맛바람, 큰손 등 부정성을 가만히 들여다보면 추악해서 보기 싫지만 그 속에 연구의 대상이 발견됩니다. 문화라는 것은 원래 악마의 탈을 쓰고 나타나는 겁니다. 제가 보기에는 지금 천사처럼 보이는 것은 연구할 값어치가 없어요. 참 추악해 보이는 내부를 보면 그 속에 닦아야 할 것들이 있습니다. 이와 같은 원초적인 문화의 다이내믹스 속에서 창조의 원동력을 찾아 잘 연마할 때 진짜 활력 있는 문화를 생성해낼 수 있다고 하는 것이 제 생각입니다. 그러나 이것이 잘못 쓰여지게 되면 폭력·투기·경쟁, 밑도 끝도 없는 자본주의적 흐름 등 추악하기 그지없는 어두운 측면으로 빠질 겁니다. 사실상 미국을 볼 때도 미국의 가장 치욕스러운 측면이라고 할 수 있는 인종 차별, 범죄 조직 등이 동시에 미국의 힘의 원천이 되고 있지 않습니까? 이처럼 양의성을 지닌 문화를 이해할 수 있을 때 힘이 생겨나는 게 아닌가 해요.

축제 문화에 대해서도 얘기를 나누었습니다만 축제를 통해 질서화되고 유표화된 문화 속에서 억눌린 무의식적 문화가 표출되는 것 아니겠어요? 내가 늘 얘기하는 한국인의 신바람, 신가락 등도 구태여 샤머니즘과 연결시키지 않아도 문화 의식의 저변에 깔려 있는 한 요소로 봐야 합니다. 강 박사님께서 어떻게 들으실지는 모르지만 우리나라에서 몇십만 명씩 동원하는 사교도 절대로 외면해서는 안 된다는 거예요. 무슨 힘으로 저 많은 인파를 모이게 하느냐 이겁니다. 문화의 외피라는 것은 다 그런 것이기 때문에 그들이 내세우는 교리는 시원찮다는 식으로 얘기해서는 안 됩니다. 여기서 제기되는 질문은, 원동력을 가졌는데 왜 우리는 그 원동력 위에다 우리 문화를 못 세웠느냐 하는 것이에요.

강원용 아주 중요한 얘깁니다.

이어령 왜 우리의 원초적인 생명력인 신바람이 애들 유치원에 보내고, 사기, 협잡하고, 바람나고, 대낮에 댄스홀에 가

는 데서만 나타나고 다른 고급문화에서는 나타나지 않
느냐는 것이죠. 지금 겉으로 드러난 민중도 나는 진짜
민중이 아니고 표층화된 민중이라고 봐요. 진짜 민중은
우리 문화 속의 이러한 생명력을 가진 사람들입니다. 이
민중이 지니고 있는 활동력을 정치적으로든 종교적으
로든 어떤 한 방향으로 끌고 가서는 안 됩니다. 그러니
까 지금 말씀드린 축제 문화에서 보여지는 한국인의 활
력이 유교·불교·기독교 등의 종교성, 그리고 체제에서
오는 억압적인 힘, 이런 것들을 어떻게 비집고 나올 수
있는가 하는 것이 앞으로의 문제라고 할 수 있습니다.
다시 말해 역사 이전의 한국인을 우리 문화의 바탕으로
볼 것인가 또는 역사 이후의 한국인을 우리 문화의 바탕
으로 볼 것인가 하는 차이가 문화뿐만 아니라 종교, 역
사에서도 앞으로의 큰 과제가 아니겠는가 하는 거죠. 아
울러 기독교가 정말로 참종교가 되기 위해서는 교조화
되고 율법화되는, 말하자면 이데올로기화되어서는 안
된다고 봅니다.

강원용 참 핵심적인 얘기라고 생각합니다. 그런데 지나간 기독
교의 역사를 보게 되면 그리스의 이원론이 유입되고 교
황의 권력 체제가 형성되고, 신학이 형이상학적으로 교
리화되면서 교회에서 무엇이 쫓겨났냐 하면 축제가 쫓

겨났어요. 15~16세기에 전부 쫓겨났지요. 그 이전까지는 예배가 전부 축제였어요. 그 후에 나타난 것이 교조화·교리화의 강화이고 축제의 소멸입니다. 한편, 우리 기독교의 역사는 우리 민족의 역사에 비추어 볼 때 신생아라고 할 수 있어요. 개신교는 불과 백 년이고 가톨릭이라고 해봐야 2백 년밖에 안 되잖아요. 그런데 우리 기독교의 나쁜 버릇은 자꾸 민족의 복음화, 국가 발전을 위한 기도회 등 다른 가치와 결부시킨다는 겁니다. 이 점은 유교도 마찬가지예요. 가부장적인 습속들을 전통 가치다, 미풍양속이다 하면서 강조하고 있거든요.

유교의 역사는 역시 공자에게서 찾아질 수 있는데 그 것은 당시 중국 민중 속에 가장 강한 뿌리를 가지고 있었던 애니미즘에서부터 유래했다고 볼 수 있어요. 부모의 혼백이란 것은 바로 애니미즘의 표현입니다. 본래 공자는 종교가가 아니었으니까 이것을 정치나 사회 원리로 적용시켰던 거지요. 이 원리가 우리 사회에 받아들여져서 변형된 것이 우리가 말하는 유교문화라는 겁니다. 또 우리나라의 불교도 그것이 비본래적이라는 것을 불교인들도 인정하고 있습니다. 이처럼 외래 종교가 들어와서 정치와 결합하여 지배적인 힘dominant power이 된다 하더라도 우리 고유의 문화 의식이 사라지는 것은 아니에요. 그러나 이 선생이 말씀하신 한국인의 활력에 대해서는 내가 유교적인 가정에서 태어나 자라고 또 서구적인 합리적 교육을 받아서 그런지 못마땅하고 부정적으로 생각하게 돼요. 내 경험을 얘기하면 나는 열아홉 살 때까지 진짜 농촌에서 살았는데 우리 마을에서는 5월 단오, 8월 추석, 정월 보름 때는 대축제가 벌어졌습니다. 남녀유별이라고 하지만 그때는 온 동네의 남녀가 모여 큰 나무 함지에 물을 잔뜩 채워 악기를 만들고 바가지를 악기 삼아 노래를 부르는데 이 노래들이 전부 상소리예요. 노래가 한참 오고 가다가 그다음 춤을 추는데 지금 고고나 디스코는 흉내 낼 수 없는 격렬한 춤판이 벌어집니다. 동네 남녀노소 할 것 없이 완전히 하나가 되어버리고 신바람으로 화해 버렸습니다. 이런 모습이 그 당시 농촌의 모습이에요. 그런데 문제는 한국인의 이러한 모임에 거대한 힘이 존재한다는 것을 알고 여기에 착안하여 이들을 동원하려는 종교·정치 세력이 있다는 것입니다. 종교적으로는 사교에, 정치적으로는 불순한 이데올로기에 이러한 민중의 활력이 이용되는 것이 아니라, 이 활력이 21세기 정보화 시대를 맞이해서 건전한 양상으로 계발될 수 있는 방법은 없을까요?

이어령 어느 나라든지 저급문화와 고급문화가 함께 있기 마련입니다. 지금 강 박사님께서 어릴 때 얘길 해주셨는데 그것이 바로 축제 문화죠. 축제 문화는 정상적인 문화를 뒤엎는 것이에요. 영국에서는 크리스마스 때 장교가 사병에게 파이를 나누어 주는 행사가 있는데, 그것은 관이 있는 사람에게서는 빼앗고 관이 없는 사람에게는 주는 탈관 대관의 풍습입니다. 이런 행사를 통해서 재활성화 revitalization하고 원초적인 창조 공간으로 돌아가는 것입니다. 그러나 이것은 일시적인 문화인 것이죠.

화산의 열이 땅속에 있을 때 우리가 밥도 지어 먹고 짐승도 기를 수 있지만 이것이 폭발하여 분출하게 되면 도리어 사람이 죽습니다. 네르발이란 사람이 참 재미난 얘기를 했어요. 태초의 인간들은 땅의 열과 몸이 단절되지 않았다. 역사 흐름에 따라 자꾸 추워진다. 즉 땅의 열과 인간의 몸 사이에 두꺼운 지각이 생기면서 불을 가까이하게 되었다는 겁니다. 어느 때 이것을 가장 잘 느끼느냐 하면 빨간 꽃이 필 때예요. 땅의 열이 줄기를 통해 빨간 꽃으로 이어진다는 논리라고 할 수 있습니다. 그래서 네르발은 나무도 녹색의 꽃이라고 얘기합니다. 이렇게 볼 때 문화는 안에 숨어 있어야 해요. 아까 말씀드린 대로 뼈가 튀어나오고 피가 줄줄 흐른다면 살아갈 수가 없어요. 우리 생활 속에 나타나는 광란 같은 것은 코피가 터진 것에 비유할 수 있습니다. 그 피를 보고 생명력, 활동력을 느끼는 것은 좋으나 계속 피를 흘리고서는 못 산다 그거죠. 문화를 만드는 것은 지열이어야지 화산이 되어서는 안 된다는 말씀이에요. 그러면 민중 문화에서 필요한 것이 무엇일까요? 바로 스타일입니다. 이른바 고급문화라는 것은 제도를 가진 문화, 형식을 가진 문화이고 예술이라는 것은 따라서 좋든 나쁘든 어떤 형식을 가져야 합니다. 형식을 갖추지 않으면 엄밀한 의미에서 예술이라고 할 수 없다는 거예요. 가령 파우스트 박사의 전설이 있는가 하면 『파우스트』라는 문학 작품이 있듯이 어느 나라든지 민속적인 것과 예술적인 것을 다 가지고 있습니다. 이렇게 보면 민속적인 차원의 예술은 문화가 아니라 자연스러운 행태라고 할 수 있어요.

그러니까 우리의 민속이 아무리 훌륭하다 해도 그것을 자연 상태로 방치하면 생활에 불과할 뿐이지 문화는 아니라는 얘기예요. 슬퍼서 우는 것은 문화가 아니지만 울음에 '어이-, 어이-' 하는 가락이 스타일화되었을 때 문화가 되는데 반대로 이 문화라는 것이 민속, 민중을 떠나서 너무 제도화되어 버리면 생명력을 상실하게 됩니다. 이러한 틈바구니에서 훌륭한 문화가 창출되기 위해서는 형식을 갖추고 또 형식을 깨고 새 형식을 다시 만드는 작업이 계속되어야 해요. 빵도 막 구워졌을 때 가장 맛있듯이 예술의 형식도 새 형식이 나타난 순간 가장 아름답습니다. 아마 초기 교회가 비슷할 거예요. 제도가 없는 것도 종교라고 할 수 없고 완전히 제도화된 종교도 종교라 할 수 없을 겁니다. 집사도 생기고 목사도 생기려고 하는 그 순간에 기독교의 종교성이 가장 잘 나타난다고 보는 것이죠.

이렇게 볼 때 결국 끝없이 나를 지열에서부터 해체시키는 것과 동시에 새로운 나를 만들어내는 것이 고급문화를 완성해 나가는 길이라고 할 수 있습니다. 그러나 우리의 문화를 보면 고급문화는 완전히 굳어 있고 또 민중 문화는 아직 스타일화되어 있지 않은 상태에 머물고 있지 않나 하고 생각해 봐요. 양자가 완전히 분리되어 있거든요.

강원용 이 양자가 어떻게 연결되어져야 하느냐는 것이 절실한 문제라고 생각해요. 접근을 하는 스타일이 생겨나야 하는데 불순한 동기를 가지고 하는 것은 이루어지고 있지만 진정한 문화 창조는 잘 안 되고 있단 말이에요. 이 선생이 말씀하신 대로 뼈와 살이 붙어 있고 그 속에 피가 흐르면서 정말 생명력 있는 문화가 이루어져야 할 것입니다.

이어령　저는 그렇게 되기 위해서는 집단처럼 강한 개인이 나타나야 한다고 봐요. 그런 강력한 개인이 나오지 않는 한 우리의 집단적 생명력은 문화 창조적인 고급문화로 연결되지 않을 겁니다. 예를 들어 시인은 수천만의 생명력을 냉정한 눈으로 쳐다보고 그들의 감성을 한 개인으로서 고급문화로 표현하지 않습니까? 그런데 우리나라에서는 이게 안 된다는 것입니다.

강원용　왜 안 된다고 생각하세요?

이어령　그러한 개인의 훈련을 받지 못했기 때문입니다. 집단으로 가면 개인이 소멸되고 개인이 되면 집단에서 떨어집니다. 개인과 집단을 상대적인 개념으로 생각하는 곳에서는 문화가 절대로 생겨날 수 없어요. 집단 속에서 눈을 맹숭맹숭 뜬 개인과, 개인을 포함하는 집단이 문화 창조에는 필수적입니다. 비근한 예로 여기에서 두레놀이하고 사물놀이하는 것을 일본에 가져가서 펼쳐놓으면 일본 사람이 놀라는데 이것은 민속 차원입니다. 저는 이것을 우리 한국인의 신바람 문화에서 나온 것이라고 해석합니다. 한국의 이런 문화가 나쁜 방향으로 나아가지 않고 고급문화로 연결될 때 모든 분야에서 앞서 나갈 수 있습니다. 개인의 고급문화적 표현은 나의 성격을 나타내는 것이 아니라 한국인의 성격으로 나타나는 것이라는 얘기입니다. 신바람 나는 정치인, 신바람 나는 경제인이 나와 집단적인 민족의 신바람을 어떻게 반영시키는가 하는 것이 앞으로의 과제라고 할 수 있습니다.(강원용, 『강원용과의 대화』, 평민사, 1987.)

21세기는 한국 문화의 도약 시대

대담자: 백남준白南準

백남준   이 장관은 에너지가 넘치는 사람이다. 매일 그렇게 많은 사람을 만나며 뛰어다니고, 나 같으면 사흘도 못 하겠다.

이어령   병날 시간도 없다.

백남준   한국도 많이 발전했다. 이어령 씨를 장관으로 발탁할 정도라면. 어려움이 많겠지만 무당이 신神 오른 것처럼 열심히 뛰어달라.

이어령   무당 얘기가 나왔으니 말인데 이번 퍼포먼스의 성공을 축하한다. 한국인은 엑스터시(절정)를 아는 민족인 것 같다. 일본에서 곧 한국의 날 행사가 있을 예정인데 내 생각 같아선 매년 하던 행사는 제쳐두고 신나는 무당춤이나 고풀이를 펼쳐놓고 싶다. 또 첨단 예술인 백남준의 비디오 인스털레이션과 퍼포먼스를 보여주고 싶다. 그것도 일본의 상징인 오사카 성城에서, 엑스터시가 부족한 일본인들은 생명력 넘치는 한국의 미학에 놀랄 것이다.

백남준 기발한 착상이다. 그런데 일본이 오사카 성을 사용하게 해준다면 기막힌 퍼포먼스를 펼쳐 보이겠다. 샤머니즘은 인간의 예지와 영성靈性이 결집된 것이다. 거기에 아방가르드한 요소만 가미한다면 그것이 예술이다. 이제 우리는 일본에 열등감을 가질 필요가 없다. 유럽도 일본을 견제하기 위해 한국을 밀어주고 있다. 선禪이 '젠'이 되고 인삼이 '진센'으로, 두부가 '도푸'가 됐다고 화낼 필요가 없다. 문화의 팽창력은 신경질로 해결되지 않는다. 지금 우리에겐 최고의 소프트웨어, 즉 문화 역량이 집적된 에너지가 필요하며 고도의 하이테크도 필요하다. 모든 노벨상 수상자들의 수상 아이디어가 스물네 살 이전에 착상됐다는 사실은 시사하는 바가 크다.

이어령 그것은 기능과 용도의 차이와도 같다. 한국의 조각보를 보자. 옷을 만들다 남은 색색의 천조각을 붙여 만든 조각보, 바로 몬드리안의 그림이 아닌가. 또 우리가 깔고 자는 요도 그렇다. 서양인들은 요의 기능만 생각하겠지만 우리는 이불장에 개놓았을 때의 장식을 고려하여 색동요, 비단요 등 형형색색이다. 백남준 씨의 작품을 보는 내 시각도 이런 관점에 대입해 보고 싶다. 서양인들은 TV를 시청각 기능으로 보았을 테지만 백남준 씨는 장난감으로 보았을 것이다. 서양인은 TV가 고장나면 당황한다. 기능적인 측면으로만 보기 때문이다. 백남준이란 사람은 TV가 고장날 때 오히려 즐거운 놀이가 시작된다. 당황하지 않는 대신 첨단 테크놀로지와 해학을 대입해 그들을 놀라게 하는 예술로 치환시켰다. 때문에 백남준 씨의 예술도 뼛속 깊이 스며든 조각보의 미학, 한국인의 뿌리에서 나온 것이다.

백남준 내 경험으로 보면 내가 서양인들에게 한국 문화를 팔기 위해 작업을 하는 것은 아니다. 내 생각, 내 행동을 옮기다 보니 그들에게 설득력이 있었던 모양이고 결국 백남준이 하니 한국 것으로 여길 게 아닌가. 예술은 시장 원리와 다를 바 없다. 우선은 고객이 기다리고 있는 최대 공약수를 공격해야 한다. 민족 예술이란 말이 한국에서는 유행인데 좋은 예술을 하기도 어려운데 거기에 민족이란 말까지 넣어서 어떻게 하겠다는 것인가. 민족이란 뜻을 말로 하는 게 아니라 한국 사람이 하는 작업은 모두 한국 민족 예술인 것이다. 피카소가 스페인 민족의 미술을 고집했는가. 그러나 그의 작품엔 스페인의 혼과 역사가 배어 나온다.

이어령 민족 문화란 포용력 있는 문화 의식에서 나온다. 우리가 무당 이야기를 대화의 메신저로 삼았으니 말인데 무당 문화에도 주신主神과 잡신이 있다. 무속에서는 초대받지 않는 신神까지 부를 수 있다. 그런 포용력 있는 문화를 가진 민족이야말로 다양성과 창조의 우연성을 부를 수 있다. 한글은 세종대왕의 위업이며 우리 겨레의 얼이다. 그러나 다양성 있는 효용도에서 더욱 연구 발전시켜야 한다. 영어도 필기체와 인쇄체가 있고 대문자와 소문자가 있다. 일본어에도 히라가나와 가타카나가 있다. 그런데 한글이 창제된 지 550년이 되었는데도 우리 한글은 '가'는 오직 '가' 하나의 글자체만으로 되어 있다. 같은 글자이면서도 여러 가지 모양을 한 변화와 다양성, 여기에서 유연한 창조의 힘이 생겨난다.

백남준 네 발로 걷던 짐승이 두 발로 걷는 순간 지능이 엄청나게 발달한다는 소리를 들었다. 도약이란 그런 게 아닌가.

이어령 두 발로 걷는 것은 매우 불안하지만 두 발 짐승만이 춤을 출 수 있고 고공 점프가 가능하다. 한국 역사는 두 발로 걷는 것처럼 불안해 보였지만 21세기에는 고공 점프의 시대가 기대된다.

백남준 좀 다른 얘기지만 문화부가 이제는 문화 예술인을 보호 육성하는 정책을 세워달라. 한 예로 독일에서는 권위 있는 미술 행사인 카셀도큐멘타에 참가하는 작가에게 6백만 마르크를 보조해 준다. 베니스 비엔날레에 독립 전시관조차 없는 우리 현실과 차이가 너무 많다.

이어령 　중요한 문제다. 턱걸이까지 오르는 것은 개인의 재능이
　　　고 그 이상은 국가적 후원에 달린 것이 사실이다. 이를
　　　테면 '활'과 '상처'를 동시에 가져야 예술가를 얻을 수
　　　있는 것이다. 또 평지에 산을 만드는 것보다 높은 산맥
　　　에다 봉우리를 만들어야 높아진다. 한국 국민 모두의 문
　　　화 수준을 높이려는 것과 소수의 천재성을 끌어올리는
　　　엘리트주의는 모순되는 것이 아니다.

백남준 　우리 음악인 중 J씨, H씨 등은 거의 세계적인 정상급에
　　　도달해 있는 예술인들이다. 그러나 결정적인 후원이 없
　　　어 톱스타에 오르지 못하고 있는 안타까운 현실을 본다.
　　　이들의 실력으로 보아 이들이 일본인이었다면 벌써 최
　　　고 수준에 올랐을 것이다.

이어령 　뱀의 머리가 강을 건너야 꼬리도 건널 수가 있다. 따라
　　　서 머리와 꼬리가 동시에 건너려다가는 물 가운데서 뱅
　　　뱅 돌다가 떠내려간다. 창작 예술의 지원은 이런 논리에
　　　서 이뤄질 것이다. 다이아몬드가 아프리카에서 나지만
　　　뉴욕이나 파리에서 가공된다. 이제 한국의 예술가가 더
　　　이상 아프리카의 '원석' 노릇만 해서야 되겠는가.

백남준 　상상력을 가진 자가 대접받는 사회가 되어야 한다. 내가
　　　경기 중학을 나왔지만 그게 뭐 대수인가. 한국에서도 더
　　　이상 파벌 같은 게 없었으면 한다. 소군주의小群主義는 사

라져야 한다.

이어령　나는 가끔 세종대왕의 업적 중 제일 인상적인 것은 장영실의 발견이 아닌가 하는 생각을 한다. 장영실은 당시 관노였다. 그런데 그의 기술 하나만을 높이 사 그 신분을 따지지 않고 조정의 높은 벼슬자리를 주었다. '누구'인가보다 '무엇'을 하는가를 중히 여긴 것이다.

백남준　문화 국가는 열정과 인내를 동시에 가져야 한다. 그리고 적절한 바터제가 필요하다. 인생에는 얼마나 많은 바터제가 있는가. 무역도 바터 시스템이지만 섹스도 남녀 간의 기막힌 바터제이다.

이어령　겉으로 보기에 한국인은 성급해 보인다. 그러나 우리는 밥도 뜸 들여 먹고 음식도 발효시켜 먹는 생활 문화 속에서 살아오지 않았는가. 발효 음식은 참을성을 가지고 기다려야 제대로 맛볼 수 있다. 지금까지 뜸 들인 발효 음식을 이제 21세기 태평양 문화의 시대에 내놓을 때가 됐다.

백남준　문화에 투자하는 시대가 드디어 왔다. 냉전도 없어지고 이제는 문화 경쟁만이 눈앞에 펼쳐지고 있다. 우리도 링에 올라야 한다.

이어령　월남은 무력으로 통일을 했고, 독일은 경제의 힘으로 통일을 했다. 우리는 '문화의 힘'으로 통일을 이룩하는 모범의 나라가 되어야 한다.《《동아일보》, 1990. 7. 23.)

내면의 예술

대담자: 이우환李禹煥

한국 문화의 대표적 원형은 가변성可變性

이어령　오랜만입니다. 처음 만난 것이 아마 1967년인가, 1968년
　　　께 내자호텔 커피숍이었던가요?

이우환　이 선생님의 기억력은 정말 대단합니다.

이어령　처음 만났을 때 이 선생이 대뜸 나에게 "띄어쓰기에 대
　　　해 어떻게 생각하십니까?"라고 물어봤었지요. 국문학을
　　　전공한 나는 그때까지 한 번도 띄어쓰기를 생각해 보지
　　　않았습니다. 벼락을 맞은 기분이었습니다.

이우환　띄어쓰기는 서양 알파벳이 뿌리입니다. 서양에서는 물
　　　리적 스페이스가 제공돼야 문맥이 통하지만 한글을 비
　　　롯해 한자, 일본 가나[假名] 등은 모두 띄어쓰기가 없어도
　　　전체의 관계 속에서 말의 의미가 전달됩니다. 그때 저는
　　　사물들의 관계에 대해 한창 생각할 때였습니다.

이어령　예전 우리 할머니, 어머니들은 처음부터 끝까지 이어진

한글 서간에서 쉽게 문맥을 알아차렸습니다. 이 선생의 질문을 받고서 우리 민족의 마음속에는 어떤 내면적 스페이스가 이미 들어 있다는 생각이 들었고 그것이 한국 문화의 한 특징이라고 생각했지요.

이우환 관계에 대해 새롭게 생각하게 된 것은 일본에서 처음 작업을 시작할 때 접했던 서양 모더니즘이 한계에 부닥친 사실과 관련이 있습니다. 서양의 실패가 모든 대상을 물리적 해체를 통해 자아 속에 집어넣으려는 욕심에서 비롯된 것 아닌가 하는 의문이 들었지요.

이어령 언젠가 일본 미술 잡지《예술신조藝術新潮》가 전후戰後 일본 작가 베스트 10을 뽑았는데 그들 중 상당수가 이우환 씨 이론과 작품에 영향을 받았다고 쓴 글을 봤습니다. 국내에서는 잘 모르고 지나간 일이지만 나 자신은 그 글을 읽고 한국 작가가 일본 현대 미술사의 방향을 바꿨다는 사실에 무척 흥분했던 기억이 있습니다.

이우환 1960년대 일본 미술에 등장한 모노파 이야기군요. 서양 미술의 역사는 크게 두 가지로 볼 수 있습니다. 하나는 개인의 자아를 통해 대상을 완전히 분해, 재구성해서 인간의 것으로 정교하게 재현해내는 작업입니다. 또 다른 하나는 아무리 자아가 대상을 정복하려 해도 사물은 인간화, 관념화될 수 없다는 생각에서 오히려 대상과 자아의 관계를 새롭게 발견하려는 작업입니다. 일본 미술이 그때까지 전자에 치우쳤다면 저를 포함한 모노파는 후자를 주장한 것이지요.

이어령 한때는 일본 정신사의 물줄기를 바꾼 이우환이 혹시 일본적 토양에서 성장해(이 씨는 서울대 미대 1학년 때 도일渡日했다) 그런 것 아닌가 하는 생각도 했었습니다. 그러나 그 후 일본 현대 미술을 뒤바꾼 이우환의 영향은 우리 민족의식 내부에 오랫동안 잠재돼 온 그 어떤 문화적 유전자의 역할 때문일 것이라고 생각을 바꿨습니다.

이우환 지난 1988년 이 선생님이 일본에서 발표한 「보자기 문화의 포스트모던」이란 글과 관련 있는 말씀인가요?

이어령 그렇습니다. 접기에 따라 삼각형도, 사각형도 되는 보자기야말로 주변과의 관계에 따라 변화하는 것으로서 가변성과 능동성을 담은 한국 문화의 대표적 원형이라고 생각해 왔는데 이 선생 작품에서 말과 글로만 떠들던 내 주장의 증거를 찾았다고 할까요.

이우환 저는 항상 작품이란 있는 그대로의 사물, 즉 현실도 아니고 그렇다고 인간의 창작 의지에 따라 만들어진 의식의 집합체, 즉 관념도 아니라는 생각입니다.

이어령 그래서인지 이 선생의 작품을 보면 엄청난 긴장감을 느낍니다. 그 앞에 서면 마치 쨍 소리가 날 정도로 정적이

감도는 여름날 모든 사물이 고요하게 정지해 있는 듯한 느낌을 받게 돼요.

이우환 그것은 의식적으로 현실과 관념의 긴장 관계를 증폭시 킨 까닭이겠지요.

이어령 이 선생 작업은 처음 점의 반복에서 시작해 점의 연장인 선, 그리고 보이지 않는 리듬인 바람, 공간 등이 차례로 나타나면서 점차 의미 없는 공간의 역할이 커지고 상대 적으로 의미 있는 행위의 결과인 점이 줄어드는 역전 현 상이 일어나는데 어떤 정신적 과정이 있었습니까?

이우환 결과론적인 이야기인데 붓에 물감을 묻혀 연속적으로 점을 찍다 보면 색감의 차이가 저절로 나타납니다. 이런 반복과 차이로서 그동안 제 작업의 테마인 '무한無限'을 표현해 왔습니다. 어느 날 갑자기 이 작업이 이미 머릿 속에 그려진 것을 화면에 옮기는 것 아닌가 하는 회의가 느껴지면서 그럴 바엔 차라리 현실과 관념 사이의 관계 를 의식적으로 벌려보자는 생각을 했습니다.

이어령 조각도 그 연장인 듯한데 이 선생 조각은 어울리지 않는 사물의 조합이란 점에서 솔직히 처음에는 배신당한 느 낌이었습니다. 그런데 "쇠는 마음대로 되는데 돌은 마 음대로 되지 않는다"는 이 선생 말을 듣고 불현듯 철판 은 '문화화된 돌', '가축화된 돌'이란 생각이 들면서 인간이 지배할 수 있는 물체인 철판과 지배할 수 없는 사물인 돌이 인간을 사이에 두고 무언가 열려진 관계를 암시하고 있는 작업이다 하는 느낌이 들더군요.

이우환 결과론적으로 그렇게 됐지만 아무튼 멋진 해석입니다. 제 작품은 유럽에도 많이 소개됐는데 재미있게도 찬반이 엇갈립니다.

한번은 누군가가 "이 돌은 당신 말을 잘 듣는가?"라고 물어보더군요. 그래서 "잘 안 듣는다"고 했더니 "그러면 당신 작품은 아직 미완성"이란 말을 하더군요.

이어령 서양 문명의 세례를 많이 받은 우리 관객도 이 선생 작품을 그렇게 볼 수가 있겠군요. 저는 이번 국내 전시를 계기로 누구나가 이 선생 작품 앞에서 한 10분만 멈춰 설 것을 제안합니다.

이우환 바쁘신 가운데 제 작품을 꼼꼼히 보아주시고 이렇게 시간을 내주셔서 감사합니다. 2일 개막식에 정식으로 초대하겠습니다.(《중앙일보》, 1994. 8. 31, 국립현대미술관 이우환 초대전 대담)

문화인은 비난하는 사람이 아니라 비판하는 사람

국내파와 해외파의 만남

이어령 전 문화부 장관과 재일 화가 이우환 화백이 2월 8일 이
전 장관의 집필실에서 만났다. 두 사람의 만남은 매우 의미심장
하다. 한국과 일본이라는 서로 이질적인 문화 환경 속에서 자신
들이 갖고 있는 천재적인 재능을 발휘함으로써 정상에 서 있는
사람들이기 때문이다.

이어령 전 장관은 우리에게 너무나 친숙한 인물이다. 교수로,
저술가로, 초대 문화부 장관으로 종횡무진 학계와 문화계를 내
집 앞마당처럼 활보한 이 전 장관의 왕성한 활동상은 새삼 이야
기할 필요도 없다. 그래서인가 이 만남의 또 다른 한 사람 이우환
화백에게 관심이 모아진다.

이우환 화백은 일반인에게 잘 알려진 사람은 아니다. 그러나
그의 활동 무대인 일본이나 구미에서 그의 존재는 예사롭지 않
다. 특히 일본 미술인들에게 있어 이 화백은 극복해야 할 태산이
자 경외의 대상이다.

그의 미술 세계는 나무와 돌, 그리고 쇠를 거의 가공하지 않은
상태로 제시한다. 이 같은 예술 행위는 사물과 사물, 사물과 인간
사이에 알 듯 말 듯한 예감을 불러일으키고 새로운 인식을 갖게
하는 특징을 갖는다. 이것이 일본 현대 미술계를 각성케 한 이른
바 '모노파' 이론의 요체이다.

우리 문화의 세계화 가능성 진단

이 화백은 경남 함양에서 태어나 부산서중과 서울사대부고, 서울 대학교 미술대학에 차례로 진학했다. 그는 서울대 1학년에 재학 중이던 1956년, 와병 중인 숙부를 만나기 위해 일본으로 건너 갔다가 그만 그곳에 머물게 됐다. 일본 대학 문학부 철학과(미술 전공)를 졸업하고, 미술 이론가 겸 평론가로 활약, 1960년대 말부터는 화가로서 명성을 얻기 시작해 지금까지 미술 이론가이자 작가의 길을 걷고 있다.

우리 사회는 지금 세계화의 기치 아래 질서정연한, 때로는 격랑과도 같은 구조 개편의 흐름에 휩싸여 있다. 정부가 이끌고 국민이 호응하는 세계화의 골간은 국가주의에서 벗어나 세계의 중심으로 당당하게 들어가자는 의지로 설명된다. 세계화는 공허한 구호가 되어서는 안 된다. 우리가 세계화하려는 속내에는 더 이상 주변 국가로 머물러 있어서는 안 되며, 우호와 협력을 바탕으로 한 국제 간의 교류에 적극적으로 참여함으로써 꿈이 있는 21세기를 맞이하자는 실천적 비전이 담겨 있다.

《월간조선》이 우리 문화계의 두 거물이자 국내파와 해외파로 대표되는 이어령 전 장관과 이우환 화백의 대담을 마련한 것은 우리 문화의 위상과 세계화의 가능성을 진단해 보고자 함이었다. 대담은 두 사람이 평소 품고 있던 우리 문화의 장단점을 지적하면서 한국 문화를 새롭게 해석하는 방식으로 진행됐다.

먼저 이우환 화백이 이어령 전 장관의 화제의 베스트셀러 『축소지향의 일본인』이 일본과 세계의 독자들로부터 어떤 평가를 받고 있는지에 대해 말문을 열었다.

이우환 『축소지향의 일본인』이 일본에서 발간됐을 때 일본인들은 이 책을 통해 이웃 나라인 한국 지성인들에게 자신들이 어떻게 비쳐지는가를 관심 있게 지켜보았고, 또 상당 부분 영향도 받았다고 생각합니다.

'축소 지향'이라는 발상은 정치나 문화적인 것에 그치지 않고, 일본 문화의 뿌리나 전개 방식을 어떻게 하면 더 잘 살리고 세계적 안목에서 자기를 성찰할 수 있는가를 제시하는 계기가 됐습니다.

특히 이 책은 일본 문화의 독창성을 세계의 문화나 한국 문화를 포함한 주변국의 문화와 비교해서 일본이 잘된 때와 잘못된 때 어떤 변화가 있었는지를 세계적인 차원에서 검증한 최초의 저서로 평가받았습니다.

결과적으로 일본인들은 이 책을 읽으면서 자기 나라를 생각하고, 아시아와 세계를 생각하게 됐죠. 국내에서도 많은 사람들이 『축소지향의 일본인』에 관심을 보인 것으로 알고 있는데, 한국 사람이 이 책을 읽을 때는 일본을 읽으려 하지 말고, 우리 자신을 성찰할 수 있게끔

읽는 게 가장 훌륭한 독서법이라는 점을 강조하고 싶습
니다.

서울 올림픽과 가장 한국적인 것

『축소지향의 일본인』은 이어령 전 장관이 일본에 체류할 때 일
문日文으로 집필, 발간 3개월 만에 16판 발행에 16만 5천 부의 판
매를 기록한 베스트셀러가 되었고, 최근 백 년 동안 저술된 '일본
론' 가운데 베스트 10으로 선정되기도 했다(《프레지던트》).

이 전 장관은 이 책에서 일본은 역사적으로 관철되고 있는 특
유의 '축소 지향'의 문화 속에서 진로를 찾아야 하며, 이를 벗어
나 확대하거나 팽창하려 할 때는 반드시 파탄을 맞게 되리라고
경고했다.

이 전 장관 하면 서울 올림픽의 개회식 행사를 떠올리게 된다.
서울 올림픽 개막식 공연 주제는 '벽을 넘어서'였다. 공연 대본의
전문은 다음과 같다.

"인종의 벽, 이념의 벽, 너와 나를 가로막는 무수한 경계의 벽
을 넘어서 모든 사람이 한 곳에 모이니 서울은 세계의 마당이 되
고, 인류는 다시 하늘, 땅과 더불어 하나가 되었다……(중략)."

서울 올림픽은 이전까지 대결과 분단을 낳은 이념 문화에 종언
을 고하는 빅 이벤트였다. 옛 소련의 붕괴로 세계인이 음미하고
있는 탈냉전의 달콤한 향기는 어쩌면 서울 올림픽이 그 전주前奏

였는지도 모른다.

당시 이어령 전 장관은 올림픽 개회식 상임위원으로 있으면서 가장 한국적인 문화를 표현하기 위해 많은 애를 썼고, 잠실벌을 수놓은 한국 문화의 역동성은 전파를 타고 전 세계 곳곳으로 퍼져 나갔다. 그것은 한국 문화의 세계화 가능성에 대한 첫 시험대였던 셈이다.

이어령　나는 올림픽 개폐회식에서 '3S' 전략을 세웠지요. 그중 하나가 주제와 자기 정체성을 의미하는 'SUBJECT'의 'S'였습니다. 세계에서 한국 문화를 볼 때 가장 문제가 되는 것은 일본이나 중국의 그것과 구별하지 못한다는 점입니다.

그래서 이미 중국색이나 일본색으로 오해될 만한 것은 대담하게 제거하기로 한 것입니다. 말하자면 한국 문화의 특성을 차별화하여 보여주는 것이 곧 세계적 보편성을 얻는 요소라고 생각했기 때문이지요. 이것은 앞으로 우리 문화를 세계화하는 데 필요한 모델이 될 수도 있을 것입니다.

이 전 장관은 그러한 예로 '용龍'을 사용하지 못하게 했던 점을 소개했다.

외국인들은 보편적으로 '용'은 곧 중국이라고 생각하는데, '용'을 도구로 해서 우리가 중국인들보다 더 훌륭하게 표현할 수 없다면 아예 **빼**버릴 수밖에 없었다고 한다.

공교롭게도 1988년이 '용'의 해였기 때문에 여기저기서 용을 올림픽 개막식에 등장시켜야 한다는 주장이 많았지만 이 전 장관은 끝까지 반대했다.

그리고 부채도 사용하지 못하게 했다고 한다. 우리는 곧잘 부채춤을 보여주곤 하는데, 외국인들은 부채를 일본 문화라고 생각하고 있기 때문이었다. 그래서 나온 아이디어가 잠실벌에서 함께 어우러진 대형 마당놀이였다. 웅장하게 펼쳐진 이 마당놀이에는 정중동靜中動의 리듬, 일본의 2박자와는 다른 우리 고유의 춤사위인 3박자 리듬이 담겨 있었다.

올림픽 개회식 행사 가운데 또 하나 기억에 남는 이벤트는 텅 빈 잠실벌을 어린이가 굴렁쇠를 굴리며 뛰어다니던 '정적靜寂'이라는 프로그램이다. 이 전 장관은 이것을 이우환 화백의 미술 세계와 비교해서 설명했다.

이어령   이우환 씨가 그리는 점點의 세계는 점 자체가 아니라 점
        과 점의 관계, 즉 그 사이에 있는 공간을 우리에게 보여
        주고 있는 것입니다. 흔히 동양의 미학이 여백의 미라고
        들 합니다만, 이 화백은 그것을 산수화에서 보여준 것이

아니라 점이나 선과 같은 추상적인 구조물 속에서 새롭
게 창조해낸 것입니다.

역대의 올림픽은 어떻게 하면 많은 인원으로 그라운
드를 가득 메우는가 하는 경쟁을 한 셈입니다. 그러나
이것을 완전히 뒤집어 한 어린이가 등장하여 텅 빈 공간
과 정적의 무無를 보여주게 한 것 역시 이 화백의 발상과
공통적인 데가 있지요.

한국인의 저변에 깔려 있는 '낯익은' 문화적 특성을
어떻게 하면 세계인이 납득할 수 있는 '낯선' 음향이나
영상, 또는 퍼포먼스와 같은 양식으로 창조해내는가 하
는 것이 우리가 풀어야 할 과제라고 생각합니다.

우리 문화의 세계화, 즉 가장 한국적인 것을 세계화하
기 위해서는 한국 문화의 원형에 새로운 충격을 가해야
할 필요성이 있습니다.

이 화백은 올림픽 개회식에 대한 느낌을 다음과 같이 고백했
다.

이우환 나는 올림픽 개회식에서 보여준 이어령 씨의 생각이 옳
다고 생각합니다. 용 문제만 해도 그렇습니다. 우리는
절대로 중국 사람이 만든 용의 이미지를 뛰어넘기 힘들

거든요. 따라서 우리는 '차이화'된 것을 택할 수밖에 없었을 겁니다. 또 우리의 역사나 사회적으로 볼 때, 대집단이 남에게 뭔가를 보여주는 일에는 그다지 능숙치 못하다고 생각합니다.

개인적인 것에서부터 우리 사회의 저변에 흐르는 문화 요소를 어떻게 하면 암시적으로 표현할 것인가, 또는 3박자의 연상적인 리듬을 어떻게 시각적으로 보여줄 것인가를 분석하지 않을 수 없었을 겁니다.

이 같은 분석 결과를 토대로 외국의 형태와 비교해서 얻어낸 '차이성'을 잘 살렸기 때문에 올림픽 개회식은 극적이고, 감동적인 행사로 우리의 기억에 남아 있는 것이죠.

서울 올림픽에 대한 의견을 나누고 난 뒤 이 전 장관은 이우환 화백의 미술 세계를 화제로 끌어들였다. 이 화백을 이야기할 때 "또 한 사람의 세계적인 예술가 백남준白南準 씨를 거론하지 않을 수 없다"는 이 전 장관은 "내가 과거에 지니고 있었던 흑인관이 알렉스 헤일리의 『뿌리』를 읽음으로써 일거에 허물어진 일이 있었다"면서 이 두 사람은 세계에 한국이 우수한 문화 국가임을 깨닫게 해주었고, 한국의 문화를 긍정적으로 만드는 데 크게 기여한 인물들이라고 말했다.

특히 이우환 화백과 백남준 씨는 자기 분야에서 독보적인 위상을 굳힌 천재적인 예술가들이라고 극찬했다.

귤이 탱자 되는 문화 토양은 곤란

그러나 두 사람에 대한 국내의 평가는 매우 인색한 게 사실이라며 그 원인을 다음과 같이 지적했다.

이어령   이 화백은 전후 일본 화단을 이끌어온 상징적인 인물입니다. 전후 일본 미술사를 이론과 작품으로 리드한 이 화백에 대한 일본 화단의 평가는 상상을 초월할 정도예요. 일본의 미술 전문지 《예술신조》는 전후 일본 예술 50년을 이끈 '화가와 미술 이론가 10걸'에 이 화백을 올려놓았을 정도니까요. 또 백남준 씨는 비디오 아트라는 새로운 장르를 개척해낸 창조적인 인물입니다. 미국이 텔레비전을 발명했고, 일본이 이를 상품화했다면 백남준은 텔레비전을 예술의 도구로 창조해낸 것이지요.

　오늘의 이 화백과 백남준 씨는 놀랍게도 일본과 미국에서 세계적인 예술가로 성장했다는 점을 주목할 필요가 있습니다. 만약 이 두 사람이 한국에서 활동했다면 아마도 귤이 탱자가 됐다는 비유에 맞는 처지가 됐을지도 모릅니다. 우리의 문화 토양은 그들을 쉽사리 인정하려 들지 않는 데 문제가 있습니다. 이 두 사람이 해외에서 인정을 받은 요인은, 첫째는 국제 언어인 시각성 또는 청각성을 갖고 있었기 때문이며, 둘째는 예술의 진실 앞에서는 정치적 파워나 경제적 계산이 개입되지 않는 환경이 있었고, 셋째는 그들이 활동하고 있는 나라의 예술 토양이 깊고 다양했을 뿐만 아니라 새것을 포용할 수 있는 지적인 대중이 있었기 때문입니다.

이우환 화백은 지난 1991년에 표절 시비에 휩싸여 곤욕을 치렀다. 시비의 발단은 미술 평론가 원동석 씨(당시 목포대 교수)가 미술 전문 월간지《미술세계》에 특별 기고문을 실으면서 시작됐다.

한국 하면 가슴이 아픈 이 화백

당시 원 교수는 이우환 화백의 작품 〈바람따기〉 연작이 서양화가 김형동金炯童 씨 작품의 일부분을 표절했다고 주장했다. 이에 대해 미술 평론가 김영순金英順 씨와 화가 박권수朴權洙 씨는 원 교수의 주장에 반론을 제기하면서 원 교수를 격렬히 반박하고 나섰다.

그러나 당사자인 이우환 화백은 일고의 가치도 없는 일이라고 생각하여, 당시 문제의 평론은 읽지도 않았다고 한다. 그러나 표절 시비로 인해서 곤욕을 치르는 동안 이 화백은 마음의 상처를 받았고, 이후에 귀국할 때마다 서글픔을 금하지 못한다면서 그때의 느낌을 이렇게 말했다.

이우환　일본에서도 작품에 대한 논쟁이 일면 화가 나거나 가슴이 아플 때가 있었습니다. 그러나 고국에서같이 억측으로 허상을 만들어놓고 그것을 공격하는 일은 거의 없습니다. 대화나 논쟁은 서로 다른 것을 키워나가기 위한 과정입니다.

저는 오랫동안 생각해 보았는데, 우리 민족이 삼국 통일 이후 단일 민족이 되면서 외국인에 대해 지나치게 배타적인 성향을 갖게 된 것과 농경문화 풍토에서 생겨난 획일성을 띤 공동체적 발상이 그 원인이 된 것으로 결론을 내렸습니다.

이 화백은 공동체적 발상의 특징으로 개성이 말살되고, 모두가 같은 생각을 하고, 맞장구치는 의식에 지배당하고 있음을 지적하면서 유년 시절 그의 고향 마을에서 있었던 일화를 들려주었다.

이우환　옛날에는 민화 화가들이 많았어요. 이런 사람들이 우리 마을에 오면 크기와 내용이 똑같은 그림이 그려진 병풍으로 집집마다 치장되곤 했지요. 그땐 신기하기만 했는데 지금 생각해 보면 이게 공동체적 발상에서 생겨난 웃지 못할 일이었던 거죠.

공동체 의식 속에는 이질적인 문화에 대한 거부 의식과 이를 매장시키려는 강한 의지가 집단적으로 함축돼 있습니다. '하나'가 되려는 원칙에 충실한 것입니다. 똘똘 뭉치려는 겁니다.

동일한 생각과 동일한 물건을 소유하지 않으면 왠지 불안해지는 겁니다. 남북통일의 원칙에 있어서도 이 공동체적 의식이 주조를 이루고 있음을 주목할 필요가 있습니다. 이것은 엄밀하게 말해 세계화에 역행하는 것이라고 말해도 지나치진 않다고 봅니다.

왕래도 없이 50년간 단절된 상태에서 서로 얼마나 이질화되었는가를 비교하면서 같은 민족으로서의 점진적인 동질성 회복을 이룬다는 시각으로 통일 문제에 접근해야 해요.

한 가지 더 지적하자면 지금은 '자급자족'의 시대가 아니라는 겁니다. '신토불이'라는 말이 내포하고 있는 의미대로 우리 땅에서 수확된 것만으로 살아가자는 건 억지예요. 지금은 우리가 만든 상품을 외국에 내다 팔기도 하고, 우리에게 없거나 부족한 상품을 사들이기도 하는 국제 무역 시대입니다.

이미 우리 주변의 50%가량은 남의 것으로 채워져 있
어요. 정신적으로도 마찬가지고요. 현대는 더욱이나 남
과의 관계, 다시 말해서 타자他者와 더불어 사는 시대인
데 '공동체' 의식의 허상을 붙들고 살 수는 없는 것 아닐
까요.

비판은 없고 비난만 있는 시대

공동체 의식의 위험성을 진단한 이 화백이 잠시 음료수를 마시
는 사이, 화제는 자연스럽게 우리의 문화 의식과 지식인들에 대
한 비판으로 옮겨 갔다.

우선 문화인에 대한 개념을 이 전 장관은 "체제의 굴레에서 벗
어나 비체제에 속해 있는 사람들"이라고 정의했다. '비체제'는
이질적 그룹인 '체제'와 '반체제'를 냉정하게 비판할 수 있는 능
력을 갖고 있는 제3의 그룹이라는 것이다.

그는 체제와 반체제는 서로 반대편에 서서 신랄하게 비난을 퍼
붓지만 '비난'을 '비판'과 혼동하는 오류를 범하고 있다고 했다.
그러나 우리 사회에서 진정한 '비체제 인사', 즉 '문화인'은 찾아
보기 힘들다는 게 이 전 장관의 설명이다.

이어령   체제 인사나 반체제 인사들은 자기가 속해 있는 체제에
        대해 비판의 메스를 가하지 못하는 한계를 갖고 있습니

다. 이 같은 비판의식의 결여는 분파주의分派主義를 조장하는 원인이 되고 있지요. '내 편' 아니면 '네 편'만 존재하는 상황을 연출하는 겁니다.

우리 사회에는 이들을 냉철하게 비판할 이른바 비체제주의자가 없다고 보아도 크게 틀리지 않습니다. 따라서 문화인들이 가장 먼저 해야 할 일은 자기 밖으로 뛰쳐나갈 수 있는 용기를 가져야 한다는 겁니다.

이를 위해선 사회·민족·국가·역사까지도 무화無化시키는 치열한 몸부림이 있어야 하는데, 우리에게는 이 과정이 생략돼 있어서 비체제 기능의 작용을 기대하기 어렵습니다. 결과적으로 우리 사회는 비판은 없고 비난만 있는 사회가 돼버렸어요.

우리에게 제대로 된 문화인이 없다면 그 원인은 어디서 찾을 수 있을까. 혹시 아직까지도 우리 사회를 지배하고 있는 유교의 영향은 아닐까. 명분에 지나치게 집착함으로써 대의를 놓쳤던 성리학자들에게 뿌리가 있는 것은 아닐까.

그러나 이 화백은 율곡栗谷과 퇴계退溪라는 조선조 성리학의 양대 산맥을 나름대로 분석하면서 오히려 이들이 우리나라의 정신사를 이끈 업적을 잘 이해해야 한다고 말했다.

이우환 율곡은 데카르트의 철학과 유사한 이론을 펼쳤는데 자연법칙에 근거해 인간의 사고를 재편성하자는 주장을 했습니다. 반면 퇴계는 칸트적 발상과 유사해요. 인간에게 가장 중요한 것은 '도덕성'과 '실천성'인데 이 문제를 이성적으로 접근해 분석하자고 했지요.

우리의 정신사를 관통하는 유교는 율곡과 퇴계의 이론을 연구하던 후학들의 끊임없는 연구와 치열한 논쟁을 거듭한 끝에 중국의 성리학이 한국의 성리학으로 탈구축화脫構築化하게 된 것입니다.

그런데 여기서 역사는 오류를 범했습니다. 사색당쟁과 붕당주의에 대한 그릇된 비난이 바로 그것입니다. 이것은 세계관 정립을 위한 논쟁의 가능성 제시였음을 직시해야 할 필요가 있습니다. 중국의 성리학을 우리의 성리학으로 변형시킨 두 사람의 역량은 아직도 그 가치가 바래지 않고 있습니다.

사상을 체계화함에 있어서 끝없이 차이성을 논해야 한다는 것을 보여준 선조 사상가들의 위대함을 고도 산업사회에 사는 현대인들이 올바르게 인식했으면 좋겠습니다.

이 전 장관은 편견이나 단견 그리고 주관성의 결여가 우리 사회를 불신의 늪에 빠지게 했다면서 최근에 발생한 대형 사건들을 새로운 시각으로 해석했다.

이어령   문화인들은 어떠한 경우라도 절대 언어와 유행 언어에 빠져서는 안 됩니다. 우리는 흔히 사색당쟁 붕당주의를 들어 민족성 운운하지만 조금만 주의 깊게 관찰해 보면, 서구나 일본의 분당분파의 싸움은 한국의 그것보다 훨씬 더 치열했고, 방법도 가혹했다는 것을 쉽게 알 수가 있어요. 오히려 우리는 유·불·선 세 종교가 조화를 이뤄내 서구와 같은 종교 전쟁이라는 오점 없이 서로 융합하여 공존해 왔습니다.

    '지존파 사건'이나 '성수대교 붕괴 사고'와 같은 참변이 일어나면 온통 언론이나 여론은 한 방향으로만 쏠립니다. 그래서 한국은 갑자기 지옥 같은 나라로 변하고 말지요.

    아무리 불행하고 큰 사건이라도 그것을 풀이하고 진단하는 다양한 시각이 있어야 하는데도, 한국 사회는 범죄와 사고의 외피에만 얽매여 사건의 본질을 꿰뚫고 이에 대처하는 일반 문화가 취약하다는 데 더 큰 문제가 있습니다.

이 전 장관은 열다섯 살에서 스물다섯 살까지 청소년 살인율이 세계에서 제일 높은 나라가 인구 10만 명당 36명꼴인 미국이고, 이탈리아가 6명으로 2위라는 통계를 예시하면서, 한국 사회는 절망하기보다는 오히려 소중하게 지키고 본받아야 할 일들을 더 많이 갖고 있는 사회라고 부연했다.

이어령   성수대교 붕괴를 놓고 모든 사람들이 졸속 시공이 빚은 당연한 결과라고 규탄하면서도 붕괴 원인을 규명하고, 수사하는 일 자체가 또한 졸속에 흐르지 않았던가를 우리는 자성해 보아야 합니다.
     그리고 고베 지진에서 한국 건설회사들이 지은 빌딩들은 붕괴되지 않아 화제가 되었던 사실도 눈여겨보아야 할 겁니다.

문화의 꽃은 절대 언어가 아니라 상대적 언어에서, 그리고 상투어가 아니라 독창적 언어에서 생겨나는 것임을 지적한 이 전 장관은 비합리적인 문화와 합리적인 문화, 저급문화와 고급문화 등 상반되는 문화가 끝없이 충돌하면서 보편성을 띤 새로운 문화로 재편성되는 게 문화의 속성이라고 했다. 그는 궁중 음악인 아악과 민중 음악인 사물놀이를 비교하면서 우리 문화의 정체를 이렇게 설명했다.

이어령 김덕수 사물놀이패들의 연주는 매우 열광적인 반면 아
악은 절제되고 단아하기만 합니다. 지배 계층의 음악인
아악과 피지배 계층 음악인 사물놀이는 상대를 견제하
기도 하고 지배하기도 하면서 오늘에 이르렀습니다.

지배 계층의 문화가 강화되면 자연히 피지배 계층의
문화는 움츠러들게 됩니다. 반대로 지배 계층의 문화가
움츠러들면 피지배 계층의 문화가 활발하게 펼쳐져 무
정부 상태까지 치닫게도 되지요.

이 같은 문화 충돌 현상은 어느 나라, 어느 민족 할 것
없이 겪어온 일입니다. 그런데 우리 문화는 상당히 정열
적이고 폭발적인 피지배 계층의 문화를, 유교라는 정치
철학을 앞세운 지배 계층의 강화된 힘이 효과적으로 견
제한 결과, 지금과 같은 문화의 틀이 짜여지게 된 겁니다.

획일적 사고와 패러다임적 사고

이 전 장관은 또 우리 문화의 특징 가운데 하나로 민족 간 교류
가 적극적으로 이루어지지 않아 파생된 폐쇄성을 들고 있다. 우
리나라는 통일 국가의 형태는 갖췄지만 실질적으로 민족 구성원
간의 통일은 이루지 못했었는데, 6·25 전쟁을 치르면서 비로소
민족 구성원 간의 통일을 달성했다고 말했다.

이어령　우리가 오랜 농경문화의 폐쇄성에서 근대적인 개방 문
　　　　화로 전환하게 된 것은 6·25라는 전쟁을 통해서였습니
　　　　다. '텃세 문화'는 '피난민 문화'에 의해서 무너지게 된
　　　　것이지요.

　　　　정치적으로는 분단 상황을 더욱 고착시켰지만, 언어·
　　　　풍습·사고 등 문화적으로는 이북 사람과 이남 사람의
　　　　문화가 서로 섞이고 상층과 하층의 신분이 뒤섞이게 되
　　　　었지요.

　　　　전쟁은 농경문화의 순수한 민족의 동정童貞을 상실케
　　　　했지만 이물교합異物交合과 같은 외부 접촉의 잡스럽지만
　　　　개방에 적응하는 새로운 문화가 생겨나기 시작한 것입
　　　　니다. 이러한 피난 문화는 해외 이민으로까지 이어져 결
　　　　국 미국이라는 타자 문화의 두께와 넓이를 갖게 됐지요.

이 전 장관의 말은 6·25 전쟁이 정치 이데올로기적으로는 골
육상잔의 비극이었지만 아이로니컬하게도 문화적으로는 민족이
지역을 넘어 교류 융합하는 개방화를 촉진하는 계기가 됐다는 것
이다.

그의 설명을 통해 우리는 역사를 고정관념이나 경직된 시각이
아닌 역사를 변형해서 또 다른 결론을 얻어내는 패러다임적 사고
에 관심을 갖게 된다.

패러다임을 바꿔서 바라보면 아무리 불행한 역사라 할지라도 교훈이 될 만한 창조적인 요인을 찾아낼 수 있다고 했다. 그리고 불행을 행으로 전환하는 힘이 바로 인간의 문화요 신화의 힘이라는 것이다.

그는 사물을 보는 시점을 바꾸는 패러다임은 서로 상반된 해석을 가능케 한다면서 이솝 우화의 교훈을 해석하는 미국인들의 단면을 보여주었다.

이어령   가령, 미국인들이 어린이들에게 가르치는 이솝 우화 「토끼와 거북」의 해석을 어떻게 설명하고 있는지 봅시다. 이 우화의 교훈은 두 가지예요. 토끼 입장에선 교만하거나 자만하면 안 된다는 것일 테고, 거북이 입장에선 끊임없이 노력하면 언젠가는 결실을 맺게 된다는 것이죠.

그러나 미국인들은 '재능이 없다고 절망하지 마라. 열심히 노력하면 반드시 성공하게 된다'고 설명합니다. 이것이 미국인들이 자랑하는 민주주의 교육입니다. 토끼가 중간에 잠을 자고 있다는 상황을 드러내지 않음으로써 희망을 주는 것입니다. 즉 열심히 일하는 대중에게 희망을 주는 보편적 메시지를 패러다임을 통해 전달해주는 것입니다.

이 전 장관은 패러다임을 획일적인 사고방식에 제동을 걸 수 있는 훌륭한 장치라고 했다. 그는 획일성이야말로 우리 모두가 경계해야 할 대상이라면서 언론의 획일성에 대해서도 언급했다.

이어령   언론도 마찬가집니다. 자유가 없을 때의 언론은 '정치 지향적'일 수밖에 없고, 고도 경제 성장기에는 '경제 지향적'이 될 수밖에 없었지요. 그러나 이제는 그것으로 통하지 않습니다. 문화 지향적인 데로 가지 않으면 정치도 경제도 그 변화를 읽을 수가 없게 됐어요.

얼마 전 연예인 매니저의 살인 사건이 있었는데, 그것을 보도하고 해설하는 언론의 기사는 모두 똑같았고 평면적이었습니다. 이건 정말 안 될 일입니다.

예를 들어볼까요. 자동차 문화가 발달하자 엉뚱하게도 기왕의 모자 문화에 변화가 일어나버린 일이 있었습니다. 자동차의 천장이 낮아졌기 때문이었지요. 자동차를 타는 사람들은 모자를 벗지 않을 수 없게 된 겁니다.

언론에도 이런 변화가 있어야 합니다. 눈에 보이지 않는 상관관계를 찾아내고 그것을 읽는 방법이 요구되는 것이지요. 언뜻 생각하면 신문의 역할은 '쓰는 것'으로 생각하기 쉽지만 사실은 사건이나 사회를 '읽는 것' 아닙니까?

매니저 살인 사건을 좀 더 얘기해 보죠. 이 사건의 특징 가운데 눈에 띄는 것은 '네오노매드neo-nomad(신유목민적 문화)'의 대두입니다. 범인들은 범행 후 제일 먼저 휴대폰을 구입했습니다. 그러고는 스키를 타러 스키장으로 갔죠. 범죄자는 도피하게 마련이지만 이들의 행동을 보면서 난 '네오노매드'의 출현을 예감했습니다. 그들은 범행 후 끊임없이 이동했습니다. 그리고 그들이 갈망하는 것은 돈이 아니라 자기 존재의 표현, 즉 스타가 되려는 꿈이었다는 것을 말하고 싶어요. 물질 만능주의만으로는 속 시원하게 이해할 수 없는 범죄 유형이었던 겁니다.

우리 사회의 3대 소모전

국가의 모든 신경망이 세계화에 예민하게 반응하고 있는 지금, 사회적으로 정리되지 않는 몇 가지 가운데 다음의 세 가지 문제를 놓고 이어령 전 장관, 이우환 화백과 《월간조선》 김용삼金容三 기자의 대담이 계속됐다.

김용삼 우리 사회는 한자 사용 문제와 조선총독부 건물이었던 현 국립 중앙박물관의 철거, 그리고 일본 문화 개방을 둘러싼 논란으로 문화적 소모전을 치르고 있습니다. 한자 사용 문제는 해방 이후 지금까지 언어 실용주의자들과 언어 쇼비니스트 사이에 끊임없이 논쟁을 벌이며, 뚜렷한 결론도 내리지 못한 채 국민들의 언어 사용에 혼란만 가중시켜 왔습니다.

또 건국 이후 대한민국 정부를 상징했고, 지금은 국립중앙박물관으로 이용되고 있는 옛 조선총독부 잔재의 청산을 놓고 논란을 벌였습니다. 먼저 한자 사용 문제에 대해서 이우환 화백께서 말씀해 주십시오.

이우환   이번에 노벨 문학상을 수상한 오에 겐자부로[大江健三郎]의 예를 들어보겠습니다. 그의 문체는 번역 문체라는 게 특징입니다. 그의 문장에는 때때로 영어나 프랑스어가 불쑥불쑥 튀어나와 일본 독자들을 혼란시키고 있습니다.

그동안 일본에서는 오에 겐자부로의 문장을 두고 일부에서는 순수한 일본어를 파괴했다고 비판하기도 했고, 또 한편에서는 일본어가 보편성을 띠기 위해서는 당분간 어쩔 수 없는 일이라는 사람도 있었어요.

최근엔 오에 겐자부로의 노벨상 수상을 계기로 논쟁이 다시 일어났습니다. '일본어는 무엇인가. 문학은 무엇인가'라는 자성의 바람이 일고 있다는 것입니다. 그런데 오에 겐자부로 쪽에 손을 드는 사람들의 주장은 이렇습니다.

'번역 작업을 통해 현 나라의 정서와 문화를 대변한다는 것은 한계가 있다. 따라서 일본의 문화를 구체적인 이미지로 표현해 전 세계인이 어렵지 않게 이해할 수 있도록 언어가 기여해야 한다'는 주장은 꽤 설득력을 얻고 있습니다.

이를 반영하듯 요즘 일본 문단에서는 미국에서 공부를 하고 돌아온 일본인이 일본어와 영어를 혼합해서 쓴 소설을 종종 발견하게 됩니다. 순수한 자기 나라 말을 지킨다는 발상은 언어학적으로 불가능한 일이라는 생각이 꿈틀대기 시작한 겁니다.

외국어가 뒤섞여 혼란을 주는 경우가 전혀 없진 않지만, 나는 우리나라의 경우 순 한글주의를 주장하는 사람들의 발상은 우리의 언어와 이미지를 메마르게 하고, 세계화에도 역행하는 행동이 아닌가 생각합니다.

언어는 교류하면서 고착되고 변화된다는 점을 인정했으면 합니다. 한문은 중국의 문자인 게 사실이지만 우리나라에 유입돼 국민들이 사용하면서 우리의 글자로 자리를 잡은 것 아닙니까? 저는 한자 사용을 배격하는 주장이 잘못됐다고 생각합니다.

언어학, 특히 기호학記號學에 탁월한 식견을 갖고 있는 이어령 전 장관은 한자를 사용하자는 것은 국한문國漢文을 혼용해서 쓰자는 것이지 우리말을 중국화하자는 것은 아니라고 했다.

서양인들 한자 부러워한다

이어령 한자를 못 쓰게 한 가장 큰 이유는 근대화 과정에서 한
글의 기계화를 이루기 위함이었습니다. 평행문자平行文字
를 중심으로 해야 한글의 기계화가 가능하다는 것 아니
었습니까?

　　그런데 지금은 어때요. 한자 때문에 기계화가 안 됐다
고 말할 수 있습니까. 오히려 한자를 사용한 일본 사람
들이 '팩시밀리'라는 문명의 이기를 발명한 것은 무엇을
시사해 주고 있습니까.

　　그들은 상형 문자인 한자를 동화상動畫像으로 전송할
수 있는 방법을 찾다가 이 기계를 발명한 것입니다. 그
러나 우리는 불편하니까 없애자는 발상으로 대응했지
요. 한자의 기계화는 비합리적이라는 발상이 보기 좋게
뒤통수를 맞은 꼴이 됐지요.

　　또 한 가지 서양 사람들이 제일 부러워하는 것이 한자
라는 사실은 시사하는 바가 큽니다. 서양 사람들의 문자
는 같은 알파벳 문자를 써도 'water'라는 말은 영어 외
에는 통하지 않습니다.

　　스위스는 영어·독일어·프랑스어·이탈리아어가 공통
어인데, 그들은 공공장소에 안내문을 쓸 때 네 개 국어
를 모두 써놓아야 합니다. 그러나 한자 문화권에 있는

사람들이 '水'라는 글자를 써놓으면 발음은 다르겠지만 그 뜻은 분명하게 통합니다.

　언어의 문제는 매우 신중하게 검증해야 합니다. 쉽게 결정하고 쉽게 시행할 수 없는 게 언어의 특징입니다.

이 전 장관은 문자와 관련된 재미있는 여담을 들려주었다.

소리 나는 대로 적는 표음 문자와 뜻풀이가 가능한 그림으로 나타내는 표의 문자는 각각 좌뇌와 우뇌에서 인식한다. 그런데 서양 사람들은 좌뇌로 문자를 인식하고, 중국 사람들은 우뇌로 문자를 인식한다고 말했다.

그러나 지구상에서 표음 문자와 표의 문자를 동시에 사용하는 우리나라와 일본인들은 좌뇌와 우뇌에서 모두 문자를 인식할 수 있다면서 한자 사용 문제에 대해 말을 이었다.

이어령　언어는 생명체입니다. 언어는 습관과 수요에 의해 발전해 나가기 때문에 인위적으로 가감을 해서는 안 됩니다. 언어는 의식된 문화가 아니고 의식과 무의식의 중간에 있는 것이기 때문에 언어 정책을 잘못 펼치면 언어생활에 아무런 문제가 없는 사람들에게 혼란만 가중시키게 됩니다.

이데올로기가 살아 있는 나라

이제 대담은 우리의 현실적인 문제로 초점이 맞춰졌다.

해방 이후 끊임없이 제기돼 온 옛 조선총독부의 철거 문제는 지금 벼랑 끝에 와 있다. 반세기의 시비가 종언을 고한 것이다. 문민정부는 이 건물을 철거하고 그 자리에 경복궁의 옛 모습을 복원한다는 청사진을 국민에게 제시해 더 이상의 철거 시비는 일지 않을 듯하다.

그러나 현재 우리 문화재를 보관하고 있는 박물관으로 기능하고 있는 이 건물을 새로운 박물관이 건립되지도 않은 상태에서 철거한다는 게 과연 옳은 결정인지 아닌지를 검증하기 위해 김용삼 기자가 이어령 전 장관에게 질문했다.

김용삼 국립중앙박물관 철거와 함께 새 박물관을 건립하기로 했는데, 새 박물관을 지어놓고 현 건물을 철거하는 게 아니라 임시로 마련된 건물로 문화재를 옮기고 새 박물관을 짓는다는 정부의 결정이 문제입니다. 이것은 국립중앙박물관의 기능을 적어도 10년은 정지시키겠다는 의미가 담겨 있습니다. 많은 사람들, 특히 문화재에 관심이 많은 사람들이 이의를 많이 제기하고 있습니다.

이 전 장관께서 국립중앙박물관의 이전이라는 발상을 처음으로 제기하셨는데, 이 문제를 말씀해 주십시오.

이어령　내가 초대 문화부 장관으로 일할 때 이 문제를 제기했습니다. 그때 나는 5천 년 역사의 문화유산을 보여주는 건물로 현재의 국립중앙박물관이 맞지 않는다고 생각했습니다.

건물의 용도가 박물관용으로서 기능을 다하지 못하고 있기 때문에 전시된 문화재가 왜소해 보이고 또 훼손될 우려가 있음을 발견했습니다. 그래서 우리 문화재를 보관할 수 있는 제대로 된 새 박물관의 필요성을 갖게 된 겁니다.

또 이런 생각도 했습니다. 한국의 중심지는 세종로인데, 저는 이 거리가 경복궁, 옛 조선총독부 건물, 미국 사람들이 지은 쌍둥이 건물(현 문화체육부 건물과 미대사관 건물), 박정희 시대에 지어진 세종문화회관 등 근세 100년 동안 격변했던 파란만장의 역사 현장을 보는 것 같아 그다지 유쾌하진 않았지요.

나는 한국의 얼굴인 세종로가 우리 거리라는 것을 나타내고 싶었습니다. 그래서 2001년에 경복궁 복원 사업이 마무리되는 시점에 맞춰 새로운 박물관을 다 지어놓고 문화재를 안전하게 옮긴 후 현 박물관 건물을 철거하자는 주장을 했던 것이죠.

그러나 장관 재직 당시는 안案만 제시됐고, 구체적인

실천 계획은 없었습니다. 따라서 그 이후의 문제는 내가 언급할 성질은 아닙니다. 현 박물관의 철거는 기정사실화된 일이고, 문화재는 새로운 곳으로 옮겨지게 됐는데, 이 기회에 우리의 문화를 총점검해서 문화재 목록만큼은 더 이상 미루지 말고 완벽하게 정리했으면 좋겠습니다.

이 화백은 국립중앙박물관의 철거를 두고 문화재의 가치와 성격을 정확하게 파악하는 안목이 부족했던 점이 아쉽다면서 이렇게 말했다.

이우환 현 국립중앙박물관의 철거는 기정사실화된 것으로 알고 있는데, 이런 문제를 놓고 왈가왈부할 성질은 아니지만 제가 평소에 갖고 있던 생각을 말하겠습니다. 이 건물은 일제 시대에 일본인들이 식민지 정책을 펴기 위해 전혀 엉뚱한 장소에 지은 건축물입니다. 따라서 이 건물을 철거함으로써 본래의 모습으로 되돌려놓아야 하는 것은 당연한 일입니다.

그리고 우리나라 사람들이 공유하고 있는 문화재의 인식을 재정립해 주었으면 해요. 우리가 만든 문화유산에는 대단한 문화적 집착을 갖는 대신 남이 만들어놓은 것은 무조건 반대하려는 인식에서 벗어나주기를 바람니다.

　민족 문화유산이 소중한 것처럼 인류 문화유산도 중요하지 않습니까? 나는 이 자리에서 박물관을 부숴라, 말아라고 말하고 있는 게 아닙니다. 다만 문화적 이데올로기에서 벗어나야 한다는 말을 하고 싶은 겁니다.

　그리고 임시 박물관에 소장될 문화재들은 우리의 얼이 담긴 소중한 보물들인만큼 더 이상 홀대하지 말고 하루라도 빨리 제자리를 찾아갈 수 있도록 해주기를 바랍니다.

김용삼 우리 문화계는 일본 문화가 개방되는 것을 감정적으로 대응하는 분위기입니다. 현재 러시아의 노래가 텔레비전 드라마를 통해 자연스럽게 방송 전파를 타고 있습니다. 이데올로기 문제도 포용되고 있는 이때 우리 사회가 유독 일본 문화에 대해서 민감하게 반응하며 일본 문화를 차단하고 있습니다.

　그러나 노래방에서는 일본 노래가 공공연히 불리고 있는데 밖으로만 막고 있습니다. 이것은 위선이라고 생각합니다. 우리가 왜 일본 문화를 놓고 속을 썩이고 있는지, 그 문제를 이 화백께서 한번 검증해 주셨으면 합니다.

이우환 나의 근거지가 일본이다 보니까 이 문제에 대해선 많이 생각할 기회가 있었습니다. 일본에 한 40년간 살아온 내가 일본에 반감이 전혀 없을 수는 없겠지요. 그러나 한국에 일본 문화가 들어와서는 안 된다는 주장은 잘못됐다고 봅니다. 일본 문화가 개방되면 우리 문화가 쑥대밭이 될 것처럼 말하는 건 말도 안 되는 소립니다.

일제 36년의 망령이 일제가 패망하여 자기 나라로 돌아가고 50년이 지난 지금까지 영향력을 행사하고 있다는 걸 이해하기 어렵습니다. 나는 우리 사회에 음성적으로 뿌리내리고 있는 일본 문화를 일단 개방함으로써 양성화한 후 문제점이 제기돼야 하는 게 순서라고 생각합니다. 일본의 저질 문화 확산에 대한 우려는 기우라고 믿습니다.

약간의 부작용을 감수하고서라도 일본 문화를 개방하는 게 결코 국익에 저해되는 일이라곤 할 수 없습니다. 반도성半島性에서 이루어진 우리 문화가 섬나라에서 찌들어진 일본 문화에 종속된다고 생각하지 않습니다. 우리 문화는 그렇게 허약한 문화가 아니기 때문입니다.

이 전 장관은 일본 문화 개방을 반대하는 문제를 이율배반적인 국민 정서와 정치, 외교적으로 미묘하게 얽혀 있는 상황을 들어 설명하고 있다.

이어령   일본 제국주의가 우리나라를 36년간 식민 통치를 하면서 인위적으로 우리 문화를 파괴하려 했지만 지금 남아 있는 것은 '다쿠앙'과 '화투'밖에 더 있습니까. 그런데 지금 우리나라에 일본 문화가 영화를 제외하곤 거의 다 들어와 있습니다. 명분만 빼곤 일본 문화는 이미 우리나라에 버젓이 활보하고 있는 것입니다.

나는 일본 문화를 개방하되 문화적 정서로 도저히 수용할 수 없는 것들을 선별해 규제를 하는 선에서 명분을 풀어야 한다고 봅니다.

그러나 정부가 일본 문화를 쉽사리 개방할 수 없는 속사정이 있음도 알아야 합니다. 대중에겐 '향유하면서도 반대한다'는 이중성이 있습니다. 대중은 일본 문화를 즐기면서도 일본 문화의 전면 개방은 반대하고 있지요. 정부에 압력을 가하고 있는 것입니다. 자, 상황이 이런데 일본 문화가 이미 우리 사회의 저변에 확산돼 있음을 안다손치더라도 개방하자고 나설 사람이 있기를 기대할 수 있겠습니까.

일본이 우루과이 라운드 협상을 하면서 쌀 개방은 절대 할 수 없다고 하는데 왜 그렇습니까? 그것은 일본 국민들로부터 쌀 개방을 해서는 절대 안 된다는 압력을 받고 있기 때문입니다. 우리 정부의 일본 문화 개방불가

명분론을 옹호하는 것은 아니지만, 알면서도 실행하지 못하는 일들이 이 세상에는 얼마든지 있다는 말을 이 기회에 해두고 싶군요.

이어령 전 장관이 말을 마쳤을 때 시간은 어느덧 여섯 시, 대담이 세 시간 가까이 진행되고 있었다. 이어령 전 장관과 이우환 화백과의 대담을 통해 도출하고자 한 것은 우리 문화의 가능성과 세계화의 진단이었다.

우리 문화의 수준은 세계인에게 놀라움을 줄 만하지만 세계인이 우리 문화를 향유할 수 있는 기회를 제공하자면 우리나라 사람들의 의식이 먼저 세계화되어야 한다는 게 지적됐다.

이웃 나라 일본에 대한 국가주의적 발상, 도전하려 하지 않는 폐쇄성 등을 우리의 단점으로 지적하면서 반드시 극복해야 할 대상이라고 목소리를 높였다. 또 우리 사회를 이끌어가는 지식인들이 확고한 사명감을 갖고 우리 사회에 기여할 수 있는 마음가짐을 다잡아야 한다고 했다. 이렇게 되면 우리 문화의 세계화는 성공적인 결실을 맺게 되지 않겠느냐면서…….(《월간조선》, 1995. 4.)

여백은 울림…… 나를 줄여 세상을 품는다

이어령　나한테는 '이우환 충격'이란 게 있어요. 처음 만났을 때

"띄어쓰기를 어떻게 생각하느냐?"고 물어 깜짝 놀랐지요. 글을 쓰는 나는 당연하다는 듯이 서양식으로 띄어쓰기를 해왔는데 오히려 화가가 이런 질문을 던졌으니 말입니다. 근대란 것이 공간을 정복하며 법칙화해 왔다는 증거가 띄어쓰기인 셈인데 한국에서 이런 주제로 대화할 수 있는 사람이 있구나 싶어 놀라고 기뻤지요. 이우환 그림이 지닌 큰 뜻인 '만남'이 나를 변화시킨 셈입니다. 사물이든 인간이든 누구를 종속시키는 것이 아니라 만나면서 대화를 통해서 서로 변화의 관계를 이루는 것이란 메시지가 전시장에 와보니 다시 한 번 새롭게 와 닿네요.

이우환 저는 잊어버리고 있었는데 첫 만남을 기억하고 계시네요. 띄어쓰기는 제가 늘 의문을 지녔던 문제입니다. 단어와 단어, 문장과 문장 사이에 인위적인 띄어쓰기를 한다는 것 자체가 근대적 발상이 아닌가. 하나의 호흡으로 들이쉬었다 내쉬어야 할 사이에 그런 띄어쓰기를 하도록 강제하면 오히려 전하고자 하는 뜻을 망가뜨리지 않을까. 그림도 마찬가지입니다.

이어령 이우환 씨 그림은 뭔가 그렸다고 생각하는 순간에 그려지지 않은 공백과 관계가 생겨나는 것이 요체 아닐까요? 그 공백은 동양화의 여백이 아니죠. 여백과 그려진 것 사이의 관계를 지각해야 합니다.

이우환 　우리가 공백이나 여백이란 말을 같이 쓰는데 서구엔 딱 떨어지는 말이 없어요. 안 그린 것, 남은 것이 두루뭉수리 어울린 것처럼 돼버렸죠. 그렇게 얘기해서는 아무 자극도 없고, 진취성도 없습니다. 제가 보기에 여백은 침묵의 영역과 가까이 있는 것이죠. 종을 치면 종소리가 난다 하는데 이때 때린 공간에서 일어난 모든 상황이 어울려 울려 나오는 것이 여백이라 할 수 있습니다. 회화에서도 점을 하나 찍든, 선 하나를 긋든 울림을 일으키려면 많은 수련을 쌓아 나를 줄이고 상대와 상호 작용이 일어나게 해야죠.

이어령 　이우환 씨 작업이 중요한 까닭은 동양의 메시지를 그냥 전하는 게 아니라 서양 미술이 할 수 없는 부분에 동양 철학이 서구를 횡단해 가서 새로운 걸 만들어냈다는 데 있습니다. 우리 지식인들이 한국적인 것이나 동양적인 것을 내세우는 일방적 방법과 달리 이우환은 제3의 길을 창조한 셈이죠. 자기네들이 못 한 상호 의존성, 쌍방향을 동양에서 온 화가가 하고 있으니 서양인들이 경악할밖에요.

이우환 　20세기 후반 서양 미술사는 한마디로 회화의 부정이었죠. 다 지우거나 찢거나 하면서 말입니다. 그렇다면 어떻게 다시 시작할 것인가. '한 번 붓을 대서 있는 것과 없는 것이 아니라 새로운 관계를 일으켜보자, 공백과 사람이 부딪쳐 나타나는 새 출발점을 제시해 보자'라는 것이 제가 생각한 미술의 활로였습니다.

이어령   내가 장난처럼 잘하는 얘기 중에 '바닷속 물고기는 바다가 뭔지 모른다'는 게 있어요. 옛날부터 바다, 바다 해왔지만 바다를 본 이는 다시 돌아오지 않았다는 거죠. 바다 밖으로 나가면 죽어버리는 것, 그게 모든 예술의 문제라 할 수 있습니다. 최고의 예술은 날치처럼 어느 한 순간에 도약해 바로 다시 바다로 들어가버리는 것과 같아야 하죠. 절대 넘어설 수 없고, 들어갈 수 없는 것의 짧은 만남……

이우환   일본 평론가 가라타니 고진[柄谷行人]은 그런 순간을 '목숨을 건 비약'이라 했지요.

이어령   동양화의 공백이 주는 느슨함이나 편안함과는 정반대로 이우환 그림의 공백은 긴장이자 힘을 얻는 순간이죠. 존재들이 맞부딪치며 수십 년 울려온 음향을 한 공간에 잡아넣은 것이라 할까요. 만남을 위하여 동서양의 오랜 역사가 농밀하게 응축된 듯 말입니다.

이우환   제 욕심은 제가 한국에서 태어나고 자랐지만 일본 사람이든 프랑스 사람이든 아프리카 사람이든 누가 봐도 같은 차원에서 생각할 수 있는 시각 표현을 창조하는 것입니다.

이어령   저는 이우환 씨가 2001년 미술의 노벨상인 '세계 문화상'을 받을 때 프랑스 신문 《르 몽드》가 '독일과 일본의 추천으로 받은 것이 의미 있다'고 쓴 대목이 중요하다고 봅니다. 동과 서, 두 지역에서 똑같이 평가를 받아 이런 상을 받았다는 건 세계가 인정했다는 얘기겠지요. 서양을 잘 아는 동양은 무서운 겁니다.

이우환   제가 보기에 서구나 중국이 그 자체로 완성돼 있는 것이라면, 우리나 일본은 더불어 완성하는 것이 기질 아닌가 싶어요. 이를테면 서양 음식은 하나씩 독립적 존재로 손님 앞에 나오지만 한국 음식은 상 위에 올려져 있는 것들을 어우러지게 해 입속에서 완성하는 거죠. 상황과 조화가 끊임없이 수많은 변주를 일으킵니다. 제 그림에서 그걸 봐주시면 좋겠습니다.

이어령   우리의 만남처럼 말이죠.(《중앙일보》, 2003. 11. 3.)

21세기의 변화, 21세기의 문학

대담자: 이인화

이인화　선생님 안녕하십니까? 1996년 문학의 해를 맞고 보니
　　　　어느덧 1990년대도 후반기로 접어들었습니다. 저희들
　　　　은 평소 명석하고 유려한 논리로 21세기의 새로운 질서
　　　　와 문화의 방향성을 제시하시는 선생님의 비평을 경청
　　　　해 왔습니다. 아시아 문명의 카오스 도형, 벼농사 문화
　　　　권과 하이테크 산업의 친연성, 소수 민족 문화와 소수
　　　　민족어의 중요성 등 최근 선생님의 문명론은 근대 문명
　　　　의 말기적 상황에 처한 저희들에게 소중한 이념적 좌표
　　　　가 아닌가 생각합니다. 오늘은 평소 품고 있던 한국 문
　　　　학의 미래에 관한 의문들을 선생님의 문명론과 연관시
　　　　켜 여쭤볼까 합니다.

　　　　　지금 평단에서는 문학의 미래에 대한 분분한 논의들
　　　　이 있습니다. 그런데 이런 논의들의 중심에는 문화에 있
　　　　어서 전자 영상 매체의 주류화를 어떻게 생각할 것인

가 하는 문제가 있다고 생각합니다. 이미 30년 전에 마셜 맥루한은 『구텐베르크 은하』라는 책에서 전자 영상 매체 중심의 '지구촌' 건설을 예언했습니다. 1444년 요한 구텐베르크가 활판 인쇄술을 발명하면서 활자 매체는 문학예술의 핵심적 매체가 되었고 이로써 구텐베르크의 활자 환경, 활자의 은하계가 생겨났습니다. 그러나 라디오와 텔레비전, 즉 오디오-비주얼한 매체의 무한한 전파력과 더불어 이 같은 은하계는 사라지고 세계는 하나가 되며 새로운 우주 속에 고급 예술과 대중 예술의 차이도 미미해질 것이라는 것이 맥루한의 이야기였습니다. 이 같은 소비 자본주의적 관점의 예언과 문화의 미래를 어떻게 생각하시는지요?

이어령 나는 새로운 매체의 주류화와 문학의 미래를 상호 보완적인 것으로 봅니다. 결론부터 말하면 맥루한의 예언은 틀렸다는 거죠. 아무리 오디오-비주얼한 시대가 와도 문자 매체, 활자적 그래픽은 사라지는 것이 아니라 더욱 강력한 형태로 갱신된다는 것입니다.

　문인이란 무엇이든 극단적으로 생각하기 쉬운 사색인들인지라 새로운 매체를 지나치게 과대평가하는 경향이 있습니다. 문학의 위기, 문자성의 소멸이라는 주제는 80년 전부터 나타납니다. 1914년에 나온 앙드레 지드의 『교황청의 지하도』를 보세요. 앞으로 미래에는 책을 전부 바다에 갖다 버릴 것이다. 전화라는 것, 라디오 방송이란 것이 생겨날 것인데 그렇게 새로운 뉴미디어를 두고 누가 책 따위를 읽겠느냐고 하지 않습니까? 조지 스타이너나 마셜 맥루한 같은 사람은 1970년대까지 신문은 망할 거라고 하지 않았습니까? 그때의 예언과 현재의 실상이 다르듯이 오늘의 비관론과 미래의 실상 역시 다를 것입니다.

텔레비전이 발달할수록 디지털화 시대의 비디오텍스, 문자 방송의 예에서 보듯이 문자의 역할이 강조됩니다. 왜냐하면 텔레비전이 컴퓨터와 연결되기 때문입니다. 컴퓨터는 모든 것이 문자 중심으로 되어 있습니다. 영상은 몇 퍼센트 안 됩니다. 더 좋은 예가 컴퓨터 통신 아닙니까. 하이텔 같은 것을 열어보면 알지만 텍스트 파일이 동화상動畵像이나 영상映像보다 압도적으로 많습니다. 말하자면 모든 데이터베이스는 기본적으로 워드 프로세서 중심이라는 것입니다. 어떠한 영상도 소리도 문자의 기조 위에 진행된다는 것입니다.

심하게 말하면 새로운 전자 영상 매체라는 것은 문자가 프린팅되고 배포되는 새로운 종이인 것입니다. 활자가 이른바 LCD, 액정이나 브라운관이나 모니터를 통해서 인쇄되는 시대라는 거죠. 이렇게 보면 지금 운위되고 있는 문학의 쇠퇴론은 너무 성급한 감이 있습니다. 다른 매체를 통해 다른 양태의 문학이 진행된다는 것이 온당한 예측일 것입니다.

이인화   앙드레 지드 시대 한국에서 최대의 베스트셀러라고 했던 이광수의 『무정』은 출간 뒤 6년 동안 고작 만 부가 팔렸었지요. 당시 3대 민간지의 하나였던 《조선일보》와 《동아일보》도 1970년대까지 망하기는커녕 외형적으로 2백 배가 넘는 성장을 했고 지금도 성장하고 있습니다. 과연 과거를 되돌아보면 선생님의 생각에 고개를 끄덕이게 되는 대목들이 있습니다. 그러시면 방금 말씀하신 그런 매체의 변화가 구체적으로 우리 문학의 창작과 향수에 어떻게 작용하리라고 보시는지요?

이어령   대체로 저는 세 가지 변화를 생각합니다. 첫째로 문학 작품을 이루는 언어적 형상의 다양화, 둘째로 작품 완결성의 약화와 재창조 가능성의 증대, 셋째로 문학 생산에 있어서 지역화와 지구화의 중첩입니다. 이 세 가지는 서로 밀접하게 연관되어 있습니다. 구텐베르크 이래 문학 작품은 묵독黙讀의 문화로 나타났습니다. 혼자서 책을 펴고 어떠한 소리도 없이 눈만으로 묵묵히 읽는 시각적이고 개인주의적인 책 읽기가 문학 작품의 존재 방식이 없습니다. 그러나 문화의 전 영역에서 일어나는 멀티미디어화는 문학 작품을 이루는 언어적 형상들을 순수하게 활자적인 요소로 국한시키지 않을 것입니다. 미국처럼 오디오 북이 널리 보급되어 아침에 냉장고에서 재료를 꺼내 요리하면서 주부들이 아침마다 장편 소설 하나를 들을 것입니다. 이 오디오 북은 레이저 디스크의 보급과 더불어 그림, 사진, 동영상을 같이 결합시킬 것입니다. 또 하이퍼링크hyper-link 기능의 강화로 셰익스피어의 『안토니오와 클레오파트라』에 나오는 한 문장의 중요한 대사를 문자와 영화와 연극과 낭독으로, 그 문장과 관련된 백과사전적 정보까지 자유롭게 불러올 수 있을 것입니다. 문학은 활자가 환기시키는 본연의 상상력 위에 영상적 상상력, 음성적 상상력, 나아가 사이버-스페이스적 상상력까지 아우르며 그 존재 방식을 확장할 것입니다.

또 인터넷상의 하이퍼텍스트hyper-text 기능이 확대되면 어떤 형태로든 작품 완결성이라는 기존의 관념이 변화될 것입니다. 작품성이 비주얼한 영상 매체 위에 놓이면서 작가의 절대성이 약화되고 모든 것이 쌍방향 네트워크의 평등 속에 포획되는 것입니다. 이인화 씨가 소설을 써서 열 편을 인터넷 위에 올렸을 때 주인공이 마음에 들지 않는 독자는 이인화 씨 다른 소설의 주인공을 그 자리에 대체시킬 것입니다. 그러면 작가가 전혀 생각 지도 않았던 소설이 씌어지는 것입니다. 줄거리도 꼭 하나로 있을 수가 없습니다. 독자가 줄거리를 선택하는 경우도 충분히 가능합니다.

이런 변화는 이제까지의 문학을 사랑하는 많은 분들에게 몹시 불쾌하고 기분 나쁘게 들릴지도 모릅니다. 그러나 우리가 지금 대단한 문학 장르처럼 생각하는 소설도 애초에 부르주아지, 장사하는 사람들의 문학이었다는 것을 알아야 합니다. 『로빈슨 크루소』를 쓴 대니얼 디포의 소설에는 숫자가 많이 나옵니다. 절대로 그냥 담배를 받았다고 쓰는 법이 없습니다. 몇 온스들이 담배를 몇 통 받았다고 씁니다. 왜냐하면 그의 독자들이 하루 종일 장부를 기록하는 숫자 관념이 철저한 부르주아지들이었기 때문입니다. 데커리의 소설만 해도 문맹자가 많았던 당시의 술집에서 죽 둘러앉은 주정뱅이들에게 한 사람이 낭독해 주던, 그런 소설입니다.

말하자면 그 시작은 천박했다는 것입니다. 그러나 그 끝은 이처럼 장대합니다. 하이테크와 마케팅과 소비라는 상업주의적 우주 속에 탄생할 새로운 시대의 문학도 틀림없이 그 시작은 천박할 것입니다. 그러나 일단 그것이 본 궤도에 오르면 오히려 지금의 소설보다 훨씬 더 다감하고 훨씬 더 사려 깊으며, 훨씬 더 지적이고, 즐겁고, 훌륭하고 감동적인 작품들이 나올 수 있다고 생각합니다.

마지막으로 사회의 전반적인 지구화 속에서도 영어권 사용자들을 중심으로 세계에 보급되었던 근대 문학이 쇠퇴하고 영어가 점점 더 개성을 상실해 감으로써 문학의 지역화와 국지화가 더욱더 촉진된다는 것입니다. 세계에 영어를 모르는 사람이 없어지면서 영어는 철저히 비즈니스용 언어로 전락해 버렸어요. 영어에서 상상력도 언어의 빛깔도 사라지면서 점점 더 번역은 힘들어지고 점점 더 문학은 국지화되는 것입니다.

이인화 앞서 말씀하신 두 변화는 잘 알겠습니다. 그런데 방금 말씀하신 세 번째는 저희들의 생각과 매우 상반되지 않나 생각합니다. 오히려 하드웨어적으로는 세계가 하나의 지구촌이 되고 국가 간, 민족 간의 왕래도 활발해지지 않았습니까? 소박하게 보면 괴테가 이야기한 세계 문학의 가능성이 어느 때보다도 확실해진 시대가 아닐까 싶습니다만.

이어령 (웃음) 괴테가 말한 세계 문학은 환상입니다. 『프랑스 종군기』에도 나오지만 괴테는 독일과 프랑스가 전쟁을 할 때 오히려 프랑스 편을 들 정도로 프랑스 예술을 좋아한 코즈모폴리턴이었습니다. 종종 비교 문학을 하는 사람들이 세계 문학의 개념은 괴테로부터 시작되었다고 하는데 그것은 잘못입니다. 괴테가 말한 세계 문학은 독일어와 프랑스어, 나아가 영어와 스페인어의 언어 장벽을 넘어서는 문학, 즉 유럽 문학인 것입니다. 이것은 어쩌면 가능할 것입니다. 원래 이 나라들은 문화적 배경과 문화적 수준, 역사적 경험이 비슷하고 유럽 연합EU 통합과 함께 국가와 국가를 묶는 상위의 정치 공동체가 생겼으니까요.

그러나 유럽을 넘어 전혀 다른 문화권이 득실거리는 세계가 인터넷으로 하나가 되고 글로벌화될수록 문화에는 더 국경이 생기는 것입니다. 경상도 사투리, 전라도 사투리 하면 그 사람 얼굴까지 떠오르는데 그걸 영어로 읽어서 알겠어요? 시는, 소설은 영원히 글로벌화 안 되는 겁니다. 언어를 기반으로 하는 문학은 문화가 자신의 정체성을 주장하는 최후의 보루입니다. 언어 속에 그 문화 특유의 토속성과 색깔을 간직함으로써 예술적 가치를 갖는 문학은 세계가 하나가 되면 될수록 점점 더 국지화의 길을 걸을 것입니다. 지금 세계에서 소수 민족 출신의 작가들이 점점 더 높이 평가되고 널리 읽히는 것은 그런 언어만이 문학적인 가치를 함유할 수 있기 때문입니다. 세계화, '글로벌화'란 말은 문학의 이념적 좌표가 아닙니다. '글로컬화'가 옳은 것입니다. 21세기의 문학은 세계화와 지역화, 글로벌화와 로컬화가 복합되는 '글로컬화Glocalization'의 역학 속에서 발전할 것입니다.

저는 가브리엘 가르시아 마르케스의 소설에서 이 같은 글로컬화의 역학을 뚜렷이 느낍니다. 마르케스의 소설을 읽을 때 우리는 남미라고 하는 것을 너무너무 잘 느낍니다. 라틴 계통의 중남미인들, 독재 치하에서도 낙천적으로 살아가는, 도저히 우리의 상식으로는 이해할 수 없던 사람들을 마르케스를 읽음으로써 공감하게 됩니다. 그런 점에서 21세기 문학의 이상은 이른바 세계적 보편성이라는 것과 지역적인 색채가 서로 결합되는 글로컬한 예술을 만들어내는 데 있지 않은가 생각합니다.

이인화 선생님의 말씀을 듣고 보니 앞으로 불어닥칠 격변들이 실감됩니다. 지금까지 한국의 문인들은 문예지를 중심으로 작품을 발표하고 논평하고 싸우고 화해하며 문학을 꾸려왔습니다. 저 또한 외람되이 문예지를 꾸려가는 편집자의 한 사람으로 과연 이런 변화 속에 문예지의 역할이란 무엇인가 하는 생각을 갖게 됩니다. 세상이 변해간다는 사실에는 잔인한 일면도 있는 것 같습니다. 어디에나 과거의 나를 잊고 새롭게 변신하는 일의 고통이 따르겠지만 말씀하신 21세기의 변화에 저희들의 문예지가 적응해 나가야 한다는 사실이 무척 난감하게 느껴집니다.

선생님께서는 1972년 《문학사상》을 창간하시고 그 문예지를 독자들에게 읽히시려고 전국의 대학을 돌면서 순회강연을 하셨습니다. 그때 대구의 영남대학교에서 아버지 무릎에 앉아 선생님의 강연을 들었던 일곱 살의 저는 아무것도 모르는 어린 마음에도 선생님의 열정과 좌중을 압도하는 당당함을 느꼈습니다. 그때 문예지를 꾸려가시던 선생님의 정성과 학덕에 아득히 미치지 못하는 저희 후학들은 엄청나게 바뀌는 매체 환경이 솔직히 무섭습니다. 선생님이 말씀하시는 21세기의 변화 속에 정녕 대중이 문학을 향수하는 방식 자체가 바뀌게 된다면 한국 문학에서 문예지란 어떤 것이 되어야 하는지 여쭤보고 싶습니다.

이어령 변화라는 흐름은 뭔가 변하지 않는 것이 있기 때문에 존재하는 것입니다. 우리가 서태지의 랩을 들으며 새롭다거나 이상하다고 느끼는 것은 아직 이미자의 트로트가 있기 때문입니다. 이것은 단순한 패러독스가 아닙니다. 모든 것이 동일하게, 같이 변한다면 변화라는 말 자체가 성립하지 않는 것입니다. 모든 변화에는 변화의 척도가 되고 대조할 기준이 되는 '변하지 않는 것', 땅이나 흙 같은 것이 필요하다는 말입니다. 우리 문화에서 문예지라고 하는 것이 바로 땅이나 흙 같은 것이 아닐까 생각합니다.

배가 항구를 돌아다니기 위해서는 닻을 가져야지 돛만 있어서는 안 됩니다. 문예지, 순수한 문학지는 이런 닻과 같은 것입니다. 그렇다고 해서 이태준李泰俊 이래의 《문장》 같은 문예지를 고수하자는 얘기는 아닙니다. 문예지와 활자 매체라는 양식 안에서 창조적인 실험과 개혁이 있어야겠지요. 내가 《문학사상》을 만들었지만 옛날 《문장》을 만들던 이태준이 있었다면 무슨 문학지가 이 모양이냐고 했을 겁니다. 그러나 뉴미디어나 컴퓨터 통신의 네트워크를 탄 소설이 그것대로 발달해 가더라도 가장 원시적인 방법으로 글자를 쓰고 그걸 종이에 발라서 인쇄하고, 제본해서 보관하려면 많은 공간이 필요한, 극히 거북하고 극히 예스러운 문학 본연의 양식이 우리에게 절대적으로 필요한 것입니다.

그런 의미에서 가장 유행에 뒤지고 촌스럽고 낡아빠진 문학을 고집하는 것은 새것을 추구하는 것 이상으로 새로운 의미를 갖는다고 생각합니다. 그것은 『춘향전』

을 오늘의 입장에서 읽음으로써 더욱 재미있는 것과 똑같은 것입니다. 그 촌스럽고 고담스러운 '있더라', '하더라' 체를 보십시오. 세련되고 첨단적인 현대 소설의 '있다', '했다' 체보다 얼마나 신기합니까. '있더라', '하더라'는 현존성의 부정, 그러니까 내가 그 현장에 없었다는 것입니다. 잘 살았다고 하더라는 어디까지나 들은 이야기이기 때문에 묘사가 나오더라도 그건 전해 들은 말이라는 태도입니다. 관찰자인 내가 지금 여기 있는 특수한 시공이 아니라 만인이 보고 듣고 느껴지는 보편적인 시간, 추상적인 공간 위에다 인물을 살려놓으니까 어떤 개인적인 체험보다는 집단적 체험의 공감이 증폭되는 것입니다. 이런 예에서도 보듯이 촌스럽고 전통적이면서도 오서독스한 문학은 있어야 한다는 것입니다.

이인화 일종의 상호 텍스트성이로군요. 똑같은 독서 환경에서 문예지는 예스러운 것을 고수함으로써 새로운 것에 활력을 불어넣을 수 있다는 말씀인 것 같습니다.

이어령 그렇습니다. 아무리 글로벌해지고 멀티미디어화된 환경이 이루어진다고 해도 문예지나 소설책에 침 발라가면서 종이를 짝짝 넘겨가며 읽는 그런 독서 체험은 사랑받을 것입니다. 찍혀진 활자가 풍기는 잉크 냄새와 책을 들었을 때 손에 묵직하게 전해 오는 그 느낌, 책 표지에 저자의 사진이 있고 넘기면 내지와 목차가 있고, 한 장 한 장 넘겨 보다가 접어놓고 화장실 갔다 와서 다시 보는, 그런 독서 체험이 앞으로 10년 후만 돼도 얼마나 귀중하고 그립게 느껴지겠습니까.

문학이란 말이죠. 군대로 치면 육군입니다. 해군, 공군이 아무리 첨단 미사일로 때려줘도 육군이 워커 신고 소총 들고 올라가 깃발을 꽂지 않으면 그건 점령한 게 아니라는 것입니다. 피상적으로 생각하면 문학은 가장 글로벌화되기 어려운 촌스러운 예술이지요. 음악만 해도 얼마나 경이적인 전파력을 가지고 있습니까. 흑인 음악인 랩 가요가 전 세계로 유포되는 속도를 보세요. 일본 가요의 현황에 대해서는 나보다도 요즘 중·고등학생들이 더 많이 알고 있습니다. 그리고 미술의 경우는 더 말할 것도 없고요. 눈앞에서 조형적으로, 회화적으로 보여주니까요. 패션, 요리, 헤어 디자인 등도 쉽게 지구촌화됩니다. 켄터키 프라이드 치킨과 맥도날드 햄버거는 이제 세계인의 점심 식사입니다.

그러나 문학은 안 됩니다. 영원히 문학의 지구촌화는 이루어지지 않는다는 것입니다. 어떤 번역기가 나와도 그 특수한 언어의 고유한 맛, 생명력은 못 살립니다. 영어로 쓴다고 해도 안 되는 것입니다. 그러나 이렇게 특수하고 촌스러운 언어를 질료로 한다는 데 문학의 힘과 종주적宗主的 지위가 있는 것입니다. 프랑스가 시각 예술로, 독일이 청각 예술로 각각 음악과 미술에서 쌍벽을 이루었지만 그 음악가와 미술가를 세계에 알려주고 그들에게 이념을 부여해 주고 새로운 예술가로서의 울타리를 만들어준 것은 괴테나 보들레르 같은 문인들이었지 화가나 음악가는 아니었습니다.

이인화 선생님께서는 초대 문화부 장관을 역임하셨습니다. 김영사에서 나온 『64가지 만남의 방식』을 보면 그 시절 선생님이 불면의 밤을 보내면서 구상하셨던 수많은 문화 정책들의 독창성과 참신함에 혀를 내두르게 됩니다. 특히 세계가 극찬했던 서울 올림픽 개막식 이벤트는 우리 국민이 오래 기억해야 할 문화사의 사건이 아닌가 생각합니다. 문학의 해를 맞아 여기에 대한 정책적인 제언이라고 할까요, 올해 우리 문학인들과 문화인들이 했으면 하고 생각하시는 일을 말씀해 주십시오.

이어령 그 무슨 해 무슨 해 하는 행사는 제가 정한 것이지만 애초에 큰 의미는 없었습니다. 워낙 예산이 모자라다 보니 그걸 뿔뿔이 나눠주기보다 한 해에 한 분야씩 집중적으로 지원해 보자는 생각이었지요. 가뭄에 과수원을 전부 살리려고 하면 다 죽습니다. 가물었을 때는 물 한 바가지라도 몇 그루에 집중적으로 주어야 그 몇 그루만이라도 살 수 있다는 안타까운 심정에서 한 것이지요. 그때 '문학의 해'라는 것은 내 머리에 없었습니다. 저는 문학이나 출판은 생각지도 않았고 한다고 해도 제일 마지막에 해야 한다고 보았던 것이지요. 정부의 입장에서 보면 연극이나 영화 같은 공연 예술, 그리고 연주회나 전시회를 할 공간이 필요한 음악 미술이 최우선적으로 지원되어야 합니다. 무슨 해 무슨 해 하는 것은 원래 예술을 잘 모르는 생활인들이 미술관이나 박물관에 더 가고 음악당이나 소극장에도 더 갈 수 있는 환경을 만들어주고 활기를 주려고 하는 것입니다. 정부가 정책적으로 문학을 지원한다는 것은 좀 우습지 않습니까?

문학이라고 하는 것은 모든 예술 생산 양식 가운데 가장 수공업적이고 원시적인 것입니다. 컴퓨터를 사용한다고 할지라도 어디까지나 혼자 밀실에 처박혀 혼자 만드는 것이라는 겁니다. 음악만 하더라도 교향악단 하나를 더 만드는 것은 좋은 일입니다. 그 교향악단에 정기적으로 월급을 주는 바이올린 연주자를 여러 사람 두는 것은 더 좋은 일입니다. 미술도 소소한 개인 전시회를 하지 않고 큰 이벤트를 만들면 관객들도 더 찾고 좋지요. 연극은 말할 것도 없고요. 그러나 문학이라는 것은 애초부터 힘을 합치거나 보태줄 근거가 없는 것입니다. 여섯 사람이 힘을 모아 썼다고 해서 소설이 더 좋아질 리가 없습니다. 여러 작가의 단편을 묶어 앤솔러지를 만들었다고 해서 저 단편 때문에 이 단편이 돋보인다는 일은 없습니다. 그런 의미에서 다른 예술과 아주 다른 것이지요.

문학은 외롭게 혼자서 하는 것입니다. 이벤트나 캠페인으로 되는 게 아닌 것입니다. 만약에 문학의 해라는 것을 해야 한다면 저는 그것을 작가 중심의 문학의 해가 아니라 문학 소비자들, 즉 독자들에게 서비스하는 문학의 해가 되어야 한다고 생각합니다. 작가들이 몰려다니며 강연이나 하는 문학의 해가 되어서는 안 됩니다. 작가들이 나서서 떠들 것 없어요(웃음). 문학의 해에 애정을 가지고 지원해야 할 대상은 작가들이 아니라 학교 국어 시간에 작문 숙제를 받은 중학생들, 고등학생들입니다. 이 아이들에게 어떻게 시를 읽는 재미, 소설을 읽는 재미를 느끼게 해줄 것인가 하는 그 고민이 중요합니다.

문학의 해에 작가가 할 일은 이런저런 행사에 돌아다니지 말고 차분히 자기 정리의 시간을 가지는 것이 아닐까 싶습니다. 그동안 우리 문인들이 얼마나 가난했습니까? 작가 최서해崔曙海는 죽을 때 평생에 한 번만이라도 머리맡에 하얀 원고지를 잔뜩 쌓아놓아 봤으면 좋겠다고 했습니다. 평생 원고지를 양껏 살 돈이 없었을 만큼 그렇게 가난했던 겁니다. 아무것도 안 쓴 새 원고지 좀 실컷 보고 죽었으면—그게 엊그제 같은 얘깁니다. 그에 비하면 오늘날의 작가는 우선 나부터도 너무 잘삽니다. 잘사는 게 나쁜 거는 아니지만 문학이 수단이 되어버릴 위험이 있습니다. 최서해처럼 원고지 살 돈이 없는 작가도 불행하지만 너무 많은 것을 가져서 소설 안 쓰고도 할 것이 많은 작가도 절대 행복한 작가가 아닙니다. 적당히 가난하고 적당히 시간이 있고 적당히 제약을 받는 것이 좋습니다. 문학의 해에는 작가들이 내가 내 문학으로 무엇을 할 것인가, 문학인이라는 나의 자긍심은 건강한 것인가, 나는 왜 문학을 하는 것이냐 하는 본질적인 물음들을 한 번쯤 스스로에게 던져봐야 할 것입니다.

이인화 세류世流에 휩쓸리지 않는 거리 두기, 문학 자체를 향한 일종의 자기 반성이 필요하다는 말씀이시군요. 좀 더 구체적으로 어떤 부분들에 문학인들이 천착해야 하겠습니까?

이어령 구체적이라—저는 『달려라 토끼』를 쓴 업다이크가 '미국 작가의 열 가지 비극'을 나열한 것을 너무 재미있게 읽었습니다. 자칫 오해받을지도 모르지만 업다이크의 말은 소련 작가가 부럽다는 것입니다. 솔제니친이 노벨상을 수상하기까지는 소련 당국의 정치적 탄압이 상당한 동정표를 모아주었다는 거죠. 그에 비해 이 미국이란 나라는 대통령을 죽이겠다는 소설을 써도 잡아가는 놈이 없으니 우리가 얼마나 손해를 보느냐는 겁니다. 물론 아주 역설적으로 이야기한 것이지요.

현실적으로 억압받고 학대받는 사람의 입장에 서서 이야기한다는 용감성, 문학성이 아닌 용감성을 높이 평가해서 작품의 약점을 덮어주는 예는 너무도 빈번하고 자연스럽습니다. 그러나 역사가 발전하게 되면 언제부턴가 정치적 탄압을 받았다, 투쟁 경력이 어떻다 하는 비문학적인 요소 일체에 전혀 프리미엄을 주지 않는 시대가 오는 것입니다. 그런 시대에 작가는 작품 외에는 비비고 설 데가 없어집니다. 작품 하나로, 문학 그 자체로 승부를 내야 한다는 것입니다.

독재가 지배했던 시대에는 프로메테우스적인 저항과 계몽의 역할이 중요했습니다. 그러나 시대가 발전하면 문학적 상상력으로 무장한 새로운 의미의 저항, 오르페우스적인 아름다움과 매혹이 더 중요해지는 것입니다. 상상의 세계와 역사의 세계가 끝없이 대화하면서 상상력은 역사의 뼈에 의해서 근거를 얻고 역사는 상상력의 살에 의해서 의미를 부여받는 것이 문학의 대원칙입니다. 현실이 다급하다고 해서 상상력이 역사 자체가 되어버리거나, 반대로 순수 문학이라고 해서 역사 자체를 무시간성으로 환원시킬 수는 없는 것입니다. 역사의 이야기와 상상의 이야기들이 잘 짜여진 하나의 천을 만드는 데 진정한 의미의 창조가 있지 않는가 생각합니다.

이인화 　말씀을 듣고 보니 1968년 선생님과 김수영金洙暎 시인 사이에 있었던 순수 참여 논쟁의 문장들이 생각납니다. 시는 현상 유지를 목표로 하는 정치와 원천적으로 대립된다고 보고 문학의 불온성을 강조한 김수영 시인과 시가 정치적으로 불온하다, 불온하지 않다는 것은 시의 원본성原本性과 별개의 문제임을 강조한 선생님의 주장이 인상적이었습니다. 위의 말씀도 그런 맥락에서 이해할 수 있겠습니까?

이어령 　나는 김수영 시인이 초기 정치적 이데올로기가 없이 쉬르리얼리즘의 영향 아래서 「달나라의 장난」 같은 시를 썼을 때 좋은 작품이 많았다고 생각합니다. 4·19 이후 「우선 그놈의 사진을 떼어서 밑씻개로 하자」 같은 작품을 쓰는 무렵에 대해서는 비판적인 입장입니다. 아무리 그 사람이 독재자고 미운 사람이라도 그렇게 밑씻개로 하자 운운하는 말을 시인이 할 수는 없다는 거죠. 시인이란 현실에 대해 항상 저항하며 삶의 의미와 인간의 기품이라는, 한 차원 높은 것을 생각해야 하는 사람입니다. 그렇다면 시인은 이승만 치하에서 이승만을 고발한 것과 똑같이, 이승만의 하야 후에는 밑씻개로 하겠다는 그 사람을 또 고발해야 하는 게 아닌가 하는 말입니다.

내가 김수영 시인을 보고 한 말은 당신이 지금 좋은 세상 이야기를 하고 그런 세상을 지향하는 시가 서랍 속에서 햇빛 보는 날이 빨리 오기를 기다리는데, 진정한 시인이라면 그날이 왔을 때 다시 그날에 대해 저항해야 한다는 것입니다. 천사들이 지배하는 시대가 와도 또 천사를 고발해야 한다는 것입니다. 그것이 영원히 저항할 수밖에 없는 시인의 외로움이다, 그렇게 논쟁한 적이 있는데 저는 문학과 자유의 근본적인 상관성을 그렇게 생각합니다. 99.9퍼센트가 다 자유롭다고 해도 자유롭지 않다고 하는 나머지 0.1퍼센트를 짓밟지 않는 게 진짜 자유입니다. 또 그 0.1퍼센트의 영역이 문학의 몫이라는 겁니다. 천 명이 자리를 떠나도 앉아 있을 때 혼자 앉아 있고 모든 사람이 앉아 있어도 내가 혼자 가야 할 때 갈 수 있는 것이 문학적 상상력이 문학의 힘이며 문학의 자유입니다. 문학과 자유는 영원히 마이너리티들, 소수자들의 존재를 통해 가능해지는 것입니다.

이인화 아까 요즘 작가들이 너무 잘산다고 말씀하시고 번영繁榮
이후에 나타나는 우리 문학의 무사안일함 같은 것을 경
계하셨습니다. 그런데 생각해 보면 작가뿐만 아니라 독
자들도 예전과는 비교할 수 없이 풍요로운 사회를 살고
있습니다. 혹시 이런 경제적 번영이 가져오는 문화의 위
기 같은 것은 없을까 하는 생각이 문득 듭니다. 우리보
다 더 잘사는 나라, 예컨대 미국 같은 나라의 독자들에
게 우리가 말하는 '문학'이란 '학교 때 공부하는 것' 정
도의 개념인 것 같습니다. 대도시의 유수한 서점에 가보
아도 벽면을 가득 메운 '소설'은 전부 범죄 스릴러, SF,
하이틴 로맨스물이고 포크너·엘리엇·보들레르·괴테·
카프카처럼 우리가 아는 작가들은 '문학'이란 명찰이 붙
은 한쪽 구석의 책꽂이 하나에 비좁게 들어차 있지 않습
니까?

요즘 떠들썩한 문학의 대중성 논쟁도 이 같은 소비 자
본주의의 미래상에 대해 어떻게 대처할 것인가를 두고
나오는 견해의 차이 같습니다. 신변잡기와 자기 반영적
인 메타픽션으로 흘러 점점 독자의 공감을 잃어가는 작
금의 소설에 반대하고 고급한 문학이 우리 소설의 전
통적인 이야기성을 토대로 대중성을 적극 수용해야 한
다는 견해가 있고, 그 반대로 아도르노 등의 비판 이론

에 의거하여 무한 경쟁의 문화 산업이 지배하는 사회 속에서 소설은 현실의 논리를 교란시키는 훼방꾼·불평분자·몽상가의 위치를 자임해야 한다는 견해도 있습니다. 이 모든 것이 번영 이후에 도래할지도 모르는 정신의 공동화, 문화의 위기를 우려하는 데서 나타나는 현상들입니다. 이 문제에 대한 고견을 듣고 싶습니다.

이어령 어느 쪽이나 단순한 문제가 아니겠지요. 위험하고 천박하다고 모두가 동의하는 문화 산업의 논리가 우리 시대의 예술 생산을 점점 더 강하게 지배하고 있고, 그렇다고 그것을 전면적으로 부정하는 것은 사회로부터의 고립과 격절을 자취하여 또 다른 불모의 예술을 낳을 수 있기 때문입니다. 그러나 상황에 대한 지나친 비관주의는 피해 갈 필요가 있지 않은가 생각합니다.

대중성 얘기가 나왔지만 순수 소설과 대중 소설의 구별 자체가 외국에는 없는 것입니다. 그건 메이지 대정기 일본에서 시작된 관념입니다. 읽는 층이 다르다 뿐이지 그것이 독자를 지향한다는 점에서는 모두 대중 소설이지요. 또 지나치게 과거의 문학적 취향만을 평가의 기준으로 삼아서도 안 됩니다. 저희 세대는 모차르트보다는 베토벤을, 톨스토이보다는 도스토옙스키를 좋아했습니다. 말하자면 너 나 없이 비극에 대해 감동을 느끼고 비극의 미적 형상을 사랑했다고나 할까요. 귀머거리 베토벤이 어거지로 만들어 제대로 연주하기도 힘든 그런 음악, 간질병 환자에 전보를 치려고 입고 있던 바지를 전당포에 잡히던 처절한 가난뱅이 도스토옙스키가 원고료 몇 푼에 생계를 걸고 죽기 살기로 써내려간 소설, 그런 것을 좋아했어요. 그러나 그것은 어디까지나 취향의 문제이지 무슨 고결함의 기준이라든가 예술의 원칙 같은 것은 아니라는 거죠. 반드시 고통스럽고 심각하고 비극적인 것이 좋다는 법도 없습니다.

어머니 배 속에 있는 태아를 초음파로 찍을 때 베토벤 음악을 들려주면 막 찡그리고 고통스러워하지만 모차르트 음악을 틀어주면 웃으며 잘 잔다는 겁니다. 아직 태어나지 않은 아기도 이렇듯 순리와 순성을 좋아하는데 이런 상대주의와 다원주의의 시대에 어떻게 과거의 취향만이 옳다고 할 수 있겠습니까.

과거의 문화적 취향과 예술론은 상당 부분 인간에 대한 서구적인 이해에 근거한 측면이 있습니다. 블라디미르 프로프의 『민담의 역사적 기원』을 한번 보세요. 아시다시피 프로프는 모든 민담들의 유형학을 소재가 아닌 기능 단위로, 말하자면 'X가 X를 어떻게 했다'는 동사를 중심으로 나눈 사람 아닙니까? 그래서 발견된 가장 전형적인 영웅 이야기가 '악한 용龍이 공주를 납치해 간다', '왕자가 공주를 납치해 간 용과 싸운다', '왕자가 그 악룡을 이기고 죽인 뒤 공주와 결혼한다'입니다. 저는 용을 죽이고 공주와 결혼해서 하나의 왕국을 이루는 이야기, 이것이 서구적인 정신의 전형이고, 서양의 전 역사의 상징이라고 생각합니다. 영웅과 적의 대립을 전제하는 고통과 투쟁과 승리와 비극의 이야기라는 거죠. 서구 기독교 문명은 이슬람이라는 악룡이 없으면 금방 정신적인 공황이 찾아옵니다. 반드시 적이 있어야만 하는 문화라는 거죠. 악룡을 죽여야만 결혼을 하는 겁니다.

그에 비해 우리의 전통적인 문화는 어떠합니까? 우리 민담 속에 들어 있는 무수한 바보들의 성공담을 보십시오. 우리의 전통적인 정신과 역사는 바보 온달이 평강공주와 결혼하는 이야기로 표현됩니다. 어렸을 때부터 옛날에 바보가 하나 있어서 온갖 우스꽝스러운 짓을 다 하다가 마지막에 어떻게 잘하여 여자를 얻고 잘 살다가 죽었다더라 하는 얘기를 듣고 자랍니다. 악룡을 죽이고 자기 능력을 과시해서 공주를 쟁취하는 왕자들의 이야기가 아니라 스스로 바보 병신이 되어 자기 능력을 감추는 평화주의자들의 이야기라는 겁니다. 다 잘났다고 하는데 혼자 바보를 자청하니 투쟁이 있을 수 없지요. 또 이것이 보다 보편적이고 민중적인 인간형이라는 것입니다. 용을 죽이는 건 어렵지만 바보가 되는 건 쉽습니다. 자기 인내와 성숙만이 있다면 바보가 되어서 색시를 맞이하는 건 나도 할 수 있거든요. 앞으로 21세기는 서양식의 영웅적인 비극이 반복되어서는 안 되고 바보 장가가는 이야기가 정신의 표상이 되는 시대가 되어야 할 것입니다. 죽이고 투쟁하고 고뇌하고 비명을 지르는, 그런 비극적인 역사는 이제 냉전과 더불어 끝나야 하는 것입니다. 21세기에 대두하는 정신의 공동화, 문화의 위기를 우려하는 것은 좋지만 거기에는 이런 유연한 관점이 필요하다고 생각합니다.

이인화　오랜 시간 좋은 말씀 들려주셨습니다. 요즘 일본의 지식인들이나 학계 인사들, 기업의 최고 경영자들이 선생님의 강연을 한번 듣고 가는 것을 방한 일정의 공식적인 행사처럼 생각하는 것 같습니다. 그런 일정이 정초에 몰려 있어 좀처럼 대담이 성사되기 어려우리라 생각했는데 흔쾌히 시간을 내주셔서 감사합니다.

이어령　감사합니다.(《작가연구》제4집, 1997.)

II
일본 지식인과의 대화

일본은 과연 '대국'인가

대담자: 이마즈 히로시[今津弘]

〈돌아와요 부산항에〉의 의미

이어령　오늘 이 자리에 이마즈 선생을 모신 것은 우리들이 늘
느껴온 한일 양국 간의 문화적 갭, 또는 양 국민의 생활
주변에서 상호 이해가 절실하게 요망되는 심정적인 여
러 문제들에 대해 격의 없는 대화를 나누고자 해서입니
다. 양 국민의 이해 증진에 필요하다고 생각되는 문제에
대해 기탄 없이 말씀해 주시기 바랍니다.

이마즈　네, 저 역시 양국 문제에 관해 평소 여러 가지로 느끼고
생각하는 바가 많습니다. 이 선생께서 말씀하신 그런 심
정적인 면에서 살펴본다면 먼저 조용필 씨의 〈돌아와
요 부산항에〉란 한국 노래가 최근 일본에서 널리 불리
고 있는 것에 주목하고 싶습니다. 이 노래를 들을 때마
다 제가 느끼는 것은, 일본도 이제는 이웃 나라의 노래
를 이토록 많이 애창하게 되었으니 퍽 다행이구나 하는

점입니다.

　그것은 바꿔 말해서 이웃 나라에 관해 그만큼 많은 관심을 쏟게 되었다는 것이지요. 〈돌아와요 부산항에〉란 노래는 연락선을 노래한 것이고, 그 연락선은 곧 부산항과 시모노세키[下關]를 왕래하는 배인데, 왜 이 노래가 한국의 부산에서만 생겨났고 일본 시모노세키에서는 생기지 않는 것일까 하는 점에 생각의 초점이 모아집니다. 이런 생각이야말로 양국이 지금 절실하게 바라고 있는 새로운 시대의 전개에 매우 도움이 되는 일이 아닐까 생각됩니다.

　물론 자칫 잘못하면 바람직스럽지 못했던 옛 상태로의 복귀와 같은 것을 연상할 우려가 없지 않겠습니다만, 지금의 일본 젊은이들이라면 제가 느끼는 이런 생각을 한 번쯤 해보는 것이 옳지 않겠느냐는 것입니다.

이어령　매우 흥미 있는 말씀입니다. 조용필이 일본에서 〈돌아와요 부산항에〉란 노래를 히트시킨 것은 부산이라는 항구가 일본을 향해 있는 항구라는 점이고, 전전戰前 세대들에게 있어서는 그들이 아직도 한국을 향해 지니고 있는 옛 기억과 그리움 같은 것이 작용된 결과가 아니겠는가 생각됩니다. 그런데 성급하고 신경과민적인 일부 사람들 중에는 〈돌아와요 부산항에〉의 일본 히트가, 일본인들이 다시 한 번 옛 식민지였던 한국을 넘보면서 돌아오려고 하는 그들의 숨은 의지가 시킨 결과라고 단정하는 사람도 없지 않다는 것입니다.

그러나 조용필의 노래가 일본에서 히트하는 것은 한일 양 국민에게 있어서 동양적인 정서적 공통점이 일찍부터 서로 교류되고 있었다는 것을 말해주는 것입니다. 따라서 구구한 표현에 앞서 한일 양 국민은 기본적으로 마음과 마음의 교류가 가능한 것입니다. 저는 이따금 주장합니다만, 이 지구상에 있는 하고많은 사람들 중에서 가슴에 맺히는 노래의 한 소절에 슬픔과 기쁨을 나누어 갖는 사람들은 오직 한국과 일본 사람뿐입니다.

비록 양국 간의 정치적·경제적 제반 사정이 난마처럼 얽히고설켜서 불행한 현실을 조성해내고 있는 것이 사실입니다만, 적어도 생각할 줄 알고 생각을 가다듬으려는 사람들에게 있어서는 양 국민이 지니고 있는 이와 같은 심정적인 공존대共存帶가 늘 푸대접받고 있는 현실이 더없이 고통스러운 공통의 고민거리라고 저는 생각합니다.

이마즈 말씀을 듣고 보니 생각납니다만 저희 《아사히[朝日] 신문》의 '덴세이진고天声人語'란을 담당하고 있는 필자가 조용필의 도쿄 공연을 보러 간 일이 있었습니다. 그 사람은 한국에 관해서 깊이 알고 있는 바가 별로 없었으며, 오직 조용필을 통해서 한국을 알아보고자 했던 것이 전부였다고 해도 과언이 아닐 겁니다. 그런데 그가 쓴 글의 첫 마디가 '이것은 결코 예삿일이 아니다'라고 시작됐던 것을 저는 기억합니다.

그것은 저에게 큰 충격으로 받아들여졌습니다. 일본 말로 예삿일이 아니라는 표현은 상당히 끈기를 내포한 말입니다. 나는 그와 같은 그의 글을 읽어가면서 어딘지 마음 가득히 고여드는 안도감 같은 것을 느꼈고, 또한 단순한 감상적인 영역을 넘어선 무엇인가 더 크고 세찬 새로운 물결이 도도하게 밀려들어 오고 있다는 것을 느낄 수 있었습니다.

화제를 다시 돌려서, 시모노세키에서는 왜 〈돌아와요 부산항에〉와 같은 노래가 생기지 않았는가 하는 점을 생각해 보면, 결론적으로 말씀드려서 가해자는 자신이 저지른 가해자로서의 사실을 쉽게 잊어버리는 데 비해, 피해자는 자신이 받은 아픔을 결코 쉽게 잊지 않는다는 이야기입니다.

한쪽에서는 노래가 생기지만, 한쪽에서는 전혀 노래가 안 생긴다는 것은, 엄연히 있었던 어떤 사실을 두고 한쪽에서는 꺼지지 않는 불꽃처럼 그것을 불사를 뿐 아니라 두고두고 잊지 못할 생각의 응어리로서 간직하고 있는데 반해, 한쪽은 전혀 그런 것을 아랑곳하지 않은 채 태연자약하고 있다는 사실을 대변해 주는 것 같습니다.

이 사실이 바로 오늘날의 문제 발생의 큰 원인이라고 생각할 때, 이 깊은 수렁이야말로 양국의 현실을 말해 주고 있는 상징처럼 느껴져 참으로 가슴 아프게 생각합니다.

과거에 더 집착하는 일본인

이어령 그런데 제가 느끼는 것, 특히 일본인들과 접촉할 때 으레 느끼는 것은, 일본인들은 한국에 관한 한 대단히 많은 오해, 요컨대 우리들을 매우 집념이 강한 끈질긴 사람들로 오해하고 있다는 점입니다. 그러나 한국인들은 사실은 일본인들이 생각하듯이 그렇게 집념이 강한 끈질긴 사람들이라기보다는 매우 잊기를 좋아하는 사람들입니다. 단적인 예를 들자면, 우리들은 이승만 박사 시대나 박정희 시대도 마치 지나간 옛일처럼 생각하는 편입니다.

이에 비해서 일본인들은 다르다고 생각합니다. 일본인들은 상당히 전통적이고 연속성이 강하다고 보여집니다. 지금의 일본을 주름잡고 있는 정치가나 경제계 인사들만 보더라도 대개가 예순 살이 넘는, 말하자면 전전 세대들이 그대로 자리를 고수하고 있지요. 이에 반해서, 우리들의 현실은 일본을 잘 알지 못하는 사십 대나 오십 대의 젊은 세대들이 정치·경제 분야는 물론 관료 사회에서도 깊이 자리를 잡아가고 있습니다.

우리들은 늘 한 시기가 지나면 그것을 청산하고 다음 시기를 새롭게 시작하는 형편입니다. 마치 주산에서 한 가지 셈이 끝나면 그것을 떨어버린 다음 다시 새로운 셈을 시작하듯이 역사를 다루고 있다는 이야기입니다.

이러한 관점에서 볼 때, 일본인들은 과거 36년간의 한국 지배에 대해서 대단한 속박을 받고 있을 뿐 아니라, 36년간의 피지배 민족이었던 한국인들이야말로 틀림없이 뼈에 사무치는 원한을 지금도 잊지 않고 그대로 간직하고 있으려니 지레짐작을 하는 경향이 농후하다고 봅니다. 아까 선생께서 말씀하신 피해자, 가해자 하는 것도 그런 맥락이라고 봅니다.

물론 한국도 공식적인 입장에서는 3·1운동이라든지 그 밖의 민족 독립을 위해 투쟁했던 과거의 역사적 사실이나 압박받았던 사실들을 들고 나섭니다만, 실상에 있어서는 일본인들보다 오히려 그런 것을 잊고 있는 편입

니다. 한국인들은 오히려 지금의 일본이 가지고 있는 한
국관이라든지 정치·경제적인 제반 문제에 대한 비판과
불만이 더 강합니다. 그것은 결코 과거의 원한을 바탕으
로 한 것이 아니라는 점을 강조하고 싶습니다.

　요즘 한국의 젊은 학생들이 신식민지 시대 운운하면
서 반일적인 자세를 취하고 있는 것은, 세계 유수의 경
제 대국이 된 일본이 인정사정없이 자국의 이익만을 추
구하는 태도를 비판한 데서 비롯된 자구적自救的인 반일
의사일 뿐, 과거의 역사적인 사실에 입각한 원한 맺힌
비판 의식이 아니라는 것입니다.

　일본인들은 스스로 한일 양국은 형제국이라고 합니
다. 사실, 일본을 내왕하면서 이따금 JAL기를 타면 거의
반드시라고 할 만큼 JAL의 여승무원은 저를 자국민으로
취급해서 일본 말로 말을 걸어오기도 합니다.

이마즈　제가 KAL을 타고 있어도 KAL의 여승무원은 저를 한국
인으로 취급합니다.

이어령　바로 그 점입니다. 한일 양 국민은 외모에 있어서도 형
제처럼 닮은 꼴입니다. 그럼에도 불구하고 일단 경제적
이해관계에 봉착하게 되면 냉혹한 자세를 서슴지 않는
쪽이 일본입니다. 기술 이전 문제가 바로 그런 것이 아
니겠습니까? 따지고 본다면, 전혀 이민족이며 생소한

서양인인 미국인들도 지난날의 일본에 대해 별 조건 없이 기술 이전을 해주었으며, 그런 것들이 오늘날의 경제 대국 일본을 탄생시킨 요인이 되고 있는데, 어찌해서 스스로 형제국이니 어쩌니 말하는 일본이 한국에 대한 기술 이전에 있어서는 그토록 인색하고 완고한 것인지 스스로 반문해 볼 만도 할 것입니다.

저처럼 경제를 모르는 문외한에 있어서도 일본이 부르짖고 있는 부메랑 효과와 같은 기술 이전 반대 이론은 어처구니없는 소리로밖에 들리지 않습니다. 한국 포항제철의 일본 시장 점유율은 겨우 1퍼센트라고 하는데, 일본은 이것만으로도 한국이 일본 경제를 잠식하러 쳐들어오고 있다고 비명을 지르고 있으며, VTR 한 가지 예만 보더라도 일본이 10여 년간 세계 시장의 90퍼센트나 독점해 오다가 최근에 이르러 한국이 몇십만 대의 VTR을 세계 시장에 내놓는 것을 보고 거국 행동을 취한다는 것은 도저히 일반 양식으로서 받아들이기가 어렵습니다.

따라서 지금의 한국의 젊은 학생들이, 한동안은 아시아 공영권을 부르짖었고, 또 공존공영을 내세우던 일본인들이 너무나도 표리부동하게 매사를 처리하는 현실을 목도하고 격렬한 배일 의식을 갖는다고 해서 그것이 부당한 것이라고는 결코 말하지 못할 것입니다. 그것은 지금까지 보아온 일본인들의 행위가 그와 같은 속임수 아니면 자국의 이익에만 열광적이었다는 사실에서 출발한 불신 감정이며, 이른바 '기브 앤드 테이크give and take'에 있어서도 받는 것에만 열중했지 결코 주는 것에 있어서는 인색했을 뿐이라고 하는 인상이 짙게 각인되어 있기 때문이라고 받아들여야 할 것입니다.

따라서 양국을 가로막고 있는 이 두터운 벽을 허물 수 있는 사람은, 국가 이익이나 이해관계로부터 초연할 수 있는, 진실로 인간 대 인간의 입장에서 순수하게 양국 간의 문제를 깊이 이해하고 인식할 수 있는 문화인들에게 맡겨져야만 비로소 어떤 실마리가 풀릴 것으로 믿습니다.

일본의 사죄, 현실로 나타나야

이마즈 이 선생께서 정말로 중요한 대목을 적절히 지적해 주셨습니다. 사실상 일본의 정치가나 문화인들에게 있어서 지난 시절의 한국 통치 36년간이라는 유감스러운 역사적 사실은 떼어내버릴 수 없는 무거운 멍에가 되어 있습니다. 20년 전 일본의 시이나 에쓰사부로[椎名悅三郎] 외무 장관이 한일 국교 정상화를 위한 회담차 내한해서 반성과 사죄를 표명한 것도 그런 맥락에서였으며, 그 후 수년 전 나카소네 총리가 내한했을 때도 역시 같은 내용의 표명이 있었고, 전全 대통령의 방일 때도 일본 천황이 그와 같은 반성과 사죄를 표명했던 것을 보아도 명백하게 알 수 있습니다.

그러나 지나간 과거를 유감스럽게 생각한다고 표명함으로써 불미스러웠던 역사적 과거가 매듭지어졌다고 생각한다든지, 동시에 이제부터는 새롭게 시작되는 새 역사의 장을 열기 위해서 양국이 협력해야 한다고 표명하는 것으로써 양국 관계가 정상화된 것처럼 생각하는 사고 자체는, 오늘날 양국이 직면하고 있는 현실을 두고 생각해 볼 때 아무래도 미흡하다는 것을 통감하게 합니다. 바로 저의 이런 느낌을 이 선생이 누누이 강조하고 있는 것이라고 받아들이고 있습니다.

이어령　과거지사는 퍽 유감스럽다든지 깊이 사죄한다든지 하는 일본인 정치가들이나 경제인들의 표명이 있긴 있었습니다. 그러나 그것은 어디까지나 명분 세우기에 급급한 것이었을 뿐 진실로 그렇게 받아들여지지 않고 있는 것도 사실입니다. 저는 일본 당국이 화폐 속에 그려져 있는 인물들의 초상화를 문화인들로 바꾼다고 했을 때 무엇보다도 기쁘게 생각했던 한 사람입니다.

그런데 느닷없이 후쿠자와 유키치[福澤諭吉]가 등장한데 대해서는 적이 실망을 금치 못했습니다. 물론 후쿠자와는 일본인들에게는 위대한 근대화의 초석적 인물임에 틀림이 없습니다. 그러나 그가 부르짖었던 탈아시아주의를 잊지 않고 있는 저에게는 참으로 충격적인 일로 받아들여졌던 것입니다.

바야흐로 물결이 아시아의 부흥과 새로운 태평양 시대를 향해서 도도하게 흐르고 있는 이 시기에, 세계적인 통화로서, 특히 아시아의 화폐로서 행세할 일본 화폐의 초상화에 하필이면 아시아인을 멸시하고 매도했던 후쿠자와의 초상화를 등장시킨 것은 일본이 너무나도 아시아인에 대해서 무관심하고 몰이해한 처사라고 흥분하지 않을 수 없었습니다.

특히 그는 한국을 가리켜, 지옥 같은 나라에다가 짐승들이 사는 나라라고까지 극언을 서슴지 않았고, 나아가서는 한국과 중국을 싸잡아서 결코 일본의 우방이 될 수 없는 해로운 인접국들이니 이를 없이 해야 마땅하다고도 주장했던 사람입니다. 그런 인물을 화폐에 그려 넣는다는 것은 일본이 그만큼 아시아의 여러 나라들을 업신여기고 있다는 것을 반증하는 일이 아니겠습니까?

이와 같은 일본인의 유아독존적인 발상이 나아가서는 기술 이전 문제에서 볼 수 있는 인색함이라든지, 세계 도처에서 일어나고 있는 무역 마찰을 유발시키고 있다고 해도 과언이 아니라고 생각되는 것입니다.

매년 일본 쪽으로부터 많은 학생들이 한국으로 수학 여행을 오고 있는 것을 볼 수 있습니다. 그런데 언젠가 그들과 동승했던 나는 그 학생들이 마음 놓고 지껄여대는 대화를 듣고 충격을 금치 못했습니다. 그들은, 한국이 미개하고 더럽고 질서가 없는 후진국이라고 얘기를 들었는데, 막상 와서 보니 일본과 다를 바가 조금도 없지 않느냐며 의아해하는 것이었습니다. 만약 일본인 부모나 선생들이 여행 떠나는 아이들에게 좀 더 자상하고 애정 어린 관점에서 한국의 과거 역사와 오늘날의 현실을 허심탄회하게 이야기해 주었던들 아이들이 한국에 와서 그와 같은 갈등을 겪지 않았을 것이 아니겠느냐 하는 것이 저의 생각입니다.

따라서 하고 싶은 말은, 일본은 더 깊고 성의 있는 태도로 이해의 폭을 넓히려는 노력이 있어야 하겠다는 것입니다. 그것을 현실화하기 위해서는 사사건건 이익에만 급급한 정치·경제 분야의 인사들보다는 순수한 지식인·문화인들이 앞장서야, 양국 간의 이 깊고 큰 틈바구니를 메워 나갈 방법이 생겨날 것이라 생각합니다.

일본의 역사를 보는 눈

이마즈 일본인인 저로서도 일본은 과연 어떤 나라일까 하고 생
각을 가다듬어볼 때 다음과 같은 생각이 들곤 합니다.
메이지 유신 이래 지금에 이르는 120년 동안 일본은 오
로지 앞만 바라보고 뛰기만 했던 나라였다고 생각합니
다. 그동안 부르짖어 온 말은 단 한 가지 '부국강병'뿐이
었으며, 그렇게 해야만 서양 열강들에게 뒤지지 않고 따
라 붙을 것이라는 강박관념에 사로잡혀 있었습니다.

따라서 이따금 발길을 멈추고 과거를 뒤돌아보면서
깊이 생각한다든지 반성할 여유가 거의 없었던 것으로
생각됩니다. 심지어는 전쟁에 패한 후, 이제는 장래의
일본이라는 자화상을 냉철한 입장에서 그려 나가야 한
다고 겉으로는 그럴듯하게 부르짖으면서도 사실에 있
어서는 전혀 그런 노력이 없이 오늘날의 일본으로 탈바
꿈하지 않았는가 하는 느낌마저 갖게 합니다.

그것은 곧 역사라는 것을 전혀 고려하지 않고 뛰기만
했다는 말도 되겠지요. 따라서 앞서의 말과는 다소 모순
된 표현이겠습니다만, 일본이 한국 식민 통치 36년간이

라는 것에 대해서 지금은 말끔히 청산된 과거지사라고 전제해 놓고 양국 간의 현안을 새롭게 논하자고 하고 있지만, 그 36년간이라는 것이 오늘날의 일본과 어떻게 연관지어지고 있는가 하는 것에 대해서는 제대로 깊고 바른 인식을 갖고 있지 않습니다.

이것이 바로 모든 불편한 문제를 일으키는 근원이 되고 있는 것이라고 생각되며, 한동안 양국 간을 긴장시켰던 교과서 문제도 역시 그와 같은 맥락에서 드러난 빙산의 일각 같은 사건이었다고 봅니다. 이 선생께서 앞서 말씀하셨던 한국에 대한 몰이해나 독선적인 일본적 발상이라는 것도 역시 이 같은 일본의 역사를 보는 눈의 탓이라고 저는 생각합니다.

이를테면 지난날의 일본과 구미 선진국을 비교해 보면 일본은 그들에 비해서 명백한 후진 소국이었습니다. 그와 같은 소국이었던 일본이 오늘날의 일본으로 성장하기까지에는 이루 말할 수 없이 많은 고난을 겪었던 것이 사실이며, 문자 그대로 눈물로 얼룩진 고행의 길이었습니다. 이처럼 구미 열강의 틈바구니에서 설움의 고행 길을 걸어온 일본이 지금 그와 비슷한 처지에 놓여 있는 아시아의, 그중에서도 개발도상국들에 대해서 어쩌면 그토록 냉혹할 수 있겠느냐 하는 것인데, 여기에 관해서는 아까 이 선생께서 말씀하신 후쿠자와 유키치류의 극우론이 단단히 한몫을 했던 것입니다. 즉 소국인 일본이 그보다도 더 약하고 작은 나라들을 짓밟아서라도 자국의 이익을 도모해야 했던 것입니다.

이와 같은 일본의 과거 역사를 일본인들은 제대로 파악해야 한다고 저는 믿고 있으며, 더 나아가서 그와 같은 역사적 사실은 결코 지나간 과거의 것으로서 끝이 난 거라고 생각해서는 절대로 안 된다는 게 저의 바람입니다.

약 4~6년 전에 《아사히 신문》이 '세계 속에 있어서의 일본'이라는 국제 심포지엄을 주최한 적이 있었습니다. 이 심포지엄에서 핵심적인 말을 한 사람은 일본 유선 회사의 사장을 지낸 아리요시 요시야 씨였습니다.

그는 말하기를, 전후 일본이 오늘날과 같은 부흥과 번영을 이룩한 데는 세 가지의 행운이 따라주었기 때문이었는데, 그중 첫째가 한국 전쟁으로 이때의 특수 수요에 따른 특수 경기가 일본 부흥에 결정적인 역할을 해주었다는 것이었습니다.

둘째는 전후 세계가 문자 그대로 자유 무역 시대였다는 것이고, 끝으로 세 번째의 행운은 전전의 일본 사회를 좌지우지하던 인물들이 모두 물러간 대신 새로운 정치·경제를 이끌어줄 새 일꾼들이 배출돼, 그들이 지금까지 일본 사회를 이끌어주고 있는 점이라고 말했던 것입니다.

그의 이야기를 듣고, 인도네시아의 전 외무 장관이었던 압 둘 마니 씨가 손을 들고 일어서서 반론을 제기했습니다. 즉 "당신이 지금 행운의 조건으로 열거한 첫째 조건은 한국 민족끼리 피를 흘리면서 싸운 참혹한 전쟁이었는데, 어째서 당신은 그것이 일본에게 있어서는 행운의 첫째 조건이었다고 태연하게 말할 수 있느냐, 나아가서는 월남 전쟁 역시 그런 것이었느냐?"고 말했습니다.

그리고 둘째 조건에 대해서도 자유 무역 원칙이라는 것이 오로지 공급자가 될 수 있는 강자들에게 있어서는 더할 수 없이 편리한 원칙이지만, 약소국 편에서 볼 때는 대단히 불합리한 원칙임을 알아야 한다고 강조했고, 셋째 조건에 대해서도, 지금의 일본 정치·경제 분야에서 활동하는 인물들이 고집하고 있는 기본적인 행동의 패턴을 볼 때 전전의 그 얼굴들과 다를 바가 추호도 없다고 생각한다고 덧붙였습니다.

셋째 조건에 대한 압 둘 마니 씨의 반론은, 아까 이 선생도 지적하신 일본에 있어서의 전통적인 강한 연속성이라는 점과 일치해, 나는 아시아의 여러 나라 사람들은 같은 생각을 가지고 있구나 하는 것을 새삼스럽게 느꼈습니다.

한일, 신태평양 시대의 동반자

이어령 어느 한쪽이 상대방을 특별히 헤아려준다든지, 아니면 과거의 잘못을 핑계 삼아 이렇게 베풀어주어야 한다든지 하는 것은 한국인이건 일본인이건 간에 잘 통하지 않는 것이 현실일 것입니다. 국제 사회에서의 관심이란 오로지 이익이 얽혀 있을 때 비로소 가능한 것이 아니겠습니까?

이와 같은 이익과 불이익이라는 관점에서 일본인들이 한국을 보는 눈을 살펴본다면, 일본인들의 안중에는 한국 따위는 별로 관심의 대상이 안 됩니다. 한국보다는 오히려 미국, 소련, 서유럽, 아니면 중국이 무역의 규모에서나 국제 사회에 있어서의 정치적인 비중에서 일본의 관심을 끌 것입니다. 그렇기 때문에 저 역시 일본이 만국기에서 한국 국기를 뺀다든지 하는 것에 필요 이상의 신경을 곤두세우지 않습니다.

그러나 한국과 일본의 지금과 같은 관계는 새롭게 불

어오는 역사의 풍향, 어쩔 수 없이 밀어닥치고 있는 국제 사회의 현실적인 여건 때문에 조만간 어떤 전환점을 맞아야 하지 않을까 하는 것이 저의 생각입니다.

일본의 역사를 살펴볼 때 일본은 건국 이래 오늘에 이르기까지 '따라잡고 앞지르자'는 것의 연속이었다고 볼 수 있는데, 그 첫째 목표가 바로 한국인이었다고 저는 보고 있습니다.

처음 아스카 시대의 일본이 따라잡아야 했던 나라는 바로 한국 땅의 백제였고, 그 후 차츰 백제의 원류가 중국임을 깨닫게 되자 일본은 다음 대상을 중국으로 삼았으며, 급기야는 조선의 침공으로까지 이어졌습니다.

그러나 그 중국도 시들해지자, 이번에는 네덜란드로 대상이 바뀌었고, 다시 프랑스로, 그러다가 또 보불 전쟁에서 프랑스가 독일에게 굴복당하자 때를 놓치지 않고 독일을 대상국으로 삼았습니다. 이때 독일의 변제를 도입해서 육군사관학교의 기초를 다졌고, 그러다가 서유럽이 시들해지자 이번에는 곧 눈길을 미국으로 돌렸습니다.

이런 사실들을 돌이켜볼 때 일본이 추구해 온 '따라잡고 앞지르자' 주의는 멀리 진무 천황으로부터 오늘날에 이르기까지 그 장구한 세월을 일본이 한결같이 추구해 온 투쟁의 외길이었다고 보여집니다.

　일본은 드디어 1980년대에 이르러 따라잡을 상대가 없어진, 명실공히 앞지르기에 성공하게 되었습니다. 그러자 이번에는 '따라잡고 앞지르자'의 슬로건이 하루아침에 '따라잡히지 말자. 추월당하지 말자'는 것으로 뒤바뀌었고, 이 새로운 슬로건의 첫 대상국으로 또 한국이 지목되고 만 것입니다.

　그 단적인 예를 든다면, 제가 강연차 일본을 방문했을 당시 한국의 최대 국내 문제는 학생들의 데모 소동이었는데, 그때 일본 내에서의 한국에 관한 최대 화젯거리는 오로지 한국의 포니 승용차가 캐나다에서 일본의 도요타 자동차를 물리쳤다고 하는 것으로 들끓고 있었습니다.

　강연이 끝난 뒤의 질문에 있어서도 그에 관한 질문이 가장 많았고, 일본의 문화 장관과의 대담 중에서도 이 문제가 가장 큰 관심거리였습니다.

　우리는 지금 이 점을 생각해야 하리라고 봅니다. 즉 과연 한국 경제가 크게 신장되는 것이 일본의 국가 이익에 상반되는 불이익을 초래하는 것일까, 만약에 한국이 아시아에 있어서 일본과 어깨를 맞겨루면서 함께 새 역사를 이끌어 나간다고 가정했을 때 그것이 과연 일본에게 있어서 커다란 불이익이나 위협만을 가져다주는 것일까 하는 것에 대해 현재의 일본 지성인들이 냉철하게 판단해서 결정해야 할 시기가 바로 지금이라는 것입니다.

만약 일본 지성인들의 판단이, 한국의 국력 신장이 곧바로 일본의 국가 이익을 위협하는 것이라면 서슴지 말고 한국을 견제해야 할 것입니다. 그러나 반대로 한국의 국력 신장이 아시아에 있어서의 EC와 같은 공동체 구성에 기여하게 되고, 그것은 동시에 일본을 중심으로 한 신태평양 시대의 출현을 현실화시키고, 일본의 발전과 기반을 보다 공고히 해주는 것이라고 생각할 수도 있을 것입니다.

이 말은, 일본의 국가 이익과 결부된 필요에 의한 협력, 즉 기술이나 정치·문화 전반에 걸쳐 명분 떳떳한 협력을 나누면서 역사적인 사명을 함께 담당해 나갈 수 있는 동반자로서의 한국을 재발견해야 한다는 말입니다. 그런 노력의 일환으로서 일본은 시야를 더 넓게 펴서 한국과의 기술 이전, 무역 역조 시정, 재일 한국인의 처우 개선, 또는 한국어의 제2외국어 설치와 연구 기관의 개설 등등의 절실하고도 필요한 여러 문제들을 성의를 다해서 해결하려는 의지를 표명해야 될 줄 믿습니다.

일본의 고민

이마즈 1973년에 고마쓰 사쿄[小松左京]가 쓴 『일본 침몰』이라는
소설이 생각납니다. 이 소설은 영화화까지 되었는데, 그
때 가장 어려웠던 것이 라스트 신이었다고 합니다. 태평
양 속으로 침몰하고 만 일본 열도에서 간신히 살아남게
된 일단의 일본인들이 그들의 남은 여생을 어디에 가서
어떻게 살아가야 할 것인가 하는 시추에이션을 다루는
데 있어서, 그것을 어떻게 영상화해야 옳을지 무척이나
고민했었다는 것입니다.

　1973년 그 당시의 일본 경제는 인류사상 유례를 볼
수 없는 성장 속에 있었으며, 그때 바로 절정에 도달하
고 있었습니다. 그러나 비록 공상 과학 소설의 허구적인
내용이라고는 하나, 태평양 속으로 침몰한 일본 열도에
서 간신히 살아남은 마지막 일본 민족에게 과연 세계의
어느 민족이 따뜻한 구원의 손길을 뻗쳐 맞아줄 것이며,
또 실제로 그와 같은 상황이 가능한 것인지 어떤지를 설
정하는 데 있어서 무한한 어려움을 겪었다는 것입니다.

　결국 이 영화의 라스트 신은 몇 사람인가 생존한 일본
젊은이들이 어디엔가에 있을 신대륙이라고 상정되는
미지의 곳을 향해서 달음질쳐 가는 것으로 처리되기는
했습니다만, 그와 같은 마지막 장면의 서글픔 같은 것은

지금의 일본인들이면 누구나가 평소에도 많이 느끼고 생각하는 일이 아니었던가 하는 것이 저의 생각입니다.

일본이 제2차 세계 대전에서 패망한 뒤 우리들은 헌법을 고쳐 다시는 전쟁이라는 수단을 빌려서 자국의 입장을 호소하지 않겠다는 결의를 굳힌 바 있습니다. 세계 사람들을 적으로 해서는 결코 살아남기가 힘들다는 것을 뼈저리게 느낀 것입니다.

그런 뜻에서 지금까지 장시간 동안 이야기해 온 바와 같은, 인접국과의 관계 개선 같은 것은 퍽 중요한 게 될 것이며, 그 자체가 바로 일본이 살아남는 길이라고 하는 인식에 도달해야 된다고 생각합니다.

사실 일본이란 나라를 자원이라는 면에서 이야기한다면 참으로 보잘것없는 소국에 불과합니다. 이런 소국이 살아가자면 자원을 들여와서 그것에 다시 높은 부가 가치를 붙여 상품으로 바꿔서 팔아야만 비로소 돈벌이가 가능했습니다. 그러나 돈이라는 것을 벌다 보니 적당하게 알맞게 번다는 것이 매우 어려웠고, 기왕 돈을 벌 바에야 차라리 왕창 벌어보자고 해서 노력했던 결과가 오늘의 일본으로 등장했던 것입니다.

그렇게 되고 보니 이제는 또 이것을 그대로 유지해야겠다는 욕심에 사로잡히게 되었고, 현상 유지에 안간힘을 쓰다 보니 자연히 자세가 방어적인, 그래서 어느 사이엔지 고슴도치처럼 되어버려, 지금은 스스로 이러지도 저러지도 못하는 자승자박의 상태에서 고민하고 있는 것입니다.

이어령 바로 그것이 지금 문제 되고 있는 것입니다. 그러나 따지고 본다면 자원이 없다는 면에서는 우리도 매한가지이고, 부가 가치 높은 상품의 생산이 살길이 된다고 하는 면도 한국이나 일본이나 마찬가지입니다. 그러나 같은 상황이면서도 한국은 또 다른 특성을 지니고 있습니다. 정치·안보 기타 여러 가지 여건들이 내일이라는 것을 안온하게 바라볼 수 없게 하는 상황이고 보니, 사람들의 마음이 거의 돈벌이에만 매달리게 되는 것이지요. 따라서 일본과는 같은 조건하에서의 같은 목적 추구가 되고 말았고, 한일 관계는 더욱더 치열한 라이벌 관계로 변한다고 볼 수 있습니다.

이마즈 동감입니다. 바로 그와 같은 여러 가지 조건들이 복합되어서 지금 양국의 관계는 더욱 난처해지고 있는 것이 사실입니다. 더군다나 무역 마찰 문제에서 미국은 지금 가장 큰 무역 마찰의 상대를 일본이라고 보고 어떻게 해서든지 일본을 잡으려고 함과 동시에 또 일본의 그늘 속에 가려져 있던 한국까지도 크게 의식하고 있는 실정입니다.

이어령　그렇습니다. 일본이 좋은 알맹이를 푸짐하게 거둬 먹던
시절에는 한국은 부스러기마저도 구경 못 했었는데, 막
상 보복 조치를 당하게 되는 마당에서는 한국과 일본이
한 보자기에 싸잡혀서 같은 제재를 받고 있으니 억울하
기 짝이 없는 일입니다.

이마즈　지금 일본의 입장은 일본이 생산하고 있는 하드웨어 제
품에 한해서는 어쩔 수 없이 그 생산을 중단하고 그것을
모두 한국으로 넘겨야 한다는 것으로 알고 있습니다. 일
찍이 미국과 영국으로부터 섬유류 생산을 넘겨받았다
가 그것을 다시 한국으로 넘겨주었듯이, 조선·철강·기
계류 등이 지금은 끊임없이 그 바통을 한국으로 넘겨주
고 있는 실정입니다.

　7~8년 전에 제가 한국의 창원 공업 단지를 방문했을
때 그곳에 나와 있던 이시카와지마하리마 중공업에서
파견된 일본인 기술 책임자로부터 들은 바로는, 앞으로
20년 내면 일본의 하드웨어 제품은 깡그리 한국 몫이 되
고 말 전망이라는 것입니다. 실제로 지금 사정은 그렇게
돌아가고 있고, 또 그렇게 될 수밖에 없다는 것이 대부
분의 일본인 기업가들의 생각입니다.

　그런데도 불구하고 아까 이 선생께서 지적한 것과 같
은 후진 기술도 첨단 기술도 모조리 일본이 갖고 있어야

만 된다고 하는 형태가 드러나고 있는 것은 일본의 경제
구조가 지니고 있는 이중성 때문입니다. 즉 대기업을 뒷
받침해 온 중소기업이 지금도 생업으로 삼고 있는 분야
가 바로 그런 하드웨어 부문이기 때문에 그들의 생명선
을 하루아침에 끊을 수도 없고, 또 딴 부분으로 쉽게 전
업시켜줄 수도 없는 일본의 경제적·정치적 국내 사정이
그런 결과를 초래하고 있다고 말씀드릴 수밖에 없습니
다.

이런 말은 구차한 변명같이 들리겠습니다만, 한국에
있어서도 머지않아 이 같은 어려움이 생겨날 것이고, 또
실제로 이미 겪고 있을지도 모른다는 생각이 듭니다.

따라서 이런 문제에 관해서는 서로가 좀 더 머리를 맞
대고 좋은 지혜를 얻어낼 수 있을 것으로 생각되고, 나
아가서는 서로가 입장을 바꿔 상대의 어려움을 헤아려
보는 지혜도 필요하다고 생각합니다.

이어령 그것은 역시 전후의 젊은 세대에게 기대해 볼 만하다고
생각하는데 어떻습니까?

북방과 남방을 보는 일본의 눈

이마즈 결국 나이 든 사람들이나 선배들이 젊은이들에게 끊임

없이 역사라는 것이 어떤 것이다 하는 것을 가르쳐줌으로써 가능한 일이라고 생각합니다. 그런 관점에서는 지금의 일본인들에게 북방(공산·사회주의 국가)을 보는 눈이 보다 더 달라질 필요가 있다고 저는 생각하고 있습니다.

이어령 저는 지금 일본의 젊은 층들이 국제 감각에 있어서는 상당히 세련되어 있지 않나 생각합니다만…….

이마즈 세련되었다고도 볼 수 있습니다. 그러나 역시 일본의 국민인 이상 유난스럽게 다른 것을 기대할 수는 없습니다. 마치 《아사히 신문》이라고 해서 남다른 논조만 펴고는 존재할 수 없듯이 말입니다. 따라서 그들 역시 조금은 진보적인 색채가 감돈다는 정도의 차이라고 생각될 뿐입니다.

　일본인은 대체로 태평양과 남방을 더없이 낭만적인 눈으로 바라보는 경향이 짙다고 보여집니다. 일본의 많은 국민들이 즐겨 애송하는 시로 시마자키 도손[島崎藤村]이 지은 「야자열매」란 시가 있는데, 이것은 바로 흑조黑潮(일본 해류)를 타고 남방으로부터 일본에까지 도달한 야자열매를 주제로 한 서정시입니다.

　이 시구에서와 같이, 많은 일본인들은 일본 열도를 스쳐 지나가는 흑조를 일본에 부와 행복을 실어다 주는 고마운 해류로 보고 있으며, 동시에 그 원류는 과연 어디일까 하고 끝없이 펼쳐진 남쪽의 수평선을 향해 부푼 마음을 쏟아보는 낭만을 매우 좋아한다는 것입니다.

이와 함께 또 한 가지 제가 소개하고 싶은 것은 요코하마[横浜] 항구에 있는 미일 우호를 기념하기 위해 지금도 잘 보존하고 있는 낡은 4층 건물과 그 앞에 세워진 소녀상입니다. 그 건물은 일본에서 일어났던 관동 대지진 때 미국인들이 전달해 준 구호금으로서 건립한 뉴그랜드라는 호텔인데, 약 7~8년 전 그 건물 앞에 「빨간 구두를 신고 있던 소녀」란 동시와 함께 예쁜 청동 소녀상을 세웠습니다.

저 멀리 태평양을 향해 서 있는 그 소녀상을 볼 때마다 나는 일본 국민들이 미국이 떨어뜨린 원자 폭탄으로 인해 참혹한 떼죽음을 당했으면서도 그때의 원한 맺힌 기억을 깨끗이 잊고, 지금은 미국에 대한 짙은 애착심과 함께 깊은 유대를 맺고 있는 사실을 생각합니다.

또 그와는 달리 소련에 관해서는, 일본과의 중립조약을 헌신짝 버리듯이 팽개치고 쳐들어왔던 기억은 과거지사로 차치해 두고라도, 소련이라는 말을 듣기만 해도 일본 사람들은 무엇인가 참을 수 없는 강한 저항감을 떠올리는 것 같습니다. 가요에서도 남방과 태평양을 노래한 것은 무척 많으나, 북방을 향해 부른 노래는 거의 없습니다.

이와 같이 볼 때, 북방을 보는 일본인의 눈에는 지나치리만큼 자기 짐작을 앞세운 그릇된 눈들이 많지 않나 하는 우려를 버릴 수가 없습니다. 따라서 지난 역사 속에서 범했던 것과 같은 과오가 다시 저질러질까 두렵기도 하고, 또 그런 과오를 재발시키지 않기 위해서도 인자한 부모가 자식을 타이르듯이 역사가 무엇인가 하는 것을 끊임없이 가르칠 필요성을 느끼는 것입니다.

재일 한국인 문제

이어령　메이지 유신 이후의 일본 문화는 분명히 남방을 향하고 있었으며, 또 남방으로부터 물밀듯이 들어왔던 것이 사실입니다. 그러나 일본 문화의 근원은 북방 문화가 주류를 이루는 가운데 남방 문화가 함께 뒤섞인 문화라고 보여집니다. 근대화 이후의 일본을 두고 이야기한다면, 유럽 문화는 남방 길을 타고 들어왔고, 미국 문화는 태평양을 타고 들어왔던 것이 사실입니다.

그리하여 일찍이 근대화를 이룩해 구미 열강과 손을 맞잡고 탈아시아의 길을 떠났던 일본이지만, 오늘날에 있어서는 탈아시아의 발길을 다시 아시아로 되돌려서 아시아로 복귀하는 것이 마땅하다고 하는 것이 제 생각입니다.

일본이 지금이라도 늦지 않았다는 새로운 역사의식을 품고 아시아로 복귀한다면 한일 관계 역시 참된 동반자로서 바람직스러운 관계로 발전할 것입니다.

그러나 오늘날의 한일 관계는 여전히 전도가 암담할 뿐입니다. 그중에서도 가장 큰 그림자는 60만이 넘는 재일 한국인 문제라고 하겠습니다.

일본이 지금 표면상으로는 상당히 많은 아시아 제국들과 우호 관계를 맺고 있으나, 60만이 넘는 재일 한국인의 처우에서 아시아인들에게 잘못된 인식을 심어준다면 그들은 결코 일본을 선량한 선진국으로서 신뢰하고 따라주지 않을 것으로 믿어집니다. 왜냐하면 일본이 재일 한국인들과 명실공히 평화로운 공존을 실현시켰을 때 비로소 일본이 소수 민족을 비롯한 이 지구상의 타민족들과도 서로 유대하면서 평화롭게 공존할 수 있는 대국다운 우방국이라고 믿을 것이기 때문입니다.

그런데도 불구하고 일본의 오늘날의 행적은 너무나도 기대와 여망을 저버리는 처사로 일관되고 있습니다. 단적인 예로 지문 날인 문제에 관한 RKB TV의 한 조사에 의할 것 같으면, 조사에 응한 90퍼센트의 일본인들이

'지문 날인이 싫다면 네 나라로 돌아갈 것이지 무슨 잔소리가 그렇게도 많으냐'고 했다니 기가 막힐 뿐입니다.

거기에다가 최근에는 국수주의적 경향을 더해가고 있습니다. 이것은 단순히 지금까지처럼 일부 경제인이나 정치인이 갖던 의식이라기보다는 전체 일본인들의 의식이 그렇게 흐르고 있다고까지 느껴지는 것입니다.

이마즈 RKB의 여론 조사에서 90퍼센트나 되는 일본인이 재일 한국인 보고 싫으면 돌아가라고 했다니, 조사도 조사 나름이지만 이해가 안 갑니다. 제가 몸담고 있는 《아사히 신문》도 지문 날인은 중지해야 한다는 것이 기본 논조이며, 이에 동조하는 신문사도 적지 않습니다. 독자들의 반응 역시 지문 날인의 부당성을 성토하는 경향이 점증하고 있습니다. 따라서 법무성마저도 이와 같은 움직임을 무시 못 할 입장에 와 있는 것이 일본의 현재 사정이라고 저는 보고 있습니다.

양국의 관계 개선, 이제부터 시작

이어령 제 말에 오해가 생긴 듯하기에 다시 말씀드립니다만, 여론 조사 결과가 아니고, 후쿠오카의 《마이니치 신문》 계열의 RKB TV가 지문 날인에 관한 캠페인을 벌인 다음,

그것을 시청한 모니터들의 반응을 조사했더니 90퍼센트에 해당하는 사람들이 그런 반응을 보였다는 것입니다. 그것을 통해 볼 때, 정치가나 경제인·언론인들의 수준 높은 문화와는 상관없이 국민들의 숨은 목소리라고 할 수 있는 감춰진 지열地熱 문화는 한국이나 일본이나 똑같이 아직도 성숙한 이해와는 상당한 거리가 있다는 것입니다.

이마즈 제 생각으로는 진짜 밝은 양국 관계 개선은 지금부터 시작되는 것이라고 보고 싶습니다. 일본에서 지문 날인 문제가 큰 사회 문제로 제기되었을 때 지문 날인은 중지되어야 한다는 캠페인이 가장 치열하게 일어났던 곳은 재일 한국인이 가장 많이 살고 있는 오사카였습니다.

그 후 사회당을 통한 지지 캠페인 등 지문 날인 문제는 상당한 지지 기반을 다져왔는데, 때마침 지난 4월의 독자 투고란에 어느 일본 여성의 신상 문제를 담은 투고가 게재됨으로써 거센 파문이 일고 있는 중입니다. 그 일본 여성의 사연은, 재일 한국인 남성을 사랑하고 있으나, 지문 날인 등의 문제 때문에 적지 않은 상심과 고통을 받고 있다는 내용의 호소였습니다. 이 독자 투고가 나가자 일본인을 비롯해서 한국인 등 많은 사람들이 다시 독자 투고를 통해 슬기롭게 어려움을 견뎌내서 좋은 사랑의 열매를 맺길 바란다, 또는 용기를 내라는 등의 조언을 보내주기 시작하여, 지금까지 끊이지 않고 이어지고 있습니다.

이렇게 되자, 신문사에서는 그에 관한 특집 기사까지 내게 되었고, 그것이 계기가 되어 지문 날인 문제는 새로운 양상으로 번져가고 있습니다. 즉 한 일본 여성의 투고가 지금에 와서는 일본의 한국 통치에 대한 책임 문제로까지 논란이 고조되고 있습니다.

그와 동시에 아사히 신문사에서는 전쟁 책임 문제까지 들고 나왔는데, 제 선배이자 《아사히 신문》의 고문으로 있는 하타 씨는 4회에 걸친 논설을 통해서 어찌하여 《아사히 신문》을 비롯한 여러 신문들이 전쟁 저지에 제대로 저항하지 못했는가 하는 문제를 파헤치기도 했습니다.

제가 이러한 일련의 사실들을 눈여겨보면서 느낀 것은, 첫째로 이런 캠페인이 어째서 도쿄에서는 일어나지 못하는가 하는 현실에 대한 나름대로의 비판이고, 둘째로는 '진짜 바람직스럽던 일들이 이제 비로소 태동하기 시작하는구나' 하는 것입니다.

지난날 김대중金大中 씨 납치 사건이 터졌을 때 저는 비로소 한국과 일본 사이 가치관의 차이를 통감했었습니다. 그때 저는 양국 문화의 거리감에 대해 충격을 받았습니다만, 이번에 나타난 독자 투고 파문의 결과를 보면서, 이제 진짜 바람직스럽던 일들이 태동하기 시작하는구나 하는 것을 느낌과 동시에, 아직도 절망하기에는 이른 때라고 하는 다짐을 스스로 해보고 있습니다.

과거를 경험하지 못한 젊은 기자들이 지문 날인 문제 같은 것을 정면으로 취급함으로써, 결과적으로는 스스로가 몸담고 있는 아사히 신문사 자체의 치부를 가차없이 노출시키는 과감한 자세를 볼 때, 아직도 희망은 남아 있구나 하는 생각을 버릴 수 없는 것입니다.

'신에도[江戶] 시대'가 대두하는가

이어령 그러한 긍정적인 면도 있긴 합니다만, 최근 일본에서는 새로운 변화 양상이 보이고 있는 것 같습니다. 즉 국내 정책상 표면적인 개방 선린 정책과는 모순된, 한마디로 말씀드려서 일본의 '신에도 시대'와 같은 일본 지상주의적 국수주의가 새삼스럽게 대두하고 있는 듯한 느낌입니다.

한때 일본에 팽배했던 마루야마 마사오[丸山眞男]와 같은 반성론은 무용지물로 변했고, 미국적 민주주의마저도 달가운 것이 못 된다는 인식과 함께, 신일본주의에 입각한 교육 제도의 개혁을 비롯해 각급 학교에 있어서의 일장기 게양의 부활, 국가國歌〈기미가요〉의 재제창 문제, 그리고 야스쿠니 신사[靖國神社] 참배 문제 등 군국주의 시대의 복고와도 같은 무드가 고개를 쳐들고 있지 않습니까?

이와 같은 제반 동태는 신애국주의 정신과 함께 이른바 '신에도 시대'를 염원하는 일본의 또 다른 면모로 간주돼, 세계인의 이목이 일본에 집중되고 있다고 해도 과언이 아닐 것입니다.

이것이 한낱 패전국인 초라하던 시절의 일본에서 일고 있는 현상이라면 별문제겠으나, 오늘날의 일본은 최첨단 기술의 보유국이요 세계의 부를 한 손에 거머쥔 경제 대국으로서 세계 사람들에게 치명적인 영향력을 구사할 수 있는 강대국입니다. 따라서 개개인의 입장을 떠난 '집단화된 일본인'을 생각할 때 우리들의 기억은 매우 위협적이라는 느낌으로 집약된다는 사실을 부정하지 못합니다.

가을에 필 한 송이 국화꽃을 위해서 봄부터 온갖 정성을 다하는 일본인의 모습이라든지, 좁은 다실방茶室房 안에 정좌하고 앉아서 한 잔의 향기 짙은 차 맛을 음미하는 일본인의 모습, 그것은 어디까지나 정적이고 고즈녁한 인간미 넘치는 면모입니다. 그러나 성나고 패닉 상태에 빠진 집단화된 일본인의 얼굴이나 목소리, 그리고 그 형태는 본질을 달리한 너무나도 달라진 위협적인 존재로밖에 기억되지 않습니다.

세계적인 국제주의자였던 프랑스인들이 거리의 술집에서 이방인들을 만나면 빨리 프랑스를 떠나달라고 외쳐대는 꼴을 보면서, 일본이 다시 그와 같은 경제적인 곤경과 국제적인 고립 상태에 빠졌다고 가정해 보았을 때, 그 노기 찬 행동 양태가 또 어떤 집단적인 폭력을 휘두를 것인가에 대해서는 더 이상의 설명이 필요 없을 것이라고 생각하게 됩니다.

이것이 오늘날의 전 세계가 일본을 보고 있는 눈일지도 모릅니다. 이런 점에 대해 특히 일본 젊은이들의 생각은 어떠한지 관심이 모아집니다.

이마즈 일본에 있어서의 내셔널리즘적인 경향은 제1차 오일 쇼크가 있은 뒤부터 하루가 다르게 급진되어 온 듯한 인상입니다. 오일 쇼크를 맞았을 때 일본이 가장 심각하게 자각한 것은 일본 경제의 고도 성장에 엄연한 한계점이 있다는 것이었고, 동시에 뒷덜미를 낚아채듯이 각국이 다투어 2백 해리 경제 수역을 선언하게 되자 일본도 덩

달아서 바짝 정신을 차려야 했고, 아울러 자신의 위치를 다시 한 번 되살펴보지 않을 수 없었던 것입니다.

그에 따라 어떤 보이지 않는 압력과 위협에 대해 대항할 수 있는 자세를 취할 수밖에 없었던 것으로 보여지며, 그런 대항의 자세가 정치적으로 가장 두드러지게 나타난 첫째 현상이 국가 방위 의식이었습니다. 그것은 단적으로 여야가 일치해서 공동보조를 취했던 대소련 외교에서 나타났다고 봅니다.

또 경제 전반에 있어서도 보수적인 현상 유지를 표방하는 소극적인 자세가 강화되었다고 보여집니다. 이런 경향이 앞서 이 선생께서 지적하신 바와 같은 제철 문제에 있어서의 기술 이전 관계 같은 개운치 않은 일면을 노출시켰고, 또 화폐에 그려 넣는 초상화에도 후쿠자와 유키치의 등장을 가능케 했다고 저는 봅니다. 또한 나카소네 총리의 야스쿠니 신사의 공식 참배 따위도 일본이 어쩔 수 없이 취해야만 하는 대외적인 대항 자세에서 비롯된 것이라고 생각하게 됩니다.

물론 이러한 문제들에 있어서는 자연히 일본이 일으켰던 전쟁 책임에 대한 비판의 눈총이 따를 수 있습니다. 그러나 일본도 나름대로의 국가 방위라는 것을 고려해야 한다고 볼 때, 일본인 스스로의 입장에서는 그와 같은 조치가 필요하다고 인정하는 데서 나온 행위라고 생각하게 됩니다.

사실 저 자신이 일본 국민의 한 사람으로서 스스로 납득이 가지 않는 일에 부딪히곤 하는 것이 한두 가지가 아닙니다. 특히 주위로부터 고립되었을 때 패닉 상태에 빠진 일본인이 과연 어떤 자세로 그것에 대응할 것인가에 대한 해답 같은 것은 일본인인 저로서도 확실하게 알 수가 없습니다.

이어령 일본 속담에 '참음의 부대 끈이 끊어진다'는 말이 있습니다. 그런데 한국 사람처럼 희로애락을 숨김 없이 얼굴에 나타내는 그런 민족이 아닌, 무표정에 가깝도록 참을성이 많은 일본 사람들의 참음의 한계가 과연 어떤 것인지 알 길이 없습니다. 그러다가도 전혀 예상 밖의 상태에서 갑자기 펑 하고 폭발하듯이 터지고 마는 것이 일본 사람이라고 봅니다.

한국 사람이야 주먹다짐으로까지 이르는 과정을 보면 그 언동에서 주먹다짐이 있을 것이라는 것을 충분히 예측하게 합니다만, 일본인들의 중간 언동에서는 전혀 그런 낌새를 알아차릴 수가 없습니다. 그것은 어느 면에서 일본을 알기가 그만큼 어렵고 힘들다는 얘기도 될 것입니다.

이와 같은 한국인과 일본인의 차이는 많은 오해를 만들어내는 요소로서도 작용할 수 있습니다. 따라서 이런 양 국민의 특성 때문에 생기는 의사 단절 현상도 앞으로는 양 국민의 교류를 통해 상호 이해의 영역을 넓힘으로써 해소시켜야 할 문제 중 하나라고 보여집니다.

일본인, 이제 포용력을 발휘할 때

이마즈 저는 개개인을 두고 볼 때면 남달리 정겹고 부드러운 감각이 두드러진 것이 일본 민족이라고 생각합니다. 또 그 정겹고 부드러운 감정을 가장 많이 베푸는 상대가 자신의 집안 혈육 또는 이해를 같이하는 동료들인 것도 일본인이라고 생각합니다. 어느 나라 사람치고 자신의 집안 혈육 또는 이해를 같이하는 동료들에게 정겨움과 부드러움을 안 바치는 사람이 있겠습니까마는, 일본인은 그 도가 유난스럽고 격심하다고 느껴집니다.

그래서 저는 일본인의 이 정겨움이라든지 부드러움에 대해서 재삼 생각을 해보고 마침내 지난 헌법 기념일에 「일본인의 정겨움과 부드러움은 과연 어떤 것인가」하는 제목의 논설을 쓰게까지 되었습니다. 그때는 마침 중국 땅에서 버려진 채 살아왔던 전쟁고아들이 일본의 친부모를 찾아와서 온 일본 국민들로부터 동정의 눈물을 짜내던 때였습니다.

제가 첫 번째로 지적한 것은 그들에게 동정의 눈물을 뿌리기 앞서서 우리가 반드시 짚고 넘어가야 할 문제는, 어째서 그들과 같은 고아들이 생겨야 했던가 하는 근원적인 문제와, 그 과정에 대한 깊은 생각이 있어야 한다는 것이었으며, 둘째는 그들 고아를 지금까지 친자식처럼 키워준 중국의 양부모 입장을 헤아려야 한다는 것이었습니다. 그들을 키워서 장성시켜준 양부모의 입장은 헤아릴 여유도 없이 '오냐, 어서 오너라, 어서 너의 모국의 품, 친부모의 품에 안겨야 한다'고 외쳐댄다는 것은 전혀 도리에 벗어난 일방적인 처사이니 이 점도 깊이 반성해야 한다고 나는 주장했던 것입니다.

일본인들이 전쟁고아의 양부모를 생각하지 못하는 이 태도야말로, 바로 사할린의 버려진 땅에서 아직도 수많은 한국인들이 제 고향과 제 혈육을 못 만나본 채 한 많은 평생을 끝마치고 있는 것을 못 헤아리는 것과도 연결되는 마음가짐이며, 또 일본인들은 해마다 원자 폭탄 투하일이 오면 수없이 죽어간 피폭자들을 추도하고 있지만, 그 피폭자 속에는 그만큼 많은 한국인 피폭자도 있었다는 사실을 까맣게 잊고 있다는 것과 연결된다고 봅니다.

　이렇게 스스로 자문해 볼 때 과연 우리들이 자부하고 있는 정겨움과 인정스러움의 정체는 무엇이며, 또 지금 이대로에 우리가 만족해야 할 것인가 조용히 자성해 보아야 할 것이라는 요지의 논설이었습니다.

　또 우리 일본인들은 흔히 전 총리였던 다나카 가쿠에이[田中角榮] 씨를 정겨운 정치인이니 의리와 인정이 돈독한 정치인이니 하며 그를 좋아하고 있습니다.

　그는 특히 자신의 출신지인 니가타[新潟]를 사랑하고, 또 니가타를 위해서는 생명조차 아깝지 않다고 하는 정치가인 만큼, 니가타 사람들은 다나카야말로 '우리들의 구세주'라고 숭앙합니다.

　그러나 일본 전체를 두고 생각해 볼 때 다나카가 자신의 정치적 역량으로 더 많은 예산을 니가타 지역 발전에만 쏟게 한다는 것은 그만큼 타지역 예산이 삭감된다는 것이니 분명히 그는 타지방 사람들로부터는 예산 도둑놈으로 몰려야 옳은 일입니다. 따라서 저는 일본인들이 애써서 주장하는 정겨움·인정스러움 따위의 본체는 자신의 친족 내지는 같은 이익 집단을 위해서만 존재하는 것일 뿐, 그 이상의 아무것도 못 되는 것이라고 생각하는 겁니다.

이렇게 생각하게 되니 참으로 한심스러워집니다. 이런 정신으로 어떻게 자신의 조국을 제대로 지켜나갈 수 있을 것인가 하는 염려 때문입니다.

따라서 전 총리를 지낸 스즈키 젠코[鈴木善幸] 씨의 푸념이었던, '이렇게 가다가는 일본은 고슴도치가 되지 않고서는 국가를 방위하고 유지시킬 방법이 따로 없게 된다'는 뼈아픈 말을 되씹을 수밖에 없습니다. 그러나 진심으로 말씀드려서 일본이 고슴도치가 되어서는 안 된다는 것이 저의 생각입니다. 이런 점에서 저나 이 선생의 생각은 서로 맥락을 같이하고 있다고 보여집니다.

아시아로의 복귀

이어령 한국에도 '팔은 안으로 굽는다'는 옛말이 있습니다. 그러나 한국인과 일본인 간에 특이하고 다른 점이 있다면, 일본 사람들은 '안과 밖'에 있어서의 '안'에 대한 자신들의 행위를 공공연하게 미화시키고 또 당연지사로 단정하는 점이라고 봅니다.

좋은 예로, 입춘 전날인 절분 날에 콩을 뿌리면서 '복은 집 안으로 들어오고, 잡귀는 집 밖으로 물러가라'고 외칩니다. 제집 밖이라고 하면 바로 이웃집의 '안'을 의

미할 수도 있는 것인데, 어째서 공공연히 복은 내 집 안으로 불러들이면서 남의 집 안으로는 잡귀를 쫓아 몰아넣을 수 있단 말인지 외국인이 볼 때는 이해하기 어려운 일일 것입니다.

이런 식으로 따져보면 언어에서도 재미난 현상을 볼 수 있습니다. 일본 말로 일본 안의 섬을 부를 때는 반드시 '시마[島]'라고 하는데, 외국의 섬은 '도[島]'라고 부릅니다. 또 배의 명칭에서도 자국의 배 이름을 부를 때는 '마루[丸]'라고 하는데 외국 선박에는 반드시 '고[號]'라고 부릅니다. 그만큼 자기 중심적인 면을 강조하고 있다고 보여지지만, 저로서는 이런 것을 두고 일본이 배타주의적인 나라라고 말하고 싶지는 않습니다. 다만 일본의 '안'에 대한 애착의 범위를 조금만 더 넓혀준다면 좋겠다는 바람입니다.

일본인들은 자신들의 고향도 '구니[故鄕]'라고 부를 뿐 아니라 나라도 '구니[國]'라고 동일 발음으로 부르고 있는데, 이 '구니'의 범위를 조금만 더 넓힌다면 아시아까지 넓혀질 수 있을 것이고, 나아가 태평양 연안국까지, 또 지구를 한 집안으로 하는 데에까지 이를 수 있을 것입니다. 동시에 한국도 집안 의식을 일본처럼 넓혀 나가는 속에서 바로 새로운 한일 관계가 정립될 수 있을 것이라고 믿습니다.

이마즈 아시아로의 복귀 의견은 매우 바람직스러운 것입니다. 그런데 한국이나 일본에게 미국이라는 존재의 비중은 마치 운명 결정론자와 같은 무게로 매우 강한 영향력을 행사해 왔었다고 말할 수 있습니다. 패전 후의 일본에 있어서도 정치가는 물론 경제인들까지도 미국과의 관계 유지와 발전 도모에 거의 정신이 빠지다시피 되어 있었으며, 그것이 아시아를 뒤돌아볼 여유를 전혀 주지 않았다고 볼 수 있겠습니다. 전후 일본의 정치가 후지야마 아이이치로[藤山愛一郎]는 '우리는 아시아의 일원임을 명심해야 한다'고 주장했었는데, 그런 그의 주장은 곧 빛을 잃고 말았었습니다. 그런데 오늘 이 선생과 함께 한일 관계를 논하다 보니 그것이 곧바로 아시아로 직결되었습니다. 아시아로의 복귀는 우리가 살아감에 있어서 반드시 성취해야 할 역사적인 과제임에 틀림없습니다. 하지만 일본의 현재 입장으로서는 중공의 존재도 북한의 존재도 같이 중요하지 않을 수 없습니다. 또 한국의 분단 상태는 곧바로 일본과 중국, 일본과 소련과의 관계에 있어서 일본도 그들 나라들과는 어쩔 수 없는 한계선을 유지해야만 된다는 것과 바로 연결되고 있다고 보여집니다.

한국, 일본, 중국, 북한 사이에 가로놓인 이와 같은 장벽을 생각해 볼 때 '경제와 지리의 상호 원칙은 인위적인 장벽이 가운데를 가로막고 있어도 시간이 흐르면 그것은 무너지고 마는 것이다'라고 한 요시다 시게루[吉田茂]의 말을 새삼 떠올리게 됩니다.

그의 말처럼 인위적인 장벽이 언젠가는 허물어질 것이라면, 다소 추상적인 느낌이 들긴 합니다만, 어떤 결과를 성취하기 위해서는 끊임없는 노력을 계속하는 것이 옳을 것이라고 생각해 봅니다.

한국의 성장, 일본에 위협 안 돼

이어령 저는 지난번에 『축소지향의 일본인』이란 책을 쓴 일이 있습니다만, 일본에 있어서도 소국주의론을 편 사람들이 적지 않게 있었다고 알고 있습니다. 이시바시 단잔[石橋湛山]이라든지 우치무라 간조[內村鑑三] 같은 사람이 그 대표적인 인물들로 떠오릅니다.

그와 동시에, 오늘날에 있어서의 일본 번영이 대국주의 덕택인지 아니면 소국주의를 지향하기 때문인지를 생각해 볼 때 이에 대한 해답으로서 젊은 세대들의 말을 인용하는 것이 더욱 적절한 것 같습니다. 즉 '일본이 남의 나라로부터 미심쩍은 눈초리를 안 받으면서 자국을 위해서 또 타국을 위해서 정치·경제에 있어서의 최선의 길을 선택할 줄 알았을 때, 비로소 참다운 일본의 번영도 가능해진다'고 하는 말입니다.

이 말은, 배나무 밑에서는 갓끈을 고쳐 매지 말고, 참외밭에서는 짚신을 고쳐 신지 말라는 옛말과 같이, 오해나 의혹의 눈초리를 받지 않으면서 스스로는 물론, 타국과의 상호 관계도 돈독하게 해나가는 것이 가장 이상적인 국가 경영 방법이라는 말일 것입니다.

결론적으로 말해서, 지금의 한일 양국을 한 선상에 놓고 두 나라가 똑같은 보폭으로 걸음을 시작한다고 했을 때, 둘이 똑같은 보조를 유지하면서 길을 걷는다는 것은 절대로 불가능할 것입니다. 왜냐하면 두 나라의 격차가 너무 크기 때문입니다. 그러나 격에 있어서나 품위에 있어서 너무나 심한 격차가 지는 친구란 처음부터 존재하지 않는 것이 진리라면, 국가 간의 경우도 마찬가지라고 봅니다. 격차가 좁혀지면 좁혀질수록 양국 관계가 더욱 밝고 신뢰할 수 있는 관계로 진전될 것이란 말입니다.

이 시대가 아시아의 부흥과 신태평양 시대를 실현시켜야 하는, 문자 그대로 새 시대 새 역사의 장이 전개되어야만 하는 시대라면, 일본의 일부 정치인이나 경제인들이 과거가 유감스럽다는 등의 성명을 낸다든지 평화 조약을 맺는다든지 하는 것의 의의는 별로 큰 것이 못된다고 생각합니다.

그런 것보다는 일본 국민 개개인이 진심으로 일본이라는 양을 살찌워 준 아시아의 초원을 인식하고, 그곳에서 살찌워져서 잘살게 된 양으로서의 일본이란 점을 순수하게 받아들이는 것이 더욱 바람직스럽다는 것입니다. 그와 같은 순수한 자세가 일본 국민에게 널리 퍼질 수만 있다면 한일 관계의 개선은 물론, 아시아 블록의 출범도 별 어려움 없이 순탄하게 성취될 것으로 믿습니다.

저는 단순히 조용필의 성인 대중가요가 일본에서 환영받는 것보다는, 한국의 동요인 〈산토끼 토끼야〉가 일본의 어린이들에게도 귀에 익은 동요가 되어 주기를 바라는 마음이 간절합니다. 동시에 일본에서 활약 중인 조치훈이 한국인이라는 인식보다는 일본 바둑의 명인名人으로서 일본인과 격의 없이 친숙해지고 있는 사실처럼, 한국 국민의 힘과 기량이 일본과 대등해지면 대등해질수록 '한일 간'이라는 위화감이 그만큼 더 좁혀지고 의식화되지 않을 것이라는 사실을 강조하고 싶습니다.

그렇게 되기 위해서는 일본이 일본만의 자국 방어 의

식과 자국의 이익에만 급급하지 말고 보다 더 넓은 안목
에서 한국이 커갈 수 있도록 돕고 협력해야 한다고 생각
합니다. 그것이 곧 일본의 국익과도 바로 연결된다는 것
을 자각하면서 말입니다. 오랜 시간 감사합니다.(이어령,
『한국과 일본과의 거리』, 삼성출판사, 1986.)

한일 제3의 20년

대담자: 야마모토 시치헤이[山本七平]

아직도 먼 '가깝고도 먼 나라'

이어령 일본의 문화는 15년을 주기로 흐른다는 독특한 생각을 가지고 있는 것으로 알고 있습니다. 한국의 격언에 '10년이면 강산도 변한다'는 말이 있습니다. 역시 인간도 대나무 마디처럼 한 시기를 마디로 하지 않으면 정리도 또한 반성도 되지 않는다고 생각합니다. 그런 점에서 1985년은 한일 국교가 정상화된 지 20주년이란 한 주기가 되는 해로, 이 20주년을 한 마디로 해서 한일 관계를 더듬어보았으면 합니다.

　그렇다고 외관이나 표면상으로 드러난 정치나 경제의 통계 숫자 및 갖가지 사건을 살피자는 것이 아니라, 한 세대가 흘렀다고 할 지난 20년 동안의 한국과 일본의 거리와 한국과 일본이 서로를 바라보는 마음가짐이 어떻게 변해 왔고 무엇이 마음속에 응어리져 남아 있는가를 구체적으로 이야기하자는 것입니다.

야마모토 한국은 흔히 '가깝고도 먼 나라'라고 표현합니다. 이것은 거리적으로는 가장 가까운 나라이면서도 상호 이해는 가장 잘되지 않는다는 반성의 뜻을 담고 있는 말로 오래전부터 사용되어 오고 있으나, 일반적으로는 그렇게 생각하고 있지 않습니다. 특히 되돌아보면 메이지 시대의 사람들은 '아시아는 하나가 된다'는 생각을 하나의 이데올로기처럼 지니고 있었는데, 그 당시는 이것을 나쁘게 생각하지 않았습니다.

이 때문에 일본은 절대적인 존재로 믿었던 중국이 간단히 속국처럼 영국과 난징[南京] 조약(아편 전쟁)을 맺자 큰 충격을 받았습니다.

'일본은 어떻게 되는 것일까' 하는 불안한 마음과 아시아는 하나가 되어 유럽의 식민주의에 대항해야만 한다는 위기감이 그때 강하게 일어났습니다. 그 당시엔 옳을지 모르지만 이 같은 불안과 위기감은 아주 간단히 아시아는 전부 똑같다는 발상으로 연결되어 나갔습니다.

아무리 아시아는 똑같다고 외쳐도 일본이 인도나 한국과 같을 리가 없지요. 모두 독특한 문화를 가지고 있지 않습니까? 그러나 이를 무시하고, 유럽 대 아시아라고 대강 뭉뚱그려 생각해도 당연한 듯 받아들여진 때가 있었습니다. 그때 일본 사람들은 한국 사람이나 중국 사람 등을 일본인과 똑같다고 생각했습니다. 나는 제2차 세계 대전 때 필리핀에 가 있었는데 필리핀을 보고 '아시아는 하나'라는 말을 의아스럽게 생각했습니다.

메이지 시대 사람들이 그렇게 생각했다고 해도 어느 점에선 무리가 없을지 모르지만 이러한 생각은 후에 큰 화근을 남겼다고 봅니다. 특히 한국 관계에 대해선…….

아무리 똑같으니 평등하게 대한다고 하더라도 한국을 조금만 알고 있었다면 창씨개명創氏改名과 같은 어리석은 짓을 하지 않았을 것입니다. 설령 좋은 의미에서 했더라도 독선적인 생각이거든요. 그러한 묘한 오해가 계속돼 왔는데 그러한 오해가 여하튼 없어진 것이 지난 20년간이라고 생각합니다.

일본과 한국은 아주 다르다는 발상에서 문화를 생각지 않으면 아무 일도 안 된다고 보아요.

이어령 드디어 지난 20년간 '아시아는 하나'란 것을 내세워 한 나라가 다른 나라를 지배해도 단결만 하면 좋다며 대동아 공영권大東亞共榮圈을 만들려 했던 어이없는 생각에서 깨어났다는 이야기군요. 지난 20년간 한국의 문화를 독립된 국가의 문화로 생각하기 시작했다는 점에선 저도 같은 생각입니다.

가까운 이야기지만 이번에 일본에 도착해 새로 발행된 지폐를 보았는데 새 지폐 중에서도 1만 엔권이 눈길을 끌었습니다. 하나의 지폐가 바뀌었다는 점보다는 전쟁이 끝난 후 계속 사용해 온 지폐가 새로운 감각으로 만들어진 지폐와 대체됐다는 사실에 주목했습니다.

본론으로 들어가지만, 일본이 이번에 새 지폐를 만드는 시점과 지금까지 사용해 온 지폐를 만든 때와는 시대 차가 있었을 것입니다. 그러나 일본은 특히 아시아와의 관계에서는 그러한 차이를 찾아볼 수 없다고 말할 수 있겠습니다. 왜냐하면 일본의 지폐는 이제 일본만의 지폐가 아니기 때문이죠. '태평양 시대'란 말은 무엇을 의미하는 말입니까. 또 아시아의 새로운 시대가 오고 있다고들 합니다. 이런 의미에서 일본이 일본 국내적인 것도 아시아와의 관계를 생각했다면 후쿠자와 유키치의 얼굴을 넣어 1만 엔권을 만들 생각이 나지 않았을 것입니다. 후쿠자와는 잘 아시다시피 탈아주의자脫亞主義者였지 않습니까? 그도 초창기 유럽에 건너갔을 때엔 아시아가 단결하지 않으면 안 된다고 말했지마는…….

야마모토 아시아를 벗어나 서양 사람처럼 되어야 한다는 '탈아입구脫亞入歐'지요.

이어령 새로운 시대의 새로운 지혜는 아시아 사람들에게 존경을 받아야 하지 않습니까? 아시아가 한 덩어리가 되어 태평양 시대를 만들자는 여론이 높은 때, 어째서 탈아주의자의 얼굴을 넣어 1만 엔권을 만들었는지 모르겠습니다. 일본 사람들의 감각만으로 후쿠자와를 생각하고 아시아 사람들이 후쿠자와를 어떻게 생각하는지는 고려하지 않은 것입니다. 일본이 꽤 아시아화·국제화되었다는 생각이 들지만, 이토 히로부미에 이어 후쿠자와의 얼굴을 넣어 돈을 만들었다는 사실은 이와 거리가 먼 일이라는 생각이 듭니다.

야마모토 선생은 옛날엔 한국과 일본이 같은 것처럼 생각했다고 말했지만, 후쿠자와 같은 사람이 탈아를 주장하던 시대의 일본은 한국과 중국을 같은 것이 아니라 다르다고 보았습니다. '여기에 불행한 이웃 나라가 있다. 하나는 지나支那요 또 하나는 조선이다'라는 사고방식이지요. 즉 조선과 중국을 이웃 나라로 가지고 있다는 사실은 불행하다는 것입니다. 왜냐하면 중국과 조선은 정체에 빠졌는 데다 법률도 없고, 교육도 유교밖에 없기 때문이라는 것이죠.

이러한 나라와 이웃하고 있는 일본도 유럽에서 보면 똑같다고 오해받고 그러한 나라와 같이 행동하면 일본도 정체에 빠진다는 것이었지요. 그러니 하루빨리 이들

나라와 동료 관계를 벗어나 유럽 대열에 끼어 탈아를 하면 일본만은 별도 대우를 받게 된다고 주장한 것 아닙니까?

지난 20년간 새로운 관계에서 이러한 후쿠자와류의 생각이 과연 정리되었다고 할 수 있을지. 외교상으로 말하면 36년간 약탈했다거나, 식민지로서 어떠한 일을 저질렀다는 사실보다는 한 나라를 식민지로 했다고 하는 철학과 사고방식이 문제입니다. 도둑질이 나쁜 일이라고 생각하면서 도둑질을 할 때는 위험하지 않습니다. 그러나 이념, 즉 하나의 철학을 가지고 일을 할 때는 자기가 한 일에 책임을 지기 때문에 무섭습니다.

야마모토 그렇습니다. 그것이 정의가 되어버리니까요.

이어령 지난 20년간 한일 관계는 이웃에 한국과 같은 불행하고 어리석은 나라가 있으니 불행하다는 후쿠자와류의 생각이 어떠한 형태로 정리되었는지, 새 지폐에 후쿠자와가 등장하는 것처럼 아직 그러한 생각이 남아 있는지, 이러한 점에서 출발하면 의외로 생각의 차이나 가치 판단의 차이 등 여러 가지 문제점이 대두될 것이라고 생각합니다.

한 몸으로 두 인생을 산 시대

야마토 후쿠자와 유키치라고 하는 인간은 나도 흥미를 가지고 있는 인간이지만, 그는 확실히 '한 몸으로 두 인생을 산 사람'이라고 할 수 있지요. 그는 메이지 유신 전부터 난학蘭學(네덜란드학)을 공부해 상당히 유럽 사정에 밝은 편이었지만 그가 살고 있던 사회는 사농공상士農工商의 사회였습니다. 메이지가 등장함에 따라 그는 갑자기 새로운 생활을 하게 됩니다. 한 인간이 두 인생을 산 셈이죠. 이러한 배경이 그의 사고방식의 바탕이 되었지만 메이지 시대의 사람들은 대개 그러했습니다.

후쿠자와가 왜 그러한 말을 했는가를 살펴보면, 지금도 문제가 되어 있지만 도쿠가와 시대에 일본 사람들은 이상하게도 주자학朱子學을 절대적으로 믿고 있었는데, 특히 이퇴계李退溪의 영향이 컸습니다. 그러면서도 과거 제도를 만들어 사대부士大夫를 만들려고 하지 않았습니다. 언제나 일본식이었습니다. 이러한 상황에서 서양 사람이 들어오자 현 상황을 탈피해서 유럽의 학문을 받아들여 대항하는 수밖에는 없다는 의견이 나오기 시작했습니다. 도쿠가와 말기에 등장한 개항론자와 양이론자攘夷論者의 주장을 살펴보면 그렇게 내용이 다른 점은 없습니다. 이 같은 상태에서 개항하면 중국도 저렇게 당했는데 일본은 더 심하게 당할지 모르니 철저히 양이를 해야 한다는 주장과, 중국도 저렇게 당했으니 일단 탈아를 해서 그들의 기술 등을 전부 받아들여 대항해야 한다는 두 가지 주장이 등장했습니다.

당시 개항론자는 바쿠후의 아베[阿部]라고 하는 사람이 주요 인물이었고, 양이론은 이와쿠라 도모미[岩倉具視]란 사람이 주동자였습니다. 양자의 주장을 비교해 보면 시점을 어디에 두고 있느냐의 차이뿐입니다. 즉 조건이 따르는 개항론은 바로 조건이 따르는 양이론이었습니다. 이 밖에 양쪽 모두 절대 안 된다는 걱정도 있었지만 이것은 신좌익新左翼처럼 곧 모습을 감추었습니다.

이러한 상황을 살펴보면 '아시아는 곧 하나가 되어야 한다'는 후쿠자와의 발상은 자기 자신이 한 발이라도 빨리 탈아를 해서 유럽에 들어가 그들의 학문을 받아들여 그들에게 대항할 수 있는 힘을 기른 후 아시아를 이끌어 나가야 한다는 의식에서 나왔습니다. 이러한 의식을 메이지 시대의 사람들은 공통적으로 가지고 있었습니다.

페리 제독이 일본에 나타났을 때 열두세 살 된 소년병이 같은 군함을 타고 온 일이 있습니다. 1922년인가 그는 여든네 살이 되었을 때 도쿄도[東京都]가 그를 초청한 일이 있습니다. 그는 일본에 도착해 놀란 표정을 감추지 못했습니다. 그가 페리 제독의 군함을 타고 왔을 때는 조그마한 보트들이 군함 주위를 빙글빙글 돌았으나 이번엔 보트 대신 커다란 전함이 떠 있기 때문으로, 그는 자기 일생에 이러한 변화가 있을 줄은 몰랐다고 감탄했습니다.

그 같은 변화는 어느 정도 미치지 않고는 되지 않는데 그 당시는 보통 해치웠거든요. 그러나 무리를 하면 언젠가 화를 자초하게 되는 것이지만 그렇다면 그 당시 무엇이 그렇게 만들었을까요. 그것은 외부의 압력에 대해선 반발하는 일본 사람들의 특징을 들 수 있습니다. 서양 사람들에게서 큰 충격을 받고 정신없이 그리고 미친 듯이 힘을 길렀거든요. 메이지 시대는 아주 대단했습니다. 유럽의 사상이라면 무엇이든 순식간에 받아들였습니다.

나도 조사해 보고 놀랐지만 메이지 3년(1864년)에 이미 사회주의와 공산주의의 해설 책자가 나와 있었으니까요. 그 당시는 기분이 나쁠 정도로 변화가 심했다는데, 그것이 바로 일본인의 특징입니다. 당시 한국 사람에게는 놀랄 만한 일이었을 것입니다. 어제까지 양이를 주장했던 사람들이 이번엔 한국을 개항시키자고 나섰으니까요. 이러한 생각들을 보면 정말 원칙이 없었습니다.

이어령 지금 말한 것처럼 일본이 구미의 문화를 받아들인 사실
은 단순히 서양 것을 받아들였다는 것이 아니라 받아들
이기 위해, 또 그러한 정책을 채택하기 위해서는 자연히
이웃 나라와 어떠한 접촉을 하지 않으면 안 된다는 필연
성이 있었습니다. '탈아입구'라고 하는 것도 서양의 일
원이 되자는 것으로, 이노우에 가오루[井上馨]가 로쿠메
이칸[鹿鳴館] 등에서 '우리 일본을 탈바꿈해 구주적인 제
국으로 만들자. 우리 일본 사람을 탈바꿈해 구주적인 사
람으로 만들자. 구주적인 제국을 동양에서 만들자'고 말
한 것 등은 지배자와 피지배자, 동과 서로 나누어볼 때
우리는 피해자가 되지 않을 수 없습니다.

　　서양과의 관계에서 일본과 한국의 외교 문제의 역학
力學은 단순히 한국과 일본만의 개항이 아니라 언제나
그곳엔 구미라고 하는 서양을 축으로 한 관계가 있었습
니다.

문법이 다른 세계에 뛰어든 일본

야마모토 아시아에는 중국을 중심으로 한 일종의 외교가 있었습
니다. 외교라는 것은 문법文法과 비슷한 것이지요. 일본
은 떨어져 있기는 했지만 그러한 문법을 공유하고 있는

듯한 상태였습니다. 그런데 어디에서 유럽적인 외교를 받아들였는가 하는 문제가 대두하게 됩니다. 완전히 문법이 다른 세계에 뛰어든 셈이죠. 여기에는 여러 가지 설이 있지만 의화단 사건義和團事件 때가 아닐까 생각합니다. 그때 프랑스, 영국, 일본이 합동으로 군대를 베이징[北京]에 출병시켰습니다. 일본이 유럽과 합동해서 중국에 출병한 것은 의화단 사건이 일어나 각국 공관을 포위했을 때입니다. 프랑스와 영국은 '일본은 뭔가 이용해 먹을 수 있는 나라가 아닌가' 생각했고, 일본은 '이로써 유럽적인 문법의 중심에 들어갔다'고 생각했을 것이며, 그때부터 일대 전기를 맞은 것이 아닌가 하고 말하는 사람도 있습니다.

그 전 도쿠가와 시대의 사람들 같으면 의화단이 나타난 것을 오히려 성원했을 것입니다. 유럽 각국은 대사관을 경비하고 자기 나라 국민을 보호한다는 명목으로 베이징으로 쳐들어갔습니다. 자기도 서양 여러 나라와 동맹국이라고 함께 쳐들어간다는 것은 문법이 완전히 틀린 것입니다. 바로 조금 전의 시대였으면 '의화단이여 잘하라, 외국 놈들은 전부 때려서 쫓아버려라'고 말했을 것입니다.

이어령 말씀드리고 싶은 것은 한국과 일본 그리고 중국 등은 동북아시아의 문화적 동질성, 즉 유교 같은 것을 가지고 있을 때는 문화적 일체감 같은 것이 있어서 일본은 탈아주의를 부르짖지 않고 한국과 중국을 좋은 본보기로 삼았다는 사실입니다. 아시아를 벗어난다는 것은 유교의 웃음거리가 되었을 것이고, 그것은 주자학의 이념에서 벗어나는 것입니다. 여기에서 재미있는 문제가 생기는데 유교의 영향을 받은 일본이 한국을 존경했었기 때문입니다.

야마모토 그렇습니다. 도쿠가와 시대에 조선 통신사가 와도 그러했습니다. 일본의 거유巨儒 후지와라 세이카[藤原惺窩] 등이 한국인 강항姜沆을 선생으로 모시고 있었는데, 이들은 도쿠가와 이에야스에게 선생의 대우를 잘 못해 준다고 항의까지 했으니까요. 강항은 한국에서 끌려온 포로로 시우詩友라고 하지만 사실 후지와라 등의 선생이었습니다.

이어령 유교적으로 보았을 때 조선 통신사가 오면 대환영을 받았지 않았습니까? 재미있는 것은 일본 사람들은 포르투갈이나 중국의 사신은 '통상사通商使'라고 했으나 한국만은 '통신사'라고 한 점입니다. 이것은 근대적인 기술이나 물질적인 것이 아닌, 인간이 살아가는 길이 무엇인가 하는 이념적인 문제가 대두되었을 때는 한국이 일본의 선생이 되었다는 것을 뜻합니다.

　　그러나 기술—어떻게 살아가야 하는가 하는 'what' 이 아닌 'how'가 문제가 되었을 때는 선생이 아니라 후쿠자와 유키치처럼 극단적인 경우 '한국을 야만국이라고 평하는 것보다 오히려 요귀 악마의 지옥도'라고 말하고 싶을 정도로 멸시하는 단계까지 와 있었던 것입니다.

야마모토 그것은 후쿠자와나 메이지 시대의 계몽주의자들이 한국뿐만 아니라 주자학을 절대라고 믿는 사람들에게 똑같은 태도를 취했기 때문입니다. 이것은 완미고루頑迷固陋라고 했습니다. 바로 문화 개화와 완미고루라고 하는 두 개의 가치관이 있었던 것입니다. 그 옛날 주자朱子가 말한 대로 행했을 사람들은 모두 완미하거나 고루하고, 유럽의 것을 받아들인 사람은 문화적이고 개화가 되어 있다는 의미를 담고 있습니다. 한국을 그렇게 보았다는 것은 일부 일본 사람도 그렇게 되었다는 뜻과 통합니다.

이어령 주자학에 젖은 전통적인 문화를 그렇게 보았던 것입니다. 지금도 일본은 문화적인 이야기를 할 때는 우월 의식이 없습니다. 한국을 멸시하지도 않습니다. 그러나 기술 문제 등 서양식 의미의 현실 문제를 이야기할 때는 완전히 반대가 됩니다.

　　일본이 우월 의식을 갖고 있는 것은 서양 문명을 빨리

받아들여 탈아를 해서 선진국 대열에 끼어들었다는 것을 의미합니다. 대충 정신적인 면과 물질적인 면으로 나누어보면, 후지와라 세이카 등이 주자학이라든지 그러한 이념의 문제를 생각했을 때는 양국의 사이가 아주 좋았습니다. 통신사가 왔을 때는 모두 시를 써 받기 위해 줄을 설 정도였으니까요.

야마모토 대단했지요. 모두 자기가 쓴 서툰 시를 들고 가 지도를 받았습니다. 그 시대에 문명 개화를 주창한 사람들은 한국 사람이나 일본 사람이나 똑같은 태도를 취했습니다.

한일 외교의 약점

이어령 그러나 메이지 시대가 문제가 아니라 지난 20년간의 한일 관계가 어떠한 축軸 위에서 움직였는가, 그것이 문제이지요. 그동안 한일 관계는 현대적인 콘텍스트context로 보면 아시아인으로서, 인간으로서 어떻게 살아가야 한다는 정신적인 문제보다 정치·경제를 위한 새로운 외교가 전개돼 왔습니다.

이 때문에 한국과 일본의 새로운 외교 관계라고 하는 것은 문화적으로는 부족한 점이 많았습니다. 먼저 경제적으로 풍요로움을 달성한 후, 다음엔 군사·정치적인 계획이 필요하다고 하는 점에 양국 외교의 약점이 주어졌습니다. 옛날처럼 통신사 능이 5백 명이나 와서 환대를 받는다는 등의 일도 없이 오직 먹거나 돈을 벌거나 돈을 많이 가지고 있다는 점 등만을 생각해 왔습니다.

임진왜란이 일어나 비참한 전쟁이 7년 동안이나 계속됐는데도 도쿠가와는 자기가 도요토미 히데요시를 멸망시켰다는 점을 내세우지 않습니까?

야마모토 그래서 조선과 강화 조약을 맺었지요.

이어령 '내가 당신들의 원수를 때려 부수었으니까 우리들은 친해져야 한다'고 해 곧 친해졌지요. 그 후 2백 년간에 걸쳐 열두 번이나 대규모의 통신사 일행이 일본에 오게 되는데 이러한 흐름이 민간에까지 번져 나갔습니다.

야마모토 통신사들의 행렬도 등을 보면 정말 대단했습니다.

이어령 하나의 문화가 들어오게 되지요. 서로 담론을 하고 시를 주고받았으니까요. 어떤 통신사는 이를 '서화書禍'라고까지 말했습니다. 글씨를 잘 쓴다고 아침부터 저녁까지 글씨를 써달라는 부탁을 받았으니 '서화'라고 말할 만하지요. 바로 즐거운 비명입니다. 이를 한일 관계에서 보면 도요토미 히데요시가 일으킨 전쟁 후유증이 도쿠가와에 의해서 외교 회복이라는 전환으로 이어지지만 지금과는 다릅니다.

그 옛날 도쿠가와는 '나는 도요토미 히데요시를 멸망시킨 사람이니, 적이 아닌 친구'라고 문화 정책을 취해 '통상사'가 아닌 '통신사'가 일본에 오게 됩니다. 그러나 지난 20년간의 한일 관계는 '옛날엔 도요토미 히데요시였으나 지금은 도쿠가와다'라는 식으로, 옛날엔 군국주의자들이 한국을 침략했으나 지금의 일본은 한국의 친구라는 식은 설득력이 없습니다.

옛날에는 도쿠가와는 도요토미 히데요시와는 다르다는 명분과 입장에서 두 나라가 친해졌습니다. 그러나 지금은 그러한 전환이 없어 한국에서는 똑같이 도요토미 히데요시로 생각하고 있을 뿐 아니라, 지금의 정부·여당도 옛날 자민당自民黨과 똑같지 않은가 보고 있습니다. 또 한국에서는 옛날 총독부 시대에 관료를 지낸 사람은 친일파로서 사회적으로 추방당했습니다.

지금 일본은 평균 일흔 살 정도의 사람들이 이 사회를 이끌고 있지만, 한국에서는 식민지 시대에 활약했던 사람들이 사회에서 모습을 감추었습니다. 이에 비해 일본은 사회의 중심적 인물이나 자민당 내의 인물들은 동질성이 있습니다. 한국은 동질성이 없이 단절되었다고 할 수 있습니다. 그런 점에서 한국도 좋든 나쁘든 새로워졌습니다.

일본은 옛날 제국주의와는 헌법도 다른, 개정된 민주
주의를 하고 있으나 이것은 미국 점령 시대에 그렇게 된
것입니다. 그 옛날 도요토미 히데요시에서 도쿠가와로
옮겨 가던 때는 확실한 구분이 있었으나, 지난번 외교
관계를 맺을 때는 그러한 구분이 확실치 않고 넓었기 때
문에 지난 20년간 여러 문제점이 생겼다고 생각합니다.

지난 20년간 무엇을 이해했는가

야마모토 그것은 문화적으로도 여러 가지가 있습니다. 사실 여부
는 모르지만 도요토미 히데요시가 한국을 침략했을 때,
도요토미의 부하 중에는 조선을 동경해서 따라간 사람
이 많았다고 합니다. '자기는 베이징까지 가고 싶었으나
갈 수 없었다. 일본에 돌아오는 것이 싫었다'는 사람도
있었다고 하니까요.

이어령 그래요. 유교를 배운 사람들은 조선에 상륙하자마자 항
복했다고 합니다.

야마모토 그렇습니다. 귀화하더라도 돌아가지 않겠다는 사람들
이지요. 이것을 모화사상慕華思想이라고 하지요. 중국을
옛날엔 '화華'라고 했으니까요. 바로 게르만 민족이 로마
에 들어갈 때 침략한다는 의식과 동경심이 그들의 마음

속에 있었듯이……. 지금 생각하면 어떠한 나라에든 가고 싶다는 동경심이 확실합니다. 그 증거로 가고시마[鹿兒島]의 도공陶工 심수관沈壽官은 시마즈[島津]가 조선에서 끌어온 사람으로 시마즈는 그를 데려오자마자 사무라이[武士] 계급인 시분[士分]으로 발탁해 사무라이 영주領主인 다이묘[大名]가 머무는 숙사의 경영권을 주었습니다. 특별 대우를 한 셈이지요.

그 당시는 학자든 도공이든 무엇이든 조선이 앞서 있다는 의식이 있었습니다. 그러한 의식이 있었기 때문에 평화가 유지됐습니다. 역시 가서 보니 조선이 앞서 있다는 것을 알았기 때문이지요. 일본에서 좋은 도기陶器가 생산되는 곳은 모두 임진왜란 때 출병했던 한[藩]이 있었던 지역입니다. 그 당시 일본에 남아 있던 한 지역에는 전연 생산되지 않는다는 설까지 있습니다. 도기 하나를 보더라도 조선이 위라는 것을 알고 친선을 유지해야겠다는 마음이 들어 우호적인 태도를 취하게 됐습니다. 그러나 제2차 세계 대전 후는 조금 다릅니다.

이어령 바로 그 점에서 새로운 외교가 시작되었기도 하지만, 앞으로의 어려운 점도 시작되는 것입니다. 상대편 나라에 대해서 무어라고 말할 수는 없지만, 가치관이 다르면 곧바로 편견으로 연결되는 것이 일본의 지식인 및 일반 사람들 생각의 밑바탕에 있는 것 같습니다. 그것이 그대로 정치, 문화, 경제 등에까지 하나의 커뮤니케이션 갭을 만들고 있습니다.

그런 점에서 지난 20년간은 접촉의 20년이기는 했지만 문화적으로 서로 이해하고 연구하는 데까지는 미치지 못한 것 같습니다. 한국에서는 지금 한일 신시대를 맞아 일본학과日本學科를 상당히 만들고 있습니다만, 일본에는 전혀 그런 움직임이 없습니다. 지난 20년간 이러한 사실을 생각하면 여러 가지 오해가 생기게 됩니다. 이번 대담의 골자이기도 하지만 커뮤니케이션 갭이 생겼던 지난 20년간 서로 무엇을 이해했고 무엇을 배웠는가를 살피는 것이 중요한 문제라고 생각합니다.

야마모토 중요하고말고요.

이어령 사무라이 사회와 선비 사회에는 주자학이라는 유교의 원리와 원칙을 지키는 문화가 뿌리 깊게 남아 있습니다. 근대화 전후를 생각해 보면 서양과 접촉을 시작했을 때 선비들의 관심은 '어떠한 무기가 있을까'가 아니라 '그들은 어떠한 생각을 가지고 있을까'였습니다. 그런데 주자학에서는 유교 이외의 것은 시시하게 생각했습니다. 이 때문에 서양 사람들의 생각을 이해하지 못하고 반反유교적이라고 여겼습니다.

이에 비해 일본은 사무라이 사회라 사무라이는 무엇보다 무기가 없어서는 안 됩니다. 바로 칼입니다. 그런데 사무라이들은 총을 보자 일본도보다 훨씬 뛰어난 무기라는 것을 금방 알았고, 이것이 근대화에 유리하게 작용했습니다.

한국이나 중국은 완고한 이념, 사고思考에 젖어 있었으나, 일본은 사람을 직접 죽이는 것 같은, 전쟁을 하면 이기냐 지냐 하는 확실한 무기의 세계로서, 그러한 실리적인 사고로서 문명을 읽고 받아들였던 것입니다. 그러한 발상 자체가 사무라이 사회와 선비 사회의 서양 문명을 받아들이는 방법에 차이가 있었지 않았나 생각합니다.

문화적 열등감이 우월감으로 탈바꿈

야마모토 또 하나 무가武家가 가지고 있는 실용주의는 '선악은 잘 모르지만 어느 쪽이 실용적인가'밖에 생각하지 않았는데, 일반 서민들도 그러했습니다. 정말 뚜렷합니다. 일본 사람들은 도쿠가와 시대에 주자학이 절대적이라고 하면서도 한 번도 과거 시험을 실시하지 않았습니다. 사무라이, 즉 무사武士라고 하지만 '사士'의 사대부는 어느 곳에도 없었습니다.

하나의 사상에 바탕을 둔 제도라는 것이 한국에는 있었는데, 이 때문에 그 제도를 무너뜨리는 것이 그만큼 어려웠을 것입니다. 제도를 무너뜨리는 것은 사상을 무너뜨리는 셈이 되니까요. 그러나 일본에서는 아무 일도 아니었습니다. 모두 주자학이 절대라고 하면서도 아무것도 하지 않았습니다. 예를 들어 사서오경四書五經은 절대라고 하면서도 그대로 행하지 않았습니다. 도쿠가와 시대에는 아버지가 죽은 뒤 3년간 시묘를 하는 것은 바보가 하는 짓으로 여겼다는 기록이 있습니다. 시묘를 하다가 자기 가게를 남에게 빼앗겼다는 바보 상인의 이야기가 나온 것도 이런 데 바탕을 두고 있습니다. 이 때문에 주자학이 절대라고 한 것은 어디까지가 진실이었는지 항상 문제가 되고 있습니다. 그런 짓을 하느니 차라리 돈을 버는 것이 낫다고 했는데, 이렇게 되면 과연 일본 사람은 어떠한 사람들인지……. 조선 왕조가 생긴 것이 1392년으로 알고 있습니다만, 일본에서 무가법武家法이 생긴 것이 1231년입니다. 그때부터 뭔가 다른 점이 생겨난 것 같습니다. 한쪽은 하나의 사상에 바탕을 둔 제도를 만들고, 또 한쪽은 뭔지 모르지만 자기가 강하게 되기만 하면 좋다는 방향으로 흐릅니다. 이것은 무가 사회의 원리로 도쿠가와 시대의 말기에 이르러서야 뭔가 이상하다는 발상을 하게 됩니다만, 그 당시의 일본 사람들에게는 반란을 일으킨다든지 정통성에 벗어난다고 하는 식의 발상은 전혀 없었습니다.

이어령　한국에선 조금이라도 주자학을 벗어나면 이단異端으로 몰았으니까요.

야마모토　그러나 일본에선 이토 진사이[伊藤仁齋]처럼 도쿠가와의 초창기 주자학의 정통성을 주장했다가 후엔 주자학이 틀린 점이 많다고 말한 사람도 있습니다. 진사이는 서민으로서 유교의 서민화를 도모한 사람으로 전해지고 있습니다. 그것은 서민을 위한 유교, 즉 지금으로 말하면 회사의 사규社規·사칙社則 같은 것으로 생각됩니다. 어떻게 하면 서민의 가정이 잘 유지될까 등의 방향으로 유교를 개정해 나갔던 것입니다. 그런 점에서 진정한 의미에서 주자학화가 이루어져 있었는가 하면 사실 그렇지가 않습니다. 일본 사람들은 제멋대로 사농공상을 입에 올리고 있지만, 사실 '사'라고 하는 존재는 없었던 것입니다.

또한 한국과 다른 점은 도쿠가와 바쿠후는 커다란 지방의 한[藩]이 중앙 정치에 관여하는 것을 금했습니다. 이 때문에 그들은 자립할 수밖에 없었던 것입니다. 즉 경제 성장에서는 방법이 없었던 것이죠. 에도 말기에 각한의 제일 큰 문제는 경제 정책이었습니다. 어떻게 하면 우리 한이 돈을 벌 수 있을까만 생각했습니다. 사무라이들도 아주 서민화되어 있었습니다.

근대화랄까, 서구화라고 할까, 이 철학을 버리면 안 된다는 철학이라든지 법도 같은 것이 없었으니까요. 이것은 어떤 의미에선 행운이라고도 할 수 있지요. 현실적으로 융통성을 발휘할 수 있었으니까요. 어제까지만 해도 주자학이 최고라고 했다가 오늘은 루소가 절대라고 말한 나카에 조민[中江兆民] 같은 사람이 나타났습니다. 어떻게 이러한 인간들이 등장하게 됐는가를 생각하게 됩니다.

그러나 뒤에 가서 갑자기 그러한 생각을 버리는 듯한 인간이 다시 나타나는데, 잘 살펴보면 그렇다고 해서 그 시대에 고심한 듯한 흔적이 없습니다. 어제까지 다이묘가 절대라고 했다가 금방 태도를 바꾸는 격이지요. 그런데 하나의 문화적 열등감이라고 하는 것이 역전을 하게 되는 시기가 오게 되는데 그것이 바로 메이지 시대입니다.

이어령 열등감이 우월감으로 변하는 것이지요.

야마모토 한순간에 역전이 된 것이지요. 우리 쪽이 빨리 근대화되었으므로 아시아는 우리가 이끌지 않으면 안 된다는 의식, 즉 언제까지나 주자학적인 것만 해서는 안 된다는 발상을 하게 됩니다. 사실 그때까지도 주자학을 별로 실천한 일이 없으면서도 그러한 발상을 하게 된 것이죠. 그것도 아주 간단히, 그러나 중국이나 한국처럼 주자학을 자기 나라의 체제로서 실천해 온 나라가 그것을 뒤바꾸는 것이 얼마나 어려운 일인가를 일본 사람들은 전연 몰랐습니다.

역사 교과서 왜곡 사건

이어령 　그때는 그런 식으로 존경도 하고 멸시도 하면서 오랫동안 교류를 유지해 왔는데, 제2차 세계 대전 후는 존경하거나 멸시하는 관계조차도 사라지고 그야말로 무관심의 시대가 되어버립니다. 그 밑바닥에는 모든 것을 잊으려고 하는 의식이 있었습니다. 나쁜 기억은 되도록 잊으려고 하는 경향이 많았던 것이죠.

예를 들어 망년회忘年會라는 것이 있습니다. 망년회는 일본의 풍습으로 한국에는 원래 없었습니다. 한국에서도 지금은 송년회送年會라고 하는 망년회가 유행하고 있습니다. 망년회라고 하는 것은 12월이 되면 지나간 1년을 잊어버리자는 것이죠. 일본은 메이지 유신 이래의 대동아 공영권 시대 등의 일을 어떠한 정책적인 구별, 즉 철학은 철학으로, 종교는 종교로서, 정치 체제는 정치 체제로서 철저히 분석·정리해서 넘어가려 하지 않고 단순히 잊으려고만 했습니다. 그러한 기억은 잊자는 것이죠.

이러한 배경에서 한국에서 온 것도 한국 것이라고 말하지 않았습니다. 중국에서 온 것은 중국 것이라고 똑바로 쓰면서, 한국에서 온 것은 대륙에서 온 것이라고 말했습니다. 그러면 일본 사람이 말하는 대륙이 어디냐 하면 바로 한국입니다. 왜 한국을 지우개로 지워버리듯이 했느냐 하면 바로 한국에 대한 쓰라린 기억이나 피해를 주었다는 기억을 생각하고 싶지 않고, 또한 그것을 드러내고 싶지 않다는 마음이 있었기 때문이죠. 현재 일본에는 60만 명이라고 하는 한국인이 살고 있지만, 이 사실을 터부시해 되도록이면 화제에 올리지 않고 그러한 현실조차 없는 것처럼 무시하려 하고 있습니다.

일본과 한국이 외교 관계를 맺을 때 일본은 이 같은 무관심에서 출발했으나, 20년이란 한 사이클이 지난 지금은 좋든 나쁘든 관심을 갖기 시작할 때가 되었습니다. 20년간이라고 하는 문화적인 톤에서 보면 서로 정치·경제적 필요에 의해서 외교 관계를 시작했으나, 인간적 이

해나 문화적 이해는 아직 20년이라고 하는 사이클 속에 들어가 있지 않습니다. 앞으로 이러한 문제가 어쩔 수 없이 대두될 것이라고 생각합니다.

내가 일본에 2년간 머무르며 만국기라는 것을 볼 때마다 그 속에 태극기가 있는지 찾아보았으나 없었습니다. 외교 관계를 맺은 지 20년이나 되고 아직 가까운 나라일 뿐 아니라 에도 쇄국 시대에는 유일하게 외교 관계를 맺고 있던 나라였는데도 왜 태극기가 보이지 않습니까? 태극기가 보이지 않는 것은 정치적 이유도 있었을 것입니다. 나라가 두 쪽으로 갈라져 있다는 점과 유엔에 가입되지 않은 나라라는 점도 있을 것이지만, 새로운 외교가 시작된 지 20년이 지났는데도 일반 민중은 한국이라고 하는 나라를 조금도 모르고 있습니다. 왜냐하면 정치·경제적 이해관계에서 볼 때, 한국과의 외교적 포지션이 일본에겐 미국이나 유럽만큼 그렇게 중요하지 않기 때문이죠. 살아가는 동안 한국이 자기의 생활과 어떠한 관계가 있는가 피부로 그 현실성이나 중요성을 느낄 기회가 없었던 데 원인이 있습니다. 또 한 가지 중요한 문제는 한국이 지금 한글세대가 되었다는 점입니다. 일본에선 한글세대의 반일反日 감정을 단순히 이승만李承晚 전 대통령이 반일 교육을 시켰기 때문이라고 생각하고 있습니다. 이것은 한국에 그 정도의 관념밖에 없다는 것을 의미하는데 실제로 부서운 일입니다. 왜냐하면 일본 사람들은 무슨 말을 하면 깊이 생각하지 않고 통째로 받아들이고도 당연한 듯 여기기 때문입니다. 이처럼 한국의 반일 감정도 이승만 대통령의 반일 교육 때문이지 역사의 필연성은 아니라고 생각합니다. 이것은 일본 사람들이 마음 아픈 상처로부터 무의식적으로라도 도피하려는 것이죠.

이러한 사실을 논리적으로 생각하면 만일 이승만 대통령이 반일 교육을 시키지 않았으면 아무 문제도 없다는 이야기가 됩니다. 이것은 이승만 대통령의 반일 교육을 받지 않은 지금의 한글세대는 모두 친일 감정을 가져야 한다는 논리로 이어집니다. 그런데 왜 새로 태어난 한국 사람들까지도 반일 감정을 갖고 있는지는 생각지 않습니다. 이 같은 관계에서 한국에선 일본 사람들이 정당한 이유에서 한국의 비윤리성을 이야기해도 일본이 한국을 멸시해서 그렇게 이야기한다고 생각합니다. 이처럼 서로 정체를 알 수 없는 신기루 같은 것이 있습니다.

이러한 점을 고려하면, 한국의 젊은 한글세대가 일본에 대해 그러한 감정을 갖고 태어났다고 하는 사실은,

반대로 일본이 그동안 아시아에 대해 어떠한 일을 해왔는가를 젊은 세대에게 가르치지 않은 것과 똑같은 일입니다. 한국에선 역사를 많이 가르칩니다. 그러나 일본은 반대입니다. 한 예로 일본의 '분로쿠·게이초의 난[文祿·慶長の役](임진왜란)' 때 종군했던 게이넨[慶念]이라는 승려의 기록에 끔찍한 사건이 생생하게 기록돼 있습니다.

'만일 우리나라 사람이 저렇게 당했다면 내 마음이 어떻게 되었을까' 하고 눈물겹게 기록하고 있습니다. 임진왜란 때 왜군은 살육을 계속 자행하여, 살려달라고 하는 어린아이들까지 베어 죽이고 모든 것을 불태워버렸습니다. 지금도 그때의 상흔이 한국에 남아 있습니다. 지방을 돌아다녀 보면 '이것은 임진왜란 때 불타버렸다', '임진왜란 때 문헌이 없어졌다' 하는 곳이 많이 남아 있으니까요.

그러나 일본에선 '분로쿠·게이초의 난' 하면 아주 먼 옛날 일로 일본 교과서에는 '가토 기요사마[加藤淸正]'는 군대의 규율을 엄격히 다스리고 백성들을 불쌍히 여겼기 때문에 모든 사람들로부터 환영을 받았다고 씌어 있습니다. 또 일본 사람 중에는 이총耳塚(귀무덤)을 알고 있는 사람이 그렇게 많지 않습니다. 전승戰勝의 증거로서 '귀를 잘라서 보내', '누구라도 좋으니까 잘라서 보내'라고 해서 생긴 것이 이총인데, 이 이야기를 하면 '그러한 일이 있었느냐'는 듯이 어이없는 표정을 짓습니다. 역사가 교육에 전혀 반영되어 있지 않기 때문이죠. 이 때문에 역사 교과서 왜곡 사건이 일어났지만요.

일본 사람들이 잘 사용하는 말에 '전진적인 자세로 대처한다'는 것이 있지만, 이러한 점에서라도 서로 현실을 파악하려고 하지 않으면 안 됩니다. 서로가 무엇을 생각하고 있는지를 알면 이해가 생기게 됩니다. 서로를 파악하려는 사실 분석이 지난 20년간에는 전혀 없었으니까요. 이 때문에 지금 기술 마찰, 역사 마찰 등 여러 가지 문제가 두 나라 사이에 일어나고 있는 것입니다.

지난해 9월 전두환 대통령이 한국의 국가 원수로는 처음으로 일본을 공식 방문해 일황日皇의 사과를 받았습니다. 이와 관련된 이야기입니다만, 재일 한국인인 친구의 딸이 하나 있는데 일본 남자와 결혼을 했습니다. 처음 결혼 이야기가 나왔을 때 남자 집에서 반대를 했습니다. 그런데 '일본의 옛 문화는 한국에서 온 사람이 가져온 것'이라는 일황의 사과 말을 듣고 '천황이 거짓말을 할 리가 없어. 천 년 전에 온 사람이나 50년 전에 온 사람이나 똑같은 것 아니냐'며 결혼을 허락했다고 합니다.

이처럼 서로 양해하면 아무것도 아닌 것이 지금

은 문제가 되어 있습니다. 지금 양국 사이의 문제 중 50~60퍼센트 정도는 서로 신기루를 만들고 있는 것입니다. 정체를 찾아내기 위해서는 무엇보다도 문화 교류가 중요하다고 봅니다.

선진국 역사만 배우는 일본

야마모토 나 자신이 가장 문제라고 생각하는 것은 일본이라고 하는 나라는 그 당시 자신이 선진국이라고 생각하는 나라에만 눈길을 보낸다는 사실입니다. 또한 선진국이 아니더라도 필요한 것에는 눈을 돌립니다. 아랍의 석유에 눈길이 가는 것도 바로 똑같은 이치입니다. 우리 세대는 초등학교에서 대학교까지 서양사, 동양사, 일본사 등 역사를 세 가지 배웠습니다. 이 중 동양사는 바로 중국사였습니다. 한국이나 인도의 역사는 들어 있지 않았습니다. 서양사도 영국, 프랑스 등의 역사였을 뿐 동구東歐의 역사는 없었습니다. 즉 배운 역사는 그것뿐으로 아랍이라든지 러시아, 아메리카의 역사를 배운 기억이 없습니다.

한국사라는 것도 전혀 몰랐다가 전쟁이 끝난 후 겨우 읽어보았습니다. 한국이 어떠한 역사를 가지고 있는 나라인지도 모른다는 사실이 가장 큰 문제라고 느껴집니다. 아마 한국에서도 일본사가 그렇게 알려져 있지 않다고 생각합니다만, 서로 상대편의 역사를 모른다는 점은 문제가 아닐 수 없습니다. 한국이라고 하는 나라엔 바로 그러한 나라를 만든 하나의 민족이 있기 마련입니다. 그 민족 문화의 특징을 더듬어보고 우리의 문화는 어떻게 다른가 비교하는 것이 바람직합니다. 문화의 특징을 살피다 보면 역사가 등장하게 됩니다만, 문화가 다른 이웃 나라 사람끼리 어떻게 교류하는 것이 바람직한가를 깊이 생각하지 않으면 안 됩니다.

이어령 그런 뜻에서 별스럽게 어려운 문제가 아닙니다. 서로 실용적인 기업인들만의 교류가 아니라 문화적인 면에서 교류를 시작하는 방법을 모색하지 않으면 안 됩니다. 커뮤니케이션의 갭을 메우기 위해서라도 필요한 것입니다.

현실적으로 일본의 수사학修辭學(rhetoric)과 한국의 수사학은 전혀 다릅니다. 일본의 회사나 음식점은 영업이 끝나면 '영업 끝'이라고 써 붙이지 않고 '준비 중'이라고 합니다. 한국 사람은 '준비 중'이라고 써 있으면 금방 영업을 할 수 있다고 생각해 그 앞에 서서 기다릴 것입니다. 또한 무언가 고장이 났을 때 한국에선 사실대로 무뚝뚝하게 '고장'이라고 써 붙입니다. 그러나 일본에선 '조정 중'이라고 씁니다. '조정 중'은 지금 한창 고치고 있으므로 곧 고치게 된다는 생각을 갖게 합니다. 일본 사람들은 부드럽게(소프트) 말하는 데 세련되어 있는 면이 있습니다. 한국 사람들은 아무리 해도 서투릅니다. 일본 사람이 보면 세련되지 않아 어리석게 보일지도 모르지요.

야마모토 그렇습니다. 일본에는 '가겐[加減](적당함)'이란 아주 재미있는 말이 있습니다. 직역하면 플러스 마이너스란 뜻이죠. 그러나 '저 사람은 아주 가겐스러운 친구다'라고 했을 때는 틀려먹은 친구란 뜻을 담고 있습니다. 또 '조금 이이가겐히 해주세요'라든지 '자네 이이가겐히 해' 하면 가겐스럽게 하지 않는 친구는 엉터리 친구란 뜻으로 변합니다. '가겐'이란 말은 이처럼 아주 복잡합니다. 한국인과 일본인의 다른 점이 무엇이냐고 질문을 받으면, 나는 종종 '한국인은 원칙적'이라고 대답합니다. 지나치게 진실하다고 할까요.

이어령 진정으로 유교를 실천했기 때문이죠.

가겐加減 민족

야마모토 한국인에 비해 일본 사람은 어떠하냐 하면 바로 '가겐
민족'입니다. '자네 지나치게 융통성이 없으므로 조금
가겐해' 하는 말을 들으면 '가겐'하지 않으면 안 됩니다.

이어령 지금 말한 것처럼 '가겐'이라는 말은 거꾸로 일본에선
세련된 사람이나 교양 있는 사람들이 사용합니다. 그러
나 한국 사람에게는 그것이 교활하게 보이는 때가 있습
니다. 한국 사람도 서양 사람과 비교하면 조금 애매한
데가 있지만, 일본 사람과 비교하면 솔직하고 자기주장
이 강합니다.

기업인들이 거절하는 방법을 보면 이 같은 성격이 잘
드러나 있습니다. 일본 기업인들은 절대로 안 된다고 하
지 않고 '생각해 보겠다'고 합니다. 이런 경우 한국 사람
들은 일본 기업인이 정말로 생각해 보는 줄 알고 한 달
후에 다시 전화를 합니다. 그러면 다시 '생각해 본다'고
합니다. 한국 사람은 다시 전화를 합니다. 이 같은 일은
두 나라 기업인들 간에 커뮤니케이션이 없었기 때문입
니다. 수사修辭하는 방법도 달랐고 살아온 맥락도 달랐
으니까요. 또 한국 사람은 감정적으로 솔직해 희로애락
이 밖으로 드러납니다. 일본에서는 장례식 때도 울지 않
지 않습니까? 외형과 마음이 이중으로 되어 있다고 하

지만 이러한 일본 사람이 착하고 울음을 터뜨리는 한국 사람을 보면 어수룩하게 보일 것입니다.

일본 사람은 남자나 여자나 무언가 외부 것에 대해선 긴장하는 태도를 보입니다. 그래서 무릎도 딱 붙이고 앉습니다. 한국은 느긋한 편이어서 여자도 책상다리를 하듯이 무릎을 세우고 앉습니다.

일본 관광객들이 한국에 와 여자들이 무릎을 세우고 앉는 것을 보고 놀랐다고 합니다. 일본에선 생각할 수 없는 일인 듯하니까요. 그러나 나라의 성격을 생각하면 그렇게 비난할 일도 아닌 것 같습니다. 그런데도 자기의 기준에서만 생각합니다. 상대편도 자기와 똑같다고 생각하기 때문입니다.

야마모토 아시아는 하나라는 생각 때문이죠.

이어령 만일 미국 사람이 이상한 짓을 하는 경우엔 '미국 사람이니까' 하고 대범한 태도를 보입니다. 그러나 일본인이 한국 사람을, 또 한국인이 일본 사람을 보는 경우는 '그렇게 해서는 안 된다'는 식이죠. 이러한 커뮤니케이션 갭을 메우기 위해서는 서로 여러 가지 연구를 할 필요가 있습니다. 이를 조금 정리하면 한국은 주자학의 영향에서 원리 원칙을 중요시해 왔습니다. 서양과의 접촉도 물질적·기술적인 면보다는 정신적인 면에서 했습니다. 이 때문에 한국은 기독교 신자가 일본의 사십 배나 됩니다. 일본은 서양의 기술을 재빨리 받아들였으나 이념은 수용하지 않았습니다. 한국과는 정반대지요. 기술은 재빨리 받아들이면서도 서양 문화의 알맹이인 기독교 이념은 받아들이지 않았습니다. 프란시스코 자비에르도 말했지만, 일본만큼 선교가 어려운 나라는 전 세계에 없다고 합니다. 지금 한국에서는 전 세계에 예가 없을 만큼 한꺼번에 103명의 성인이 탄생했습니다.

한국 사람이 이처럼 이념 하나만을 생각한 데 비해, 일본 사람은 융통성 있게 상황에 따라서 편리하고 이익이 될 만한 방향으로 전진적인 자세로 임하려고 생각한 점이 다릅니다. 이 때문에 일본에선 힘만 있으면 신분을 바꾸는 것도 되는 것 같습니다. 한국은 원리 원칙을 중시했기 때문에 전통적 혈통이 아닌 서자는 아무리 가문이 좋다고 하더라도 출세를 할 수 없었습니다. 양국은 서로 문화의 배경이 닮은 점도 있지만, 이러한 점은 정반대입니다. 한국은 중국과 밀접한 관계를 가짐으로써 중앙 정권이 강력한 힘을 가졌으나 일본은 다원적이었습니다. 이러한 서로의 배경을 알고서 기업 경영이나 정치를 해가면 자연적으로 양국 관계의 해답이 나오리라고 생각합니다.

현실을 바탕으로 만들어지는 원칙

야마모토 일본 사람은 혈통 의식이 아주 엷습니다. 이것은 옛날부터 소가족 제도로서 부권父權이라고 하는 아버지의 권리는 있었으나 가장家長 의식은 일본 사람에게 없었습니다. 도쿠가와 시대에도 이러한 의식은 전혀 없었습니다. 일본에선 돈이 있으면 분가를 합니다. 모두 핵가족이 되는 것입니다. 전쟁이 끝난 후 핵가족이 된 것은 틀림없지만 도쿠가와 시대부터 경제 수준이 높아감에 따라 핵가족이 되어갔습니다. 본가와 분가라고 하는 것은 있지만, 본가가 분가를 법적으로 통제할 권리는 없습니다. 다만 본가를 소중히 하지 않으면 안 된다는 생각 정도가 전부라고 할까요.

한 예로 가난한 집에서는 2남·3남이 장남 부부와 같이 사는 경우가 있습니다. 이 경우 일본에서는 2남·3남을 귀찮은 존재, 즉 식객食客이라고 부릅니다. 왜냐하면 장남이라고 해도 동생들을 통제할 가장권家長權이라고 하는 것이 없는 데다 그렇다고 쫓아내면 인정 없는 놈이라는 소리를 들을지 모르기 때문에 귀찮은 존재라는 것이죠. 일본 말에 '얏카이[厄介] 하라이[拂い]'란 말이 있는데, 귀찮은 식객이 없어져 시원하게 됐다는 뜻입니다. 이 때문에 도쿠가와 시대부터 돈 있는 사람은 그러한

2남·3남 등에게 돈을 주어 하나하나 분가를 시켰습니다. 분가해 나간 아들들은 본가가 망해도 모른 척했습니다.

어느 사회학자는 '일본은 혈통이 없는 사회'라고까지 말했는데, 이를 들은 일본 사람들이 상당히 분노해 '아버지와 아들의 관계는 어떻게 된 것이냐'고 따져든 일이 있습니다. '혈통은 이런 것이어야 한다'는 원칙이 없는데 그 이유가 있다고 하겠습니다.

이어령 그러니까 원칙이 있고 나서 현실이 있는 것이 아니라, 현실이 있은 후에 원칙이 만들어졌다고 하는 것입니다. 결혼 제도를 보아도 한국은 골치 아플 정도로 복잡합니다만, 일본은 사촌·육촌 간에도 결혼을 합니다. 야마모토 선생도 자주 예를 드는 사회 제도 중 가장 중요한 상속 제도에도 일정한 원칙이 없지 않습니까?

야마모토 전혀 없습니다. 무가[武家]가 출현하기 훨씬 전부터 그랬던 것이 아닐까 생각합니다. 아랍에서는 일족一族 간밖에 결혼이 되지 않습니다. 사촌 간의 결혼도 당연한 듯합니다. 일본 사람조차도 놀라는 정도입니다.

한 예로 쿠웨이트에 돈 벌러 간 이집트 청년이 결혼할 때가 되면 주위의 여자를 상대로 하지 않고 멀리 이집트까지 돌아가 같은 부족의 처녀와 결혼을 합니다. 바로 내혼제內婚制라는 원칙이 있기 때문입니다. 한국은 외혼제外婚制입니다. 어느 세계라도 결혼 원칙은 있기 마련입니다. 인도에서는 카스트 제도의 장벽을 넘어서 결혼을 하지 않지만 카스트 제도 내에서는 외혼제를 택하고 있습니다.

이 혈통 원칙이 상속 원칙과 아주 밀접한 관계가 있습니다. 그러나 일본은 아무 관계가 없습니다. 계급의 벽을 넘어 결혼해도 전혀 문제가 되지 않고, 무가와 귀족 간에도 아무렇지 않게 결혼을 했습니다. 이렇다 할 결혼 원칙이 없습니다. 양자를 맞아들이는 것도 자유였으니까요. 부자라고 해도 별것이 아니므로 오늘부터 내 아들이라고 하면 아들이 되었습니다. 혈연도 아무것도 아니었습니다.

도쿠가와 시대에 이케다[池田]라고 하는 다이묘가 있었는데 적어도 성이 다른 양자 입양은 삼가자고 말한 일이 있습니다. 이케다는 특별한 사람이지요. 지독한 것은 자기의 친아들과는 부자 관계를 끊어버리고 양자를 맞아들여 뒤를 잇게 합니다. 도대체 무슨 원칙에서 그러 했느냐 하면, 상인의 경우 어느 쪽이 장사를 잘해 나갈까 저울질해 보는 정도라고 할까요.

일본 말의 '간도[勘當](의절, 인연을 끊는 것)'라고 하는 것이 한국에는 없지 않습니까? 일본에서는 '간도초[勘當帳]'라고 하는 호적 같은 것이 있어 이곳에 이름이 일단 오르면 상속권이 없습니다. 또한 딸에게 재산을 넘겨주어 사위를 맞아들입니다. 이처럼 데릴사위를 맞아들이는 일을 오사카 지방에 사는 서민들은 당연한 듯 해왔습니다.

다만 재산 상속은 딸이 하고 사위는 가명家名, 즉 집의 칭호[商號]만을 상속했습니다. 이 때문에 경영은 사위가 합니다. 그렇지만 재산은 부인의 소유입니다.

바로 경영과 소유, 즉 자본과 경영이 분리되는 현대 자본주의의 경영 체제 같은 것을 도쿠가와 시대부터 해왔습니다. 한국에선 농담으로라도 생각할 수 없는 일이죠.

이념 없는 일본, 아무 데나 추파

이어령　일본 사람은 그래서 원리 원칙이랄까 이념을 내세우면 이상한 행동을 합니다. 오랫동안 융통성 있는 생활을 해왔기 때문에 하나의 원리나 원칙을 만드는 일 등을 견디지 못합니다. 히스테리컬해지는데, 말기의 군국주의가 바로 그러했습니다.

야마모토　광신적으로 되어버리지요.

이어령　그렇습니다. 광신적이 되지 않으면 유지할 수가 없고 자기 자신을 컨트롤할 수도 없으니까요. 한국엔 시조時調라는 것이 있습니다. 시조의 형식은 3장 6구로 길이가 일본 하이쿠의 세 배 정도 됩니다. 시조는 초·중·종 3장으로 되어 있는데, 초장에선 문제를 제기하고, 중장에선 그것을 굴려 음미하며, 종장에서는 결론을 내리는 이념적인 문학입니다. 일본의 하이쿠는 한 장뿐이라 이념을 담는 것이 불가능합니다. 만일 이념을 넣는다면 '이 언덕에 올라가면 안 된다─경시청警視廳'이란 식으로 아주 이상하게 될 것입니다. 하이쿠에 이념을 넣으면 이미 하이쿠가 아닙니다.

지난 20년간 한국은 일본과 외교 관계를 맺어오면서 의심스럽게 생각한 것은 자유주의국인 일본이 소련과 장사를 하는 등 세계 어느 나라와도 무역을 한다는 점이었습니다. 한국에서는 이념 때문에 6·25 전쟁 때 죽이고 살리는 전쟁을 해야 했습니다. 이념을 위해서라면 부자간에도 서로 죽였습니다. 이 때문에 이러한 이념이 없는 일본을 볼 때 똑같은 자유주의와 자본주의를 표방하는 나라이지만 과연 목숨을 같이할 수 있는 이념적인 동맹국이 될 수 있을까 의심을 하게 됩니다. 일본이 소련, 중국과 교류하는 것을 한국의 입장에서 보면 배신같이 생각되니까요. 그러나 일본으로서는 조금도 부자연스러운 일이 아닙니다.

한국은 옛날부터 대륙을 생각하며 살아왔습니다. 그러나 지금은 이것이 거꾸로 한국이 섬나라가 되어버렸습니다. 현재 휴전선 이북의 대륙은 이념적인 존재가 아니니까요. 이러한 복잡한 환경과 전통 속에서 일본을 보면 지난 36년간 문제뿐만 아니라 원리 원칙이 없다는 사실도 지난 20년간 두 나라 사이의 가장 중요한 사상적 문제점으로 등장합니다.

이 밖에 일본 사람은 폐쇄적입니다. 그러나 한국 사람은 그 반대입니다. 반일 감정이 이야기되지만 일본인 친구가 왔을 때 조금도 그런 감정을 갖지 않고 아주 환대를 합니다. 그러나 일본 사람은 그렇게 마음을 주지 않습니다. 폐쇄적이지요. 지난 20년간은 바로 그러한 20년이기도 했습니다.

양국의 마찰을 창조적인 방향으로 돌릴 때

야마모토 일본 사람은 정말 애교가 많으나 일반적으로 폐쇄적입니다. 어째서 이렇게 됐는가 나도 종종 생각하게 됩니다. 일본 사람끼리도 그렇습니다. 사이좋게 보여도 실제로는 폐쇄적입니다. 언제나 마음을 열지 않고 칼을 차고 다녔습니다. 언제 이 친구가 나를 베어 죽이지 않을까 하고 마음을 썼습니다. 왜냐하면 공통의 원리 원칙이 없었기 때문입니다.

이어령　이념적인 원칙이 있으면 자기와 상대편의 아이덴티티가 만들어지게 됩니다. 그렇게 되면 나라도 하나의 방침, 즉 중앙 집권으로 정치를 해나가게 됩니다. 조그마한 마을에서는 이념이 그렇게 필요하지 않습니다. 가정이나 부자간에 무슨 이념이 필요하겠습니까. 우선 피부로 모든 것을 느낍니다. 이 때문에 일본 사람은 '후레아이(접촉)'란 말을 잘 사용합니다. 일본은 근대화되고 국제화되었지만 안과 밖에 대해 사용하는 말이 다른 것은 그대로 남아 있습니다. 예를 들어 섬을 뜻하는 '시마'라고 하는 말은 내부적으로 사용하는 말입니다. 아와지시마[淡路島]나 쓰시마[對馬島] 등 내부의 섬은 '시마'라고 하면서도 제주도濟州島나 사이판 도島 등 외부의 섬은 '도'라고 합니다. 배도 외국 것은 무슨무슨 '고[號]'라고 하고, 자국 배는 무슨무슨 '마루[丸]'라고 합니다. 내가 알고 있는 한 이러한 구별을 하는 곳이 없습니다. 이러한 여러 가지 점에서 보면 앞으로 한국과 새로운 우호 관계를 맺는 데 있어서 가장 장애가 되는 것이 폐쇄성, 즉 마음을 열지 않는 점이라고 생각합니다. 그렇다고 한국 사람에게만 마음을 열지 않는 것은 아니지만…….

또 현재 여러 가지 마찰이 두 나라 사이에 일어나고 있지만 마찰 자체는 좋다고 생각합니다. 왜냐하면 속도를 내지 않으면 마찰이 일어나지 않기 때문입니다. '마찰'은 관계가 살아 움직이고 있다는 증거입니다. 마찰이 가장 없는 것은 돌[石]입니다. 돌은 풍화는 되지만 마찰을 일으키지는 않습니다. 이런 점에서 반일 감정이나 마찰도 그 자체가 문제가 아니라 그것을 어떻게 하면 창조적인 방향으로 이끌까가 문제입니다. 서로에게 도움이 되는 방향으로 마찰해 나가도록 하는 것이 중요합니다. 한국을 멸시해도 좋고 반일 감정을 가지고 있어도 좋으나 이를 어떻게 하면 플러스가 되도록 이끌어 나갈 수가 있느냐 하는 것입니다.

야마모토 바로 그렇습니다.

이어령 일본은 경제 및 기술 대국인 데다 GNP도 엄청나 지난 20년간의 한일 관계를 보면 한국은 아직 멀었다는 생각이 듭니다. 일본의 인구는 아시아의 10분의 1도 안 되는데, 1억 2천만 명의 GNP는 인구가 열 배도 훨씬 넘는 아시아 각 나라의 GNP를 합한 것보다도 많습니다. 일본은 지금 이 같은 부富를 자랑하고 있기 때문에 한국은 아직 경쟁이 되지 않습니다. 최근 『한국의 도전』이나 『한국이 일본을 따라잡는 날』 등의 책이 일본에서 출판됐지만, 객관적으로 볼 때 따라잡는 것이 쉽지 않은데도 '한국이 곧 따라올 것이다'라고 하는 경계심을 가지고 있습니다. 일본은 지난 1세기 동안 원리 원칙보다도 이익을 노리는 보다 현실적인 감각을 가지고 살아왔습니다. 1세기 동안 이러한 삶을 살아온 일본 사람의 철학은 도대체 무엇일까요?

여기에서 하나의 방법론을 생각할 수 있습니다. 뭔가 모르지만 구미를 따라잡자는 마음이었습니다. 그렇게 되면 어떻게 될지는 모르지만 그저 이렇게 하지 않으면 안 된다는 강박관념이 지난 1세기를 지배해 왔습니다.

야마모토 그것은 메이지 시대 초창기부터 그러했습니다. 자칫 잘못하면 식민지가 되기 때문에 그 당시 러시아의 식민지가 되는 편이 유리할까 영국의 식민지가 되는 것이 유리할까 하고 의논을 한 것 같습니다. 식민지가 되는 것은 견딜 수 없는 일이므로 어떻게 해서라도 구미보다 군사적으로 뛰어나지 않으면 안 된다고 미친 듯이 노력했습니다. 아무것도 없는 곳에서 굉장한 함대가 탄생합니다.

제2차 세계 대전에서 패전한 후부터는 경제적으로 구미를 따라 앞서려고 합니다. 무엇을 하든 미국 사람보다 부유해지지 않으면 안 된다는 것으로, 따라잡으면 그 앞에 무엇이 있을까는 생각하지 않습니다. 어떻게 해도 따라잡을 수 없을지 모르지만 살 데까지 가보자는 생각에서 유리한 일이라면 무엇이든지 해왔습니다.

이어령 그렇습니다. 그러나 1980년대에 들어서 일본 사람의 생각도 달라졌습니다. 따라잡는 것이 어느 정도 성공하고 기술 입국에 성공해 목표가 없어졌습니다. 이 때문에 앞으로 1세기 동안 생활 목표를 찾다 보면, 따라잡히거나 앞지름을 당하지 않을까 하는 경계심을 갖게 되는데, 그 환상의 상대국이 바로 한국입니다. 한국에선 그렇게 생각도 하지 않고 있는데 일본은 필요 이상으로 한국에 따라잡히거나 앞지름을 당할지 모른다고 생각하고 있습니다. 그러한 강박관념에서 여러 가지 책이 나오고 있습니다.

한 예로 포항제철은 전 세계 철 생산량의 1퍼센트 정도밖에 차지하지 않고 있는데도 일본에서 부메랑 효과 등을 들먹이며 마치 제철 산업이 전부 쓰러지거나 한 것처럼 이야기하고 섬유·자동차도 그렇듯이 신화를 만들어내고 있습니다. 설령 한국이 많이 진출하고 강하게 됐다고 해서 그것이 일본에게 마이너스만 되는 것이 아니라 득도 있는 것입니다. 왜냐하면 일본 사람은 평상시 긴장해서 다부지게 해나가는 데서 발전이 있었습니다. 하나의 경쟁이 끝나 목표가 없어지면 그러한 긴장감이 없어집니다. 이러한 때 한국과 같은 새로 뒤쫓아 오는 나라가 나타나면 일본도 다시 긴장하게 돼 좋은 결과를 기대할 수 있을 것입니다. 또한 한국도 일본 사람에게 질 수 있느냐며 쫓아가 앞지르려고 노력할 것이 틀림없습니다. 반일 감정이 좋은 방향으로 작용을 하게 되는 것이죠.

요즘 '태평양 시대'란 말이 자꾸 등장하고 있습니다. 미국도 대서양 연안국과의 무역보다도 태평양 쪽의 무역이 많아지고 있다고 합니다. 일본도 구미 쪽의 무역보다 제3세계와의 무역이 많아지고 있는 것 같습니다.

이러한 여러 가지 점을 고려할 때 선의의 경쟁은 서로에게 도움이 됩니다. 그렇게 되면 일본 사람은 목표가 눈앞에 없어도 쫓아오는 나라가 있기 때문에 열심히 일하게 될 것입니다. 지금 목표가 보이지 않고 긴장감이 확 풀어져서 젊은이들이 무기력해졌다고들 합니다. 한국과의 경쟁이 완전히 없어지는 경우 일본 사람은 이처럼 무기력해지지만, 한국의 경쟁력이 강해지면 일본도 지지 않으려고 앞으로 뻗어나갈 것은 뻔한 일이니까요. 이처럼 반일·반한 감정을 아주 창조적으로 전환시키는 것이 가능하다고 봅니다. 지금까지 20년간은 겉모양만

번지르르한 우호 친선이었으나, 앞으로 20년은 문화적인 섭촉을 통해 창조적인 20년이 되어야 할 것입니다.

얼핏 보면 경쟁이 치열한 듯하지만 사실 이것은 아시아를 새로 만드는 것으로 지금까지 백인 중심의 문화였던 것을 새롭게 아시아 문화 중심으로 이끌어가는 길이기도 합니다. 앞으로 한일 관계에 있어서 마찰을 창조적으로 전환시키는 것이 무엇보다 필요하다고 생각합니다.

문화 중심의 한일 관계가 바람직

야마모토 경제라고 하는 것은 마찰을 하는 것이 당연한 것으로, 가장 마찰이 심한 것은 일본 상사商社들 간이며 그것은 정말 지독합니다. 마찰이 없어지면 끝장으로 영국의 쇠퇴가 잘 말해주고 있습니다. 영국은 식민지를 만들어 마찰을 없애려고 했는데, 이것이 오히려 뒷날 쇠퇴하게 되는 원인이 됩니다. 지금 일본은 한국에서 거의 수입을 하지 않고 있는 것으로 알고 있는데 좀 많이 수입하라고 하면 재계財界가 아주 못마땅하게 여길 것입니다.

이어령 일본의 후진 산업이 한국에 앞지름을 당하기에 앞서 일본은 새로운 첨단 기술을 개발해 나가지 않으면 안 될 것입니다. 이렇게 되면 오히려 부메랑 효과 때문에 일본도 발전하는 결과가 될 것입니다. 부메랑 효과라는 것은 이러한 것인데도 일본은 이 말을 정반대로 사용하고 있습니다.

1982년 영국에서 제작한 〈간디〉란 영화를 보았습니다. 이 영화는 조 브레이라는 사람이 간디에 대해 연구한 것을 영화화한 것으로, 아카데미상까지 받았습니다. 이 영화를 보며 자기 나라의 식민지 정책에 반대 투쟁을 벌여온 간디에 대해 훌륭한 영화를 만든 영국 사람들의 태도에 많은 것을 생각했습니다.

그런데 전후 일본 문화인들은 어떠했는가. 한국에는 훌륭한 인물이 없었던가. 한국에도 안중근安重根·김구金九 등 훌륭한 사람이 많으나, 일본 사람들은 영화를 만들 생각조차도 안 했습니다. 만일 일본 사람들이 안중근 의사 등의 영화를 만든다면 이것은 국가 이익을 초월한 진정한 교류가 될 것입니다. 지난날의 민족의 존재를 넘어 향기 높은 인간 문화가 꽃피리라 생각합니다. 그렇게 되면 한국인의 일본에 대한 감정도 변하리라고 생각됩니다. 일반 대중이 반일 감정을 입에 올리는 것은 상관이 없을지 모르나 지식인이 객관적인 입장에서 상대를 보지 않으면 안 됩니다. 잘못된 반일 감정은 그래서는 안 된다고 말할 수 있는 입장에 서야 할 것입니다. 이것은 정치인, 경제인들이 할 일이 아닙니다.

야마모토 어찌뇐 셈인시 정치, 경제에 비해 문화가 뒤따라가는 경우가 있습니다. 일본을 두고 전엔 제국주의였다고 말하는 게 보통이었으나, 그것은 진정한 의미의 제국주의가 아니었습니다. 제국주의 낙제생이라고 할까요. 진정한 제국주의 식민주의라면 일본 군인들이 한국에 갈 때 한국어를 비롯한 모든 것을 배운 뒤에 가지 않으면 안 됩니다.

영국의 장교들이 인도에 갈 때 벵골어와 힌두어를 하지 못하면 갈 자격이 없었다고 합니다. 이것이 진정한 제국주의로 그러한 감각조차 없는 사람들이 무슨 제국주의자입니까. 역시 이러한 점에서도 현재와 같은 일이 일어난 것입니다. 인도에 가는 장교가 인도 말을 한다는 것은 상대방의 언어문화를 존중하는 것으로, 일본엔 이러한 원칙이 없었습니다.

이어령 『콩고 기행』을 쓴 앙드레 지드는 똑같은 민족인데도 프랑스의 식민 정책을 신랄하게 비난하지 않았습니까? 일본에서도 일부 문화인이 일본의 한국 식민 정책에 대해 정면에서 대항했습니다. 이러한 사람이 많으면 많을수록 상호 이해가 높아지기 마련입니다. 그런데도 현재 이러한 일이 되지 않고 있는 것입니다. 이러한 일을 하다간 매국노가 되기 십상입니다. 문화는 정치, 경제보다 높은 차원에서 이루어지지 않으면 안 됩니다.

결론적으로 지금까지 정치, 경제가 중심이 되었던 한일 관계는 문화 중심의 관계가 되지 않으면 안 됩니다. 그렇지 않으면 외교 관계를 50년 아니 백 년을 거듭해도 똑같은 현상이 반복될 뿐입니다.

한일 양국의 문화인이 나라를 떠나 보편적인 일, 즉 무엇이 정의며 무엇이 선이며 인간이 살아가는 길이 무엇인가를 마음을 터놓고 이야기하면 하나의 길이 열릴 것으로 생각합니다.(이어령, 『한국과 일본과의 거리』, 삼성출판사, 1986.)

『축소지향의 일본인』고考

대담자: 다케무라 마사요시[武村正義]

축소 방향으로 발휘되는 일본의 힘

다케무라 선생님의 저서를 보았는데요. 일본인은 큰 것을 무엇이
　　　　든지 작게 축소시켜 버린다는 것이 이 선생님의 지론이
　　　　지요. 이를테면 하이쿠, 오리즈메[折詰] 도시락, 다실茶室,
　　　　이시니와[石庭], 분재盆栽, 트랜지스터, 소형 자동차, 전탁
　　　　電卓이라는 식으로 모두 축소시켜 버린다는 거지요. 일
　　　　본인의 발상의 저류에는 이른바 '축소 지향'이 있다는
　　　　뜻이죠.

이어령 그렇습니다. '축소 지향'은 일본인의 특색이지요. 물건
　　　　뿐만 아니라 정신도 콤팩트하게 축소시켜요. 예를 들면
　　　　도리시마리야쿠[取締役]라 하지요.

다케무라 아, 시메루締める(조르다)군요.

이어령 네, 졸라매는 사람이죠. 정신도 졸라매고, 실제로 일본
　　　　인은 무엇인가 시작할 때 머리에 머리띠를 매고[締], 어

깨에 다스키(끈)를 매고, 훈도시[褌](들보)를 매죠.

다케무라 한국에는 그런 전통이 없나요?

이어령 그 반대죠. 한국인은 싸울 때 매지 않고 풀어헤치죠. 윗도리를 벗고 릴랙스합니다.

다케무라 그래요?

이어령 그런데 일본인은 작게, 콤팩트하게 정신을 긴장시킨 상태에서 굉장한 힘이 나오는가 보죠. 메이지 유신을 봐도 그렇죠. 큰 한藩에서는 핵심적인 아이디어가 안 나오고, 작은 한에서 나왔어요. 예를 들면, 난학蘭學을 배우려면 우와지마[宇和島]로 가라고 했는데, 그 섬은 작은 한[藩]이었어요.

　또 컴퓨터를 봐도 큰 것은 미국이 잘 만들고, 소형은 일본이 압도적이에요. 산업 로봇도 미국에서 대형 로봇 기술을 가지고 와서…….

다케무라 도입해서.

이어령 그래서 어느새 우수한 소형 로봇을 개발하여 역수출했지요. 카피copy의 카피인 셈이지요. 일본은 예로부터 그런 것을 잘했어요. 헤이안[平安] 시대 때 부채가 들어오자 그것을 접어서 쥘부채를 만들었습니다.

다케무라 이른바 '축소 지향'이군요.

이어령 쇼와[昭和]에 와서 이번에는 우산을 접었어요. 접는 우산을 만들었는데 거기다 또 원터치로 열리는 자동 점프 우산까지 만들었습니다. 집는 우산이 공간을 축소시킨 것이라 한다면, 점프 우산은 시간을 축소시킨 것이지요.

다케무라 그 '축소 지향'은 결코 부負의 요소는 아니고요?

이어령 아니지요. 세이쇼 나곤[清少納言]은 「마쿠라노소시[枕草子]」에서 '무엇이든 무엇이든 작은 것은 모두 아름답다'고 했지만, '축소 지향'이야말로 일본 발전의 원동력이었다고 생각해요.

히데요시도 제2차 세계 대전도 '확대'로 실패했다

다케무라 일본인에게는 '축소 지향'이 적합하다고 할까 또는 자신이 있다는 얘기인데요. 반대로 '확대 지향'을 보였을 때는 어떻게 되는지요?

이어령 그것이 문제입니다. 히데요시[秀吉]를 예로 들면 잘 알 수 있어요. 그는 처음에 하인이었고 남의 눈에 잘 띄지 않는 곳에 축소되어 있었죠.

다케무라 하인에서 천하를 다스리는 자가 되었죠.

이어령 하인으로서 부지런히 일해서 '다이코사마[太閤樣]'가 되지요. 천하를 손에 넣은 다음, 일변하여 '확대 지향'을 보이기 시작하죠. 즉 천하를 손에 넣기 전까지는 '축소

지향'이었고, 소원을 성취하자 즉각 '확대 지향'이 되어 한반도를 공격하여 대륙에 진출하려고 했어요. 천황에게 '베이징으로 모시겠습니다' 하고 약속까지 하지요.

다케무라 그러나 실패한다는 얘기죠.

이어령 7년 동안이나 싸웠는데도 결국 어쩔 수 없이 지고 말지요. 그다지도 운이 좋았던 히데요시도 '확대 지향'을 보이기 시작하자마자 운이 없어졌어요.

다케무라 확실히 그렇군요.

이어령 태평양 전쟁만 해도, 진주만 공격으로부터 시작해서 싱가포르 함락이니 뭐니 하며 전선을 넓혀 가자 일본은 지기 시작합니다.

다케무라 그래요.

이어령 역사를 돌아보니 러시아를 쳐부수고, 중국을 치고, 대일본 제국이 바야흐로 군사 대국이 되려고 한 찰나, 태평양 전쟁으로 비참하게 지고 말았어요. 축소로 성공하고 확대로 실패한 히데요시처럼, 근대 일본도 같은 과오를 저지르고 만 거지요.

다케무라 그런 의미에서는 지금의 무역 전쟁도 마찬가지지요.

이어령 네, 그렇습니다. '축소 지향'을 완전히 발휘하여 트랜지스터, LSI 등의 일렉트로닉스 분야에서 성공하여 경제 대국이 되었는데, 그것들이 많이 팔려 세계에 퍼져감과 동시에 무역 마찰이 일어나 이상해졌어요. 일본인은 국내에 있는 동안은 매우 강한데, 일단 밖으로 나가면 약해진다고나 할까, 이상한 일이 일어나지요. 실제로 일본인은 '3S'라는 말을 듣지요?

다케무라 '3S'?

이어령 일본인은 국제회의에 나가도 'Sleep(자다)', 'Silence(침묵)', 'Smile(미소 짓다)' 뿐이래요. 외국인이 그렇게들 말한대요.

다케무라 그러면 이 선생님은 어떻게 하면 좋다고 생각하나요?

이어령 같은 '확대'라 하더라도 트랙터로 한꺼번에 밀어 넓은 밭을 만들지 말고 계단식 밭을 경작하듯이 조금씩 넓혀가야 한다고 생각합니다. 또 우선 대국 의식大國意識을 버리고 '축소 지향'에만 일본의 전통이 있다고 생각해야 하며, 거기에만 확대와 거대한 번영이 있다는 것을 자각해야 한다고 생각합니다.

다케무라 웅대한 구상이나 지구 규모의 발상 등은 일본인에게 적합지 않다는 건가요?

이어령 그렇게 생각합니다.

다케무라 그것은 구미 제국에게 맡겨놓는 게 좋다는 뜻이죠. 나는 한 일본인으로서, 글로벌global한 발상이라는 것을 구미 제국에게만 맡겨놓지 말고, 일본인도 역시 서서히 지구 규모로 사물을 생각하는 것에 익숙해져야 한다고 생각합니다. 다만 큰 것을 작게 축소시키는 것이 장기長技인 일본이 얄궂게도 지금 '확대'의 국면에 서게 된 이상, '확대 지향'은 과거에 항상 대국주의와 팽창주의를 낳았다는 이 선생님의 유니크한 문명론적 지적은, 일본인의 자만심을 타이르는 의미에서도 경청할 가치가 있다고 생각합니다.(이어령, 『한국과 일본과의 거리』, 삼성출판사, 1986.)

단短·소小·경經·박薄의 일본

대담자: 스가야 류스케[菅谷隆介]

'돌아보는 시대'가 된 일본

스가야   선생님의 『축소지향의 일본인』을 보고 솔직한 심정으로 쇼크를 받았습니다. 지금까지 온갖 일본인론이 나왔지만 일본인 자신을 그런 각도에서 설명한 사람은 거의 없었어요. 매우 유니크하고 참신합니다.

이어령   고맙습니다. 그 책에서 내가 말하고 싶었던 것은 '축소한다'는 단어적인 것만이 아니라 풍습이라든지 정신적 전통으로서의 치밀함, 섬세함이에요. 그러면 '축소한다'는 단어 이외에 '쓰메루詰める'·'고메루込める' 따위가 포함되어, 그 목적은 사물이건 정신이건 간에 자유롭게 들어오게 돼요. 하이쿠 같은 것도 단카[短歌]의 5·7·5·7·7의 마지막 14음절을 잘라버렸기 때문에 와카[和歌]나 단카보다도 더 어둡고 암시적이고 넓은 세계가 되었어요. 그러므로 '축소한다'는 것은 일본 열도에 축소되어 있으라는 것이 아닙니다.

스가야 '축소'라는 말을 경솔하게 받아들이면 지금 말하신 것처럼 오해하는 일본 사람도 많겠지요. 물론 그중에는 '이건 좀 다른데' 하는 데도 있으리라 생각합니다. 그러나 그것은 그것대로 괜찮다고 생각합니다. 왜냐하면 우리 자신이 가장 가까운 이웃 나라를 전혀 모르고 있었으니까요.

이어령 서로 그렇지요. 한국인이 일본에 관해 얘기할 때는 옛날 백제인이 일본에 문화를 전했다든지, 식민지 36년이라든지, 최근에는 정치 문제 등, 그것밖에 할 얘기가 없을 만큼 스테레오 타입이에요.

스가야 나는 전쟁 전에 교육을 받았는데 외국 역사란 서양사 중심이었어요. 게다가 그것은 문예 부흥, 르네상스와 산업 혁명에 중점을 두었습니다. 동양사는 실로 건성 지나가고 말았지요. 즉 그것은 서양에서 본 동양사였으며, 가장 중요한 한국이나 동남아시아, 또 수년 내 석유로 관심 높은 이슬람 세계 따위는 날아가 버리고 말았어요. 선생님 같은 분이 많이 나와 일본도 똑같이 공부한다는 일은 지금까지 별로 없었지요.

이어령 한국과 일본은 공통성이 있기 때문에 비교할 수 있어요. 서양처럼 공통점보다도 위화감이 크면 비교하지 않

아도 알 수 있으며 또 비교한다 해도 결과는 마찬가지가
되어버립니다.

 또 한국인이 일본 문화를 이해하고 일본인이 또 한국
문화를 알려고 합니다. 두 나라에서 서로 문화적 루트를
더듬어가는 것은 1980년대가 그런 시대라는 뜻이겠지
요. 특히 일본의 경우 메이지 유신 이래 구미를 따라가
서 앞지르자는 긴 꿈이 1970년대까지의 고도성장으로
실현됐어요. 일찍이 세계 부富의 50~60퍼센트를 차지하
고 있던 미국은 지금은 20퍼센트이고 유럽이 20퍼센트
이며 나머지 10퍼센트는 일본입니다. 단일 국가며 그것
도 작은 섬나라가 세계의 부의 10퍼센트나 차지하고 있
다는 것은 이제 일본도 세계 부국이 되었다는 것이에요.
인간은 앞에서 달리고 있는 사람의 뒷모습을 보지만, 자
기 자신이 앞으로 섰을 때 뒤돌아보지 않으면 안 보여
요. 그 뒤돌아보는 연대로 일본은 들어와 버리고 말았어
요. 동시에 그것은 외로운 시대이기도 합니다만.

스가야 실은 선생님의 책을 읽고 '아, 나도 하찮은 인간으로 끝
 나고 말겠구나' 하고 생각했어요(웃음).

이어령 그 말씀은…….

스가야 나는 이른바 천재 학교라고 불리는 동대東大를 나와 은
 행원 생활 40년을 거쳐 작년에 증권 회사로 옮겼는데요.

이 40년을 돌아보니 큰 은행의 부총재까지 했으니까 샐러리맨으로서는 최고라 할 수 있는 지위까지 갔어요. 그러나 결국은 일본의 전형적 샐러리맨으로, 일 위주의 이코노믹 비즈니스 애니멀이죠. 이쯤에서 마음 편히 최후의 인생을 풍요롭게 지내려고 생각했는데 슬퍼요. 또 다음 일이 있어서요(웃음).

이어령 그러므로 선생님이 '앞으로 앞으로' 하고 진행해 온 인생을 시시하다고 생각하는 것은 선생의 생애 자체가 시시한 것이 아니라 그 어떤 목표를 완수했을 때 느끼는 외로움이겠지요. 목표를 이루지 못한 사람은 아직 지향하는 것이 있지만, 막상 그것을 이루고 나면 거기서 느끼는 것은 인생의 괴로움과 외로움 같은 것이지요.

'축소'란 교만을 버리는 것

스가야 선생님은 데라다 도라히코[寺田寅彦]를 아십니까?

이어령 네, 압니다.

스가야 그의 수필 가운데 이런 것이 있어요. "현실 세계와 시의 세계 사이에는 커다란 유리 칸막이가 있다. 그리고 거기에는 눈에는 보이지 않는 양쪽을 왕래할 수 있는 작은 구멍이 있다. 보통 때는 현실 세계의 먼지 때문에 그 유리는 안 보인다. 또는 눈에 띄지도 않는다. 그런데 시심詩心이 있는 사람은 그 구멍으로 미의 세계에 들어갔다가 다시 돌아올 수 있다. 그것을 계속하면 자연히 이 구멍이 커져서 출입이 자유로워진다. 그러나 완전히 이 유리를 무시하고 먼지투성이의 세계에 있으면 점점 몸이 커져서 출입할 수 없게 된다. 그렇지만 좀 가난해지든지 앓든지 하면 그 사람이 여위어서 또다시 이곳에 들어갈 수 있다." 선생님이 말씀하신 다실茶室의 니지리구치[躙口](무릎걸음으로 출입하는 작은 문)와 좀 비슷한 데가 있지요.

이어령 그렇군요.

스가야 그 '작은 구멍'이란 '응축되었다'든지 '집중했다'는 등과 공통점이 있으며, 그것은 단순히 꽉 밀어 넣었다는 뜻뿐 아니라, 배불리 먹고 돈을 저축한다는 정신적인 뜻도 포함되어 있어서 선생님의 축소 지향과 공통되고 있지요.

이어령 그러므로 지금은 모두 잊고 있는 것 같은데, 니노미야 긴지로[二宮銀次郞]의 검약 사상, 그것은 절약해서 무엇인가 저축하려는 것이 아니지요. 유교가 일본으로 들어오면 생활 모럴이 되어 검약이라는 구체적인 것이 되어버려요. 본래의 사상은 인간의 정신이나 물질의 에센스를 남긴다는 것이지요. 단순히 '인색'과는 다릅니다. 아까 그 작은 구멍으로 들어가기 위해서는 그런 정신 사물의 엑스트랙트extract가 꽉 죄어 있지 않으면 안 되는 것이지요.

스가야 그래요. 마음의 교만을 버리라는 뜻이겠군요.

이어령 나쓰메 소세키[夏目漱石]는 '앉은뱅이꽃만 한 작은 사람으로 태어나고 싶다'는 아름다운 하이쿠를 읊었어요. 음전한 이런 소망은 정신문화만의 문제가 아닙니다. 경제 경영 방면에서도 높은 것을 볼 수 있다는 것은 그 사람의 정신이나 인생철학의 문제라고 생각합니다. 인간은 커다란 것에는 안심하지만 작은 것을 보면 곧 꺼져버릴 듯한 느낌이 드는 법이에요. 꺼져가는 것에 대해서는 불안을 느껴요. 그러므로 축소 지향이란 인생의 목숨이라든지 자기가 가지고 있는 하나의 기업 등에 대해서 겸허하게 작은 것에 대한 가련함, 마음 씀씀이 점점 축적되어가면, 비즈니스의 세계로부터 철학 세계까지 상통하는 하나의 일본적 정신이 나타나는 것이 아닌가 하는 점입니다.

'자세히 보니 냉이꽃 피는 울타리구나[よく見ればなずな花さく垣ねかな]'는 내가 가장 좋아하는 마쓰오 바쇼[松尾芭蕉]의 하이쿠인데, 냉이なずな란 보통 사람은 전혀 관심 없는 꽃이에요. 그것이 뜰에 핀 것이 아니라 아무도 보지 않는 울타리 밑에 작은 꽃들을 피우고 있어요. 그것

은 자세히 보지 않으면 발견할 수도 없어요.

스가야   은행을 그만두기 직전, 출장을 겸해서 아내와 브라질을 다녀왔습니다. 아마존의 바랑스라는 데인데, 이곳은 바다에서 3천 킬로미터나 떨어져 있어 그 하구의 강폭은 20킬로미터나 돼요. 아마존 강에서 지류로 들어갔을 때 웬일인지 처음으로 아내가 좋아했어요. 그 광대한 아마존 강을 바라볼 때 남자들도 별로 감동을 느끼지 못해요. 그러나 샛길로 들어가자 생생해졌어요. 일본으로 돌아와서 선생님의 책을 아내에게 보였더니 "그러고 보니 내가 가장 감격한 것은 작은 예쁜 나비가 한 마리 아마존 강의 유목 위에 앉은 것을 보았을 때예요. 이 선생님이 하시는 말씀을 알 수 있어요"라고 말했습니다.

그것은 단순히 근성이 작다는 뜻이 아니지요. 그 어떤 깊이가 있어요. 이런 곳에 이런 나비가 있구나, 작은 생명이 있다는 의미를 기뻐하고 있는 것이지요. 그런 감각, 그런 정신이 일본인에게는 무의식 중에 있는 것인데, 이 기계 문명 가운데서는 모두 잃어가고 있는 것 같아요. 한국인의 경우는 어떻습니까?

유구성柔構性, 융합성融合性이 신문화를 낳는다

이어령 그 점은 조금 달라요. 화투를 예로 든다면, 반일 감정이
강한 한국에서도 일본이 발명한 화투만은 무슨 까닭인
지 생활에 밀착되어 있는데, 아무래도 이해할 수 없는
게 있어요.

스가야 무엇인데요?

이어령 4월과 7월이에요.

스가야 4월은 등藤이고, 7월은 싸리[萩]죠. 서로 비슷한데 모르겠
어요?

이어령 네. 같은 동양의 마음을 가지고 있는데 1월부터 12월까
지의 화투짝 중에 이 두 장만은 무엇을 의미하는지 아는
사람이 전혀 없어요.

스가야 무슨 까닭일까요?

이어령 즉 세세하고 치밀한 점이에요. 등도 싸리도 작은 꽃이지
요. 한국인은 사물을 대충 보아요. 그래서 큰 꽃은 보지
만 작은 꽃에는 별로 관심이 없어요. 세세한 것, 하찮은
것, 곧 없어지고 마는 것에 대한 애정이나 정신의 치밀
함은 좀 달라요.

스가야 일반적으로 '눈의 문화'·'귀의 문화'라고 하는데, 그런
점에서 본다면 한국은 '귀의 문화'군요. 노래를 매우 좋
아해서 회합에서는 곧 노래를 불러요. 그리고 연회석상

에서는 남에게 노래를 권해요. '지명당한 사람은 곧 일어나지 않는다. 그렇다고 도중에 무시당하면 섭섭하다. 주저하면서 일어나서 겨우 노래하고는 만족한다. 그런데 노래를 권한 사람은 상대방이 일어서는 순간 옆을 보고 딴 사람과 얘기한다.' 그리고 노래가 끝나가면 다시 돌아와 박수를 치고 다음 노래를 시킬 사람을 찾아요.

이어령 (웃음)

스가야 최근의 가라오케 붐은 아니지만 그런 점은 일본인과 매우 상통하는 점이 있어요.

이어령 일본 특유의 것이라고 생각되는 것이 한국에도 있듯이, 한국 특유의 것이라고 생각되는 것이 일본에도 있어요. 언어의 일례를 들어보면 알타이계 언어를 사용하고 있는 것은 일본과 한국뿐이에요. 이를 거슬러 올라가 보면 몽고·퉁구스 민족에게 미치는데, 퉁구스는 한족漢族 때문에 고생했어요. 동양에서는 중국·한국·일본 세 나라라고 하지만, 문화적 루트를 똑같이 가진 나라는 한국과 일본이지요. 인류학이나 민족학적으로 보면 중국은 사실은 일본과 관계가 없어요. 언어도 다릅니다.

스가야 '총리 관저에서 할복자살'이라는 기사 제목이 신문에 나면 보통 '총리대신이 관저에서 할복했다'는 뜻이지만, 사실은 '총리의 관저에서 누군가가 할복했다'입니다.

'노の(~의)'를 빼버리면 어느 쪽인지 분명치 않아요. 이런 애매함이 일어에는 있어요.

이어령 한국어도 마찬가지예요. '미국에서 돌아온 왕 씨의 딸' 하면 미국에서 돌아온 것이 왕 씨인지 그 딸인지 잘 몰라요. 이것이 알타이어의 한 특징이에요. 그러므로 마쓰오 바쇼의 '오래된 연못에 개구리 뛰어드는 물소리[古池や蛙飛び込む水の音]'를 영역할 때 개구리가 몇 마리인가를 가지고 언제나 다투어요(웃음). 고이즈미 야쿠모[小泉八雲](영국인 문학자, 원명은 Lafcadio Hearn)는 복수로 했는데, 다른 사람은 단수로 했어요. 그러나 단수도 복수도 다 틀렸어요. 이것은 숫자로 나타낼 수 없는 개구리니까요. 풍덩 뛰어들고 좀 있다 또 풍덩 들어갔는지도 모르고, 또는 한 마리뿐인지도 몰라요. 한꺼번에 몇십 마리가 풍덩 들어간 것 같지는 않지만.

스가야 (웃음)

이어령 요는 오래된 연못과 개구리의 관계일 뿐, 개구리 자체의 수는 문제가 아니에요. 좀 더 유명한 것 중에 '마른 나뭇가지에 까마귀 앉았구나 가을 저녁[枯枝に 鳥とまりや 秋の暮]'이라는 것이 있어요. 이것은 '아키노 구레[秋の暮]'가 만추晩秋인지 '가을 저녁'인지 분명치 않아, 영역으로는 두 가지가 있어요. 또 까마귀가 몇 마리인지가 여기서도

문제가 됩니다. 그러므로 오히려 복수로 표기할 수 없는 알타이어가 영어보다 플렉시블(유연)하여 좋습니다.

'나는 고양이보다 개를 좋아한다' 하면 그 수는 문제가 되지 않으며 고양이와 개의 개념이 문제입니다. 그런 식으로 모든 것을 재는 한국인이나 일본인에게 복수, 단수를 지닌 언어란 실로 불편하기 짝이 없어요.

평범함 속에 빛나는 일본의 '기技'

스가야　당신 종교는?

이어령　없습니다.

스가야　그것도 비슷하군요. '당신의 취미는?' '골프예요.' '당신의 종교는?' '불교예요.' 일본인의 대부분이 그렇게 말하지만, 사실은 1년에 두세 번 성묘하러 갈 뿐이며, 매일같이 교회에 가는 사람은 적어요. 그런 종교와 무종교라는 하나의 종교는 일본인뿐만 아니라 한국인이나 타이완인에게도 공통됩니다.

이어령　서양에서는 있는 것은 있고 없는 것은 영원히 없듯이 유와 무가 대립합니다. 그러나 동양의 경우 '유무상통한다'는 말과 같이 대립되고 있는 것까지 싸버리고 말아요. 융합성이 있고, 유구조柔構造이지요. 예를 들면, 일본과 한국에도 낮과 밤을 싸는 '날[日]'이라는 말이 있어요. 24시간의 개념이 있어요. 미국, 유럽에는 그것이 없어요. '데이[晝]', '나이트[夜]'를 싸는 말이 없기 때문에 '데이'로 '나이트'까지 포함하고 맙니다. 그래서 '데이'라면 '낮'도 되고 '날'도 되죠. 마찬가지로 '남男', '여女'의 말은 있어도 '사람[人]'이 없다, 그래서 '맨'이라는 말로 대신한다, 이것이 서양인의 네이밍 방식이에요. 일본인이나 한국인은 모순되는 것을 예사로 싸버려요. 이는 일견 엉터리같이 보이지만, 이 유연성이 21세기에는 대단한 문화를 만든다고 생각합니다. 실은 일본에 와서 놀란 일이 있어요.

스가야 무엇인데요?

이어령 신데렐라라면 세상에서도 아름다운 여자로, 빈곤에서 일약 사교계의 여왕이 되어, 어느 나라에서나 신데렐라가 나쁜 의미로 쓰여지는 일은 없어요. 그런데 여기서는 '돈데렐라, 신데렐라'라고 하며(웃음) 죽었다는 의미로 사용해요. 이런 것은 서양인은 흉내도 못 내요. 이런 짓은 일본 사람만 할 수 있어요.

스가야 (웃음)

이어령 이런 치밀성, 유연성이란 일본인이 만들어내는 것 속에 자연히 들어 있는 것이지요.

스가야 예를 들면 어떤 것이 있나요?

이어령 예를 들면 교토[京都]의 다이도쿠지[大德寺] 다이센인[大仙院]이죠. 일본 정원에는 가쓰라리큐[桂離宮]라든지 슈가쿠인리큐[修學院離宮] 등 유명한 것이 있지만, 일본 정원의 모든 것을 설명할 수 있는 원형이란 다이센잉밖에 없어요. 확실히 작은 정원인데 '가레산스이[枯山水]'도 있고 웅대한 회유식도 있어요. 3단 폭포[三段瀧]가 흐르고 그 폭포 아래의 둥근 못에 돌이 두 개 놓여 있는데, 거기에 물 결치면 바다도 되고 골짜기도 되며, 완전히 물이 마르면 가레산스이가 됩니다. 이것을 보면 만든 사람이 참으로 얄미워져요. 이다지도 완벽하게 만들었는가 하고요.

스가야 가쓰라리큐나 슈가쿠인리큐를 보아도 놀라긴 하지만 다이센인과 그 질이 다르지요. 슈가쿠인은 잘 손질된 수목이 있지만 인위적이고 매우 차경적借景的이에요.

이어령 그러니까 돈을 많이 들인 거라든지 선전용 기술로 만든 것에는 일본의 순수 정신을 인정할 수 없어요. 반대로 아주 작고 누구나 만들 수 있는 데서 '기技'를 보여주는 것이 일본의 진짜 '기'지요.

스가야 플러스 알파가 너무 지나치면 순수성이 엷어지고 볼 만한 게 없어지니까요.

이어령 접는 우산 같은 것은 참으로 일본적입니다. 세계 어느

나라나 우산은 있었으며 누구나 생각만 있었으면 만들
수 있었다, 기술이 없다는 그런 문제가 아니었어요. 그
러나 왜 아무도 만들지 못한 것을 일본인이 만들었는가.
아무나 만들 수 있으면서 아무도 만들지 않은 것에 대한
발상이 어째서 일본에게만 생긴 것일까, 이 점이 이상한
점이며 일본의 강점이기도 합니다.

스가야 그 우산은 접는 등[提燈]에서 발상을 얻었다면 훨씬 옛날
헤이안 시대부터 일본적 발상이 있었던 게 아닐까요?

이어령 붓도 그래요. 중국, 한국을 붓 문화라고 하는데, 붓대와
붓털이 붙어 있다는 관념에서 벗어날 수 없었어요. 그러
나 일본인은 이것을 기능적으로 붓대와 붓털을 나누어
생각했지요. 그러니까 붓대가 하나 있으면 가는 붓털도
굵은 붓털도 갈아 끼울 수 있도록 만들어냈어요. 이것은
일견 평범하게 느껴지지만 이런 것이 바로 일본인이 무
엇을 만드는 발상의 원점입니다. 그래서 사용하기 편한
것을 만들면 누구에게나 환영받는다는 목표만으로 열
심히 일해, 생산성을 높이고 코스트를 낮게 매겨 상품을
세상에 내보냈어요. 이렇게 1970년대의 고도성장으로
일본은 세계의 부를 수중에 넣은 거지요. 그런데 여기서
무역 마찰이 일어났어요.

대량 생산은 섬나라 국가의 산물

스가야 아무리 열심히 일했어도 어쩔 수 없는 벽에 부딪힌 거지요.

이어령 네, 열심히 일해도, 물건을 만들어도, 팔아도 끄떡도 하지 않는 문화적 벽壁, 이것에 그만 배반당하고 만 거지요. 일본인은 어느 의미에서 매우 순진합니다. 동시에 한 가지에 집중하는 지혜는 높아요. 그러나 확대성에 약하기 때문에 상품을 마찰 없이 파는 일이 만드는 일보다 서툴렀어요. 마찰에 대응하는 방법이 서투른 거지요.

스가야 그래요. 1960년대까지 회사 사장을 지낸 사람, 또는 고도 성장기로부터 지금까지 사장이었던 사람들은 그야말로 일본의 전통적인 일점집중주의一點集中主義, 일기일회一期一會의 정신으로 챌린지된 사람들이니까요.

이어령 대량 생산한 나라는 문화론적으로 말해서 미국과 일본입니다. 처음 무엇을 만드는 사람, 발견하는 사람은 반복하는 것을 싫어합니다. 이 첫 번째 나온 상품을 받은 주변부 사람들은 잘 조사하거나 개량해서 대량 생산을 합니다. 유럽 대륙은 어떤 물건을 만들었으나 그것을 상품으로서 대량 생산한 것은 미국이에요. 유럽인은 생각 think하는 민족, 미국은 생각은 안 되지만 스타일은 할 수 있어요. 그러므로 독일의 카메라나 스위스의 시계는 자기들이 만든 것이니까 하나하나에 애정을 부어 넣었어요. 그러나 일본은 자기들이 카메라나 시계를 낳은 것이 아니기 때문에 아낌없이 많이 만듭니다. 이것이 주변 국가입니다. 거대한 대륙 문화로부터 동떨어진 일본과 대륙에서 동떨어진 커다란 섬나라 미국……

스가야 미국은 유럽의 커다란 섬이니까요.

이어령 이 섬나라에 어떤 물건이 들어오면 대량 생산이 가능합니다. 그러면 차차 우스운 일이 일어나요. 유럽인은 처음에 미국인을 경멸하여 '그들은 아무런 독창력도 없으면서 우리가 만든 것을 상품화하여 대량 판매해 부자가 되었다'고 말했어요. 그런데 이것이 어느 틈에 구미인이 한통속이 되어 일본인에 대해서 같은 말을 하게 되었어요. 미국을 향했던 눈이 일본으로 향한 거지요. 즉 무역 마찰입니다.

스가야 일본은 무엇을 시작하면 셀프 컨트롤을 좀처럼 못해요. 이것은 괜찮다, 잘 팔리겠다는 생각이 들면 일제히 만들어버리니까요.

이어령 그런데 1980년대를 살아가는 일본인은 지금까지의 일본의 전통이나 국내의 단결만으로는 도저히 해결할 수 없는 벽에 부딪히고 있어요.

스가야 무슨 묘안이라도 있습니까?

이어령 나는 그 책(『축소지향의 일본인』)에서 '확대 지향'의 일본인에 대해서 어떻게 하면 좋을까 하는 문제만 제시해 놓고 결론은 아무것도 쓰지 않았어요. 또 나는 다시 '축소 지향'의 속편을 쓸 생각은 없으며, 더욱이 그만한 견식도 없어요. 그래서 선생님께 묻고 싶은데 은행이라는 것은 기업 전체를 바라보지 않으면 안 되게 되어 있지요? 다른 산업체라면 그것만 만들고 있으면 되겠지만요.

스가야 네, 확실히 은행이란 모든 신경이 모여 있는 곳이니까 경제 전반을 볼 수 있는 포지션이지요.

이어령 그야말로 축소 하나만으로는 아무것도 안 되는 것이 은행이라고 생각합니다. 온 세계의 시장까지 보지 않으면 일이 안 되지요. 즉 일본에서 가장 확대 지향에 강한 사람이지요. 그 밖에 전화나 커뮤니케이션 분야에서 일하는 사람이 확대 지향의 사람입니다. 그들을 연구하지 않으면 안 됩니다.

　　같은 섬나라라도 영국은 확대형 문화로서 그 챔피언이었어요. 그들이 처음 손을 댄 것은 증권과 은행이었어요. 영국은 확대 시대의 꽃이었는데, 지금 영국이 그와 같은 고전에 빠져버린 것은 확대 문화가 도전의 벽에 부딪혔기 때문이라고 생각하는데요.

스가야 그 말은 지금 이 시대처럼 컴퓨터같이 집중되고, 보다 작고 가볍고 간편한 것이 판을 치는 시대에는 큰 것, 확대되는 것, 즉 전의 영국적 지향 같은 건 가장 나쁘다는 뜻이겠지요.

국제 분업이야말로 자유 무역의 정신

이어령 그렇습니다. 그리고 보니 일본의 축소 지향 가운데서도 은행가나 커뮤니케이션 분야의 사람들은 지금까지 일본에서 확대 지향에 성공했으나, 앞으로의 시대에서는 조금 발상의 전환이 필요하다고 생각합니다. 1980년대를 살아가는 비즈니스맨이란, 1970년대에 칭찬받은 사람들이 1980년대에는 가장 위험한 인물이 되는 것이며, 지금까지 빈둥빈둥하던 사람이 어떤 훌륭한 가능성이 있게 되는 거지요. 왜냐하면 현대는 제품을 대량 생산하는 시대가 아니에요. 셀프 컨트롤해서 어떻게 마찰을 일으키지 않고 판매하는가가 생산하는 것보다 더 중요한 시기가 되었으니까요. 왜 그러냐 하면 자유 무역이란 국제 분업이지요. 그것을 범한 것이 일본이에요. 국제 분업 위에서 비로소 자유 무역이 성립된다는 중학생 정도의 상식이 왜 일본에서 지켜지지 않았나 하면, 그것은 세계 사람들에 대한 애정이 없었기 때문이에요.

스가야 　확실히 지금까지의 일본은 새로운 상품을 만들었을 경우, 가령 그것의 코스트가 천 엔인데 만 엔으로 팔린다면 이번에는 양을 한껏 늘려 8천 엔, 7천 엔으로 내려서 팔아왔어요. 그리고 공장을 자꾸 세워 확장하고, 최종적으로는 가는 길이 막히고 만다는 도식이었으니까요.

이어령 　상대 나라에 자기 나라보다 먼저 시작된 산업이 있으면 보통 웬만한 사정이 없는 한 그 산업에 손을 대지는 않아요. '자동차는 저쪽에 몇백 년의 전통이 있으니까 사양합시다.' '그 대신 저편에 없는 디지털은 자꾸 만듭시다.' 이것이 국제 분업에서 통용되는 자유 무역 정신이에요. 그런데 일본은 상대가 이미 만든 것을 가지고 와서 개발하여 재차 팔아넘겨 그쪽 산업을 죽이고 맙니다. 쓰러지는 산업이 허다하니까 당연히 반일 감정이 일어납니다.

스가야 　국제 분업을 자꾸 없애가면 자연히 보호 무역이 돼요. 보호 무역에서 가장 타격을 입는 것은 일본이에요.

이어령 　그리고 또 한 가지, 여기에 닉스NICS라는 것이 나타났어요. 닉스란 중진국, 개발도상국에서도 선진국을 따라가려는 것으로, 한국·타이완·홍콩, 거기에 말레이시아·싱가포르 등이 대두했어요. 지금까지 유럽·미국·일본의 세 지주支柱, 또는 구미·일본의 두 지주였던 세계 경제에 의외의 핀치 히터가 등장한 것입니다. 그러면 처음 미국이 일본을 '별로 대단치 않을 거야' 하면서 트랜지 스터가 타격을 입었고 자동차가 타격받은 것처럼, 이번 에는 일본이 닉스에게 쫓기고 있어요.

예를 들면 한국의 포항제철소는 일본 기술을 빌려 만 든 것인데, 요새 일본의 철강보다 1톤당 50달러 내지 백 달러쯤 싸요. 그것이 일본으로 들어와 1퍼센트 정도 팔 리고 있어요. 그래서 일본이 당황하여 '포항제철에 새로 운 기술을 주지 말자'고 나왔어요. 이것은 축소적 발상 이에요. 왜냐하면 닉스에 기술 제공을 하지 않으며, 제 공해도 여러 가지 조건을 붙여요. '다른 나라에는 팔지 마라', '국내 시장에서만 팔아라' 등등. 같은 동양인이며 기술로 봐도 일본은 우수하고 또 가깝다는 조건 등 여러 가지 유리하니까 제공을 받았는데, 그런 조건이 붙거나 부메랑 현상으로 일본이 역습당하니 한국에 주지 말자 고 하면, 한국은 구미와 손잡고 맙니다. 그러면 일본은 고립되고 말아요. 그런 가능성은 이미 시작되었어요.

스가야 이것은 역사적으로 보아야 하겠군요. 일본은 제로에서 부터, 또 전쟁에 지고 미국에서 지원을 얻어 여기까지 왔기 때문에 최근까지 최대한의 노력을 기울여왔어요. 그것이 의외의 스피드로, 그리고 그 타성으로 잠깐 사이에 자동차가 미국을 앞질렀고, 철강이 세계 제일이 되었어요. 당신의 말대로 자타가 함께 번영하지 않으면 안 됩니다.

이어령 그러므로 일본의 기업이 구미와 닉스로부터 따돌림을 당하지 않는 해결책은, 손해 보는 자가 버는 법이라는 경영학에 의존할 길밖에 없어요. 지금까지는 주판으로 언제나 돈 버는 것만 생각해 왔으나, 손해 보면 번다는 이상한 산수 시대가 온 것이에요. 이것이 마찰 시대를 살아가는 '화和'의 논리며 일본인의 현명한 방법입니다.

스가야 지금까지는 그런 여유가 없었어요. 지금에야 겨우 발전 도상국과 발전국과의 관계를 어떻게 해야 하는가 하는 문제에 대해 생각하는 사람이 나왔어요. 이것은 급하게 할 수 없는 문제며 서서히 나아가지 않으면 안 돼요. 그 건 일본인이 정치에 둔하기 때문이에요. 자유주의 제국 간의 문제란 아무래도 정치가 얽히니까요.

1980년대를 살아가는 5분의 1 전략

이어령 그러면 1980년대를 살아남는 전략이란 무엇인가 하면 5분의 1 전략이에요. 일본에는 세계 제일의 중소기업이 모여 있어요. 약 50명의 종업원으로 대기업과 같은 세일즈를 해요. IC를 테스트하는 기계를 만드는 회사라든지 무엇이든지 대기업의 5분의 1로 될 수 있게 돼요. 이것이 일본이 1980년대를 사는 길이라고 생각합니다.

스가야 전에 이란에 갔을 때 그쪽 테크노크라트가 이런 말을 했어요. "일본 경제를 짊어지고 있는 것은 미쓰이[三井], 미쓰비시[三菱], 스미토모[住友] 등 재벌이 아니다. 그 뒤에 수만이나 되는 중소기업이 지탱하고 있다." 일본은 대기업이 자꾸 성장하니까 중소기업은 불쌍하다고 합니다. 약간 사회 정책적인 의미를 포함하여 중소기업 대책이 있지만, 진짜 일본 경제의 지주는 중소기업이라는, 앞을 보는 사고방식이 나오지 않으면 안 되지요.

이어령 그 도쿠가와 바쿠후가 할 생각만 있었으면 일본 열도를 직접 모두 지배할 수 있었을 텐데 왜 분할 통치 방법을 택했는가. 그렇게 생각하면 일본의 기업도 중소기업처럼 나누어 고도성장의 꿈을 버리고 확대 지향이 얼마나 무서운가를 다시 한 번 응시할 시기라고 생각합니다.

스가야 그러므로 천 엔의 코스트로 만 엔의 물건이 팔린다면 만 엔으로 팔기로 하자, 그 대신 양을 늘리지 말고 그 가치를 인정받기로 하자는 사고방식이 작은 기업에서 나오고 있어요. 전에는 셰어share를 넓히라고 했던 것이, 지금은 2할을 넘으면 위험하다고 해요. 거래하는 중소 경

영자들의 사고방식이 달라져 가고 있습니다. 그런 의미
에서도 중견 또는 중견 이하의 기업을 재인식하는 움직
임이 증권계, 금융계에 일고 있어요. 물론 이것은 시간
이 좀 걸리는 일이겠지만요.

기능만으로는 상품이 팔리지 않는다

이어령 또 앞으로의 상품은 기능만으로는 안 되겠지요. 일본 상
      품을 가만히 들여다보면 장난감 같은 데가 있어요. 필요
      한 도구로만 쓰지 않고 재미와 정성을 곁들여 만든 점이
      있어요. 상품 자체가 매매의 대상이 되어 있지 않고, 마
      음 씀씀이를 매매하는 커뮤니케이션의 한 수단으로 되
      어 있어요.

스가야 그 말은 맞아요. 다실에서 사용되는 도구 하나를 보아도
      거기에 다도 정신이 나타나 있으니까요.

이어령 기능 이외에 미학적 요소, 놀이의 요소, 정신의 요소까
      지 깃들어 있어요. 그래서 일본인은 도구를 쉽게 버리지
      않아요. 마모, 소모되는 것을 인간이라고 생각해요. 쓸
      모가 없어지면 '수고했어요'라고 말하기도 하고.

스가야 (웃음)

이어령 이것이 일본의 강점이에요. 그러므로 로봇도 영국인은

'로보테리'라고 해요. 이것은 '로봇 놈'이라는 뜻으로 마치 노예를 부르는 어조예요. 미국인은 '로보틱스'라 하여 단지 도구로만 생각합니다. 그러면 일본인은 무엇이라 부르냐 하면 '로봇 상(씨)'이라고 해요. 즉 로봇이 인간적 커뮤니케이션으로 만들어집니다. 이렇게 인간과 커뮤니케이트할 수 있는 기계, 상품을 만들어가는 것이 일본의 새로운 산업의 생활 방식이라고 생각해요.

스가야 즉 일본인이 지금까지 해온 접는 우산, 붓처럼 정성스러움을 상품에 깃들게 하라는 거지요.

이어령 네, 일본 상품을 가만히 들여다보면 만든 사람의 섬세한 손을 느낄 수 있어요. 참 여기까지 잘도 신경을 썼구나 하고……. 반일 감정이 강한 한국인도 일본에서 여러 가지 상품을 사 가요. 그러고는 감정이 좋지 않으니까 '일본인은 정말 얄밉다. 이렇게 만들어놓고 남이 사지 않을 수 없게 한다'고 말하면서도 승복하고 맙니다. 이런 점이 세상에서 강하다고 생각합니다.

스가야 고품질 저가격이란 일본에만 있는 세일즈 포인트가 아니니까요.

이어령 일본의 경우 거기에 플러스 알파, 즉 정성이 깃들어 있으니까요. 예를 들면, 테이프리코더에 붙이는 마그네틱 같은 것을 보면 그것은 안에 장치하는 것이니까 반짝반짝 빛나지 않아도 되는데 중소기업이 납품할 때는 외경이 깨끗하지 않으면 불합격이 돼요.

스가야 그것은 그만큼 일본의 마켓이 까다롭다는 뜻이에요. 일본의 특징인지는 몰라도.

바쇼[芭蕉]·부손[蕪村]의 정신을 경영에 살리다

이어령 그러므로 일본의 비즈니스, 상품 제작은 인간을 기본으로 한 경영, 인간을 기초로 하여 만든 것이에요. 그것은 하이쿠의 마음으로 물건을 만드는 것과 마찬가지예요. 마쓰오 바쇼[松尾芭蕉], 요사 부손[與謝蕪村]이 공장장이나 사장이 되어 상품을 만들면 불경기나 불황도 반드시 타개되리라 생각됩니다. 시가詩歌에는 반드시 애정이 깃들어 있으니까요. 무역 마찰도 경영자가 만약 하이쿠를 만드는 아름다운 마음으로 물건을 만들고 경영했다면 반드시 해소될 것이에요. 왜냐하면 그것은 바쇼나 부손의 유니크한 발상에 있기 때문이에요.

스가야 그 말은?

이어령 바쇼의 '오래된 연못 개구리 뛰어드는 물소리[古池や蛙飛び込む水の音]'란 것이 있지요. 지금까지의 개구리란 중국 시에서나 한국 시 또 일본의 와카에서나 모두 울고 있었어요. 몇천 명, 몇만 명이 개구리란 그저 우는 것이라고 집착했었는데 풍덩 하고 물에 뛰어든 소리를 들은 사람은 바쇼 단 한 사람뿐이었죠. 또 부손의 '범종에 앉아서 잠자는 나비로구나[釣鍾に止りて眠る胡蝶かな]'가 있어요. 이것은 세계에서도 아주 드물어요. 나비는 반드시 꽃이나 초목에 앉는 법인데, 범종같이 무겁고 게다가 생명체도 아닌 것에 앉아 있다는 발상은 좀 떠올리기 어려워요.

이것들을 기업에 적용시켜 보면 라디카세라든지 메카트로닉스같이 전연 다른 기능을 짝지어가는 데 통하고 있어요. 이 방법은 새로운 무엇을 만드는 것이 아니라, A의 기능에서 B의 기능으로 개조한다든지, 원래 모순되는 A와 B를 붙여서 지금까지 없었던 새로운 것을 보이는 것입니다.

스가야　이른바 고정관념의 타파군요. '3에서 5를 빼면 몇인가' 하고 물으면 소학생은 '제로'라고 답합니다. 중학생은 '그건 틀렸어, 마이너스 2다'라고 할 거고요. 그런데 잘 생각해 보면 제로인지도 모릅니다. 다만 우리는 마이너스 2라고 배웠기 때문에 그대로 답하고 마는 것이지요. 즉 마이너스 2라는 고정관념에 사로잡혀서는 안 되는 거지요.

이어령　그렇죠. 현재 일본에서는 이전의 고도성장 시대에 이룩된 플러스 요인이 마이너스로 향하고 있어요. 그 위험성을 한 사람 한 사람 컨트롤하고 체크하기 위해서는 이러한 문화론과 비즈니스가 손을 잡을 필요가 있는 것입니다. 지금은 경제를 경제 자체에서 해결하거나 정치 자체에서 해결할 시대가 아니에요. 그러므로 경제의 모퉁이에 대해서도 철학, 문학, 과학 등 종합적인 눈이 필요하다고 생각합니다.

그리고 그 가운데서 개성 있는 상품을 생산한다. 예를 들면 골프 볼이나 타이프라이터 등도 그렇습니다. 그것이 그저 막연히 글자를 찍는 기계가 아니라 피아노를 치는 것 같은 기분을 느끼게 하는 것이라면 오히려 타이피스트 쪽에서 돈을 내고라도 좀 치게 해주세요 하고 올지도 몰라요.

스가야 (웃음) 그런 것을 만들려면 모든 분야에서 사물을 보는 눈이 필요하니까요.

이어령 네, 복안複眼적 지향이 필요합니다.

스가야 일본의 경영자 자신도 그런 느낌을 가지기 시작했어요.

이어령 근래 수년 내 한국에도 외국 기업이 많이 들어오고 있으나, 문화를 어떻게 이해하는가, 이것이 없으면 아무리 사업을 해도 잘되지 않을 거예요. 그러므로 비즈니스맨은 참된 문화론자가 되지 않으면 안 된다고 생각해요.

스가야 상대방에게 상품을 판다는 것은 상대편 마음을 이해한
      다는 것이니까요.

이어령 또 지금까지 일본은 구미에만 눈을 돌려 생각해 왔는데,
      동아시아 문화권을 보면 일본뿐만 아니라 다른 나라도
      빠른 속도로 신장하고 있어요.

스가야 정말 어떻게 되어가는 건지 모르겠어요. 앵글로색슨도
      독일도 잘 안되어가는 것 같아요.

이어령 퍼킨스라는 사람의 역사 법칙에 따르면 이 세상은 원래
      유럽과 아시아가 중심이었어요. 그리고 아시아가 강했
      을 때는 유럽이 약해서 화약, 종이 등의 기술은 모두 중
      국에서 얻었어요. 그런데 서양이 르네상스라든지 산업
      혁명으로 강해지자 이번에는 아시아가 약해졌어요. 이
      런 커다란 몇백 년의 물결로 인해 양자가 올라갔다 내려
      왔다 하더니, 유럽은 산업혁명을 정점으로 하여 내리막
      길로 향하고, 반대로 아시아는 점점 올라가 21세기에는
      아시아의 시대가 온다고 해요.

아시아는 '대동아 공멸론大東亞共滅論'으로부터

스가야 정말 그런 느낌이 드는군요. 아시아 제국의 대두는 눈부
      신 점도 있고.

이어령 　내가 한국인이기 때문에 말씀드리는 것은 아니지만, 21세기의 아시아 시대란, 일본 자체가 일본 나라에서 조금 확대된 동아시아적 발상을 갖는 일이라고 생각합니다. 다만 그것은 전쟁 중의 대동아 공영권이 아니라 '대동아 공멸론', 공영권이라고 했기 때문에 그 당시는 모두 속는 것이 아닌가 하고 생각했지만 '당신이 죽을 때는 같이 죽어준다', '같이 손해 보아준다'라고 하면 모두 따라와 줄 거예요. 이거야말로 참된 사랑이지요. 공멸共滅이라고 하면 거짓이 없으니까요(웃음).

스가야 　훨씬 이전 미국에 갔을 때 '일본은 아시아에서 모든 사람의 지도자 노릇을 해야 한다'는 말을 들었어요. 그때 우리는 '천만에요'라고 답했어요. 그 이유는 또다시 아시아에서 일본이 리드하게 되면 또 몰매를 맞을 거라고 생각했기 때문이지요. 그런데 미국인은 그 반대예요. '그 생각은 비겁하다. 에고이즘이다. 일본만 좋으면 된다는 생각에서 나왔다. 역시 아시아 전체에 대해서 오픈 마인드하지 않으면 이윽고 괴로움을 당할 거다'라는 말을 들었어요. 그것이 분명 쇼와 45년이었어요.

이어령 　또 건곤일척乾坤一擲[イチカバチカ]의 직절전법直截戰法이 있지요. 아카호로시[赤穂浪士] 47인은 일본에서는 미담인지 몰라도, 성을 재건하기 위한 할복이라면 좋지만 그저 원

한을 위해 47명이 죽는다는 그 전법은 위험해요. 위기를 극복하는 시대에서는 가장 나쁜 전법이에요. 일본인은 마이너스 부분으로 가면 곧장 그렇게 되고 말아요.

스가야 한 장 바위의 약함이지요. 그것과 반대인 것이 자민당인데, 실패해도 당 전체가 쓰러지지 않고 파벌만 없어진다 이거예요. 마치 문어 다리같이……

이어령 그러므로 동아시아에 정신적 루트의 문화권이 만들어져서, 오래된 아픈 상처를 잡아 그것이 플러스 방면으로 향하면 21세기는 확실히 아시아의 시대가 되지만, 일본이 만일 여기서 자기의 이익이나 일본인 자신의 '화'만 생각한다면 이민족異民族과는 공존할 수 없는 민족이라는 것이 세상에 알려져서 일본은 반드시 고립할 염려가 생길 것입니다.

스가야 그때는 1980년대의 위기를 극복할 수도 없고, 21세기의 아시아, 일본이 운산무소雲散霧消되어 버리고 말겠지요.(이어령, 『한국과 일본과의 거리』, 삼성출판사, 1986.)

'축소' 문화의 가능성

대담자: 요시무라 데이지[吉村貞司]

『축소지향의 일본인』에 대한 반응

요시무라 이 선생님이 『축소지향의 일본인』을 쓰신 참된 목적은
어디에 있습니까? 나는 어쩐지 독자들에게 제대로 전달
되지 않았다는 생각이 드는데요.

이어령 '호기심'이라는 말은 원래 좋은 말이었는데, 영국에서는
나쁜 뉘앙스로 그 말이 사용되어 매튜 아널드는 그것을
한탄했었어요. 마찬가지로 일본에서도 작은 것, 단순한
것, '축소'된 것 등은 원래 좋은 것이었으며 또한 그것에
아름다움과 편리함과 힘이 있었는데, 요새 일본 사람들
은 그것을 하찮은 것으로 생각해 버리고 말았어요.

   세이쇼 나곤이 「마쿠라노소시[枕草子]」에서 '무엇이든
무엇이든 작은 것은 모두 아름답다'고 쓴 것이라든지,
정원·분재·에도 소품들을 만든 일본 사람들의 전통적
인 마음이, 거대주의·확장주의의 구미주의와 접촉하는

과정에서 점점 상실되어, 지금은 반대로 거대한 것이 좋다는 풍조로 바뀐 것이 아닌가 나는 생각해요.

요시무라 이 선생님 책의 본질론적인 문제가 아닌, 남의 말꼬리를 잡고 헐뜯는 식의 비판이 매우 많아요. 또한 일본의 정치적·경제적 위기론으로 받아들이고 있는 것도 많은데, 이 선생님이 노린 점이 그것만은 아니겠지요.

이어령 네, 나는 그 책에서 문화적 보기(例)를 하나하나 나열하려 한 것이 아니라 일본 문화의 한 '체계'를 쓰려고 한 것입니다. 즉 하나의 문화적 예가 언어에 나타나거나 또는 어느 미적 세계나 여러 가지 레벨에 나타난 현상을 하나의 패러다임으로 잡으려고 한 것입니다.

그런데 전반적인 체계 그 자체에 대한 반론·비판이 아니고, 하나하나 예를 들어 일본에도 이렇게 큰 것이 많다, 도다이지東大寺도 있고, 큰 탱커도 만든다는 등의 반론이 나왔습니다. 어느 나라 문화에나 큰 것과 작은 것이 있습니다. 다만 내가 하려고 한 말은 '지향志向'이라는 단어에서도 알 수 있듯이, 일본 문화는 대소 어느 쪽에 보다 특징이 나타나 있는가 하는 것입니다. 가령 '왼손잡이'라고 하면 오른손이 없다는 뜻이 아닙니다. 왼손도 오른손도 다 있기는 있는데, 왼손잡이는 오른손보다 주로 왼손의 기능이 더 좋다는 그런 얘기지요. 전체를 안 읽고 극소 부분만 읽고 평한다는 그 반론 자체가 '축소' 지향의 산 예이겠군요……(웃음).

요시무라 이 선생님의 논점은 문화의 본질적인 얘기인데, 사람들은 그저 표피表皮에 국한하고 말기 때문에 매우 얄팍한 것이 되어버립니다. 모든 표피는 아무렇게나 해석되어 버리지만, 그러한 차원에 빠져들어 교묘하게 피하고 맙니다. 왜, 레슬링에서 링 밖으로 피해 버리는 게 있지요……(웃음).

이어령 일본 사무라이의 전법은 정면으로 도전을 받아 싸우는 게 아니라 상대방의 허점을 노린다고 하지요. 구미의 레슬링이나 복싱은 힘과 힘의 싸움이지만, 반대로 일본에서는 이노시시무샤[猪武者](돌진만 하고 적당할 때 물러설 줄 모르는 사무라이)라 하여 멸시당합니다.

내가 그 책을 쓴 것은, 한두 가지 예를 보고 '과연 그렇구나' 하고 긍정하거나 '이것은 틀렸구나' 하고 지적하려 한 것이 아니라, 문화 구조를 이런 방식으로 잘라 본다면 어떠한 일본 문화의 나뭇결이 나타날 것인가 하는 얘기를 하고 싶었던 것입니다. 한 그루의 나무를 세로로 자르면 나뭇결은 직선으로 나타날 것이며 가로로 자르면 둥근 나뭇결이 됩니다. 비스듬히 자르면 타원형이 됩니다. 지금까지 여러 사람이 일본론을 썼는데 그것은 그 사람이 자른 문화의 한 나뭇결입니다. 그러므로 그 자르는 방식에 논의의 화살을 쏘아야 하겠지요…….

요시무라 같은 차원에서 승패를 겨루지 못하고 자기가 편리한 대로 슬금 슬쩍해 버리고 만다면 일본의 참다운 문화론은 발달되지 못하리라고 생각합니다.

이어령 도이[土居健郞] 교수의 『아마에[甘ぇ]의 구조』를 읽고 '우리 애는 그다지 응석 부리지 않습니다. 그러므로 일본인의 캐릭터를 아마에라고 규정짓는 것은 잘못입니다'라고 한다든지, 베네딕트의 『국화와 칼』을 읽고 일본에서 인정·의리가 없는 역사적 인물을 예로 들어 반박한다면 그것은 전혀 문화론이 될 수 없습니다.

　또 한 가지 이상한 반응이 있었어요. 나는 그 책에서 여러 가지 레벨, 예를 들면 언어의 레벨, 미의 레벨, 경제의 레벨 등과의 사이에 어떠한 공통적 요소가 있는가, 즉 눈에 보이지 않는 횡적 사슬을 더듬으려고 한 것입니다.

　그런데 주로 화제에 오르는 것은 언어의 레벨도 아니고 미의 레벨도 아닙니다. 주로 현실적인 마찰이나 일본적 경영 등 내가 마지막 장에 잠깐 언급한 것들입니다.

　'일본에는 사무라이 문화의 전통이 있어 그것이 대동아 전쟁이라는 형태로 나타났다가 실패했다. 그래서 이번에는 시정市町 상인 문화가 시작되어 일본을 경제 대국으로 밀어 올려 옛적 군사 대국처럼 온 세계 사람들을 놀라게 했다. 그러나 사무라이 문화처럼 이 상인 문화도 어쩐지 갈 데까지 가버린 느낌이 든다.' 일본이 새로운 카드로 가지고 있는 나머지 전통은 꽃꽂이, 이시니와[石庭] 등을 만든 아미[阿彌]들, 도보슈[同朋衆] 문화입니다. 가미카제 특공대나 맹렬 사원의 '일벌[蜂]'이 아니라, 세계를 참으로 놀라게 하는 일본 문화란 바로 이것입니다.

그 책 마지막에 「가레노[桔野]의 배」 얘기—거목을 잘라 배를 만들었고, 그 배를 부수어 고토[琴]를 만든 얘기—를 썼는데, 그것이 '칼[刀]의 문화'로부터 '주판 문화'를 거쳐 '고토(거문고)의 문화'로 옮아가지 않으면 안 된다는 일본 문화의 필연성을 지적했던 것입니다. 아이로니컬하게도 '고토 문화'는 완전히 사라져버리고, 타다 남은 배의 재와 같은 경제 문제만 문제가 되고 있는 것 같습니다.

요시무라 일본 문화의 본연의 자세가 어느 지점에서 매우 뒤틀려 버린 것이 아닐까요. 자기 자신을 보는 걸 피하고 될수록 뒤따라가서 앞지르자고 서두르니, 따라잡힐 사람의 등만 본 문화이기 때문에 인간을 바로 보는 힘이 없어진 것이 아닌가 생각됩니다.

한국의 비원秘苑과 일본의 자연

요시무라 그런데 나는 한국의 비원을 아주 좋아했는데, 작년 방한해서는 참으로 실망했습니다. 구석구석마다 일본의 공원이나 유원지처럼 인공적으로 꾸며놓았으며 길도 정비되었어요. 옛날에는 느긋하게 걸으면서 자연에 파묻힐 수 있었는데, 지금은 그것이 없어져가고 있어요.

이어령 현대 문명에서는 어느 나라나 '브루투스여 너도 역시 그런가'라는 외침이 나옵니다(웃음). 현대인의 손이 닿으면 비원의 자연도 인공적으로 변하고 유원지화되는군요. 그러니까 외국인이 비원을 보고, '한국이여, 너도 역시 그런가' 하고 현대화·문명화에 대한 심한 실망을 느끼는 것도 당연하지요. 그러나 세계는 지금 아프리카 오지까지 유원지화되려 하고 있습니다. 그러면 유원지화된 자연과 참된 미를 가진 정원과는 어떻게 다른가를 살펴보면, 한국과 일본의 미적 전통의 모습을 볼 수 있지 않을까 생각합니다만.

요시무라 내 친구 중에 나카니시[中西悟堂]라는 사람이 있어요. '새를 잡아서 연구하는 것은 재미없다. 자연 속에서 살아 있는 모습을 연구하자'는 운동을 일으킨 사람이에요. 그는 이시카와켄[石川縣]의 자연 국립공원 조성을 의뢰받았을 때, 자기가 맡아도 좋지만 그곳에 자동차 길이나 관

광 시설을 절대로 만들지 않겠다는 약속을 해달라고 했
어요.

'국립공원이 되면 반드시 유원지화해서 자동차가 들
어온다. 그러면 공해 때문에 나무숲이 병들어 새가 살
수 없게 된다. 내 약속만 지켜지면 백 년이 지난 다음,
참으로 일본의 자연이 보고 싶으면 이시카와켄의 하쿠
산[白山]이나 다테야마[立山]의 자연공원을 찾아라. 그 밖
의 것은 모두 못쓰게 된다'는 얘기를 들은 적이 있어요.

이어령　유원지화된 자연이란 상업화된 자연이에요. 그 자연은
인간 정신에 아무것도 탄생시킬 수 없습니다. 정원이 아
니더라도 인간이 자연과 직면했을 때 자연은 여러 가지
것을 인간에게 탄생시켜 온 것이에요. 그러나 유원지는
자연을 이용하여 놀이의 대상으로 변조시키고 마니까
거기에 남는 것은 피로감뿐입니다.

내가 일본에 와서 실망한 것은, 료안지[龍安寺]의 이시
니와나 가쓰라리큐의 정원 등 인공적 자연은 그 원형을
훌륭하게 유지하고 있는데, 그 정원을 낳은 모체인 자
연은 파괴되어 가고 있는 것이었습니다. 예를 들면, 세
토나이카이[瀬戸內海]의 자연을 콤비나트와 석유 공장이
하나 가득 채우고 있어요. 풍경을 완전히 파괴하고 있
어요. 그것은 어느 나라나 있는 일이지만, 내가 재미있

게 생각한 것은 세토나이카이 관광 안내서에 '와시우산[鷲羽山]에서 스카이라인을 따라가면 거대한 공장 지대의 장대한 풍경을 보는 것도 즐거움의 하나'라고 써진 것을 보았을 때입니다. 세토나이카이에 공장을 짓는 것도 어쩔 수 없는 현대의 생활이겠지요. 다만 그것을 자연의 추한 파괴로 보지 않고 일본 사람은 구경거리로 선전합니다. 그때 나는 가쓰라리큐의 정원을 바라보는 그 델리케이트한 눈과, 자연 파괴의 추한 공장을 홀린 듯이 바라보는 또 하나의 눈, 이 극단적인 두 개의 눈이 아무래도 이상해서 혼났어요.

요시무라 아니, 일본 사람은 정말은 자연을 매우 좋아합니다. 그러나 낮은 차원의 경제적 발달을 필요악으로 하여 종내는 악이 악으로 보이지도 않게 되었어요. 가와바타 야스나리[川端康成]는 커다란 나무를 보면 '나무를 자르지 마라. 나무를 자르지 마라'고 언제나 주문처럼 외고 다녔다고 하는데, 큰 나무가 없어진다는 것은 자연이 없어진다는 것이지요. 그런데 그런 사람의 말은 지금의 일본에서는 힘이 안 되지요.

이어령 나무 그 자체가 완성된 하나의 자연입니다. 나는 일본의 회유식回遊式 정원을 보고 언제나 생각합니다만, 한국의 비원에는 원래 순로順路라는 것이 없었지만 일본의 회유식 정원에는 반드시 순로 1, 2, 3이 있어요.

요시무라 그렇다고는 하지만 회유식 정원, 특히 다이묘가 만든 것에는 별로 좋은 것이 없는데요.

이어령 좋고 나쁜 것은 그만두고라도, 거기에 순로가 있다는 것은 어느 한 시점, 인위적인 의도가 있다는 것이에요. 그런데 비원의 재미있는 점은 순로가 없다는 것으로, 비원을 걷고 있으면 별안간 길이 없어져 버려요. 나는 젊었을 때 그것을 보고 놀랐는데, 걷던 지금까지의 목적이 단절되면 돌연히 거기에 자연이 나타나는 것입니다. 길을 걷고 있을 때는 자연을 볼 수 없는데, 길을 잃었을 때 비로소 나무가 있고, 풀이 있고, 꽃과 새가 있어 자연이 나타나는 것입니다.

요시무라 그것은 정말 잘 알아요. 길이 없어지면 아름다워진다, 다람쥐가 슬쩍 지나가고 그 다람쥐가 귀여웠다는 기억이 납니다. 그런데 지금의 비원에는 그 다람쥐가 없어요.

이어령 일본 정원은 아름답지만 너무나도 시점視點을 중시하고 있어요. 관광 안내서에는 이 정원은 이 위치에서 보는 것이 가장 좋다고 설명해요. 그래서 관광객은 정원을 쭉 보지 않고 한곳에 머물게 됩니다. 역시 일본의 미는 한국의 미와 비교해 보면 인공적인 요소가 많은 것 같습니다.

슈가쿠인修學院의 미美

요시무라 회유식 정원은 이시니와가 나온 다음 나온 것이지만, 이
것은 사무라이 문화예요. 그리고 사무라이 문화라는 것
은 미와 가장 소원疏遠합니다. 일본식 문화뿐으로 가장
마땅치 않아요. 부르너 타우트나 그로퓨스가 칭찬했다
고 하여 가쓰라[桂] 정원이 좋다고들 하지만, 아마 그들
이 정말은 일본의 정원을 몰랐다고 해도 과언이 아니에
요. 나는 가쓰라보다 슈가쿠인이 좋다고 생각해요. 슈가
쿠인의 회유의 방식이 어떻다는 것이 아니라, 위쪽 인운
정隣雲亭에서 보면 우주 전체를 싸안은 듯한 커다란 퍼짐
을 가지고 있다는 것이에요. 그러면서 도코노마床の間(바
닥을 한층 높게 만든 곳)도 없는 좁은 방을 일부러 만들어 우주
적 공간을 맛볼 수 있게 했어요. 게다가 인운정으로 가
는 데 매우 어둡고 좁은 곳을 지나게 되어 있어요. 아무
래도 이것은 태내胎內를 빠져나가는 듯한 하나의 프렐류
드라고 생각합니다.

이어령 '축소' 문화는 작은 문화라는 뜻이 아니라 사실은 '축소
시키면' 반대로 커져요. '작은 거인'이며 역설적이에요.
일본의 정원이나 다실은 좁고 작게 보이지만 그 속에 들
어가면 우주의 공간이 있어요. 슈가쿠인의 우에노오차
야[上御茶室]의 다실에서는 제일 넓게 전망할 수 있어 건

너편 산의 차경借景까지 나오지만, 그 다실에는 작은 창이 뒤쪽에 있어요. 거기서 보면 실물보다 더 깊고 넓게 퍼져 있는 골짜기를 볼 수 있어요.

요시무라 가쓰라 정원이 왜 안 좋은가 하면, 처음에는 교토 주위 산에서부터 요도가와[淀川] 쪽까지 모두 바라볼 수 있는 차경적 정원이었어요. 그런데 고보리 엔슈[小堀遠州] 계통의 사람이 들어와 일을 시작하자 일부러 둘레를 둘러 매우 작아졌어요. 엔슈계의 테크닉은 잘 알지만 앞의 플랜과 나중의 플랜이 뒤섞여 넓은 듯하면서도 좁은 정원이에요. 돌아보면 새겨진 듯한 부분적 점경만 눈에 띄고, 나는 그것이 최상이 아니라고 점점 생각하게 되었어요.

그런데 슈가쿠인 정원은 마치 비원과 통하는 점이 있어요. 여러 가지 조사해 보니까 슈가쿠인은 고미즈노오[後水尾] 천황이 스스로 디자인할 수 없으므로 모두 모형을 만들어 그 모형을 사람에게 외게 하여 바위 놓는 법, 나무 심는 법들을 지시했거든요. 그러므로 완전히 인공적이에요. 그런데 인공의 극치이면서 적어도 인공을 느끼게 하지 않아요. 부분적으로는 여러 가지 문제가 있어도 정말로 자연 속을 걷고 있는 느낌이 들어요. 이것이 슈가쿠인 정원의 좋은 점이며, 그 속에 일본의 미의식美意識이 있다고 나는 생각합니다.

이어령   그런데 일본의 정원은 자연을 이념화한 것이 아니며, 자
          연으로부터 어떤 다른 것을 만들어낸 것도 아니고, 자연
          그 자체를 축소하여 바꿔치기 한 또 하나의 자연이라고
          나는 생각합니다. 그래서 왜 일본인은 그런 정원을 만들
          었는가 하면, 역시 일본의 편리주의적인 이른바 저패니
          즈 프래그머티즘이 있었던 것이 아닐까요?

          말하자면 있는 그대로의 자연이란 불편합니다. 거기
          에는 정돈되지 않은 갖가지 무질서한 것도 있어서 인
          간이 들어가도 결코 자연은 다정하지 않습니다. 그래
          서 인간이 지배할 수 있는 형태로 끌어와 생활에 이용
          할 수 있는 자연으로 만든 자연이 가장 안전합니다. 게
          다가 '정원은 자연의 에센스만을 구비하고 있기 때문에
          자연을 인간화하여 살릴 수 있다. 그러므로 세상을 버리
          고 은둔하지 않더라도 도시 안의 다실에서 자연 속에 있
          듯이 자연을 즐길 수가 있다'는 일본적 프래그머티즘에
          서 그 정원이라는 것이 생겨난 게 아닐까요? 일부러 자
          연을 찾아 나서지 않더라도 24시간 즐길 수 있는 자연을
          자기 곁에 끌어올 수 있다는 것이 일본 문화의 있는 그
          대로의 모습이라고 나는 생각합니다. 우리가 산속에서
          살지 않는 한 24시간 자연을 사랑할 수는 없지만, 자기
          가까이에 자연을 끌어오면 온종일 사랑할 수 있습니다.

서양 사람은 수요일과 일요일만 교회에 가지만, 일본 사람들처럼 집에다 가미다나[神棚](집 안에 신을 모셔놓은 감실)를 만들어두면 일부러 진자[神社]에 가지 않더라도 24시간 예배할 수 있는 것과 마찬가지예요. 그와 같이 현장에 가지 않더라도 이미테이트된 또는 축소된 자연이 곁에 있으면 그것을 즐길 수 있어요. 거기에 일본의 프래그머틱한 미가 있는 것이 아닐까요?

한국에서는 스님이 처를 거느리는 것은 절대 있을 수 없는 것이 보통인데, 일본에서는 출가[出家]라고 하면서 거의 대처[帶妻]하고 있어요. 그래서 한국에서는 결혼한 스님을 '일본 스님'이라고 하는데(웃음), 원리 원칙에 구애되지 않고 어떻게 현실에 편리한가, 현실적으로 어떤 형태로 자연이 존재하면 자기 자신에게 이익이 있는가, 그런 것을 생각하는 데에 한 일본적 사고가 있는 것이 아닐까요? 그렇게 생각해 보니 일본의 양면적 문화를 보는 것 같습니다.

공간과 계단

요시무라 정원이라는 것은 여러 가지 다층적인 것이 있다는 것이군요. 정원은 문화의 공간성을 나타내고 있는데, 한국과 일본의 공간성의 차이에 대해 얘기해 보기로 하지요.

이어령　일본의 공간은 수평선적 연관에서 이루어져 있는 것이 특색이라고 생각합니다. 예를 들면, 안채[母室]에서 다실로 가는 작은 길[露路]에는 나카구구리[中潜り](중문의 일종)가 있고, 도비이시[飛石](정원의 징검다리), 쓰쿠바이[蹲踞](다실 입구에 설치한 손 씻는 물그릇), 구쓰누기이시[沓脱石](신발을 벗어놓기 위해 놓은 평평한 돌), 니지리구치[躙口](무릎걸음으로 출입하는 작은 문) 등이 있어요. 들어가는 데 여러 개의 수평선을 끊고 있어요. 그리고 방에 들어가면 도코노마[床の間]와 호코라[祠堂] 등으로 나누어져 있어요. 그것에 비해, 수직선으로 위로 올라가는 구별은 별로 없는 것 같습니다.

요시무라　일본 건축의 기초가 되어 있는 것은 기둥을 세우는 것입니다. 서양 계통의 건축은, '우선 벽을 만들고 그 위에 천장을 바르고 마루를 깐다. 그 위에 또 벽을 만든다'는 겹쳐 쌓는 식이지요.

이어령　그래요. 바벨탑과 같이.

요시무라　탑이라는 것은 가장 민족적이라고 일컬어지는데, 한국의 탑은 모두 겹쳐 쌓는 식이지요. 일본의 경우 호류지[法隆寺]에 가보면 건물의 배치는 지금 말씀하신 것과 같이 재단된 수평식 구조이지만, 탑은 기둥이 맨 아래서부터 꼭대기까지 통했습니다.

이어령　확실히 일본에는 오중탑이라든지 수직선적 공간성인
　　　것이 있지만, 한 장소와 다른 장소를 수평적으로 연결하
　　　여 성스러운 것은 '높은' 곳보다 '안'쪽에 있지요. 그런
　　　데 한국의 장대한 석단 형식은 공간을 수직의 높이로 쪼
　　　개어 가는 공간선을 가지고 있어 그것이 계단입니다. 그
　　　러므로 일본의 계단은 그저 오른다는 기능을 충족시킬
　　　뿐이지만, 한국의 계단은 장식적으로 아름다운 심벌로
　　　서의 역할을 다하고 있어요.

요시무라　확실히 한국에 가보면 매우 아름답고 인상적인 계단이
　　　많이 있어요.

이어령　한국의 옛 건축을 살펴보면 고대광실高臺廣室이라 하여
　　　반드시 높이 만들고 또한 고저高低가 여러 가지 있어요.
　　　그 고저의 공간적 리듬을 잇는 것이 계단입니다. 그리고
　　　계단은 수평선적 공간에 있는 문으로, 계단을 한 단 한
　　　단 오른다는 것은 새로운 문을 열어간다는 것이에요. 그
　　　러므로 일본에서는 미지의 공간을 '여는 것'에서 새로운
　　　세계를, 한국에서는 공간을 '오르는 것'에서 새롭고 성
　　　스러운 공간을 볼 수 있는 것입니다.

요시무라　일본의 성城을 보면 야구라[櫓](성벽의 망루)에도 수직이라는
　　　것을 상당히 의식하고 있는데, 일상생활과는 다른 면에
　　　서 수직이 나타나 있어요.

이어령 내 책에서도 지적했는데요, 일본의 '축소' 지향이 가장 잘 나타나 있는 것이 일상생활이에요. 그러나 도노사마[殿樣]의 권력을 나타내는 성이나 종교적인 것은 크게 만들어요. 도리이[島居](신사의 입구에 세운 기둥문)도 크고 절도 큽니다. 즉 일본에서는 추상적인 것을 양으로 나타내고 권력적인 것, 종교적인 것, 비일상적인 것들은 크게 만들어요. 일본의 공간성은 원래 수평선적인데 절의 탑이나 성의 덴슈가쿠[天守閣]를 보면 수직 라인이에요. 여기서 내가 하고 싶은 말은 성의 경우 덴슈가쿠와 다른 건축물을 잇는 면에 왜 계단이 없는가 하는 점입니다.

히메지조[姬路城](근세, 酒井씨의 居城)를 보면 잘 알 수 있는데, 높이 올라가기 위해서 나와바리[繩張]를 빙빙 둘러서 갑니다. 한국이라면 반드시 계단을 만들어서 A와 B를 연결시키는 경우 공간의 단절이 있게 됩니다. 하늘로 향한 문이지요. 사람은 계단 하나하나를 오르면서 지상의 공간과 전혀 다른 초월의 공간을 향해 갑니다.

유럽에서도 수평선적 공간의 자름은 그다지 없으며, 로마 광장이던가 미켈란젤로가 디자인한 계단 따위는 수직선만을 사용했기 때문에 그대로 종교적인 의미를 가진 것이 되었다고 봅니다. 일본에는 아름다운 탑이나 덴슈가쿠 같은 하늘을 찌르는 건축도 여럿 있는데, 왜 계단의 아름다움은 발견할 수 없는지 생각하게 되는군요.

일본 문화에서의 '사물'

이어령   그래서 이것은 일본 문화의 장점이며 동시에 약점도 되
        는데, 일본인은 초월적인 것, 인간에게 알려져 있지 않
        은 것에 대해 냉담해요. 한국도 현세 이익의 경향이 강
        한 나라지만 일본보다는 초월적인 데가 있어요. 일본 사
        람은 현세적이므로 일본의 미의 뒷면에는 항상 죽음의
        그림자가 붙어 있어요. 나는 일본인이 아름답다는 것을
        보면 직관적으로 섬뜩합니다.

요시무라 네, 그것은 압니다.

이어령   그러므로 죽음을 넘어섰을 때 미가 나타나고, 철학이 탄
        생되고, 종교가 생기는 게 아니라, 일본은 죽음을 미적
        인 것으로 치장하지요. 가위로 뿌리를 잘린 생화나, 오
        하구로(결혼한 여자가 이를 검게 물들인 에도 시대의 풍습)를 한 미인
        의 얼굴을 보면 셋부쿠[切腹](할복자살) 하는 사무라이만이
        죽음과 연결된 것이 아니라 일본인 전체의 생명이 죽음
        의 미학과 밀접하게 연결되어 있다고 생각합니다.
            한편 한국에서는 좋은 것과 아름다운 것을 구별하지
        않아요. 반드시라고 할 정도로 미는 윤리적인 것으로 변

역됩니다. 예를 들면, 어린이들이 훌륭한 일을 하면 '너는 참으로 좋은 아이다'라고 하지 않고 '너는 참으로 예쁘다'라고 합니다. 이 '예쁘다'라는 개념과 좋은 것의 개념이 겹쳐진 거지요. 중국이나 한국의 문학에서 국화는 서리에 견딘다는 차원에서 읊어지고 있지만, 일본에서는 반대로 용감하게 산화하는 벚꽃을 무사도의 차원으로 보아, 야마다 요시오[山田孝雄]의 주장과 같이 오히려 좋지 않은 것으로 간주되고 있지요. 그러므로 동아시아 문화권에서 이념적 사고를 하지 않은 일본에서 심미주의적 문화가 싹텄다고 해도 좋겠지요. 한국의 선비 문화가 '언어' 중심의 관념적 문화라고 한다면, 일본의 그것은 '사물' 중심의 미적 문화라 할 수 있지 않을까요?

요시무라 '사물' 중심이라면?

이어령 일본인은 언어(관념)로 사고하지 않습니다. 히브리어로 '로고스=언어'인데, 일본에서는 '태초에 언어가 있었도다'가 아니고 처음에 '사물'이 있었다입니다. 예를 들면 일본의 미 가운데 '와비', '사비'라는 것은 언어로 나타낼 수 없어서 밥공기 모양으로 표현하거나 다실의 공간과 관습에 의해 비로소 파악이 가능합니다. 따라서, 매클리시(미국의 시인, 극작가)의 '시는 의미가 아니라 사물 자체다[Should not mean but be]'라고 한 유명한 '시'의 정의를

'저패니즈 컬처'에 환기시키면 일본 문화의 정의가 되리라 생각합니다. 일본 문화는 '의미하는 것'이 아니라 '존재하는 사물 자체'입니다. 실제로 일본에서는 심리적 언어에 반드시 '사물[物]'을 넣는 습관이 있다고 봐요. 모노타리나이物足りない(어딘가 부족하다), 모노사비시이物淋しい(어쩐지 쓸쓸하다), 모노메즈라시이物珍しい(어딘지 신기하다), 모노노아와레物の哀れ(어쩐지 슬프게 느껴지는 일), …….

요시무라 모노[物]란 신화에도 나오는 거지요.

이어령 신도神道의 어신체御神體도 모두 사물[物]이지요.

요시무라 이자나기노미코토[伊弉諾尊](天神의 분부로 처음 일본을 다스렸다는 남자 신)가 이자나미노미코토[伊弉冉尊](이자나기노미코토의 아내)의 부패한 시체를 보았을 때 여신女神은 '당신은 내 마음을 보았다. 나도 당신의 마음을 보았다'고 말합니다. 추한 것을 상대방에게 보였다는 것은 '당신은 나의 마음을 보았다'는 것이 됩니다. 또 들킨 것은 '당신의 마음을 보았다'는 것이고 그러므로 '헤어집시다'라는 뜻이 됩니다. 말씀하신 바와 같이 하나의 모양으로 이루어진 것, 그것이 마음이군요.

이어령 내가 일본 전차를 타보고 깜짝 놀란 것은 만화책을 보는 사람이 많다는 것이었어요(웃음). 게다가 '갓코이이格好いい(멋지다, 근사하다)', '갓코와루이格好惡い(후지다)'라는 유행어를 사용하는 젊은 세대가 많다는 것이었어요. 만화도 갓코[恰好]도 모두 형태 문화지요. 그러나 관념이란 형태가 아니라 사물을 바라보는 시선인 것이에요. 그리고 시선이란 언제나 하나의 각도를 요구하지만, 사물은 360도 안에 있어요. 시선은 최대한도 180도여서 이면을 볼 수 없어요. 그러므로 시선의 문화는 표리로 나누어진 문화예요. 어느 위치에서 조각을 보면 모두 릴리프[浮彫]가 되지요. 릴리프란 180도의 조각입니다. 그러므로 시선의 문화는 릴리프의 문화여서 자기가 보고 싶은 것만 봅니다. 한편 사물이란 원래 표리가 없이 라운드예요. 돌에 앞뒤가 없듯이 나무에도 없어요. 인간이 이것은 표면이고 그것은 이면이라는 관념의 시선을 거기에 갖다 붙인 것에 불과해요. 그런데 일본의 아네사마[姉樣] 인형(색종이를 접어 새색시 모양으로 만든 인형)은 '이면을 앞면으로 하여 배치하라'고 하여 360도 보게 되며, 일본 여성의 기모노는 뒷면에 가장 화려한 오타이코무스비[御太鼓結](여자 옷의 띠를 매는 법의 일종)를 합니다(웃음). 기모노에 표리가 없기는커녕 이면을 더 치장하며 머리 뒤에 하나칸자시[花かんざし](꽃비녀)로 치장을 해요. 깃을 빼고 목덜미를 아름답게 보이기도 해요. 즉 일본 여성은 360도로 바라볼 수 있는 사물 그 자체예요.

일본의 대표적 불상만 보아도 타국의 부조浮彫와 달라서 환조丸彫가 많아요. 그러므로 후륜後輪은 금륜金輪을 붙일 수밖에 없어요. 사무라이의 전법을 보더라도 구미의 펜싱은 역시 180도적이어서 정면에서 찌르는데, 일본에서는 뒤에서도 찌르기 때문에 훌륭한 사무라이는 등 뒤도 지켜, 뒤에서 오는 적도 찌르지 않으면 안 됩니다. 그래서 일본에서는 마루[丸]의 개념이 발달했어요. 인간관계에서는 둘레[輪]를 넓힌다고 하지요. '마루'란 360도여서 일본의 미학적 공간의 원형은 그 '마루'에 있습니다. 왜냐하면 그것은 사물이 중심에 있기 때문입니다.

그러나 구미 문화는 자연을 서서 바라보는 시선의 문화이기 때문에 원근법이 있어요. 내가 보기 때문에 먼 것은 작고 가까운 것은 크게 보이지요. 그것은 360도 각도에서 보면 원근법의 의미가 없어져요. 한국도 거의 같지만, 일본 그림에는 헬리콥터를 타고 높은 데서 그린 듯한 그림이 많이 있지요.

요시무라 부감俯瞰 말이군요.

이어령 어디서 바라보고 그렸나 하고 시선을 찾아보면 360도 각도에서 본 것처럼 위로 올라가 있어요. 우리는 집을 동시에 사방에서 볼 수는 없어요. 표리를 함께 보기 위해서는 높이 오르지 않으면 안 됩니다. 그것은 고원법高

遠法이라 하여 일본 그림에서 볼 수 있습니다.

동양의 붓의 문화

요시무라 일본화 또는 한국, 중국의 회화는 먹으로 그리지요. 그 경우 그린 선이 윤곽만 있으면 안 되고 반드시 뒷면까지 그리지 않으면 완전하지 못하다 합니다. 그것이 일본 수묵의 철칙이지요.

이어령 미 중에서 가장 전형적인 것은 회화인데, 그 그림에 나타나 있는 일본·중국·한국의 문화적 아이덴티티는 붓의 문화라는 것이지요. 붓과 서양의 브러시를 보면 동양 문화와 서양 문화의 에센셜한 차이점이 이 두 가지에 분명히 나타나 있어요. 즉 그리는 것과 칠한다는 것의 차이점이지요.

　붓은 그리는 것이지 칠하는 게 아니지요. 내가 어렸을 때 습자 시간에 한 번 쓴 글 위에 좀 더 모양 좋게 하기 위해서 다시 수정하면 개칠改漆이라 하여 선생님께 꾸중을 들었어요. 아무리 못쓴 것이더라도 글씨란 한 번에 쓰는 것이지 절대 수정해서는 안 된다는 것이지요. 그림도 마찬가지여서 붓으로 그릴 때는 1회 승부지요. 그러나 오일 페인팅은 몇 번 수정해도 되며, 오히려 여러 번

칠하기 위해서 브러시가 있는 거지요. 그러므로 붓의 문화에서 탄생된 미는 유일회성唯一回性인 것으로 뒤에서 덧붙일 수 없어요. 인생도 마찬가지입니다. 붓으로 쓰는 경우 붓대 끝을 쥐고 쓰기 때문에 강약이 붓끝에 나타나는 거지요. 브러시에는 터치의 탄력밖에 없지만요.

요시무라 그렇지요.

이어령 그러나 붓은 부드럽기 때문에 자기 의사가 그 선에 나타나요. 그 플렉시블 때문에 붓대 끝을 쥐고 쓰는 겁니다.

한국에는 김정희金正喜라는 유명한 서예가가 있는데, 그 사람 말에 따르면 '글씨를 쓸 때 강약을 나타내기 위해 붓에 힘을 넣으려면 손가락에 힘을 주지 않으면 안 된다. 그러기 위해서는 손에, 그리고 어깨, 가슴, 배까지, 배에 힘을 넣으려면 그것을 받치고 있는 발에, 발에 힘을 넣으려면 지면에 닿은 발가락 끝에 힘을 주어 쓰지 않으면 안 된다'고 해요. 글씨건 그림이건 붓으로 선 하나를 그릴 때 땅에 닿은 발끝으로 전신을 받치면서 쓴다는 것이지요.

동양 문화 중 그것이 어떻게 소멸했느냐 하면 근세 사람일수록 붓대 끝을 잡지 않고 점점 내려와 아래를 쥐게 되었어요. 일본 서도쯤 되면 이미 손목만으로 쓰니까 전신의 힘의 라인이 나오지 않아요. 그리고 서양의 펜은 붓대가 없어지고 아래쪽 딱딱한 것만이 남은 것과 같으며, 볼펜 따위는 쓰는 사람의 의사의 강약에는 관계없이 펜 끝이 슬슬 미끄러져 버려요. 그러므로 붓이 볼펜으로 변천해 가는 과정은, 생명적인 동양의 미학이 기계적인 서양 문화에게 멸망당하는 것을 나타내고 있는 것과 같습니다. 요시무라 선생은 선을 그리는 그림이 이미 없어져 버렸다고 말씀하셨지요.

요시무라 그저 모양을 덧쓰는 듯한 선은 죽은 선이며, 몇 번이나 다시 칠하는 선은 안 됩니다. 반드시 산 선으로 그리지 않으면 안 됩니다. 최근 하쿠인[白隱](에도 시대 臨濟宗의 중)의 '본래무일물本來無一物'이라는 글을 보고 놀랐는데, 기필起筆에 힘을 주고 그리고는 뺀다, 또 마칠 때도 힘을 주었다가 뺀다는 통칙이 그에게는 없어요. 마치 통나무가 뒹굴뒹굴 굴러서 '本來'의 '本' 자가 되며 직선성이라고 생각합니다. 붓으로 제일 그리기 어려운 것은 직선이며 자기의 정력 전체로 종이에 도전하고 있어요. 먹을 듬뿍 찍은 붓으로 쓰기 때문에 종이가 저항해서 종이와 붓이 싸우기 시작한다, 그 싸움에 붓이 점점 지체하여 앞으로 나아가지 못한다. 그러면 먹이 종이에 스며들어 하나의 기세가 나오게 됩니다. 참으로 산 생명이 있는 듯한 선이 하쿠인에게는 있는 것이지요.

이어령 한국에서는 인간을 동경하는 것, 그립게 생각하는 것을 '그리다'라고 하는데, 그림 그리는 것도 '그리다'예요. 마음속에서 그리워하는 것도, 붓으로 그리는 것도 마찬가지로 생각했어요. 즉 마음을 나타내는 것이 붓이었어요. 그러므로 지금 선생님이 말씀하신 칠하는 게 아닌, 붓으로 그리는 것이 동양 문화의 공통성을 나타내는 '붓의 문화'이지요.

서양의 복싱과 일본의 가라테[空手], 한국의 태권도를 비교해 보면, 복싱은 여러 번 잽을 넣어 잽이 겹쳐서 KO가 돼요. 그것은 서양 유화油畵와 같은 것이지요. 유화는 점점 덧칠해 가는 도중에 KO 펀치가 나오는 것이지요(웃음). 그러나 일본화나 중국·한국의 묵화는 한꺼번에 일순간에 그리기 때문에, 가라테나 태권도가 일격으로 상대의 급소를 찌르는 것과 같아요. 일본의 검도와 서양의 펜싱의 차이점, 씨름과 레슬링의 차이점에 대해서도 같은 말을 할 수 있습니다. 전자는 대개 일순간에 승부가 결정되는데, 후자는 긴 시간 동안 여러 가지를 합니다. 그러므로 동양 문화에서의 미란 순간성인 것이어서 목숨을 건 승부[眞劍勝負]와 같이 정력이 한 점에 모였을 때 불꽃처럼 발화하는 것이지, 서양처럼 양적인 중복은 아닌 셈이지요.

일본미의 전통과 현대 문명

이어령 그러면 일본의 붓과 한국의 붓, 중국의 붓은 무엇이 다른가, 일본 미학의 독특성은 어디에 있는가가 문제인데, 나는 그것은 '來' 자가 되어 있다, 즉 그는 글씨를 쓰는 데 처음도 없고 끝도 없어서 직선은 자를 대고 볼펜으로 그리는 것이 제일 쉬워요. 그런데 셋슈[雪舟]의 겨울 경치를 보면…….

요시무라 〈추동산수秋冬山水〉의 겨울 경치 말이군요.

이어령 그것은 일본 병풍화에도 많은데, 붓과 같이 부드러운 것으로 그렸다고는 도저히 볼 수 없는 엄격한 직선이 쭉 흐르고 있어요. 나는 문외한이지만 한국이나 중국 그림에 그렇게 엄격한 직선이나 바위의 날카로운 선의 그림을 본 적이 없어요. 셋슈의 그림에만 칼로 자른 듯한 일본의 독특한 직선미가 있는 것이 아닐까요?

생텍쥐페리가 한 말인데, '자연은 직선을 싫어하는 법이다. 직선의 강이 있는가. 직선의 산길이 있는가. 인공적인 길은 직선으로 공간을 이으려고 하지만, 자연은 그것을 허용치 않는다. 그러므로 인간이 만든 길은 자연에 패배하여 꾸불꾸불 구부러져 있다. 그런데 인간이 길에서 실패한 직선을 문명으로써 복수한 것이 비행기다. 비행기야말로 직선으로 가는 길이며, 가장 인공적, 가장 비자연적인 문명은 비행기다'라고 말하고 있는 것과 같지요.

여기서 나는 생각했는데요, 동양의 붓 문화에, 서양에 이어지는 하나의 프런티어가 일본에 있다는 것입니다. 일본의 직선성은 동양에서 서로 통하는 나카구구리中潛り가 아닐까, 그것이 근대 이후 서양을 받아들인 일본의 재능에 이어지는 것이 아닐까 하고요.

요시무라 일본의 화가, 특히 에도 시대의 화가들은 스승으로부터 선을 긋는 것을 2년, 3년 걸려 배우고 있어요. 손으로 그었다고 생각되지 않을 정도의 선을 그려야 비로소 제 몫을 한다고 생각되었어요. 당나라 장언원張彦遠의 『역대명화기歷代名畫記』에 명인 오도현吳道玄은 언제든지 프리핸드로 직선을 그렸으며, 더구나 매우 동적인 힘이 충만해 있다고 써 있었는데, 그 전통이 일본에 흐른 것이라 생각됩니다.

이어령 그런데 일본 사람은 미적 센스가 있어 그것을 소중히 생각하고 있는데, 주로 생활과 관계가 없는 미에 대해서는 약간 둔한 것 같아요. 좀 생활과 연관이 있으면 매우 굉장한 미적 센스를 나타냅니다. 이러한 미적 센스의 전통이 관광 자원 이외에 지금의 일본과 어떠한 관계를 가지고 있는지 생각해 보기로 하지요.

내가 자주 말했는데요, 신주쿠[新宿] 역 앞에서 한두 시간 쭉 서 있으면 일본 전체의 지층地層이 보입니다. 동네별로 발가벗은 사람들이 오미코시[御神輿](가마)를 지고 돌아다닌다, 그 원시적인 마쓰리[祭]가 떠들썩한 옆에 파친코 가게가 있고 거기서 군함 행진곡이 흘러나온다. 노상에서는 우익 선전 자동차가 태평양 전쟁 시대의 낡은 군가를 연주하고 있고, 무슨 카메라인지 굉장한 상품 선전이 현대 상업주의를 북돋우어 자본주의가 한창입니다. 또 붉은 기를 든 정치 연설이 사회주의를 라우드스피커로 외쳐댄다, 한편 미래의 문명의 모습을 보여주는 듯한 초고층 빌딩군이 있는가 하면, 바로 옆의 서쪽 입구에서 동쪽 입구로 통하는 터널 같은 데는 마치 에도 시대의 나가야[長室] 같은 조그마한 가게가 쭉 늘어서 있어요.

이 중층적重層的 문화를 꿰뚫는 하나의 축대를 가질 수 있는가 없는가에 따라 앞으로의 일본의 미래가 좌우된다고 생각합니다. '나팔꽃에 두레박 빼앗기고 물 얻으러 간다[朝顔につるべ取られてもらい水]'라고 노래해 실리적 생활보다 미(美)를 중시한 일본인은 오늘날 이코노믹 애니멀이라고 세계에서 손가락질을 받고 있습니다. 도대체 일본의 미는 어디로 갔을까요. 무역 마찰을 일으키고 있는 지금의 상인 문화와 태평양 전쟁 시대의 사무라이 문화

의 비극은 일본의 미를 문화의 중심에서부터 버리고 말았기 때문입니다. 벚꽃은 군국주의에 이용당하고 오늘의 상업주의에 팔려버리고 말았기 때문에 벚꽃에도 가시가 있었어요. 지금 내가 일본 문화에 기대하는 것은 '노[能](일본의 대표적인 가면 음악극)'의 '마키기누[卷絹]'에 나타난 '늦게 온 사자使者'에 있어요. 그 내용은 '일본 각지로부터 신에게 헌납할 마키기누를 들고 모이라는 신의 분부가 있었다. 그런데 도읍지로부터의 사자가 정해진 날짜에 도착하지 못했다. 오는 도중 매화의 아름다움에 정신이 팔려 노래를 읊다 보니 늦어졌다. 그래서 사자는 잡히고 말았는데, 무녀로 모습을 바꾼 신이 나타나 그 포승을 풀어라, 이 사람은 매화를 보고 노래를 지었다. 그것은 신에게 있어 비단보다도 더 소중한 것이라 하여 그 사나이는 자유의 몸이 되는 것'이에요.

이데올로기 중심의 문화라면 사나이는 죽게 될 것입니다. 그러나 일본 문화에서는 매화의 향기와 미에 끌린 에스티시즘(미학)이 이데올로기보다 앞서요. 이념보다 미가 선행되는 문화예요. 나는 여기에 일본 문화의 희망이 있다고 생각해요. 매화 향기를 몸에 지닌 '늦어진 사자'가 나타납니다. 비단을 존중하는 산업 시대는 이 사자의 노래에 의하여 새로운 생명을 얻을 수 있을 것입니다.

일본 문화는 비단을 바치는 사명감보다도 아름다운 매화를 보고 움직이지 않는 마음을 더 소중하게 생각했기 때문이지요.

요시무라 나는 일본인은 미를 잃은 것이 아니라 주어진 것이 빈약하여 오히려 기갈이 들었다고 생각합니다. 거리를 걸으면 우리를 감동시키거나 정신을 안정시킬 수 있는 건축물을 볼 수 없어요. 건축가는 온 일본을 미의 황폐 속에 빠뜨리고 말았어요. 건축은 불과 한 가지 예일 뿐입니다. 온갖 영역에서 미가 보기도 무참하게 황폐해졌어요. 콤비나트 풍경을 새로운 미로 예찬하는 풍조는 납득할 수 없어요. 미에 굶주린 사람이 얼마나 많은가는 매스컴의 선전이 잘된 전시회에 가보면 대집단이 몰려든 것으로도 알 수 있어요. 나는 이런 상태에서 해외에 소개할 수 있는 문화가 자랄 리 없다고 비관합니다. 문화의 수출은 충돌도 없고 전쟁도 일어나지 않아요. 알고 있지만, 지금 상태로는 옴짝달싹도 할 수 없는 최악의 상태에 빠져 들어가고 있어요. 마지막은 비관론이 되어 버렸는데, 이 비관에 맞서지 않으면 안 된다고 생각합니다.(이어령, 『한국과 일본과의 거리』, 삼성출판사, 1986.)

일본의 문화

대담자: 스즈키 하루오[鈴木治雄]

세계는 변종 문화로 뒤덮이고 있다

일본 문화를 깊이 베다

스즈키   선생님의 저서(『축소지향의 일본인』)를 읽고 매우 감동했습니다. 우리가 느끼지 못했던 것을 과연 그렇구나 하고 느끼게 해준 것이 매우 많으며, 한국과 일본이 어느 점에서 공통되고 어디가 다른가에 대해서도 매우 계발되었어요. 일본의 한 가지 결점은, 한국이 이웃 나라이면서 또 역사적으로 꽤 깊은 연관이 있는데도 잘 모르고 있다는 점이에요. 그것은 여러 가지 의미에서 안 좋아요.

선생님은 이런 말은 안 쓰셨지만, 우리나라는 텔레비전 채널도 많고 외국어 강좌도 많아요. 영어는 물론, 프랑스어·독일어·스페인어·중국어·러시아어도 있는데 한국어가 없어요. 일본인이 한국어에 좀 더 많은 관심을 기울이고 한국어를 할 줄 아는 사람이 많아졌으면 합니다. 그것이 '축소' 지향과 어떤 관계가 있는지는 모르나 나는 이만큼 적확하게 일본의 멘탈리티와 한국의 사고 방식에 대해 비교 분석된 것은 처음이라고 생각합니다.

예를 들면, 아마에의 구조나 다테 사회라는 것은 일본에만 있는 것이 아니라 한국에도 공통된다고 쓰셨어요. 문제의 '축소' 지향에 대해서는 아주 다르다고 하셨는데, 역시 앞으로의 한일 문제에 있어서도 이와 같은 기초적인 국민 심리의 분석 같은 것이 필요하지 않을까, 지금까지 왜 그런 것이 없었나, 이상한 생각이 듭니다. 그래서 그런 문제부터 말씀해 주셨으면 하는데요.

이어령 나는 문화와 가장 닮은 것은 나무라고 생각합니다. 뿌리가 있고 줄기, 가지, 잎, 때로는 꽃이나 열매도 있어요. 그렇게 생각하면 가장 단순한 형태로, 문화론은 하나의 나무를 보는 시선이라고 생각합니다. 유감스럽게도 우리는 나무의 내부를 볼 수 없어요. 겉만 보지요. 문화의 깊이, 구성, 감춰진 부분을 보고 싶은 경우는 할 수 없이 나무를 벨 수밖에 없어요. 이 나무를 베는 방법에 따라 나뭇결은 달라져요. 가로로 베었을 때의 나뭇결도 그 나무의 진실이며, 세로로 베었을 때의 나뭇결도 전연 다르지만 같은 나무임에는 틀림이 없지요.

그러므로 여러 가지 문화도 어느 것이 틀렸고 어느 것

이 좋다고 할 수 있는 게 아니라 그 사람이 하나의 문화를 자른 나뭇결이 되는 것이지요. 그래서 나도 한국인의 입장에서, 지금까지 구미인이나 일본인 자신이 베어본 일본 문화의 나뭇결이 아니라 내 나름대로 베어본 나뭇결은 어떤 것일까 하는 생각에서 이번 책을 썼어요. 그 베는 방법 중 하나의 차이점은 한국과 일본이라는 관계가 나무에 비하면 같은 뿌리를 가지고 있다는 거예요. 그러므로 일본인이 한국을 모른다는 것은 일본을 모른다는 것이고, 한국이 일본을 모른다는 것은 이웃의 문화에 대해서 무관심하다는 뜻이 아니라 자기 자신의 문화에 관심이 없다는 것이죠.

한일 관계의 근친 증오近親憎惡

이어령 　내가 일본에 와서 가장 슬프게 느낀 것은 가정 내 폭력이에요. 교내 폭력도 마찬가지지만, 가정 내 폭력의 전형은 자식이 부모를 치는 것입니다.

　　　일본의 번영, 경제 발전도 중요하지만 자식이 자기를 낳아준 근원인 부모에게 폭력을 휘두른다는 것은 크게 생각하면 일본 전체가 오늘의 문명을 낳아준 부모인 전통에게 폭력을 휘두르는 것과 같은 것이지요. 이렇게 생각하면 한국이나 대륙 문화에 대해 냉정한 점, 망각, 멸시 등은 역사적으로 보아 마치 지금의 가정 내 폭력, 교내 폭력의 하나라 해도 과언이 아닙니다.

지금 선생님이 말씀하신 방송국 어학 강좌 중 러시아어까지 있는데 한국어 강좌가 없다는 얘기는 별도로 하고라도, 중고 자동차의 전시장을 가보면 누가 생각해냈는지 옛날 아이들 운동회 때 친 만국기가 둘러져 있어요. 그 속에 한국 국기가 혹시 있나 하고 찾아보면 아프리카 오지의 우간다 국기는 있어도 한국 국기를 찾지 못할 때가 많아요. 이것을 보고 근친 증오, 가까운 것에 대한 하나의 엠비버런스, 가깝기 때문에 증오가 크다고 느껴져요. 그러니 한자 문화, 붓 문화, 유교문화, 불교문화, 알타이계 언어 등 모든 루트를 같이하면서 일본은 현재 한국을 잊어버리고, 한국도 일본을 싫어하고 있으니, 이러한 문화의 단절은 양국의 정치·경제 문제보다도 더 슬픈 일이 아닌가 생각합니다. 그래서 이 책을 썼고, 선생님과 같은 바쁘신 분까지 이것을 읽어주셨고, 이에 대해서 토론할 기회를 갖는 지금 그 생각은 반반입니다. 나는 일방적으로 단절됐다고 생각했지만, 하나의 혈맥이 통하고 길이 통하고 있어 아주 약하나마 빛이 양쪽을 비추고 있어요. 사람이 살아가는 데 슬픔이나 절망

옆에는 희망과 기대가 있는 것이 아닌가. 이 책을 쓰고
난 후 처음으로 체험했어요.

'일본적'의 정체

스즈키 이 책의 최대의 존재 이유는 선생님에 의해 한국의 존재
를 보인 것이에요. 그리고 일본인이 의외로 스스로를 몰
랐었기 때문에 이웃 나라 한국의 명석한 두뇌의 소유자
가 '여보세요, 일본인이란 이런 사람이에요' 하고 가르
쳐줌으로써 단번에 거리가 줄어들었다는 느낌이 드는
군요. 나는 '축소' 지향에 대해서는 그런 평가를 내리고
싶습니다.

1979년 박 대통령이 암살되었을 때 나는 마침 서울에
있었어요. 그날 아침 경주로 여행을 갔는데 거기서 깜짝
놀랐습니다. 이게 뭐야, 일본의 나라[奈良]와 교토는 그
루트가 경주가 아닌가, 아직까지 왜 그런 것을 몰랐을
까 하고 말이에요. 그날 탄 택시 안에서 우연히 '우리나
라에서 일본에 귀화한 성명표姓名表'라는 것이 있었어요.
같이 간 비서가 스가노[管野]라는 이름이었는데, '스가노
군, 자네도 한국에서 귀화한 사람일 거야, 한번 찾아보
자' 하고 보니 정말 있는 거예요. 백제의 양반이었어요.

공산당의 '不破'라고 하는 성도 있었어요. 아마도 일본인은 대부분 한국에서 건너온 사람이 아닐까 하는 생각이 들더군요.

미국에 최초로 거주한 필그림 파더즈는 영국인이었죠. 미국은 자원이 많기 때문에 본국인 영국보다 번영했지만, 영국 쪽에서 보면 모국은 영국이라는 느낌이 있는 게 아닐까요? 한국에 물으면 일본은 우연히 여러 조건이 있어서 번영했지만 이쪽이 본국이라는 느낌이 역시 있는 게 아닐까요?

이어령 현재 고대사를 연구하고 있는 사람은 지금 일본의 천황가에서 사용하고 있는 의식이나 언어의 문제에 상당히 공통성이 있다고 합니다. 지금 천황가에서는 '母'를 '오오사마'라 부르지요. 그것은 한국말의 '어머니'예요. '母家'를 '오모야'라고 하지요. 일본에서는 '母'를 '하하'나 '보'라고 읽지만 한국에서는 '어머니'라고 읽어요. 그 영향으로 음이 비슷한 것이지요.

이것은 나만이 생각한 게 아닌데 일본에는 원래 남방계 문화가 있었어요. 우리가 보고 이건 좀 다른데 하고 느끼는 것은 남방계 문화예요. 그러나 이것은 한국과 꼭 같다고 생각되는 것은 북방계 문화지요. 일본은 섬나라이기 때문에 북쪽에서 들어온 문화와 남쪽에서 들어온 토착적 문화가 오랜 시간 걸려 발효되었어요. 한국은 발효되기 전에 대륙으로부터의 문화가 또 들어옵니다. 거대한 대륙으로부터의 바람이 언제나 멈추지 않았어요. 그러므로 한국 자신의 문화를 길러 자기 나름대로의 문화를 만들기에는 너무나도 대륙의 문이 크게 열려 있었죠. 그런데 일본이라는 섬은 세토나이카이[瀨戶內海], 현해탄, 태평양이라는 바다에 둘러싸여 폐쇄된 것이기도 하고 동시에 열려 있기도 한 것이기 때문에 그 양쪽 문화를 잘 혼합해서 발효시킬 수가 있었던 것이지요.

그러므로 일본의 노[能]나 가부키 등 감동적이고 아름답게 세련된 것을 보면, 만일 한국이 정치적으로나 경제적으로 보다 안정되어 대륙 쪽에서 불어오는 바람이 좀 잦더라면 이것과 같은 문화가 생겼을 것입니다. 이것은 바로 한국 것이면서도 한국이 이룩하지 못했던 것을 일본인이, 이 평화롭고 고립된 하나의 상황 속에서 길러낸 것이라고 생각합니다.

스즈키 '일본적인 것'이라고 일컬어지는 게 그런 것인지도 모르겠군요.

동아시아 문화권의 차이

이어령 이상하게도 의자는 다리 두 개로는 설 수가 없어요. 최
소한 다리가 세 개는 있어야 안정되지요. 문화론에서도
적어도 세 개는 있어야 해요. 중국, 일본, 한국이란 다리
가 세 개 있어서 비로소 동양 문화가 있고 아시아 문화
가 보여요. 지정학적地政學的으로나 문화적으로도 이 세
개의 나라는 대륙 문화와 섬나라 문화, 반도 문화 등 셋
으로 분류됩니다. 같은 '동아시아 문화'라는 한자 문화
권이며, 불교·유교면서 그것이 풍토에 따라 얼마나 큰
상이점을 갖게 되는가, 이것이 바로 대륙적·반도적·섬
나라적인 요소에 의한 것이에요.

　앞으로의 학자는 물론, 일본의 지도자, 오피니언 리더
들은 언제나 동아시아의 콘텍스트로부터 일본을 증명
하고 한국·중국을 증명해야 한다고 봐요. 그런 시점에
서 잡은 지금의 일본 문화라는 것에 관심이 있었죠. 유
럽의 문화는 역사적으로 좀 쇠퇴하려고 했을 때 미국에
서 다시 꽃피었어요. 그러니까 미국 문화는 원래 유럽
문화의 하나의 변종이죠. 일본 문화도, 일본에겐 좀 실
례지만 오서독스한 동양 문화에서 보면 역시 변종 문화
죠. 그러고 보니 지금 세계를 지배하고 리드하고 있는
나라의 문명은 유럽 문화의 변종과 동양 문화의 변종이

라고 할 수 있군요(웃음). 오서독스한 것은 쇠퇴되고 거기서 솟아난 것이 마치 본디 줄기처럼 세계를 지탱하고 있어요. 그래서 동양인이 구미를 여행하면 반드시 '일본 사람이에요?' 하고 묻고, 유럽인이 동양을 여행하면 일단은 '미국 사람이에요?' 하고 물어요(웃음). 일상적으로는 그렇지만 앞으로는 이것을 세세하게 잘라야 할 거예요. 모두가 일본인과 미국인은 아니죠.

　　미국의 배후에는 유럽의 문화가 있고, 일본의 배후에는 오서독스한 동양 문화가 있었죠. 그렇게 살펴보니 다가오는 21세기, 우리 아이들의 시대에는 가장 오래된 문화의 루트 속에 가장 새로운 미래의 모습이 나타나는 것이 아닐까, 그런 역설적인 과정에서 사물을 생각해 보는 것이 나의 입장입니다.

스즈키　민예가인 야나기 무네요시[柳宗悅] 씨가 그 사람의 문화 배경으로서 중국은 대륙 문화, 한국은 반도 문화, 일본은 도서 문화라는 말을 했었지요. 그것은 지리학적 의미도 있지만, 지금 선생님께서 그것을 좀 더 구체적으로 해결해 주셨습니다. 확실히 한국의 경우 반도라 하지만 토지가 이어져 있으므로 끊임없이 큰 영향을 받아요. 일본과 중국·한국 사이에는 좁지만 바다가 있으니까 거기서 차단되어, 영향을 많이 받긴 했어도 섬이기 때문에 폐쇄적이지요.

이어령　닫고 싶을 때는 곧 닫는 거지요.

명함 쓰는 법에 차이가

스즈키　일본은 중국에서의 영향도 받았지만 네덜란드, 영국, 최
근에는 미국의 근대 문명이 교통·통신의 편리함에 편승
하여 대량으로 들어와 지금 선생님이 말씀하신 변종 문
명을 만들어내고 있어요. 한 예를 들면 일본인이 로마자
로 쓴 명함, 중국에서는 '毛澤東'·'周恩來' 이렇게 쓰고
선생님도 제대로 '李御寧'이라고 새겼지요. 그런데 일본
인은 유럽처럼 '하루오·스즈키'라고 씁니다. 나는 로마
자로 쓸 때는 'SUZUKI, Haruo'로 쓰지만 모두 반대로
인쇄해요. '이에야스·도쿠가와', '히데요시·도요토미'라
는 사람은 일본에 없으니까 우스워요. 명함 새길 때 아
직 로쿠메이칸[鹿鳴館] 문화의 후유증적 반응이 남아 있
는 게 아닌가 나는 생각합니다. 중국이나 한국에서는
'은래·주', '택동·모', '어령·리'라고 쓰지 않지요. 일본
만 그렇게 해요. 이것이 변종 문화의 구체적인 예지요.
일본에서는 그런 것을 아무 데서나 볼 수 있어요. 좋은
점도 있지만 루트를 잊어버리고 자아를 버리고 있어요.
또는 부모를 경시하고 있는지도 모르죠.

이어령 이 건물도 마찬가지예요. 너무 훌륭한 집은 곤란한 점이
       있어요. 새 냉방 기구를 설치하거나, 새로운 문화 시설
       을 붙이기 위해서는 큰 대리석으로 지은 옛날 건물은 불
       편해요. 작은 집이면 헐고 새 집을 지을 수 있어요. 그러
       고 보니 오서독스한 것은 그것 자체가 거의 완성된 문화
       니까 오랜 건물처럼 바꾸는 것은 큰일이지만 변종된 문
       화는 곧 바꿀 수 있어요. 그러므로 일본 문화는 불교, 유
       교 등 여러 문화에서 얻어서 일본에 맞게 발전시켰는데,
       본심 그 자체가 불교적이었는지, 본심 그 자체가 유교적
       이었는지, 대륙이나 반도와 비교해 보면 꽤 얄팍했다고
       생각됩니다. 그러니까 곧 로쿠메이칸적 문화를 만들 수
       있지요.
스즈키 나도 동감입니다.

근대화와 치수의 개념

이어령 또 하나, 왜 그리됐는지 정확히 모르지만 동양인 중에서
       서양 문화적인 물건을 가장 많이 가지고 있는 사람이 일
       본인이라고 생각합니다. 구체적 예를 들면, 이것은 비즈
       니스 방법에도 관계있는 얘긴데, 한국·중국에서는 크고
       훌륭한 사람을 '대인大人', 잘고 경솔한 사람을 '소인小人'

이라 해요. 중국·한국식으로 보면 일본인의 캐릭터는 모두 '소인'처럼 작아 보여요. 왜냐하면 행동이 잘고 음식도 깨작거리며 먹지요(웃음). 걸을 때도 병아리처럼 종종 걸어요. 그것이 기능적인 문화에 연관이 되지요. 이는 중국의 리모단이란 사람도 같은 말을 했는데, 중국과 한국인은 비슷해요. 예를 들어 일본인이 터널을 파면 치밀하게 계산해서 양쪽에서 파 들어가 조금의 오차도 없이 착 만나게 됩니다. 이것이 합리주의적 사고방식이에요. 중국인과 한국인은 대강 짐작으로 양쪽에서 적당히 파 들어가서, 그것이 중간에서 우연히 만나면 다행이고 만나지 않으면 터널이 두 개 생겼으니까 좋다고 해요(웃음).

내가 여기 와서 제일 다르다고 생각한 것은 치수의 개념이 있다는 점, 그것도 0.01 같은 델리케이트하고 섬세한 오차까지 신경 쓴다는 점이었어요.

또 일본인은 주어진 것에 만족하지 않고 제가 좋은 대로 개조해 버려요. 정원수나 분재를 보면 하느님이 주신 자연을 그대로 사랑하지 않고, 에도 이전부터 정원수를 다루는 가게가 있어서 가지를 정리하거나 휘게 하여 자기가 원하는 대로 자연을 바꾸어버렸어요. 이렇게 자연까지도 바꾸는 기술과 치밀성이 구미의 합리주의 문화와 얽히게 되면 현대와 같은 기술 산업에 이어지지요. 지금의 한국은 근대화 작업이 왕성한데 그 근대화를 방해하고 있는 것은 치수의 개념이 없는 점, 무엇이든 적당히 해버리고는 너무 잔 것은 소인이라고 생각하는 사고방식이지요.

디지털 문화의 일본

스즈키 나도 전쟁 후 비료 교섭 때문에 베이징에서 오래 살았었는데, 일본인과 중국인은 대외 문화의 반응이랄까 흡수하는 방법이 매우 달라요. 일본인은 이질 문화에 대한 호기심이 강해서 지나칠 정도로 받아들여요. 언어도 외국어가 범람하여 잘못하다간 데니오와テにをは(일본어의 조사, 조동사류의 총칭) 이외는 모두 외국어가 되지 않을까 하는 생각도 들어요. 빌딩, 엘리베이터, 아이스크림, 커피 등등. 그런데 중국에서는 모두 중국어로 바꾸어버려 절대로 영어 단어를 그대로 쓰지 않아요.

이어령 엘리베이터를 '천제天梯'라고 해요.

스즈키 일본에서는 경영에서도 톱, 미들, 코스트다운이라고 하지 않아요? 한국은 어떤가요?

이어령 한국어에도 일어에서 가타카나로 쓴 것과 같은 단어가

4천 개쯤 있어요. 일본보다는 심하지 않지만.

스즈키 중간 정도군요.

이어령 중국인이 제일 안 써요. 일본이 외국어를 제일 많이 써요. 한국은 언제나 중간 문화여서 그 반 정도예요.

스즈키 치수에 대해서도 일본의 목수는 정말 치밀해서 자를 소중하게 다루어요. 일본 부인들도 그런 경향이 있어요. 외국 여행을 할 때 아내가 슈트케이스에 넣어주는데, 외국에 가서 가방을 열었다가 다시 집어넣으려고 하면 다 안 들어가고 2할 정도 삐져나와요(웃음).

　　일본 부인들은 정리 정돈과 치수 개념이 강해서 차곡차곡 물건을 넣어요. 나는 언제나 더 큰 가방에 여유 있게 넣어달라고 한답니다. 외국 사람은 모두 그렇게 하지 않아요? 커다란 가방에 아무렇게나 넣어버리지 않아요? 일본은 전통적으로 치수 개념이 국민 전체에 스며들고 있어요.

이어령 일본의 철저주의라고 말할까요. 『축소지향의 일본인』에도 썼지만, 선생님 말씀같이 가방에 물건을 채울 뿐 아니라 일본인은 정신도 차곡차곡 채워요. 나는 '쓰메루詰める'는 '축소'에서도 가장 중요해서, '쓰메라레나이모노'는 '쓰마라나이모노(소용없는 것, 쓸모없는 짓)'라는 뜻이 되지요. 회사에서 '쓰메라레나이' 사람은 창가족[窓際族]이 되어 쓸모없는 인간이 되어버립니다.

일본의 산업과 학문이 다른 나라와 다른 점은 그 치밀성과 세밀함에 있어요. 일본 학자와 얘기해 보면 몇 페이지에 무슨 말이 있고, 그 하나를 매우 치밀하게 깊이 연구하고 있는 것을 알 수 있어요. 그러나 문명 전체를 보는 눈은 좀 부족합니다.

나는 문화에도 아날로그 타입과 디지털 타입 두 가지가 있다고 생각합니다. 아날로그 타입은 전체로부터 부분을 보는 것으로, 적당히 보는 거지요. 1초 1초 세밀한 것은 모르지만 슬쩍 보고 지금 3시 반이라고 공간적으로 곧 알 수 있지요. 그러나 디지털 시계는 숫자가 척척 들어오니까요, 치밀하긴 해도 전체는 볼 수 없어요. 일본은 '디지털 문화'입니다.

일본은 '별의 문화'인가 '전령 비둘기 문화'인가
'데니오에누手に負えぬ'의 의미

스즈키 일본인은 장기적으로 무엇을 본다든지 매크로로 넓게 본다는 것은 미숙합니다. 요컨대 승부의 단위가 일주일이나 1개월이지, 5년이나 10년 계획이란 별로 없어요. 그저 겨우 금년 내의 계획이다 정도일 뿐이지요.

이어령 일본에서는 매우 아름다운 정원을 만들지만 커다란 공원 같은 것의 계획은 잘 못해요. 일본 정원을 연구해 보면 참 재미있어요. 이 유명한 정원을 만든 사람은 처음에 계획을 가지고 추상적인 시스템으로 만들어가지 않는 거예요. 우선 돌을 놓습니다. 놓은 다음에 심사숙고하고 또 다른 데에 또 하나의 돌을 놓는다는 식이에요. 막연한 것, 시스템적인 것, 추상적인 것은 데니오에나이(어찌할 도리가 없다). 일본인은 손안에 들어가는 것은 괜찮지만 손안에 안 들어가면 데니오에나이(웃음).

그렇다면 정말로 일본인은 가타카나 문자처럼 외래문화를 받아들이고 있는지 또는 아닌지 문제가 있어요. 일본인은 해외에 호기심을 가지고 있는 것처럼 보이지만 정말은 밖에 전연 관심이 없어요. 밖에 있는 것을 자기 쪽으로 끌어오는 정도의 호기심일 뿐, 자기가 미국에 가서 살거나 영국에 가서 사는 일에는 호기심이 없다 이겁니다. 옛날 왜구들을 보면 필사적으로 싸워 점령해도 그곳에 살지 않고 곧 돌아오고 말아요. 그러니까 중국과 한국에서는 왜구와 싸웠다기보다는 저것들은 어느 시기가 되면 곧 돌아가 버리니까 싸우는 것보다는 가만히 있는 편이 낫다고 해서, 왜구가 오면 모두 숨어버렸던 것이에요. 그러면 조금 망쳐놓고 돌아가 버렸어요.

그러고 보니 일본의 문화에는 별의 문화가 없어요. 큰 하늘, 먼 하늘의 별은 일본인 손안에 전연 들어오지 않으니까 별 따위가 천이 있어도 만이 있어도 아무 관계가 없었어요. 사실은 해양 민족에게 있어 별이 가장 중요한 것인데요. 항해하면서 별을 보면 그 별은 하느님이 주신 등대가 되지요. 하느님이 주신 그 등대를 보면서 북으로도 항해하고 남으로도 가고 했지요. 그런데 일본인은 해양 민족이면서도 별에 대한 노래나 별에 대한 신화, 또 별에 대한 종교 등 아무것도 없어요. 이집트, 그리스 같은 나라는 문화가 모두 별[星]로 차 있어요.

일본인은 손안에 들어오는, 쓰메[詰](가득 채움)할 수 있는 것에는 무지무지한 호기심을 가지고 있고, 또 밖의 것을 들여오는 데도 호기심을 가지고 있는데, 자기 자신의 문화를 밖으로 내놓는 것에 대해서는 관심이 없어요. 그러니까 확대가 없어요.

별이 없는 일본 문화는 치밀하고, 무엇이든지 작게 해가는 것이죠. 정원 조성 같은 것은 잘하는데 전체적 확대까지 넓혀졌을 때는 여러 가지 문제가 일어나게 됩니다. 일본이 가지고 있는 이 문화의 특색은 바로 동과 서를 잇는 하나의 프런티어의 마인드가 되고 있어요.

이상한 얘기지만 일본에서는 구니비키[國引](남의 땅을 끌어오는 짓)가 있어서 남의 나라 것이라도 끈으로 묶어 끌어 들여요. 그곳에 가서 지배하지 않고 거기 것을 끌어오지요. 좋은 것은 모두 밧줄로 묶어 끌어와서 챙겨 넣어버려요. 들입다 외국어를 외며, 지금에 와서는 쌀까지 라이스라고 부르는데, 진짜 서구 문화에는 변하지 않아요. 그러니까 신주쿠 한가운데서 발가벗고 오미코시(신위를 모신 가마)를 지고 돌지요. 신주쿠의 30층, 40층 건물의 골짜기에서 옛날 성행했던 마쓰리[祭]를 합니다.

일본 문화는 주니히토에[十二單衣](옛날 女官들의 正裝) 문화며 옛것에 새것을 자꾸 겹치기만 하고 바꾸지는 않아요. 일본 내부를 보더라도 동양 3국에서 가장 일본적인 것을 지니고 있는 것은 일본이에요.

예로부터 그 본성은 전연 달라지지 않았어요. 현재 이만큼의 카메라를 만들고 일렉트로닉스 문화를 많이 가지고 있어도, 그 밑바닥에는 조몬[繩文] 시대의, 하니와[埴輪] 시대의 일본인이 살고 있어요(웃음).

집단주의적 '축소' 지향

이어령 한국인은 처음에는 사귀기 힘들어요. 얼굴이 엄하고 부드러운 말도 안 쓰며 퉁명스럽죠. 그러나 한번 마음이 열리면 자기 내장까지도 열어 보입니다. 중국인과 친구가 되면 천 년의 지기처럼 됩니다. 프랑스인이나 미국인도 마찬가지예요.

내가 경험한 한도에서 보면 일본인은 처음엔 세계에서도 제일 사귀기 쉬워요. 부드럽고, 친절하고, 정중하며, 이렇게 좋은 민족이 있을까 하죠. 그러나 10년 걸려도 진짜 방에는 들어갈 수 없어요. 마루까지는 들어가도 안방으로는 절대 들어갈 수가 없어요. 그 까닭은 진짜 일본인은 모두 폐쇄적이기 때문이죠.

그것과 반대인 것이 한국이에요. 문화도 같아요. 일본인은 이 문화, 저 문화 모두 끌어오는 것 같지만 진짜 문화의 본질에는 남의 문화가 들어 있지 않아요. 유교도, 불교도, 미국의 민주주의도 들어가 있지 않아요. 그 증거로 민주주의란 개인주의인데 일본인은 제복을 좋아해서 아무 데서나 유니폼을 입고 있어요. 한국에서는 군대에서 군인이 제복을 입지만 한국인처럼 제복을 싫어하는 사람도 없어요.

그런데 일본인은 제복을 입고 있으면 마음이 가라앉는다고 해요. 일체一體가 되므로 불안이 없어지는 거죠. 가만히 보면 획일주의며 '일억총○○一億總'이라는 말에서 일억을 한 사람처럼 취급합니다. 또 회사에 가보면 쇼와덴코[昭和電工] 상(氏), 미쓰비시 상, 소니 상 등 회사 이름에 '상(氏)'을 붙여요.

스즈키　축소 지향의 하나의 응용이겠지요. 집단주의는 될수록 여러 가지 의견을 하나로 축소시킨다는데.

이어령　끌어다 붙이는 거겠지요.

스즈키　계속 끊임없이 컨센서스를 만들지 않으면 불안한가 보지요. 여러 의견이 있어도 그것을 축소 지향으로 묶어 하나로 만드는 거지요. 가정에서도 부모·자식 간의, 부부간의 의견이 같지 않으면 안 돼요. 회사 안에서도 마찬가지지요. 회사끼리도 경제 단체에서 될수록 의견을 묶어요. 정부와 민간도 의견을 나누어서 하나로 해요. 그래서 일본 주식회사라든지, ○○회사 씨 하고 회사를 하나의 인격으로 만들어요. 그것도 역시 축소 지향적 형태가 나타난 것일까요?

이어령　그렇죠. '가마에루構える'란 몸과 마음을 다 '가마에構え' 할 수 있으며 '미가마에루身構える', '고코로가마에루心身構える'라는 말이 거기서 나온 거지요.

　　　축소도 그 말이 물건에 나타나면, 자연을 축소시켜 정원을 만들고, 나무를 축소시켜 분재를 만들었어요. 헤이안 시대 사람은 부채를 쥘부채로 축소시켰고, 에도 시대에는 등燈을 축소시켰어요. 쇼와 시대에는 우산을 축소시켜 3단으로 접었죠. 이와 같이 물건을 축소시키는 것처럼, 정신을 축소시키고 조직도 축소시키며, 선생님이 말씀하신 컨센서스는 의견을 축소시켜요. 이것은 하나의 코스 성性이 있는 셈이지요.

나는 그것을 전문 용어로 '패러다임'이라 하는데요, 전연 다르게 보이는 레벨에도 하나의 코스 성이 있어요. 멜로디는 '신테그머'며, 악보를 읽으면 하모니가 되는 거지요. 그러므로 지금까지는 신테그머로 보고 있었어요. 마음은 마음만, 형태는 형태만, 그러나 마음의 체계와 형태의 체계의 코스 성을 가지고 세로로 쪼개면 패러다임이 됩니다. 그러니까 축소시킨다는 것은 상자에 채우면 도시락통이 되고, 정신을 채우면[詰] 노력한다[がんばる]든지, 일점집중一點集中이라든지, 열심히[一生懸命]라는 일본적인 긴장[引き締める]이 되는 것이지요.

잇쇼켄메이[一生懸命]의 일본인

이어령   일본에서는 매니저를 취체역取締役이라고 하지만 그것도 우스워요. 축소시켜 죄는 역이니까요. 서양에서는 매니저는 암나주, 양을 몰듯이 몰고 갑니다. 일본인은 반대로 한 울타리 속에 넣고 취체하는 역이지요. 큰 밥상을

도시락통에 차곡차곡 채우는 것처럼 확산된 정신을 하나의 관심으로 축소시킨다. 그래서 '본다見る'고 안 하고 '미쓰메루見詰める(응시하다)'라고 하지요. '쓰메루'란 것은 일본인에게 있어 축소 지향과 매우 깊은 관계가 있어요.

일본 문화를 외국인에게 설명하니까 그들은 이상하다, 이상하다고만 해요. 이상한 것 하나 없는데, 그들은 선禪 같은 것을 전혀 모르니까 그래요. 서양에도 바늘이 있어요. 그 바늘 구멍에 가는 실을 꿸 때 사람들은 숨을 죽이고 시선을 집중하여 바늘 구멍을 응시합니다. 숨을 쉬지 않는 그런 상태가 있지 않아요. 그런 상태에서 물건을 만들거나 요리나 정원을 만들면 일본 문화가 되는 거예요. 그런 식으로 종교를 가지면 선禪이 되지요. 카우보이들이 말을 타고 굵은 밧줄을 휙 돌려 저쪽 사람을 잡아 나꾸지요. 그것이 서양인이에요. 그러나 일본인은 그런 굵은 밧줄이 아니고 가는 실로 가장 작은 바늘귀를 꿰려고 합니다. 그 일점집중이 정신의 축소인 셈이지요.

또 일본에서는 '이레코[入籠]'라 하여 상자 속에 또 상자를 넣어요. 조직도 그 이레코 형으로 되어 있습니다. 그러므로 자기 자신을 스스로 생각지 않고, 많은 상자 중에서 몇 번째쯤 되는 상자일까를 생각합니다. 회사는 직원이 몇백 명이나 되어도 회사라는 상자 속에 모두 수용할 수 있으므로 그것을 번쩍 들어 올려 손에 쥘 수가 있지요.

일본어에는 '짓토미쓰메루[じっと見詰る]'라는 말이 있지요? 이 말은 외국어로 번역할 수 없어요. 그 상태를 한 번 생각해 보세요. 가만히 움직이지 않고 한 점을 응시한다. 마치 볼록 렌즈로 태양의 빛을 한 초점에 맞추면, 그 태양의 빛은 평범한 빛이라도 볼록 렌즈를 통해서 한 점을 태우지요. 일본인의 가미카제 특공대 같은 것은 바로 이거예요. 정신에 볼록 렌즈를 대고 한 정신을 축소시켜 초점을 맞추면 세계를 놀라게 하는 가미카제 특공대가 되기도 하고 맹렬 사원이 되기도 하지요.

일본인은 결코 일만 하는 일벌이 아니에요. 놀 때는 또 열심히[一所懸命] 놀아요. 그러니까 '잇쇼켄메이[一所懸命]'가 일본인적인 것이지 일하는 것이 일본인적인 것이 아니지요. 파친코 앞에서 노는 일본인을 보셨지요. 공장에서 일하는 사람이나 파친코 앞에서 노는 사람이나 마찬가지예요. 일점집중으로 일하고 일점집중으로 놀죠. 그 일점집중의 진지함, '잇쇼켄메이'라는 데에 일본적인 것이 있지, 일하는 맹렬 사원이 일본적인 것은 아니에요. 세계 사람들은 그러한 일본인을 모르고 있어요.

스즈키 골프를 치러 갈 때도 4시 반에 일어나서 가니, 영국 사람들은 이해할 수 없대요. 아침 늦잠을 느긋하게 자고 그리고 골프를 치러 가지요.

이어령 골프를 칠 때도 죽을힘을 다해서 하는 거지요(웃음).

스즈키 5시에 일어나 가기도 하고 비가 와도 가지요. 그것은 일할 때와 똑같은 태도예요.

세계와 일본의 계삭緊索

스즈키 그 책에서 하이쿠에 대해서 쓰셨지요? 우리는 미처 깨닫지 못했지만 17자로 네 계절이라든지 우주를 표현하고 있어요. 확실히 '아름답구나, 창호지 문구멍으로 내다본 밤하늘의 은하수여[らつくしや障子の穴の天の川]'는 콤팩트 문학의 극치입니다.

이어령 하이쿠는 세상에서도 가장 짧은 문학이지요.

스즈키 거기에 반드시 계절을 넣지 않으면 안 돼요. 은하수를 읊어서 우주를 나타냈습니다.

일본인은 누군가를 만나면 첫마디가 반드시 '요전에는 실례했습니다'예요. 미국에서 난 사람이 있어서 그이가 말하기를 "제발 그 말은 안 했으면 좋겠어요. 영어로 번역하면, Excuse me the other day가 되니, 지난번에 당신이 무슨 나쁜 짓을 했나요, 하는 느낌이 들어요."

이번에는 헤어질 때의 인사인데 '제발 앞으로 잘 부탁합니다'라고 해요. 내가 생각하건대 이것은 사람을 만나서 짧은 시간 동안에 과거, 현재, 미래를 축소해 버린 것이 아닐까요? 사람을 만나서 '참 날씨가 좋지요', '안녕하세요'가 아니고 '요전에는 실례했습니다' 하고 과거에 한번 만난 것이 인사가 되고, 헤어질 때 역시 앞날을 얘기하지 않으면 불안하기 때문에 '앞으로 잘 부탁합니다' 하고 헤어지는 거지요. 국제회의에서도 마지막엔 반드시 '배려해 주세요'라는 말을 쓰지요. 이것은 역시 축소 문화의 응용일까요? 이런 인사말을 쓰는 것은 일본인뿐이겠지요.

이어령   일본 말에는 '게지메오쓰케루けじめをつける(한계를 짓다)', '마토메루まとめる(한데 모으다)', '가타즈케루片づける(정리하다, 치우다)'가 있어요. 한국과 중국은 대해에서 표류하는 배처럼 아무런 '게지메けじめ(한계)'도 없고 붕 떠 있어요. 그런데 일본은 반드시 한계를 짓고 정리하지 않으면 마음이 불안합니다. 이 한데 모아 정리한다는 것은 지금 시점에서 모든 공간을 손안에 넣으려고 하기 때문이지요.

     꽃꽂이에서도 반드시 세 가지를 쓰지요. 꽃망울은 미래고, 피어 있는 꽃은 현재며, 잎이 찢어지고 시든 것은 과거예요. 과거, 현재, 미래를 하나의 꽃으로 꽂아요. 이것은 세계에서도 드문 일이라 생각합니다. 인도의 종교 의식에는 있을지도 모르지만, 내가 조사한 바로는 시든 꽃, 피어 있는 꽃, 꽃망울로써 과거·현재·미래를 나타내고 있어요. 그래서 국제회의에서 처음으로 만난 사람에게도 '요전 날에는 실례했습니다'가 입버릇처럼 나오는 거지요. 처음 만난 사람에게도 지금 말씀하신 바와 같이 옛날과 현재와 미래를 나타내지 않으면 성이 안 차지요.

이와 같이 과거, 현재, 미래를 나타내는 것은 많이 있어요. 내가 『축소지향의 일본인』에서 쓴 것 중에서도 일기일회一期一會 등 여러 가지가 있지만, 일본 문화가 한국이나 중국과 다른 것은 자리[座]의 문화라 할까요.

그것이 사람끼리 만날 뿐 아니라 사람과 물건의 경우도 있어요. 도구를 소중하게 생각하고 의인화하고 있어요. 바늘을 다 쓴 다음 바늘 공양供養을 하고, 붓이 헌것이 되면 사람이 죽었을 때처럼 필총筆塚을 만들어요. 차센[茶筅]도 소모하면 차센즈카[茶筅塚]를 만들어줘요. 이런 전통이 있기 때문에 요새는 로봇을 만들어서 그 로봇과 라디오 체조를 합니다. 미국인은 아침에 로봇 점검을 하는데, 일본에서는 로봇과 같이 라디오 체조를 하면서 하루가 시작됩니다. 원래 산업 로봇은 형태가 없는 것이며 보통 로봇이라면 이해가 되는데 인간과는 관계가 없어요. 현명한 기계지만 절대로 인간의 형태는 될 수 없지요. 그런데 일본에서 가장 아름다운 여가수 이름을 붙이기도 하고 '우리 집 다로[太郞]'라고 부르기도 합니다.

일본은 근대화되어 가면서도, 도쿄 같은 대도시 한가운데에 뉴욕처럼 소외된 것이 없는 까닭은 일본인의 자즈쿠리座づくり(자리 마련) 때문이지요. 도쿄는 이렇게 큰 도시인데도 살아보면 마치 시골에 살고 있는 느낌이 들어요. 긴자[銀座]는 축소 지향적으로 이레코[入籠] 형의 큰 긴자가 있고, 그 외 무수한 긴자가 있어요. 그러면 이것은 하나의 큰 도시가 아니고 작은 마을이 많이 모인 도쿄니까 인간적 자[座]가 대도시로서 만들어져 갑니다. 그러므로 메인 스트리트 한가운데서 막국수를 먹을 수가 있어요. 이것이 일본의 재미있는 점이며, 세계 사람들이 일본의 산업, 일본의 경제, 일본의 기술의 수수께끼를 풀려고 할 때는 여기서부터 풀어가야지 비로소 알 수 있게 되지요.

그러나 동양인이나 한국인은 같은 체질이니까 대강 짐작하고 있어요. 그것이 극단적으로 폴라라이즈된 것이 일본 문화예요. 지금까지의 일본은 전통의 힘으로, 일본적 내셔널 캐릭터로 세계의 사람들이 이룩하지 못한 것을 성공시켰습니다. 이 일본의 전통은 플러스 면도 물론 있지만 마이너스 면도 있어요. 지금까지의 일본은 플러스가 많았어요. 이제부터는 그것이 마이너스 요소가 됩니다. 이를 어떻게 자각하여 세계 인류의 번영과 일본의 번영을 조인트시킬 것인가, 이것이 바로 이 대담의 핵심이 아닌가 생각합니다.

'전령 비둘기'로부터의 탈피

스즈키 확실히 일본의 공업 제품은 콤팩트화·정밀화했기 때문에 축소 지향에 매우 성공한 셈이지요. 그러나 이제 여러 가지 무역 마찰 때문에 마이너스 면이 나타나고 있어요. 그것을 해결하기 위해서는 어떻게 해야 하느냐는 문제가 있게 됩니다.

아까 자리[座]의 문화라는 말을 하셨는데, 일본인은 나카마[仲間](한패, 동료)를 자주 만들고 싶어 합니다. 동창회도 잘 만들고 현인회縣人會도 잘 만드는 등, 그렇지 않아도 '자[座]'가 여기저기 잔뜩 있는데 또 이레코[入籠]를 하는 거지요. 나는 국제적인 '자'를 될수록 많이 만드는 일이 둘레를 넓히는 일이라고 생각합니다. 일본과 한국 사이에도 서로 말이 통하는 자리를 마련하는 것이지요. 미국과도 그런 자리를 넓히며, 외국인과 결혼하는 것도 좋다, 기업가들이 미국에도 공장을 만들고 영국이나 한국에도 회사를 만들면 됩니다.

아까 일본인은 곧 집으로 돌아오고 싶어 한다는 얘기를 듣고 나는 '전령 비둘기 문화'라는 말을 만들어봤어요. 요컨대 아무리 멀리 가도 밤에는 곧장 집으로 돌아와요, 잘 데가 정해져 있으니까. 그래서 외국 근무에서도 3년이 지나면 '귀국시켜 주세요'라고 합니다. 그게 바로 전령 비둘기지요. 그런데 외국에서도 비둘기 둥지를 만들고 경우에 따라서는 외국에 쭉 살아도 좋아요. 생활양식을 그렇게 바꾸는 것은 상당히 어렵다고 생각하는데, 언제까지나 전령 비둘기로 있으면 안 된다는 의식을 갖는 게 필요하다고 생각해요.

자리 마련은 꽤 손쉽지만 전령 비둘기를 벗어나는 일은 매우 어려울 것입니다. 역시 개척자가 미리 있어서 외국에 뼈를 묻는 것이 얼마나 의미 있는 일이며 즐거운 일인가를 보일 필요가 있어요. 요새는 그래도 정년퇴직하면 하와이에서 여생을 보내겠다는 사람, 호주에서 무슨 일을 좀 해보겠다는 사람이 조금씩 불어나기 시작했어요. 내가 아는 사람도 하와이를 본거지로 하고 가끔 일본에 돌아옵니다. 오히려 전령 비둘기의 집을 외국에 만든 사람이 생겼어요. 아무튼 그런 것을 의식하는 것이 중요합니다. 물론 축소 지향에는 매우 좋은 점이 있지만 마이너스 면도 있어서, 잘못하면 국제적으로 매우 폐를 끼치는 일이 많다는 자각이, 아직 일본에는 적은 것 같아요.

이어령   일본인은 안에서는 아름다우나 밖에 나가면 자리가 무너져 이상하게 돼요. 전령 비둘기 얘기를 듣고 나도 수긍이 갔지만, 일본 열도를 보면 두 가지로 보입니다. 축소 지향적으로 안으로 향한 이미지로서는 아름다운 거인의 목걸이같이 보입니다. 그러나 확대 지향적으로 밖을 향하면 마치 태평양 쪽을 보고 활로 세계를 쏘려고 하고 있는 듯이 보입니다.

내 말은 일본에게 확대시키지 말라는 뜻이 아니에요. 오히려 축소 지향의 결점을 보완하기 위해서도 국제 사회적으로 넓히지 않으면 안 되지요.

그러나 넓힐 때는 축소 지향을 의식하고 좀 더 주의하지 않으면 안 된다는 것이 나의 지론입니다. 왜냐하면 일본인은 치밀한 축소에서는 절대로 실패하지 않아요. 판단도 잘못하지 않아요. 도요토미 히데요시라도 치밀하고 절대로 실패하지 않아요. 일본의 일렉트로닉스도 매우 정확합니다. 그러나 확대 쪽으로 가면 자기 성질과는 관계없이 판단 착오가 일어나요. 판단을 잘못하면 조약돌이 바위가 되고 이끼가 끼어서 이상한 것이 되지요.

이것은 내가 만든 말인데요, 일본이 축소 지향성을 가지고 할 수 없이 세계로 퍼져가서 국제화하면 세상 사람들에게 폐쇄적이라고 당하기 때문에 무라하치부[村八分](따돌림받음)가 아닌 세계 하치부[八分]로 취급받아요. 일본인은 무라하치부 취급을 받게 되든지 회사의 자리가 무너지게 되면 죽을힘을 다하여 그것을 만회하려고 하는데, 세계 하치부 취급을 받아서 세계로부터 고립되는 것에는 의외로 둔감합니다. 확대될 때는 잘 모르고 있다가 왜 이런 실수를 저질러 세상에서 지탄을 받는지조차 모르고 있어요. 한 예를 들면, 외국인이 일본에 오면 외국인 등록을 하고 지문 채취를 당합니다. 그런 것들이 세계 하치부 취급을 받는 원인이 되고 있어요.

스즈키   요컨대 범죄인 취급이지요.

이어령   안에서는 아름답다, 정중하고 친절하며, '피곤하시죠', '수고하셨어요'라고 하면서 외국인에게는 뻔뻔스럽게 지문 채취를 요구합니다. 이래서 되겠습니까. 외국에서는, 가령 프랑스나 독일에서도 10년 이상 살면 동양인이건 누구건 간에 시민권의 형태로 무엇이든지 할 수 있어요. 세금만 납부하면 준시민이 될 수 있지요. 그러면 보험도 쓸 수 있고, 의사에게도 자유롭게 갈 수 있고, 학교에서도 외국 학생에 대한 차별이 없어요. 그런데 일본은 세계 제2국이면서도……. 이것이 작은 나라라면 화제도 될 수 없지만, 만일 폴리네시아라면 별로 경멸의 뜻이 아니라 당연합니다. 그러나 이렇게 많이 세계에 상품을 내놓고 국제화된 일본에서 가장 고립된 먼 나라와 똑같은 짓을 하고 있으니 무역 마찰은 점점 더 어려워질 것입니다.

스즈키 대단히 감사합니다.(이어령, 『한국과 일본과의 거리』, 삼성출판사, 1986.)

일본인의 정체성

대담자: 시바 료타로[司馬遼太郎]

교과서에 리얼리즘이 없는 나라는 망한다

자살의 미학美學

이어령   오늘 후쿠오카[福岡]에서 돌아오는 길입니다만, 그곳에 가서 깜짝 놀랐습니다. 후쿠오카 TV에 출현해 달라는 요청이었는데 신칸센[新幹線]에는 하카타[博多] 역밖에 없어요. '하카타에서 후쿠오카까지는 몇 시간 걸립니까, 무엇을 타고 갑니까' 하고 묻자, 낄낄 웃으며 '하카타가 후쿠오카예요'라는 거예요.

    '왜 역 이름을 후쿠오카라 하지 않고 하카타라고 하죠?' 하고 묻자, 옛날에는 상인 마을로서는 하카타란 이름을 썼고 사무라이 마을로서는 후쿠오카를 썼다는 얘기였어요. 시의회에서 시의 이름을 하카타로 하자는 움직임이 있었지만 투표한 결과 한 표 차로 그대로 후쿠오카가 되고 역 이름은 그 전대로 하카타로 되었다고 하더군요. 그래서 생겨난 것인데, 왜 일본은 같은 한자를 옛음으로도 읽고 새 발음으로도 읽으며, 음과 훈訓을 자유자재로 읽고 통일하지 않는가 하는 문제였어요. 이것은 어쩌면 후쿠오카, 하카타로 함께 해버리듯이 모두 차곡차곡 쌓아 포용해 버리는 것이 일본적 감각이 아닌가 생각했어요.

한국이었다면 석연치 않았을 거예요. 후쿠오카나 하카타 중 이자 택일할 것이에요. 일본은 두 가지를 그대로 두고 그것으로 통하고 있습니다.

시바 재미있는 사실을 발견했군요.

이어령 노[能], 요코쿠[謠曲], 가부키[歌舞伎]의 재미는 택일적擇一的인 데 있는 게 아니죠. 주인[主君]을 살리기 위해서는 그 주인을 때리지 않으면 안 되는 괴로운 벤케이[弁慶]의 입장과 같은 모순 그 자체입니다. 아코[赤穗] 의사의 경우도 상통하는 점이 있어요. 가야노 산페이[萱野三平]가 쳐들어가는 날 부친이 가지 말라고 하여 못 갔어요. 그렇게 되자 군주를 섬기게 될 수 없어요. 이건 안 되지요. 그럴 때 어떻게 하는가, 자살하고 말지요(웃음).

이것이 이데올로기의 세계였다면 충忠인가 효孝인가를 필사적으로 택일하겠지요. 일본에서는 이러지도 저러지도 못했을 경우 슬픔과 모순의 괴로움을 충분히 몸으로 받아 자살이라는 형태가 되어버립니다. 왜 자살이 미학美學이 되는가 하면 모순을 하나로 통일하는 것이기 때문이겠지요. 일본에 미적 센스가 발달한 것은 이데올로기적 해결이 아니라 모순을 융합하려는 힘에 의지했기 때문이었어요. 그것이 아이러니라는 미학이죠.

시바 말씀하시는 대로입니다. 하카타 역 얘기, 한 표 차이였습니다만, 지금도 후쿠오카 역으로 하자는 사람이 있어요.

이 후쿠오카는 구로타한[黒田藩] 오십만석五十萬石의 성시[城下町]였고, 바로 옆 항구에 면한 하카타는 상인 마을[町人町]이었어요. 에도 시대 때는 상인 마을 쪽이 부유했어요. 하카타의 영토는 바쿠후의 영지였어요. 항만과 그것에 딸린 상업지는 바쿠후령이고 배후의 커다란 성은 구로타한 것이었어요. 이 구조는 실로 일본적이라고 생각합니다. 하카타가 후쿠오카에 대해 가지고 있는 긍지는 상인 문화, 그리고 부富, 또 상인풍의 기상이었어요. 후쿠오카의 사무라이들에게는 그것으로 대항하지만 교양이나 정의의 면에서는 지게 되지요. 재물을 가지고 있긴 하나 딸을 아무리 가난해도 시조쿠[士族]에게 주고 싶어 했어요. 현관이 있는 집에 주고 싶다는 생각이 메이지 시대까지 계속되었어요.

재물이라는 형이하학적인 것은 별개의 가치 체계며 시조쿠의 가치 체계와는 전혀 다른 것이에요. 덧붙여 말하면 후쿠오카의 시조쿠가 독직으로 돈을 벌었다는 얘기는 에도 시대를 통틀어 전혀 없었어요. 절의節義라는 형이상학적인 체계는 결코 부유해지는 일은 없지만 그래도 '현관이 있는 집'에 주고 싶어 했어요. 어쨌든 그와 같이 별개의 가치가 하나의 구조를 이룬 것이 하카타 역과 후쿠오카 역이에요. 이러한 이원성二元性이 한 표 차이의 표결로 결정되었어요. 이 문제를 파고들어가면 말씀하신 바와 같이 자살의 미학으로 가지 않을 수 없군요. 이 문제는 역의 이름이었기 때문에 자살하지 않아도 되었습니다만(웃음).

이어령 한국인이 일본에 와서 제일 먼저 퍼뜩 떠올리는 직감적인 인상은 왜 일본인은 그토록 분주하고 좀스러운가 하는 점입니다. 바꿔 말하면 모빌리티가 있다는 말로, 나쁘게 말하면 어쩐지 불안하고 항상 움직이고 있어요. 그러니까 동요적 상태라고 할까요. 그것에 비하면 중국이나 한국은 전통적으로 모빌리티가 부족해요. 아시아적 정체는 안정되고 고정화된 것이지만 일본은 열심히 움직이고 있어요. 이데올로기적 유교 사회에서는 그것이 곧 가치관이 되어 안정되고 말지요. 그것이 없으니까 일본은 마치 샘솟는 물과 같이 크게 움직이고 있어요.

조선 통신사의 기록에 공통적으로 보이는 점은 일본을 유교 사회로 보고 있지 않다는 점이에요. 외국에 대한 일본의 태도도 그렇습니다. 슈호[周鳳]라는 스님이 『선린국보기善隣國寶記』라는 것을 썼어요. 선린이 왜 국보냐 하면, 외국에 상선을 내보내면 언제든지 돈을 벌수 있고, 따라서 나라가 부강해지기 때문이라고 해요. 백제로부터 불법승 삼보三寶가 일본에 들어왔기 때문에 '선린국보'라 하지만, 그 본심은 종교적 이데올로기뿐만 아니라 15세기 그 당시에 이미 무역으로 흑자를 낸다는 물질주의적 사고방식이 있었던 것입니다. 이것에 반해 한국 문화에는 '상商'의 개념이 결여되어 있어요. 상인 문화는 의·불의, 선·악 등의 윤리적 사고보다 이利·불리不利에 따라 판단해요. 일본인에게 있어서 원리라는 것은 애당초 이치만 캐내는 것으로 보이겠지요.

'선린국보善隣國寶'가 당연했던 일본

시바 어째, 어려운 책 이름이 나오는군요. (사회자를 보고) 독자들을 위해서 해설해 두지만, 슈호란 즈이케이 슈호[瑞溪周鳳]라는 15세기경 무로마치[室町] 시대의 선승으로 그 생애의 한 시기에 오닌[應仁]의 난亂이 있었어요. 선승이 된 후 당시의 정신계에서는 임제선臨濟禪 제일급의 인물로 대우받고 있었으며, 동시에 바쿠후로부터 위촉받아 대명對明, 대조선 무역에 대한 사무도 보았어요. 형이상성과 형이하성을 일신에 구현한 듯한 승이었습니다.

그의 저서 『선린국보기』는 일본과 한국, 중국 간의 외교 자료를 모아 슈호 자신의 비평을 첨가한 것이지만, 이 선생님과 같은 방식으로 읽으신 분은 처음 뵙는군요.

이 선생님 입장에서 보면 '선린국보'는 귀한 것이 되지만 일본인으로서는 지극히 당연한 것이었어요. 에도기는 아시는 바와 같이 쇄국 시대였고, 지배자는 일반 백성의 문화적 호기심을 억누를 시대였습니다. 물론 극단적인 제한 무역밖에 하고 있지 않았습니다. 제아무리 일본인이라 하더라도 '선린국보'의 사상은 잊은 것 같은데, 19세기 후반 페리보다도 한발 먼저 일본에 건너와 통상을 요구한 러시아 사절 프차친의 제안을 준열히 거절—속마음은 다르지만—했습니다.

이에 러시아 측은 상호 간 유무 상통하는 국제간의 교역만큼 평화를 위하는 것은 없다고 되풀이하는 것이었어요. 해군은 있으나 상선은 갖지 않은 러시아인이 '선린국보'를 가르쳐주었어요. 그래도 일본 측은 원칙적으로 거절했어요. 문서관이었던 작가 곤차로프는 일본인을 바보 취급하면서도 그래도 일본을 위해 희망을 찾아낸 것은 일본에 유교가 없다는 것이에요. '인간을 바보로 만들어버리는 그 무겁고 답답하며 현학적이고 낡아빠진 무용의 학문이 없다.' 나는 상인의 자식이지만 상업적 사회라는 것은 한학이 결코 가르칠 수 없는 것을 가르쳐줍니다.

일본으로 말할 것 같으면 무로마치 시대부터 매우 상업이 성해 에도 시대에 이르자 거국적인 상업이 되었습니다. 뭐라 할까요, 사농공상이고 뭐고 없었어요. 한[藩]까지도 휩쓸렸어요.

이어령　현실적으로는 사농공상이었군요.

시바　그리고 일본 열도에서 연안 항해이긴 해도 항해하기 어려운 바다를 베틀의 바디와 같이 쉴 새 없이 배가 오갔습니다. 이것이 무로마치 이후의 일본과 조선의 사이를 멀리하고 지금도 서로 상대의 모습을 이상하게 보게 된 원인이라 생각합니다. 그런데 아까 이 선생님이 말씀하신 일본 구조의 이원성에 대한 나의 감상인데요, 일본의 이원으로 말할 것 같으면 또 하나는 와카슈야도[若衆宿]의 제도가 심리적으로 아직 존재한다는 것이에요.

유치한 트릭으로 침략 전쟁

시바 이것은 매우 남방적이에요. 폴리네시아, 인도네시아, 타이완의 얌족 사회와 공통되는 기반이에요. 마을이 하나 있고 그 마을의 촌장村長이 있다 하죠. 그러나 그 촌장이라 할지라도 열여덟아홉 살의 와카슈가시라[若衆頭]에 대해서는 대등합니다. 제례祭禮, 산불에 대한 소방, 수해 구조 등의 비상사태는 젊은이들이 떠맡는데, 이 사항에 관해서만은 촌장이라 하더라도, 젊은 두목[若衆頭]이 '노' 해버리면 그만이에요. 일본의 이러한 기초 구조의 잠재적 멘탈리티는 회사와 노동조합의 관계에도 있어요. 노동조합의 위원장으로 머지않아 중역이 되는 사람도 있어요. 이것은 젊은이[若衆] 사회에서 어른(기존 체제라는 의미 없는 일본어)의 사회로 들어가게 됩니다. 설명을 덧붙이면 오토나(어른)라는 말은 무로마치 시대, 전국 시대까지, 또는 에도 시대까지도 마을의 장[村長]이라는 의미였어요. 그리고 미카와[三河] 시대 때는 바쿠후의 노인들도 '오토나'라고 불렀습니다. '老'와 '中'이라고 쓰는데 훈독하라면 '오토나'라고 읽었어요.

　이윽고 와카슈가시라가 '오토나' 사회로 들어가는데, 와카슈가시라로 있는 동안은 일종의 거친 신[荒神]이라 할까, 예로부터 이어져 내려오는 우지가미[氏神]의 바이브레이션이라 할까, 신의 노여움이라든지 신의 기쁨 같은 것을 가장 많이 이어받는 것은 젊은이고 또 대변자였어요.

좀 더 심한 예를 들면 제국주의 시대 때 일본 육군은 극도로 거칠고 오만했어요. 그중 가장 핵심이 되었던 것이 육군성과 참모 본부지요. 육군 대신과 참모 총장이 동격이었어요. 참모 본부가 바로 와카슈구미[若衆組]였어요. 이것이 정치적 발언까지 하고 육군 대신이라는 어른[オトナ]을 뒤흔들었어요. 특히 쇼와 초기부터 현저했습니다. 더 나아가서는 참모 본부 부원이 메이지 초년쯤부터 한국에 잠입하고, 만주로 가서 그곳이 전쟁 예정지가 된다는 이유로 지리 조사를 했어요. 그런 일을 현역 엘리트, 가장 어려운 입학시험을 쳐서 겨우 합격한 사람들이 그렇게도 야비한 스파이 노릇을 한 것이지요. 그리고 돌아와서는 참모 본부를 움직입니다. 그것이 서른 살 전후의 연령층이었어요.

육군의 '오토나' 체제의 대표적인 육군 대신은 그 영향 아래 결국은 시키는 대로 되어버려서, 쇼와 초년, 1920년대부터 포악하고 오만하기 짝이 없는 침략 전쟁, 즉 일본 자신의 국력조차 고려하지 않은 침략 전쟁이라는 것을 하기 시작한 것이지요. 참모 본부라는 와카슈구미를 포만하게 만들어 버렸어요.

예를 들면 만주 사변이란, 가와모토[河本] 대좌가 유조구柳條溝의 철도를 폭파하고 중국인의 짓이라고 덮어씌워 전쟁을 시작한 것과 같아요. 방법이 매우 유치하고 곧 발각되어 버리는 트릭으로 침략 전쟁도 했어요. 자못 와카슈구미의 짓과 같은 방식이지요. 오토나 시스템의 육군 대신 또는 그 밖의 대신들이라면 좀 더 생각했을 거예요. 그러나 '이론을 팽창시켜라'만 참모 본부가 가지고 있는 테마였으므로 그렇게 유치한 모략을 하는 거지요.

더 지독한 것은 메이지 초년, 1868년에 정한론征韓論이 일어납니다. 나는 정한론자에게는 약간 동정하기는 합니다. 정한론은 한국을 정복하려 한 것이 아니라 러시아의 남하를 막으려 한 것이기 때문에 그 시기까지는 나는 좀 동정하지만, 그다음에 순수한 한국 침략이 된 것입니다.

그 정한론 시대 때 사이고 다카모리[西鄉隆盛]가 자기의 영향력 아래 있던 대위 셋을, 메이지 7년인지 8년쯤인데 한국에 잠입시켰어요. 벳푸[別府晋介]라는 이름도 압니다. 그가 돌아와서 한반도는 무방비 상태이니까 우리나라의 1개 대대大隊 정도로 족하다고 했어요. 그것도 사이고에게 보고한 게 아니라, 사이고도 오오쿠보[大久保] 정권에서는 와카슈가시라였는데, 그 사이고 그룹 중에 기리노 도시아키[桐野利秋]라는 매우 난폭한 사나이에게 보고한 거지요. 당시는 '그럼, 할까' 했으나 곧 실행하지는 않았어요. 결국 메이지 43년, 1910년에 한일 합방을 했지요. 그 주역은 메이지기를 통해 오토나(어른) 역할을 계속한 이토 히로부미[伊藤博文]였어요. 이토도 바쿠후 말기까지 조슈한[長州藩]의 와카슈구미였습니다. 대한 공작을 한 와카슈의 뒤처리 담당으로 이토가 주역이 되었던 것이지요. 이토 그 사람이 한일 합방에 사상적으로 찬성했었는지는 분명치 않으나.

동아시아 문화권을 만들지 못하는 책임

이어령 일본에는 히라가나와 가타카나가 있지요. 와카슈는 가타카나처럼 직선적이고 힘이 세며 공격적이지만, 어른(오토나)의 세계는 원만하고 원숙한 히라가나처럼 부드러움이 있습니다. 이 이원성이 없어지고 와카슈의 직선 문화가 통째로 드러나 일원적一元的 사회가 되면 일본의 역사는 위험한 방향으로 질주해요. 동아시아 세계가 유럽처럼 하나의 세계를 형성할 수 없었던 이유의 일면에 그런 원인이 있었는지 모릅니다. 17~18세기까지는 중국을 중심으로 한 아시아가 유럽보다 우수했어요. 그러나 18세기에 왜 그다지 급격하게 아시아가 유럽에 당했는가 하면 유럽은 민족 단위의 국가로부터 하나의 문화권을 형성했는데, 아시아는 당唐 시대 때보다 오히려 문화권으로서의 종합성이 없어졌기 때문이에요. 이 책임은 일본에도 상당히 있어요.

19세기에 들어와 서양의 도끼가 울창한 아시아 문화의 수목을 찍어 넘어뜨렸을 때 일본은 마치 그 도끼의 자루 역할을 했던 거예요. 나무를 베는 도끼 자루도 같은 나무였다는 것입니다. 동아시아 세계를 이룩하는 데 공헌하지 않았다는 것이 지금 일본 문화의 가장 큰 약점이 되었어요. 지금 무역 마찰이 IBM 사건 같은 기술 마찰을 일으키고 있는데, 1930년대에도 비슷한 일이 있었어요. 일본이 우수한 상품을 만들어 성장하자, 구미가 처음에는 어깨를 두드려주었지만 자신의 라이벌이 되자 정신을 바짝 차렸어요. 유럽은 서로 라이벌이지만 커다란 문화권 안에 들어 있기 때문에 아시아 문화권과의 대립은 본질적으로 다릅니다. 그때가 돼서 비로소 일본은 당황하여 아무 설득력도 없는 대동아 공영권을 제창한 것이에요.

'공영'은 '사랑'이라는 문화의 뿌리가 없으면 안 됩니다. 그런데 일본은 그 직전에 탈아시아적 사고를 해서 정한론을 주창했어요. '동아시아'라는 문화적 아이덴티티가 결여되었죠. 사이고 다카모리[西鄕隆盛]의 정한론 배경에는 시마즈 나리아키라[島津齊彬]의 타이완 정복론이 있어요. '동아시아는 틀렸어, 대륙의 청淸은 힘이 없어졌다. 타이완 등속도 청이 지배할 수 없으니까 서양이 가로챌 거다. 그러니 빼앗기기 전에 우리가 빼앗아버리자.' 한국에 대해서도 똑같이 생각했어요. 구미인들이 한국을 빼앗기 전에 우리가 빼앗자고요.

시바 그것은 틀렸어요. '빼앗는다'라는 말의 내용인데, 요컨대 바쿠후 말기의 단계에서는 철저한 공동 방위론이었어요. 사쓰마[薩摩]의 시마즈 나리아키라[島律齊彬], 사가[佐賀]의 나베지마 간소[鍋島簡素]라는 도노사마[殿樣], 우와지마[宇和島]의 다테 무네키[伊達宗城], 후쿠이[福井]의 마쓰다이라 슈가쿠[松平春嶽] 등, 도노사마로서는 꽤 어진 사람이 우연히 나타나 서로 정보 교환을 했어요.

당시 구미의 군함이 일제히 일본으로 들이닥친다는 피해망상이 있었어요. 일본을 방위하기 위해서는 중국·한국·일본이 삼국 동맹을 맺을 것, 이것은 바쿠후 말까지 꽤 오래 전통적으로 존재했어요. 이것을 가장 주창한 사람은 젊은 시절의 가쓰카이슈[勝海舟]였습니다. "중국, 한국은 매우 둔하군." 결국 가쓰카이슈는 메이지 20년이 되었을 때 "한국에도 중국에도 사이고 다카모리 같은 자는 아직 없군. 그런 사람이 나온 다음 그와 손을 잡겠다." 이것이 그의 예로부터의 삼국 동맹론이었어요.

그 이외의 의견으로는 일본 열도는 해안선이 너무 길어 방위가 불가능하다는 전제는 내세우는 것이 있습니다. 시마즈[島津齊彬] 등의 의견이죠. 청조 시대 직예평야 直隸平野라 부른 만주, 연해주沿海州 또 그 밖의 것을 눌러야 한다고 한국보다 더 북쪽으로 전개시켰어요.

남의 엄연한 독립국에 군대를 파견하여 그 나라를 지키는 게 아니라 일본을 지키는 것이라는 사상이 바쿠후 말기에 농후했던 거지요. 그것은 공론과 같았어요.

한편에서는 삼국 동맹론이 있었고, 또 한편에서는 나중에 생긴 대동아 공영권을 생각케 하는 듯, 자기 나라 때문에 남의 나라를 흙발로 디디고 들어가 '우리 집을 지키기 위해서 너의 집을 찾아왔다'는 식의 도둑놈의 이론이지요.

평화스러운 섬나라의 '방위 히스테리'

이어령 제 나라를 지키기 위해서 바깥으로 나가는 일이 일본에
는 예로부터 있었지요. 당나라 시대, 안녹산이 정권 전
복을 꾀했어요. 755년의 일이지요. 그 3년 후 758년에
일본으로 전해졌어요. 그러니까 후지와라노 나카마로
[藤原仲麻呂]가 전략적으로 그렇게 했는데도 '그쪽에서 공
격했다'고 소리치지요. 안녹산이 당의 정권을 뒤집었을
뿐인데 왜 일본까지 쳐들어오나요? 군중은 공포에 떨면
서 이상스럽게도 '그러니까 신라를 치지 않으면 안 된
다'고 말해요. 8세기경의 이 이상야릇한 방위 논리가
19세기의 정한론까지 남아 있음에는 놀랐습니다.

어쨌든 안녹산이 757년에 죽었는데 1년 후에 '쳐들어
온다'고 떠들었으니까요. 일본은 섬나라고 평화롭고, 외
국과는 비교도 안 될 만큼 전쟁이 없었는데 가끔 폭발적
으로 '쳐들어온다'는 위기감을 품은 것이 습관이 안 된
탓이지요. 평원이 있는 나라는 언덕 저쪽에 적이 있다,
그래서 가을 하늘이 높아지고 말이 살찌면 적이 쳐들어
온다고 생각해요. 언제나 위기감과 함께 살고 있죠. 이
것이 농경민과 유목민이 전쟁을 되풀이해 온 대륙적 사
고방식이에요. 그런데 일본은 히스테리컬하여 돌연히
'아아, 우리나라가 침몰한다'라고 하며 위기감 속에서

자신들의 행동에 채찍질해요. 환상 같은 위기의 요소에 힘을 주어 이상한 방향으로 바꾸어가요. 환상의 인풋이지요. 실태가 있는지 없는지조차 모릅니다. 그리고 교과서의 쟁점이 된 '침략'의 아웃풋이 있는 거지요.

시바 역대 일본인의 방위 의식을 말끔히 씻어보면, '정말로 유령의 정체를 알고 봤더니 마른 참억새풀이더라'는 식의 말을 할 수 있습니다.

아까 말씀하신 안녹산 사건보다 약 백 년 전에도 대단한 쇼크가 있었어요. 백제가 신라와 당의 연합군에게 멸망당했을 때, 백제라는 장벽이 없어진 이상 나당 연합군이 일본으로 쳐들어온다는 생각을 했었대요. 이것도 방위 히스테리라고밖에 생각할 수 없지요.

덴지[天智] 천황이 아직 황태자였을 때, 여제女帝를 끌고 하카타[博多]만 연안까지 가서 구원군의 지휘를 했습니다. 661년의 일이었어요. 그 이듬해 수군이 육군병을 싣고 백촌강白村江 하구까지 가서 기다리고 있던 신라·당의 수군에게 섬멸당하고 맙니다. 전술도 전략도 없이 그저 전진 전진만 외친 싸움이었습니다.

『도키노마니하이세키[須臾の際に敗績]』와 『니혼쇼키[日本書紀]』는 정직하게 쓰고 있습니다. 덴지 천황이 노여제老女帝라는 오토나(어른)를 짊어지고 있는 와카슈가시라[若衆

頭, 中大兄] 시절은 이처럼 무분별하게 폭주했어요. 그러나 나노쓰에서 노여제가 죽고 오토나―천황―가 되자, 사람이 변한 듯이 겁쟁이가 되어 야마토[大和]로 도망을 갔고 다자이후[太宰府]에 수성水城을 구축하고, 야마토·고우치[河内] 국경의 고안산高安山에 성을 쌓고 그래도 적이 쳐들어올까 겁내어 오미[近江]로 천도합니다. 정상적인 방위 감각은 아니며 이 감각적 사태가 보통 때도 있어요.

어째서 나당 연합군이 쳐들어오나요. 쳐들어오려면 그 옛날이라 하더라도 5만~6만은 필요하겠지요. 그 사람들이 배를 타려면 한 척에 백 명이 탈 수 있는 배를 만들지 않으면 안 되며, 백 명이 탈 수 있는 배를 7백 척은 만들어야 합니다. 경비를 생각하면 일본에 쳐들어가 봤자 채산이 맞지 않을 거예요.

흔히 정부나 재계가 위기의식을 선동함으로써 돈을 번다는 이론이 있어요. 그러나 당시 재계 따위는 없었지요. 국민 국가 시대가 아니므로 선동에 응할 국민이 존재치 않았어요. 당시 덴지 천황 정권은 순수하고 소박하게 전율했어요. 그러므로 일본적 원형原型을 추출하기에 알맞았어요. 19세기쯤 되면 돈을 버는 사람이 있었을 거예요. 20세기가 되면 위기의식을 부채질함으로써 돈을 벌 사람이 점점 많아질 겁니다.

그러나 일본의 방위 히스테리란, '어느 세상에서나 유대인이 돈을 법니다'라는 말처럼 영리한 요소가 없고 순수 소박할 뿐이지요.

또 하나는 1920년 전후 시베리아 출병이 있었죠. 그 때부터 일본의, 남의 나라에 흙발로 들어가는 버릇이 시작됐어요. 그때까지는 조금은 조심하고 있었다고 봅니다. 그런데 자제自制가 무너져 정상 궤도를 벗어나고 말아요. 그 전에 한일 합방이 있어 이미 정상 궤도에서 벗어났다고 할 수 있지만요. 그 후 군대를 외국으로 파견하여 만주 땅에 주둔시키는 것이 일본의 방위라고 생각하는 환상을 만들어내게 됩니다.

이어령 네, 모리 오가이[森鷗外]까지도 「다이니이쿠사[第二軍]」라는 시에서 한국이 조용하지 않으면 일본이 편안치 않다는 내용을 썼지요.

시바 그것이 모두 패전으로 인하여 무너져 버렸어요. 그 패전이란 일본인에게 있어 참된 혁명이었어요. 일본의 역사는 오닌의 난이 무의식적 혁명이라고 나는 생각합니다. 그것이 없었다면—프랑스 혁명 같은 의식적 혁명은 아니었지만—그 후의 또는 지금의 일본 사회는 없었다고 생각합니다.

다음, 메이지 유신은 다소 컸지요. 그러나 '다소간에'

였었고, 역시 최대의 혁명은 패전이었어요.

잠자고 있는 진짜 와카슈구미여 일어서라

시바 그때 일본인은 꽤 많은 것을 배웠어요. 좀 곤란했던 점
은 육·해군을 없앴기 때문에 군인이 없어졌다는 것이고
내무성과 그 밖에 적당히 남아 있었지요. 성省은 없지만
내무 관료는 남아 있었어요. 정치적 군인이 병적이고 편
협한 애국심—참다운 애국심이 아니고—으로 자기 나
라를 파괴해 버렸지요. 그 병적이고 편협한 애국심을 남
에게 팔아서 제 몸을 보호한 문관들은 어느 의미에서는
군인보다 더 나빴어요. 동아시아에 대한 감각도 문관이
편승적이었어요. 그 사람들이 정치가가 되어 오늘에 이
르고 있어요.

오늘날 일본 정계에서는 오토나(어른)와 와카슈구미의
관계가 원만히 작동하고 있지 않는 것 같아요. 여당파
내의 오토나는 파당 내 젊은 층의 비위를 맞추고 있고,
야당은 야당대로 건강한 젊은 층이라는 점에서 둔한 것
같아요.

크게 반발하려는 여당의 와카슈구미가 처음에 교과
서를 몰래 고치기 시작했고 오토나 체제가 그것을 싱글

싱글 웃으며 묵인했어요. 일본의 오토나 체제가 이다지도 루스했던 일은 역사적으로도 드문 일이에요. 곧 한국과 중국으로부터 항의가 올 것이라는 감각을 지닌 것이 오토나라는 것이니까요.

와카슈구미로서는 지금 정부의 금고도 빈털터리지, 무역 문제는 어렵지, 야당은 얌전하지, 사회 전체가 위축·침체되어 있으니 이 통에 무슨 일을 저질러보자는 기분이 있는 겁니다. 바야흐로 자민당의 전성시대로 '다이라 씨가 아니면 사람이 아니다[平氏にあらざれば人にあらず]'라는 다이라노 도키타다[平時忠]의 말은 아닐지라도 실로 해이해진 기분이지요. 역시 일본은, 각 분야의 와카슈구미가 지적이고 활력이 있으며 절도가 없으면 어떤 사회일지라도 지탱할 수 없을 거예요. 와카슈구미의, 일본에 있어서의 최대의 힘이란 것은, 와카슈구미적인 최대의 표현자는 신문·잡지였어요. 지금 현재 신문·잡지는 아무리 써도 내용이 없다고 생각되는 일면이 있으며, 일부에서는 와카슈구미의 또 하나의 기능인 성性의 지도에만 열심이어서(웃음).

『니혼쇼키』는 어느 역사 연대부터의 기술은 그 당시로서는 정직한 것이라고 말할 수 있지요. 백촌강白村江의 패전에서도 정확하게 썼고 언어의 당의糖衣로 감싸려고 하지는 않았어요. 교과서에 거짓을 쓰는─특히 아주 최근의 사실을 바꿔치기 한─나라는 결국 망합니다. 구 일본舊日本이 진무 천황이 있었던 것같이 쓰고, 삼한 정벌이 있었던 것처럼 썼으며, 또는 남조南朝의 공허한 이데올로기 집단이 옳고, 토지에 뿌리내린 요구 쪽이 잘못이었다고 쓰듯이, 리얼리즘이 없는 교과서─전쟁 전 것인데요─를 갖는 국민은 제 나라의 질량이나 인근 나라와의 관계에 대해서 환상을 갖게 됩니다. 그런 나라는 오래가지 않아요.

한일 합방 때 냉정한 국민이었다면 한국을 똑바로 응시했을 거예요. 오래되고 더구나 치밀한 문화를 지닌 독립 국가예요. 그런 나라를 침범하면 어느 만큼의 원한을 살 것인가. 자기 나라가 똑같이 당하는 것을 상상하는 것만으로도 충분히 알 겁니다. 당시의 와카슈구미가 폭주해도 오토나가 큰 철학으로 타일러야 했어요. 그러나 그 짓을 해버렸어요.

그러나 패전 덕택으로 눈에서 비늘이 떨어져 자신들이 저지른 짓을 알게 되었어요. 일본에 있어서도 오래도록 남을 화근이었습니다. 그것은 사람에게 들린 악귀, 즉 거짓말이 떨어져 나가지 않으면 알지 못하겠지요. 그러나 아직도 그 악귀가 떨어져 나가지 않은 자가 지금 무슨 짓인가 몰래 하고 있습니다. 한편 노동조합, 신문, 잡지라는 와카슈구미의 힘이 상업주의로 되어버렸어요. 이 정도면 팔리겠지 했기 때문에, 또 와카슈구미 자신이 어른스러워졌기 때문에 마을의 정치(나라의 정치이기도 하지만)를 맡은 오토나가 이상한 짓을 하기 시작했습니다.

타국의 피와 눈물로 쌓아 올린 문화

이어령 일본은 상인의 문화라는 뿌리 깊은 무엇인가를 가지고 있어요. 상인과 왜구는 종이 한 장의 차이예요. 상인이 사무라이적 폭력으로 나가면 왜구가 되며, 평화적으로 나가면 무역 상인이 됩니다.

교과서 문제인데요, '침략'이나 '침입'이나 한국적 인식에서 본다면 그런 단어를 바꿔치기 하는 정신보다도 그것을 바꿔치기 해서 무슨 이익이 있는가 하는 점이에요. 언어의 짜임의 문제인데, 왜 여러 가지 말을 들으면, 외교적 손실을 입으면서 그 말을 교활하게 바꿔쳤는지 그 심리 자체가 문제입니다.

나는 오일 쇼크 때 일본을 거쳐 미국, 유럽에 갔었는데 석유값이 폭등한 것에 대해 어느 나라나 가솔린 스탠드에 '가격을 인상했다'고 써 붙였어요. 그러나 일본만 달랐어요. '가격이 달라졌습니다.' 시계가 고장 나면 '고장'이라 쓰지 않고 '조정 중', 가게를 닫고도 '준비 중'이에요.

'자위대'라고 하면 군대가 아닌 것 같고, 침략한 것도 '진출했다'고 하면, 엄연한 역사적 사실이 있는데도 마치 지금의 일본 기업이 한국에 지점을 낸 것 같은 기분이 들어요. 이와 같이 언어가 실태의 의미로부터 너무 떨어져 버리면 오웰의 『1984년』과 같은 상황이 되어 버려요. 거기서는 전쟁이 평화의 의미로 사용되고 있으니까요. 역사 교육 문제보다도 국어 교육의 위기가 됩니다.

일본인은 잘 치우기도 하고 정확하게 한계를 잘 짓죠. 소제도 잘해요. 역사적 정리도 해야 합니다. 지금 동아시아에 대한 새로운 인식과 그 역할이 일본의 새로운 세대에 절실하게 요구되고 있는 시기라고 생각합니다. 백만 명 이상의 한국인이 강제 연행된 역사가 왜 이러한 시기에 삭제되어 버려야 합니까.

시바   지금 일본이 세계에서 가장 비난받고 있는 일본사상 최대의 시기라고 생각합니다. 만주를 침략했을 때는 큰 사건이었는데도, 제트기가 끊임없이 날아다니는 좁은 지구의 시대가 아니었기 때문에, 지구의 어느 한구석에 있는 섬나라가 비슷한 대륙의 한구석에 아무래도 일본이 군대를 보낸 것 같다는 정도였어요.

이어령 역사적으로 보면 일본에는 사무라이의 칼의 문화와, 일대를 그렇게 큰 상인 도시로 만든 오사카 상인의 주판 문화가 있었지요. 히데요시[秀吉]의 한국 침공을 사과했다고 하는 후지와라 세이카[藤原惺窩]와 아라이 하쿠세키[新井白石] 등의 문인이, 요샛말로 하면 지식인이 일본 역사의 주류가 되지 못했어요. 이 점은 한국과는 정반대이지요. 한국은 문인이 지나치게 역사의 주류를 형성하여 부작용이 있긴 했어도 문화 우위의 전통이 침략적인 역사를 만들어내지는 않았던 겁니다. 칼날 위에 쌓아진 역사란 반드시 타인의 희생을 가져옵니다. 그러면 원한을 갖는 자가 나와요. '주판'도 누군가가 손해 보지 않으면 이득이 없지 않아요? 누군가를 울리지 않으면 남는 게 없어요. '칼'의 피와 '주판'의 눈물, 남의 피와 눈물로 쌓아 올린 문화는 오래가지 않습니다.

추궁당하고 있는 일본인의 정체

아미阿彌의 문화

이어령 제아미[世阿彌], 간아미[觀阿彌]라는 자유인이 있었죠. 일본에서는 그들이 역사의 지도권을 쥔 적이 없어요. 제2차 세계 대전 시작과 함께 사무라이 문화에 한계가 왔어요. 경제 대국의 조닌[町人] 문화, 상인 문화도 한계가 온 느낌이 들어요. 일본의 마지막 카드는 무엇인가. 이 제아미, 간아미 같은 아미[阿彌] 문화가 참된 일본 역사의 이니셔티브를 쥐면 한국은 36년 동안의 한恨 따위를 깨끗이 잊어버릴 것입니다.

시바 아미를 지적하신 것은 재미있군요. 무로마치 시대를 특징짓는 것이지요. '지슈[時宗]'라고도 쓰고 '지슈[時衆]'라고도 쓰는데, 무교회주의의 정토교淨土敎였어요. 그것에 참가하기만 하면 좋은 한자를 하나 골라 그 밑에 '阿彌'라 붙여요. 자기 성이 아니라도 좋아요. 바라는 일이 있으면 '강아미[願阿彌]'라는 이름이 돼요. '世阿彌'는 무슨 뜻으로 붙였는지 모르지만 '世' 자가 좋았던 게지요.

그러면 출신을 불문하고 무계급이 됩니다. 무계급이 되면 장군에게 가서 얘기할 수 있고, 강아미처럼 거지와 함께 살 수도 있어요. 그리고 흉년이 들면 몇만 명에게 죽을 먹입니다. 모든 것을 버리기 위해 스테히지리[捨聖]라 불리기도 하고, 죽을 베풀어주면 가유히지리[粥聖], 온천장을 열어 환자를 치료해 주면 유히지리[湯聖]라고 불립니다.

그런 '아미'들이 무로마치 문화를 만들었어요. 앞서 저널리즘은 와카슈구미(부락마다 조직된 청년 남자의 집단)라 했는데, 저널리스트 개개인은 '아미'이어야 하겠지요.

메이지 시대의 저널리스트는 다소간 '아미'였어요. 《니혼 신문》의 마사오카 시키[正岡子規]를 보면 짐작이 가리라 생각됩니다. 그런데 다이쇼로 들어와 신문사가 커지니까 관청을 닮은 직제가 생겼어요. 국장, 부장 같은 것은 다이쇼 시대에 생겼다고 해요. 외무성의 흉내를 낸거지요. 조직이 커지기 전까지는 사원을 '동인同人'이라는 '아미' 냄새가 나는 이름으로 불렀는데, 조직이 커지니까 그럴듯한 직제를 만들지 않으면 안 되었어요. 그때 '아미'의 마음이 없어졌어요.

일본은 무로마치의 유산으로 먹고 있다

시바　관청식의 직제로 다가치적 총합체 또는 다가치적 광장으로서의 신문사가 있어요. '아미'들이 많이 있다고 하면 나라나 사회에 대해서 복원력復元力을 기대할 수 있어요. 지금까지와 같은 판에 박은 듯한, 와카슈구미의 정부에 대한 요구만으로는 정부가 겁내지 않게 되었어요. '개는 반드시 짖는 것이다'라고 생각해 버리고 말아요.

무로마치 시대의 '아미'는 반드시 서양의 자유인도 아니고, 한국에서 흔한 양반집 식객의 문화인도 아니며, 무언지 확실치 않은 유동적이고 정체 불분명한 사람들이었습니다. 그러므로 재미있는 것을 생각해내어, '노[能]' 같은 것도 남겼지요.

이어령 아웃사이더니까요.

시바 그들을 먹여온 농부가 있었다는 것은 대단한 일이지요. 그들은 쇼군, 다이묘에게 기생했을 뿐 아니라, 대부분은 농부에게서 쌀을 얻었던 것이지요. 그들의 활성이 높았기 때문에 무로마치 문화가 탄생했던 거예요. 긴카쿠지[金閣寺]의 정원과 긴카쿠지[銀閣寺]의 정원도 모두 '아미'들의 일이었어요. 스키야부신[數寄屋普請](다실풍의 건축)을 생각해낸 것은 누군지 모르겠는데 아마 그들이겠지요. 쇼인즈쿠리[書院造](일본의 주택 건축 양식)를 생각해낸 것도 그들일 거예요. '아미'들은 정보를 많이 가지고 있었어요. 중국·한국도 왕래했으며, 가옥을 보고 재미있는 점, 좋은 점을 따서 된 것이 무로마치 일본의 건축이었어요. 우리 일본인은 무로마치 시대 문화의 후예로서 생활한다 해도 되겠지요. 방 안에 앉아 무로마치식의 예법으로 손님 접대를 하고요.

이어령 지금의 일본 문화라는 아이덴티티는 무로마치 시대로부터 내려온 것이군요.

시바 무로마치가 일본 문화의 수원지水源池지요. 그것만은 외국에 수출할 수 있다고 지금껏 믿고 있는 문화의 태반이 거의 무로마치 시대에 생겼습니다. 다도, 꽃꽂이 등등……. 가쓰라리큐는 무로마치 시대에 세운 것은 아니지만 그 시대에 생긴 원형을 가장 미적으로 나타냈다고 봅니다. 우리는 무로마치의 '아미'들이 만든 유산을 먹고 있는 셈이지요. 그러나 그들의 시대로부터 이미 6백 년이나 지났으니 더 이상 세계에 대한 보편성은 없어요. '삼목杉 기둥에 창호지로 바른 장지문은 좋군요'라고 말해 봐야, '그렇군요. 진기하군요'라는 말뿐이겠지요. 이제야말로 현대의 '아미'들이 원기를 회복할 때예요.

가미요神代 시대부터 집단주의였다

이어령 한국 문화가 관념적이라고 한다면, 일본은 감각적이라고 할 수 있어요. 단시를 보아도 알 수 있어요. 한국의 시조는 3행시예요. 첫 행에서는 문제를 제기하고 다음 행에서 발전시켜 마지막 행에서 결론을 내린다는 시의 형식 자체가 삼단 논법적인 논리 구조를 가지고 있어요. 그러나 하이쿠는 1행뿐이므로 논리적 전개에는 부적당하지만 감성의 순간적인 불꽃을 잡는 데는 뛰어난 시예요. 한국에서는 아름다운 꽃도 반드시 정치와 연관이 있어요. 조선총독부가 부르는 것을 금지한 〈봉선화〉라는 노래가 있어요. 왜 금지했는가 하면 봉선화를 민족의 의식에 비유했기 때문이에요. 꽃을 습격하는 추운 겨울은 일본의 총독정치를 의미해요. 묘사하는 문학보다 그 어떤 관념을 주장하는 노래가 한국에서는 일반적으로 자주 애창됩니다.

시바 인류란 재미있는 버릇이 있죠. 한 주민 사회가 성립되는 데는 원리가 필요하다고 믿고 있는 겁니다. 유대교, 그리스도교, 또 이슬람교, 유교―가장 후진의 동남아시아에서도 이슬람교를 받아들였어요. 원리만 있으면 이전에 적이었던 다른 부족, 계곡 저쪽의 부족인 소집단군과 광범위 사회를 만든다 해도 같은 인간이다, 같은 룰로 어울릴 수 있다고 믿는 거예요. 그런데 하나의 원리가 필요하다고 전제치 않고 성립된 것은 일본 사회뿐이라고 생각합니다. 일본에 유교가 있었지 않느냐고 말할 사람도 있을지 모르나 유감스럽게도―또는 다행스럽게도―한국과 중국의 유교를 보면 그렇지 않음을 알 수 있어요. 사회적 체제, 인간의 마음, 가족끼리의 유대 관계, 해산하는 법, 조상 숭배하는 법, 속세의 일거수일투족이 그 원리로부터 벗어나지 않는 것이 유교니까요.

이어령   조선 통신사들을 가장 놀라게 한 것은 일본인들의 난혼亂婚이었어요. 17세기 초의『동사록東槎錄』에는 '사촌끼리 혼인을 하고 시동생이 형수를 아내로 맞이하는 것을 보고 금수와 같은 풍습은 도저히 부끄러워서 기록조차 할 수 없다'고 했습니다. 그들의 눈에는 일본은 전연 유교의 원리가 없는 나라로밖에 비치지 않았어요.

시바   (사회자를 보고) 이 선생님이 말씀하신 난혼의 설명은 좀 해야겠어요. 일본은『고지키[古事記]』의 기술 세계 이래로 혈족 간의 결혼이 보통 습관이었어요. 이 점은 유럽과 같아요. 그러나 유교 사회에서 본다면 '난혼'이 되겠지요. 동성同姓과 혼인 않는다는 것이 유교의 철칙인데, 일본이나 서양에서는 같은 성, 사촌 간, 육촌 간끼리도 결혼해요. 그러면 일본의 원리가 불교에 있었던 게 아닌가 하지만, 불교란 유동적이어서 거기서 여러 원칙을 끄집어내는 것은 좀 어려워요. 끌어내는 사람에 따라 달라져요.

이 선생님이 계속하시는 말씀은 '일본은 무원칙이다. 또 일본은 무슨 짓을 저지를지 모른다'는 것 등이죠. 사실 일본인 자신도 그런 것 때문에 어려워요. 우리는 이런 민족입니다 하고 세계에다 대고 설명할 방법이 없어요. '지금 무역 마찰을 일으키고 있습니다'라든지, '그 전에는 전쟁으로 여러 가지 일을 저질렀습니다'라고 해도 소용이 없어요. 설명이 되지도 않아요. '너는 굉장한 욕심쟁이다'라는 말밖에는 되지 않아요.

자기 자신의 원리대로 한다면 전쟁을 해야만 했다든지, 보편적 원리대로라면 집중 호우와 같은 무역을 했어야 했다고 한다면 상대방이 그 원리를 공격할 수가 있어요. 그것이 없어서 곤란한 거지요. 그러므로 온 세계가 도대체 너는 무엇이냐고 일본의 정체를 묻고 있어요. 이제 와서 물어도 곤란하긴 하지만(웃음).

이어령　빛이 있으면 반드시 그림자가 있어요. 일본인은 '원리'가 아닌 '편리'로 해왔기 때문에 나라는 번영했지만 그 중심은 비었어요. 일본에 왜 격식이나 양식화된 것이 이다지도 많은가 하면, 목적과 이념이 없기 때문이에요. 내용보다도 그것을 싸는 방법이 훌륭한 것은 다만 백화점에 한정된 얘기가 아니에요. 노시가미[熨斗紙](선물에 붙이는 종이) 문화지요. 힘에 의존하는 것도 마찬가지지요.

아마테라스오오미카미[天照大御神](일본 황실의 조상이라고 하는 해의 여신) 얘기를 글 그대로 읽으면 이렇지요. 아마테라스오오미카미가 바위굴 속에 숨어요. 그러면 다른 나라라면 우선 용서를 빌지요. '잘못했습니다. 우리는 그 망

나니, 스사노오노미코토[素戔嗚尊](아마테라스오오미카미의 아우)
를 추방하겠으니 나와주세요.' 이렇게 우선 원리적인 설
득부터 시작될 거예요. 그러나 일본의 8백만의 신은 모
두 모여서 ─ 컨센서스를 중시하는 집단주의는 신화시
대부터 있었군요 ─ 아이디어를 모아요. 그러고는 오나
가도리[尾長鳥](일본 고유의 긴꼬리닭)를 울게 하여 아침의 분위
기를 냅니다. 아마테라스오오미카미가 안에서 내다봅
니다. 내다본다는 것이 정말 일본적 호기심인데, 그 순
간 힘센 신이 힘으로 확 엽니다. 결국 마지막에는 힘으
로 해결한 거지요. 부드러운 옷 안에는 갑옷이 슬쩍슬쩍
보입니다. 원리가 없는 사회를 지배한 최후의 신은 손힘
센 신이었어요.

오오쿠마 시게노부[大隈重信]는 일본을 통달하고 있었다

이어령 또 그런 사회가 의지할 수 있는 또 한 가지는 세 종류의
신기[神器] 같은 구상적 상징물이에요.

어렸을 때 이상하게 생각한 게 있어요. 소학교 다닐
때, 비행기를 타는 일본군 장교가 긴 일본도를 차고 있
었어요. 상공에서 칼싸움을 하는지는 모르지만, 일본도
를 쥐고 있지 않으면 힘이 안 나오는가 보죠. 항공기 시

대에도 일본도가 없으면 싸울 수 없는 것이 일본인인가 봐요. 이렇게 '형식', '힘', '심벌'에 의지해 온 사회가 그 목적 비슷한 것을 매장해 버리면 레이더가 없는 점보기처럼 되어버려요.

시바 요컨대 원리가 없었다는 것은 다시 말하지만 일본의 행운이었어요. 동시에 때로는 대단한 위험이 되기도 하지요. 그러나 그것은 에도 시대까지였고, 특히 1960년대 경부터 경제적 힘을 가진 단계에서는 나 자신을 제어할 수 없는 데까지 가버렸어요.

　나는 오오쿠마 시게노부라는 사람은 가끔 매우 엉뚱한 말을 하는 사람이라고 생각했었는데, 이 사람은 무엇인지 알고 있었구나 하는 생각이 들어요. 그는 일본은 유교 나라가 아니라 법가法家의 나라라는 말을 했어요. 그것을 오래된 회고담에 썼지요. 메이지 초년의 단계에서 일본 사회의 본질을 그렇게 꿰뚫어본 것은 오오쿠마 뿐이었다고 생각합니다. 이 경우의 법가란 합리주의와 비슷한 것이라고 해석하면 됩니다. 법의 종류는 많지 않았으나, 법을 어기는 것에 대한 두려움이 다른 사회보다 철저했어요. 법으로 남의 행동이나 세력을 제어했어요. 또 하나 와카슈야도[若衆宿](부락의 젊은이들이 밤에 모여 일도 하고 의논도 하면서 잠을 자는 집) 같은 기조 문화, 이 사회를 구성하고 있는 어른 사회와 젊은 층의 이원적 구조가 발전되어 대중 사회를 출현시켰어요. 대중 사회가 출현한 이상 그 원리라는 것을 생각해야 하는데, 일본인은 우연히 역사 발전의 프로세스로 최근 손에 넣었기 때문에 그다지 깊이 생각하려 하지 않았어요.

원래 계보는 있었습니다. 도쿄 대학 법학부를 수석으로 졸업하면 어떠한 계급에서라도 무엇이든 될 수 있다는 것은 메이지 이후의 일이었고, 에도 시대라도 굉장한 수재가 나오면 바쿠후의 다이묘 대우의 의사가 될 수 있었어요. 그러나 10여 년 전에 명쾌한 대중 사회가 출현했어요. 그런데 이 대중 사회라는 것이, 무엇이든지 해도 좋다, 그리고 소유욕이나 다른 욕망을 모두 만족시켜도 좋다는 사회며, 게다가 어떤 것이 정당하고 어떤 것이 정당치 않은가가 매우 불분명하고 난잡한 데가 있는 사회예요. 그 난잡함이 정도가 괜찮으면 좋은 술이며 가장 맛있는 와인을 마실 수 있다는 의미로 잘나가지만, 잘못하면 술 찌꺼기가 되거나 이상해집니다.

프랑스 혁명이나 중국 혁명처럼 혁명을 일으켜서 손에 넣은 것이 아니기 때문에 뒤죽박죽이 된 셈이지요. 대중 사회가 대야라 한다면 그 바닥이 1밀리미터 두께의 유리판에 불과해요. 그 위에서 소동을 벌이면 유리는 깨져 버립니다. 그렇게 아슬아슬한 사회지요. 그런 사회에서 가장 두려운 힘이 토목 기업입니다. 토목 기계 그 자체가 인력의 천 배 이상 되는 힘을 가지고 있어요. 그리고 매우 쉽게 물건을 붕괴시킬 수 있어요. 지구의 한 모퉁이를 파괴할 수도 있죠. 지금부터 불과 20여 년 전까지는 그리 대단한 도로도 없었고, 그리 대단한 다리도 없었으며, 현청縣廳도 없었고, 시청도 보잘것없었던 나라를 조금은 모양 있는 상태로 한 것이 토목 인구예요. 그 이유는 토목 자본과 인구가 언제든지 주리며 기다리고 있었기 때문이에요. 정부로부터 아는 체해 주기를 기다리는 거지요. 기다리는 동안 굶주리고 있기 때문에, 그 때문에 물론 토목에 동종 기업이 많이 있으니까 관리와 정치가를 농락하고 있는 셈이지요. 열심히 농락하여 고기를 얻어먹으려고 하기 때문에 독직瀆職이 끊이지 않는 거지요. 그 정점에 전 총리가 있었다는 것은 일본 역사 유사 이래 처음 있는 일이에요. 이는 대중 사회의 유리 바닥을 깨뜨리려는 대단한 내압內壓이 되었어요. 아마 깨뜨리고 말 겁니다.

'침략'을 '진출'이라 해도 두렵다

시바   부서지면 사회주의도 없고 자본주의도 될 수 없어요. 토
지를 돈뭉치로 평가하고 돈뭉치를 돌리고 있으니 이것
으로 마지막이지요. 국내적으로는 여기까지 왔다고 봅
니다. 국내적으로는 유리 바닥을 부수려고 하고 있어요.
아마 꽤 부서졌을 거예요. 온갖 인간이 크건 작건 간에
이전 총리적 인물이 되었어요. 아무튼 대중 사회란 억제
가 없으면 유지되지 않아요.

　대중 사회를 유지할 수 없으면 법으로 묶어야 하고,
지금 여러 가지 규약으로 구속하지 않으면 국내적으로
도 큰일 납니다. 국내적 모순이 국외로 나가고, 잉여 파
워가 국외로 향하기 때문에 이제 돌진할 뿐입니다. 왜구
적倭寇的으로 되지 않을 수 없어요. 다시 한 번 오오쿠마
시게노부의 말을 떠올려야 하겠지요.

이어령   칭기즈칸이 휙 하니 가버리고 나니 누런 먼지만 남았다
고 합니다. 일본이 한국 식민지 시대에 무엇을 남겨놓았
느냐 하면, 농담으로 이런 말을 해요. '단무지와 화투'라
고, 일본에 있어 1980년대의 지금은 가장 중요한 고비
라 생각합니다. 경제 기술 등은 생의 방법이지요. 그것
은 일단은 성공한 것처럼 보여요. 그러나 그것을 어디로
갖고 갈 것인가. '장미는 장미라 부르지 않아도 아름답

다.' '침략'은 '진출'이라 해도 역시 두려운 것입니다.

시바   오늘은 좀 더 일본 자랑을 하고 싶었어요(웃음). 유감스럽게도 나같이 태평한 사람도 지금의 일본은 위태롭구나 하는 위기감을 느끼게 됩니다.(이어령, 『한국과 일본과의 거리』, 삼성출판사, 1986.)

아시아가 미래를 이끈다

대담자: 우메하라 다케시[梅原猛]

이어령 안녕하십니까. 이제 캘린더의 숫자가 바뀌어 1996년이
됐습니다. 그런데 캘린더라는 말은 원래 그리스어로 이
자를 결산하는 장부였다고 합니다. 새해에 새 달력을 거
는 것은 바로 희망을 거는 것인데 그것이 이자를 계산하
고 갚는 장부라고 생각하면 정이 떨어지는군요. 그러나
한자를 사용하는 동아시아에서 달력이 의미하는 것은
서양의 그런 물질적인 이미지와는 다릅니다. 달력을 뜻
하는 한자의 '력曆' 자는 하루하루의 시간이 물방울처럼
빨랫줄 같은 줄에 죽 이어져 있는 상태를 뜻하는 글자라
고 하더군요. 그러니까 서양의 달력이 과거와 단절하고
결산하는 장부와 같은 것이라면, 동양의 것은 서로 떨어
져 있으면서도 불연속적으로 이어지고 지속하는 시간
을 나타내고 있다고 할 것입니다. 달력의 어원이 이렇게
다른 것처럼 같은 1996년이라도 동양과 서양 사이에는

분명한 차이가 있는 것 같군요.

　경제만 보아도 그렇지요. 최근 대부분 나라들의 경제가 침체돼 있고 일본도 사상 최대의 실업률을 기록하고 있습니다마는 서양에 비해서 아시아 지역은 그래도 활기찬 성장을 계속하고 있습니다. 모든 지역이 먹구름인데 그나마 경제가 성장하고 산업이 발전하고 있는 지역은 아시아밖에 없다고들 합니다. OECD는 세계 경제에서 아시아가 차지하는 비율이 현재 4할 정도지만, 21세기 초가 되면 6할이 될 것이라고 내다보고 그렇게 되면 세계 경제의 중심은 아시아가 될 것이라고 예측하고 있습니다. 하지만 그것은 경제 성장에 관한 이야기고, 문명·문화 면에서도 세계의 중심이 될 것인가 하는 데는 대부분의 사람들이 회의적인 것 같습니다. 지금까지 세계 시스템을 이루어온 것은 서구 문명이었고 지금 아시아의 경제 발전도 그 시스템 안에서 이루어지고 있는 것이 아닙니까?

　아시아가 21세기를 주도해 갈 문화·문명의 모델을 가지고 있지 않다면 경제 성장도 일시적인 현상으로 그치고 말 것입니다. 최근 선생님은 중국에 가서서 강연을 하셨고 그것이 새로운 개방과 비약적인 경제 성장을 이루고 있는 중국인들에게 큰 충격을 던져준 것으로 알고 있습니다. 그때의 메시지가 무엇이었는지 우선 이야기의 실마리를 풀어주시지요.

우메하라 저도 이 선생님처럼 젊었을 때는 서양에 대해 많이 공부했습니다. 서양 철학을 공부하고 대체로 서양 것은 훌륭하고 아시아의 것은 쓸모가 없다고 생각했습니다. 하지만 역시 '아시아 사람은 아무리 서양을 공부해도 안 되는 부분이 있구나, 그리고 일부분이라도 서양과 통하는 사상을 만들려면 아시아를 모르고선 안 되겠구나'라는 생각이 들어 서른다섯 살 무렵부터 아시아를 중심으로 연구 목표를 바꿨습니다. 그 뒤 지금까지 35년간 죽 연구해 왔습니다만, 이제 와서야 아시아가 점차 확실히 보이기 시작했습니다.

지금 말씀하신 것처럼 최근 아시아의 경제 성장은 굉장했고, 또 계속 성장하고 있다고 생각합니다. 일본과 한국에서는 여러 가지 어두운 뉴스가 있긴 합니다마는, 그 자체가 하나의 발전을 의미하는 것이고 아직 젊다는 것을 의미합니다. 그렇기 때문에 경제는 멈추지 않고 진전을 하고 있습니다. 21세기가 되면 세계 경제에서 아시아가 차지하는 비중이 지금의 4할에서 6할로 커진다고 하셨습니다만 아시아의 경제 성장은 계속 되어가리라고 봅니다. 하지만 문화라는 면에서 보면 아시아 스스로의 문화를 잃어버리고 경제 성장 일변도로만 달려온 것 같습니다. 실은 지금까지의 경제 성장의 원인에는 물질적인 것만 있는 것이 아니라 그 밑바탕에는 정신적인 것 또한 깔려 있다고 생각합니다. 즉 경제 성장을 받치고 있는 것은 유교 또는 불교와 같은 정신인 것입니다. 그런 정신적인 면을 자각하면 필시 21세기의 아시아의 역할, 단지 경제적인 것만이 아니라 새로운 인류의 모습을 아시아에서 찾지 않으면 안 될 가치 체계를 발견하게 될 것이라고 생각합니다.

공통된 아시아 가치관

이어령   그러니까 아시아의 경제 성장은 서양 문명의 뒷바퀴가 아니라 세계를 주도해 갈 새 문명의 앞바퀴 노릇을 할 수 있다는 말씀이시지요. 그런데 우리는 경제 성장만을 보고 있지 그 성장의 원인이 된 것을 가꾸어가는 데는 눈을 가리고 있다는…….

우메하라   그렇습니다. 뒤집어 말하면 서양의 경제와 그 사회가 어려움을 겪고 있다는 것은 2, 3백 년 동안에 이룩해 온 서구의 근대 문명 자체가 모순을 드러내기 시작했다는 것이지요.

이어령   하지만 아시아에 공통된 가치관이 존재하고 있는가 하는 문제에 대해서는 논란이 많은 것 같습니다. 기독교적 가치 체계를 큰 기둥으로 삼고 있는 서구와는 매우 다르지요. 종교적 통일성도 풍토의 단일성도 발견할 수 없는 것이 아시아 지역입니다. 다만 최근에 아시아의 지식인들을 상대로 델파이 조사를 한 결과를 보면 교육, 가족, 관계성 벼농사 등의 특징을 들고 있더군요.

확실히 인간을 '존재론적'으로 본 서양 전통과는 달리, 교육을 통해서만 자연 상태로부터 인간으로 되어 가는 것이라는 유교적 '생성론' 때문에 교육에 대한 가치 부여가 서구보다 훨씬 컸던 것을 부정할 수 없습니다. 사실 한국에서는 지금도 남을 욕할 때 '무식하다'거나 '배워먹지 못한 놈'이라고 합니다. 한국의 서당처럼 일본에서도 에도 시대부터 데라코야라는 절 같은 곳에서 아이들이 공부를 했지요. 읽기, 쓰기는 물론이고 주판을 놓는 법까지도 말입니다. 특히 유럽에서는 거의 모든 여성이 교육을 받지 못하고 있을 때 이미 일본에서는 여성의 15퍼센트 이상이 교육을 받았습니다. 지금 미국에서는 여권이 대단하지만 불과 1백여 년 전만 해도 여성과 흑인에게 글을 가르쳤다고 형장을 가한 일까지 있었지요.

또 그 조사에 나타난 것처럼 가족 중심의 가치관을 들수도 있을 것입니다. 특히 아시아의 네 마리 용이라는 한국, 타이완, 싱가포르, 홍콩은 그 경제 발전의 토대를 모두 가정에 두고 있습니다. 자연히 기업들도 가족 중심으로 되어 있고, 가족을 위해서는 시키지 않아도 열심히 일을 합니다. 그렇기 때문에 아시아에서는 서구와 같은 엄격한 이념주의나 원리주의적 경향이 희박하지요. 같은 이슬람이라고 해도 아시아 지역으로 오면 느슨해진다고 합니다. 이를테면 이슬람을 믿는 말레이시아의 근로자들은 돈을 벌기 위해서는 예배 의식을 예사로 거른다고 합니다.

하지만 아시아의 경제 성장을 그런 특징 위에서만 본다는 것은 매우 위험한 일입니다. 지금 아시아의 경제적 발전이라는 것은 소련의 1950년대와 같은 현상으로 보고 있는 학자들도 있는 것 같습니다. 즉 자원과 노동력으로 경제 성장을 했으나, 기술이 부족하다거나 정치의 민주화가 되어 있지 않다거나 하는 것 때문에 결국은 붕괴하고 만 소련과 같은 과정을 밟고 있다는 것이지요. 사실 민주화라는 면에서 보면 아시아에는 별로 내놓고 자랑할 만한 나라가 드뭅니다. 아시아형 발전은 대개가 일본까지 포함하여 선산업화 후민주화였지요. 그리고 어느 정도 그것으로 성공을 거두었지요. 필리핀만이 선민주화 후산업화의 모델로 나가다가 지금 혹심한 경제적 후진성을 탈피하지 못하고 있지요. 서구는 선민주화 후산업화이기 때문에 그 기반이 튼튼하지만 아시아는 민주화의 기반이 취약해서 아무리 산업화가 되고 경제가 성장해도 언제 무너질지 모르는 불안감이 있다는 견해입니다.

　선생님은 아시아의 문화적 공통점이 무엇이라고 생각하시는지요?

우메하라 역시 한국, 일본, 중국에 공통되는 것은 도교, 불교, 유교라고 생각합니다. 이것들의 비율은 다소 다르지만 대체로 그렇습니다. 말씀하신 대로 유교는 가족을 중시하는 전통입니다. 덕이라는 것은 인간과 인간 사이에서 나옵니다만 근본적으로 가족 사이에서 형성되는 것입니다. 하지만 서양에서는 가족보다는 인류와 개인이 중요시됩니다. 때문에 대체로 서양의 철학자는 독신입니다. 소크라테스는 부부라는 것이 얼마나 쓸모없는 것인가를 증명하기 위해 제일 나쁜 부인을 얻었고 데카르트는 아이는 있으나 결혼을 안 하는 등, 서양의 철학자들은 가족이란 것이 없고 그것이 순수하다는 생각을 가지고 있습니다. 저나 이 선생님은 결혼을 했고, 동양인은 대체로 가족을 구성하지 않으면 이상하다고 생각하고 있습니다. 가족에 대한 사랑에 근본적인 시작이 있고 그 가족애가 애사심이 되고 결국은 애국심이 됩니다. 가족애가 출발입니다. 여기에는 중요한 의미가 있는데 유럽이나 미국에서는 마지막에 가족으로 돌아온다고 하는 것을 이해하지 못합니다. 동양에서는 가족 중심의 윤리라는 것이 상당히 중요한 것입니다. 제 생각에 이 윤리는 유교와 불교에서 나온 것 같습니다.

불교적 전통은 한국보다는 일본에서 강하다고 생각합니다. 한국이 부계 사회인 데 비해 일본 사회를 들여다보면, 부와 모의 양계兩系 사회라고 할 수 있습니다. 아버지 가족의 권리와 어머니 가족의 권리가 대체로 같다는 것입니다. 기원전 3세기 이전 일본의 조몬[繩文] 시대, 한국말로 하면 승문 시대에는 모계 사회였습니다. 그것이 중국, 한반도의 영향으로 점점 부계 사회가 됐습니다. 중국 문화의 영향을 받기 쉬웠던 한국은 상당히 강한 부계 사회이고 일본은 아직 조몬 시대의 영향으로 모계적인 문화 형태가 남아 있는 것입니다. 따라서 일본은 불교의 영향을 받기 쉬웠고, 한국은 유교를 받아들이기 쉬웠습니다. 그렇지만 한국에는 불교적 전통 역시 남아 있고 그것이 대승 불교이기 때문에 남을 위해서 일하는 것은 좋다는 생각, 우선 가족을 위해 일하는 것, 지역 사회를 위해 일하는 것, 그리고 나라를 위해 일하는 것이 좋다는 희생정신이 동아시아의 다른 나라들에처럼 남아 있다고 생각합니다. 유교의 엄격한 가족 제도와 불교의 자기를 버리는 정신, 즉 희생정신이 있기 때문에 계속 발전해 나갈 수 있다고 생각합니다.

중국·일본·한국의 기업 형태

우메하라 중국은 땅이 워낙 커서 나라라는 관념보다 가족 의식이 강할 수밖에 없다고들 하지요. 가족을 이끌어나가는 리더가 국가의 왕처럼 권한이 클 수밖에요. 그래서 중국 사람들은 '나라'라는 국國 자만으로는 이해를 못했기 때문에 그 밑에 집 가家 자를 붙여서 비로소 국가 개념을 이해했다는 것이지요. 즉 나라를 큰 가족으로 이해했던 것이지요.

원래 불교는 출가라고 해서 집을 나가는 것, 가족을 부정하는 것처럼 보입니다마는, 일본·한국 등에서는 불교를 믿으면 세속에 있으면서도 얼마든지 부처의 마음을 갖고 살 수 있다고 믿었지요. 그래서 완전히 부처가 되지 않고 인간 속에서 살아가는 보살을 좋아했는지 모릅니다.

　아시아의 종교적 특징은 불교나 유교 또는 도교의 어느 하나가 아니라, 바로 그 세 종교가 기독교·이슬람교처럼 싸우지 않고 서로 공존해 온 것이라고 할 것입니다. 중국·한국의 경우는 유교·불교·선교, 일본 같으면 유교·불교·선교의 삼교 일치의 정신이 공통된 문화였다고 할 것입니다. 물론 서로 마찰과 충돌을 일으키는 일은 있었으나, 서양의 십자군 시대와 같은 그런 종교 전쟁은 아시아에서 일어나지 않았지요. 중국인은 바깥에 나갈 때는 유교의 옷을 입고, 집으로 돌아오면 도교의 옷으로 갈아입는다는 말도 있습니다. 공적으로는 유교를, 사적으로는 도교를 믿었다는 것이지요. 한국에는 또 선유후불이라고 해서 살아서는 유교, 죽을 때는 불교를 믿는 풍습도 있었지요. 동북아시아의 특성은 서로 이질적인 종교를 하나로 쌀 수 있는 보자기 문화가 존재한다는 점입니다. 보자기는 둥근 것도 싸고 네모난 것도 쌉니다. 이 유연성이 서양 것도 편하게 받아들이게 하여 산업화에도 성공한 것이라고 봅니다.

　사람이 너무 합리주의적이거나 원리 원칙을 따지다 보면 하나의 틀에 얽매이게 됩니다. 그러나 가족이라는 것은 결코 합리적인 집단이라고는 할 수 없습니다. 시장 경쟁 원리가 통하지 않는 것이 가족이라는 집단이지요. 아버지가 제구실을 못한다고 남의 아버지로 바꾼다거나 자식이 실적이 없다고 해서 사원을 갈듯이 해고할 수는 없습니다. 때문에 아시아의 사회가 법이 지배하는 합리적인 계약 사회 일변도로 나가지 못하는 것은 그 저변에 정이라든가 비합리적인 얽히고설킨 인연, 혈연의 관계가 깔려 있기 때문입니다. 그런 면에서 합리주의와 개인을 바탕으로 한 서양과는 다른 사회와 문화가 만들어진 것이라고 할 것입니다.

단지 일본은 혈연 중심의 진짜 가족보다는 무가 사회에서 보듯 주종의 관계를 가족처럼 맺는 '의사 가족 제도'를 만들어냈지요. 그것이 옛날의 봉건 영주를 중심으로 한 '한'이었고 현재는 회사가 된 것이지요. 가족의 구성원밖에 믿지 않는 문화에서는 사회에 대한, 말하자면 타인에 대한 트러스트, 즉 믿음이라는 것이 형성될 수 없습니다. 그래서 중국을 비롯해 중국인들이 살고 있는 타이완, 싱가포르 등에서는 모두 중소기업만 성공을 거두게 되었다는 것입니다. 최근 저서에서 프랜시스 후쿠야마도 지적했습니다만, 세계에서 독일·미국·일본만이 가족을 기반으로 하지 않은 사회적인 트러스트를 형성하는 데 성공했다고 합니다. 그래서 그 나라에서만 세계적인 대기업이 생겨날 수가 있었다는 것입니다. 가족의 울타리를 벗어나지 못하는 사회에서는 패밀리 비즈니스의 형태를 띠어 글로벌 기업으로의 성장과 발전에 한계가 있다는 겁니다. 그러고 보면 21세기는 같은 시장 경제라고 해도 가족을 바탕으로 한 패밀리 비즈니스 형태의 중국 중심의 아시아권 경제와 일본을 포함한 미국·독일 등 사회적 트러스트, 신뢰 관계를 기축으로 한 글로벌 기업 간의 경쟁에서 결판이 날 것이라는 견해지요. 물론 프랜시스 후쿠야마는 가족보다는 트러스트를 사회 자본으로 하는 쪽에 희망을 걸고 있지요.

하지만 프랜시스 후쿠야마가 잘 이해하지 못한 것은 일본 경제가 과연 가족을 냉담히 뿌리치고 주식회사 같은 사회의 트러스트만을 바탕으로 한 경제냐 하는 것입니다. 서양의 한 일본 연구가는 일본 사회를 아시아적인 가족주의의 스킨십과 서구 근대 계약 사회적 컨트랙션의 양면을 함께 가지고 있는 '컨트랙션십'이라고 말했습니다. 두 말을 합쳐 하나의 합성어를 만들어낸 것이지요. 일본은 가족주의와 같은 혈연 사회의 원리를 가지고 근대와 같은 계약 사회를 만들어냈고, 그래서 일본의 대기업은 서구의 주식회사와는 달리 마치 가족끼리 운영하는 패밀리 비즈니스와 유사하다는 것입니다. 그것이 지금 버리느냐 지키느냐의 기로에 서 있는 이른바 일본식 경영이라는 말이지요.

한국도 그렇습니다. 한국에는 중국의 패밀리 비즈니스 형태의 가족주의로 이루어진 기업이 많습니다마는 실질적으로 들여다보면 가족주의적이면서도 사회적 트러스트를 기반으로 하고 있는 대기업이 한국 경제를 대표하고 있습니다. 한칼로 피냐 트러스트냐로 자를 수 없는 혼재 현상 바로 그것이 아시아의 특성이며 변화의 요소입니다. 한마디로 앞으로 경제를 움직이는 것은 경제 자체의 논리가 아니라 말하자면 사회 자본social capital으로서의 문화라는 것을 알 수가 있습니다. 민주화, 시장 원리, 개인의 자유와 같은 가치 체계가 보편적인 것이 되었다고 하더라도 문화적 차이에 따라서 그 양상은 달라진다는 것이지요.

이 선생님의 말씀에 좀 보태면 한국은 역시 부계 사회입니다. 때문에 아버지의 피가 중요합니다. 하지만 일본에서는 아버지의 피가 별로 중요하지 않습니다. 예를 들면 교토의 상점가에서 몇백 년 같은 장사를 계속했다고 해서 가계를 조사해 보면 상당수가 양자입니다. 아들도 실력이 없으면 내보내고 지배인 중에서 제일 우수한 자를 양자로 하여 3백 년, 5백 년 내려왔던 것입니다. 한국은 부계 사회이지만 여자들이 시집을 가도 자기 성을 가지고 있습니다. 일본은 여자가 결혼을 하면 남편의 성으로 갈지요. 중국은 현재도 돈이 들어오면 반 가까이는 장롱 속으로 퇴장退藏된다고 합니다. 사회와 남을 믿지 않기 때문이지요. 그러나 가족에 대한 믿음은 대단합니다. 중국 사람들은 어른과 아이, 남자와 여자의 구별 없이 모두 평등하게 한 식탁에 앉아 식사를 합니다. 같은 젓가락인데도 중국 것이 제일 긴 것은 그런 이유 때문입니다. 그것처럼 중국은 일본이나 한국과 달리 가족에게 재산을 균등 상속한다고 합니다. 그렇기 때문에 상속한 땅이 몇 대로 내려가면 누구도 그 땅으로 자립해서 살아갈 수 없게 되고 결국은 유민이 되어 고향을 떠나 남쪽으로 내려오거나 외국으로 나갑니다. 그것이 '핫카'라고 하는 오늘의 화교 집단들이지요.

재산 상속을 어떻게 하느냐의 문화적 차이에 의해서 같은 아시아라고 해도 그 모습이 달라지는데, 피보다 능률주의에 입각하여 상속하는 나라가 바로 일본이었습니다. 점원에게 딸을 주어 상업을 계승시킨 데릴사위 제도가 거기에 해당되는 것이지요. 자식은 선택할 수 없지만 사위는 제 손으로 고를 수 있다는 논리이지요. 또 양쪽이 서로 양자를 주고받는 경우도 있습니다. 그리고 자식을 내보내 다른 가정을 만들고 그 집과 자신의 가계를 모두 타인에 의해 이어가게 하는 경우도 있습니다. 따라서 혈연의 권리보다 상업 권리를 우선시하는 것입니다. 그런 것은 이미 도쿠가와 시대 이전부터 있었으며, 이것 역시 근대화에 큰 플러스 요인이었다고 생각합니다.

지금까지 나온 현실 문제보다 큰 것이 역시 사상 문제입니다. 사상 면에서 아시아는 벼농사의 사회이고 서양은 밀농사의 사회라고 생각합니다. 이 벼농사는 5천 년 전에 중국 운남성에서 시작되어 2천 년 전에 한국이나 일본에 들어왔다고 하는 것이 정설이었습니다. 물론 7천 년에서 9천 년 전이라고 하는 이론도 나오고 있습니다. 그렇다면 밀농사 문명이 성립됐을 때 벼농사 문명은 시작되고 있었다는 겁니다. 그리고 밀농사 문명이 메소포타미아 문명과 이집트 문명을 만들고 또 그리스 문명과 서양 문명의 기초를 만들었으며 그것이 근대화된 공업 문명이 서구 세계의 주류파입니다. 그러나 아시아에서는 밀농사를 지은 지역도 있었습니다마는 벼농사를 주로 지어왔고 이것이 오늘날의 세계 문명으로 보면 반주류파에 속하는 문명을 만들어내었다고 할 것입니다. 바로 그 문명이 동아시아에서 유교나 불교를 낳게 한 것이 아니냐 하는 것입니다. 그리고 그 문명의 건강함이 지금의 아시아의 경제 발전까지 낳게 한 것이 아닌가 하고 생각하고 있습니다.

서양의 학자들도 선생님처럼 깊은 연구는 아니지만 벼농사를 짓고 살아가는 문화권에서 오늘의 정보 사회를 이끌어 가는 전자 산업이 발달한 것은 결코 우연이 아니라는 것을 지적하고 있지요.

이어령 벼농사는 밀농사와는 달리 손이 많이 가고 정성을 많이 쏟는 농사지요. 쌀 미米 자는 여든여덟이라는 뜻도 있는데 오죽하면 여든여덟 번 손이 가야 먹을 수 있는 게 쌀이라고 풀이했겠습니까. 참을성과 자상함 그리고 끈기와 섬세함이 벼농사를 짓는 사람들의 특성이지요. 21세기를 지배하는 산업은 반도체 아닙니까. 걸프 전쟁 때 군사 평론가들은 '강철을 실리콘이 이긴 전쟁'이라고 평했는데, 산업 사회가 강철로 상징된다면 정보화 사회는 실리콘, 즉 반도체가 이끌어 나갑니다. 그런데 반도체 생산국의 주도국은 한국과 일본입니다. 반도체 수율이 이 산업을 결정짓는 요소인데, 미국에선 그것이 80퍼센트 정도밖에 되지 않지만 일본은 90퍼센트 그리고 한국은 거의 100퍼센트라고 합니다. 반도체는 기계만으로는 안 되고 사람의 손이 끝마무리를 해야 하는데, 이때 필요한 것이 바로 벼농사를 지을 때의 그 요소와 특성이 된다는 것이지요.

더구나 반도체를 만드는 클린 룸에서는 신발을 벗어야 하는데 서양 사람들은 침실에 들어갈 때까지 신발을 신고 다니지 않습니까? 미국에 진출한 일본의 반도체 공장에서는 종업원들이 방 안에 들어갈 때 신발 벗는 것을 가르치는 데 꼬박 2년이 걸렸다는 말도 있습니다. 반도체는 여성들의 정성과 섬세한 손끝에서 나오는 것인데 불순물을 떨어뜨리지 않기 위해 매니큐어를 발라서도 안 되는 아주 까다로운 공정 속에서 완성되는 것입니다. 정확과 정밀을 자랑하는 독일 같은 곳에서도 반도체 생산에는 손을 들어버렸습니다. 또 반도체를 만들기 위해서는 물이 좋아야 합니다. 석회석이 있는 유럽 지대의 물로는 반도체를 만들기 힘듭니다. 일본은 숲이 많고 물이 깨끗해서 고순도의 반도체를 생산할 수 있다고 합니다. 선생님이 늘 주장하는 벼와 숲의 문화가 하이테크를 낳고 있는 것이지요.

벼농사뿐 아니라 아시아에서는 목축, 유목도 대체로 공존하고 있었습니다.

숲을 죽인 서구 산업 문명

우메하라 그러나 서역의 목축, 유목 지대에서는 인간이 도덕률 그
자체이고, 식물과 동물을 관리한다는 인간 중심주의가
생겨났습니다. 그리고 그 문명이 만든 지대를 가보면 나
무가 한 그루도 없는 사막에 가깝습니다. 이러한 사실로
우리는 밀농사와 목축을 주로 했던 인류의 주류파가, 자
연을 얼마나 심하게 파괴했는가 하는 것을 알 수 있습니
다. 중국 북쪽의 반은 대체로 밀농사와 목축을 하고 남
쪽의 반은 벼농사를 짓습니다. 중국의 북쪽을 보면 사막
에 가깝습니다. 우리들은 산에 나무가 있는 것을 당연하
다고 생각하지만 그렇지가 않습니다. 산에 나무가 없는
것을 당연시하는 곳도 있습니다. 이것 역시 밀농사와 유
목 지대에 문명이 발달하여 나무를 베어버린 결과입니
다. 이 문명을 전통으로 해서 산업 문명이 생겨난 것입
니다.

이어령 그러니까 석탄이라고 하는 것은 자를 나무가 없으니까
땅속에서 연료로 캐낸 것이 아니겠습니까? 그래서 산업
시대 이전에 이미 숲이 없어졌다는 사실을 D. H. 로렌스
의 소설을 읽어보면 알 수 있습니다. 『채털리 부인의 사
랑』은 에로티시즘을 다룬 소설로 알려져 있지만 사실은
문명을 다룬 소설이지요. 남편인 클리퍼드 채털리는 군

대에서 불구가 되어 돌아왔을 때 고향 숲의 나무들이 모두 베어져 없어진 것을 발견하게 됩니다. 그가 성 불구가 된 것이나 고향 땅이 숲을 잃은 것이나 다 같이 생식력을 잃은 것을 상징하고 있는 것이지요. 결국 그가 도달한 곳은 공장 굴뚝에서 내뿜는 불꽃이었지요. 한마디로 숲을 죽인 문명이 서구의 산업 문명인 셈입니다.

일본에는 '숲은 바다의 연인'이라는 속담이 있는데 이 말은 숲이 살아 있어야 바다도 산다는 생태계 전체의 유기적 관련을 나타낸 말이라고 하겠습니다. 그런데 지금 아시아가 경제적으로 성장하고 있다는 것은 바로 농지가 공장으로 바뀌어가고 있다는 것을 뜻하는 것이고 공장이 들어서고 있다는 것은 산업 공해가 증대되어 간다는 것이기도 합니다. 이렇게 서양을 뒤쫓아가다 보면 결국 아시아는 서양 문명의 폐차장이 되고 말 것이라고 생각합니다. 시장의 원리는 경쟁 원리이므로 경쟁에서 이기면 되는 것이라고 생각하기 쉽지만, 에너지 문제·공해 문제·환경 문제는 이기고 지는 사람이 없습니다. 다같이 죽지요.

가령 에너지 소비량이 최근 갑자기 늘고 있는 곳이 아시아 지역으로서 전 세계적으로 보면 에너지 소비가 2퍼센트 정도 늘고 있는 데 반해서 아시아에서는 4퍼센트 이상 늘어나고 있습니다. 중국이 배출하는 공해만 보더라도 이러다가는 세계 문명의 중심지는커녕 공해의 중심지가 되고 말 것 같습니다. 중국의 경제 성장은 전 세계의 관심을 끌고 있습니다. 중국 사람이 지금보다 내의 한 장을 더 입어도 세계의 석유가 바닥이 난다는 농담까지 나올 정도입니다. 지구 자원의 고갈도 문제지만 공업화에 의해서 생기는 공해는 한국, 일본은 물론이고 세계를 위협하는 요소가 되지요. 황사를 보십시오. 오염 물질을 지닌 황사는 한반도는 물론이고 일본과 하와이까지 기류를 타고 확산합니다. 중국은 경제 특구를 만들어 부분 개방을 하고 있습니다마는 지역 간의 불균형으로 불평이 일고 있습니다. 이렇게 되면 전면 개방도 불가피해지고 공업화와 공해는 더욱더 심해질 것입니다.

공해 문제는 지구 차원의 문제이므로 내정이라고 해도 세계가 간섭을 하게 됩니다. 어떤 분규가 일어날지 모르지요. 더구나 서양 사람들은 중국이 커지고 유교 문화권과 이슬람 문화권이 손을 잡으면 서구 진영은 소련이 해체되기 전보다 더 위협적인 상황에 빠지게 될 것이라고 내다보기도 합니다. 그러고 보면 아시아주의를 선불리 내걸 수도 없는 것이 일본이나 한국의 입장인 것입니다. 그동안 일본과 한국은 냉전 시대에 어느 나라보다도 서구 진영과 보조를 맞춰왔지요. 그들의 힘을 빌려 근대 기술과 민주주의와 자유 무역으로 오늘의 번영을 가져오기도 했습니다. 그래서 마하티르나 리관유[李光耀] 같은 반서구적인 아시아주의에 경계를 하고자 하는 사람도 많은 것 같습니다.

인간과 자연이 공존해야 한다

우메하라 일본에서도 저 같은 생각을 갖고 있는 것은 소수파입니다. 다수파의 생각은 서양 문명을 그대로 받아들여, 경제를 발전시키면 좋지 않냐는 것입니다. 이건 한국이나 중국도 마찬가지라 생각합니다. 이렇게 나아간다면 말씀하신 바와 같이 폐기물의 쓰레기장이 됩니다. 저는 인간 중심주의를 내세울 게 아니라 전통 정신, 벼농사의 정신을 살려내어 자연을 중시하고 인간과 자연이 협조해 가야 한다고 생각합니다. 인간이 인간과 협조하고, 좁게는 가족에서 넓게는 다른 인간과도 협조하고, 자연과 공존해 가려는 생각이 기본이라고 생각합니다. 그런 발상을 갖고 이 문명을 더욱 발전시켜 가야 하는 것입니다. 이처럼 숲의 문화와 벼농사의 문화를 공존시켜, 독특한 문화를 만들어온 것이 일본의 문화이고 한국의 문화입니다.

　그러나 숲의 문화가 얼마나 남아 있고 어떻게 공존시
켰나 하는 점에서 한국과 일본이 다소 다릅니다. 예를
들어 생선회를 일본에서처럼 한국에서도 먹습니다. 그
러나 먹는 방법이 조금 다릅니다. 일본인들은 간장에 찍
어 먹습니다만, 한국에서는 초고추장에 찍어 먹습니다.
또 일본은 지금도 송이를 비롯해 산에서 여러 가지 먹을
거리를 얻고 있습니다. 한국에선 고사리를 비롯해 더 많
은 종류를 산에서 얻어 오고 있을 것입니다. 논밭은 인
간 스스로가 만들어낸 생산 공간이지만 숲은 자연이 만
들어낸 생산물을 인간에게 베풀어주고 있는 것입니다.
수렵 채집 시대의 문화지요. 농업도 산업도 아닌 채집
문화의 원형이 일본이나 한국에는 많이 남아 있다는 겁
니다. 말하자면 숲의 사상과 문화가 남아 있는 얼마 안
되는 산업 국가인 것입니다.

이어령　한국의 식생활을 보면 나물의 비중이 아주 큽니다. 나물
이라는 것은 농산물이 아니라 숲에서, 벌판에서 캐 오는
식물을 이르는 말이지요. 특히 민속을 보면 농업 사회
속에서도 여자들이 나물 캐는 이야기와 그 풍경을 아주
낭만적으로 표현하는 것이 많지요. 채집 문화를 농업 문
명 속에 굴절시키고 살았다는 증거입니다.

우메하라 그러니까 벼농사 문화와 숲의 문화를 공존시켜 지금만큼의 문화를 만들었습니다. 그리고 공업 문화를 만들면서도 이 두 가지 문화를 공존시키지 않으면 안 됩니다. 그러면 세계가 이 이념으로 나갈 수 있을 것입니다. 바로 그것이 아시아 문명의 모델이라고 할 수 있습니다. 농업 시대 속에 채집 문화를 그대로 간직하고 그 정신을 살려 나가는 것, 이것이 단절과 혁명으로써 역사를 끌고 나간 서양과 다른 아시아적 정신이라고 저는 생각합니다.

이어령 그렇군요. 서양에서는 수렵, 채집 문화가 농업 문화와 단절되고, 농업 문명은 산업 문명에 의해서 청산됩니다. 그러므로 프리모던, 모던, 포스트모던으로 문명이 질서 정연하게 구분되고 또 늘 그런 문명이 충돌 경합하여 한쪽이 다른 한쪽을 정복해 버리고 맙니다. 생산 양식도 사고방식도 생활양식도 모두 그렇지요.

그런데 아시아에서는 그것들이 공시적으로 그리고 혼재하여 쌓여갑니다. 문화는 흘러가는 것이 아니라 퇴적되어 가지요. 특히 일본의 경우가 그렇습니다. 일본 여성들에게는 치마를 열두 겹씩 겹쳐 입는 이른바 히토에라는 옷이 있지 않았습니까?

어떻습니까. 선생님은 아이누 문화에도 밝으신데 아

이누 말로 '우레시이 파모시리'라는 것이 있다지요. '서로 살려 간다'는 말이라지요. 즉 서로 죽이는 게 아니라, '같이 키워가는 것'이라는 뜻으로 들었습니다. 그리고 아이누 말에는 구름이니 식물이니 동물이니 하는 단어는 있는데 자연이라는 단어는 없다고 들었습니다. 인간이 자연이란 말을 만든 순간 인간은 자연과 단절되고 만 것입니다. 인간도 자연의 일부인데 자연이란 말이 생기고부터는 인간과 자연은 서로 대척되는 관계로 인식된 것이지요. 그리고 보면 자연이란 말처럼 무서운 말도 없어요. 심지어 자연의 품속에서 살아가는 인간이 자연보호라는 말을 쓰고 있는 것을 보면 기가 막히지요. 산업 시대, 정보 시대의 문화를 채집 시대의 자연 그대로의 문화와 공존시키는 것, 이것이 진정한 아시아주의라고 생각되는군요.

패권·대국주의 버리고 한마음 돼야

우메하라 그래요. 일본에는 옛날의 수제품부터 산업 시대의 하이테크와 정보화 사회의 산물이 모두 있습니다. 일본의 초밥을 잘 보십시오. 날생선은 바로 채집 시대의 문화이고 그 생선으로 싼 밥은 농경 시대의 문화입니다. 그리고 그것을 찍어 먹는 간장과 조미료는 산업 시대의 공장과 바이오테크놀로지를 이용해서 만든 것입니다. 그러나 초밥의 맛은 역시 인공적인 것이 가미되어 있지 않은 날 것 그대로인 자연의 맛이 중심을 이루고 있지요.

미국은 이미 산업의 포드주의 같은 것을 찾아볼 수 없을 만큼 공동화돼 버렸습니다. 산업주의 시대가 가버린 것이지요. 그래서 지금은 소프트웨어의 대부 빌 게이츠의 미국이 있다고들 말합니다. 공존한다는 차원에서 생각해 보면, 앞으로의 마지막 관문입니다만, 서양의 문명에서 아시아가 배울 것이 있다면 그것은 공해 문제, 에너지 문제 등을 해결하는 기술일 것입니다. 서양의 기술로 서양이 내질러 온 문명의 찌꺼기들을 청소하는 일이지요. 인간은 더 이상 자연을 파괴해서 얻은 문명 속에서는 살아갈 수 없게 되었습니다. 아무리 문명이 편하다고 해도 디디고 있는 땅이 흔들리면 그것은 없는 것과 다름이 없어요.

이어령 서양에서 다 배우고 나면 그때 아시아는 도대체 어떻게 해야 할까 하는 의문이 나오게 됩니다. 그래서 지금 대두되고 있는 것이 신아시아주의, 즉 아시아의 블록화입니다. 현재 아시아 지역에 흩어져 있는 화교는 5천만 명이고 구미 여러 나라에는 약 3백만 명이 있습니다. 지금까지 화교들의 정책은 되도록이면 현지의 문화에 적응하고 융화해서 살아가려는 것이었지만, 리관유 같은 사람이 대중화권 경제의 커넥션을 주장하면서부터 화교들의 정책이 달라져서 본토 회귀주의를 내세우게 되었습니다. 옛날의 중화사상은 문화적인 것이었던 반면에, 지금 이들이 내세우고 있는 것은 경제를 중심으로 한 중화사상이지요.

뿐만 아니라 일본 역시 EU나 NAFTA 등의 경제 공동체에 자극을 받아 그에 맞서는 아시아 지역의 경제 블록을 열망하고 있는 것 같습니다. 옛날 군사력으로 달성하려던 대동아 공영권을 이제는 경제력으로 해내려는 것처럼 보입니다. 그리고 그것이 지금 엔고로 생산 기지를 아시아 지역으로 옮기면서 어느 정도 실현되어 가고 있는 기미가 보입니다. 중화사상의 부활과 대동아 경제권의 재생 분위기 속에서 그 가운데 끼게 될 한국의 입장은 어떤가 하는 것이 지금 시급하게 대두되는 아시아의 변수인 것입니다. 한국만이 아니라 대국주의에 끼여 있는 아시아인의 불안이기도 한 것입니다.

우메하라 유럽 공동체, 즉 EU라고 하는 것은 극히 경제적인 목적으로 단결한 것 같습니다만, 같은 사상, 같은 문화를 갖고 있습니다. 그런 힘을 갖고 있는 이상 아시아도 역시 단결하지 않으면 안 됩니다. 그래서 EU와 같이 아시아 유니온이라도 만들지 않으면 안 됩니다. 아시아의 국가들은 많든 적든 벼농사를 짓고 있습니다. 중국의 반인 벼농사 지대는 경제적으로 상당히 발전돼 있고, 밀농사 지대는 상당히 뒤떨어져 있습니다. 인도도 서쪽은 모두 벼농사권입니다. 동남아시아는 물론이고, 그런 벼농사 문화로 단결된다면 대체로 문화적 공통점을 찾을 수 있습니다. 하지만 그렇게 되더라도 걱정인 것은 역시 일본의 패권주의와 중국의 대국주의입니다. 그러므로 일본은 자신이 지금까지 해왔던 악행을 깊이 참회하고, 새로운 모습으로 크게 풀어나가려는 마음가짐을 가져야 합니다. 중국도 긴 세월의 대국주의를 버리고 역시 모두 넓은 마음으로 풀어가려는 마음가짐을 가졌을 때 아시아는 하나가 됩니다.

이제 그런 일을 해야 할 것이라고 생각합니다. 단지 경제적 단결이 아닌 사상적인 단결을 해야 합니다. 그 사상이란 것은 유럽처럼 인간 중심주의로 자연을 파괴하고, 자연을 노예로 해서 자신들의 부를 쌓은 그런 문명과는 달리 자연과 조화를 이루며 경제를 발전시켜 가는 것으로, 그것이 바로 공생하는 인류 문화의 방향입니다. 지금 UN 같은 곳에서 대충 비슷한 얘기를 하고 있습니다만, 그런 이상을 먼저 받아들여, 아시아에서 그런 공동체가 만들어져야 하지 않겠느냐고 생각하고 있습니다. 그러니까 일본과 같은 선진국은 우선 예를 들어 공해나 지금 얘기하고 있는 환경 파괴를 방지할 기술 등을 개발하여, 아시아의 모두에게 전하는 그런 좋은 일을 한다면 세계 각국에서 일본을 보는 눈도 변할 것입니다.

나는 일본도 한국과 마찬가지로 그런 보살교(?)를 해야 할 것이라고 생각합니다. 그리고 한국 사람들의 기분도 이해해야 합니다. 또 일본에서 최근에 다시 망언을 하는 사람이 있을지라도, 극히 일부분의 사람이고, 대부분의 지식층은 그렇지 않다고 생각합니다. 그리고 그런 망언을 하는 사람들은 없어져야 한다고 생각합니다. 일본이 과거에 한 짓에 대해서는 어떤 이유를 내세우든지 간에 변명의 여지가 없습니다. 서양의 식민주의를 따라서 했다고 말하지만 일본이 한국에 했던 과거사는 서양인이 인종이 다른 나라 사람에게 한 것과는 구별되어야 합니다. 한국은 인종적으로나 문화적으로나 같은 문화권에 속하는 사람들이고 일본이 과거에 많은 문화적 은공을 받았던 나라입니다. 영국이 인도를 식민지화한 것과는 다르지요. 일본이 한국을 식민지로 삼은 것은 독일이 프랑스를 빼앗아 식민지로 만들려고 한 것과 같은 발상인 것입니다.

오늘의 대화에서도 저는 이어령 씨에게 한 수 졌습니다. 이어령 씨가 일본 문화를 깊이 이해하고 있는 것만큼 저는 한국을 잘 알고 있지 못합니다.

서양의 종말론에 대비되는 아시아의 윤회 사상

이어령　아니지요. 선생님은 일본인이면서도 아이누 문화에 대해서 소상히 알고 있는 전문가 아니십니까?

우메하라　아이누에는 여전히 오래된 숲의 문화가 남아 있습니다. 한국에도 숲의 문화가 남아 있는 곳이 있을 것으로 확신합니다. 그리고 아이누어와 일본어는 공통성이 없어도 한국어와 아이누어에는 공통점이…….

이어령　있습니다. 한국의 단군 신화에서 곰은 인간의 조상으로, 말하자면 조상신이지요. 즉 곰은 신이라는 말과 같은데 아이누어로 신은 가무이, 일본에서는 가미입니다. 세 민족의 말이 다 뿌리가 같습니다. 원아이누인, 원한국인, 그리고 원일본인은 어쩌면 같은 말, 같은 생각을 하고 살았을 것이라는 생각이 듭니다. 저희들은 지금까지 큰 나라, 발전된 나라, 말하자면 서양 문화만 공부했습니다. 이제부터는 아이누와 같은 소수 민족, 이 지구에서 점차 자취를 감춰가고 있는 원 인간의 문화를 공부하고 배워야 하는 시대가 올 것입니다.

우메하라 그렇지요. 숲과 자연의 사상은 아이누인에게도, 미국 인디언에게도 남아 있습니다. 제일 중요한 것은 역시 자연 속에 인간이 있고, 자연과 공존하며 살고, 죽고 다시 태어나고 해서 영원히 윤회한다는 생각입니다. 한번 죽어서 저세상으로 갔다가 다시 이 세상으로 돌아온다고 하는 생각은 한국에도 있지 않습니까? 이 공생과 윤회라고 하는 생각이 서양에는 없습니다.

이어령 서양에는 선형적 사고, 즉 시작이 있고 끝이 있다고 하는 종말론이 있습니다만, 그에 비해서 동양에는 둥글둥글 돌아가며 영원하게 지속된다는 순환적 사고가 있지요. 다만 그런 생각이 사회화하고 세계화하며 보편적인 시스템으로 작용하지 못했기 때문에 산업, 경제, 정치, 외교 면에서 표현되지 않았을 뿐이지요. 아시아의 흩어진 문화들이 세계 시스템으로서 보편적 문화의 모습을 갖추게 되면 아시아는 경제 활동만이 아니라 문화적인 가치의 세계에서도 그 중심축이 되어 발전해 갈 것이라고 믿습니다.

일방적인 얘기로 들릴지 모르나 중국은 옛날에 아시아를 자신의 중화사상으로 동화시키려 한 한때의 역사가 있었고, 일본은 대동아 공영권을 만들려고 한 시기가 있었습니다. 하지만 앞으로는 어느 한 나라가 아시아를 지배하고 인도해 가려는 생각은 하지 말아야 합니다. 아시아는 지금 각자가 각자의 번영과 삶을 위해서 뛰고 있기 때문에 필요한 것은 지도자가 아니라 협력자입니다. 그리고 정말 필요한 것은 강대국과 약소국, 발전한 나라와 뒤처진 나라 사이에 균형을 만들어주는 밸런서의 역할입니다. 지도자가 아닌 조정자입니다. 그러니까 너무 튀어나온 것, 너무 뒤처져 있는 것의 격차가 크면 아시아 전체의 안전은 없습니다. 지금 아시아의 나라들은 최소 3백 달러에서 최대 2, 3만 달러에 이르는 큰 소득 격차를 보이고 있습니다. 이런 큰 차이가 나는 지역은 이 지구상에 아시아밖에 없습니다. 서양이나 아프리카를 보면 똑같이 못살거나 똑같이 잘삽니다. 아시아의 리더로서의 일본, 아시아의 지배자로서의 일본이 하나의 조정자로서의 일을 해야 할 것입니다. 중국의 대국주의도 안 되며, 남아시아의 가난한 사람들의 '너희가 뭐냐?' 하는 하나의 반항, 또 뒤틀린 듯한 아시아주의, 극히 저항적이고 파괴적인 면까지 있는 원한의 아시아주의도 안 됩니다. 앞으로 일본이 희생을 감수하면서도 조정자로서의 역할을 충분히 한다면 아시아뿐만 아니라 새로운 문명의 출발점이 될 것이라고 생각합니다. 그때 비로소 일본은 원하지 않아도 아시아의 지도자로 불리게 될 것입니다.

자연과 인간과 천체가 하나가 되는 미래의 문명

우메하라 지금 제일 중요한 것은 서양이나 아랍이 모두 자신들의 신을 상대화하여 이야기하고, 그리고 서로에게서 배울 건 배우고, 또 아시아에서도 배울 건 배운다는 그런 신중한 자세입니다. 그렇지 않으면 언젠가 제3차 세계 대전이 일어날 것이라고 생각합니다.

헌팅턴이라고 하는 사람은 문명의 충돌이 생길 것이라고 얘기하면서 아시아는 유교 문명이라 자기중심적이고 나아가 이슬람과 손을 잡고 서양과 대항할 것이라 했습니다. 그러나 이는 얼마 전까지 미국과 시온주의가 사회주의와 대립한다는 그런 사고가 존재해 오다 상대가 없어지자 중국이나 아시아, 이슬람을 새로운 상대로 찾아낸 것일 뿐입니다. 서로 다른 문명이 대화하고, 균형을 잡는 것이 제일 중요한 것입니다. 아이누한테 지혜를 배운다면, 아이누는 불의 신을 제일 중요시합니다. 불의 신은 사람과 가까이 있으면서, 신들의 사이를 중재하는 신입니다. 일본도 모든 신들과의 사이를 중재하는 신이 되는 것이 역시 세계에 대해 공헌하는 것이라고 생각하고 있습니다만……

이어령 그럼 이렇게 정리하는 건 어떻겠습니까. 서양의 이야기를 보면 항상 나쁜 용을 죽이고 아름다운 공주를 얻는 것이 이야기의 중심이 돼 있습니다. 즉 나쁜 용을 죽이는 것으로 아름다운 공주와 행복한 결혼을 하는 것입니다. 그러므로 냉전 시대에는 소련과 미국이 서로 너희가 나쁜 용이다 하고 대결하여 상대를 죽이는 것으로 평화와 자유를 얻으려고 했습니다. 앞으로는 용을 찔러 죽이고 결혼을 하는 이야기는 끝내고 새로운 이야기를 만들어가야 할 것입니다. 소련이라는 악룡이 죽었는데도 미국이나 서구의 나라들 사이에서는 공주와 결혼을 하는 이야기를 만들기 위해서 다시 새로운 악룡을 만들어내는 일에 열을 올리는 사람들이 나타날지 모릅니다. 그 괴물이 일본이 될 수도 한국이 될 수도 그리고 중국이나 어쩌면 아시아 전체가 될지도 모릅니다. 그것이 때로는 걸프 전쟁이 되기도 하고 저팬배싱으로 나타나기도 합니다.

그러나 한국에는 악룡이 아니라 바보 온달이 아름다운 공주와 결혼하는 이야기가 전해져 오고 있습니다. 바

보가 되는 것이 행복한 이야기를 만들어내는 것. 그렇지
요, 우리는 이 똑똑한 사람들이 똑똑한 기술들을 발휘하
여 자연과 인간을 죽이는 시대에 어리숙한 바보가 됨으
로써 아리따운 공주와 결혼하여 행복을 찾는 이야기들
을 만들어내야 할 것입니다. 그것이 벼 심는 문화, 숲의
문화라고 생각합니다.

　일본에도 있습니다만 아시아에서 시작된 이야기 중
하나인데, 월명이라는 스님이 피리를 불면 하늘의 달이
그 피리 소리를 듣기 위해 멈춰 서고 가만히 귀를 기울
였다고 합니다. 우주의 시간이 멈추고 모든 자연과 인간
과 천체가 하나가 되는 순간, 이것이 아시아가 만들어내
는 미래의 이야기들이지요.

우메하라 지금 말씀하신 악룡 죽이기란 바로 자연 죽이기였지요.
용은 자연을 상징하는 것이 아닙니까? 자연을 죽이고
아내를 얻는 것, 돈을 획득하는 것이 서양 문명입니다.
하지만 자연을 죽이면 재앙을 받는다는 것을 알아야 합
니다. 피리를 불면 용이 춤추고, 우리 모두 같이 춤을 추
는 것이 아시아인들의 꿈입니다.

이어령 아시아는 지금 여러 가지 문제를 안고 있습니다. 그리고
정치가 아직 불안하고 민주화가 안 되어 있는 나라도 많
이 있습니다. 그 안에서도 경제는 성장하고 있습니다.

만약 인권 문제, 문화의 문제를 해결하지 않으면 아시아의 경제 성장이란 것은 또 하나의 거품이 되어버립니다. 벼농사를 하던 아시아인의 마음이 정보화 사회에서 얼마나 새로운 모습으로 바뀔까 하는 것은 스스로 결정할 문제입니다. 기술은 서양에서 배울 수 있고, 자원도 서양에서 들여올 수 있습니다. 하지만 문화는 그럴 수 없습니다. 그것은 우리들 마음속 깊은 곳에서 퍼 올리는, 우물물과 같은 것입니다. 여기에는 일본도 한국도 중국도 없습니다. 그 물속 깊은 이야기를 만들어가자고 하는 것과 1996년을 맞이하여 더욱 용기를 내 밝은 미래를 향해 함께 나가자는 말씀이 이번 우메하라 선생님과 만나서 내린 하나의 기쁜 결론이었다고 생각합니다. 감사합니다.《문학사상》, 1996. 2.)

III
서구 지식인과의 대화

인간 내면의 탐구

대담자: 프랑수아 모리아크

바캉스 철이었지만 주불駐佛 대사관에 근무하고 있는 R씨의 주선으로 다행히도 나는 프랑수아 모리아크 씨로부터의 회견 약속을 받아냈다.

데오필·고티에가 삼십팔 번지…….

그가 살고 있는 거리의 이름부터가 매우 인상적이다. 19세기 낭만파 예술의 화려한 꽃이었던 데오필·고티에가, 이제는 유서 깊은 거리의 한 이름으로 변하였고 거기에는 또 하나 다른 세기의 지성이 창조의 씨앗을 거두고 있는 것이다.

그의 응접실은 어두웠다. 장식품이라고는 이따금 사진판을 통해서 보았던 그의 특이한 흑갈색 두상頭像뿐이었다. 기다리던 그 노문호老文豪가 도어를 열고 나타났을 때 나는 살아 있는 서구 문학사의 한 페이지를 연 것 같은 느낌이었다.

구 척九尺 가까운 키였다. 한쪽 눈이 유난히 큰 그의 인상은, 그리고 동굴 속에서 울려오는 듯한 그의 쉰 목소리는 연륜에 찬 하

나의 고목이었다. 그러나 모리아크 씨가

"남쪽 코리아지요?"

라고 물으면서 내 손목을 잡았을 때 좀 섭섭한 생각이 들었다.
그는 한국에 대해서 그런 것밖에 모르고 있다.

"선생님과 만나기를 희망하는 한국인이라면 아마 북쪽에서 온
사람은 아니겠지요."

라고 완곡히 받아넘겼다. 기대했던 노문호와의 대화는 그러한
기분 속에서 시작되었던 것이다.

이어령 저는 선생님 앞에서 혼자 이렇게 앉아 있지만 단수가 아
니라 복수적인 존재입니다. 선생님의 소설을 애독하고
있는 한국의 독자들을 대신해서 찾아왔기 때문이죠. 특
히 이미 고전이 되어버린 소설『테레즈 데케루』는 한국
의 독자들에게도 많은 공감을 주고 있습니다.

모리아크 사실『테레즈 데케루』는 내 여러 소설 가운데서 가장 성
공한 작품이라고 볼 수 있지요. 대개 다른 나라와 달리
프랑스의 소설가들은 시작詩作에서부터 출발합니다. 시
를 쓰다가 산문에 도달하는 것이 이상적인 상태라고 생
각되는군요. 나도 애초에는 시를 썼었지요. 그런데『테
레즈 데케루』가 성공했다면 바로 그러한 시의 요소가 가
장 잘 산문 속에 녹아 흘렀기 때문이 아닌가 싶습니다.

이어령 모든 비평가들도 그에 대해서 언급하고 있지만 1914년 전에 선생님이 쓰신 시와 소설에서 이미 우리는 '내면으로 향한 시선視線'을 발견할 수 있었습니다. 시에서 출발한 산문이란 바로 '인간 내면의 세계'를 파헤친다는 의미입니까?

모리아크 그렇습니다. 영혼의 언어 말입니다. 뿐만 아니라 체험에 있어서도 그렇지요. 플로베르가 "보바리 부인은 나 자신이다"라고 했듯이 나 역시 "테레즈 데케루는 나 자신이다"라고 말하고 싶습니다. 테레즈 데케루는 나의 종교(내면) 속에서 창조된 하나의 여인입니다.

이어령 테레즈 데케루는 입센의 노라와 마찬가지로 그녀의 남편과 자기 가정에 대해서 회의를 느끼고 자기 자신의 자아를 찾기 위해서 고민합니다.

그러나 입센의 노라는 한 시대와 한 사회의 얼굴을 지닌 역사적인 여인상입니다. 그런데 선생님이 만들어낸 테레즈는 외면적인 한 여인상이 아니라 남자와 관계없는 근원적인 인간 조건을 드러낸 영원의 인간상입니다.

이것이 19세기적인 '리얼리즘'과 현대의 '리얼리즘'의 차이라고 느껴지는군요.

모리아크 사실 나는 입센과 같은 작가에게서는 아무런 영향도 받지 않았습니다. 나는 앙드레 지드의 시대에 속해 있으며 작품을 시작한 것이 1909년의 일입니다. 나의 관심은 종교와 인간의 내면세계에 숨겨져 있는 얼굴들입니다.

이어령 그렇기 때문에 선생님이 쓰신 작품 세계는 자연히 상징적인 의미를 띠게 되는 것이 아닐까요? 나는 여행을 하면서 선생님의 고향이며 또한 선생님의 소설 배경을 이루고 있는 보르도 지방을 보았습니다.

황량한 솔밭과 모래밭, 건조한 그 풍경들을 선생님은 19세기 작가들처럼 단순한 지방색을 나타내는 데서 그치지 않고 현대 인간의 정신적 상황을 엿보이게 하는 상징적 표현으로 그리셨습니다.

이 점은 여러 비평가들의 공통된 의견인데…….

모리아크 하지만 나로서는 애초부터 그것을 상징적으로 쓰려고 한 것은 아니죠. 앞에서 말한 대로 내면의 세계를, 영혼의 아픔을 그리고자 할 때 현실의 외모는 스스로 변용되고 말지요. 종교적인 충동에서 나온 것들입니다. 나에게 있어서 항상 진실이란 종교적인 문제 가운데서 빚어지는 것이었지요.

이어령 카프카의 경우도 그런 것 같습니다. 종교적인 체험도 그로 하여금 상징적인 작품을 쓰게 한 것이 아니겠어요. 그런데 작가가 너무 시적인 상태(여기서 우리가 내면적인 상태란 뜻으로 시란 말을 사용하고 있습니다만)에 빠지게 되면 난해해지고

대중의 독자들로부터 멀어지는 경향이 생겨나게 되는
데…….

모리아크 나는 카프카를 찬양했습니다. 그의 작품은 하나의 심연
深淵입니다. 그러나 나는 그의 작품을 상징적인 것이라
고 보고 싶지 않습니다. 뿐만 아니라 난해한 것도 아니
라고 생각합니다. 그리고 나의 문학과 카프카의 그것은
어떤 직접적인 연관성을 갖고 있지 않습니다.

이어령 제 말에 오해가 있었던 것 같습니다. 20세기로 들어서면
서부터 대부분의 작가들이 피부의 상처보다는 영혼이
나 의식의 상처에 대해서만 관심을 기울여왔던 것 같습
니다.

심리주의 문학이나 상징적인 문학 경향이 그것입니
다. 선생님께서 말씀하신 종교적 관심—인간 내면의 탐
구 역시 마찬가지입니다. 제가 묻고 싶은 것은 근육은
소멸하고 추상적인 관념만 남은, 그래서 일반 대중으로
부터 점차 떨어져 나가고 있는 현대 문학의 입장에 대해
서 어떻게 생각하시느냐 하는 그것입니다. 선생님도 어
디에선가 가정의 드라마를 그린 소설은 19세기에서 끝
났다고 하신 것을 기억하고 있습니다.

모리아크 문학이란 요컨대 진실을 향한 인간 파악의 길입니다. 나
에게 있어서 종교적 관심은 바로 그 진실에 이르려는 열

쇠와 같은 것입니다. 그러나 보다 중요한 것은 열쇠 그 자체보다도 열쇠로 연 문 안의 풍경입니다. 열려진 문 저편에서 생활하고 있는 주민들, 이것이 내 작품 속의 인간상입니다. 문전 풍경門前風景은 의미가 없습니다. 그 근육은 존재의 그림자에 지나지 않습니다.

이어령　모든 사람들은 그러한 의미에서 선생님을 '가톨릭 문학'의 범주 안에 넣고 있습니다. 하지만 아이로니컬하게도 선생님의 작품에 대해서 우리가 매력을 갖게 되는 것은 천사(선)의 소리를 들었을 때보다 도리어 사탄(악)의 모습을 발견했을 때입니다. 종교적인 해결보다 종교적인 고통이 더 독자의 마음을 움직였다고 봅니다.

　테레즈를 성처녀聖處女로 그리셨다면 모든 독자들은 선생님의 곁에서 떠났을 것입니다. 이것을 극단적으로 말하자면 종교적인 문학에 담겨진 비종교성—이것이 선생님의 소설에 어떤 생명을 부여하는 것이 아닌가 싶습니다.

모리아크　이어령 씨가 말씀하신 그 점은 나도 인정하는 바입니다. 파스칼이 그러했듯이 내 소설에 있어서도 '휴머니스트'와 '크리스차니티'는 도리어 상극相剋하면서도 갈등의 '드라마'를 전개시키고 있습니다. 물론 톨스토이처럼 '휴머니티'와 '크리스차니티'를 일치시킨 작가들도 있습니다마는…….

이어령 선생님이 오늘날 알제리 문제를 비롯해서 정치적인 문제에 많은 관심을 갖게 된 이유는 무엇입니까? '휴머니티'의 문제에 더 많은 흥미를 느끼고 계시는 것입니까?

모리아크 내가 정치에 대해서 언급하는 것은 문학인이 아니라 한 사회인으로서, 한 시민으로서 취하는 태도입니다. 나는 나의 동지인 드골을 지지합니다. 이 태도에는 변함이 없을 것입니다. 하지만 그것은 문학과는 별개의 것입니다. 나는 한 번도 정치적인 관심을 작품 속에 담아본 일이 없습니다. 나에게 있어서 문학을 한다는 것과 정치 참여는 아주 다른 것이라고 봅니다.

이어령 그렇다면 선생님이 요즘 《피가로》지紙 문학판에 연재하고 계신 「브록노트」는 어디에 속하는 것입니까? 정치 문제가 많이 등장되고 있던데요. 그것을 문학 활동이라고 할까요. 그렇지 않으면…….

모리아크 아! 그것 말입니까, 그것은 문자 그대로 '노트'입니다.

말하자면 소설小說이 아니라 그것은 하나의 수상隨想이기 때문에 정치적인 이야기를 직접적으로 토로할 수 있습니다. 하지만 예술 작품에서 그런 문제가 등장할 수 없습니다.

이어령 사르트르와 같은 작가는 현대에 있어서 상황이라고 하

는 것은 정치적인 것을 의미한다고 했고 작가는 바로 그
런 상황에 참여하는 것이라고 보았는데, 즉 정치와 문학
을 뗄 수 없는 것으로 보았는데 선생님의 입장에서 그것
을 평하신다면 어떻게 되겠습니까? 그러한 태도가 예술
가의 한 타락이라고 보십니까?

모리아크 사르트르에게 있어서 정치는, 더 구체적으로 말해서 그
의 '프롤레타리아니즘'은 그의 종교입니다. 그는 그의
종교를 문학에서 다루고 있는 것이겠지요. 그러나 그도
소설보다는 희곡 속에서 정치적인 주제를 다루어왔다
고 봅니다.

이어령 진실의 문 앞에 들어서는 열쇠가 각기 다르다는 말씀이
시군요. 어쨌든 '크리스차니즘'이든, 정치적인 어느 주
의든, 자기가 열쇠를 갖고 있다고 생각하는 작가는 행복
한 사람입니다. 열기만 하면 되니까요. 그러나 새로운
세대의 작가들에게는 문은 있어도, 아주 두껍고 무거운
성문은 있어도 그에 맞는 열쇠가 없다는 것이 더 절실한
문제일 것 같습니다. 이미 손안에 있는 열쇠들은 녹이
슬고 그 구멍에 맞지도 않습니다.

　　종교적이든, 정치적이든 하나의 이념에 의해 작품을
썼던 시대가 그립게 느껴지는군요. 특히 선생님의 『사
랑의 사막』이란 작품을 읽어보면 사람은 상실한 현대의

고독을 느끼게 됩니다마는 우리가 오늘날 두렵게 생각하는 것은 사랑을 상실했다는 그것보다도 가짜 사랑을 강요당하고 있다는 점입니다.

사랑하고 있지도 않는 것을 사랑하는 체하면서 살아가는 것은 오늘날의 한 비극이 아니겠어요? 옛날의 작가들은 예수의 죽음을 서러워하기만 하면 되었습니다마는 오늘날은 가짜 예수를 섬기며 살아가야 하는 것을 서러워하는 시대라고 생각됩니다. 상황이 바뀌면 인생도 바뀌고, 인생이 바뀌면 소설도 달라지겠지요. 선생님은 지금 새로운 소설을 준비하고 계신지요?

모리아크 내가 지금 일흔아홉 살이라는 것을 기억해 주십시오. 나는 세상에서, 사람들로부터, 그리고 문학으로부터 떠난 사람입니다. 이미 그것들 밖에 있는 사람입니다. 이제 또 무엇을 쓰겠습니까? 멀리 참으로 멀리 떨어져 있습니다.

나는 그때 갑자기 노작가의 얼굴에 떠도는 우수의 빛을 보고 아무런 말도 더 계속할 수 없었다. 지금도 그는 젊은 작가 이상으로 정력적인 문학 활동을 하고 있지만 사실 그의 목소리는 거의 들을 수 없을 정도로 쉬어 있었고 눈도, 그리고 손의 감각마저도 쇠퇴해 버린 것 같았다. 모리아크 씨 앞에서 나는 그와 함께 한 세기의 역사가 끝나가고 있는 것을 체감할 수 있었다. 문득 나는 이 노작가를 위안해 주고 싶은 생각이 들었다. 그래서 황급히 고별인사를 하면서 이렇게 말했다.

이어령 모리아크 선생님, 여러 가지로 감사합니다. 아주 오랜 세월이 흐른 뒤에 아마 또 저처럼 젊은 어느 한국의 문학도가 파리를 방문하게 되겠지요. 제가 지금 데오필·고티에가에서 위대한 노작가를 만났듯이 그 청년은 아마도 프랑수아 모리아크가에서 선생님처럼 위대한 또 어느 노작가와 환담하게 될 것입니다. 그러나 그 청년과 이름 모를 그 프랑스의 노작가는 우리보다도 좀 더 깊고 더 긴 이야기를 할 수 있을 것입니다.

　　　　말하자면 그때는 프랑스 문학이 한국에서 읽혀지듯 한국의 문학이 프랑스에서도 많이 읽혀지고 있으리라 믿기 때문입니다. 이렇게 해서 언어는 서로 달라도 예술은, 결합된 인간의 우정은 세월과 공간을 초월하게 될 것입니다.

모리아크 씨는 서재로 가서 그의 신간 『내가 믿고 있는 것』에 사인을 해서 나에게 주었다.

우리들의 상면을 기념하기 위해서, 그리고 친밀한 결합을 위해서……

프랑수아 모리아크

잉크가 채 마르지 않은 그의 육필肉筆을 입김으로 말리며 나는 황혼이 내리기 시작하는 고티에가를 걸어 나왔다.(이어령, 『바람이 불어오는 곳』, 현암사, 1965.)

'25시'를 넘어서 한국을……

대담자: 콘스탄틴 비르질 게오르규

파리의 시암가 16번지—아파트 3층에 자리 잡은 게오르규의 서재에는 22개 국어로 번역 출판된 그의 소설 『25시時』가 꽂혀 있었다. 영어, 프랑스어, 독일어, 스페인어, 이탈리아어, 일본어 그리고 읽을 수조차 없는 여러 나라의 문자들이 그야말로 세계의 '25시'를 가리키고 있는 시계탑처럼 늘어서 있었다. 그중에는 한국어판도 있었다. 게오르규는 그 책을 뽑아 보이면서 "당신네 나라 것도 여기 있지요!"라고 먼저 말을 건넸다. 물론 저자의 허락도 없이 출판된 것이었고 전란 중에 나온 것이라 장정도 초라한 것이었지만 그는 조금도 불쾌해하는 것 같지 않았다.

그는 웃고 있었다. 카메라 앞에서 웃음을 강요당한 요한 모리츠의 그런 억지웃음은 아니었다. 그의 웃음은 불상의 미소를 느끼게 했다. 그가 까만 신부神父의 옷차림을 하고 있었기 때문만은 아니었다. '25시'를 넘어 영원의 시간을 찾고 있는 구도자적인 모습을 나는 그와의 대화 속에서 금시 찾아볼 수가 있었다.

'25시' 후 25년…… 절망은 더 깊게

이어령   인간의 구제가 끝나버린 시간, 최후의 시간이 아니라 이미 거기에서도 한 시간이 더 지나버린 시간, 이 시간이 서구 사회의 시간이면 현재의 시간이라고 말한 『25시』가 쓰인 지 벌써 25년이나 지났습니다. 대체 오늘의 시간은 몇 시나 되었습니까?

게오르규   '25시'의 그 절망은 더 깊어지고 더 넓어졌지요. 그때만 해도 나는 그것을 유럽 문명의 시간이라고 했습니다마는 이제는 그것이 슬프게도 전 세계의 시간이 되어버렸습니다. 즉 기술 사회, 인간이 기술 노예로 전락하여 개성도 생명력도 상실해 버린 서구 문명이 온 지구를 오염시켜 버렸지요. 그 소설을 쓸 당시만 해도 '25시'의 상황을 느꼈던 것은 극소수의 사람들, 말하자면 시인의 예감력을 가진 사람들뿐이었습니다.

이어령   그러니까 잠수함 속의 흰 토끼나 트라이안과 같은……. 잠수함의 산소를 측정하기 위해서 옛날에는 흰 토끼를 싣고 다녔다고 선생님은 그 소설에서 쓰신 적이 있잖아요. 공기가 탁해지면 토끼가 죽는데 그러고 나서 일곱 시간이 지나면 사람도 위험하게 된다고요. 그런데 트라이안도 흰 토끼처럼 산소의 결핍을 다른 선원들보다 일곱 시간이나 먼저 알아챘다고 했지요.

게오르규 그렇습니다. 20년 전만 해도 대중은 호흡 곤란, 서구 문
명의 질식 상태를 알아채지 못했지요. 트라이안(그 소설 속
의 트라이안은 바로 나 자신입니다)이 아니라도 이제는 누구나 기
계와 기술 노예로 봉사하고 있는 현대의 이 사회가 인간
을 질식시키고 있다는 것을 알게 되었습니다. 흰 토끼가
죽고 난 뒤 일곱 시간이 흐른 상태, 그것이 지금의 시간
이죠. 예언이 현실로 바뀐 것이죠.

이어령 선생님이 트라이안의 입을 통해서 "난 요즘 웬일인지
잠수함을 탔을 때처럼 숨이 가빠서 미칠 것 같다"고 한
대목은 하나의 상징적인 표현이지만, 공기 오염의 공해
로 오늘날 도시인들은 참으로 산소 결핍 상태에서 숨이
가빠지고 있습니다. '25시'는 이렇게 시인의 시간에서
대중의 시간으로, 상징의 시간에서 현실의 시간으로 옮
아왔다고 말할 수 있겠습니다.

게오르규 그뿐만 아닙니다. 『25시』를 쓰던 25년 전의 상황과 현
저하게 변한 것은 기계가 숫자로 변했다는 사실입니다.
난 그 소설 속에서 '기계 인간'이란 말을 썼고, '기계의
부속품'·'기계 사회'란 말을 썼지요. 그러나 컴퓨터가
등장하면서부터 우리는 기계조차도 볼 수 없게 되었습
니다. 인간은 구체적인 기계에서 이제는 추상적인 부호
로 바뀌어버렸습니다. 인간도 기계도 아니라 컴퓨터의

숫자가 모든 것을 처리하고 지배합니다. 나는 이따금 출판사에 갑니다. 거기에서 종사하고 있는 사람들은 내 이름을 컴퓨터 카드에서 찾아냅니다. 거기에는 내 모든 자료가 숫자로 축소되어 있지요. 나는 이미 저자가 아니라 하나의 '숫자의 자료'로서 존재합니다. "기술 노예의 법에 의해 사회가 지배될 것이다. 기계적인 체포, 기계적인 선언, 기계적인 차압, 기계적인 집행……. 이같이 되면 이미 개인으로서 한 인간은 존재할 권리를 상실할 것이며, 단지 하나의 피스톤, 하나의 기계 부속품에 지나지 않을 걸세"라는 트라이안의 말은 이렇게 수정되어야 할 시대에 우리는 살고 있는 것입니다. "숫자의 법칙에 의해서 사회가 지배될 것이다. 숫자가 체포하고 숫자가 선언하고 숫자가 차압하고……. 인간은 단지 하나의 숫자에 지나지 않는다"라고 말입니다.

소비하라! 생산하라! 소리뿐

이어령 　인간의 사지와 마음만이 아니라 두뇌까지도 기계가 대신하고 있는 것, 이것이 이른바 컴퓨터피아(컴퓨터의 유토피아)가 도래한 오늘의 상황이란 말씀이군요. 그러나 선생님은 "시인이란 앞을 내다보는 직관을 갖고 있기 때문에 모든 시인은 예언자"라고 말씀하셨습니다. 그렇다면 25년 전과 25년 후의 기계 사회를 예시한 것처럼 미래의 인간 구제의 새로운 시간을 투시할 수 없는 것인지요. 25시를 넘어선 시간, 새로운 산소를 품은 녹색의 바람과 빛은 어디에서 흘러오는 것일까요?

게오르규 서구 문명에서는 도저히 그 구제의 시간을 찾기 힘듭니다. 지금 정치적으로 동서의 양대 세계가 대치되고 있습니다마는 그 문명의 구조는 똑같습니다. 서방 측으로 라디오를 돌려보면 "소비하라! 소비하라!"는 말뿐입니다. 인간의 소리를 들을 수가 없지요. 다이얼을 바꾸어보면 이번에는 소련과 동유럽 쪽에서 "생산하라! 생산하라!"는 소리만이 들려옵니다. 인간의 소리는 역시 들려오지 않습니다.

오늘의 기계 문명은 단지 '생산의 기계냐', '소비의 기계냐'의 두 가지 선택만을 허용하고 있는 것입니다. 되풀이합니다마는 미를 존중한 그리스 문화, 정의를 존중한 로마 문화, 인간을 사랑한 기독교 문화, 이것이 서양 문명을 지탱해 온 전통이었습니다. 이 세 개의 다리를 가질 때만이 그 문명은 안전하게 서 있을 수 있습니다. 그런데 이 유산이 서양 문명에서 사라진 지 오랩니다. 서양 문명은 이미 죽어버린 것입니다.

문명의 성벽이 가져온 비극

이어령　그러나 선생님은 『25시』에서 분명히 기술 사회가 붕괴된 다음에야 비로소 인간적인, 그리고 정신적인 부흥이 이루어질 것이라고 말하면서 이 위대한 광명은 반드시 동방의 아시아로부터 비쳐올 것이 틀림없다고 언급했습니다. 선생님은 아직도 동양의 문화에서 내일의 빛과 그 바람이 불어올 것이라는 신념을 갖고 계십니까? 아직도 그런 생각을 갖고 계시다면 그 이유는 무엇입니까?

게오르규　나는 지금도 그것을 의심하지 않습니다. 나는 『25시』에서 그 이유를 뚜렷이 밝혔습니다. 당신네와 같은 동양인은 기술 사회를 극복하고 서구의 빛인 전깃불 앞에 굴복하지 않는 슬기로운 오랜 전통을 지니고 있는 까닭입니다. 그 슬기란 '조화의 재능'이지요. 나는 그것을 관현악의 지휘자 같은 재능이라고 비유했습니다.

　　서양인들에겐 그것이 없었기 때문에 성벽을 쌓았고 모든 인간의 재능과 슬기를 그 성벽 안에서만 길러왔던 것입니다. 조화가 아니라 성벽에 의해서 인간의 환경을 주위로부터 단절시키려 한 데 그 비극이 있었지요. 성벽은 도시 문명을 낳았고, 도시 문명은 인간의 오만 그리고 조화의 힘이 아니라 지배의 힘을 낳았습니다. 그 궁극에서 얻어진 것이 기술의 발견이었습니다. 나는 동양 문화를 학자들처럼 연구한 적이 없었습니다. 그러나 시인의 직관으로 서구 문명의 종말을 느꼈듯이 그러한 예감으로 '동방에서의 새로운 빛'을 나는 보았던 것입니다. 그러니까 『25시』는 두 가지 예언서라고도 할 수 있습니다. 즉 서구 문명의 붕괴와 동양 문화의 대두, 하나는 비관적인 투시로 또 하나는 긍정적인 투시로 나타납니다. 기억하십니까! 난 그 소설에서 노자의 시를 인용했으며, 그 시 속에는 무지한 서구의 관리들의 마음까지도 사로잡는 마력이 있다는 것을 밝혔습니다. 서구의 성벽은 공격과 방어를 위해서 있었던 것이지요. 이 성벽의 문화가 차지하려 한 것은 승리와 영광입니다.

그런데 동양의 시인(老子)은 "승리는 아름다운 것이 아니다"라고 노래했습니다. "살인으로 얻어진 승리는 아름다운 것이 아니라 슬픈 장례식"이라고요. 서구의 문명은 전쟁뿐만 아니라 모든 문명의 승리와 그 영광을 얻기 위해서 인간을 죽였지요.

산소가 많은 아시아의 바람

이어령 그러나 동양도 지금 예외는 아닙니다. 서양의 기술 앞에서 눈을 크게 뜨고 어린애처럼 놀라고 있는 어린아이, 그들에겐 노자의 수염이 없습니다. 태양빛을 버리고 전깃불로 달려가는 동양인들의 시간도 '25시'를 가리키고 있습니다.

게오르규 물론이지요. '25시'는 지금 세계의 시간이 되었다고 나는 말했습니다. 러시아가 장차 서구의 광명에 굴복하리라는 것은 『25시』를 쓰던 그때 이미 예언했습니다. 그러나 보십시오. 동쪽 아시아의 나라 가운데 서구를 덜 모방하고 있는 나라들은 흔히 개발도상국이나 후진국들이라고 부르지만 그것이 인간의 희망이 됩니다. 높은 성벽을 뛰어넘어 동방을 찾아가는 서구의 젊은이들이 지금 미국에서 수없이 태어나고 있지 않습니까! 히피들만이 아닙니다. 왜 그들은 좋은 침실, 편리한 기술로 이룩된 기계 시설을 버리고 티베트의 고원이나 인도나 캄보디아나 그리고 당신네 나라를 찾아가는 것일까요. 거기엔 아직도 서양이 지니고 있지 않은 '조화의 재능'과 산소가 많은 바람이 있기 때문입니다.

싸늘하게 식어버린 차를 한 모금 마시고 서서히 화제를 한국으로 옮겼다.

이어령   선생님이 최근에 쓰신 『키라레사의 학살』이라는 소설을 읽어 봤는데, 동쪽 아시아에서 온 이방의 여인, 초가집을 짓고 사는 보고밀의 집안 이야기를 읽으면서 어쩐지 나는 그 여인에게서 한국을 느끼게 되었습니다. 초가집이란 말 때문이었는지 몰라도…….

게오르규   한국의 초가집에 대해서 나는 잘 알고 있습니다. 강용흘 姜龍訖 씨의 소설 『초당草堂』이 바로 내 『25시』를 출판한 같은 출판사에서 나왔기 때문에 이상한 인연을 느낍니다. 나는 막연히 "빛은 동방으로부터 온다"고 말했지만 점점 그 이미지는 좁혀져서 그 빛이 한국과 같은 땅에서 비치리라는 것을 느끼게 됩니다. 절대로 당신이 한국인이라서 이런 말을 하는 것은 아닙니다. 루마니아인 내 나라는 지형부터가 접시처럼 생겼습니다. 강대국에 먹을 음식을 차려놓은 접시, 루마니아의 운명은 접시의 운명이었습니다. 그래서 나는 한국을 잘 압니다. 한 번도 한국에 가본 적이 없었지만 나는 고난을 겪을 때마다 한국과 함께 있었던 것입니다. 내가 태어나기 이전부터 나는 한국을 알고 있었는지 모릅니다. 슬기로운 사람들이 힘에 의하여 지배를 받는 비극은 내가 태어나기 이전부터 있었던 것이니까 말입니다. 중국의 대륙과 일본의 섬 사이에서 물거품처럼 밀려다닌 한국인들이 어떻게 고

난과 겸허와 산다는 것의 참된 뜻이 무엇인지를 모르면 살아갈 수 있었겠습니까!

섬세한 한국 비단 벽지서 위안

게오르규 지배만을 일삼는 사람들은 그것을 모릅니다. 나는 사제입니다. 왜 거짓말을 하겠습니까! 오늘날은 섬세성을 상실한 시대입니다만 아직도 한국에는 '섬세성'이 남아 있습니다. 내 친구가 심장 이식 수술을 하기 위해 병원에 간 적이 있었지요. 나는 문병을 갔다가 의사의 방에 가득히 걸려 있는 심장 사진들을 보고 몹시 기분이 언짢았습니다. 인간의 심장이 아니라 고깃덩어리들이었지요. 거기에는 에로스의 금빛 화살 같은 것은 없었지요. 그런데 나는 갑자기 그 사진들이 걸려 있는 벽에서 위안을 받게 되었습니다. 그것은 아름다운 빛깔, 그리고 섬세하게 짜인 비단 벽지였지요. 인간의 참된 심장을 본 것입니다. 의사에게 물었습니다. 저 비단은 어디에서 만든 것이냐고. 내 예상은 맞았습니다. 그 섬세한, 아름다운, 인간을 느끼게 하는 그 비단은 한국제였던 것입니다.

게오르규는 그때 내 손을 잡았다. 이상하게 뭉클한 설움 같은 것이 복받쳐 올라왔다. 누구와 싸움을 할 때 누가 역성을 들어줄 때 느꼈던 그런 감정이었다.

게오르규 나는 세 가지 인류에 대한 희망을 가지고 있습니다. 한국처럼 오랜 수난 속에서도 아름다운 생을 믿고 버티며 살아온 동양의 사람들―그리고 안정을 박차고 생명의 동일성을 찾는 생의 모험에 투신한 최근의 서양 젊은이들. 그들은 미래에 대한 예민한 안테나를 갖고 있어요. 그리고 마지막엔 시와 종교를 믿는 사람들, 기독교인이든 이슬람교도든 불교 신자든, 땅만 보고 사는 것이 아니라, 가죽 주머니인 육체만을 근심하며 사는 사람이 아니라 하늘을 쳐다볼 줄 아는 사람들―이 세 가지 층의 사람들에게서 인류의 양심은 탄생됩니다. '25시'를 넘어 영원의 시간을 사는 사람들끼리 손을 마주 잡을 때, 기술 관료주의 사회는 붕괴되고 인간은 다시 사회의 주인이 되는 것입니다. 그리고 지금 막 그런 시대의 문이 열리려고 합니다. 왜냐하면 인간들은 관념이 아니라 몸으로써 기술 문명의 질식 상태 속에서 숨 가빠 하고 있기 때문입니다.

한국에 가보고 싶습니다. 한국에 대해 무엇인가 글을 써보고 싶습니다. 지금 열리고 있는 미래의 시간이 어쩌면 당신네 나라의 어느 이름 없는 농부의 얼굴 속에서 발견될지도 모를 일이기 때문입니다.(《문학사상》, 1974. 5.)

문지방 위에 선 사상

대담자: 가브리엘 마르셀

여든네 살 노철학자 가브리엘 마르셀은 손수 아파트 문을 열어주면서 나에게 악수를 청했다. 이미 노령의 탓으로 그는 조막손이 되어 있었다.

펜대를 잡는 엄지손가락과 인지人指만을 겨우 벌릴 수 있었기 때문에 나는 그의 집게손만을 잡고 인사를 나누었다.

그런데도 그의 첫인상은 꼭 뒷골목에서 흙장난을 하다 나온 장난꾸러기 아이가 가위바위보를 하자고 손을 내미는 것 같았다.

노대가라고 할 때 '신선의 나라' 한국에서 살고 있는 사람들이라면 으레 저 노송의 굽은 가지에 앉은 한 마리의 학을 연상한다. 거기에는 이끼 낀 침묵이 있다. 유유한 날개깃과 바위처럼 응고한 명상의 졸음이 있다. 그렇기 때문에 셰익스피어도 동양으로 오면 사옹沙翁이 되고 톨스토이는 두옹杜翁으로 불려지기 마련이다.

유독 가브리엘 마르셀의 인상만이 그런 것은 아니다. 나는 파리에서 많은 노교수들을 만난 적이 있다. 그리고 10년 전에는 칠순이 넘은 프랑수아 모리아크를 만났던 기억이 있다. 그때마다 조금씩 당황했던 것은 서양의 문인, 철학자의 노대가에게는 옹자가 어울리지 않는다는 점이었다. 피카소가 아흔 살 고개를 넘어 세상을 떠났을 때만 해도 《파리 마치》지는 그를 투우사라고 불렀다. "피카소의 화필은 투우사의 칼이었다. 그는 그것을 쥐고 휘두르는 동안 감히 그 흉맹凶猛한 죽음(황소)도 그의 곁에 접근할 수 없었다"라고.

동양인으로서 아흔 살을 지난 투우사를 생각한다는 것은 분명 하나의 고역이 아닐 수 없다. 용감성보다는 추악하게 느껴지거나 주책이 없는 것처럼 보이기도 한다. 휴식과 체념을 모른 채 오직 투쟁만이 계속되는 아레나에서 그들은 죽는 것이 아니라 사라져 간다.

호두와 포도의 차이

늙을 줄 모르는 사람, 그래서 죽을 줄도 모르는 사람, 이것이 서양인들이다. 이것이 서양의 비극이요, 동시에 영광인 것이다. 가브리엘 마르셀도 그런 서양 지식인의 한 사람이었다.

마르셀   나의 눈은 어둡습니다. 내 손은 내 말을 듣지 않습니다.

다리는 휘청거립니다. 요즘 나는 조금밖에 읽지 못하고 조금밖에 쓰지 못합니다. 그러나 나는 아직 말할 수가 있습니다. 말! 정말 그렇습니다. 모든 육체가 다 부자유로 돌아가도 말은 마지막 순간까지 남아 있습니다. 숨이 넘어가는 순간에도 인간은 말할 수가 있습니다. 말은 호흡이기 때문입니다. 인간이 내쉬는 마지막 숨, 그것이 바로 유언이지요. 그래서 나는 요즘 글이 아니라 말[口述]로, 살아 있는 내 음성으로 내 생각을 전달합니다. 당신의 인터뷰를 쾌히 받아들인 것도 그 때문입니다.

눈이 어두워지면 귀로 듣고 손이 부자유하면 입으로 말한다. 마지막 호흡까지가 말이요, 사상이 된다. 피카소의 화필과 마찬가지로 마르셀의 언어는 투우사의 검이 되는 것이다.

그뿐만이 아니다. 훨씬 뒤에 일어났던 일이지만 어느 날 나는 그와 함께 아파트의 계단을 오른 적이 있었다. 휘청거리는 발걸음, 숨찬 호흡, 그는 금시 계단에서 쓰러질 것 같았다.

더구나 경로사상 속에서 40년을 살아온 이 한국인이 그 광경을 뒷짐 지고 바라볼 리가 만무다. 나는 그의 가까이에 가서 "제 손을 잡으시겠습니까?"라고 물었다. 그때 그는 약간 성난 목소리로 이렇게 대답했다. "내가 백 살이 될 때 당신 손을 잡지요. 그때까지는 혼자 걷게 내버려 두십시오."

서양인들, 특히 그 지식인들의 '나(자아)'는 언제나 호두처럼 단단한 껍질 속에 들어 있다. 그리고 그 의식도 호두 속처럼 그렇게 복잡하다. 그러나 내 '자아'의 표피는 포도처럼 얇다. 여러 포도처럼 얇다. 여러 포도알이 함께 어울려 하나의 포도송이와 같은 건축물을 만들어낸다. 그리고 그것은 금시 터져서 다른 포도송이와 함께 하나의 액체로 융합되어 버린다. 나는 그와 함께 계단을 밟으며 호두와 포도가 서로 경쟁하는 이솝 우화 같은 한 장면을 머릿속에 그려보았다. 그리고 어느 쪽이 더 행복한가를 속으로 몰래 물어봤다. 호두의 세계에는 고립과 긴장과 투쟁이 있다. 그러나 한쪽 포도의 세계에는 융합과 휴식과 평화가 있다. 한쪽이 영웅이라면 또 한쪽은 성자인 셈이다.

가브리엘 마르셀의 서재 역시 마찬가지 인상이었다. 오 척 남짓한 그의 몸집에 비하면 너무나도 넓고 큰 책상 위에는 원고지 더미가 산맥을 이루고 있다. 그가 그 책상에 앉아 있는 모습은 꼭 돌상 앞에 앉아 있는 어린애 같다. 그러나 그것을 지배하고 있다.

전기 스탠드가 놓여 있는 소탁자 위의 중국 골동품을 제외하고는 도대체 장식이란 것이 없었다. 벽에는 서화가 걸려 있고 열두 폭 신선도 병풍이 놓인 우리 노선비들의 그 서재, 난초, 연적·보료·사방침四方枕, 그리고 가래침 뱉는 타구唾具, 도시에 있어도 산 속을 느끼게 하는 한국 선비들의 고요한 그 서재와는 너무나도 다른 세계였다.

그는 나와 대화를 나누는 동안에도 의자를 여러 번 옮겨 앉았으며, 잠시도 발과 손을 그대로 두지 않고 끊임없이 흔들어댔다. 한 세기의 사상을 대표하는 대석학도 동양인의 눈으로 보면 경망스럽다는 좀 망측한 평을 받기가 십상이다.

이러한 동양과 서양의 노대가가 주는 판이한 두 개의 이미지 속에서 우리의 대화는 시작되었다.

마르셀   내가 한국과 처음 만난 것은 지금부터 30년 전 일이지요. 강용흘 씨를 아십니까? 나는 그때 내가 주간하는 '플롱' 출판사의 컬렉션(총서)에 강용흘 씨의 영문 소설 『초당草堂, Grass Roof』을 선정했습니다. 친구를 통해 번역을 시켰고 제목은 '고요한 아침의 나라'로 했지요. 나는 그분의 소설을 통해서 한국인의 마음을 만질 수가 있었고, 그것을 또 이웃들에게 알려줄 수가 있었습니다.

이어령   그것을 우리나라에서는 인연이라고 부릅니다. 길에서 남과 옷소매를 스치며 지나가게 되는 것도 하나의 인연이라고 합니다. 옷소매가 아니라 한국인의 마음을 스쳐 간 선생님과 이렇게 마주 앉게 된 것을 저는 아주 기쁘게 생각합니다. 선생님은 한국인의 마음을 프랑스와 유럽 사람들에게 알려주셨다고 말씀하셨습니다마는, 우리가 한국전쟁을 겪고 난 후, 선생님의 철학, 흔히 말하는 그 실존주의 사상은 우리나라의 젊은이들에게 많은 영향을 끼쳐 주었습니다. 자신도 모르는 사이에 선생님께서는 전쟁 후의 그 폐허, 한국의 불타버린 도시의 골목길에 출현했던 것입니다. 이러한 서로의 인연을 앞에 놓고 지금 우리는 그 의미를 조용히 따져보게 될 기회를 갖게 된 것입니다.

마르셀 ……그렇지요. 나는 어느 글에서 그렇게 쓴 적이 있지만 상봉은 문제의 시작입니다. 무엇과 만나는 것은 새로운 문제와 직면한다는 것을 뜻합니다.

마르셀 씨는 이렇게 말하면서 동양이 서양을 필요로 하는 것 이상으로 지금 자기와 서양 사람들은 동양의 이야기를 듣고 싶어한다고 했다. 그는 현대의 문제들은, 그리고 미래에 있을 새로운 그 문제들은, 동서 문화의 상봉으로부터 시작된다는 것을 은근히 암시해 주고 있는 것 같다. 그럼 우선 나는 동양의 이야기를 말하기 전에 서양인들이 지니고 있는 현대의 의미, 그리고 마르셀 자신의 철학에 대해 몇 개의 질문을 던져보고 싶었다. 상봉은 하나의 악수와 같은 것이기 때문이다. 먼저 상대방의 손부터 보고 잡아야 된다. 사실상 우리는 서로 손을 내밀기는 하나 상대편의 손을 잘 보지 못하고 있는 경우가 많다.

아니다. 보기는 보지만, 서로 손가락의 수가 처음부터 다른 것으로 착각하고 있다. 여기에선 진정한 대화가 시작될 수 없다. 다 같이 다섯 개의 손가락을 지니고 있는 인간이라는 보편성…… 그 보편성 위에서 각기 다른 차이성을 찾아봐야 된다. 다 같은 손이지만 짧고 길며, 두껍고 얇은 그리고 뜨겁고 차가운 감촉의 차이를 나는 내 나름대로 서양인의 손을 머리에 그려보면서 이렇게 말했다.

서양을 닮으려고 하지 마라

이어령 처음 동양과 서양을 연결했던 길을 실크 로드Silk Road라고 불렀습니다. 서양 사람들이 동양에서 구하려 했던 것은 비단(실크)이었지요. 그 섬세하고 아름다운 동양 비단에 대한 경이심 때문에 동서를 가로막고 있는 사막에 길이 열렸던 것입니다. 그런데 서양 사람들이 그 비단을 받고 동양인에게 준 것은 무엇일까요? 오늘날 동양인들이 경이의 눈으로 받아들인 것은 도시 문명과 서구 산업주의의 기계였습니다. 거기에서 열린 길, 그것을 펄루션 로드pollution road(공해의 길)라고 부르고 싶습니다. 옛날 동서를 연결했던 길이 실크 로드였다면 현대의 그것은 펄루션 로드라고 부를 수 있겠지요.

마르셀 '비단'이든 '기계'든 모두 상품이라는 물질을 운반하려는 데서 생겨난 길이었지요. 앞으로의 새 길은 각기 제한된 존재 상황 속에서 새로운 '나', 즉 본질적인 '나' 속으로 뚫고 나가는 그런 길이 되어야 할 것입니다. 지금 펄루션(공해)에 대한 이야기를 했지만 수년 전 내가 일본 센다이[仙臺]에서 열린 강연회에서 말한 것이 바로 그것입니다. "당신들은 서양을 닮으려고 하지 말라고……" 공해는 현대의 흑사병입니다. 유럽 문화를 위협하는 것은 옛날이나 오늘이나 흑사병이었습니다. 아무리 아름답게 가꾸어놓은 도시도 흑사병이 돌면 그것을 버리고 도망쳐야 합니다. 서양의 문화가 아무리 정교하고 높고 훌륭한 것이라고 해도 공해에 오염되어 있으면 그것을 지체 없이 버려야 하는 것입니다. 동양인들이 서양을 닮으려고 애쓰는 것은 바로 흑사병에 오염된 빈 도시를 인수하려는 것과 다를 것이 없습니다.

이어령　동양인들도 그것을 알고 있으면서도 공해의 도시를 향해 행진하고 있는 것, 문제는 바로 여기에 있지요.

마르셀　공해의 두려움을 알고 그것을 직시하기 위해서는 생태학의 지식만으로는 안 된다고 생각합니다. 좀 더 그것은 근원적인 문화의 의식 문제입니다. 공해는 공장 굴뚝에서 생겨나는 것이 아니라 인간의 병든 의식 자체에서 생겨나는 것입니다. 네르발은 "너는 너 자신만을 생각하는 거냐?"라고 말한 적이 있습니다. 인간이 저지른 최고의 과오는 자연과 세계를 자기 멋대로 조작하는 데서 비롯되었다는 것을 나는 확신합니다. 사람만이 사물에 의미를 부여할 줄 압니다. 그렇기 때문에 세계와 자연의 의미를 왜곡시킨 것도 인간입니다. 오늘날 이 지구의 대기가 독한 가스에 오염되어 있는 것처럼 인간의 의식과 그 의미도 오염되어 있다고 할 수 있을 것입니다.

이어령　그렇다면 공해를 막는 또 하나의 산업, 즉 반공해 산업이란 과학자나 의학자의 분야라기보다 인간의 의식과 존재 의미를 다루는 철학자의 문제라고 보시는 겁니까?

마르셀　옳습니다. 우리는 현대 문명의 공해 앞에서 존재론적 체험을 요청받게 되는 것입니다. 차차 내 사상을 이야기하겠지만 오늘의 모든 인간 사회가 기술 관료주의의 사슬에 얽매여 있는 이 차원에서는 그 의식의 카테고리에 갇혀진 인간의 한계를 새로운 차원으로 옮겨 가려는 꾸준한 노력이 필요한 것입니다. 의식의 각성으로 오염된 이 세계와 자연 그리고 자기를 새로운 차원에서 파악해야 한다는 뜻이지요. 문명을 앞질러 가는 것이 반공해의 본질입니다.

이어령　존재론 없이는 살아가도 기술론 없이는 잠시도 숨 쉴 수 없는 것이 현대인의 비극이라고 할 수 있습니다. 이러한 시대에 철학자는 그리고 지성인들은 과연 무엇을 할 수 있겠습니까?

마르셀 나는 이따금 그 문제에 대해서 고민을 해왔습니다. 그래서 철학자들의 참여와 책임에 대해서 발언을 했었지요. 바젤 대학에서도 강연을 한 적이 있었습니다. 그런데 참여에는 두 종류가 있다고 생각합니다. '근원적인 참여engagement fundamental'와 '부분적인 참여engagement partiel'……. 그런데 '근원적인 참여'는 철학자의 본래적인 직분과 밀접히 연결되어 있다고 생각합니다. 지극히 작은 순간이라도 '근원적인 참여'를 거부하는 철학자를 용인할 순 없을 겁니다. 그 반면에 '부분적인 참여'에는 큰 가치를 두고 싶지 않아요. '근원적인 참여'는 구조적인 조건에 관여되어 있습니다. 말하자면 인격의 존재 가치와 결부되어 있는 문제지요. 구체적인 두 예를 들자면 인종차별과 신앙의 편견이나 탄압 같은 것들이죠. '부분적인 참여'는 이와는 아주 다른 문제입니다. 그것은 제한된 단체나 정당의 이해에 관련된 참여의 양상입니다. 인간의 착취와 편협한 사상 세계에 대해서 철학자는 투쟁하지 않으면 안 됩니다. 내가 과히 좋아하지 않는 말이긴 하나, 인간의 진정한 가치를 현실 속에서 실현하려는 것은 필요 불가결한 것입니다. 그러나 어느 정당을 두둔하거나 소수의 이익을 펀드는 참여는 단연코 거부합니다. 이 점에서 나는 사르트르와 같은 참여를 참된 것이라고 생각지 않는 것입니다. 그가 거부하고 고발하고 있는 것들에 대해서 나 역시도 인정하고 있으나 그러한 사실 앞에서 취하는 그 태도는 전연 다릅니다. 구체적인 예로 지금 파리에서는 르노 자동차 공장의 노동자들이 파업에 들어갔고 그것이 하나의 사회 문제로 확대되고 있지 않습니다. 나는 외국인 노동자를 혹사하고 착취하는 자들과 대항하고 있는 그 노동자들을 옳다고 생각합니다. 그러나 이 파업의 현상을 또 다른 점에서 바라보면 어떻습니까? 노동 개선과 인권 보장을 앞세워, 한 정당의 당리로 이용하고 있다는 사실을 알게 됩니다. 정의의 실현이 정당의 이용물이 되고 있는 것이지요. 그래서 정치인의 이득이 아니라 당원의 입장이 아니라 한 사람의 철학자로서 한 사람의 인간으로서 현실에 참여하려면 긍정적인 '위oui(영어의 yes)'와 함께 '메mais(영어의 but)'를 동시에 가져야 하는 것입니다. 부분적인 참여는 오직 '위'와 '농'이 있을 뿐 '메'라는 것이 없습니다. 한 상황 속에 참여하려 할 때 무엇보다도 중요한 것은 '메'인 것입니다. '메'가 없는 참여는 단순한 데마고기demagogy나 도식주의에의 타락을 의미하는 것입니다. 있는 상황에 단순히 몰입하는 것입니다. 그러나 '메'는 새로운 상황을 판단하고 보다 고차적인 세계로 뚫고 나가는 존재에의 각성이 되는 것입니다. 나는 이러한 '위'와 '메'의 상태에서 항상 인간을 도식화하는 인간 존재에 반대해 왔습니다. 우리는 익사자를 구하기 위해서 강물로 뛰어듭니다만, 중요한 것은 강물로 '뛰어드는 것'이 아니라 거기에서 다시 '빠져나오는' 힘입니다. 그것이 없을 때 우리는 단순히 강물 속에 빠져 허우적거릴 뿐입니다. 그것은 '근원적인 참여'라고 할 수 없습니다.

이어령   선생님의 그러한 생각은 현실 참여의 태도뿐만 아니라 연극의 세계나 철학의 세계에서도 뚜렷이 바라볼 수 있을 것 같습니다. 특히 극작품에서 말입니다.

'섬'과 '대륙', 연극의 세계

마르셀   그렇습니다. 나는 철학도 하고 희곡도 썼지요. 연극이란 인간의 현실을 '더듬는 것prospection'이며 '반영réflexion' 하는 것이며, 그에 대해서 반항하는 것이라고 생각합니다. 그러니까 어떤 경우든 신념과 해답을 찾으려는 철학의 경우처럼 결론을 얻으려는 것이 아니지요. 그렇기 때문에 극작가는 '메(부정)'의 음성이 언제나 철학자보다 큰 법입니다. 철학자들이란 '메'를 보류하는 인간들입니다. 왜냐하면 철학자의 보행에 있어서 '메'란 거추장스러운 덤불들입니다. 사르트르는 연극에 있어서까지 '메'의 상태를 거부하고 있습니다. 나는 '메'가 없는 그의 명쾌성 (?)을 싫어합니다. 연극의 긴장은 '위'라는 진리의 명쾌한 해명이 아니라 '메'라는 그 더듬거림과 주저에서 생겨나는 것이니까요. 나는 연극 창작에 있어서 '메'의 상태를 함부로 짓밟지 않으려고 애써 왔습니다.

이어령 그렇다면 선생님은 연극과 철학을 별개의 작업으로 보시는 거지요? 즉 자신의 철학적 사고를 연극을 빌려 표현하는 이른바 메시지 중심의 사상 연극을 반대하는…….

마르셀 사람들은 철학자가 쓴 희곡에 대해서 모두들 편견을 갖고 있습니다. 그러나 나는 철학 속의 나와 연극 속의 나를 엄연히 구분합니다. 그것은 전연 별개의 것이지요. 철학적 연극이란 철학의 사상이 연극 주인공에 선행되는 세계입니다. 내 연극은 그와는 다릅니다. 희곡을 처음 쓸 때부터 나는 연극 속에서 철학을 하는 것을 피해 왔습니다. 그렇죠. 그러니까 『보이지 않는 문지방』이란 작품을 썼을 때 나는 그 서문 속에서 내 극작 태도를 밝혔습니다. 철학적 연극에 반기를 드는…… 내 작품 속의 주인공들은 철학적 사상을 넘어선 드라마 자체 속에서 살고 있지요. 거꾸로 생각해 보세요. 철학 속에 시가 뛰어들면 어떻게 되겠는가? 연극 속에 철학이 들어올 때 연극 자체가 파멸되고 마는 것처럼 철학 속에 연극이나 시가 끼어들 때 역시 그 철학도 파멸합니다. 하이데거가 그 좋은 예입니다. 그는 철학으로 할 것을 시로써 하고 시로써 할 일을 철학으로 한 사람입니다. 그것이 하이데거의 약점이었지요.

이어령 결국 철학의 수단으로 극작을 하시지는 않았다는 말씀인데 그렇다면 철학과는 다른 연극의 독자적인 세계를 좀 더 자세히 설명해 주실 수 있겠습니까?

마르셀 비유로 이 문제의 이마주를 생각해 보십시오. 나는 존재론과 연극을 설명하는 데 있어서 '섬'과 '대륙'의 이미지를 가지고 비교했습니다. 대륙적인 요소를 지닌 것을 존재론으로 본다면 섬[島]적인 것은 연극적인 것입니다. 섬적인 요소, 그것은 바다에 의해 단절된 그리고 존재의 대륙에서 떨어져 나간 고립의 세계입니다. 우리 대부분이 의식의 각성 없이 맹목적으로 살아가고 있는 일상의 세계이지요. 거기에서는 누구나 고립·부자유, 그리고 제한된 삶을 살고 있지요. 이 차단된 상태, 감금된 그 상태 속에서 인간이 더듬거리면서 그곳에서 빠져나가려고 애쓰는 그 실존의 파악이 바로 내 연극의 세계며 연극을 통해서만 보여줄 수 있는 세계입니다. 철학―인간의 존재론적인 탐구는 그와는 다르지요. 그것은 하나의 대륙에 대한 이야기인 것입니다.

이어령   그렇기 때문에 선생님의 연극 안에서 볼 수 있는 것은 '토해내는 것', 즉 절망의 가능성을 보여주는 데 있다고 생각되는군요. 그리고 때로는 신비에 대한 인식을 증명하는 행위로도 나타나고……. 그러면 그 같은 연극적 체험은 철학적인 의식 없이도 가능한 것이겠습니까?

마르셀   그 이야기를 하자면 내가 언제부터 연극에 관심을 두었는가 하는 내 개인적인 전기를 들추어야 할 것입니다. 그것은 아주 어렸을 때였으며 철학적 사색을 하기 이전부터의 일이었습니다. 나는 외동아들로 외롭게 자랐었지요. 남들처럼 형제자매가 없는 것을 아주 괴로워했습니다. 같이 놀고 같이 이야기할 사람들이 없었던 까닭입니다. 가정환경의 외로움은 내 새로운 의식의 문을 열어준 계기가 되었다고 생각합니다. 이 무렵 나는 집에서 일하는 독일인 식모의 손을 잡고 공원을 산책할 때마다 나는 혼자서 있지도 않은 내 형제를 상상하면서 그들과 중얼거리곤 했습니다. 어렸을 때의 이 상상적인 대화와 형제에의 갈망, 이것이 내 마음속에서 최초로 싹튼 연극적 체험이었고, 그 뒤 열다섯 살 때 『산 위의 빛』이라는 희곡 작품을 쓰게 한 토양이 된 것입니다. 그리고 또 아버지의 영향도 있었지요. 스톡홀름의 특명전권대사였던(아홉 살 때의 일) 아버지는 유달리 연극에 관심이 많아 나에게 곧잘 입센의 희곡을 읽어주곤 했었지요. 입센의 『인민의 적』 가운데 "다수는 과오를 저질렀다"라는 스토크만 박사의 대사는 평생 동안 내 머릿속에 깊이 각인되어 있습니다. 실재하지 않았던 내 형제들과의 대화 그리고 아버지, 이렇게 내 연극의 세계는 '섬' 안에서의 조건으로부터 시작된 것이지요. 쉽게 말해서 추상적인 것이 아니라 육체를 가지고 살아가는 구체적인 그 삶의 관계, 이것이 내 희곡의 문입니다.

이어령 　선생님은 희곡 예술을 '섬' 속의 삶에 비유했습니다. 그것은 차단되고 한정되고 자유롭지 못한 일상적 인간의 조건 그 실존이라고 말할 수 있겠지요. 그러니까 철학의 경우와는 달리 연극의 세계에서는 우선 있는 것을 받아들인다는 것이겠지요. 즉 리얼리즘의 요소가 짙은 것, 그러면서도 선생님의 희곡에는 항상 입센과 같은 사회성보다 '죽음'의 문제가 더 강렬한 주제로 나타나 있다고 생각되는데요.

마르셀 　그것은 옳은 이야기입니다. 죽음이란 나의 죽음ma mort

만이 아니라 너의 죽음ta mort이며 그의 죽음sa mort이기
도 하기 때문에 그것은 진짜로 실존 안에 있는 모든 신
앙을 근본적인 데서부터 뒤흔들고 모든 현존의 확실성
을 증거하는 것이지요. 말하자면 죽음은 연극에 있어서
정화와 증언의 역할을 하고 있습니다. 병의 문제도 그
같은 주제와 병행하는 것이지요. 연극의 비전은 사실의
인식입니다. 그러니 죽음이란 사인 인식의 으뜸가는 주
제가 될 수밖에 없습니다.

이어령   죽음 속에 있는 사람들은 이 '섬(연극의 세계)' 속에서 마치
촛날개를 달고 탈출하려던 이카로스처럼 바다 위를 날
아가려고 애쓰지요. 뛰어넘는 것, 대륙과 섬을 차단하고
있는 바다를 뛰어넘으려고 시도하지요. 선생님은 극작
가이자 동시에 음악가(작곡가)로서도 알려져 있습니다. 선
생님이 음악을 하게 된 동기는 그 '섬'과 '대륙'을 잇는
날개 역할이었다고 말할 수 있는지요? 즉 연극이 섬이
요 존재론(철학·종교)이 대륙이라면, 음악은 이 섬과 대륙
을 연결하는 매체가 되는 것입니까? 선생님의 초기 희
곡『보이지 않는 문지방』서문에서 "사상의 비극으로부
터 정서에로의 과정이 바로 위대한 음악을 탄생하게 한
다"고 말한 적이 있지 않습니까? "베토벤의 마지막 사
중주는 지적인 충격을 주고 그런 충격은 우리에게 사상

의 승화된 것을 고양시켜 준다"고요.

마르셀 연극의 경우처럼 내 음악적인 체험을 이야기하려면 다시 내 생애의 이야기로 잠시 화제를 돌려야 할 것 같습니다. 누가 음악을 이야기할 때마다 나는 세 살 때 어린 시절의 기억이 떠오르곤 합니다. 어머니의 품 안에 안겨 나는 피아노를 들었습니다. 음악이 나에게 준 영향은 탄생과 함께 시작된 것으로 거의 절대적인 것입니다. 다만 내 성장과 함께 그 음악은 모차르트의 〈소나타〉가 되고 그것이 또 베토벤의 〈비창〉으로 옮겨 갔을 뿐 음악은 나의 어린 시절부터 계속 내 의식 안에서 메아리치고 있습니다. 고통과 비참의 음악은 직접적으로 어머니의 죽음을 연상시켜 줍니다. 그렇지요. 음악은 어머니였고 내 '아내'였습니다. 나와 내 아내는 음악을 매개로 해서 서로 친숙해졌고 결혼까지 하기에 이른 것입니다. 아내는 직업적인 음악가로서 화성학和聲學 교수였습니다. 음악의 상징 안에서 우리들의 결혼은 이루어진 것입니다.

이어령 작곡도 하시고 음악 비평도 하셨는데 극작가로서의 가브리엘 마르셀과 음악가로서의 가브리엘 마르셀 그리고 철학자로서의 가브리엘 마르셀은 어떠한 점에서 서로 연결되고 하나로 되는 것인지 그것이 궁금합니다. 선생님은 희곡 『우상 파괴자』의 마지막 장면에서 로자의 입을 통해 "언어는 거짓말을 불러일으키나 음악은 진실만을 전한다. 오로지 음악만이"라고 말했습니다.

마르셀 잠깐만 내 이야기를 더 계속합시다. 가장 일상적이면서도 일상성의 감정을 넘어서려는 단계, 그곳에 음악이 있습니다. 가장 감각적이면서도 그 감각이 지성이나 추상의 세계로 건너뛰려는 문턱, 거기에 음악이 있습니다. 가장 고통스럽고 비참한 그 첨단에, 즐거움과 행복이 맴도는 긴장, 거기에 음악이 있습니다. 지상의 시조물이 있다면, 그것은 어머니(여성)요 음악입니다. 연극의 지적 개념이나 음악의 지적 개념에는 서로의 연관성을 지니고 있고, 그 개념은 양자가 보다 깊은 차원으로 옮겨져 가는 계기를 갖는데, 그것이 바로 '존재'로 옮겨져 가는 것이죠. 그러나 연극과 음악이 다른 것이 있다면 연극은 드러내 보여주고 일깨워 주지마는 음악은 그것을 다시 잠재워 주고 화합시켜 줍니다. 그래서 음악은 섬에서 대륙을 연결시켜 주고 외로운 '섬'에서 존재의 그 대륙으로 뚫고 나가는 모험과 결단을 자극시켜 주는 매개물이 되어주는 것입니다. '이것'과 '저것'을 맺어주는 것, 그래서 음악은 소리지만 동시에 침묵입니다. 소리를 통해서 우리는 기실 침묵을 듣는 것이지요. 그것은 무력한 침묵이 아니라 빽빽하게 꽉 찬 침묵, 음音의 가장자리에 있는 그 침묵은 정신적 가치가 있는 침묵입니다. 스위스의 사상가 맥스 피세아는 침묵은 음악을, 그리고 음악은 침묵을 불러일으킨다고 했는데 침묵과 음을 동시에 지닌 음악이야말로 '육체를 가진 신'이라고 할 수 있겠습니다.

문지방 위에 선다는 것

이어령　실랑스silence(침묵)란 미티즘mutisme(무언), 벙어리의 상태와는 다른 것입니다. 미티즘이 죽어 있는 상태라면 실랑스는 살아 있는 것이겠지요. 우리는 살아 있는 침묵을 통해서만 존재의 근원적인 대륙에 이를 수 있다고 생각합니다. 연극이 형제와 아버지의 세계로 상징되는 '섬'이며 음악은 어머니와 아내(여성적)로 상징되는 '바다', 섬과 대륙을 이어주는 매개체라고 볼 수 있다면, 선생님의 생애는 바로 연극(섬)→음악(바다를 뛰어넘는 날개)→철학(대륙)으로 이어져 가는 그 유기적인 연관성을 지닌 인간 조건 그 자체의 상징이라고 볼 수 있습니다. 그리스 신화의 이카로스, 좁은 섬에서 넓은 대륙으로 가기 위해 촛날개를 달고 비약한 이카로스의 생애 말입니다. 끝으로 그 대륙의 이야기, 철학, 종교의 세계를 듣고 싶습니다.

마르셀 철학적인 체험. 그래요, 내가 철학과 종교에 관심을 갖게 된 것은 내 '계모'에 의해서였습니다. 계모는 유대계 사람으로 아주 엄격한 분이었고 윤리관과 사회 부정에 대한 감정이 퍽 예리한 사람이었습니다. 그러나 나는 직접 종교적인 교육을 받지 않았지만 이 계모의 이미지는 뒤에 나의 종교적인 의식에 큰 영향을 준 것 같습니다. 그리고 이카로스의 이야기를 하셨는데, 내 일생 또는 내 철학하는 태도를 가장 잘 요약할 수 있는 신화라고 할 수 있습니다. 내 전체의 사상을 요약한다면 양극 사이에서 넘어서려는 노력, 그 존재론적 체험이라 할 수 있습니다. 한 카테고리에 갇혀진 인간의 한계(섬)에서 새로운 차원으로 옮겨 가려는 꾸준한 노력. 뚫고 나가려는 것 dépassement, 즉 이카로스의 모험이지요.

이어령 추상적인 존재론에서 구체적인 존재, 나의 육체는 나의 존재 안에 깃들어 있는 몸이라는 이것이 선생님의 철학적 기점이요, 출발점이 되는 것이라고 생각되는데…….가령 선생님의 초기 작품인『형이상학 일기形而上學日記』에서 '느끼는 것'과 '인식(감성과 인식)'의 관계를 따로 떨어져 있는 것으로 보지 않고 그것을 송두리째 하나의 것으로 바라본 점, 여기에 어떤 새로움이 있었다고 생각합니다. 과거의 철학은 감성의 세계를 존재론적으로 다루지 못했는데 선생님은 사물과 내가 분리되지 않는 한 존재의 덩어리로 존재론을 전개한 것이라고 말이지요.

마르셀 내가 처음으로 한 작업이라고는 말할 수 없으나 사물을 인식하는 데 있어 언제나 구체적인 사물과의 연관 관계에서 고찰하려 한 것은 사실입니다. 그러므로 내 철학을 '존재론적인 관성官性주의'라고 부를 수 있습니다.

이어령 거친 질문입니다마는 선생님은 『존재와 소유』에서 "절망이라는 사실은 우리에게 언제나 가능하다. 그렇기에 여기에 중심적인 문제가 놓여 있는 것이다. 사람은 절망을 수용할 수 있는 능력을 지니고 있고 죽음까지도 끌어들일 수 있다"고 하셨습니다. "절망에 직면한 존재. 형이상학은 이 존재 앞에서 마땅히 자기 입장을 가져야 한다. 그래서 형이상학은 형이상학으로 절망을 제거하는 푸닥거리[驅魔]를 해야 하는 것"이라고 했습니다. 존재론의 그 대륙에는 요컨대 절망이 제거되어 있는 곳이며 존재론적 요청을 불러일으키는 새로운 질문의 장소라고 이해해도 되겠는지요?

마르셀 한 사람의 사상은 어쩌면 한 사람의 생애보다도 더 긴 것인지도 모르겠지요. 평생을 다시 되풀이한대도 내 이야기를 다 하자면 모자랄 것입니다. 다만 철학을 전공하지 않는 사람에게 내 철학을 이야기하려면 철학의 내용보다는 철학하는 나의 태도에 대해서 언급하는 것이 좋을 것 같습니다. 내 사상은 언제나 문지방 위에 또는 십자로의 한복판에 놓여져 있습니다. 모든 것의 경계, 바로 그 문지방 위에 올라서 있는 긴장이지요. 사람들은 안과 밖, 육체와 정신, 감정과 인식을 분리해서 어느 하나 속에 몰입하려 합니다. 나는 그것을 부단히 거부합니다. 그 경계의 모서리 위에 서기를 희망합니다. 생의 참된 몫은 그 문지방 위에 있는 것입니다. 내가 체계를 거부하는 것도 그 때문입니다. 오늘날의 모든 사람들은 문지방 너머의 것 또는 문지방 안의 것에만 사로잡혀 있습니다. 문지방 위에 설 때 우리의 의식은 깨어나고 그 의식의 각성을 통해 우리는 존재의 새 차원으로 뚫고 나가게 되는 것입니다. 이것이 대륙의 존재론이지요. 섬과 대륙은 단절되어 있습니다. 인간은 이 섬에서 대륙으로 나가려는 긴장 속에서, 자기 자신의 존재의 의미와 존재론적인 요청 속에서 새로운 질문을 던질 것입니다.

문지방 위에 서 있는 사상―그것은 '위'와 '메'가 공존하는 철학이기도 할 것이다. 나는 마르셀 씨를 더 이상 괴롭힐 필요가 없다고 생각했다. 마르셀과 만나 대화를 나눈 사상의 그 이삭줍기에서 내가 얻은 것은 바로 이 문지방 위의 철학과 '위'와 '메'를 동시에 갖고 살아가려는 지식인의 그 긴장된 태도였다.

　가브리엘 마르셀은 이 대담 직후 타계하고 말았다. 그의 1주기를 맞아 그의 마지막 사상이 된 이 대화를 공개한다. 그리고 이 인터뷰를 도와주신 낭테르 대학 강사 변규룡卞圭龍 박사에게 감사를 드린다.(《문학사상》, 1974. 9.)

후기

지성의 손뼉 소리

두 손뼉이 마주쳐야 소리가 울린다. 싸움의 경우만이 그런 것은 아니다. 창조도 또한 그런 것이다. 독백은 아무리 재능을 지니고 있어도 침묵하는 언어에 지나지 않는다. 나의 생각, 나의 소망, 나의 진실이 또 다른 사람의 생각과 마주쳤을 때 비로소 하나의 음향을 갖게 되는 것이다. 그것이 바로 대화다.

개항 이후 백 년을 두고 우리는 서구 문화와 접촉해 왔지만 그것은 진정한 대화가 아니라, 일방적인 독백 문화의 수용이었다. 번역물을 통해서만 서구의 지성과 호흡했다. 회로가 한쪽으로만 열려 있었기에, 살아 있는 육체로, 음향으로 그 언어를 소유할 수 없었다.

이 독백의 문화를 대화의 문화로 옮기기 위해, 《문학사상》에서는 직접 오늘을 대표하는 서구의 지성인들과 만나 대화를 나누는 기회를 마련했었다. 번역된 사상이 아니라, 그 현장 속에서 우리의 생각을 가지고 그들과 만나는 것이다. 문제의식을 우리 스스로가 끌어내어 한국의 지성을 그것과 잇는다.

이러한 작업을 다시 정리하여 단행본으로 내놓는 의미도 서구의 지성과 한국의 지성을 교환하여 우리의 생生과 그 시야를 넓히려는 시대적 요청을 위해서다.

이것은 손뼉 소리다.

두 손뼉이 마주쳐서 일어나는 지성의 생생한 울림인 것이다.

저항의 문학, 그리고 비평의 논리와 방법

서간체로 쓰는 이어령론

권영민 | 문학평론가, 서울대학교 명예교수

1

김 군.

이어령 선생의 비평집 『저항의 문학』(1959)을 책상 위에 펼쳐놓았다. 선생의 수많은 저서 가운데에는 이 책보다 훨씬 화제를 모으고 대중적 관심을 불러일으킨 것들이 많다. 그러나 나는 이 책을 가장 소중하게 여기고 있다. 그 까닭은 이 책에서 비로소 우리는 문학 비평이라는 것이 문학 자체의 의미와 지향을 정당화하기 위해 필요로 하는 일종의 인식 행위에 해당된다는 사실을 확인할 수 있기 때문이다.

김 군은 이 같은 내 생각에 동의하지 않아도 좋다. 1920년대 중반 한국 문학이 가장 근대적인 이념이었던 사회주의와 만나면서 비평적 방법의 과학화를 확립했다는 백철 식의 해석을 우리는 강의실에서 대체로 승인하지 않았는가? 하지만 이 책이 출간되기 이전의 한국 문학 비평의 흐름을 검토해 보면, 문학 외적인 상황이나 어떤 사회적 이념이 비평의 논리와 방법을 크게 좌우해 왔음을 알 수 있다. 이러한 현상은 문학 비평이 시대적 조건이나 현실 상황에 대하여 예각적으로 대응하고 있는 중요한 정신 영역의 하나임을 말해 주는 것으로 생각된다. 문학 비평이 문학 외적인 상황에 따라 그 논리와 방법으로 바꾸어왔다는 것은 문학 자체의 미학적 의미보다는 사회적 요건을 더욱 중시하고 있음을 뜻한다. 문학 비평이 직접적인 대상이 되는 작품 자체보다 작품 외적인 문제에 관심을 기울이게 될 경우 그것은 자칫 비평적 행위에서의 미학의 포기라는 부정적 의미를 띨 수도 있는 일이다. 내가『저항의 문학』을 놓고 비평의 본질 문제를 논하고 있는 이유를 이제 김 군은 알아차렸을 것으로 생각된다.

나는 문학적 가치의 다양성을 어떻게 포괄할 수 있을 것인가 하는 비평적 방법의 문제에 대해 고심한 적이 많다. 김 군도 그렇고 대개의 비평가들도 비슷한 경험을 가지고 있을 것이다. 한국 문학 비평이 직면하고 있는 가장 중요한 과제는 문학의 미적 가치와 그것이 지향하고 있는 정신세계를 총체적으로 해명해낼 수 있는 방법론의 정립이 아니겠는가? 한국 현대 문학사에서 본격적인 문학 비평이 성립된 것은 3·1운동을 전후한 시기라고 할 수 있다. 그러나 문학 비평이 독자성을 인정할 수 있을 정도로 그 영역이 확대 심화되었다고 말하기는 어렵다. 우리 문학 비평은 전통적인 심미 사상을 제대로 계승하지도 못했고, 스스로 어떤 방법을 창조하지도 못한 것이 사실이다. 광복 이후 서구 비평 이론의 폭넓은 수용이 이루어지고 있긴 하지만, 오늘의 한국 문학 비평은 여전히 방법론의 자기 모색 단계에 머물러 있음을 시인하지 않을 수 없다.

김 군.

문학 비평은 그 방법과 지향이 어떠한 속성을 드러내든지 간에 문학의 존재 의미를 정당화하기 위해 필요한 방법과 정신을 대변해야 한다. 이 같은 비평의 성격을 『저항의 문학』의 저자인 이어령 선생이 일찍부터 감지하고 있었다는 것은 후학인 우리에게는 행복한 일이다. 『저항의 문학』은 우리 문학의 성격을 규정지을 수 있는 중요한 비평적 쟁점을 담고 있으면서 동시에 비평의 방법론적 확립을 문제 삼고 있다. 이 책에서 한국의 문학에 대한 평가의 기준을 놓고 이루어진 비평적 견해의 충돌을 우리는 현란한 수사로만 넘겨버려서는 안 된다. 방법과 관점의 전환이라는 것이 얼마나 큰 변화를 의미하는 것인지를 지켜보아야 하기 때문이다.

2

비평집 『저항의 문학』에는 격한 어조로 적시하고 있는 전후 사회의 삶의 질곡들이 여기저기 나열되어 있다. 인간적 가치의 상실과 붕괴, 그리고 훼손으로 이어지는 부정의 현실을 놓고 이 책의 저자는 인간의 자유와 해방, 자기 주체의 발견, 인간적 가치의 회복을 문학을 통해 구상하고 있다. 이 도저한 구상이 과연 가능할 것인가? 이 같은 질문은 지금 우리에게는 별로 의미가 없다. 그러나 모든 것을 다 불지르고 박토 위에 새싹을 틔워야 했던 당대의 현실에서 볼 때, '화전민'의 개척 의식을 강조해야 했던 이 책의 저자에게는 가장 절박한 질문이었음은 부인할 수 없는 일이다.

김 군.

나는 이어령 선생의 용어 가운데 먼저 '부정'과 '저항'이라는 말을 주목하기로 한다. 이 두 개의 용어는 매우 격렬한 투쟁적 의미를 지니고 있지만, 사실은 인간적인 가치에 대한 옹호를 뜻하는 말이다. 물론 역사와 현실을 외면한 채 외쳐대는 허울의 휴머니즘을 말하는 것은 아니다.

역사가 인간을 살육하는 문명을 낳았다면 그 같은 역사를 만든 책임은 우리 인간이 져야 할 것이며 따라서 당연히 우리가 그러한 역사의 움직임에 대하여 저항하지 않을 수가 없다. 자연이 일으키는 사건 그것의 책임은 신이 져야 한다. 그러나 역사가 저질러놓은 이 현실의 모든 사고는 인간이 져야만 할 책임이다. 그러므로 미아리의 비석들은 하늘을 향하여 항거하고 있지만 동작동 군묘의 십자가는 이 대지를 향하여 역사를 향하여 바로 그 인간을 향하여 항변하고 있다.

그리하여 우리는 이윽고 인간이 인간과 싸워야 하는 슬픈 계절을 맞이하였다. 인간이 인간과 싸워야 한다는 것은 인간이 인간의 역사와 대결한다는 말이며 그 역사 속에서 우리가 눈을 떠야 한다는 것이며 오늘의 이 역사적 현실을 비판하고 폭로하고 그리고 지양해 나가야 한다는 것이다.

　　위의 인용에서 '저항'이라는 말은 인간을 파괴하는 역사의 흐름에 대한 저항과 부정을 의미한다. 이것은 새로운 시대가 요구하는 역사의식과도 통하지만, 기성의 모든 문학적 관념들에 대한 비판과 반성을 포함한다. 실제로 이어령 선생의 평문 가운데 가장 탁월하게 빛나는 대목들은 한국의 문학을 지방성의 테두리에 묶어두게 만들고 있는 관념적 어사들에 대한 비판이다. 예컨대, 당대의 비평가 조연현이나 소설가 김동리 등이 별다른 이의를 달지 않고 한국적인 토속의 세계나 향토성과 혼동해 온 전통이라는 개념의 오류를 가장 날카롭게 지적한 것이 선생이다. 엘리엇의 전통론을 들지 않더라도 전통이란 시대적 한계나 공간적 제약 속에 문학을 묶어두는 것이 아니다. 오히려 그러한 제약으로부터 자유로워지는 보편적인 가치의 회복을 더 중요시한다. 이 시기의 비평에서 문학이라는 말의 앞자리에 관형적 어투처럼 붙어 다니는 민족이라는 말을 선생의 평문에서는 거의 찾아볼 수 없다는 것도 동일한 맥락에서 이해할 수 있다. 휴머니즘이라는 말의 애

매한 의미 영역을 간명하게 정리하면서 김동리의 이른바 제3휴
머니즘의 비논리성을 공박한 것도 선생이다.

김 군.

김 군은 이어령 선생의 비평에서 볼 수 있듯이 그가 진정으로
저항하고자 한 것은 무엇이라고 생각하고 있는가? 나는 이 문제
의 해답을 구하기 위해 이어령 선생 이전의 한국 문학 비평의 구
도를 간단히 살펴보기로 한다. 선생의 시대를 우리는 전후 문학
의 시대라고 부른다. 그렇다면 선생 이전의 시대는 이른바 해방
공간이라는 특이한 공간에 해당한다. 이 시기는 이데올로기의 대
립과 갈등이 문학의 영역에서 가장 격렬한 비평적 담론으로 구조
화하여 논쟁으로 표출된 때다. 식민지 시대에서 벗어나면서 새로
운 민족의 문학을 건설한다는 데에 관심이 모아지자, 그 방법과
이념의 선택이 문제시되었던 것이다. 해방 공간의 계급/순수론은
서로 다른 두 가지 방향의 민족 문학론을 비평적 담론의 주제로
등장하게 한다.

‘진보적’, ‘민주주의적’이라는 관형어를 붙이고 있는 계급 문학
론은 좌익 문학 단체인 ‘조선문학가동맹’이 채택한 강령 속에 자
리 잡으면서 이데올로기의 문학적 실천을 위한 방편으로 이용된
다. 임화와 김남천 등이 내세운 민주주의적 민족 문학은 노동 계
급의 이념을 구현하기 위한 문학이며, 이원조의 경우에는 ‘민족
의 절대다수인 근로 인민이 민주주의적 민족 구성원으로서 행복

된 생활 속에 함께 향락할 수 있는 민족 전체의 문학'으로 규정하기도 한다. 이들은 모두 민족의 개념을 계급 차원에 국한시키고 있으며, 민족 문학의 성격도 계급적 이념에 의거하여 설명하고 있다. 그리고 노동 계급을 민족 해방의 원동력으로 내세움으로써, 민족 운동의 방향을 계급 운동으로 전환시켜 보고자 한다. 그러므로 이들의 주장 속에는 정치 이념과 예술적 사상의 통합을 위한 기도와 구상이 숨겨져 있음을 알 수 있다. 이들이 '진보적'이니 '민주주의적'이니 하는 말을 떼어버리고 직접 '당의 문학'을 강조하기에 이른 것은 공산당의 정치 운동에서 문학을 하나의 조직적 실천 행위로 활용하고 있다는 사실을 드러내주는 것이다.

그렇다면 우파 민족 진영의 경우는 어떠했는가? 민족 진영의 김광섭, 이헌구 등이 내세우고 있는 민족 문학은 '민족 전체를 한 개의 공동 운명체로 인식하고 그 지성과 감성을 다하여 민족의 당면 위기를 극복해 나아갈 수 있는 것'이어야 한다는 전제가 붙어 있다. 이를 위해서는 물론 민족 전체가 염원하고 있는 당면의 요구가 문학의 근본 이념과 일치되어야 한다든지, 문학의 보편성에 대한 신념을 지켜야 한다든지 하는 조건이 뒤따른다. 그러나 이 경우 문제가 되는 것은 민족이라는 말에 내포되어 있는 이념적 속성을 어떻게 규정해야 할 것인가 하는 점이다. 민족의 실체는 어디까지나 역사적인 존재로 인식되어야 하며, 역사적 현실 가운데에서 그 구체적인 존재 방식이 검토되어야 한다. 그러므로 민족에 대한 이념적 규정에 있어서 그 초역사적인 절대 개념에 매달린 관념론적인 해석이 문제가 된다고 할 것이다. 그렇기 때문에 김동리·조지훈·조연현 등은 순수 문학론을 내세우고, 민족 문학에 대한 논의 자체가 이데올로기의 문학적 실천이나 정치적 선동을 위한 수단으로 이용되는 것에 반대한다. 이들의 주장은 우익 민족 진영의 문인들에 의해 호응을 받게 되면서 좌익 문학 단체의 계급 문학으로서의 민족 문화론과 대립되기에 이른다. 김동리는 민족 문학을 순수 문학으로 규정한다. 문학의 본질적인 속성을 인간성에 대한 옹호에서 찾고 민족 단위의 휴머니즘으로 이해함으로써, 본격 문학에 대한 김동리의 신념은 변함없이 지속된다. 더구나 정부 수립 후 순수 문학으로서의 민족 문학이라는 개념은 체제 선택의 기로에서 한국 문학의 진로를 규정해 준 하나의 명제로 자리 잡게 되는 것이다.

김 군.

이어령 선생은 이 같은 문단적 구도와 쟁점을 모두 거부하고 있다. 선생은 왜 이 같은 유별난 선택을 스스로에게 요구하고 있는 것일까? 이것은 회색의 진공 지대 위에 자신을 밀어넣어 두기 위한 일이 아니다. 그는 문학의 순수를 말하기 전에 오히려 문학의 저항을 논했고, 문학의 예술성을 논하면서 벌써 사회적 참여를 주장한 바 있다. 이 같은 태도는 해방 직후의 상황에서 순수론으로 무장한 민족 문화론이라는 것이 하나의 정치 시대의 산물에 불과한 것임을 인식한 데에서 비롯된 것이라고 할 수 있다. 좌파 문단의 정치적 요구로부터 문학의 본령을 지킨다는 측면에서 생각해 본다면, 순수론은 어느 정도의 긴장된 의미를 갖는다. 하지만 정부 수립 후 6·25를 거치고 격동의 역사가 지속되는 동안 그 개념은 퇴색할 수밖에 없게 된다. 삶의 현실을 총체적으로 인식하고 그것을 문학적으로 형상화하고자 할 때, 역사와 현실을 초월하고 있는 순수한 문학이란 하나의 공허한 관념에 지나지 않는 것이다. 특히 민족 문학의 개념이나 그 역사적 의미 등에 대한 논의가 순수 문학론으로 대치됨으로써 그 실천적 방법 자체가 무색해져 버리고 말았다는 점도 비판되지 않으면 안 된다. 문학의 사회적 가치나 이념적 속성을 외면하고 순수의 테두리에서 안주하게 될 경우 삶의 현실과 유리된 문학적 공간이 어떤 문제성을 띠게 될 것인지에 대해서는 김 군도 충분히 알아차릴 수 있는 일이 아닌가?

김 군.

이어령 선생 이후의 비평에 대해서도 간단히 논의해 보기로 하자. 전후 세대의 문학을 극복하는 과정에서 돌출한 비평적 쟁점이 1960년대 중반에 본격화된 순수/참여론이다. 문학의 사회적 참여 문제는 이어령 선생의 저항의 문학이라는 테마로부터 출발한 것이다. 「작가의 현실 참여」(1959)라는 선생의 평문이 던진 이 새로운 과제는 문단의 파문으로 번졌는데, 4·19를 지나 다시 범

문단적인 쟁점이 되어 그 중요성을 새롭게 인식할 수 있게 된 것이다. 선생은 전후의 혼란된 현실 속에서 인간의 삶과 그 존재 방식에 대한 회의와 저항이 교차되면서 현실적 상황에 대응할 수 있는 문학의 요건을 중시하고 있다. 사회 현실에 적극적인 관심을 갖고, 능동적으로 참여해야 한다는 문학의 참여 의식은 우선적으로 작가가 현실에 대해 각별한 관심을 표명하는 데에서 출발한다. 그리고 현실에 입각하여 시대와 상황에 대한 책임을 자각하는 데에까지 이르는 것이다. 그런데 이 같은 관점이 확대되자 현실의 부조리를 고발·비판하는 문학의 정신을 리얼리즘과 연결시키기도 하고, 역사의식에 바탕을 둔 작가의 사회적 책임을 강조하기도 하는 참여 문화론으로 발전한다. 이러한 참여론에 반대하는 입장에서 문학의 본질적 순수성을 옹호하는 문인들이 등장하자, 순수/참여론의 논쟁적 확대가 이루어지게 된 것이다.

1960년대 순수/참여론이 문학의 사회적 기능에 대한 평면적 인식에서 벗어나 자체 내의 논리를 갖기 시작한 것은 김붕구의 『작가와 사회』(1960)를 중심으로 앙가주망engagement 운동의 이데올로기적 편향성에 대한 경고에서부터다. 1960년대 후반의 문학적 경향과 문단적 분파를 예견하게 하는 이 발언은 임중빈에 의해 반박되고, 다시 정명환에 의해 수정된다. 참여 문학이란 문학의 한 경향이며, 참여의 개념 자체를 이단시할 것이 아니라, 집단의식과 자아의식의 결합 관계로 규정해야 한다는 것이 정명환의 결론이다. 이 논쟁의 정점에 등장한 것이 바로 이어령 선생이며, 그 상대역이 시인 김수영이었다는 것은 너무나도 유명한 사건이다.

김수영은 언론의 무기력과 지식인의 퇴영성에 대한 비판으로부터 자신의 참여론을 논리한다. 군사 독재의 획일적인 사회·문화에 대한 통제를 우려했던 그는 문학의 전위적 실험성이 억압당하고 있는 상황의 위기를 극복해야 할 것을 강조한다. 그러나 참여론의 실마리를 쥐고 있던 이어령 선생은 문학의 위기를 극복하기 위해 먼저 문화 자체의 응전력과 창조력의 고양을 주장했고, 시대적 상황 변화에만 추종하는 문학인들의 자세를 비판한다. 그 결과 문학의 자율성에 대한 신념을 내세운 이어령이 순수론의 옹호자로 인정되기에 이르는 것이다. 결국 순수/참여론은 문학의 자율성과 사회적 기능성에 대한 인식의 차이를 노정함으로써, 문학 자체의 가치성에 대한 판단의 기준도 이에 따라 달라지게 되는 결과를 초래하고 있다. 이 논쟁은 순수/참여라는 이분법으로 문학의 범주를 규정하고 있기 때문에, 문학이 본질적으로 지니고 있는 포괄적인 의미와 다양성을 깊이 있게 천착할 수 있는 폭넓은 관점을 유지하지 못하게 하는 인식의 한계를 드러내고 있다.

3

김 군.

나는 다시 『저항의 문학』에서 출발하고 있는 이어령 선생의 두 가지 중요한 비평적 주제를 돌아보고자 한다. 그중 하나는 '우상의 파괴'며, 다른 하나는 '언어 또는 비유의 발견'이라는 것이다. 이 두 가지의 주제는 온전하게 '작품으로 돌아가기'라는 비평의 본질에 관한 문제다.

'우상의 파괴'는 기성 작가들의 권위에 대한 신세대의 도전으로 오해되고 있는 테마다. 이어령 선생은 평단의 거목이었던 백철을 공박하고 조연현을 비판하고 시단의 주역이었던 서정주를 몰아친다. 그리고 소설 문단의 김동리마저 용납하지 않는다. 이 같은 비평적 도전은 당시의 문단에서는 하나의 당돌한 구상에 해당한다. 이미 그들은 모두 문단의 우상으로 떠받들어지고 있었으니까. 그러나 실상 이 같은 도전이 의미하는 바는 아주 단순하고도 간명한 비평적 명제와 직결되어 있다. 이제 비평은 더 이상 작가의 주변을 맴돌아서는 안 된다는 것. 오직 작품 자체로 돌아가야 한다는 것이다. 이 명제를 일반화시키기 위해 선생은 이른바 '작가 죽이기'의 선봉에 선 셈이며, 그 구체적인 작업이 바로 '우상의 파괴'라는 문단적 구호로 표출되었던 것이다.

김 군.

이제 우리의 논의는 이어령 선생의 비평 활동의 핵심에 근접해 온 셈이다. 선생의 비평적 테마 가운데 '언어 또는 비유의 발견'은 가장 중요한 논리적 거점이 되고 있기 때문이다. 선생의 유명한 「이상론」이 대부분 이상 소설과 시의 언어적 표현 문제에 집중되어 있다는 것은 널리 알려진 사실이다. 문학이라는 것은 결국 언어적 기호의 산물이라는 것을 말하기 위해 선생이 주도했던 논쟁의 소용돌이를 돌아보면, 선생은 분명 순수론자는 아니다. 굳이 선생이 능란하게 활용하고 있는 비유적인 표현법을 따른다면, 선생은 문학을 거울이라고 생각하기보다 촛불이라고 생각한다. 미적 자율성이라는 문제에 대한 신념을 선생만큼 용의주도하게 이끌어온 평론가는 다시 찾아보기 어렵다. 어쩌면 안타깝게도 단명이었던 비평가 김현의 문화적 자유주의가 이어령 선생의 문학적 입장과 맥을 같이했다고 말할 수 있을지 모르겠다.

김 군.

이어령 선생이 지니고 있던 언어적 기호의 산물로서의 문학이라는 것에 대한 믿음이 우리 문학 비평에서 무시할 수 없는 명제로 자리하고 있는 이유는 무엇인가 생각해 보자. 문학은 언어를 통해 이루어진다. 그리고 이것은 일상의 언어 소통 과정에서 화자가 상대에게 말을 거는 것처럼, 작가가 독자에게 작품을 내놓는 일종의 소통의 원리에 의해 성립된다. 물론 작품이라고 하는 언어적 텍스트는 현실의 삶의 내용과 연관된다. 그리고 이것은 어떤 특별한 동기에 의해 이루어진 구조적인 담론의 특성을 지니는 것이다.

우리는 그럼에도 불구하고 대체로 문학이 작가의 개성과 세계관의 표현이라는 관념을 승인하고 있다. 그리고 문학이라는 것을 작가가 살고 있는 세계의 모방으로 이해하기도 한다. 작가의 개성의 표현으로서 문학의 의미를 강조한다든지, 현실 세계의 모방으로서의 문학을 생각한다면, 문학에 대한 논의는 모두 개인과 현실의 세계에 대한 이해를 포괄해야 한다. 전통적인 문학 비평이 문학의 제재에 대해서나 방법에 있어서 역사주의라는 이름으로 문학의 벽을 넘어서고 있었던 까닭이 여기에 있음을 알 수 있다.

그러나 현대 문학 비평, 특히 러시아 형식주의의 등장 이후에는 문학 연구의 직접적인 대상을 문학 작품 그 자체에 국한시키고자 하는 경향이 점차 강화된 바 있다. 문학에 대한 연구의 본령을 문학적 텍스트 그 자체를 중심으로 고정시켜 온 이러한 비평의 방법은 지금도 상당한 설득력을 유지하고 있다. 문학 연구에서 텍스트 자체에 대한 내재적인 연구는 언제나 문학의 자율성과 완결성을 전제하는 것이다. 그리고 텍스트 자체에 대한 분석적인 접근을 통해 구조적인 완결성의 미적 특성을 밝혀내는 작업을 중시하고 있다. 문학 연구에서 내재적인 접근 방법은 문학 텍스트와 그 텍스트의 존재 기반이 되는 사회 역사적인 배경을 문학의 부차적인 요소 또는 문학 외적인 요소로 인정한다. 그리고 이러한 사회·역사적인 요소를 문학 연구의 핵심으로부터 배척하려는 경향도 드러내고 있다.

김 군.

이어령 선생의 비평에서 볼 수 있는 문학과 그 언어에 대한 관심은 문학 연구를 독자적인 기반 위에서 체계화하여 자율적인 분야로 고정시키고자 했던 형식주의의 관점과 일치한다. 형식주의자들은 문학 연구를 다른 분야의 연구 방법과 구별하고자 했기 때문에, 문학을 철학 또는 역사학, 심리학 등과는 다른 독자적이고 과학적인 방법으로 확립하고자 했던 것이 사실이다. 그러므로 형식주의자들이 관심을 기울인 것은 '문학을 어떻게 연구하는가'라는 질문이 아니다. 그들은 오히려 '문학 연구의 제재가 무엇인가' 하는 점에 더 큰 관심을 집중했다. 그리고 바로 이러한 질문으로 인하여 형식주의자들의 관심 대상 자체가 그들의 이론의 본질적인 성격을 규정하게 된다. 문학 작품에 나타나 있는 언어의 문학적 고안과 그 기능에 착안했던 이어령 교수의 문학 비평은 물론 이 같은 러시아 형식주의와 연결되어 있는 것은 아니다. 이보다는 1950년대 말에 우리 문단에 소개된 미국의 신비평의 방법에 의해 더욱 정밀한 실천적 방법으로 확보할 수 있게 된 것이다.

그런데 여기서 우리가 주목할 문제가 하나 있다. 이어령 선생의 비평적 관점과 방법은 실증주의에 대한 반작용 속에서 형성된 것이지만, 넓은 의미에서는 모더니즘 운동의 전반적인 흐름 속에서 그 위상이 분명하게 드러난다.

이 교수는 그의 실제 비평 작업에서 문학 작품의 속성과 의미와 가치를 밝혀내기 위해 그 작품의 구조에 주목하고 있다.

문학 작품의 구조는 다양한 요소들이 복합적인 관계로 상호 연결되고 있지만, 이들 사이의 균형과 대립, 갈등과 화해 속에서 비롯되는 긴장을 통해 전체적인 통일성을 유지한다.

그러므로 이 교수는 이 같은 다양한 복합적인 요소들에 대해 관심을 갖고, 문학 작품과 작가의 신념을 분리시켜 놓고 있으며, 작품과 작품의 기반이 되는 역사와 사회를 분리시키고 있다.

이 같은 비평의 비개성주의 또는 반역사주의적 경향은 하나의 독립된 객체로서의 문학 텍스트의 존재를 가능하게 하고자 하는 노력에 해당한다. 그리고 바로 이 같은 방법에 의해 문학의 독자적인 의미 또는 효과를 미적 차원에서 중시할 수 있는 가능성을 열어가게 되는 것이다.

4

김 군.

이제 우리는 『저항의 문학』을 넘어서야 하는 지점에 서 있다. 이 책에는 서문도 없고 후기도 붙어 있지 않다. 구차스러운 개인적 진술을 거부하고 있는 젊은 비평가의 오만스러움이 이같이 드러나 있다고 말한다고 해도 나는 이를 부인하고 싶지 않다. "사랑하는 그리고 증오하는 모든 사람들에게"라고 하는 한 줄의 전언傳言만이 이 책의 첫장에 나와 있으니까.

그러나 김 군이 반드시 깊이 생각해야 할 몇 가지 명제들이 아직 남아 있다. 문학 비평은 언어로 이루어진 독특한 예술 형태인 문학 작품을 대상으로 한다는 점에서 다른 종류의 지적인 활동과 구별된다. 문학 작품은 그 본래적인 성질 자체가 이미 스스로의 범주를 규정하는 독특한 속성을 지니고 있기 때문에, 문학에 대한 비평적 논의는 어느 시대에도 그것이 언어적 산물이면서 동시에 상상적 산물이라는 사실에서 크게 벗어난 적이 없다. 그러나 문학의 존재 의미는 전체적인 사회·문화적 맥락 속에서 규정될 수밖에 없다. 문학은 넓은 의미에서 하나의 사회·문화적 산물이며, 문학과 사회와 문화의 관계는 끝이 없는 것이다.

김 군에게는 부끄러운 고백이지만, 나에게는 『저항의 문학』을 넘어설 자신이 없다. 그러나 『저항의 문학』 이전에 『저항의 문학』이 없었지만, 어찌 다시 『저항의 문학』 이후에 『저항의 문학』이 없겠는가에 대해 우리는 생각해야 한다. 나는 문학 비평이 문학과 문학 사이를 중재하는 메타 비평적 기능을 지녀야 한다고 믿는다. 물론 문학 비평은 문학의 개념과 그 범위를 규정하는 방법과 관점에 따라 문학과 문화의 관계를 좁히기도 하고 넓히기도 한다. 문학 작품의 내재적인 요건에 의해 문학적인 것의 본질을 규명하고자 한다면, 문학 비평은 당연히 문학과 문학 외적인 요소로서의 사회 또는 문화를 분리시키고자 할 것이다. 반대로, 문학이라는 것을 사회·문화적 산물로 이해하고 그 전체적인 맥락 속에서 문학의 속성을 규정하고자 할 경우에는 문학 비평은 그만큼 문학의 영역을 폭넓게 이해하고자 하는 관점을 유지하게 될 것이다.

그러므로 문학 비평은 개념과 태도와 관점과 실천의 상반성을 드러내는 요건들에 의해 그 영역을 한정받게 된다. 예컨대, 문학적 텍스트는 사회적 문맥 속에서 존재하는 것인가, 독자적인 존재를 드러내는 것인가를 결정해야 하고, 비평 자체에서도 어떤 평가 기준을 제시해야 하는가, 기술적인 분석에만 치중할 것인가를 정해야 한다. 문학 비평이라는 것이 판단과 상상력의 문제인가, 객관적인 과학의 세계인가를 결정하는 일도 필요하다. 한국의 현대 문학사에서 문학 비평의 확립이라는 과제가 본격적으로 제기되었을 때(1930년대의 김환태를 생각하라)에도, 이러한 비평의 관점과 태도 문제에 관심이 집중되었던 것은 우연한 일이 아니다. 대상으로서의 작품을 그 자체 내의 요건을 중심으로 실제 있는 그대로 보아야 한다는 순수 비평의 방식은 매튜 아널드의 '몰이해적 관심'이라는 비평 태도에 근거한 것이다. 그렇지만 한국의 문학 비평은 문학이라는 것을 독자적인 규범에 의해 범주화하고자 하는 데에는 아직도 실패하고 있는 것이 사실이다.

김 군.

이제 『저항의 문학』의 마지막 장을 넘기면서, 나는 문학 비평이 삶에 대한 관점을 함께 드러낼 수 있는 문학의 전체적인 모습을 균형지워 주고, 그 범위를 확정해 주어야 한다고 말하고 싶다. 이 경우에 가장 중요한 것은 비평적 방법의 수립이다. 방법이란 하나의 목표에 이르는 과정이다. 무질서하게 분산되어 있는 상태의 어떤 대상에서 개별적인 인식을 가능케 해주는 방식이라고도 할 수 있다. 문학 비평의 방법이란 그러나 결정론적 사고방식을 가장 경계한다. 방법이란 방법 그 자체로서의 의미에 국한되는 것이지, 결코 그것이 목표가 되지 못한다. 문학 비평의 방법은 그 대상으로서의 작품이 없으면 성립되기 어려운 것이며, 문학 비평의 방법에 대한 다양한 논의는 결국 다시 작품으로 떳떳이 돌아오고자 하는 목표에서 이루어지는 것이다. 그렇기 때문에 문학 비평의 확립이란 그 방법론의 모색이 어느 정도 성공적이냐를 따지는 데에서 만족될 수 없으며, 그러한 방법론의 적용이 얼마나 작품의 의미에 활기를 불러일으켜 주느냐에 더 큰 의미를 부여할 수 있을 것이다.

나는 김 군과 함께 우리 문학 비평의 방법과 실천을 문화의 범주 안에서 새로이 이해해야 한다고 주장하고자 한다. 이 경우 문학은 하나의 문화적 산물, 또는 문화적 현상으로 파악되어야 한다. 그리고 문학 비평이라는 것도 보편적인 개념으로서의 문화가 아니라, 구체적이고도 개별적인 문화 현상들 속에서 이루어지는 하나의 문화적 실천으로 인식되어야 하는 것이다. 문학 비평이 하나의 새로운 '문화적 시학'을 지향해야 한다는 것은 부인할 수 없는 사실이다. 문학이라는 것이 지니고 있는 사회·문화적인 속성을 통합적으로 이해하기 위한 방법으로서의 '문화의 시학' 말이다!

— 「저항의 문학, 그리고 비평의 논리와 방법」(2001)

권영민

서울대학교를 졸업하고, 동 대학원에서 문학박사 학위를 받았다. 미국 하버드 대학 객원교수, 캘리포니아 버클리 대학 한국문학 담당교수, 일본 도쿄 대학 한국문학 초빙교수 등을 역임했다. 주요 저서로는 『한국 근대문학과 시대정신』 『한국 민족문학론 연구』 『한국 근대문인대사전』 『한국 현대문학사』 『서사양식과 담론의 근대성』 등이 있다.

대담자 약력

함석헌咸錫憲

1901년 평북 용천의 기독교 가정에서 태어나 1989년까지 종교사상가, 민권운동가, 문필가로서 활발하게 활동했다. 함석헌은 개신교가 한국에 전래된 이후 주체적으로 기독교 신앙을 소화해 독창적인 기독교 사상을 이룩했으며, 자유당 정권과 군사독재 치하에서 민주화와 인권 운동을 하며 재야의 중심인물로 활동했다. 1956년《사상계》를 통해 본격적으로 논설을 집필했으며, 1970년 《씨알의 소리》를 발행하여 많은 글들을 발표하면서 사회 개혁을 위하여 고군분투했다. 그의 대표적인 저서에는『뜻으로 본 한국 역사』『수평선 너머』등이 있다.

박종홍朴鍾鴻

1903년 평양에서 태어나 1976년까지 철학자이자 교육자로서 한국 철학계에 많은 업적을 남겼다. 특히 한국의 성리학, 이황李滉과 이이李珥의 학설을 깊이 탐구하여 한국 사상의 주체성 정립을 위해 노력하였다. 이화여자전문학교 교수, 서울대학교 교수, 동 대학원장, 성균관대학교 유교儒敎대학장, 동 대학원장, 한양대학교 문리과대학장 등을 역임했으며 한국철학회장, 학술원 종신회원 및 「국민교육헌장」 기초위원을 지냈다. 그의 대표적인 저서에는 『인식논리학』 『철학개설』 『철학적 모색』 『현실과 구상』 『지성과 모색』 『한국사상사 논고』 등이 있다.

지명관池明觀

1924년에 태어나 한림대학교 한림과학원 석좌교수, 동 대학 부설 일본학연구소장, 한일문화교류 정책자문위원회 위원장, 한일역사연구촉진에 관한 위원회 한국위원장, KBS 이사장 등을 역임했다. 한림대학교 부설 일본학연구소에서 소장으로 있으면서 명실상부한 '국내 최초이자 최고인 일본학연구소'로 자리매김하게 만들었다. 또한 일본 진보학술잡지 《세카이世界》에 'T·K생'이라는 필명으로 「한국으로부터의 통신」을 게재하면서 군부정권 하의 언론에서는 다루지 못한 한국의 실상을 알렸다. 그의 대표적인 저서에는 『일본학총서』 『일본문학총서』 『한국과 한국인─일본과의 만남을 통하여』 등이 있다.

김은국金恩國

1932년 황해도 황주에서 태어나 1947년에 월남했으며 1954년에 미국으로 건너간 재미교포 소설가이다. 그의 영문소설인 『순교자The Martyred』는 발표되자마자 베스트셀러가 되었으며, 도스토옙스키와 알베르 카뮈의 전통을 잇는 위대한 문학이라는 찬사를 받으면서, 그를 세계적인 작가로 급부상시켰다. 이외에 그의 대표적인 저서 『죄 없는 사람들The Innocent』 『빼앗긴 이름들The Lose Names』 등도 한국적 배경을 통하여 인류의 보편적인 문제를 다루었다는 점에서 높은 평가를 받았다.

김용운金容雲

1927년에 태어나 현재 한국수학문화연구소장, 한양대학교 명예교수, 국제수리철학 편집위원으로 재직 중이며, 일본국제문화연구센터 객원교수를 역임하였다. 또한 주한 외국인을 위한 한국역사문화교실에서 강의를 하기도 했다. 그의 대표적인 저서에는 『한국수학사』 『수학과 인간』 『문화 속의 수학』 『일본인과 한국인의 의식 구조』 등이 있다.

이병주李炳注

1921년 경남 하동에서 태어난 그는 1992년까지 소설가로서 많은 작품을 남겼을 뿐만 아니라 진주농업대학교 교수, 해인대학교 교수, 《국제신문》 주필 겸 편집국장을 역임하였다. 1965년 《세대》에 중편 「소설 알렉산드리아」를 발표하여 문단의 주목을 받으면서 데뷔하였다. 그는 소설을 통해 주로 역사의 소용돌이 속에서 상실되어 가는 인간상과 굴곡된 가치관을 비판하였으며, 현대사의 이면을 파헤쳤다. 그의 대표적 저서에는 『산하山河』『지리산』『그해 5월』『행복어 사전』 등이 있다.

조규하曹圭河

1934년에 보성에서 태어났으며 서울대학교 철학과를 졸업했다. 《한국일보》 정치부 기자, 《동아일보》 정치부장대우를 거쳤고 일본아세아경제연구소 객원 연구원, 전국경제인연합회 상근 부회장, 한국과학문화재단 이사장, 한나라당 국책자문위원 등을 역임하였다. 현재 조선내화 고문과 일본연구협의회 회장 등의 직책을 맡고 있다. 그의 대표적 저서에는 『남북의 대화』『전후 일본의 산업 정책』『전후 일본 경제의 분석―성장 요인을 중심으로』『일본 경제 그 발전 과정과 요인』『한국인이여 잠에서 깨어나자』 등이 있다.

윤이상尹伊桑

1917년 경남 통영에서 태어나 1995년에 폐렴으로 타계했다. 한국의 현대음악 작곡가로서 한국보다 세계 음악계에 먼저 널리 알려졌으며 그 음악성을 인정받았다. 1959년 독일의 다름슈타트 음악제에서, 쇤베르크의 12음계 기법에 한국의 정악正樂 색채를 담은 〈7개의 악기를 위한 음악〉을 발표하여 유럽 음악계의 주목을 받기 시작했다. 그는 독일에 정착하여 유럽의 현대음악과 한국음악 및 동양음악을 융합하는 작곡 세계를 펼쳐나가면서 독일 베를린음악대학교 작곡과 교수를 역임하였다. 그의 대표적인 작품으로는 〈심청〉〈광주여 영원하라〉〈나의 땅 나의 민족이여〉〈신라〉 등이 있다. 윤이상을 기리기 위해서 남한에서는 통영국제음악회를, 북한에서는 윤이상음악연구소를 설립해서 윤이상음악회를 열고 있다.

강원용姜元龍

1917년에 태어나 종교지도자로서 목사의 길을 걷고 있으면서 대화문화아카데미 이사장, 평화포럼 이사장, 크리스천아카데미 이사장을 역임했다. 그는 한국 종교계를 대표하는 지도자로서의 역할을 해왔다. 또한 역사적 핵심 인물들과 교류·접촉해 오면서 한국 현대사의 연결 고리 역할을 해왔다. '살아 있는 한국의 현대사'로 불리는 그는 그 경험을 바탕으로 그의 대표적 저서 『역사의 언덕에서』를 집필했다.

백남준白南準

1932년 서울에서 태어났다. 백남준은 세계적인 비디오 아티스트로서 한국을 빛냈으며, 중앙일보 밀레니엄위원회 자문, 대통령 자문 새천년준비위원회 위원, 이화여자대학교 미술대학원 석좌 교수를 역임했다. 1963년 독일 부퍼탈의 파르나스 화랑에서 첫 비디오 개인전을 열어 비디오 예술의 창시자로 세계 미술계의 주목을 받았으며, 현대 예술과 비디오를 접목시켜 비디오 아트를 예술 장르로 편입시키는 데 결정적인 기여를 한 선구자가 되었다. 1996년 뇌졸중으로 쓰러졌지만 장애를 극복하고 활발한 창작 활동을 하고 있으며 많은 전시회를 열었다. 그의 대표적인 작품에는 〈조정된 피아노〉〈참여TV〉〈임의적 접근〉〈세계는 하나〉 등이 있다.

이우환李禹煥

1936년 경남에서 태어나 1961년 일본으로 건너가 일본 다마미술대학교 교수를 역임했으며, 제2차 세계 대전 후에 일본에 나타난 획기적 미술 운동인 모노하[物派]의 이론과 실천을 주도하면서 국제적으로 활발한 활동을 하고 있다. 또한 동양적 사유와 작품 세계를 통해 한국과 일본 현대미술의 견인차 역할과 국제무대에서 동서 미술의 가교 역할도 해오고 있다. 이우환은 백남준과 함께 세계적으로 인정받으며 한국을 빛내고 있다. 한국에서는 〈만남을 찾아서〉라는 회고전을 열었다. 그의 대표적인 작품으로는 〈선으로부터〉〈점에서〉〈바람따기〉〈조응〉〈관계항〉 등이 있다.

이인화

1966년 대구에서 태어난 소설가이자 문학평론가로서 이화여자대학교 국어국문학과 교수를 역임했다. 1988년 《문학과 사회》에 평론 「유황불의 경험과 리얼리즘의 깊이」를 발표하며 등단했다. 1993년에 발표한 그의 대표적 장편소설 『영원한 제국』은 베스트셀러가 되었고, 이 여파로 프랑스에서 불어판으로 번역되었으며 박종원 감독에 의해 영화로도 만들어졌다. 이후 단편소설 「시인의 별」로 2000년도 제24회 이상문학상을 수상했다. 이외 그의 대표적인 저서 『내가 누구인지 말할 수 있는 자는 누구인가』 『인간의 길』 『초원의 향기』 등이 있다.

이마즈 히로시[今津弘]

1925년 가나가와 현에서 태어났으며 도쿄 대학교 문학부 영문과를 졸업했다. 1951년 아사히 신문사에 입사하여 정치부장, 논설위원(정치, 외교 담당), 논설부 주간, 조사연구실장을 역임했다. 그의 대표적 저서에는 『저널리스트 그 부드러움과 예리함』이 있다.

야마모토 시치헤이[山本七平]

1921년에 태어나 일본의 평론가이자 일본연구자로 명성을 얻었다. 아오야마 학원고 상부를 졸업했으며 제2차 세계 대전 후 야마모토 서점을 설립하여 성서와 유대계 서적을 번역 출판하였다. 일본 문화와 사회를 비판적으로 분석해 가는 독자적인 논고는 '야마모토학'이라 불리며, 그의 사후 현재도 일본문화론의 기본 문헌으로 폭넓게 읽히고 있다. 그의 대표적 저서에는 『일본인과 유대인』『내 안의 일본군』『일본교의 사회학』『제왕학』『쇼와 천황 연구』『성서로의 여행』 등이 있다.

다케무라 마사요시[武村正義]

일본의 정치가로 1934년 시가 현에서 태어났다. 도쿄 대학교 교육학부와 경제학부를 졸업했으며 자치성에서 근무했다. 시가 현 요카이치시 시장, 중의원 의원, 시가 현 지사, 사키가케당 대표, 대장성 장관을 역임했다. 그의 대표적 저서에는 『사키가케의 뜻』『작아도 빛나는 나라, 일본』『비와호에서, 고베에서』『물과 인간』 등이 있다.

스가야 류스케[管谷隆介]

1910년에 태어나서 파이오니아 회장, 일본증권 상담역, 일본 흥업은행 부총재를 역임했으며 1988년에 세상을 떠났다.

요시무라 데이지[吉村貞司]

1908년에 후쿠오카에서 태어났으며 1996년에 세상을 떠났다. 1931년 와세다 대학교 문학부 독문과를 졸업했으며, 스기노[杉野] 여자대학교 교수를 역임하면서 문예평론가, 미술평론가 등으로 활동했다. 그의 대표적 저서에는 『요시무라 데이지 전집』『동산 문화 고불의 편력』『사랑과 고뇌의 고불』『셋슈 일본미의 특질』 등이 있다.

스즈키 하루오[鈴木治雄]

1913년 가나가와 현에서 태어났으며 도쿄 제국대학교 법학부를 졸업했다. 훔볼트 대학교 경제학 명예박사이며 쇼와덴코[昭和電工]에 입사하여 사장, 회장, 명예회장을 역임했다. 또한 일본 연삭제공업협회 회장, 화학공업협회 회장, 상공회의소 간사, 탄소협회 회장, 발명협회 부회장, 특허협회 회장, 신소재연구회 회장, 재계포럼 이사장, 메세나협의회 회장을 역임했다. 그의 대표적 저서에는 『화학산업론』 『고전에서 배우다』 『내 이력서』 『내 사고방식』 『고전과 일』 『고전과 경영』 『만년의 일기』 『만년의 풍경』 『실내악』 『실업가의 문장』 등이 있다.

시바 료타로[司馬遼太郎]

일본의 역사소설가로 1923년 오사카에서 태어나 1996년에 세상을 떠날 때까지 많은 사랑을 받았다. 1955년 『페르시아의 환술사』가 고단샤[講談社]에서 당선되어 등단했으며, 대중성과 일본사에 대한 깊은 이해를 바탕으로 쓰여진 그의 역사소설은 일본 역사소설의 새 지평을 열었으며, 그 공로로 수많은 문학상을 받았다. 그의 대표적 저서에는 『올빼미의 성』 『료마[龍馬]가 간다』 『가도[街道]를 간다』 『언덕 위의 구름』 등이 있다.

우메하라 다케시[梅原猛]

일본을 대표하는 철학자이자 작가로서 1925년 미야기 현에서 태어났으며 교토 대학교 문학부 철학과를 졸업했다. 리츠메이칸[立命館] 대학교 교수, 교토시립예술대학교 교수, 동 대학장, 국제일본문화연구센터 초대 소장, 일본펜클럽 회장을 역임했고 현재 교토시립예술대학교의 명예교수이며 국제일본문화연구센터의 고문이다. 일본 문화훈장을 수훈한 바 있는 그의 대표적 저서에는 『우메하라 다케시 전집』『지옥의 사상, 일본 정신의 일계보』『숨겨진 십자가, 호류지론』『신들의 유찬』 등이 있다.

프랑수아 모리아크François Mauriac

프랑스 가톨릭 작가 계열의 소설가로 1885년에 프랑스 아키텐 주 보르도에서 태어나 1970년에 타계했다. 1952년에 노벨문학상을 수상했으며, 마르셀 프루스트 이후의 가장 위대한 프랑스 소설가로 인정받고 있다. 그의 대표적 저서에는 『테레즈 데케루』『사랑의 사막』『어린 양』『문둥이에게 보내는 입맞춤』『독사의 집』 등이 있다.

콘스탄틴 비르질 게오르규 Constantin Virgil Gheorghiu

1916년에 태어나 1992년에 타계한 루마니아 신부로 그의 대표적 소설인『25시』를 집필하여 전 세계의 독자를 한번에 사로잡으면서 세계적인 작가로서의 명성도 얻었다. 이외 그의 대표적 저서에는『키라레사의 학살』『아가피아의 불멸의 사람들』『다뉴브의 희생』등이 있다.

가브리엘 마르셀 Gabriel Marcel

프랑스의 실존주의 철학자이자 극작가로 1889년에 태어나 1973년에 타계했다. 사르트르와 함께 실존주의 사상의 두 기둥이었으며, 파리 대학교와 몽펠리에 대학교에서 교수로 역임하면서 교육에도 힘썼다. 그의 대표적 저서에는『보이지 않는 문지방』『형이상학적 일기』『존재와 소유』등이 있다.

이어령 작품 연보

문단 : 등단 이전 활동

「이상론-순수의식의 뇌성(牢城)과 그 파벽(破壁)」	서울대《문리대 학보》3권, 2호	1955.9.
「우상의 파괴」	《한국일보》	1956.5.6.

데뷔작

「현대시의 UMGEBUNG(環圍)와 UMWELT(環界) -시비평방법론서설」	《문학예술》10월호	1956.10.
「비유법논고」	《문학예술》11,12월호	1956.11.
* 백철 추천을 받아 평론가로 등단		

논문

평론·논문

1.	「이상론-순수의식의 뇌성(牢城)과 그 파벽(破壁)」	서울대《문리대 학보》3권, 2호	1955.9.
2.	「현대시의 UMGEBUNG와 UMWELT-시비평방법론서설」	《문학예술》10월호	1956
3.	「비유법논고」	《문학예술》11,12월호	1956
4.	「카타르시스문학론」	《문학예술》8~12월호	1957
5.	「소설의 아펠레이션 연구」	《문학예술》8~12월호	1957

학위논문

단평

국내신문

56. 「半島性의 상실과 회복의 역사」	《한국일보》 광복50년 신년특집 특별기고	1995.1.4.
57. 「한국언론의 새로운 도전」	《조선일보》 75주년 기념특집	1995.3.5.
58. 「대고려전시회의 의미」	《중앙일보》	1995.7.
59. 「이인화의 역사소설」	《동아일보》	1995.7.
60. 「한국문화 50년」	《조선일보》 광복50년 특집	1995.8.1.
외 다수		

외국신문

1. 「通商から通信へ」	《朝日新聞》 교토포럼 主題論文抄	1992.9.
2. 「亞細亞の歌をうたう時代」	《朝日新聞》	1994.2.13.
외 다수		

국내잡지

1. 「마호가니의 계절」	《예술집단》 2호	1955.2.
2. 「사반나의 풍경」	《문학》 1호	1956.7.
3. 「나르시스의 학살 – 이상의 시와 그 난해성」	《신세계》	1956.10.
4. 「비평과 푸로파간다」	영남대 《嶺文》 14호	1956.10.
5. 「기초문학함수론 – 비평문학의 방법과 그 기준」	《사상계》	1957.9.~10.
6. 「무엇에 대하여 저항하는가 – 오늘의 문학과 그 근거」	《신군상》	1958.1.
7. 「실존주의 문학의 길」	《자유공론》	1958.4.
8. 「현대작가의 책임」	《자유문학》	1958.4.
9. 「한국소설의 현재의 장래 – 주로 해방후의 세 작가를 중심으로」	《지성》 1호	1958.6.
10. 「시와 속박」	《현대시》 2집	1958.9.
11. 「작가의 현실참여」	《문학평론》 1호	1959.1.
12. 「방황하는 오늘의 작가들에게 – 작가적 사명」	《문학논평》 2호	1959.2.
13. 「자유문학상을 향하여」	《문학논평》	1959.3.
14. 「고독한 오솔길 – 소월시를 말한다」	《신문예》	1959.8.~9.

43. 「이상문학의 출발점」	《문학사상》	1975.9.
44. 「분단기의 문학」	《정경문화》	1979.6.
45. 「미와 자유와 희망의 시인 – 일리리스의 문학세계」	《충청문장》 32호	1979.10.
46. 「말 속의 한국문화」	《삶과꿈》 연재	1994.9~1995.6.
외 다수		

외국잡지

| 1. 「亞細亞人の共生」 | 《Forsight》新潮社 | 1992.10. |
| 외 다수 | | |

대담

1. 「일본인론 – 대담:金容雲」	《경향신문》	1982.8.19.~26.
2. 「가부도 논쟁도 없는 무관심 속의 '방황' – 대담:金璟東」	《조선일보》	1983.10.1.
3. 「해방 40년, 한국여성의 삶 – "지금이 한국여성사의 터닝포인트" – 특집대담:정용석」	《여성동아》	1985.8.
4. 「21세기 아시아의 문화 – 신년석학대담:梅原猛」	《문학사상》 1월호, MBC TV 1일 방영	1996.1.
외 다수		

세미나 주제발표

1. 「神奈川 사이언스파크 국제심포지움」	KSP 주최(일본)	1994.2.13.
2. 「新潟 아시아 문화제」	新潟縣 주최(일본)	1994.7.10.
3. 「순수문학과 참여문학」(한국문학인대회)	한국일보사 주최	1994.5.24.
4. 「카오스 이론과 한국 정보문화」(한·중·일 아시아 포럼)	한백연구소 주최	1995.1.29.
5. 「멀티미디어 시대의 출판」	출판협회	1995.6.28.
6. 「21세기의 메디아론」	중앙일보사 주최	1995.7.7.
7. 「도자기와 총의 문화」(한일문화공동심포지움)	한국관광공사 주최(후쿠오카)	1995.7.9.

8. 「역사의 대전환」(한일국제심포지움)	중앙일보 역사연구소	1995.8.10.
9. 「한일의 미래」	동아일보, 아사히신문 공동주최	1995.9.10.
10. 「춘향전'과 '忠臣藏'의 비교연구」(한일국제심포지엄)	한림대·일본문화연구소 주최	1995.10.
외 다수		

기조강연

1. 「로스엔젤러스 한미박물관 건립」	(L.A.)	1995.1.28.
2. 「하와이 50년 한국문화」	우먼스클럽 주최(하와이)	1995.7.5.
외 다수		

저서(단행본)

평론·논문

1. 『저항의 문학』	경지사	1959
2. 『지성의 오솔길』	동양출판사	1960
3. 『전후문학의 새 물결』	신구문화사	1962
4. 『통금시대의 문학』	삼중당	1966
* 『축소지향의 일본인』	갑인출판사	1982
* '縮み志向の日本人'의 한국어판		
5. 『縮み志向の日本人』(원문: 일어판)	学生社	1982
6. 『俳句で日本を讀む』(원문: 일어판)	PHP	1983
7. 『고전을 읽는 법』	갑인출판사	1985
8. 『세계문학에의 길』	갑인출판사	1985
9. 『신화속의 한국인』	갑인출판사	1985
10. 『지성채집』	나남	1986
11. 『장미밭의 전쟁』	기린원	1986

| 『다시 한번 날게 하소서』 | 성안당 | 2022 |
| 『눈물 한 방울』 | 김영사 | 2022 |

칼럼집

| 1. 『차 한 잔의 사상』 | 삼중당 | 1967 |
| 2. 『오늘보다 긴 이야기』 | 기린원 | 1986 |

편저

1. 『한국작가전기연구』	동화출판공사	1975
2. 『이상 소설 전작집 1,2』	갑인출판사	1977
3. 『이상 수필 전작집』	갑인출판사	1977
4. 『이상 시 전작집』	갑인출판사	1978
5. 『현대세계수필문학 63선』	문학사상사	1978
6. 『이어령 대표 에세이집 상,하』	고려원	1980
7. 『문장백과대사전』	금성출판사	1988
8. 『뉴에이스 문장사전』	금성출판사	1988
9. 『한국문학연구사전』	우석	1990
10. 『에센스 한국단편문학』	한양출판	1993
11. 『한국 단편 문학 1-9』	모음사	1993
12. 『한국의 명문』	월간조선	2001
13. 『뜻으로 읽는 한국어 사전』	문학사상사	2002
14. 『매화』	생각의나무	2003
15. 『사군자와 세한삼우』	종이나라(전5권)	2006

    1. 매화

    2. 난초

    3. 국화

    4. 대나무

    5. 소나무

| 16. 『십이지신 호랑이』 | 생각의나무 | 2009 |

8.	『느껴야 움직인다』	시공미디어	2013
9.	『지우개 달린 연필』	시공미디어	2013
10.	『길을 묻다』	시공미디어	2013

일본어 저서

*	『縮み志向の日本人』(원문: 일어판)	学生社	1982
*	『俳句で日本を讀む』(원문: 일어판)	PHP	1983
*	『ふろしき文化のポスト・モダン』(원문: 일어판)	中央公論社	1989
*	『蛙はなぜ古池に飛びこんだのか』(원문: 일어판)	学生社	1993
*	『ジャンケン文明論』(원문: 일어판)	新潮社	2005
*	『東と西』(대담집, 공저:司馬遼太郎 編, 원문: 일어판)	朝日新聞社	1994. 9

번역서

『흙 속에 저 바람 속에』의 외국어판

1. *『In This Earth and In That Wind』(David I. Steinberg 역) 영어판	RAS-KB	1967
2. *『斯土斯風』(陳寧寧 역) 대만판	源成文化圖書供應社	1976
3. *『恨の文化論』(裵康煥 역) 일본어판	学生社	1978
4. *『韓國人的心』중국어판	山俆人民出版社	2007
5. *『В ТЕХ КРАЯХ НА ТЕХ ВЕТРАХ』(이리나 카사트키나, 정인순 역) 러시아어판	나탈리스출판사	2011

『縮み志向の日本人』의 외국어판

6. *『Smaller is Better』(Robert N. Huey 역) 영어판	Kodansha	1984
7. *『Miniaturisation et Productivité Japonaise』 불어판	Masson	1984
8. *『日本人的縮小意识』중국어판	山俆人民出版社	2003
9. *『환각의 다리』『Blessures D'Avril』 불어판	ACTES SUD	1994
10. *『장군의 수염』『The General's Beard』(Brother Anthony of Taizé 역) 영어판	Homa & Sekey Books	2002
11. *『디지로그』『デゾログ』(宮本尚寬 역) 일본어판	サンマーク出版	2007
12. *『우리문화 박물지』『KOREA STYLE』 영어판	디자인하우스	2009

공저

1. 『종합국문연구』	선진문화사	1955
2. 『고전의 바다』(정병욱과 공저)	현암사	1977
3. 『멋과 미』	삼성출판사	1992
4. 『김치 천년의 맛』	디자인하우스	1996
5. 『나를 매혹시킨 한 편의 시1』	문학사상사	1999
6. 『당신의 아이는 행복한가요』	디자인하우스	2001
7. 『휴일의 에세이』	문학사상사	2003
8. 『논술만점 GUIDE』	월간조선사	2005
9. 『글로벌 시대의 한국과 한국인』	아카넷	2007

전집

편집 후기

지성의 숲을 걷기 위한 길 안내

34종 24권 5개 컬렉션으로 분류, 10년 만에 완간

이어령이라는 지성의 숲은 넓고 깊어서 그 시작과 끝을 가늠하기 어렵다. 자칫 길을 잃을 수도 있어서 길 안내가 필요한 이유다. '이어령 전집'의 기획과 구성의 과정, 그리고 작품들의 의미 등을 독자들께 간략하게나마 소개하고자 한다. (편집자 주)

북이십일이 이어령 선생님과 전집을 출간하기로 하고 정식으로 계약을 맺은 것은 2014년 3월 17일이었다. 2023년 2월에 '이어령 전집'이 34종 24권으로 완간된 것은 10년 만의 성과였다. 자료조사를 거쳐 1차로 선정한 작품은 50권이었다. 2000년 이전에 출간한 단행본들을 전집으로 묶으며 가려 뽑은 작품들을 5개의 컬렉션으로 분류했고, 내용의 성격이 비슷한 경우에는 한데 묶어서 합본 호를 만든다는 원칙을 세웠다. 이어령 선생님께서 독자들의 부담을 고려하여 직접 최종적으로 압축한 리스트는 34권이었다.

평론집 『저항의 문학』이 베스트셀러 컬렉션(16종 10권)의 출발이다. 이어령 선생님의 첫 책이자 혁명적 언어 혁신과 문학관을 담은 책으로

746

1950년대 한국 문단에 일대 파란을 일으킨 명저였다. 두 번째 책은 국내 최초로 한국 문화론의 기치를 들었다고 평가받은 『말로 찾는 열두 달』과 『오늘을 사는 세대』를 뼈대로 편집한 세대론 『거부하는 몸짓으로 이 젊음을』으로, 이 두 권을 합본 호로 묶었다. 베스트셀러 컬렉션의 세 번째 책은 박정희 독재를 비판하는 우화를 담은 액자소설 「장군의 수염」, 보카치오의 『데카메론』 형식을 빌려온 「전쟁 데카메론」, 스탕달의 단편 「바니나 바니니」를 해석하여 다시 쓴 한국 최초의 포스트모던 소설 「환각의 다리」 등 중·단편소설들을 한데 묶었다. 한국 출판 최초의 대형 베스트셀러 에세이 『흙 속에 저 바람 속에』와 긍정과 희망의 한국인상에 대해서 설파한 『오늘보다 긴 이야기』는 합본하여 네 번째로 묶었으며, 일본 문화비평사에 큰 획을 그은 기념비적 작품으로 일본문화론 100년의 10대 고전으로 선정된 『축소지향의 일본인』은 베스트셀러 컬렉션의 다섯 번째 책이다.

여섯 번째는 한국어로 쓰인 가장 아름다운 자전 에세이에 속하는 『하나의 나뭇잎이 흔들릴 때』와 1970년대에 신문 연재 에세이로 쓴 글들을 모아 엮은 문화·문명 비평 에세이 『현대인이 잃어버린 것들』을 함께 묶었다. 일곱 번째는 문학 저널리즘의 월평 및 신문·잡지에 실렸던 평문들로 구성된 『지성의 오솔길』인데 1956년 5월 6일 《한국일보》에 실려 문단에 충격을 준 「우상의 파괴」가 수록되어 있다.

한국어 뜻풀이와 단군신화를 분석한 『뜻으로 읽는 한국어사전』과 『신화 속의 한국정신』은 베스트셀러 컬렉션의 여덟 번째로, 20대의 젊은이에게 들려주고 싶은 말을 엮은 책『젊은이여 한국을 이야기하자』는 아홉 번째로, 외국 풍물에 대한 비판적 안목이 돋보이는 이어령 선생님의 첫 번째 기행문집『바람이 불어오는 곳』은 열 번째 베스트셀러 컬렉션으로 묶었다.

이어령 선생님은 뛰어난 비평가이자, 소설가이자, 시인이자, 희곡작가였다. 그는 남들이 가지 않은 길을 가고자 했다. 그 결과물인 크리에이티브 컬렉션(2권)은 이어령 선생님의 장편소설과 희곡집으로 구성되어 있다.『둥지 속의 날개』는 1983년 《한국경제신문》에 연재했던 문명비평적인 장편소설로 10만 부 이상 팔린 베스트셀러이고, 원래 상하권으로 나뉘어 나왔던 것을 한 권으로 합본했다.『기적을 파는 백화점』은 한국 현대문학의 고전이 된 희곡들로 채워졌다. 수록작 중「세 번은 짧게 세 번은 길게」는 1981년에 김호선 감독이 영화로 만들어 제18회 백상예술대상 감독상, 제2회 영화평론가협회 작품상을 수상했고, TV 단막극으로도 만들어졌다.

아카데믹 컬렉션(5종 4권)에는 이어령 선생님의 비평문을 한데 모았다. 1950년대에 데뷔해 1970년대까지 문단의 논객으로 활동한 이어령 선생님이 당대의 문학가들과 벌인 문학 논쟁을 담은『장미밭의 전쟁』은 지금도 여전히 관심을 끈다. 호메로스에서 헤밍웨이까지 이어령 선생님과 함께 고전 읽기 여행을 떠나는『진리는 나그네』와 한국의 시가문학을 통해서 본 한국문화론『노래여 천년의 노래여』는 합본 호로 묶었다. 한국인이 사랑하는 김소월, 윤동주, 한용운, 서정주 등의 시를 기호론적 접근법으로 다시 읽는『시 다시 읽기』는 이어령 선생님의 학문적 통찰이 빛나는 책이다. 아울러 박사학위 논문이기도 했던『공간의 기호학』은 한국 문학이론사에서 빼놓을 수 없는 명저다.

사회문화론 컬렉션(5종 4권)은 이어령 선생님의 우리 사회와 문화에 대한 관심을 담았다. 칼럼니스트 이어령 선생님의 진면목이 드러난 책『차 한 잔의 사상』은 20대에《서울신문》의 '삼각주'로 출발하여《경향신문》의 '여적',《중앙일보》의 '분수대',《조선일보》의 '만물상' 등을 통해 발표한 명칼럼들이 수록되어 있다.『어머니와 아이가 만드는 세상』은「천년을 달리는 아이」,「천년을 만드는 엄마」를 한데 묶은 책으로, 새천년의 새 시대를 살아갈 아이와 엄마에게 띄우는 지침서다. 아울러 이어령 선생님의 산문시들을 엮어 만든『시와 함께 살다』를 이와 함께 합본 호로 묶었다.『저 물레에서 운명의 실이』는 1970년대에 신문에 연재한 여성론을 펴낸 책으로『사씨남정기』,『춘향전』,『이춘풍전』을 통해 전통 사상에 입각한 한국 여인, 한국인 전체에 대한 본성을 분석했다.『일본문화와 상인정신』은 일본의 상인정신을 통해 본 일본문화 비평론이다.

한국문화론 컬렉션(5종 4권)은 한국문화에 대한 본격 비평을 모았다.『기업과 문화의 충격』은 기업문화의 혁신을 강조한 기업문화 개론서다.『푸는 문화 신바람의 문화』는 '신바람', '풀이'라는 키워드를 통해 고금의 예화와 일화, 우리말의 어휘와 생활 문화 등 다양한 범위 속에서 우리 문화를 분석했고, '붉은 악마', '문명전쟁', '정치문화', '한류문화' 등의 4가지 코드로 문화를 진단한『문화 코드』와 합본 호로 묶었다. 한국과 일본 지식인들의 대담 모음집 『세계 지성과의 대화』와 이화여대 교수직을 내려놓으면서 각계각층 인사들과 나눈 대담집 『나, 너 그리고 나눔』이 이 컬렉션의 대미를 장식한다.

2022년 2월 26일, 편집과 고증의 과정을 거치는 중에 이어령 선생님이 돌아가신 것은 출간 작업의 커다란 난관이었다. 최신판 '저자의 말'을 수록할 수 없게 된 데다가 적잖은 원고 내용의 저자 확인이 필요한 부분이 있었으니 난관이 아닐 수 없었다. 다행히 유족 측에서는 이어령 선생님의 부인이신 영인문학관 강인숙 관장님이 마지막 교정과 확인을 맡아주셨다. 밤샘도 마다하지 않으면서 꼼꼼하게 오류를 점검해주신 강인숙 관장님에게 이 지면을 빌려 감사의 말씀을 드린다.

KI신서 10660
이어령 전집 23

세계 지성과의 대화

1판 1쇄 인쇄 2023년 2월 17일
1판 1쇄 발행 2023년 2월 26일

지은이 이어령
펴낸이 김영곤
펴낸곳 (주)북이십일 21세기북스

TF팀 이사 신승철
TF팀 이종배
출판마케팅영업본부장 민안기
마케팅1팀 배상현 한경화 김신우 강효원
출판영업팀 최명열 김다운
제작팀 이영민 권경민
진행·디자인 다함미디어 | 함성주 유예지 권성희
교정교열 구경미 김도언 김문숙 박은경 송복란 이진규 이충미 임수현 정미용 최아림

출판등록 2000년 5월 6일 제406-2003-061호
주소 (10881) 경기도 파주시 회동길 201(문발동)
대표전화 031-955-2100 **팩스** 031-955-2151 **이메일** book21@book21.co.kr

© 이어령, 2023

ISBN 978-89-509-4002-7 04810

(주)북이십일 경계를 허무는 콘텐츠 리더

21세기북스 채널에서 도서 정보와 다양한 영상자료, 이벤트를 만나세요!
페이스북 facebook.com/jiinpill21 포스트 post.naver.com/21c_editors
인스타그램 instagram.com/jiinpill21 홈페이지 www.book21.com
유튜브 youtube.com/book21pub